EL GRAN CAPITÁN

JOSÉ CALVO POYATO

EL
GRAN
CAPITÁN

Cualquier forma de reproducción, distribución, comunicación pública o transformación de esta obra solo puede ser realizada con la autorización de sus titulares, salvo excepción prevista por la ley.
Diríjase a CEDRO si necesita reproducir algún fragmento de esta obra.
www.conlicencia.com - Tels.: 91 702 19 70 / 93 272 04 47

Editado por HarperCollins Ibérica, S. A.
Avenida de Burgos, 8B - Planta 18
28036 Madrid

El gran capitán
© José Calvo Poyato, 2022
© 2022, 2023, para esta edición HarperCollins Ibérica, S. A.

Todos los derechos están reservados, incluidos los de reproducción total o parcial en cualquier formato o soporte.
Esta es una obra de ficción. Nombres, caracteres, lugares y situaciones son producto de la imaginación del autor o son utilizados ficticiamente, y cualquier parecido con personas, vivas o muertas, establecimientos comerciales, hechos o situaciones son pura coincidencia.

Diseño de cubierta: CalderónSTUDIO®
Ilustración de cubierta: ilustración a partir de la obra Bayard sur le pont du Garigliano de Henri Félix Emmanuel Philippoteaux (1840)

I.S.B.N.: 978-84-19809-20-9
Depósito legal: M-16207-2023

A Alonso y a Mario

Trujillo, reino de Extremadura, en las vísperas de la Natividad de Nuestro Señor del año de 1525

Estoy cansado. Mi vida hasta el presente ha sido un permanente batallar. Una brega continuada desde que abandoné Trujillo hace cerca de treinta años, después de dar honrosa sepultura al cuerpo de mi madre, doña Juana de Torres. Era viuda desde hacía una década, al morir mi padre, don Sancho Ximénez de Paredes, gloria de Dios haya, un noble caballero que había ganado mucha honra y fama, pero pocos dineros, luchando contra los moros.

Mi nombre, aunque eso carece de importancia, es Diego García de Paredes. Vine al mundo en las Extremaduras, en la ciudad de Trujillo, título que le había concedido el rey don Juan II en el año de gracia de 1468 del nacimiento de Nuestro Salvador. Desde pequeño destaqué por mi corpulencia. Mi madre se empecinó en que recibiera una esmerada educación, algo que entonces me molestaba mucho, porque las horas que dedicaba a la lectura y la escritura, a las sumas y las restas, y a adquirir algunas nociones de gramática, me privaban las más de las veces de atrapar ranas en las charcas, cazar lagartijas para cortarles el rabo y apostar sobre cuál se retorcería más rato, cazar moscas al vuelo para arrancarles una de las alas y observarlas girando como peonzas, o buscar nidos para arrojarnos los huevos que encontrábamos en ellos. Con todo, lo que más me dolía eran los aguijones de mis amigos por perder el tiempo en aprender las cosas que el preceptor me enseñaba y que para ellos carecían de valor. Era poco usual educar en letras y cuentas a un niño que vivía en lugar tan apartado de la corte como era Trujillo y donde no resultaba fácil encontrar un maestro de letras. Como digo, fue mi madre quien se encargó de buscar un preceptor y lo hizo porque yo era el tercero de mis hermanos y me destinaban a la tonsura.

Diré, después de tantos años, que esto de saber leer y escribir no es una cuestión baladí. Si cuando era rapaz sólo me valió de escarnio por parte de los demás niños, luego resultó ser cosa harto llamativa entre mis compañeros de armas, ya que somos pocos quienes manejamos la pluma y blandimos la espada. No obstante, con el paso de los años he comprendido que el empeño de mi madre no era un capricho y, si bien lo que entonces aprendí a base de pescozones y cachetes no me fue necesario para mis trabajos, poco a poco me ha llenado de orgullo porque, en honor a la verdad, todo esto de la escritura y las letras ha cambiado mucho en nuestros reinos desde el tiempo en que yo era niño. Hoy, por influencia de los italianos, que son peritos en el ejercicio de la pluma, con la que consiguen bellísimas composiciones, en España se reconoce mucho mérito a las letras. Hay ejemplos notables de soldados que a la par han sido poetas, incluso alguno ha alcanzado tanto renombre con la pluma como con la espada y sus composiciones circulan en letras de molde. Pero quienes, principalmente, dedicamos nuestra vida a rendir culto a Marte no solemos ser poetas y la gran mayoría ni siquiera sabría cómo mojar un cálamo en el cuerno de la tinta.

Ese aprendizaje de mi niñez cobró relevancia entre mis iletrados compañeros con los que compartí las penalidades que abruman al soldado en las campañas, en las que asimismo se paladea el sabor de la victoria. Placer que no es comparable a ningún otro.

Hoy, después de haber tomado, hace un par de días, la decisión de empuñar el cálamo, doy gracias a aquel empeño de mi madre y recuerdo con gratitud los mamporros de don Íñigo de Suances, que era el nombre de mi preceptor. Gracias a ellos me es posible dejar constancia en estos papeles de un hombre y de los hechos que marcaron su vida, que es obligado se conozcan por las generaciones venideras de la forma en que ocurrieron. Los hechos, aunque pueden ser considerados desde miradas diferentes, que vienen dadas por la posición que ocupan quienes dan cuenta de ellos, han de responder a la verdad. Cierto es que la verdad tiene matices, pero jamás debe deformarse y menos aún faltar a lo realmente acaecido. Admito la licitud de las valoraciones, pero han de serlo con ponderación y conocimiento de los hechos.

Pongo por escrito esta última reflexión porque hay en nuestro tiempo una especie muy abundante de hombres que hablan sin el rigor que las cosas requieren. Saben de todo y de todo opinan, y lo que resulta mucho más detestable: a su falta de conocimiento añaden la envidia como razón principal de sus palabras. Como digo, he conocido a muchos individuos de esta especie. Unos porque la ignorancia, que siempre es osada, los lleva a hablar y a opinar de lo que no entienden ni saben. Otros porque pretenden ganar crédito y riqueza a base de desacreditar a quienes tienen merecida fama por sus hechos. Abundan en las cortes de los príncipes, lugar muy a propósito para sus dislates y calumnias. Se cobijan allí porque las cortes son la fuente del poder y consiguen mucha ganancia sin gran esfuerzo ni el menor quebranto. Suelen estas gentecillas desatar sus lenguas con las palabras precisas que el príncipe quiere oír. Son aduladores perniciosos, envidiosos de la grandeza de otros porque su mediocridad los lleva a tachar con malas palabras y peores razones lo que han hecho y ellos son incapaces de hacer.

Pero no es de esos envidiosos de quienes quiero dejar constancia, sino, como ya va dicho, de la fama de alguien a quien ellos se encargaron de vituperar. Deseo que haya memoria fiable de las hazañas de don Gonzalo Fernández de Córdoba, duque de Terranova, de Santángelo y de Sessa, señor de Órgiva y, para oprobio de su alteza, don Fernando de Aragón, alcaide de Loja.

Quienes lo tratamos en vida lo llamábamos don Gonzalo de Córdoba y era comúnmente conocido como el Gran Capitán, título que, como más adelante comentaré, se lo dieron sus propios soldados. Los papeles que dejaré escritos recogerán verazmente los hechos que acontecieron al Gran Capitán, que en gloria de Dios esté, porque entregó su ánima al Creador hace ahora una década, al morir en el segundo día del postrero mes del año de 1515, poco antes de que falleciese el rey don Fernando, quien sólo le sobrevivió cincuenta y dos días.

Son muchos los que afirman que su alteza fue gran príncipe y gran político. Es posible que tengan un punto de razón quienes sostienen tal opinión. Ponen por escrito que es gracias a él que su nieto don Carlos, de quien me siento honrado de haber servido en el campo de batalla y estoy dispuesto a hacerlo presto si de mis servicios necesitase, gobierna como rey de España o emperador de romanos, que ambos títulos coronan su testa, convirtiéndolo en el monarca más poderoso del orbe. No seré yo quien quite a su abuelo la parte que corresponde a sus merecimientos, pero no estoy tan convencido de que todo sea debido a él. Don Fernando jamás habría alumbrado la política que se diseñó sin el concurso de la reina doña Isabel. Fue ella quien impulsó la guerra contra los moros de Granada, quien dio alas al genovés Cristóbal Colón, aunque ahora oigo decir tonterías como que es catalán y que en lugar de partir de Palos, puerto de la Andalucía, salió de no sé qué sitio de la costa catalana, para que hiciera la travesía de la mar océana. Fue la reina quien dispuso los matrimonios de sus hijas para dejar a los franceses más solos que la una y fue por eso por lo que su nieto, nuestro rey y emperador, como ya va dicho, recibió la más fabulosa herencia que monarca alguno haya tenido jamás. Pero lo que me lleva a llamar fabulosa a esa herencia viene por las noticias que nos llegan allende los mares, de las Indias. En esas tierras anda mi paisano Pizarro, que también peleó en Nápoles bajo las órdenes de don Gonzalo, buscando El Dorado, según he oído decir. Está asociado con un cura cuyo nombre no recuerdo y un manchego de Almagro. Pero a lo que íbamos. Fue doña Isabel el alma de todo aquello y fuimos extremeños, andaluces, manchegos, gallegos y vizcaínos los que mayormente formamos las compañías que mandó don Gonzalo, un cordobés de Montilla, en las duras campañas que sostuvimos para arrojar a los franceses de Nápoles y para quitarle la corona a don Fadrique y que la ciñera don Fernando, a quien le faltó tiempo para buscarse otra reina cuando apenas se había guardado el luto por doña Isabel. Se casó con doña Germana de Foix, sobrina del monarca galo, y ese matrimonio a punto estuvo de desbaratar la mancomunidad que se había establecido entre las coronas de Castilla y Aragón, y echar por alto lo que tantas fatigas nos costó en Nápoles al negociar con los franceses unos acuerdos que en nada nos beneficiaban.

Dejo constancia de estas puntualizaciones sólo por dar testimonio y, en modo alguno, van puestas en desdoro de su papel como príncipe. Por lo que toca a ciertas decisiones que tomó don Fernando, discrepo de quienes sostienen, para justificarlas, que el príncipe no puede tener sentimientos. Pienso que los príncipes, por muy encumbrados que estén, son personas y, aunque de sus hechos sólo han de responder ante Dios, sus acciones deben estar sometidas a ciertos principios. Don Fernando era suspicaz y desconfiado, quizá por eso nunca fue persona agradecida, más bien al contrario. Se mostró ingrato con los que mejor le sirvieron y de forma muy particular con quien fue su mejor soldado, al que debía la conquista de un reino y a quien algunos de sus leguleyos tuvieron la osadía de pedirle cuentas por haberlo conquistado. Fue ingrato cuando dio crédito a los maledicentes, calumniadores y envidiosos que, como dicho queda, tanto pululan alrededor de tronos, y susurraban a su oído que el Gran Capitán pretendía proclamarse rey de Nápoles. Si ese hubiera sido su deseo, don Gonzalo de Córdoba no habría tenido problema alguno para conseguirlo. Digo esto con mucho fundamento..., pero no adelantemos acontecimientos, que a todo me referiré a su debido tiempo.

Tuve el honor de servir a don Gonzalo como soldado y eso me concedió el privilegio de estar a su lado en muchos de los grandes hechos que protagonizó y que permitieron que se izara el pendón de nuestro rey en Nápoles, pese a los franceses, quienes pusieron toda la carne en el asador para que no fuera así. Deseo, pues, por lo que más adelante diré, poner en limpio la vida de quien sus propios soldados aclamaron en el mismo campo de batalla con el nombre de Gran Capitán. Dejar constancia de sus méritos y de las muchas vicisitudes por las que pasó para hacer realidad la proeza de conquistar un reino para un monarca que le pagó con la peor de las monedas: la ingratitud.

La mayoría de las veces don Gonzalo de Córdoba hubo de enfrentarse a los franceses y a sus aliados con medios muy inferiores a los que ellos tenían, pero sus capacidades para diseñar estrategias, hasta entonces no puestas en práctica, desconcertaban al enemigo. Renovó el arte de la guerra al darse cuenta de que, con la importancia que cobraban las armas de fuego, el tiempo de la caballería había pasado y que una infantería convenientemente organizada y una adecuada potencia de fuego eran más eficaces que los jinetes en el campo de batalla. Con esos planteamientos alcanzó victorias comparables a las de los grandes capitanes de la Antigüedad.

Conocí a don Gonzalo de Córdoba a comienzos del año de 1497, cuando el papa Alejandro Borgia, a cuyas órdenes estaba yo por aquel entonces, le encomendó recuperar el puerto de Ostia, que estaba en manos de los franceses. Su defensa la habían confiado a un vizcaíno llamado Menaldo Guerri. En pocas semanas el Gran Capitán consiguió lo que no habíamos logrado en muchos meses de asedio.

Entré en Roma formando parte de su séquito.

Los romanos le tributaron un recibimiento grandioso. Como a los generales del antiguo imperio cuando regresaban victoriosos de una campaña. Por aquel entonces estaba don Gonzalo en plena sazón, contaba cuarenta y dos años. Era enjuto de carnes, espigado de cuerpo y de miembros muy bien proporcionados. Tenía los ojos garzos y una mirada serena que pocas veces se la vi alterada. Había perdido la mayor parte del cabello, por lo que solía cubrirse con un bonete en el que lucía un zafiro del que pendía una perla. Mucho tiempo después supe que no era un adorno. Me confesó que el zafiro era piedra que ayuda a conseguir éxito en las empresas y a mantener la concentración, y que la perla estimulaba los sentimientos de lealtad y justicia. Siempre me llamó la atención su credulidad para aquellas cosas que a muchos nos importan un bledo. Era algo supersticioso. Como decía, la entrada en Roma fue triunfal, pero no fue eso lo que aquel día llamó mi atención, sino su actitud ante el pontífice. Después de presentarle al vizcaíno aherrojado y vencido, don Gonzalo se postró a los pies de su santidad. El papa, tras bendecirlo, lo alzó con sus propias manos y lo besó en la frente. Luego le entregó la Rosa de Oro, una distinción que los papas sólo conceden a quienes contraen grandes méritos en defensa de la cristiandad. Fue entonces cuando ocurrió algo que dejó petrificados a los españoles que allí estábamos presentes porque su santidad y don Gonzalo hablaban en español. El papa se quejó de ciertas actitudes de doña Isabel y don Fernando. El Gran Capitán le recordó que, gracias a los soldados de nuestros reyes, había recuperado Ostia. No le pareció razón suficiente y reiteró su protesta. Entonces don Gonzalo le dijo que en lugar de quejarse de tan fieles soberanos, reformara sus costumbres y añadió que mucho más le valiera a la cristiandad el que dejara de hacer escarnio y profanación de las cosas sagradas, como eran los favores que dispensaba a sus hijos y las escandalosas historias que protagonizaba con concubinas y meretrices. Yo, que llevaba algunos años al servicio del sumo pontífice y sabía de las formas que se guardaban en la corte de su santidad, tuve que pellizcarme para cerciorarme de que no estaba soñando. Miré a la gente que había a mi alrededor y no necesité más para saber que lo que había creído oír había realmente ocurrido. Desde aquel momento supe que don Gonzalo de Córdoba no sólo estaba dotado de grandes cualidades como guerrero, sino que era un hombre excepcional. Después de este incidente, apenas permaneció en Roma el tiempo justo para no faltar a las normas de la cortesía, pese a que las principales familias romanas se disputaban su presencia en fiestas y convites que se celebraban en su honor.

Decidí entonces que la mayor honra que yo podía ganar sería luchando a sus órdenes y así lo hice cuando se me presentó la primera oportunidad.

Pero antes contaré que fui testigo de la muerte del primogénito del papa, Juan Borgia, cuyo cadáver apareció flotando en las aguas del Tíber una mañana de junio de aquel mismo año. El cardenal de la Santa Croce, don Bernardino de Carvajal, quien me había dispensado su ayuda cuando estaba en Roma sin oficio ni beneficio, nos reunió a un grupo de españoles entre quienes nos encontrábamos Miguel Corella, más conocido como Michelotto, Hugo de Moncada y yo, y nos ordenó que encontrásemos a los asesinos.

Buscamos hasta debajo de las piedras, pero todo fue inútil. Quienes lo cosieron a puñaladas habían ocultado su rastro de tal forma que resultó imposible dar con una pista que nos condujera hasta ellos. Ese asesinato sigue siendo hasta el día de hoy un misterio. La muerte de Juan Borgia hizo que el papa se viera en la necesidad de liberar a su hijo César, a quien había entregado el capelo cardenalicio, de sus obligaciones religiosas. Lo puso al frente de los ejércitos pontificios. Hago referencia a este hecho porque luché durante dos años a las órdenes de César Borgia, participando en la conquista de pequeños estados en la Romaña. La intención de Alejandro VI era devolverlos a la obediencia papal. Estuve en los últimos días de 1499 y en los comienzos de 1500 en el asedio al castillo de Ravaldino, la fortaleza de Forlí, defendida heroicamente por Caterina Sforza, sobrina del duque de Milán, Ludovico el Moro. Una mujer excepcional. Lo digo con conocimiento porque la serví, lo mejor que me fue posible, durante los meses en que sufrió prisión en las mazmorras de la fortaleza de Sant'Angelo, que era el cuartel de la compañía que estaba bajo mi mando. Aquella de la Romaña fue una de mis últimas campañas a las órdenes del Borgia porque en la siguiente guerra, que se desató entre el papa y el duque de Urbino, ocurrió un hecho sumamente grave cuando me lancé al asalto de las posiciones enemigas. Para alentar a mis hombres, grité: «¡España, España!». Aquellos gritos de ánimo motivaron un desencuentro con un conocido capitán romano, llamado Cesare. Aquel sujeto me recriminó que gritase «¡España, España!». Lo consideraba una traición, ya que las tropas de nuestro rey apoyaban a la facción del duque de Urbino al haber cerrado el papa un acuerdo con los franceses. Aquel trato formaba parte de los cambiantes vientos que hinchaban las velas de la política italiana. Que aquel mamarracho me tildara de traidor me sentó muy mal, pero aún me ofendió más que le molestara el hecho de que gritara el nombre de España. Lo reté a duelo y acabé con él. Confieso que me pidió cuartel cuando se vio perdido, pero hice como que no le entendía y lo degollé para que todos supieran que no se podía injuriar impunemente a Diego García de Paredes y mucho menos por gritar el nombre de España.

Como el susodicho capitán pertenecía a una poderosa familia de Roma, tuve que salir por piernas y, sin saber hacia dónde encaminar mis pasos, lancé una moneda al aire. Me dirigí hacia el sur. Fue cosa de la cambiante fortuna que llegara a Nápoles, con los agentes pontificios pisándome los talones, cuando se tuvo noticia de que don Gonzalo de Córdoba arribaba a Mesina, al frente de una considerable flota, para liberar Cefalonia, de la que se habían apoderado los turcos. Aquella isla pertenecía, desde hacía siglos, a la Serenísima República de Venecia. No lo dudé. Me embarqué en el primer navío que zarpaba rumbo a Sicilia y llegué a Mesina con el tiempo justo de enrolarme bajo las banderas del Gran Capitán. Luché a sus órdenes en aquella y en otras campañas, las que libramos contra los franceses para hacernos con el reino de Nápoles. Fui testigo de sus hazañas en aquellos campos de batalla y también lo fui de sus sinsabores.

Por eso y porque veo que la calumnia se abre paso es por lo que he decidido poner en limpio en estos papeles algunas de aquellas cosas. Puedo escribirlas porque fui testigo privilegiado o porque las oí de boca de hombres de honor como los capitanes Luis de Mendoza, Tristán de Acuña o Pedro Gómez de Medina, quien también hacía las veces de mayordomo y siempre andaba preocupado con los dineros y los espléndidos regalos que don Gonzalo realizaba continuamente; también oí contar alguna cosa al capellán Albornoz, que hasta ejerció de espía, o al corsario Juan de Lezcano. Todos ellos ganaron su honra limpiamente. Hombres sin tacha que jamás hicieron uso de malas artes.

Como quiera que el hecho de no ser iletrado no me da timbre de hombre de letras, iré diciendo las cosas que ocurrieron no como suelen ponerlas los literatos en los papeles, sino conforme me vengan al caletre. Ya he dicho que la razón principal por la que ahora empuño una pluma es porque no dejo de escuchar desatinos que, a fuerza de repetirse, podrían acabar por convertirse en verdades. Esto ocurre con demasiada frecuencia, ya que los envidiosos no pueden sufrir ciertas cosas y son ellos quienes disponen de tiempo y recursos para poner por escrito palabras injuriosas contra hombres que, a veces, ni siquiera conocieron.

La gota que colmó el vaso de mi paciencia y me decidió a dar forma a este empeño sucedió tres días atrás en un mesón de Plasencia. Llegué empapado hasta los tuétanos y muerto de frío, protegido con un capotillo de tres cuartos y un papahígo que mantenía oculta mi identidad. Eso permitió que hasta mis oídos llegasen palabras tan soeces referidas a don Gonzalo de Córdoba que tiré del acero que llevaba oculto entre los pliegues del capotillo y conminé al bellaco que tales cosas pronunciaba a desdecirse. Se resistía a hacerlo, pero al desprenderme del papahígo, que empezaba a agobiarme, otro de los parroquianos me identificó. El maledicente se deshizo entonces en excusas y la cosa no pasó a mayores. Pero cuál no sería mi sorpresa al acercársme un testigo de lo ocurrido —tenía trazas de chupatintas por sus ademanes y pedantería— y susurrarme al oído muy quedo y con mucha ceremonia que disponía de papeles, donde estaban consignadas ciertas actitudes reprobables en el Gran Capitán.

Le dije que se referiría a papeluchos maliciosos, pero me replicó que se trataba de documentos certificados y que podía mostrármelos. Lo invité a hacerlo. Sacó de un cartapacio una especie de cuadernillo al que estaban cosidos diferentes pliegos y me suplicó que los leyera. Por la forma en que me lo decía, intuí que se maliciaba que yo no sabía leer y tentado estuve de darle unos sopapos. Decidí echarles una ojeada, aunque me envenenara la sangre. Bastante tenía ya con lo que había salido de la boca del malandrín al que amenacé con rebanarle el cuello si no retiraba sus calumnias; también porque arreciaba la tormenta, la noche se echaba encima y tendría que quedarme en aquella posada. Acerqué una mesa al fuego que ardía en la chimenea, sin que el posadero se atreviera a rechistar. Mataría el tiempo leyendo aquellos papeles reputados de documentos mientras se me secaba la ropa y entraba en calor.

Permanecí enfrascado en aquellos pliegos un buen rato y al concluir su lectura estaba tan enojado que tenía la respiración alterada y hasta me temblaban los pulsos. Aquel sujeto era secretario del alcaide de La Peza, un pueblo del reino de Granada. El cuadernillo en cuestión estaba compuesto por una carta del rey don Fernando, fechada el 14 de agosto de 1515 en el monasterio de La Aguilera. En ella daba al susodicho alcaide una serie de instrucciones, por haber tenido noticia de la arribada al puerto de Alicante de dos barcos procedentes de un lugar de la costa francesa, cercano a Niza, llamado Villafranca y cuyo destino era un lugar de la costa del reino de Granada. La misión de esos barcos, se decía allí, era recoger al Gran Capitán para trasladarlo a Nápoles. Acompañaban a la carta de su alteza, escrita de su puño y letra, otras cuatro cartas de creencia, todas ellas fechadas en Aranda de Duero. Estaban destinadas a cualesquiera autoridades del reino de Granada a quienes le fueren presentadas por el susodicho alcaide, para que le dispensasen toda la ayuda que este reclamase por ser un asunto de gran interés en servicio de la Corona.

Las instrucciones decían que se sometiera a don Gonzalo a estrecha vigilancia y que se tomase razón, con mucho secreto, de la venida de esas naos. Asimismo, ordenaba el rey que, cuando llegasen a puerto, se prendiera a sus tripulaciones y se los obligase a decir cuál era la misión que llevaban. Se autorizaba al alcaide de La Peza a que, si fuera necesario, utilizara el tormento para hacerles confesar el motivo de su venida. También estaba en el cuadernillo una copia del papel que su alteza había recibido de Alicante dándole cuenta de todo aquel embrollo. Don Fernando otorgaba al alcaide, un tal Francisco Pérez de Barradas, poder suficiente para impedir que se hiciera a la vela cualquier embarcación desde los puertos de aquella costa hasta tanto todo quedase aclarado. En el aviso destinado a su alteza se le decía que don Gonzalo haría el viaje hasta la costa desde su residencia en Loja, ciudad en la que se encontraba en un destierro encubierto, con el pretexto de nombrarlo alcaide de aquella localidad que había sido un importante lugar en la frontera cuando el reino de Granada era de los moros, pero un destino innoble para una personalidad como la suya.

En otros papeles del cuadernillo se relataba que el Gran Capitán se había puesto en camino por aquellas fechas para trasladarse de Loja a Málaga, y Pérez de Barradas sospechaba, por el aviso de su alteza, que lo hacía para embarcarse. Pero que al llegar a Archidona don Gonzalo se sintió enfermo, aquejado de las tercianas que lo mortificaban desde que cogió aquellas calenturas en las orillas pantanosas del río Garellano, donde infligió tal derrota a los franceses que los obligó a retirarse a La Gaeta, la última de las plazas fuertes que les quedaban en el reino de Nápoles.

Según decía Pérez de Barradas, la enfermedad lo obligó a regresar de nuevo a Loja y también decía que en Málaga lo tenían todo dispuesto para su embarque. El rey recibió dicha carta el 5 de octubre, cuando se encontraba en Calatayud, y se dio mucha prisa en darle respuesta. Contestaba al alcaide de La Peza dos días después de recibida su carta, diciéndole que aquel viaje de don Gonzalo de Córdoba le hacía sospechar que su deseo era salirse de estos reinos y marchar a Nápoles. Había en ella un párrafo que me resultó particularmente doloroso y que quedó tan bien grabado en mi mente que puedo reproducirlo palabra por palabra: *Y por la dolencia que decís que tiene el dicho Gran Capitán, no os habéis de descuidar, creyendo que estando doliente no lo podrá ejecutar porque su dolencia podría ser fingida.*

No me sorprendía el tenor de aquellos papeles. Su alteza siempre se había mostrado receloso de todo lo que tuviera relación con el Gran Capitán, al que no le gustaba llamar por ese nombre y siempre que se dirigía a él lo hacía por su título de duque. Lo que me resultaba doloroso y me hacía temblar los pulsos era que se refiriese a don Gonzalo como hombre de dos caras y que su dolencia podía ser fingida. El rey siempre había mostrado una habilidad extraordinaria en las cosas de la política, donde aparentar lo que no se piensa, afirmar lo que no se cree y buscar la manera de tender trampas sin que se aprecien por la otra parte son notas habituales. Pero don Gonzalo estaba muy lejos de tales formas que tienen asiento entre cortesanos y políticos. Siempre se conducía por derecho y le gustaba llamar a las cosas por su nombre, si bien en cuestiones de estrategia invariablemente buscó sorprender al enemigo, haciéndole creer lo que no era.

Si me irritaba lo que se decía en aquellos papeles, más despecho me producía la actitud mezquina del rey para con quien le había ganado un reino. Estaba seguro de que todo lo que allí se exponía no era sino una trama urdida por envidiosos.

Mientras los leía recordaba cómo el papa Julio II había ofrecido a don Gonzalo el puesto de gonfaloniero de sus ejércitos. Pero ese papa ya había muerto y el nuevo rey de Francia, Francisco I, había invadido otra vez Italia y obtenido una célebre victoria en Mariñano que le había permitido ocupar el ducado de Milán. La situación en Italia por aquellas fechas, bien lo sabía yo, presentaba a un pontífice que andaba buscando un acuerdo con los franceses y, si eso era lo que estaba ocurriendo, no me cuadraba que los barcos a los que se hacía alusión en aquellos papeles hubieran zarpado de un puerto francés. Lo último que deseaban los franceses era tener al Gran Capitán en Italia. Aquello poseía todas las trazas de ser una farsa orquestada para mantener vigilado a don Gonzalo, como si fuera un malhechor. Sin embargo, todo estaba puesto por escrito en papeles a los que se daba el valor de documentos y eso significaba que, con el paso de los años, los testimonios que quedarían de la vida de don Gonzalo podían ser papeles de aquel tenor. Me acordé de que, siendo niño, oí comentar muchas veces a mi padre que los pleitos se sustanciaban con papeles y que los peritos en leyes solían decir que hablasen plumas y callasen barbas.

Cuando devolví los papeles al secretario ya había tomado una decisión: pondría por escrito lo que yo había vivido al lado de don Gonzalo de Córdoba y añadiría aquellas otras cosas que, sin ser testigo de ellas, habían llegado a mi conocimiento porque las habían contado hombres tan próximos a él como lo había estado yo y que por añadidura merecían todo mi crédito.

Como ya adelanté, quienes lleguen a leer estos papeles, a cuya escritura doy comienzo, observarán que para hilar el discurrir de los hechos que conforman esta historia no seguiré el orden que se acostumbra a tener. Comenzaré mi relato por lo acaecido cuando se tuvo noticia en la corte de su alteza de los graves sucesos ocurridos en Rávena un aciago día de primavera del año 1512. Por aquel tiempo don Gonzalo de Córdoba ostentaba, como dicho queda, el cargo de alcaide de Loja, que no había recibido en heredad para sus descendientes. Sólo lo había aceptado en su persona por hacerle servicio a su alteza. Había rechazado la propuesta real de hacer la alcaidía hereditaria a cambio de renunciar al maestrazgo de Santiago, que don Fernando le tenía prometido e incluso había llegado a extender una cédula con su otorgamiento que yo vi en más de una ocasión, firmada de su rúbrica y sellada con su sello. Asimismo, el papa había firmado otra dando su consentimiento a la concesión de dicho maestrazgo, requisito que era necesario porque se trataba de un cargo de rango eclesiástico que había de ser sancionado por su santidad. Todo eso ocurrió estando el rey don Fernando en Nápoles allá por el año de 1507.

 Es mi deseo contar estas historias como si fuera un espectador a quien la distancia le permite narrarlas como si las viera desde fuera y no hubiera tomado parte en muchos de los asuntos que quedarán reflejados en estos pliegos. Me parece la mejor manera para darle la forma más conveniente. Hacerlo como si las cosas salieran de mi propia boca me otorgaría un protagonismo que, además de ser injusto, se aleja mucho de mi deseo porque el principal actor no fui yo y porque a mi parecer las cosas quedan expuestas con más sosiego y menos sentimiento. También porque algunos de los hechos, como ya va dicho, no los presencié y no podría contarlos como si hubiera estado presente, a pesar de que me fueron narrados con tanto detalle que es como si los hubiera vivido.

 Sólo me resta, antes de relatar a vuesas mercedes lo

que fueron algunas de las muchas vicisitudes que llenaron la vida de don Gonzalo de Córdoba, un segundón de uno de los linajes más aristocráticos de nuestra nobleza, como son los Fernández de Córdoba, poner a Dios por testigo de que lo que voy a contar a vuesas mercedes responde a la verdad de lo acaecido y no a lo que contienen algunos papeles como los que pude leer en la posada de Plasencia tres días ha.

Que Dios Nuestro Señor castigue mi ánima con las penas del infierno si lo que dejaré escrito en estos pliegos no responde a la verdad, al menos a la verdad de lo que vieron mis ojos o me contaron testigos abonados.

1

Burgos, 1512

Unos gritos llamándolo por su nombre al filo de la medianoche no podían anunciar nada bueno.

El capitán Luis de Mendoza, que disfrutaba de una noche de amor con la bella italiana que había hecho su esposa pocos meses atrás, saltó de la cama y se asomó a la ventana. En la calle dos hombres que se alumbraban con una antorcha lo llamaban de nuevo a gritos.

—¡Capitán Mendoza, abrid, en nombre del rey!

—¡Voto a Dios! ¿Qué clase de gritos son estos? ¿A cuento de qué viene semejante escándalo?

Uno de ellos alzó la antorcha que portaba en dirección a la ventana de la que procedía la voz.

—¿Es vuesa merced el capitán don Luis de Mendoza?

—Ese es mi nombre. ¿Puede saberse a qué viene tanto grito y tanta escandalera a estas horas?

—Disculpadnos, señor, pero hacednos la merced de abrirnos. Traemos un mensaje urgente para vos.

—¿Un mensaje? ¿En plena noche?

—Al dárnoslo nos han ordenado buscaros para entregárselo a vuesa merced de inmediato.

El capitán frunció el ceño y temió que se tratara de una trampa. Miró hacia un lado y otro de la calle, intentando descubrir la presencia de alguien más, pero estaba demasiado oscuro. No se veía un alma.

—¿Quién os manda?

—Don Miguel Pérez de Almazán.

A Mendoza le dio un vuelco el corazón. Podía ser la noticia que llevaba semanas esperando, aunque le resultó extraño que el secretario del rey le enviara un mensaje a una hora tan inoportuna. Debía de tratarse de algo muy grave. Volvió a escudriñar la calle por si descubría algo más que la presencia de aquellos dos hombres, pero nada llamó su atención.

—Aguardad un momento.

Cerró el postigo y se disponía a ponerse las calzas cuando su esposa, que se había incorporado en la cama y cubría su desnudez con el embozo de la sábana, le preguntó:

—¿Qué ocurre para que golpeen nuestra puerta a medianoche?

—No lo sé, Maria. Unos soldados traen un mensaje del secretario del rey.

—¿A estas horas? ¿No te parece raro para responder a tu petición?

El capitán se ajustó el cinturón y se encogió de hombros.

—A mí también me extraña. Tal vez no sea la respuesta que esperamos y tenga que ver con los rumores que hablan de unas supuestas noticias que llegan de Italia desde hace unos días.

Maria lo miró con cara de preocupación. Un mensaje a aquellas horas podía significar que estaban movilizando un ejército.

—No me asustes, Luis.

Maria Zanetti era una veneciana bellísima, de piel muy blanca, cabellera cobriza que solía recoger en una trenza, y ojos verdes. Tenía el talle esbelto, la cintura estrecha y emanaba una elegancia que parecía innata. Luis de Mendoza la había conocido en Roma en una fiesta en la embajada española cuando se disponía a regresar a Castilla, de donde había salido con apenas seis años para educarse al amparo de su tío materno, don Bernardino López de Carvajal y Sande, cardenal de la Santa Croce. Había vuelto a Castilla para administrar y cuidar la hacienda del cardenal. Maria también era hija de la hermana de un relevante miembro de la curia. Lo suyo fue un arrebato. Se enamoraron y Mendoza retrasó el viaje unas semanas para contraer matrimonio y traer a Castilla a su esposa. Se habían instalado en Burgos hacía unos meses y el capitán había entregado cartas de recomendación escritas por su tío al secretario del rey para que se le *encontrase acomodo en la corte a tono con su linaje.*

Mendoza se le acercó abotonándose la camisa y la abrazó con ternura.

—Pero no adelantemos acontecimientos. Esos soldados traen un mensaje del secretario de su alteza. Lo mejor será que baje a abrirles y que me lo entreguen, ¿no crees?

—¡Ten cuidado, amor mío! Un mensaje a estas horas... ha de ser un asunto de mucha gravedad.

El capitán acabó de abotonar su camisa, se ajustó las calzas, se echó el jubón sobre los hombros y tomó una vela del candelabro que alumbraba el aposento.

—¿No te llevas la espada?

—Son soldados... —Su marido la miró dubitativo.

—Al menos llévate una daga —le suplicó su esposa.

Cogió su tahalí, que estaba sobre un escabel, y sin sacar la espada de la vaina se lo colgó del hombro.

Maria tenía razón y mientras bajaba la escalera y oía cómo crujían los peldaños de madera bajo su peso pensó si no se trataría de una añagaza para conseguir que abriera la puerta. Se disponía a hacerlo cuando lo sobresaltó un ruido a su espalda.

Era Basilio, su criado, a quien el alboroto también había despertado. Se frotaba los ojos con un puño y sostenía un candilillo; tras él aparecía su mujer con cara de sueño.

—Ya que te has levantado, quita tú la tranca y hazte a un lado cuando descorras el cerrojo.

La orden de su amo lo espabiló al instante.

—¿Puede haber peligro?

—Por si acaso.

Basilio se fijó en la espada que colgaba del hombro de su amo.

El criado siguió al pie de la letra las instrucciones del capitán. Los soldados vestían la librea que los identificaba como pertenecientes a la guardia del rey.

—Discúlpenos vuesa merced por el escándalo, sabíamos que vivíais en la calle, pero no cuál era vuestra casa y no teníamos a quién preguntar. A estas horas... —se excusó el soldado que le entregaba la misiva.

Mendoza se mostró comprensivo.

—A veces cumplir las órdenes da lugar a que se vivan situaciones como esta.

El capitán echó una mirada a la calle y observó que había resplandor en alguna ventana. Los gritos no sólo habían interrumpido su lance amoroso, también habían alterado el quehacer de otros o simplemente los habían despertado.

—¿Ha ocurrido algo?

—Nada que sepamos, señor. Sólo se nos ha dado ese

mensaje para vos por mano del propio secretario. Aunque ha insistido mucho en que os lo entregáramos inmediatamente.

—¿Espera el secretario alguna respuesta?

Los soldados se miraron dubitativos.

—Nada se nos ha dicho. Las órdenes eran entregaros la carta.

—Pasad un momento y aguardad. No sea que dentro de un rato volváis a despertarme.

El soldado que portaba la antorcha la dejó en la manilla que había junto a la puerta y Mendoza ordenó a su criado que sostuviera la vela para poder leer lo que decía aquel papel. El mensaje era escueto. El secretario del rey se limitaba a citarlo a primera hora señalando que era un asunto del servicio de su alteza. Estaba su firma y un sello con las armas del rey.

—No hay respuesta.

Los soldados se marcharon después de saludarlo, y Basilio se encargó de cerrar la puerta mientras Mendoza regresaba a su alcoba.

—¿Qué querían? —le preguntó Maria al verlo entrar.

—El secretario de su alteza me cita a primera hora —respondió él colocando la espada sobre el escabel y quitándose el jubón.

—¿Para qué?

—No lo sé. En el mensaje dice que me aguarda en su gabinete para un asunto del servicio al rey.

—¿Sólo dice eso?

—Sólo eso. El propio secretario ordenó a los soldados que me localizasen a toda prisa.

—No entiendo a los españoles —protestó Maria—. ¿Cómo son posibles estos escándalos en plena noche sólo para comunicar algo que podía esperar a que amaneciera?

—Esos hombres han cumplido las órdenes que les han dado. Era su obligación.

—No lo digo por ellos, sino por ese secretario que les ha dado las órdenes, ¿cómo se llama?

—Miguel Pérez de Almazán. —Mendoza se había despojado de las calzas y se quitaba la camisa.

—Esa clase de mensajes no son para traerlos a estas horas y menos aún para formar un alboroto...

No pudo continuar. Mendoza la besaba en la boca ahogando su protesta. Los besos y las caricias desataron de nuevo la pasión de ambos, que acabaron rindiendo culto a Venus.

Mendoza apagó las velas y la alcoba quedó sumida en una oscuridad sólo rota por la débil luz con que la luna, oculta hasta aquel momento por las nubes, iluminaba ahora la noche burgalesa.

El mensaje del secretario impidió al capitán conciliar el sueño. Quizá en aquellas líneas estaba la respuesta a las recomendaciones de su tío. Se aburriría con las tareas que suponía la administración de la hacienda del cardenal. Era cierto que le proporcionaba los ingresos necesarios para llevar una vida desahogada y satisfacer algunos caprichos de su esposa. Pero aquella vida no estaba hecha para él. Luis de Mendoza era un soldado que, pese a su juventud, había participado en muchas de las campañas que se habían librado en Italia y necesitaba algo más que recorrer fincas y ajustar cuentas. Los últimos cuatro años los había pasado en Roma, acogido a la protección de su tío el cardenal, quien logró que entrara al servicio del embajador de España ante la Santa Sede como jefe de su guardia. Allí fue donde conoció a la mujer con la que acababa de hacer el amor. Pudo haber continuado en Roma, pero su tío precisaba un administrador de sus bienes en España y eso lo obligó a venir a Burgos con la promesa de que podría compatibilizar la administración con un cargo más apropiado a sus deseos. Pero hasta ahora las cartas de su tío no habían surtido efecto. Se aburría, y para completar el panorama Maria echaba de menos las delicias de las que en Roma podía disfrutar una joven como ella y que la austera ciudad castellana donde se habían instalado no podía ofrecerle.

Roma, como su Venecia natal, estaba llena de artistas. En ellas era frecuente que rivalizaran pintores, orfebres, escultores y arquitectos. Había un poeta en cada esquina y cada día se celebraban fiestas suntuosas en los palacios de la aristocracia. A María le costaba trabajo acostumbrarse a la severidad de las formas imperantes en Castilla. Los hábitos de los burgaleses le parecían propios de gañanes comparados con el refinamiento que se estilaba en Roma, pero estaba enamorada de aquel capitán español que se había hecho en los campos de batalla de Nápoles y consideraba un mal menor prestar servicio en la corte del rey Fernando. Aunque a pesar de que apenas había vislumbrado la atmósfera que se respiraba, el capitán empezaba a pensar que se había equivocado al aceptar la propuesta de su tío.

—¿Duermes? —preguntó Maria.

—No, esa carta me ha quitado el sueño.

—También yo estoy desvelada. ¿Qué querrá el secretario del rey?

—No tengo la menor idea.

—Antes de leer la carta te referiste a las noticias que llegan de Italia, ¿piensas que puede ser esa la razón?

—No lo sé. Es posible. Pero... mejor será no adelantar acontecimientos.

—Ha de ser algo muy importante.

—También yo lo creo. Si no fuera así, no se habrían

dado tantas prisas y tampoco sería el secretario del rey quien me recibiera. Lo habría hecho uno de los mayordomos. En la corte, por lo que he podido ver, que es bien poco, son muy puntillosos con el protocolo.

—Me preocupa tanta urgencia y tanto secreto. Tiene que ser un asunto de mucha gravedad para llamarte a estas horas —insistió Maria—. No se me van de la cabeza los rumores que circulan por todas partes sobre la guerra en Italia.

—Todo el mundo habla, pero nadie sabe con seguridad lo que ha ocurrido allí. La guerra se prolonga desde hace muchos meses y la política de tus paisanos es siempre muy complicada. Es posible que haya ocurrido algo muy grave. Tal vez se haya librado una batalla importante.

—No lo sé, pero estoy segura de que esa nota del secretario del rey tiene que ver con los rumores de lo que ha ocurrido en Italia.

—Tal vez tengas razón, pero también puede ser que se trate de algún otro asunto.

—Estoy asustada, Luis.

—No te preocupes. —El capitán la atrajo hacia sí y ella se abrazó a él.

2

El sol acababa de despuntar por el horizonte cuando el capitán Mendoza aguardaba en el antedespacho que daba paso al gabinete de don Miguel Pérez de Almazán, el secretario del rey. Hasta el castillo que coronaba una colina dentro del perímetro amurallado de la ciudad, y que servía de residencia al rey cuando la corte estaba en Burgos, llegaba el sonido de las campanas de la catedral de Santa María y de otras iglesias que tocaban llamando a los burgaleses a las primeras misas de la mañana.

Luis de Mendoza era de mediana estatura y estaba en la treintena, aunque era difícil determinar su edad con precisión. Tenía el pelo negro, lacio y muy brillante; media melena peinada hacia atrás. Era extraño, pero no gastaba barba y se rasuraba dos veces por semana. Sus ojos grandes y negros, el mentón recio y la boca pequeña. Paseaba meditabundo de un lado a otro ante la mirada del ujier que vigilaba el sitio. La espera no fue larga. Otro ujier que se hallaba en el gabinete cuando él llegó lo condujo a presencia del secretario, introduciéndolo en la sala con mucha ceremonia.

Don Miguel Pérez de Almazán —en los círculos cortesanos se referían a él como Almazán o como el secretario— se había labrado un lugar en la corte de la mano de su medio paisano Juan de Coloma desde los años de la guerra de Granada, aprovechando que en el engranaje del reino tenían un sitio cada vez más importante los letrados y administradores. Tenía fama de astuto y algunos lo tildaban de embaucador. Había cumplido los sesenta años y, pese a que su vida ya declinaba, gozaba de mucho poder que derivaba de su cercanía al rey. Todos los asuntos de importancia pasaban por sus manos y se decía que, si bien los años empezaban a pasarle factura, no se movía una mosca sin que él lo supiera. Se desenvolvía con gran habilidad entre los bastidores y conocía como nadie los entresijos de la corte. Era un hombre duro. Cuando llegó, nadie pensó que su vida en aquel ambiente, donde primaba el linaje, los antepasados y las relaciones familiares, fuera a prolongarse mucho tiempo; tampoco que fuera a conseguir un hábito de la Orden de Santiago y mucho menos que alcanzara un señorío. Sobre todo teniendo en cuenta que sus bisabuelos eran judíos conversos, un estigma que había supuesto para muchos un freno para su ascenso social. Pero él había maniobrado con habilidad. Supo estar en el sitio justo en las luchas por el poder que libraban las facciones cortesanas. Se había ganado la confianza del rey resolviendo a plena satisfacción del monarca las delicadas y a veces poco confesables misiones que le había encomendado.

El ujier se retiró y, por un momento, el capitán se quedó sin saber qué hacer ni qué decir. Almazán trabajaba en unos papeles de los que no apartaba la mirada ni tampoco se había levantado de su sillón. Al cabo de un rato se limitó a decirle:

—Tomad asiento, Mendoza. —Señaló una jamuga alzando la vista un instante, sin interrumpir su tarea.

El capitán se sentó un tanto molesto por aquella actitud y trató de distraerse observando los rayos de sol que se colaban por los vidrios emplomados de la ventana. Presa de una incomodidad creciente, aguardó cerca de un cuarto de hora. En el gabinete, apagado el sonido de las campanas, sólo se oía el ruido sobre el papel del cálamo que empuñaba Almazán. Aquella espera hizo que carraspeara en dos ocasiones. Lo hizo para hacer notar su presencia, pero el secretario parecía haberse olvidado de que estaba allí. No había vuelto a alzar la vista una sola vez. Cuando dejó de escribir, espolvoreó el pliego con arena y lo leyó. Sólo después se dignó a dirigirle la palabra, obviando un saludo de bienvenida e ignorando las más elementales formas de cortesía.

—Fue anoche, muy tarde, cuando su alteza tomó la decisión que me obligó a mandaros recado tan a deshoras.

Mendoza pudo haberle respondido con diplomacia, pero no lo hizo. Las formas del secretario habían encrespado su ánimo.

—Así es, señor. Unid a ello el escándalo que organizaron los hombres que enviasteis a mi casa. Sus voces a medianoche causaron no poco alboroto entre el vecindario.

Almazán lo miró con aire de sorpresa. El secretario no estaba acostumbrado a tales respuestas, pero la pasó por alto. Se levantó y se acercó a la ventana, por donde ya entraba con fuerza la luz de la mañana.

El secretario habló dándole la espalda.

—He de encomendaros una misión sumamente importante y que requiere ganar los días y aun las horas.

Mendoza había estado a punto de hacerle la cortesía

de levantarse cuando lo hizo el secretario, pero permaneció sentado. Se hallaba ofendido con aquella actitud, pero decidió olvidarse de la afrenta. Tal vez aquella misión significara un primer paso para hacer realidad sus deseos. No se privó, sin embargo, de tirarle una última pulla.

—Eso explica las circunstancias en que me llegó vuestro recado.

El secretario se volvió hacia Mendoza sin disimular su incomodidad.

—Prestad atención a lo que voy a deciros.

Almazán aludió vagamente a los rumores acerca de las noticias que habían llegado de Italia, utilizando un lenguaje propio de cortesanos.

—¿Podría vuesa merced explicarme qué hay de cierto en los rumores que circulan por la ciudad?

—Nuestras tropas..., bueno, en realidad las de la Liga, han sufrido un serio descalabro a manos de los franceses. —Almazán se extendió en numerosos detalles de la batalla que habían llegado a su conocimiento, desgranando aspectos sobre la actuación de la infantería que mandaba Pedro Navarro—. La gravedad de lo ocurrido ha sido confirmada por una carta que su santidad ha escrito al rey y que se recibió ayer.

Mendoza recordó que, unas semanas antes de embarcar para hacerse cargo de la administración de la hacienda de su tío, se había firmado en Roma una nueva Liga Santa que agrupaba ahora a don Fernando, el papa y la República de Venecia, y tenía como objetivo poner freno a las pretensiones de Francia sobre ciertos dominios italianos.

—¿Dónde se ha librado la batalla?

El rostro del secretario se contrajo levemente. No le había gustado que lo interrumpiera.

—En las afueras de Rávena. Lo ocurrido allí es mucho más grave que lo que indicaban las primeras noticias. Tan grave que anoche mismo su alteza tomó una decisión que, puedo asegurar a vuesa merced, no le ha resultado fácil. —Almazán se acarició el mentón buscando las palabras más idóneas—. Sería más adecuado decir que le ha costado mucho tomarla, si bien es cierto que la barajaba desde hace días. Ha sido la misiva del papa lo que le ha llevado a decidirse. —Mendoza estuvo a punto de preguntar que a qué decisión se refería, pero guardó silencio. Se había dado cuenta de que no le había gustado la interrupción anterior—. Esa carta que estaba terminando de escribir cuando habéis llegado —el secretario señaló el pliego que había sobre la mesa— será la que firme el rey cuando me llame sin mucha demora. Tiene que llegar a su destinatario lo antes posible.

—Perdonad, don Miguel, pero ¿qué tengo yo que ver en todo esto?

—Quiero que vuesa merced dé escolta al mensajero que llevará el correo. Será una escolta muy… especial porque sólo la formará usted.

Mendoza pensó que el secretario bromeaba. No era posible que un capitán diera escolta a un correo. A veces se les daba protección, pero de eso se encargaban simples soldados.

—¡Señor secretario, sabéis que esa misión no corresponde a un capitán! —No había alzado la voz, pero el tono señalaba que su enfado era grande—. Hay muchos hombres al servicio de su alteza que pueden cumplirla con decoro.

Almazán se ajustó las antiparras, que habían resbalado sobre su prominente nariz, y miró fijamente a Mendoza.

—Estamos hablando de un asunto delicado, una misión de gran importancia. Como he indicado a vuesa merced, se trata de una escolta muy especial.

—¿Podéis decirme quién es el destinatario de esa carta para que se me pida que escolte a quien la lleva?

—El destinatario es don Gonzalo Fernández de Córdoba.

Las palabras del secretario sonaron solemnes.

El capitán contuvo la respiración al tiempo que notaba cómo un temblorcillo se apoderaba de sus piernas, lo que trató de disimular afianzando los pies en el suelo.

—¿Ese correo se dirige a Loja?

—Así es. Va dirigida a su alcaide. Vuesa merced ha de saber que este es un asunto confidencial. Sabed que su alteza desea que la discreción sea absoluta.

El capitán se preguntó qué podía querer el rey del Gran Capitán con aquella carta que reposaba sobre la mesa del secretario. Don Gonzalo de Córdoba se había convertido en poco menos que un proscrito al que habían alejado de la corte. Para don Fernando era casi una amenaza que había neutralizado destinándolo a un lugar apartado del reino. El secretario llevaba razón cuando le había dicho que se trataba de una misión de gran importancia. Llevar al alcaide de Loja una carta del rey era, sin duda, un encargo de peso. Mendoza se olvidó del escozor que le había provocado el saber que su papel era darle escolta a un correo.

—Supongo que esa carta tiene que ver con la derrota que hemos sufrido en Italia, ¿me equivoco?

—No se equivoca vuesa merced.

Ahora fue Mendoza quien se acarició el mentón.

—¿Os importaría darme detalles sobre lo que ha sucedido en Rávena?

El secretario se quedó mirándolo fijamente.

—¿Significa eso que vuesa merced acepta la misión de escoltar al correo?

El capitán asintió con un leve movimiento de cabeza y el secretario le dio entonces una detallada explicación de lo que, según las cartas recibidas, había ocurrido en el campo de batalla.

—Hoy podemos asegurar que la derrota ha sido muy grave, sólo quedan algunos detalles por confirmar, pero la muerte de Gastón de Foix, al ser hermano de nuestra reina, abre nuevas perspectivas.

—¿Qué queréis decir?

—Que esa muerte aclara mucho el panorama en Navarra. Rávena puede conducirnos a Navarra, que es el principal objetivo de la política del rey. Pero esa es otra cuestión. Supongo que vuesa merced se habrá preguntado ya cuál es la razón por la que ha sido elegido para llevar a cabo esta misión.

—Así es.

El secretario, antes de darle una explicación, lo miró con curiosidad, como si tratara de escudriñar en sus pensamientos.

—Según tengo entendido, vuesa merced ha estado muchas veces junto a don Gonzalo. Mandó una de las compañías de su ejército. Peleó a su vera en Ceriñola siendo su alférez. También participó en la jornada del Garellano y formó parte del cortejo que hizo la entrada triunfal en Nápoles.

—Todo lo que decís es verdad, pero no lo es menos que fui uno más. Muchos otros estuvieron junto al Gran Capitán en esos sitios.

—Cierto, pero esos otros no están en Burgos. Además, no son tantos los que han estado tan cerca de él como vos.

—¿Qué queréis decir?

—Que esa es la razón principal por la que se os ha llamado.

—No os entiendo.

—Oídme bien. Oficialmente vuestra tarea es la de dar escolta al correo. Pero lo que se os pide es conocer el ambiente que reina en torno a don Gonzalo de Córdoba y también saber cuál es la reacción del alcaide de Loja cuando lea esa carta. —Señaló el pliego que había sobre su mesa.

El secretario había sido ladino. No andaban muy descaminados quienes lo tachaban de embaucador. Mendoza se sintió burlado. El secretario le había hecho empeñar su palabra sin desvelarle el verdadero objetivo de su misión.

—¿Me está vuesa merced pidiendo que ejerza de espía?

—Vuesa merced no debería llamarlo de esa manera...

—¿Cómo he de llamarlo?

—Lo ocurrido en Italia es sumamente grave. A vuesa merced no tengo que explicárselo, es un experimentado militar. Su alteza tiene que estar seguro de los pasos que da. No puede permitirse cometer errores ya que es mucho lo que hay en juego. Por otro lado, lo que se requiere de vuesa merced no es indecoroso. Sólo se os pide que, cuando regreséis, el rey sepa cómo ha reaccionado don Gonzalo a la propuesta que le hace en esa carta. —Almazán se cuidó mucho de desvelar su contenido y Mendoza era consciente de que no podía preguntarlo—. Únicamente se os insta a que observéis, que observéis con atención; que valoréis lo que allí veáis. Ese es el servicio para el que os requiere su alteza. Vuesa merced, por lo que tengo entendido, es hombre de juicio y comprenderá que a nuestro rey le interesa saber el ambiente que se respira en Loja.

—No soy..., no soy la persona más indicada. Carezco de experiencia en esas situaciones.

—Vuesa merced no debe ser tan modesto. Ha prestado servicios en nuestra embajada ante la Santa Sede y conoce la importancia de un gesto, de una mirada, incluso de una palabra que se escapa. Esas cosas tienen, las más de las veces, un valor más importante que una declaración.

Almazán era un cortesano y Mendoza, un militar muy alejado de aquella clase de planteamientos. Por mucho que el secretario lo adornara, el encargo era espiar. No le gustó y por un momento dudó si marcharse y asumir las consecuencias, que sin duda serían muy graves. Sin embargo, la perspectiva de volver a ver a don Gonzalo de Córdoba...

—¿Cuándo partimos?

—Disponedlo todo para poneros en camino esta misma mañana. Como os he dicho antes, al rey le ha costado decidirse. Pero ahora el asunto requiere toda la rapidez que podamos darle. Hay que ganar los días. Venid de nuevo a mi gabinete pasadas tres horas. Espero que para entonces la carta esté firmada.

—Aprovecharé ese tiempo para preparar lo necesario.

—No carguéis demasiado. Debéis cumplir vuestra misión en el menor tiempo posible.

—Tendré en cuenta vuestro consejo.

Mendoza salió del despacho conteniendo el malhumor. Ahora dudaba de que el placer de volver a ver a quien había sido su general fuera razón suficiente para haber admitido la misión que le habían encomendado. Mientras bajaba la escalinata, pensaba que ni siquiera el servicio al rey convertía en honorable espiar a un hombre por el que quienes habían combatido a su lado sentían algo más que admiración. Una admiración que, combinada con la envidia y la maledicencia de muchos cortesanos, y la desconfianza que era innata en el rey, habían llevado al Gran Capitán hasta aquel destierro encubierto al que lo había condenado, nombrándolo alcaide de Loja. También turbaban su ánimo las palabras del secretario acerca del trabajo que al rey le había costado decidirse a enviarle aquella carta. Se preguntó qué sería lo que su alteza decía en ella.

3

En el reloj de sol del patio eran las diez cuando Luis de Mendoza, acompañado de Basilio, que llevaba el hatillo que Maria le había preparado, cruzaba el portón de la residencia real. Atravesó por un pasaje donde estaba el cuerpo de guardia, frente a la sala en la que mataban el tiempo los correos reales en espera de que se les encomendara alguna tarea. A sus oídos llegó una explosión de júbilo mezclada con algunas maldiciones. Alguien acababa de ganar una partida de cartas o los dados le habían sonreído. El juego estaba prohibido, pero esa prohibición, que había sido exigida con rigor cuando vivía la reina Isabel, se había relajado. Ahora solía hacerse la vista gorda, y los juegos de naipes y dados se habían convertido en algo habitual entre los soldados de la guardia y entre los correos. Pasaban el tiempo de esa forma, aunque se sabía que en algunos envites se habían alcanzado cifras muy elevadas para los bolsillos de aquella gente, e incluso se habían jugado en apuestas durísimas otras cosas que mejor era no nombrarlas.

El capitán iba a decirle algo a Basilio cuando el mismo ujier que lo había conducido aquella mañana al gabinete del secretario apareció por el patio y se acercó hasta la puerta de la sala de correos y gritó:

—¡Camarena, el secretario quiere verte!

El guirigay que había en el tugurio era tal que el ujier se vio obligado a alzar la voz para hacerse oír. El correo debía de llevar esperando un buen rato porque exclamó:

—¡Por san Cristóbal que ya era hora! —Miró al ujier y le soltó—: ¡Tú podías haber venido a avisarme un poco antes!

Bartolomé Camarena era un tipo de baja estatura pero de complexión robusta. Tenía la piel atezada, propia de quien pasaba jornadas sometido a las inclemencias del tiempo, sufriendo los rigores del calor y del frío o la molestia de la lluvia por los caminos. El pelo era de color castaño y muy corto. En su rostro, alargado, destacaban unas cejas pobladas, lo que unido al nacimiento del pelo, muy bajo y que le estrechaba demasiado la frente, le daba un aspecto fiero. Llevaba colgada del cinto una cinquedea, con una hoja de cinco dedos de anchura, cuando menos. Se marchó con el ujier farfullando maldiciones por lo bajo. Sin duda, había sido el perdedor de la última partida.

El capitán los vio alejarse. Si lo llamaba el secretario, era posible que se tratara del correo que llevaría la carta para don Gonzalo de Córdoba, aunque también podían encargarle cualquier otra misión. Todos los días salían del castillo docenas de cartas hacia los lugares más diversos del reino y más allá de sus fronteras.

—Aguarda a que vuelva y no le quites el ojo de encima al equipaje —indicó el capitán a su criado, y se dirigió al gabinete del secretario.

En la antecámara dijo al ujier que el secretario lo esperaba.

—Pase vuesa merced y ándese con pies de plomo.
—¿Por qué?
—Porque don Miguel tiene hoy el humor revirado. Cuando he dejado ahí a Camarena, me ha despedido con un bufido. Que no levante la cabeza del papel que está leyendo es lo normal, pero cuando gruñe de ese modo... Si tiene vuesa merced que pedirle un favor, no le arriendo las ganancias.

Al capitán le extrañó el desparpajo del ujier.

En el gabinete, Bartolomé Camarena aguardaba de pie sosteniendo en sus manos el bonete en señal de respeto. El capitán lo miró, pero no hizo comentario alguno. Ambos permanecieron en silencio, limitándose a cruzar alguna que otra mirada durante varios minutos, hasta que Almazán alzó la testa y los escrutó con sus ojillos miopes a través de las antiparras. Frunció el ceño al ver a Mendoza.

—¿Lo he mandado llamar?
—Me dijo que estuviera aquí pasadas tres horas.

Asintió, con un leve movimiento de cabeza, y se dirigió al correo:

—Tienes que ir a Loja...
—¿Eso está en el reino de Granada?

Almazán no respondió. Se recolocó las antiparras, se recogió los pliegues de su amplio ropón y, levantándose, se acercó a un mapa, primorosamente dibujado en un enorme pergamino y tensado sobre un bastidor que estaba colgado en la pared junto a la ventana

—Acércate, te mostraré dónde está.

Camarena se aproximó al mapa y atendió a las indicaciones del secretario, que había posado su dedo sobre un punto cercano a lo que había sido la frontera con los moros hasta que los Reyes Católicos emprendieron la campaña que acabó con el poder del islam en la Península.

—Aquí está. Este sitio es adonde tienes que ir.

El correo observó el mapa y desplazó lentamente su dedo, como si trazara un itinerario, desde Burgos hasta Loja.

—La mejor ruta, como podréis observar, es por aquí. Conozco bien los caminos de La Mancha, pero es poca mi experiencia en las Andalucías. Lo que sé es que el principal problema para llegar hasta esas tierras es salvar esos montes. —Señaló Sierra Morena—. Luego la cosa no tiene más dificultades que las habituales.

—¿Cuánto puedes tardar en llegar a Loja?

—Es difícil de decir. Loja queda lejos. Hay bastante más de cien leguas.

—No has respondido a mi pregunta. ¿Cuánto tardarás?

—Si no hay problemas, que suele haberlos casi siempre... —el correo echó cálculos—, como mínimo siete días para ir y otros tantos para volver. Eso si el tiempo acompaña. Si se pone feo, necesitaré algún día más.

—¿Una semana para ir y otra para volver? —Almazán hizo un aspaviento—. ¡Ni que fueras montando un asno!

—Son muchas leguas, señor. Las posibilidades de un imprevisto son numerosas.

El secretario soltó un bufido y se sentó de nuevo.

—¡Tienes que hacer el camino de ida y vuelta en ocho jornadas! —gritó golpeando la mesa con la palma de la mano—. ¡Ni una más! ¡Hay que ganar los días!

—Señor..., acabo de decir a vuesa merced que hay bastante más de cien leguas. —Miró el mapa y afinó la distancia—. Yo diría que unas ciento treinta. Lo que pedís es imposible. No hay caballos capaces de resistir ese ritmo.

—Los días alargan ya y si es necesario... Si es necesario, se cabalga de noche. Vas a tener la luna a tu favor. He consultado el almanaque y mañana es luna llena. Además, dispondrás de buenos caballos. —El secretario abrió un cajón de su bufete, sacó una bolsa repleta y la puso sobre la mesa—. Ahí tienes dinero para comprar una yeguada.

Camarena pensó en lo fácil que se veían las cosas desde un gabinete como aquel. Hacer ciento treinta leguas suponía enfrentarse a los numerosos peligros de un viaje. Peligros que aumentaban conforme se alargaba la distancia a cubrir y que iban desde conseguir caballos adecuados en las postas, cosa que no siempre era posible, hasta la eventualidad de verse atacado por alguna banda de forajidos o tener que dar un rodeo. Todo eso sin contar con la lluvia, que podía convertir los caminos en barrizales por los que resultaba imposible transitar.

—Perdonad, pero hacer tantas leguas no es sólo una cuestión de dinero. A veces hay que dar algún rodeo. Si llueve... Estamos en tiempo de aguaceros y tormentas, señor. Todo eso influye. Las más de las veces en la posta sólo se encuentran jamelgos, aunque los cobran como si fueran de pura sangre.

—La posta..., la posta. —El secretario se puso otra vez en pie, pero sin moverse de donde estaba. Apoyó los puños sobre la mesa—. ¡Por todos los santos de la corte celestial, Camarena! Eres un buen correo, pero también un redomado bellaco. Sé que lo que te estoy pidiendo no es fácil. Pero ya conoces el refrán... Dineros tenga mi amo que caballos no han de faltar. No me hagas enojar. En la posta siempre hay buenos caballos si se tiene con qué pagarlos. En esa bolsa tienes dineros más que suficientes para hacerte con los mejores del reino. Si estás de regreso en la fecha señalada…, doblaré tu soldada. ¡Eso es, doblaré la soldada!

—Señor, ocho días es muy poco para hacer un camino tan largo.

—Añadiré un premio de diez ducados.

Bartolomé Camarena se encogió de hombros.

—Es una oferta generosa. Pero no puedo prometeros nada. Ocho días son… Bueno, se intentará. El problema es que no sabe uno lo que puede encontrarse cuando ha de recorrer una distancia como esa.

—La Mancha es tierra muy llana.

—Cierto, señor. Pero Sierra Morena es escarpada… y pasarla es muy peligroso. Según tengo entendido, los cuadrilleros no han podido todavía con los malhechores que se amparan en aquellos montes.

—¡Déjate de monsergas! Tendrás paga doble y diez ducados si estás aquí dentro de ocho días.

—¿He de traer respuesta? —preguntó Camarena.

—Por supuesto.

—No será posible.

—¿Por qué?

—Señor…, no sabré cuánto tardaré en tenerla en mi poder. No sabré cuándo podré emprender el regreso.

—Añadiremos un día más al plazo: nueve días. Tendrás que esforzarte para que doble la paga y te lleves esos diez ducados de añadidura.

—Está bien, señor. Se hará lo que se pueda.

En los labios de Almazán apuntó una sonrisilla y sacó otra bolsilla de cuero y se la lanzó a Camarena.

—Ahí llevas dinero para ayuda de costa. El capitán y tú necesitaréis comer y dormir. No olvides que has de dar razón tanto del dinero que gastas en la posta como de este otro. ¿Conoces al capitán don Luis de Mendoza?

—Sólo de vista.

—El capitán te dará escolta hasta Loja y te acompañará al regreso.

El correo, indeciso, se quedó mirando a Mendoza, quien observó cómo Camarena arrugaba la frente. No le extrañaba que le adjudicaran una escolta, pero era la primera vez que lo acompañaría un capitán. Los códigos por los que se regían los correos reales incluían de forma taxativa no preguntar por el contenido de los mensajes que se les confiaban. Pero que un capitán lo acompañara suponía que los pliegos que iban para Loja eran cosa de mucha importancia. Hizo una inclinación de cabeza en señal de saludo, a la que correspondió el capitán de la misma forma.

—Me ha dicho vuesa merced que he de ir a Loja, pero no me ha dicho a quién he de entregar el mensaje.

—El destinatario es don Gonzalo Fernández de Córdoba. Estoy seguro de que has oído hablar de él.

—¿Se refiere vuesa merced al Gran Capitán?

—Así lo llaman algunos. —Sus palabras sonaron despectivas.

El capitán no se contuvo.

—¿Dice vuesa merced algunos? Así es como se le conoce en todo el orbe. Su nombre ha sido aclamado en los sitios más diversos. ¡Hasta el rey de Francia lo llama así!

—Bien..., es cuestión de opiniones. —Almazán estaba visiblemente molesto—. Ya sabes a quién has de entregarlo. Si no hay ninguna pregunta que hacer, no debes perder un minuto. —El secretario miró a los dos hombres, que aguardaron en silencio—. ¡Entonces, andando!

El capitán estaba enojado y como no deseaba permanecer allí un segundo más, se despidió y abandonó el gabinete, pero Camarena se mantuvo inmóvil con una sonrisa pícara dibujada en los labios. Almazán le preguntó:

—¿Puede saberse a qué esperas para ponerte en camino?

—Vuesa merced se olvida de algo.

El secretario alzó las cejas y arrugó la frente.

—Habla.

—Antes de partir debería darme los pliegos que he de llevar a Loja y, si le parece oportuno, firmar los recibos de los dineros que me ha dado vuesa merced a cuya palabra haré honor y no los contaré.

El secretario farfulló entre dientes algo ininteligible, mojó el cálamo y se lo ofreció a Camarena para que firmase los recibos. Luego buscó entre los papeles de la mesa una carta lacrada con las armas reales y, antes de entregársela, le hizo una última advertencia.

—Has de entregarla en mano.

—Perded cuidado. Haremos el camino lo más rápido que nos sea posible, pero no os garantizo estar de vuelta dentro del plazo señalado. Una cosa son los deseos y otra muy diferente la realidad.

Bartolomé Camarena se mostraba mucho más sociable al no estar en presencia del secretario. En la cuadra, mientras ambos rellenaban las alforjas con los equipajes que podían permitirse para no sobrecargar los caballos, comentó al capitán:

—Si queremos tener algunas posibilidades de llegar a Loja en el plazo que el secretario ha fijado, tenemos que hacer noche en Sepúlveda. Eso sólo será posible si logramos unos buenos caballos en la posta de Aranda.

—¿Cuántas leguas tenemos hasta Sepúlveda?

—Unas veintisiete.

—Eso es mucha distancia.

—Ya lo sé, pero tenemos que intentarlo. Los caballos con los que partimos son animales excelentes —acarició el cuello del suyo palmeándolo—, el camino es muy llano y, si necesitamos hacer alguna legua después de anochecido, la luna nos favorecerá.

—Si lo ves tan claro…

—Es difícil, pero no imposible.

—Podemos partir cuando quieras.

—¡Entonces, vámonos! Si esta noche no dormimos en Sepúlveda, os aseguro que no estaremos en Loja en el plazo que el secretario desea.

Eran dadas las once cuando cruzaron el portón y, al paso, salieron de Burgos por la puerta de Santa María. Una vez que cruzaron el Arlanzón, avivaron el paso y cabalgaron en silencio.

Sólo se detuvieron para refrescar los caballos en un pilón que había en las afueras de Lerma y después no pararon hasta llegar a Aranda.

La posta estaba en un mesón junto al puente sobre el Duero. Allí repusieron fuerzas dando cuenta de unos platos de cordero regados con vino y algo de queso, mientras los mozos se encargaban del cambio de los caballos, que resultó fácil porque Camarena era conocido. Dejaron atrás Aranda cuando la tarde ya declinaba. Era complicado que sus propósitos se hicieran realidad porque hasta Sepúlveda quedaban más de diez leguas. Forzaron la marcha hasta el límite de la resistencia de los animales y llegaron una hora después de la puesta de sol. Lograron entrar en la villa gracias a que Camarena hizo valer su condición de correo real ante los guardianes que custodiaban la entrada. Los animales estaban agotados, pero si se les daba un buen pienso, al día siguiente estarían en condiciones de acometer la subida de Somosierra, que era el principal de los obstáculos que tenían que salvar hasta pasada La Mancha.

Consiguieron posada en un mesoncillo que había en la plaza Mayor, junto a las casas del cabildo. Les ofrecieron un guiso de nabos con tocino que no les convenció y comieron algo de lo que guardaban en las alforjas: un tasajo de carne seca que pasaron con un poco de vino del pellejillo que llevaba Camarena. El aposento donde se alojaron tenía mejor aspecto que el guiso que habían rechazado y durmieron a pierna suelta hasta que los despertó el sonido de una campana. Tras asearse lo mejor que pudieron y beberse unos tazones de leche recién ordeñada que acompañaron de unas rebanadas de pan untadas con manteca, abandonaron Sepúlveda con las primeras luces del alba dispuestos a cruzar el paso de Somosierra.

Hablaron poco, pero se contaron algunas cosas de sus respectivas vidas. Camarena era riojano, de la aldea de Anguciana, cercana a Haro. Había luchado en las últimas campañas de la guerra de Granada, como peón de la milicia concejil de Haro, para huir de los rebaños de cabras y ver mundo. Logró hacerse con un puesto entre los correos del rey por haber conseguido llevar a pie un mensaje en circunstancias tan difíciles que llegó a oídos de la reina doña Isabel.

—Este de correo real es un buen oficio. Tiene sus riesgos, pero te pagan bien y estás en el ajo de todo.

—¿Qué quieres decir con eso?

—Ya me entiende vuesa merced. Se está al tanto de muchas cosas, aunque entre nosotros hay un dicho que ha de cumplirse a rajatabla: ver, oír, observar y guardar silencio. Hay que ser persona discreta. Esa fue otra de las razones por las que logré este puesto.

El capitán le contó que él había nacido en Salamanca, pero que, al perder a sus padres siendo muy niño, marchó a Roma, donde lo acogió un tío suyo que era cardenal y, desde muy joven, había entrado como doncel al servicio de don Gonzalo de Córdoba, a cuyas órdenes había peleado. Fue su alférez, y después de la jornada de Ceriñola se le encomendó el mando de una compañía de infantería con la que cruzó el Garellano y atacó La Gaeta. Luego había vivido varios años en Roma, donde había conocido a su esposa, aunque ella era veneciana.

—Vuesa merced ha pasado entonces toda su vida en Italia.

—Casi toda.

—¿Cuándo ha regresado?

—Hace sólo unos meses. Mi tío, el cardenal, necesitaba alguien de su confianza que administrase su hacienda. Tiene varias propiedades cerca de Burgos.

—El de administrador es un oficio tranquilo.

—Demasiado tranquilo.

—¿Le importa a vuesa merced que le haga una pregunta muy... personal? Es que siento mucha curiosidad.

—Hazla, otra cosa es que te la conteste.

—¿Por qué le han hecho este encargo?

—¿Qué encargo?

—Venir conmigo a Loja.

—Para darte escolta.

—Vamos, capitán. ¡A otro chucho con ese hueso! Lo de la escolta no me lo trago. ¿Un capitán protegiendo a un correo...? Supongo que tendrá que ver con vuestra relación con el Gran Capitán.

Mendoza pudo comprobar que Camarena era hombre de mucha experiencia y muy agudo. Parecía persona en la que podía confiarse, pero apenas lo conocía. No podía satisfacer su curiosidad.

—Antes me has dicho que una de las virtudes más estimadas entre los correos es la discreción. A todos los efectos, soy tu escolta.

El plan de Camarena para la jornada era acercarse lo más posible a la villa de Madrid. Hicieron noche en una venta caminera que estaba a tres leguas. Era un lugar cochambroso. Pero no había donde elegir. Tuvieron que compartir aposento con unos arrieros que iban camino de Santander. Alguno roncaba como si tuviera un pito en la garganta. También compartieron el colchón relleno de paja donde se acomodaba algún que otro inquilino. Entre ronquidos y picores, Mendoza apenas pudo conciliar el sueño. Llevaba demasiado tiempo sin estar en campaña, cuando estaba habituado a situaciones como aquella. Camarena logró dormirse con una facilidad que al capitán le provocó sana envidia.

Se levantaron cuando todavía era de noche y en la venta comenzaba la actividad. Sólo les dieron un poco de leche antes de partir. El objetivo de la jornada era Toledo. Pero las cosas parecieron torcerse al llegar a Madrid porque era imprescindible cambiar de caballos y perdieron mucho tiempo. En el patio de la casa de postas, que estaba junto a un convento de frailes benedictinos bajo la advocación de san Martín, tenía lugar una discusión. Era algo habitual. La disputa fue a mayores. Hubo palabras muy gruesas e improperios, y no tardaron mucho en pasar de las palabras a los hechos. En un instante se organizó una bronca que acabó en reyerta con dos muertos y varios heridos. Unos vizcaínos se habían enfrentado a unos maragatos por cuestiones de rivalidad en un asunto de negocios. Hasta que los alguaciles hicieron las pesquisas correspondientes no permitieron que nadie se moviera de allí. Habían perdido buena parte de la jornada.

—Si hacemos noche aquí, no llegaremos a Loja en el plazo señalado. Toledo está a doce leguas.

—¿Cuándo llegaríamos?

—Si no nos entretenemos, al filo de la media noche. El camino es bueno y está seco. ¿Qué me dice vuesa merced?

—Sé poco de estos asuntos. Es a ti a quien le han ofrecido la paga doblada y diez ducados más. Decide tú. ¿Podremos encontrar donde dormir a esas horas?

—Conozco un sitio junto a la muralla, cerca del arrabal de Santiago. He tenido tratos con el posadero y, aunque es un malandrín, nos dará cobijo.

—Por mi parte no hay problema.

—Entonces, no se hable más.

El capitán observó que Camarena se desenvolvía con mucha soltura en sitios como la posta, que para un novato resultaría muy complicado. Sabía de caballos y cómo tratar con aquella gente. Logró cambiar los caballos por buenas monturas con un costo que no le pareció excesivo. En poco más de media hora había conseguido dos alazanes que tenían más alzada que porte, pero que, según decía, les permitirían llegar, aunque tarde, a Toledo y con tiempo para descansar al menos unas horas. También se hizo con una tripa de longaniza, un poco de queso y media hogaza de pan que comieron cuando dejaron atrás Madrid, justo después de cruzar el Manzanares.

Buena parte del camino lo hicieron a la luz de una luna rotunda que les facilitó la marcha. Como el día anterior, apenas cruzaron alguna palabra más allá de haberse contado algo de sus vidas. Cabalgaban sumidos cada uno en sus pensamientos. El capitán no dejaba de darle vueltas al posible contenido del mensaje que llevaba Camarena. Se preguntaba si el rey le ordenaría a don Gonzalo, después de haberlo maltratado de forma tan deshonrosa, que se pusiera de nuevo al frente del ejército de Italia para luchar contra los franceses, que estarían crecidos tras lo ocurrido en Rávena. Almazán le había dado información suficiente como para hacerse una idea de la gravedad de la derrota. El hecho de que el papa hubiera escrito a don Fernando era una prueba evidente de lo complicado de la situación.

Camarena no se equivocó. Llegaron a Toledo, como había vaticinado, al filo de la media noche. Se toparon con la puerta de Bisagra y, siguiendo el lienzo de muralla hasta otra puerta cerrada a cal y canto, encontraron el mesón que buscaban y que pese a la hora estaba muy concurrido, al hallarse extramuros, por parroquianos de distinto pelaje. Había algunos arrieros, un par de sujetos con pinta de matones y un grupo de mercaderes. El posadero, un auténtico bellaco, se aprovechó de la situación y les ofreció un aposento que no tenían que compartir con otros viajeros, pero les exigió un precio que era un robo. Después de mucho porfiar, Camarena logró que por aquella suma entrara la cuadra para los animales y el condumio para la cena.

—Así disfrutaremos de cierta intimidad y no tendremos que soportar los ronquidos y cosas peores que son la moneda corriente de los dormitorios comunes de estas ventas y hospederías. Al menos he conseguido que en el precio fuera la cuadra y el cuidado de las cabalgaduras, aunque no ha sido posible sacarle los dos medios almudes de grano que he tenido que pagarle aparte, y que los animales se han ganado. Han soportado muy bien las doce leguas que había desde Madrid. Han hecho bueno el dicho de que «un alazán tostado antes estará muerto que cansado».

—Ese bribón se ha cobrado bien —protestó el capitán.

—Es cierto, pero el secretario nos ha dado una buena bolsa para hacer frente a estas cosas.

Después de lavarse la cara y las manos con agua de un pozo que había en el patio, se sentaron en una mesa cercana a una enorme chimenea donde hervía el caldero del que sacaban las cazadas de caldo para la sopa. Apetecía la candela. El calor apretaba en las horas centrales del día, pero cuando el sol se ocultaba, la temperatura descendía rápidamente. Habían pasado frío en el último tramo del camino.

—No sea vuesa merced muy exigente con la cena —aconsejó Camarena al capitán mientras aguardaban la comida—. Los tropezones son escasos, pero al menos nos echaremos algo caliente en el estómago.

Las escudillas se las llevó una moza con una hermosa cabellera de pelo negro y ensortijado. Era de hechuras rotundas y se insinuó descaradamente a Camarena al ver que sus ojos no se apartaban del escote generoso, donde asomaba el canalillo de unos pechos que se adivinaban turgentes y voluminosos.

—¿Desean algo más vuesas mercedes? —preguntó insinuante.

—Dos jarrillas de vino —respondió Camarena.

La moza le dedicó una sonrisa que lo dejó sin habla. Camarena se estaba arrepintiendo de tener que compartir el aposento con el capitán. Dejó escapar un suspiro y se dispuso a dar cuenta de su sopa, pero soltó una maldición al quemarse la lengua. Ella no tardó en aparecer con las jarrillas de vino y se inclinó hacia él lo suficiente para mostrarle los pechos, con el pretexto de susurrarle algo al oído. Camarena aprovechó para meterle la mano en el escote y palparle las tetas. Ella le retiró la mano con una sonrisa lasciva, sin importarle la obscenidad del gesto.

—Si quieres disfrutarlas, son tuyas por dos maravedíes... cada una.

Camarena se quedó mirándola. Era una tentación. La duda lo mantuvo en vilo sólo unos segundos. Resopló y negó con la cabeza sin mucha convicción.

—Mañana tengo que madrugar. Además, no estoy para muchos trotes —respondió con nostalgia.

La moza se dio cuenta de que sus palabras sólo eran una excusa que escondía su deseo. Le hizo un mohín dándole a entender que no se daba por vencida y se alejó contoneándose provocativamente.

—Si quieres..., por mí no hay inconveniente —le dijo el capitán—. Un buen revolcón relaja mucho el ánimo. Cuando termine la sopa, si me harto de estar aquí, puedo salirme al patio y allí doy cuenta del vino...

Camarena no estaba seguro de que no se tratara de una broma y quiso asegurarse de que lo que acababa de decirle el capitán iba en serio.

—¿Quiere decir vuesa merced que no le importaría...?

—En absoluto. Si lo que deseas es aliviarte, no lo pienses más.

—¿No me estáis tomando el pelo?

Mendoza le puso una mano en el hombro en un gesto amistoso.

—Sólo pongo una condición.

—¿Cuál?

—Que el revolcón no se prolongue demasiado. Mañana nos espera una dura jornada y si tengo que salir al patio con el relente que empezará a caer muy pronto...

—Os aseguro que no me excederé. Si tiene un poco de paciencia... No creo que... Bueno, lo que quiero decir es que con una moza como esa no se resiste mucho. ¿Me he explicado?

—Perfectamente. Lo que tienes que hacer es no entretenerte.

Camarena se tragó la sopa tan deprisa que daba la impresión de haber estado varios días en ayunas. Hizo un gesto a la moza para que se acercara. El capitán, discretamente, tomó su jarrilla de vino y se acercó más a la chimenea.

—¿No se toma la sopa? —le preguntó el ventero, que llenaba otra escudilla de caldo.

—Está demasiado caliente. Antes de quemarme la lengua, prefiero darles un calentón a mis huesos.

El ventero soltó una carcajada.

—¡Para calentón el de vuestro amigo! ¡Esta Mariquilla...!

Hasta que el correo y la moza no se perdieron escalera arriba, el capitán no regresó a la mesa. Pausadamente dio cuenta de su sopa que, pese a la advertencia de Camarena, estaba algo más que aceptable.

4

Como en Sepúlveda, al capitán lo despertó el son de la campana de un convento vecino. Se desperezó y, sin hacer ruido, se acercó al ventanuco y comprobó que era noche cerrada. Luego miró a Camarena, que dormía plácidamente.

El correo había cumplido con su palabra y no se había excedido en el tiempo, más bien al contrario. Acabó tan pronto que el capitán no necesitó salir al patio. Lo miró y lamentó tener que despertarlo. Lo llamó por su nombre, pero Camarena estaba en el séptimo de los cielos y tuvo que zarandearlo con fuerza. Si no lo hacía, sólo Dios sabía a qué hora saldrían de Toledo.

Una vez espabilado, se dieron prisa. Un lavado en el patio a la luz de la luna que aún no había desaparecido, junto al brocal del pozo. Camarena estaba listo antes de que el capitán ajustara las hebillas de su coleto, con el que protegía el jubón. Mientras un mozo enjaezaba los caballos, dieron cuenta de unas rebanadas de pan recién horneado regadas con un aceite espeso y verdoso, y de unos cuencos de leche de cabra recién ordeñada, que les sirvió la moza de la víspera. Ahora no se mostró tan zalamera. Apenas se hubo alejado, Mendoza le preguntó al correo con un punto de socarronería:

—¿Qué tal fue todo? Anoche, cuando vi que la moza bajaba, por cierto muy risueña, apenas me entretuve. Pero cuando entré en la alcoba ya estabas roncando.

—¡Qué hembra, don Luis! ¡Qué pezones! ¡Rediós, cómo folla! Me dejó para el arrastre en el primer envite.

—Eso último no tienes que jurarlo. Roncabas como un bendito.

El correo miró hacia los fogones donde ella se afanaba con sus tareas.

—Si no tuviéramos tanta prisa... —Dejó escapar un suspiro—. Si tengo oportunidad, cuando estemos de vuelta, aseguro a vuesa merced que aprovecharé la ocasión.

El capitán acabó con su leche y observó cómo el correo, que comía con buen apetito, no dejaba de lanzar miradas a la moza. Estaba claro que al muy truhan lo de la noche anterior le había sabido a poco. Pensó que lo mejor era darle un giro a la conversación.

—¿No crees que tenemos complicado el llegar hoy a las estribaciones de Sierra Morena?

—No lo tenemos fácil, pero si queremos... Bueno, vuesa merced oyó las exigencias del secretario.

Tenían más de treinta leguas por delante, según el plan trazado por Camarena, que contemplaba tomar las cañadas que los pastores de la Mesta utilizaban para desplazarse con sus rebaños y conseguir los mejores pastos en cada época del año.

—Me temo que la noche se nos echará encima antes y no es cosa de volver a hacer un montón de leguas a oscuras. Aunque tengo entendido que por aquellos parajes los malhechores han desaparecido. Los que quedan se han refugiado más al sur, en las fragosidades de Sierra Morena. Por eso mismo nos conviene, si no llegamos hoy al pie de aquellas sierras, acercarnos a ellas lo más posible para mañana atravesarlas a pleno día. Ganaremos alguna legua al cruzar La Mancha por el valle de Alcudia. Si conseguimos nuestro objetivo, mañana llegaremos a las tierras bajas regadas por el Guadalquivir ya en el reino de Córdoba. A partir de ahí tendremos que informarnos en la posta de los mejores caminos a seguir.

—Sigo pensando que me parece mucho correr.

—Como digo a vuesa merced —insistió Camarena—, por ese camino ahorraremos algunas leguas y tenemos la ventaja de que no es la primera vez que hago el itinerario. Lo he recorrido varias veces para llevar cartas a Córdoba. Sé dónde están los abrevaderos y dónde podemos detenernos con ciertas garantías de que no nos desplumarán. No hay gremio más ladrón que el de los venteros. Son un hatajo de malandrines que no cesan de quejarse y, si tienen posibilidad, te sacan hasta las estopillas.

Antes de abandonar el mesón, Camarena se acercó a la moza, le susurró algo al oído y ella le respondió con un mohín. En el patio un mozo les tenía los caballos dispuestos. Se alzaron los cuellos de los capotillos para protegerse del fresco de la mañana y se pusieron en marcha. Llegaron al puente sobre el Tajo que se alzaba al pie de las murallas y Camarena mostró a los guardias la cedulilla que lo identificaba como correo real. Eso les facilitó cruzarlo sin pagar el pontazgo cuando todavía titilaban las últimas estrellas en el cielo y el ambiente se llenó con el toque de las campanas de la catedral que llamaban a misa a los fieles.

Los alazanes parecían recuperados del esfuerzo de la

víspera, pero era conveniente mantenerlos un buen trecho sin forzarlos hasta que entraran en calor. Tomaron el camino hacia Sonseca con las cabalgaduras al paso.

—¿Pasaremos por Córdoba? —preguntó el capitán.

—Tendremos que preguntar más adelante. He ido al reino de Córdoba en dos ocasiones, pero no sé cuál es el mejor camino que hemos de tomar para ir a Loja. Lo que vi en el mapa que el secretario tiene en su gabinete lo sitúa al sur de los reinos de Jaén y Córdoba, y los planos que yo tengo no señalan cuál de los dos caminos es mejor. Lo que he visto en mis cartas no me aclara mucho. Lo único que tengo claro es que debemos bajar hasta Bujalance. Allí decidiremos si cogemos camino de Montilla o vamos por Alcalá la Real. Pero esa decisión la tomaremos mañana si Dios no tiene otros planes para nosotros.

—¿Sabes que en Montilla nació Gonzalo de Córdoba?

—Lo sé. Acompañé a su alteza hace cuatro años cuando vino a Córdoba a ajustarle las cuentas a un sobrino de don Gonzalo. Llevé un correo a Montilla.

—Según tengo entendido, todo aquel asunto fue un mal trago para don Gonzalo.

—Y tan malo… El rey ordenó derribar el castillo de su familia en Montilla, que era donde él había nacido. Por lo que pude oír, en la corte hubo muchos que se regocijaron con todo aquello. ¿Sabe vuesa merced que cuando derribaban la fortaleza se vino abajo un enorme lienzo de muralla y aplastó a casi cien hombres?

—No, ¿qué pasó?

—Por lo visto, desmocharon una torre que servía de sostén a aquella parte de la muralla donde había mucha gente socavando los cimientos cuando de repente se les cayó encima.

—Echar abajo el castillo, aunque no era una novedad, fue muy sonado. Según el rumor que llegó hasta Roma, el Gran Capitán escribió una carta al rey en la que se quejaba amargamente.

—No podría jurarlo, pero sí os puedo decir que hubo un cruce de cartas y también que lo mismo que algunos se regocijaron, a mucha otra gente le pareció un castigo muy duro. Algunos pensaron que el rey actuó así porque se trataba de un sobrino de don Gonzalo de Córdoba.

—¿Eso se dijo?

—¿Os sorprendéis? Las relaciones de su alteza con el Gran Capitán no han estado presididas por la cordialidad. No sé si los rumores que circulaban por la corte respondían a la verdad o serían infundios de personas que no tienen mejor cosa que hacer, pero entre las gentes del pueblo se oía decir cada cosa...

Camarena dejó en el aire sus últimas palabras con el propósito de picar la curiosidad del capitán, quien había sido testigo en Nápoles de algún episodio que revelaba hasta dónde llegaban los recelos del monarca hacia don Gonzalo. Luego había tenido noticia de la ingratitud del rey, pero no estaba al tanto de los detalles acerca de lo ocurrido entre ellos después de que fuera relevado del virreinato de aquel reino y regresara a España. El capitán estaba comprobando que Camarena no había exagerado cuando le dijo que aquel oficio le permitía conocer muchas cosas. El correo poseía mucha información.

—¿Qué se decía?

—Será mejor que hablemos de otra cosa. Esos comentarios de la gente... Bueno, no son muy favorables a su alteza y yo no quiero complicaciones. Vuesa merced lo entenderá. Como ya os he dicho, soy correo real y no me gano mal la vida. Me aplico a rajatabla el dicho que hay entre quienes nos dedicamos a llevar y traer cartas de un sitio a otro. Espero que vuesa merced me comprenda y no se enfade conmigo.

El capitán entendió su actitud. Quizá, más adelante, una vez que quedara superado el recelo que el desconocimiento de una persona provoca en los demás, fuera posible que se iniciase una relación de mayor confianza entre ambos.

Camarena espoleó su caballo y emprendió un trotecillo que anunciaba un cabalgar más veloz y que los condujo hasta Sonseca cuando el sol apenas había despuntado en el horizonte. Dejaron atrás la población sin entrar en ella y para la hora del ángelus habían llegado a una venta cercana a Urda. Allí dieron un respiro a los caballos, que empezaban a acusar el esfuerzo, y ellos se tomaron un descanso.

—Cambiaremos de monturas en Ciudad Real —comentó Camarena cortando una rebanada de pan del resto que les quedaba de una media hogaza que compraron en Madrid y añadió un poco de queso; el capitán se limitó a beber agua y darle un tiento al pellejillo del vino—. Allí hay una buena posta. Está frente a la cárcel de la Santa Hermandad. Supongo que vuesa merced sabe que la gente los llama mangas verdes.

—Sí, tengo entendido que es debido al color de sus camisas.

—Así es, en efecto.

—La Hermandad es un cuerpo muy efectivo contra los malhechores. Fue un gran acierto de la reina… doña Isabel —puntualizó Mendoza.

—Muy cierto. Hay zonas en las que esta cinquedea —agarró la empuñadura de su espada— la llevo casi de adorno. Todavía quedan algunas bandas de malhechores, que han buscado refugio en zonas montañosas. Pero lo que ocurría cuando yo era un rapaz es agua pasada.

El capitán se quedó mirando el arma.

—Parece una buena espada.

—Lo es. Tiene la hoja labrada. Me la regalaron por un servicio... un tanto delicado. Un asunto de faldas de mucho linaje. Pero a lo que íbamos. Los mangas verdes, por mucho que se diga, han limpiado los campos de ladrones y delincuentes. Aplican la ley con rapidez y administran justicia de inmediato. Algo que resultaba muy extraño en estos reinos.

—¿Por qué?

—Porque la justicia es muy lenta... Hay muchas leyes, parece ser que demasiadas, y eso, según dicen, lo complica todo, además de los embrollos que suelen formar los leguleyos.

—Estoy de acuerdo. Los leguleyos son los primeros interesados en que los juicios se eternicen. En Roma ocurre lo mismo —apostilló el capitán.

—Así pueden tener más ganancia.

—¿Conoces Ciudad Real?

—Sí, cuando allí estaba la Chancillería, iba con frecuencia. Pero hace unos años, creo recordar que fue poco después de la muerte de la reina Isabel, se decidió trasladarla a Granada.

—Tenía entendido que la Chancillería estaba en Valladolid.

—Hay una en Valladolid y otra en Granada. A las chancillerías es adonde llegan las últimas apelaciones de los pleitos. A Valladolid van los casos de la mitad norte del reino y a Granada los de la mitad sur. En Ciudad Real sentó muy mal el traslado. La ganancia de posaderos, mesoneros y mucha otra gente era muy grande con la cantidad de personas que acuden a los pleitos. En fin..., la charla con vuesa merced es agradable, pero tenemos que continuar.

Montaron en sus caballos y los cambiaron en la posta de Ciudad Real. El correo lamentó dejar los alazanes que tan buen servicio les habían prestado. Aprovecharon el trueque de monturas para comer otro poco y, sin pérdida de tiempo, reemprendieron el camino para hacer el mayor número de leguas posible. Les ayudaba la planicie del terreno; la vista se extendía por los verdes campos de trigo, que ya había encañado, salpicados de viñedos donde los pámpanos brotaban con fuerza de las retorcidas y leñosas cepas. También las nubes que cubrían el cielo desde mediodía se habían convertido, al menos hasta aquel momento, en valiosas aliadas. Los habían librado de la molestia de los rayos del sol que los habían acompañado en las dos jornadas anteriores.

Camarena, sin embargo, miraba las nubes, blancas y algodonosas hasta ese instante, con cara de preocupación. Impulsadas por una suave brisa que soplaba de poniente, se desplazaban lentamente.

—Cada vez son más densas. Veremos si no nos mojan antes de que anochezca.

—Me temo que sí, basta con ver cómo se oscurecen —añadió el capitán.

—Lo mejor será acelerar el paso cuanto podamos. Ahora los caballos están frescos y, aunque no tienen nada que ver con los alazanes que hemos dejado, son recios y aguantarán bien algunas leguas.

Espolearon las cabalgaduras y cuando llegaron a Puertollano la tarde declinaba. Ayudaban a ello los nubarrones, ahora negros y amenazantes, que cubrían por completo el cielo y apuntaban a que la lluvia se acercaba. Camarena dudó si hacer noche allí. Todavía podían avanzar un poco más, pero si empezaba a llover corrían el riesgo de aminorar la marcha y que la noche, sin el brillo de la luna, los sorprendiera en descampado. Unos labriegos les dijeron que llegar hasta Brazatortas les llevaría un par de horas. Camarena miró al cielo, cada vez más oscuro, y supo que la noche se les echaría encima antes de llegar.

—Si no nos acercamos un poco más, mañana nos resultará difícil dejar atrás Sierra Morena. ¿Intentamos llegar a Brazatortas?

—Tú eres el experto y quien se está jugando los cuartos. Mi misión sólo es darte escolta. Pero si sólo son un par de horas...

—Entonces, si a vuesa merced no le incomoda, seguiremos.

Llegaron después de anochecido, pero se habían librado de la lluvia, que, hasta entonces, sólo quedó en amenaza. Encontraron un alojamiento mucho más decente de lo que habrían imaginado para pasar la noche en un lugar como aquel. Comieron de las provisiones que llevaban en las alforjas, lo que hizo que mermaran considerablemente. Durmieron con placidez, sin que la fuerte lluvia, que descargó durante buena parte de la noche, los despertara. Se levantaron al alba y, tras un desayuno, leche de cabra y pan untado con manteca, se pusieron en camino con las primeras luces del amanecer.

Las nubes del día anterior habían desaparecido y el cielo lucía limpio. Poco después de iniciada la marcha, cuando el sol empezaba a calentar, sus expectativas de dejar atrás Sierra Morena aquella misma mañana se vieron seriamente comprometidas. Estaban como a media legua de una venta que llamaban de Cardeña y en la que Camarena había dormido en una ocasión, cuando el correo notó algo extraño en su caballo. El animal, un bayo de pelaje muy claro, estaba cojeando.

—¡Por las barbas de san Cristóbal! Algo le pasa a este caballo. Cojea de la mano derecha. ¡Ojalá sólo sea una piedrecilla en la herradura que le está molestando!

Desmontó y le bastó una mirada para saber que era algo más grave.

—Tiene un tendón inflamado. Es posible… —Camarena buscaba entre el pelaje del animal la causa de la hinchazón y debió de tocar en un punto doloroso porque el caballo cabeceó—. Aquí…, aquí tiene una picadura. Está muy fresca. Ha sido una serpiente de las que con la llegada del calor salen estos días de su letargo. Mala cosa si se trata de una víbora…

—¿Puedes hacer algo?

—Sí —Camarena hurgaba ya en sus alforjas—, voy a aplicarle una piedra negra.

—¿Una qué?

—Una piedra negra. Es el único remedio contra las picaduras de las víboras.

Sacó de una bolsa que llevaba colgada al cuello una piedra de color negro. Lavó con un poco de vino la picadura y aplicó sobre ella la piedra, sujetándola con un vendaje.

—¿Es un remedio efectivo?

—Depende del rato que haya pasado desde que la serpiente le picó. Ahora no debemos entretenernos. Tenemos que llegar cuanto antes a esa venta para completar la cura.

Echó a andar tirando de la brida y el capitán descabalgó poniéndose a su altura.

—¿Qué es eso de la piedra negra?

—En realidad no es una piedra, sino un hueso de animal que ha sido carbonizado sobre una plancha de hierro.

—¿Eso sirve como antídoto contra el veneno de las víboras? —preguntó sin disimular su incredulidad.

—Sí —respondió el correo con rotundidad—. Pero solamente resulta efectivo si la picadura es fresca y el veneno todavía no ha contagiado los humores del organismo.

—¿Por qué has dicho que tienes que completar la cura?

—Porque, además de que el remedio se aplique cuando la picadura está reciente, las piedras negras son mucho más efectivas si se han metido en leche.

5

La venta era un lugar solitario y poco acogedor en medio de un paraje de encinas y carrascas. Se trataba de una casona destartalada que tenía por delante un patio enorme, rodeado por una albardilla de un par de varas de altura. El ventero era un tipo tripudo, malencarado y completamente calvo. Los recibió con muestras de desagrado.

Camarena le pidió un poco de leche para completar el tratamiento, que llevó a cabo bajo la atenta mirada del ventero.

—Apostaría medio ducado a que sana, pero ese caballo necesitará reposo... al menos una semana. —Miró a Camarena y añadió—: Si sigue cabalgando, el remedio no servirá de mucho.

—Me temo que tienes razón, aunque una semana..., en un par de días estará listo para cabalgar. —El correo se mostraba apesadumbrado.

—Si quieres, puedo ayudarte. En la cuadra tengo algo que tal vez te saque del apuro. Es un buen animal.

—¿Podemos verlo?

—Desde luego.

Entraron en la cuadra y lo que se encontraron fue una mula rucia que era un jamelgo. Se le señalaban las costillas y tenía el pelaje estropeado.

—¿A esto llamas un buen animal? —protestó Camarena pasándole la mano por el lomo, donde palpó algunas mataduras.

—Es lo que hay —replicó el ventero—. Si lo quieres...

—Aguarda un momento —intervino el capitán tomando del brazo a Camarena. Se alejaron lo suficiente como para que el ventero no los oyera—. No es conveniente quedarnos en este lugar un par de días, hasta que el caballo pueda caminar. Pero no te precipites. Ese individuo no tiene un pelo de tonto. Sabe que la picadura no es problema y que nosotros tenemos prisa. Trata de sacar tajada. Déjame a mí, veamos qué propone.

—¿Cuánto quieres por la mula?

—No quiero dinero, señor. Si a vuesa merced le parece podemos cambiar a pelo los animales. Yo me quedo con el caballo enfermo y os lleváis a Joaquina.

A Camarena se le pusieron los ojos como platos. Sabía, por experiencia, que los venteros formaban una cofradía de bergantes. Eran, casi sin excepción, un hatajo de bribones. Pero lo que aquel bellaco sugería superaba todo lo que había visto hasta entonces. Pretendía quedarse con el caballo a cambio de una mula que era un poco más que pellejo.

—¡Lo que propones es un robo! —exclamó indignado.

El ventero, con cara de malas pulgas, se quedó mirándolo un rato en silencio y luego esbozó una sonrisa displicente.

—Te equivocas. Lo que te ofrezco es un trato que te permite continuar tu camino —le replicó dándose un aire de dignidad que resultaba grotesca—. La otra posibilidad es que esperes aquí hasta que puedas montarlo y, por como tiene esa mano…, serán cinco o seis días como mínimo. Puedes elegir lo que más te convenga.

—No exageres. En un par de días estará en condiciones de cabalgar.

—En ese caso puedo ofrecerte posada. Tú escoges.

El correo sabía que no tenía margen para elegir. Quedarse un par de días en aquel descampado, donde, a excepción de algunas chozas de pastores y un par de quinterías, no había otra cosa en varias leguas a la redonda, era peor. No le quedaba otra que aceptar el atraco. Ahora fue Camarena el que se llevó al capitán a un aparte para comentarle algo a solas.

—No nos va a quedar más remedio que aceptar.

—No lo lamentes. No tenemos otra opción.

—Mi lamento no va por ahí, sino porque vamos a asumir un riesgo mucho mayor. Con un jamelgo como esa mula tenemos un peligro añadido y eso os atañe directamente.

—¿A qué te refieres?

—Cruzaremos esas sierras —señaló las fragosidades que se veían a través de la puerta de la venta— a un paso cansino.

—Eso te atañe más a ti que a mí. Eres tú quien se quedará sin los ducados.

—No lo digo por eso, sino porque la lentitud aumentará el riesgo de ser atacados por alguna de las partidas de malhechores que pululan por esos breñales. El peligro nos amenaza a los dos, pero es vuesa merced quien va de escolta.

El capitán tenía cada vez más claro que Camarena era hombre muy experimentado. El lugar no era particularmente abrupto, pero atravesar un paraje montañoso suponía transitar por senderos estrechos y tal vez salvar algún desfiladero. Sabían que aquellos parajes eran de los pocos lugares del reino donde los cuadrilleros de la Santa Hermandad no habían podido acabar con los salteadores de caminos. Si el peligro siempre era grande, con Joaquina aumentaba de forma considerable.

—¿Tardaremos mucho en cruzar estas sierras?

Camarena echó cuentas.

—Hay unas cinco o seis leguas hasta llegar a Montoro. Ese pueblo está al pie de estas sierras, pero ya a orillas del Guadalquivir. No es demasiada distancia, pero el camino es malo: estrecho y con numerosos repechos; además, con ese penco... Necesitaremos cuatro o cinco horas. Mucho tiempo.

—No te preocupes. Cuando uno se pone en camino, asume el riesgo que eso supone. Te aseguro que es bastante más peligroso entrar en combate, enfrentándote a las picas, los arcabuces y las balas de la artillería enemiga. Si esa canalla nos ataca, les haremos frente y les plantaremos cara.

El ventero debió imaginarse de qué estaban hablando porque cuando se acercaron adonde estaba les amplió su oferta.

—Podría facilitaros una... —se acarició el mentón, que necesitaba un buen rapado—, una escolta hasta que estéis a la vista de Montoro.

—¿Qué clase de escolta? —preguntó Camarena.

—Un par de mozos. Conocen bien el camino y a quienes merodean por los contornos. Puedes dar por seguro que su compañía vale más que una cédula del rey. Por estos pagos es un papelucho sin valor.

Sospecharon que el ventero estaba conchabado con los forajidos que operaban por la zona. Sólo así podía explicarse la seguridad con la que daba aquellas garantías.

—Tú ganas —respondió Camarena—. Acepto, pero el trato es como tú lo has planteado.

El ventero arrugó la frente.

—¿Qué quieres decir?

—Que la montura no entra en el trato. Dijiste que a pelo y eso sólo incluye el animal. Bastante ventaja llevas.

—Está bien —replicó, como si accediera a una importante concesión.

—Entonces, enjaeza la mula y prepara la montura. No queremos perder un minuto más.

Abandonaron la venta pasado el mediodía y con Camarena echando votos. La picadura de la víbora les había hecho perder toda posibilidad de llegar a Loja en el plazo puesto por el secretario, pero tanto o más que el retraso le escocía que el ventero lo había atracado sin misericordia. Aquel bellaco se acababa de quedar con un buen caballo a cambio de una mula por la que no darían una blanca en la siguiente posta.

La catadura de los mozos que los acompañaban hizo que ninguno de los dos se relajara un momento. Con aquella clase de gente podían llevarse una sorpresa desagradable. Otra vez aparecieron nubes en el horizonte, aunque la amenaza de lluvia parecía lejana. Los mozos, sin embargo, les pidieron apretar el paso. Conocían vericuetos que les permitieron acortar el camino, por lo que dejaron atrás aquellos riscales en menos tiempo del que Camarena había calculado. Lo más importante fue que habían salvado aquel mal paso sin que ocurriera incidente alguno. Respiraron aliviados cuando dejaron atrás las angosturas serranas y en la lejanía pudieron ver el Guadalquivir, que se ofreció a sus ojos como una cinta azulada que serpenteaba entre el verde de los campos sembrados de trigo que, poco a poco, habían sustituido a los encinares que dominaban

Sierra Morena. La tarde declinaba cuando se despidieron de los mozos y se encaminaron hacia la población junto a la ribera del río. Algunas edificaciones tenían un color rojizo debido a la piedra con la que estaban construidas.

Salvaron el Guadalquivir, que discurría por una profunda garganta, por el puente que había en Montoro, y se encaminaron hacia Bujalance, que estaba apenas a tres leguas de camino muy fácil. Joaquina, pese a su pésima estampa, se había revelado más resistente de lo esperado y, aunque daba la sensación de estar agotada y que cada paso le suponía un esfuerzo en que se acababan sus últimas energías, seguía mostrando una resistencia increíble. Con un poco de suerte llegarían antes de que la noche se les echara encima.

Se hallaban a poco más de una legua cuando divisaron una casilla a cuya puerta un anciano estaba sentado en un taburete con la espalda pegada a la pared. El hombre, de vez en cuando, se llevaba a la boca un canuto formado por unas hojas resecas y lo chupaba tragándose el humo, que luego expulsaba con los ojos cerrados y expresión placentera. Aquello era lo que llamaban fumar. En Italia, el capitán había tenido noticia de tal práctica. Le habían comentado que en las Indias era una costumbre muy extendida. En la corte había conocido a algunos individuos que fumaban aquellas hojas que traían quienes regresaban a Castilla de allende los mares. Lo llamaban tabaco y no era visto con buenos ojos por parte de algunos miembros de la Inquisición, mientras otros sostenían que no había pecado en ello. Pero algunos tribunales porfiaban con empeño en que sólo el diablo podía dar a un hombre la posibilidad de echar humo por la boca.

Se acercaron al anciano, quien, al oírlos aproximarse, pareció salir del letargo en el que se encontraba.

—Dios os guarde —saludó, mirándolos con curiosidad.

—También a vos —respondió el capitán.

—¿No teméis al Santo Oficio? —le preguntó Camarena directamente, antes de saludarle.

El viejo sonrió dejando ver su boca desdentada.

—¡Esos no se dejan caer por estos andurriales!

—Tened cuidado, buen hombre. Los de la Inquisición no se andan con melindres. Dicen que detrás de esos humos anda Satanás.

—¡Bah! ¡Tonterías! ¡No sé cómo gente tan letrada puede creerse que el demonio ande metiendo el rabo en esto de fumar! ¡Es un pasatiempo que calma los nervios y quita la ansiedad! Sólo son hojas secas de unas plantas muy frondosas que se dan en las Indias.

—¿Cómo lo habéis conseguido?

—Cuando regresé el otoño pasado me traje un fardo... ¡Una pena que la provisión se me esté acabando!

—¿Habéis estado en las Indias? —le preguntó el capitán sin ocultar su entusiasmo por conocer a alguien que había estado en las tierras del otro lado del Atlántico.

El viejo apartó el canuto de tabaco de sus labios sosteniéndolo con mucha habilidad entre dos de sus dedos, que mantenía extendidos.

—Dos veces. Las dos en la flota del Almirante.

—¿Habéis conocido a Colón?

—He navegado a sus órdenes directas, en su propia nave. Mal pago le ha dado ese rey tacaño que ahora nos gobierna con el achaque de que su hija está loca.

Mendoza y Camarena intercambiaron una mirada. Fue el correo quien hizo una advertencia al anciano.

—No deberíais hablar así del rey. Si un comentario como ese llegase a unos oídos...

—¿Qué? —lo interrumpió el anciano—. ¿Qué podría pasarme? ¿Acaso no llevo razón? ¡Menudo bergante está hecho! ¡Le faltó tiempo para meter en su cama a esa francesa que ahora los aragoneses tienen por reina! Se ha portado mal con doña Juana y también con el Almirante. ¡Ese rey no es de fiar!

—Os aconsejo, por vuestro propio bien, que tengáis la lengua.

El capitán lo dijo en un tono cordial. En el fondo compartía algunas de las cosas que el anciano decía. Lo que aquel viejo lobo de mar había dicho no lo pensaba sólo él. Eran muchos en el reino quienes consideraban que don Fernando era un gran monarca, muy dotado para los asuntos de la gobernación del reino y todo un maestro de la intriga política, pero era poco de fiar y siempre se había mostrado muy remiso a la hora de abrir la bolsa. Con todo, no podía admitir que tachara al rey de bergante.

—¡Bah! ¡Para lo que me queda de vida…! La pupa que me roe la barriga sangra ya más de la cuenta. Por eso lamento quedarme sin tabaco. Estas hojas son las que más me calman sus bocados. ¡No retiraré ni una palabra de lo que he dicho! ¡No, señor, no la retiraré porque esa es la pura verdad!

Camarena, que estaba pasando un mal trago no porque fuese devoto del rey, sino porque en su condición de correo real no podía guardar silencio ante aquellas afirmaciones, buscó cambiar de conversación.

—¿Es verdad todo lo que se cuenta de las mujeres que viven en las Indias?

El viejo dio una chupada a su cigarro, antes de responderle, con una sonrisa apuntando en la comisura de sus labios. Como si hubiera recordado algo que le resultaba gozoso.

—Es verdad. Se muestran tal y como su madre las trajo al mundo. Están en puros cueros, como la cosa más natural. ¡Os juro que no miento! —Hizo una cruz con los dedos y la besó.

El anciano certificaba uno de los rumores que circulaban por la corte y del que también se hablaba en los campamentos en Nápoles. El capitán habría dado unos buenos maravedíes por poder charlar tranquilamente con el anciano, cuya experiencia prometía sabrosas historias. Pero la noche se les venía encima y el correo necesitaba aquella misma tarde dejar comprado un caballo para poder continuar el camino.

—¿Dónde podría conseguir un buen caballo? —le preguntó Camarena.

El viejo dio otra chupada a su tabaco y expulsó un chorro de humo por la boca y la nariz antes de responder.

—Quien posee los mejores caballos en Bujalance es un ganadero que se llama Pero Rodríguez. Tiene su cuadra junto al castillo. Si queréis llegar antes de que sea de noche y con esa cabalgadura —miró la mula—, no podéis entreteneros mucho.

Camarena le dio las gracias y tomando a la mula por el ronzal se alejaron en dirección al pueblo. Llegaron a Bujalance con las últimas luces del día y pasaron por las cuadras que les había indicado el anciano, pero las encontraron cerradas. Unos vecinos les dijeron que el dueño había sido detenido por un asunto de dineros y se fueron a la posta, donde se toparon con un problema que no habían previsto.

6

Camarena no disimulaba su malestar. El encargado de la posta, al que había vendido la mula y comprado un caballo con una notable pérdida de dinero, le comentaba algo que lo estaba irritando. Sus gestos de malhumor, tan evidentes, habían llamado la atención del capitán, que se hallaba sentado ante una mesa apartada y daba cuenta de una jarrilla de vino. El trato de la mula y el caballo había quedado cerrado, posiblemente había algún malentendido y discutían, aunque en realidad no tenía la menor idea de lo que hablaban, sólo que a Camarena se le veía cada vez más enfadado. Cuando se acercó al capitán, su cara reflejaba fielmente su estado de ánimo. Por si quedaba alguna duda, al sentarse soltó una retahíla de maldiciones.

—¿Puede saberse qué ocurre?

Camarena se acomodó y, antes de responder, pidió una jarrilla de vino.

—El encargado de la posta dice que no es aconsejable ir por el camino de Montilla, que debemos desviarnos y dar un rodeo por Alcalá la Real. Eso significa un día más de camino.

—Supongo que te habrá dado una razón.

—Los cuadrilleros de la Hermandad andan detrás de una partida que se mueve por la zona de Baena y Castro del Río. Han estado un par de veces a punto de darles caza, pero se les han escapado. Han recibido refuerzos y estos días los están acosando. Asegura que son muy peligrosos y, más aún, cuando los tienen acorralados. Dice que los manda un tal Jurado, un mal bicho a quien los de la Santa Hermandad se la tienen guardada y están deseando echarle mano para colgarlo del primer árbol que encuentren. Ese Jurado es un malvado que no sólo roba a sus víctimas, sino que las maltrata y tortura por divertirse viéndolas sufrir.

—¿Te ha dicho si esos malhechores son muchos?

—No lo sabe con seguridad, pero el rumor que corre es que son entre ocho y diez.

—Demasiados —comentó el capitán.

—Irnos por Alcalá la Real supone…, según el ventero, unas siete u ocho leguas más. Eso significa que mañana tampoco llegaremos a Loja porque está más lejos de lo que yo pensaba. Dando ese rodeo tenemos algo más de cuarenta leguas. Eso es mucho y el caballo de vuesa merced no está ya para tantos trotes.

—¿No mudo de cabalgadura?

—Sólo tendremos un caballo de refresco. Si nos llevamos dos, tendremos problemas en el viaje de regreso. Comprar un caballo ha adelgazado mucho la bolsa.

—Pero el secretario decía…

—¡Para comprar una yeguada! ¡Menudo farol!

El capitán se acarició el mentón.

—Podríamos arriesgarnos.

—¿Los dos solos? Eso es una locura. Si nos encuentran, podemos darnos por muertos. Ya he dicho a vuesa merced que son ocho o diez. La única forma de hacer el camino por ahí sería acomodarnos con alguna otra gente que lo hiciera. Pero ese remedio es peor que la enfermedad. Perderíamos mucho más tiempo. —Trajeron la jarrilla de vino que Camarena había pedido. Debía tener la garganta tan seca que la cogió al momento y le dio un largo trago. Miró al capitán a la cara—. No dudo de que vuesa merced sea hombre bragado, pero llevo demasiados años en este oficio para saber cuándo el peligro está al acecho. Si vuesa merced quiere llegar a Loja vivo para cumplir el encargo que tenga, debemos tomar el camino de Alcalá.

—¿Qué quieres decir con eso del «encargo que tenga»?

—No se ofenda vuesa merced, pero lo de la escolta es una tapadera.

—¿Por qué insistes en pensar eso?

—Señor, llevo algunos años en este oficio y ya os dije que no se envía a un capitán para escoltar a un simple correo. ¿Sin un solo soldado a sus órdenes? Vuesa merced sabrá qué clase de encargo lleva, pero debe entender que, si quiere cumplirlo, mejor será que hagamos caso al consejo que me han dado. Por estos sitios pasa mucha gente y están al tanto de lo que ocurre por los alrededores. Al fin y al cabo, lo del plazo que el secretario ha puesto para que lleguemos a Loja es sólo un deseo suyo. Lo normal era que, si no surgían complicaciones, se tardase entre seis y siete días para hacer el camino desde Burgos.

—Pero..., pero te ha prometido un buen puñado de ducados si estabas de regreso en el plazo señalado.

—¡Al diablo con ellos! ¡Mi pellejo vale mucho más que unos ducados! No nos arriesgaremos. Las cosas se ven de forma muy diferente cuando se está tranquilamente sentado en un sillón. Supongo que vuesa merced, que es soldado, sabe lo que le digo. Hay mucho sujeto al que se le llena la boca con frases, con comentarios y con lo que él sería capaz de hacer. ¡Todo es palabrería!

—No puedo estar más de acuerdo con eso último que acabas de decir.

—Entonces, ¿qué le parece si cenamos y nos acostamos pronto?

Al amanecer se pusieron en camino después de dar cuenta de un copioso desayuno. Cabalgaron por un paisaje donde, poco a poco, a las tierras de pan sembrar le disputaban el terreno los olivos y en menor medida los viñedos. Al mediodía, un par de leguas antes de llegar a Alcalá la Real, unos grandes nubarrones comenzaron a cubrir el cielo. Venían arrastrados por un vientecillo que por momentos se hacía más intenso. Camarena alzó la vista y, al comprobar el aspecto que presentaba el cielo y la forma en que silbaba el viento, propuso acelerar la marcha.

—Tenemos que buscar refugio.

—¿Piensas que va a llover?

—No tardará mucho.

—Entonces será lo más conveniente.

Camarena no se había equivocado. Al poco rato las ráfagas de viento levantaron una molesta polvareda. Con el viento llegaba un inconfundible olor a tierra mojada. Un par de relámpagos iluminaron el horizonte.

—Parece que habrá tormenta —comentó el capitán.

—La habrá, pero todavía se demorará un poco. Hasta aquí no llega el sonido de los truenos.

La tormenta estaba todavía lejos, pero la intensidad de lo que ya era un vendaval y la manera en que se agitaban las hojas de los árboles anunciaban que no tardaría en llegar acompañada de la lluvia. El capitán pensó en cuánta razón tenía Camarena cuando le decía que el secretario no había calibrado de forma adecuada el tiempo que necesitaban para llegar a Loja, por lo pronto tenían que hacer frente a tormentas, a salteadores y a un incidente con la cabalgadura al picarle la víbora. Los dos se habían puesto unos papahígos que los protegían del viento y lo harían de la lluvia cuando llegara. Ahora llevaban el rostro cubierto, como si fueran bandidos.

Justo al avistar Alcalá la Real la amenaza de lluvia era inminente.

La que había sido una de las plazas fuertes más importantes en la frontera granadina conservaba sus recios muros, propios de un lugar de frontera, presididos por la imponente silueta de su alcazaba, que era conocida como la Mota de Alcalá. El camino hacia Granada discurría al pie del altozano donde se asentaba la población. A un lado se alzaban un par de casas y, si los acogían en alguna de ellas, se evitarían subir las empinadas rampas que ascendían hacia la población. Camarena se desprendió del papahígo, echó pie a tierra y se acercó a una de ellas. Vio a un hombre que trabajaba afanosamente. Era un odrero.

—Dios te guarde. ¿Podrías darnos cobijo mientras pasa la tormenta?

El hombre lo miró con descaro. Luego soltó la piel que estaba raspando y se aproximó al pequeño cobertizo que protegía la entrada de su vivienda.

—¿Sois dos? —preguntó con desconfianza.

—Sí, dos.

—Supongo que también necesitáis cuadra para los caballos.

—Si la tienes, desde luego.

Miró al capitán, que permanecía sobre su montura. También se había quitado su papahígo al ver que Camarena lo hacía. Había sido una decisión acertada. Embozado de aquella forma habría alentado aún más las dudas del odrero.

—¿Vais a Granada?

—Sí, a Granada —respondió Camarena, y añadió de inmediato—: Podemos pagarte.

—Está bien. Serán veinticuatro maravedíes.

El correo no pudo contenerse.

—¡Eso es un robo!

—¿Un robo, dices? Busca una venta donde almorzar, cenar y dormir y que los caballos estén a resguardo..., verás lo que te piden.

—Nosotros sólo queremos cobijo mientras amaina el temporal.

El odrero miró otra vez al capitán, calibrando la calidad de su persona. Luego, sin venir a cuento, soltó una carcajada.

—Ya no parará de llover en todo el día. Hasta puede que mañana siga lloviendo.

Los lugareños no solían equivocarse cuando hablaban del tiempo. Si habían de hacer noche y comer, el precio no era abusivo. Camarena lo ajustó en veinte maravedíes siempre y cuando se quedaran a dormir. Incluía pienso para los caballos.

En pocos minutos la tormenta había tomado forma. Caían con fuerza las primeras gotas y se sucedían los relámpagos seguidos, esta vez sí, de grandes truenos.

El odrero, que se llamaba Andrés, los condujo a una cuadra que había en la parte trasera, donde dejaron los caballos, y luego entraron en la casa. Era muy humilde. Se sentaron a la lumbre, observando cómo Ana, la esposa del odrero, componía una cruz sobre la mesa con un puñado de sal y no paraba de bisbisear oraciones.

—¿Por qué haces eso? —le preguntó el capitán.

—Es para ahuyentar a los demonios que vienen con la tormenta.

—¡Ah!

El odrero había acertado en su predicción. La lluvia, a ratos con gran intensidad, no dejó de caer a lo largo de todo el día. Si el temporal no amainaba, tampoco llegarían a Loja al día siguiente.

—Si no escampa pronto, los caminos serán barrizales por los que será difícil andar y con la crecida de los arroyos... podemos tener dificultades para proseguir mañana el viaje —comentó Camarena viendo cómo caía la lluvia.

Compartieron la cena, gachas de harina con torreznos, con el matrimonio y sus dos hijos, una mozuela y un rapaz que estaban despertando a la vida. La mujer sirvió cantidades muy medidas y cuando supieron que Camarena era un correo del rey no dejaron de hacerle preguntas. Luego el interés de la familia se centró en las cosas que ocurrían en la corte. Querían saber cómo era don Fernando y cómo vestía la nueva reina, a quien aquellas buenas gentes llamaban «la francesa», y lo hacían con poco aprecio. Camarena les contó algunas cosas referidas a los reyes y a los grandes personajes de la corte. Pero lo que más les interesaba eran noticias sobre la difunta reina Isabel, por la que sentían algo parecido a la veneración.

—Fue doña Isabel quien se empeñó en acabar con el reino de los moros. Hace ahora veinte años de aquello —comentó el odrero—. Aquí la vida era un sinvivir. A cada instante había avisos de que venían los moros por la parte de Algarinejo, de Íllora, de Moclín y de Loja para robar ganado, talar los olivos y llevarse presos para pedir rescate por ellos. Si no podía pagarse, los prisioneros eran vendidos como esclavos en los mercados de Granada.

—En la corte se contaban historias horribles de los que penaban su cautiverio en las llamadas Barrigas del Infierno —apuntó Camarena.

—¿Qué era eso? —preguntó el rapaz, que no perdía detalle de la conversación.

—Unas mazmorras que había en unos sótanos bajo el palacio de los reyes moros. Era un sitio con forma de embudo puesto al revés. La luz les entraba por las pequeñas aberturas que había en el techo y por allí también les arrojaban la comida o los sacaban con cuerdas para hacerles trabajar como esclavos durante el día.

La esposa del odrero se santiguó varias veces y farfulló algo que parecía una oración, al tiempo que retiraba las escudillas de la mesa.

—También fue doña Isabel quien decidió acabar con los malhechores, que eran un peligro tan grande como los moros —señaló el odrero—. Nosotros no podríamos haber levantado esta casa fuera de las murallas.

—He observado que sólo hay dos casas junto al camino. ¿Por qué sigue la gente arriscada tras los muros? —preguntó el capitán—. Esos peligros hace veinte años que desaparecieron.

—La gente no lo tiene tan claro. Corren rumores de que los turcos están al acecho para desembarcar en la costa y con la ayuda de los moriscos recuperar el reino que perdieron.

—Además los del cabildo multan a quienes levantan sus casas fuera de la muralla —añadió la mujer.

—¿Cómo es eso? —inquirió el capitán.

—Explícaselo tú, Andrés. Lo que yo sé es que multan.

—Para construir fuera de la villa todo son problemas. El abad, que es quien manda, y los del cabildo quieren tener a la gente metida en un puño. Así lo controlan todo mucho mejor. Pero no podrán hacerlo durante mucho tiempo. Dentro de las murallas no queda espacio y cada vez hay más gente. Yo me di cuenta de que el negocio está aquí, abajo, junto al camino, que es por donde pasan los mercaderes, los buhoneros y los caminantes. A mí me compensa pagar la multa porque el negocio lo permite. Vendo cuatro veces más odres que cuando estaba arriba. Allí el espacio es tan limitado que no hay sitio para nada. La gente tiene excavadas bodegas en el suelo de sus casas. Cada vez son más los que me preguntan si me merece la pena haber alzado mi casa en este sitio. Son los mismos que me criticaron cuando me arriesgué a instalarme aquí hace ya tres años.

—La gente tiene miedo, padre —comentó el rapaz.

—A mí me da en la nariz que los rumores sobre los turcos los esparcen los del propio cabildo.

Camarena frunció el ceño.

—¿Por qué piensas eso?

—Porque les conviene que no desaparezca el miedo que la gente tenía cuando los moros estaban a unas cuantas leguas y aparecían de repente. Así no se atreven a dejar la seguridad de las murallas, por si acaso... Pero eso se acabó, como se acabaron los malhechores. Por aquí todo está tranquilo desde que los cuadrilleros apresaron al Iznajeño y los suyos y los colgaron de las encinas del Tío Román. Ahora hay autoridad, aunque he oído decir que por las campiñas de Córdoba ronda una banda muy peligrosa. Yo era un rapaz antes de que doña Isabel subiera al trono. Entonces todo andaba manga por hombro. ¡Una pena que muriera! Mi hija se llama Isabel, como ella. Yo la conocí en persona —proclamó Andrés con orgullo.

—¿Cuándo fue eso? —preguntó el capitán.

—¡Cuéntaselo, padre, cuéntaselo! —El rapaz estaba

entusiasmado. Se llamaba como su padre, pero le decían Andresillo.

El odrero no se hizo de rogar. No tenía muchas ocasiones de referirse a lo que consideraba el momento más importante de su existencia.

—Fue en el año ochenta y cinco, en Íllora. Yo había participado en la toma de ese lugar, peleando a las órdenes de uno de los capitanes más nombrados de la reina. Supongo que vuesas mercedes han oído hablar de él. ¡Ha ganado el reino de Nápoles para el rey don Fernando echando de allí a los franceses! —Mendoza y Camarena intercambiaron una mirada discreta—. Estoy hablando de todo un caballero, don Gonzalo de Córdoba. Era hermano de don Alonso de Aguilar, quien fue alcaide de la Mota y murió hace unos años peleando contra los moros en la serranía de Ronda, en un lugar que llaman Sierra Bermeja. Ahora todo el mundo se refiere a don Gonzalo como el Gran Capitán. Como os he dicho, peleé a sus órdenes en el asalto a Íllora. Fue don Gonzalo quien nos animó a todos con su ejemplo. Esa plaza no era fácil de conquistar. Se alza sobre un peñón que tuvo que batir la artillería. Me quedé allí unos meses formando parte de la guarnición porque la reina nombró a don Gonzalo de Córdoba alcaide de ese lugar. Estando allí conocí a mi mujer. Era hija de un odrero, el maestro Ortuño. Fue él quien me enseñó lo que sé del oficio. Tengo entendido que don Gonzalo está en Loja, donde el rey lo tiene desterrado...

—¿Quién te ha dicho que está desterrado?

—Bueno... —El odrero miró al capitán temiendo haber dicho algo que no debía—. Por aquí pasa mucha gente y comenta cosas. —Andrés se encogió de hombros como si se sacudiera la responsabilidad de lo que acababa de decir, pero a continuación preguntó—: ¿No es cierto que está desterrado en Loja?

—No está desterrado, Andrés. Aunque es verdad que el rey lo envió a Loja para tenerlo apartado de la corte.

El capitán estaba observando aquellos días que la gente sencilla del pueblo, como eran el odrero y su familia o el anciano con el que conversaron antes de entrar en Bujalance, hablaban con mucha más libertad que en la corte. En Burgos todo eran medias palabras, insinuaciones... Posiblemente el anciano decía lo que pensaba porque estaba esperando la visita de la guadaña y Andrés era un sujeto con iniciativa y que no se arredraba ante las dificultades. No había más que comprobar cómo había decidido alzar su casa en aquel lugar, pese a las trabas que le ponían.

—¿Después de haber conquistado un reino lo han echado de la corte? —preguntó el muchacho, escandalizado.

—A veces las decisiones de los reyes son difíciles de entender —respondió el capitán—. Pero es cierto que a don Gonzalo de Córdoba no se le han pagado sus muchos servicios como merecía. Quizá ahora... —Iba a añadir algo, pero decidió que la conversación no debía continuar por aquel derrotero. Invitó al odrero a terminar su historia—: Termina de contarnos cómo conociste a la reina.

—¡Ah, sí! Como os he dicho, fue en Íllora, dos días después de que cayera en nuestras manos. Doña Isabel apareció por allí y entregó la villa al capitán Gonzalo de Córdoba. Como os dije antes, lo hizo alcaide y le encomendó mantener la vigilancia sobre la vega de Granada. Le hizo mucha merced. Era rubia y tenía los ojos azules. Cuando te miraba te entraba como un tembleque...

Camarena se asomó a la puerta y comprobó que seguía lloviendo, aunque mansamente. El temporal había amainado.

—Es hora de irse a la cama. Tenemos que madrugar y, si el tiempo nos acompaña, querríamos estar mañana en Loja.

Al rapaz se le iluminaron los ojos.

—¿Verán vuesas mercedes al Gran Capitán?

—Es posible, Andresillo, es posible. —Camarena le pasó varias veces la mano por la cabeza en un gesto cariñoso.

—Háblenle de mi padre. ¡Estuvo con él en Íllora! —exclamó lleno de orgullo.

7

Los despertó el canto de un gallo cuando todavía faltaba un rato para que amaneciera. El aposento donde habían dormido sólo estaba separado del resto de la vivienda por una pesada cortina, tejida en lana basta, por lo que les llegaban los ruidos que hacía la familia del odrero, que ya trajinaba cada uno en sus tareas. Se vistieron en silencio y se lavaron someramente con el agua que les habían dejado en una palangana. Vieron por un ventanuco a Andresillo, que andaba por el corral, desde donde llegaban los gruñidos de un cerdo y el revoloteo de las gallinas. Al salir de la alcoba, comprobaron que Isabel cuidaba los rescoldos del fogón para avivar la lumbre y protestaba a su madre porque su hermano era el que siempre recogía los huevos de las gallinas. Ana vigilaba un pequeño horno donde se cocía el pan que ella misma había amasado y vieron a Andrés volver de la cuadra.

—He echado pienso a los caballos.

—Eso no entraba en el trato de los veinte maravedíes.

—Cierto, pero si vuesas mercedes piensan llegar hoy

a Loja, los caballos lo necesitarán. Aunque me temo que con lo que ha caído no lo van a tener fácil.

—No habíamos tratado ese pienso —insistió Camarena.

—No se preocupe vuesa merced, va incluido en los maravedíes que ajustamos ayer.

El odrero los invitó a sentarse a la mesa y pidió a su mujer que les diera algo para desayunar. Ana les llevó un búcaro y tres pequeños vasos de arcilla que Andrés llenó hasta el borde con un aguardiente muy oloroso, al tiempo que decía:

—Hace muy buen estómago.

Se lo bebió de un trago. El capitán y Camarena lo imitaron y comprobaron que era una bebida dura. Ambos notaron cómo les rajaba la garganta conforme bajaba hacia el estómago. Luego reclamó a su mujer algo sólido.

—No es bueno comenzar el día con la tripa vacía.

Ana les llevó unos panecillos redondos, dorados, esponjosos y muy tiernos. Estaban recién horneados. El odrero abrió uno de ellos y lo regó generosamente con el aceite de una cantarilla, después lo apretó para que se empapara antes de comérselo. Los dos huéspedes lo imitaron. Era algo muy sencillo, pero les supo a manjar de dioses. Ana les sirvió luego unos huevos fritos, empapados en aceite. Al capitán le pareció excesivo. Eran los huevos de sus gallinas y el pan de su despensa, que no estaría mucho más llena. Aquella gente, que los había recibido con recelo, se estaba deshaciendo en atenciones con ellos, incluso a costa de su propia comida.

El colmo fue que antes de levantarse de la mesa Ana les llevó unas rebanadas de pan y un trozo de badana de tocino entreverado.

—Para el camino, guárdenlo en las alforjas.

—¡Esto es demasiado! —protestó Camarena con la boca chica.

—No les vendrá mal. Vuesas mercedes tienen una jornada muy dura por delante.

Se despidieron del odrero y su familia y, antes de ir a la cuadra para aparejar los caballos, el capitán sacó de su bolsa una moneda y se la puso en la mano al odrero. Al comprobar que era medio excelente de oro se lo devolvió.

—No puedo aceptarlo, señor. ¡Es mucho dinero! Casi…, casi diez veces más del precio que ajustamos anoche.

—No te estoy pagando ni la cama, ni la comida, ni la cuadra ni el pienso de los caballos. Esto es —volvió a darle la moneda— por vuestra hospitalidad.

—¡Señor, yo…, yo…!

—Camarena, paga los veinte maravedíes que le debes a Andrés y no te entretengas que tenemos muchas leguas por delante.

Apenas hubo palabras de despedida. El odrero y su familia los vieron montar en sus caballos. Andrés miraba alternativamente la mano en que apretaba la moneda de oro y a los dos jinetes que se alejaban al paso de sus monturas por el camino de Algarinejo. De pronto, Andrés echó a correr gritando:

—¡Señor, señor!

El capitán tiró de la brida y detuvo su caballo. Lo giró y miró al hombre que se acercaba jadeando.

—Perdonad, pero… ¿cómo se llama vuesa merced?

—Eso no tiene importancia. Pero sí os diré que yo también he luchado al lado de don Gonzalo. He sido capitán de una de sus compañías.

—¿En Italia? —La voz había sonado unos pasos más atrás, como si brotara de la oscuridad que se diluía por momentos. Era Andresillo.

—En Italia.

En los ojos de Andresillo había admiración.

Espolearon los caballos y fue cuando Camarena dijo en voz alta y con no menos admiración de la que brillaba en los ojos del muchacho:

—Su nombre es don Luis de Mendoza, capitán de nuestra infantería en Ceriñola. Estuvo también en el paso del río Garellano y en la toma de La Gaeta.

En los segundos siguientes sólo se oyó el pisar de los cascos de los caballos que se hundían en el lodo. La lluvia de la víspera había convertido el camino en un barrizal que les dificultó la marcha hasta llegar a la altura de Algarinejo. Por allí estaba seco. La tormenta había sido muy intensa, pero también bastante localizada.

A partir de ese momento pudieron cabalgar más deprisa, lo que les permitió avistar Loja mucho antes de lo que esperaban. Quedaba un buen rato de luz cuando llegaron a orillas del río Genil, que discurría por delante de la ciudad, fuertemente amurallada. Sobre una eminencia se erigía la alcazaba, cuyas poderosas defensas y torres señalaban la importancia militar que Loja había tenido cuando era una plaza de frontera. Atravesaron un puentecillo por el que no podrían cruzarse dos carretas y se acercaron hasta la puerta de la muralla que permitía el acceso a aquella parte de la villa, a la que llamaban puerta de Antequera. El guardia que la controlaba los detuvo alzando la mano. Se quedó mirando la espada de Camarena y la que colgaba del arzón de la silla del capitán.

—No se pueden llevar armas en la población.

—Esa prohibición no se extiende a los correos del rey.

—¿Sois correo real?

Camarena le enseñó el salvoconducto.

El soldado apenas lo miró. Seguro que no sabía leer.

Iba a preguntar algo al capitán, pero el correo se adelantó.

—El caballero es don Luis de Mendoza, capitán de infantería. Luchó a las órdenes de vuestro alcaide.

El soldado se quedó mirando a Mendoza.

—¿Vuesa merced ha sido capitán del ejército de don Gonzalo?

Mendoza se limitó a asentir.

—¡Aguardad un momento! ¡Sólo un momento!

Las murallas de Loja eran propias de una plaza fuerte, como Alcalá la Real. Había sido durante muchos años un lugar de frontera. Levantada cerca del cauce del Genil, aprovechando una eminencia del terreno, estaba protegida por un triple recinto amurallado que culminaba en la alcazaba. Habían aparecido algunas construcciones en la llanura que se extendía entre la muralla y el río, pero eran escasas, aunque no tan pocas como en el caso de Alcalá. Había un par de aceñas junto al río y otros tantos batanes para paños.

La espera, como les había prometido el soldado, fue corta. Regresó acompañado de otros dos hombres, uno de ellos era el responsable de la guarda de la puerta.

—¿Vuesa merced fue capitán a las órdenes del alcaide?

—Se había dirigido a Mendoza sin preguntar.

—Estuve a sus órdenes.

—¿Tú traes un mensaje para él? —le habló ahora a Camarena.

—Un mensaje del rey.

El cabo miró al guardia sin disimular su sorpresa.

—¿Por qué no me has dicho que era un correo del rey?

—Yo…, bueno…, yo… Me mostró la cédula. Pero… un capitán que luchó a las órdenes del alcaide…

—¡Serás imbécil! ¡García, acompaña a estos caballeros a la alcazaba! —ordenó al otro soldado que había venido con él—. ¡Y tú, espabila de una puñetera vez!

El capitán y el correo desmontaron y echaron a andar tras García, quien los condujo por un laberinto de calles estrechas, plazuelas, puertas y hasta pasajes cubiertos. En Loja era palpable el aspecto musulmán de la ciudad. Además, sus vecinos vestían chilabas y albornoces, se tocaban con turbantes y las mujeres lucían grandes zaragüelles de vivos colores y se cubrían la cabeza y el rostro con amplios mantos. El camino, siempre en ascenso, hacía penosa la subida a la alcazaba, donde residía el alcaide. El estado de los caballos, muy castigados por la dureza de la primera parte de la jornada, obligó a los viajeros a tirar de las bridas de los animales en el último tramo.

—¡Alto! —gritó un soldado junto al portón exterior de la fortaleza, a la que se entraba por una puerta acodada.

—¡Correo del rey! —respondió García, alzando la voz.

Otra vez se repitió el ritual vivido en la puerta de Antequera. El soldado llamó al cabo de guardia, aunque ya se acercaba a toda prisa al oír el grito de «correo del rey». Los calibró con una mirada y se dirigió al capitán pidiéndoles la acreditación de correo real.

—La lleva él.

Camarena, que ya la tenía en la mano, se la entregó y el cabo la observó con detenimiento.

—Pasad al patio y aguardad un momento.

La espera se prolongó cerca de diez minutos. Aprovecharon el rato para recomponer la figura, quitándose algo de barro, sacudiéndose el polvo y aderezando las vestiduras. El capitán se deshizo del coleto, dejando a la vista el jubón. Se estiró las mangas, disimuló las arrugas y se ajustó el cinturón, recolocándose la espada.

—Parecéis todo un caballero —ironizó Camarena al ver cómo había compuesto su imagen.

Quien apareció por el patio era un hombre de mediana edad y pequeña estatura. Vestía una loba negra de cuello cerrado. Identificaba a los clérigos desde que el arzobispo de Toledo, fray Francisco Jiménez de Cisneros, un franciscano de costumbres austeras, había ordenado, en su condición de primado de la Iglesia española, que los clérigos habían de llevar vestiduras que identificasen su condición. También había establecido normas muy severas para acabar con las barraganas de los clérigos y el concubinato. Vivían tantos curas amancebados que se tomaba como cosa normal. Con él venía un criado.

—Soy el padre Albornoz, capellán de su excelencia. ¿A quién tengo el honor de saludar?

—Soy el capitán Luis de Mendoza y doy escolta a un correo real.

—Mi nombre es Bartolomé Camarena y traigo una carta de su alteza para el alcaide, don Gonzalo de Córdoba.

El clérigo frunció el ceño dejando patente su sorpresa. Lucía una calva que le evitaba la tonsura que Cisneros también había impuesto a los eclesiásticos. Tenía un aire bonachón, ojos vivaces y una generosa sotabarba que daba a su cara una forma redondeada.

—¿Traéis carta del rey para su excelencia?

El capitán reparó en que no se refería al Gran Capitán como alcaide, sino que había utilizado su tratamiento de duque. Era titular de los ducados de Sessa, Terranova y Santángelo.

—Así es —respondió Camarena.

—¿Tendríais la bondad de entregármela?

—Lo lamento, paternidad, pero no puedo hacerlo. Las

instrucciones que tengo son de entregarla en mano sólo al alcaide.

El capellán miró al capitán.

—¿Venís de Burgos? Tengo entendido que es por donde anda la corte en estos meses.

—Salimos de Burgos hace una semana.

—¿Cómo es que todo un capitán da escolta a un correo? Esa carta debe ser muy importante. Eso explicaría que las instrucciones sean entregar la misiva en mano.

—Ignoro su contenido, páter. Mi misión es dar escolta al correo.

El capellán no parecía muy convencido.

—¿Habéis dicho que vuestro nombre era…?

—Mendoza. Capitán Luis de Mendoza.

El capellán arrugó la frente. La presencia del capitán le resultaba extraña.

—¿La carta es del rey?

—Así es, páter. Viene dirigida al alcaide de Loja y la orden es entregarla en mano —insistió Camarena.

El capellán se encogió de hombros y ordenó al soldado:

—Hazte cargo de los caballos y cuida de los equipajes…, o mejor dáselos a Ginés. Coge esas alforjas y vente con nosotros —mandó al criado—. ¿Vuesas mercedes tienen la bondad de seguirme?

Pasaron a otro patio mucho más pequeño y cruzaron la puerta que daba acceso al núcleo principal de la alcazaba. Estaba coronada por un arco de herradura apuntado sobre el que se veía un friso con escritura árabe y más arriba, grabada en la piedra, una mano con la palma extendida, indicando el abolengo musulmán de la fortaleza. Luego subieron por una escalera hasta una especie de distribuidor al que daban varias puertas. Las paredes estaban recubiertas con estucos cuyos colores cobraban intensidad con la dorada luz que entraba por unas celosías sobre las que arrancaba la cúpula que formaba la cubierta. El pavimento lo cubrían ricas alfombras y en las esquinas había dos hermosos velones de doce picos cada uno para alumbrar la estancia.

—Aguardad un momento —indicó el clérigo perdiéndose por una de las puertas, primorosamente labrada con lacerías que se entrecruzaban componiendo complicadas figuras geométricas.

La espera se prolongó mucho más de lo que el clérigo había anunciado. En el ánimo del capitán se acentuaba una mezcla de emociones que lo había acompañado durante todo el viaje y que habían crecido conforme se acercaban a Loja, pero que había controlado con las preocupaciones del camino. Ahora iba a encontrarse con don Gonzalo, a quien hacía más de cinco años que había visto por última vez. Fue en el puerto de Nápoles cuando se despidió de sus hombres, saludándolos uno por uno, para embarcar en la galera que lo traería a la Península. Como en vísperas de las grandes batallas, cuando recorría el campamento y charlaba con los hombres y a muchos les sorprendía que los llamara por su nombre.

El Gran Capitán era una de las personas, junto a su tío el cardenal, que más influencia habían ejercido en su vida. Don Gonzalo había inculcado en él valores como el sentido del honor y del respeto al adversario, aunque hubiera que eliminarlo físicamente. Había sido él quien le había hecho ver lo que realmente significaba ser un soldado.

Notaba cómo la alteración de su pulso se incrementaba a medida que pasaban los minutos, cómo los nervios lo estaban atenazando y terminaban en el pellizco que se le cogía en el estómago cada vez que estaban en vísperas de una batalla. Trató de serenarse pensando en que, pese a la elegancia que se respiraba en aquella sala poco común en un recinto militar, aquello era una alcazaba, protegida por gruesas murallas y poderosas torres, pero sin muchas comodidades. Loja no dejaba de ser una villa perdida entre arriscadas montañas. Un lugar de frontera alejado de los centros de poder. Recordó las palabras de Andrés, cuando dijo que el rey lo tenía desterrado. El odrero llevaba razón.

El prolongado silencio que acompañaba a la espera —a Camarena también se le veía nervioso— empezó a resultar incómodo. El criado, que seguía presente, hizo un comentario sobre el importante papel que Loja había desempeñado en las luchas fronterizas cuando estaba en poder de los moros.

—Al comenzar la guerra, el alcaide de esta alcazaba era Aliatar, el suegro del último de los reyes granadinos. Pereció en una batalla que se libró cerca de Lucena en la que también cayó preso Boabdil. En ella participó su excelencia, a las órdenes de su hermano, don Alonso de Aguilar.

—¿Don Gonzalo estuvo en esa batalla? —preguntó el capitán.

—Así es, señor. Fue entonces cuando se inició su amistad con Boabdil.

—No lo sabía.

—Esa amistad fue muy importante para...

En aquel momento el capellán apareció por la misma puerta por la que se había marchado y les indicó:

—Seguidme. Su excelencia aguarda.

8

Mendoza estiró los pliegues de su jubón, que abotonó hasta el cuello, se ajustó los puños y recolocó su espada. Camarena lo miraba y también terminó por adecentarse lo mejor que pudo: se quitó el bonete y se pasó la mano por el pelo en un intento de mejorar su imagen.

El capellán los condujo por un pasillo algo estrecho, pero bien iluminado, que daba a un patio en el que había un aljibe de grandes dimensiones y desde allí pasaron al aposento donde estaba don Gonzalo. Era un amplio salón de forma alargada, desde el que se tenían unas magníficas vistas sobre Loja.

Al fondo estaba el Gran Capitán, sentado ante un tablero de ajedrez que concentraba toda su atención. Camarena se sintió perplejo. El capellán había tenido que informarle de la llegada de un correo del rey y parecía no importarle lo más mínimo. Jamás había vivido una situación igual. La llegada de una carta del rey provocaba siempre un terremoto. Al capitán le sorprendió menos. Sabía que el ánimo de don Gonzalo no se alteraba fácilmente. Lo había visto sereno en vísperas de las grandes batallas.

En esos momentos era cuando mostraba mayor tranquilidad y trataba de transmitirla a todos los oficiales. Mendoza se preguntó si habrían llegado a Loja noticias de lo ocurrido en Rávena. Conforme se acercaban, reconoció a quien disputaba con don Gonzalo la partida. Era Tristán de Acuña, otro de sus capitanes, al que en Nápoles había encomendado algunas misiones particularmente difíciles. También identificó a uno de los dos espectadores de la partida. Era Pedro Gómez de Medina, al que todos conocían como Medina y que hacía las veces de mayordomo del Gran Capitán, encargándose de un asunto en extremo delicado: administrarle los dineros. Era sumamente complejo, porque don Gonzalo era el hombre más generoso y espléndido que Mendoza conocía. Al otro no lo identificó, pero debía de ser médico, según dedujo de la hopalanda que vestía, ya que era una especie de uniforme de la profesión. Seguramente lo atendía de las calenturas que había cogido en las riberas pantanosas del río Garellano y que lo aquejaban periódicamente.

A ninguno parecía haberle alterado la noticia de que había llegado una carta de su alteza. Algo que resultaba muy extraño. Era cierto que, al menos en el caso de las tres personas que Mendoza conocía, se trataba de hombres con mucha experiencia, pero la llegada de un correo del rey no era un asunto baladí y menos aún en las circunstancias que envolvían a don Gonzalo. Tristán de Acuña no dejaba de pasarse el dedo por el bigote esperando que don Gonzalo moviera pieza.

Cuando se acercaron, don Gonzalo alzó la vista y miró al capitán fijamente con aquellos grandes ojos garzos que mantenían el mismo brillo de siempre, aunque a Mendoza le pareció adivinar un fondo de tristeza y melancolía. Lo que había aumentado considerablemente en aquellos cinco años era su calvicie, que trataba de disimular peinando su pelo hacia delante.

—¡Capitán Mendoza! —exclamó, derribando con un leve golpe a su reina, antes de levantarse.

—¿Qué hacéis, señor?

—Entregaros la reina, Tristán. Habéis ganado esta partida. No porque vuesa merced haya desplegado mejor estrategia que yo, sino porque tenemos visita y la partida ha de concluir.

Apretó los brazos de Mendoza, que permanecía como paralizado, y le preguntó con una amplia sonrisa:

—¿Qué viento os trae, amigo mío, hasta este apartado rincón del reino?

—Doy..., doy escolta al correo, señor. —El capitán señaló a Camarena.

—¡Un capitán dando escolta a un correo! —Se quedó mirándolo y le preguntó sin disimular la ironía—: ¿Cuántos hombres han formado esa escolta?

—Sólo..., sólo yo, excelencia.

—¡Eso es un caso verdaderamente extraordinario! La única explicación es que en esa carta que me ha escrito su alteza me comunique algo de mucha importancia. ¿En qué día de la semana estamos? —inquirió de repente.

—Hoy es viernes, señor —respondió el capellán.

—¡No hay duda! —exclamó el Gran Capitán—. En viernes han acaecido siempre los grandes acontecimientos de mi vida. ¿Recordáis qué día fue lo de Ceriñola, Mendoza?

—Era viernes, señor.

—En efecto, viernes. Veamos qué dice esa carta del rey. —Miró a Camarena—. Tú tienes que ser el correo.

—Así es, señor.

—¿Cómo te llamas?

—Mi nombre es Bartolomé, Bartolomé Camarena, excelencia.

—Venga esa carta que, según me han dicho, sólo puedes entregarme en mano.

—Esas son las órdenes, excelencia —respondió el correo sacando un estuche de su faltriquera y tendiéndoselo al tiempo que inclinaba la cabeza.

El médico y los capitanes hicieron ademán de marcharse, pero don Gonzalo los detuvo.

—Quedaos, quedaos todos. —Don Gonzalo abrió el estuche, comprobó que las cartas eran dos, y preguntó a Camarena—: ¿Cuál he de leer primero?

—Eso es algo que ignoro, excelencia.

El Gran Capitán las miró, examinando los membretes y los sellos, y luego se acercó a la ventana para aprovechar la última luz del día. Rompió el lacre de una de ellas y leyó.

El Gran Capitán, mientras leía junto al ajimez, ofrecía la imagen de un hombre que emanaba serenidad y sosiego. Era de mediana estatura, enjuto de carnes, y su aspecto señalaba una vitalidad impropia de un hombre que tenía bien cumplidos los cincuenta y ocho años y que a lo largo de su vida había afrontado muchos trabajos. Tenía el rostro anguloso, la nariz fina y algo acaballada. Los labios pequeños y una expresión de franqueza en el rostro acorde con la claridad con que expresaba lo que pensaba, sin andarse con rodeos ni miramientos. Era evidente que un hombre capaz de reprender al mismísimo vicario de Cristo en la Tierra por lo inmoral de su conducta no estaba por guardarle a nadie el aire.

Había abierto la carta que debería haber leído en segundo lugar porque, apenas ojeó las primeras líneas, abrió la segunda misiva, que leyó reposadamente, empapándose de su contenido. Todos estaban pendientes de él; Mendoza lo observaba tratando de no perder detalle. Su trabajo, que comenzaba ahora, le pareció innoble. Aunque el secretario del rey lo había presentado como un servicio a su alteza, era espiar al Gran Capitán, un cometido que cada segundo que pasaba se le antojaba más indigno. Pensó que el rey debía sospechar que el desprecio que había hecho a un hombre como aquel podía no resultarle gratuito. Lo había maltratado con un cargo que no correspondía a su grandeza. Nombrarlo alcaide de Loja, después de haber ejercido de virrey de Nápoles, suponía una terrible humillación. Para un político como don Fernando y un cortesano como Almazán, siempre pendientes del más pequeño indicio, resultaba lógico que quisieran conocer la reacción de don Gonzalo, pero él no era la persona indicada. En el hecho de aceptar aquella misión había influido la posibilidad de volver a ver a don Gonzalo de Córdoba. Pero ahora, cuando lo miraba con los ojos de quien observa para facilitar a otra persona información, se sentía mal, cada vez peor, mientras, pendiente del semblante de don Gonzalo, buscaba un gesto, una reacción, un detalle. El encargo de Almazán le pesaba como una losa sobre sus hombros. Al comprobar que el rostro del Gran Capitán era impenetrable, sintió alivio. Era algo que le alegraba instintivamente. Si don Gonzalo se mostraba impasible ante la lectura, sólo tendría que informar de ello. Seguía admirándole la tranquilidad con que se comportaba ante lo que el propio don Gonzalo denominaba «grandes acontecimientos». Mendoza desconocía el contenido de las cartas, pero no era aventurado imaginar que se trataba de algo grave y que necesariamente había de estar relacionado con la derrota sufrida en Rávena.

 Concluida la lectura, don Gonzalo se separó de la

ventana, plegó las cartas utilizando los mismos dobleces y las dejó sobre la mesa en la que estaba el tablero donde reposaban las piezas del ajedrez. Luego se dirigió al capitán mirándolo a los ojos.

—Mendoza, ¿conocéis los detalles de lo que ha ocurrido en Rávena?

—Algo sé, además de los rumores que circulan por Burgos, señor.

—¿Qué sabéis y qué dicen esos rumores?

En el salón la atmósfera era especial. A la última luz del atardecer, que entraba por las ventanas, le acompañaba el piar de los pájaros que buscaban en las ramas de los cipreses del patio un sitio donde pasar la noche. Todos estaban pendientes de las palabras de Mendoza.

—Lo que sé es que la batalla se libró el pasado 11 de abril y que nuestras tropas estaban a las órdenes de don Ramón de Cardona. Mandaba la caballería Fabricio Colonna y el marqués de Pescara...

—¿Quién mandaba la infantería? —lo interrumpió don Gonzalo.

—Pedro Navarro, señor.

El Gran Capitán lo miró con incredulidad.

—¿Navarro no aguantó el empuje de los franceses? ¡Por todos los santos! ¿Qué ocurrió en ese campo de batalla para que ese roncalés del diablo no les diera su merecido?

—Al parecer, Navarro y sus hombres, que estaban en primera línea, contenían sin problemas a los franceses.

—Entonces... ¿qué pasó?

—Lo que yo sé es que su artillería hizo mucho daño a nuestra caballería pesada. Al parecer esa fue la razón principal por la que Colonna ordenó a sus jinetes atacar a la desesperada. Se dice que fue un acto suicida y que se convirtió en una carnicería. El número de bajas era tan grade que el marqués de Pescara acudió en su ayuda, pero sus jinetes se estrellaron ante la muralla que suponía la caballería enemiga.

—¿Qué hizo Navarro con sus infantes?

—Los rumores son muy confusos…

—¿Qué dicen, Mendoza? ¡Hablad de una vez!

—Resistía los envites del enemigo y lo mismo ocurría en los flancos.

El silencio en el salón podía cortarse. Fuera los pájaros no dejaban de piar.

—Si resistió la infantería…, ¿cómo es posible…? —El Gran Capitán se acarició el mentón y su mirada dio la impresión de que se había trasladado a muchas leguas de Loja.

Luis de Mendoza, Tristán de Acuña y Pedro Gómez de Medina sabían cómo interpretar aquellas palabras y aquella mirada. Habían peleado a sus órdenes y conocían la importancia que don Gonzalo otorgaba a la infantería. Para el Gran Capitán el tiempo de los jinetes había pasado y había dado el protagonismo a la infantería, los peones que hasta entonces habían sido comparsas de los caballeros. Serían hombres a pie quienes decidirían las batallas en el futuro si se los pertrechaba convenientemente y se los situaba estratégicamente en el campo de batalla. No se trataba de un planteamiento teórico. Era la táctica que empleó en los campos de Ceriñola y que confirmó, punto por punto, lo que repetía a sus capitanes en vísperas de aquella gloriosa jornada. Había sido su infantería, a la que había dotado de una mayor potencia de fuego, la que había sostenido la carga de la flor y nata de la caballería francesa, a la que había batido en toda la línea, aniquilándola.

Mendoza tuvo la impresión de que sus dos viejos compañeros de armas estaban pensando lo mismo. Pero él sabía, y también Acuña y Medina, que sus grandes éxitos en Nápoles no se basaban sólo en el empleo táctico de la infantería. Gonzalo de Córdoba era el Gran Capitán porque tenía algo de lo que carecían los jefes de los otros ejércitos. Era su carisma, la extraordinaria capacidad para infundir en sus hombres un espíritu de lucha y un afán por vencer que los conducía a la victoria.

Los presentes casi contenían la respiración esperando las siguientes palabras de don Gonzalo.

9

El silencio se prolongaba y el Gran Capitán mantenía la mirada fija en la ventana. Como si viera mucho más allá de las terrazas y cúpulas del caserío. Quienes estaban con él respetaron su mutismo hasta que preguntó:

—¿Qué se dice que ocurrió, Mendoza?

—Según los rumores, don Ramón de Cardona, al ver la matanza, optó por retirarse para...

Don Gonzalo no lo dejó terminar.

—¿Me estáis diciendo que dio la orden de retirada cuando los infantes de Navarro mantenían el pulso a los franceses?

—Esas son las noticias que se tienen, señor. En la corte son muy pocos los que saben exactamente lo ocurrido.

—Si eso es cierto y, por lo que se me dice en una de esas cartas, todo parece indicar que así es, lo que ha sucedido en Rávena es que Cardona en lugar de lanzar sus reservas al combate para reforzar a los hombres de Navarro... los dejó a su suerte, abandonando el campo de batalla.

—En la corte algunas voces aseguran que la estrategia empleada por don Ramón de Cardona no fue la adecuada. Ese movimiento táctico ha costado la vida a muchos hombres. Según he oído decir, entre los muertos están Zamudio, Diego de Quiñones y Pedro de Paz.

—¿Todos ellos han muerto? —preguntó Acuña. Mendoza se limitó a asentir.

Don Gonzalo no abrió la boca. Detestaba a quienes eran estrategas en los salones de la corte y diseñaban tácticas lejos de los campos de batalla. Se acercó de nuevo a la ventana. Fuera era ya de noche. Recordó en silencio a aquellos valientes, a los que había visto batirse en las circunstancias más difíciles. El silencio que otra vez se había apoderado del salón tenía el valor de un homenaje a los caídos en Rávena. Se volvió de repente y se dirigió directamente al capitán.

—Eso no fue un movimiento táctico, Mendoza. A las cosas hay que llamarlas por su nombre. Eso fue una huida. Así es como se llama abandonar el campo de batalla en plena lucha cuando la suerte todavía está indecisa y muchos hombres se están jugando la vida para hacerse con la victoria. ¡Huir fue lo que hizo ese miserable de Cardona! ¡Pardiez que eso fue lo que hizo!

Por primera vez había alzado la voz.

—Sólo puedo deciros lo que se comenta en la corte, señor.

—Comprendo, Mendoza, comprendo —admitió moderando el tono—. Por lo que decís, en la corte se sigue llamando a las cosas de forma que no parezca lo que realmente son. Terminad de contarme lo que se rumorea de esa batalla, hacedme el favor.

—Navarro se vio obligado a retirarse. Al parecer, lo hizo ordenadamente y evitó que la magnitud del desastre fuera mayor. Lo malo de esa decisión es que fue apresado.

—¿Navarro está prisionero?

—Esas son las noticias, señor.

—¿Quién mandaba a los franceses?

—Gastón de Foix. He oído decir que pereció en la batalla.

Don Gonzalo iba a decir algo, pero, inesperadamente, se quedó en silencio. Como si una idea hubiera iluminado su mente. Miró de nuevo a Mendoza y le preguntó:

—¿Gastón de Foix es..., era hermano de doña Germana?

—Así es, señor. Era hermano de la reina.

—¡Vaya, al rey lo ha vencido su cuñado! —exclamó el capellán, que parecía divertido con aquel detalle.

El Gran Capitán lo fulminó con la mirada y el clérigo pareció encoger de tamaño.

—Albornoz, nada de chanzas cuando miles de hombres que han luchado bajo nuestras banderas han quedado en el campo de batalla. ¿Sabe vuestra paternidad de lo que le estoy hablando?

Azorado, agachó la cabeza y durante unos instantes, que al capellán le parecieron eternos, se instaló el silencio.

Los tres capitanes intercambiaron miradas. Sabían el respeto que muchos de los que habían conocido la realidad de un campo de batalla tenían por los muertos en combate, pese a que entre los vencedores había muchos otros que, después de la batalla, se dedicaban al pillaje y hasta profanaban los cadáveres. Don Gonzalo se mostraba caballeroso incluso con las bajas del enemigo. La noche de Ceriñola, cuando supo que el general de los franceses, el duque de Nemours, había muerto, ordenó en plena noche buscar su cadáver. Mendoza había sido testigo de su lamento a la luz de las antorchas. Le rindió los honores que merecía un noble contrincante y mandó que se le dispensaran honras fúnebres adecuadas a su rango. Allí había otro testigo de aquel episodio. Fue Tristán de Acuña quien, por orden de don Gonzalo, escoltó el cadáver desde Ceriñola hasta Barletta, adonde se había adelantado un mensajero para que el clero de la ciudad saliera fuera de las murallas a recibir al difunto.

—La muerte de Gastón de Foix —comentó don Gonzalo— complica mucho la situación en el reino de Navarra. El rey reclamará esa corona; su padre fue rey de Navarra y en alguna ocasión don Fernando también se intituló como monarca de ese reino.

—Si el rey decide entrar en Navarra, significará abrir otro frente con los franceses, que siempre han aspirado a meterse en esas tierras —señaló Gómez de Medina.

—Que no os quepa la menor duda, Medina.

Mendoza creyó adivinar el contenido de las cartas que el rey había escrito a don Gonzalo. Se trataba de la invasión de Navarra. Posiblemente…, posiblemente, don Fernando quería encomendarle el mando de ese ejército. Decidió hacer un comentario sobre algo que había oído en Burgos.

—Corre el rumor de que su alteza está dispuesto a convertir el desastre de Rávena en una oportunidad. Se dice que el rey necesitará un general con experiencia para dirigir sus tropas en esa guerra que todos dan por segura.

—¿Se trata de combatir a los franceses en Navarra? —preguntó el doctor Quesada, que era el nombre del médico y que hasta entonces había permanecido en silencio—. ¿Es por eso por lo que ha escrito a vuestra excelencia? ¿Os pide don Fernando que os pongáis al frente de ese ejército?

Don Gonzalo negó con la cabeza y se quedó mirando al doctor con una sonrisa apuntando en sus labios.

—No, el rey no me escribe para que vaya a Navarra. Don Fernando me requiere para que levante un ejército, marche a Italia y trate de frenar el avance de los franceses, después de lo ocurrido en Rávena. Es lo que me pide en su segunda carta. En la primera me informa, sin entrar en detalles, de la derrota que allí hemos sufrido.

Ninguno de los presentes podía dar crédito a lo que acababa de oír. Les costaba trabajo creer que el rey enviara de nuevo al Gran Capitán a Italia. Eso eran palabras mayores. Don Fernando había acudido a Nápoles hacía cerca de seis años, envenenado por la desconfianza que en él habían despertado una legión de envidiosos y calumniadores que le susurraban al oído que don Gonzalo maquinaba proclamarse rey de Nápoles y que el papa, al tratarse del *Regno*, que es como en Italia se conocía al reino de Nápoles, un feudo pontificio, estaba dispuesto a dar su bendición. Lo había relevado en el cargo de virrey con la promesa de otorgarle el título de maestre de la Orden de Santiago, que luego no cumplió.

Mendoza se explicaba ahora por qué el secretario deseaba detalles sobre la reacción de don Gonzalo al conocer el encargo que el rey le hacía. Enviar de nuevo al Gran Capitán a Italia no habría sido una decisión fácil para un rey como don Fernando, que recelaba de la grandeza de Gonzalo de Córdoba. Esa era la razón por la que el ladino del secretario lo había enviado a Loja.

—¿Os pondréis nuevamente al frente de un ejército para marchar a Italia? —preguntó el médico.

El Gran Capitán se encogió de hombros.

—Eso es lo que su alteza me pide en esa carta y las peticiones de un rey son... órdenes.

—Excelencia, vuestra salud...

—No empecéis con monsergas de médico, Quesada.

Mañana escribiré al rey y vos, Medina, encargaos de que el amanuense prepare cartas destinadas a los antiguos capitanes que ya lucharon a mis órdenes y están en sus casas.

Mendoza, Acuña y Gómez de Medina se miraron. Este último iba a decir algo, pero don Gonzalo se le adelantó.

—No esperaremos a mañana. Medina, da aviso inmediato al amanuense...

—Yo le avisaré, excelencia —se ofreció el capellán, abandonando el salón. Había pasado un mal trago y necesitaba desahogarse.

—Está bien, avisadle vos, páter. Si lo de Rávena ha sido tan grave, no debemos dejar que los franceses se envalentonen demasiado. Mañana al alba saldrán correos para dar ese aviso a los capitanes. Quienes quieran volver a Italia, tendrán autorización para alzar banderas, hacer sonar las cajas y empezar a organizar sus compañías.

—Como mande vuestra excelencia.

—¡Ah! También saldrá un correo para Málaga con una nota que el secretario de su alteza me adjunta en una de las cartas con órdenes para que las autoridades de esa plaza apresten en aquel puerto hasta sesenta embarcaciones para el traslado a Italia de las tropas.

—¿Habéis dicho sesenta embarcaciones?

—Sesenta, Mendoza, sesenta —reiteró mirándolo a los ojos—. Tenemos que embarcar catorce mil hombres con caballos, impedimenta y bastimentos. ¡Se necesita un ejército para poner a los franceses en su sitio!

A Mendoza se le cogió otra vez el pellizco en el estómago. El fugaz brillo que había visto en las pupilas de don Gonzalo fue suficiente para saber que estaba asistiendo al renacer del Gran Capitán. Hacía un rato que conocía el encargo del rey y ya empezaba a tomar disposiciones.

—Mendoza, podéis retiraros... Pero no busquéis posada. Los dos os alojaréis aquí, en la alcazaba. ¡También tú! —dijo a Camarena y miró a Gómez de Medina—. Que se disponga lo necesario para que queden aposentados como es debido.

—¡A la orden, mi general! —respondió el mayordomo, adoptando una postura marcial.

—¿Qué demonios significa eso?

—Que el primero de vuestros capitanes ya está alistado, mi general. Administraré los dineros, organizaré los recursos o me pondré al frente de una de las compañías. Estaré en el lugar al que me destine su excelencia.

El Gran Capitán se acercó a él y le puso una mano en el hombro.

—Sé que siempre puedo contar contigo.

—¡También conmigo! —exclamó Acuña—. ¡Si lo tenéis a bien, levantaré aquí en Loja y en sus contornos una compañía!

Don Gonzalo asintió.

—¡Contad con mi persona para lo que sea necesario, excelencia!

A Mendoza la exclamación le había salido del alma. Alzar una de esas banderas no era solamente un deseo, era también una forma de eliminar el resquemor que embargaba su ánimo desde que el secretario le había encomendado la misión que lo había llevado hasta Loja.

—Pero... ¿vos no prestáis servicio en la corte? —le preguntó don Gonzalo.

—No, señor, esta..., esta misión es el primer encargo que he recibido. En realidad, estoy allí administrando la hacienda de mi tío el arzobispo don Bernardino López de Carvajal y Sande. Si lo tenéis a bien, yo desearía alzar una de esas banderas. Nada me causaría mayor placer que estar a vuestro lado cuando reemprendáis la campaña de Italia.

—Alzad entonces esa bandera, Mendoza. Pero ahora, descansad. Quiero que me acompañéis en la cena. —Miró a Camarena—. La invitación también te incluye a ti.

El correo, impresionado, apenas fue capaz de balbucear unas palabras de agradecimiento.

En aquel momento llegó el amanuense, acompañado por el capellán Albornoz.

—¿Habéis mandado llamar, excelencia?

—Sí, hay que escribir una serie de cartas. Medina te dará la pauta para que escribas el texto. Después te indicaré a quién hay que dirigirlas. Tienen que salir mañana con las primeras luces del día.

—Dadlo por hecho, excelencia. ¿Ordena vuestra excelencia alguna otra cosa?

—Nada más, que todo esté previsto para mañana.

El amanuense se retiró y a continuación don Gonzalo dio a Gómez de Medina algunas instrucciones para la redacción de las cartas. Antes de que saliera le ordenó:

—Cuando terminéis con el amanuense, entregadle al capitán cincuenta ducados y otros tantos al correo. Las noticias que han traído los merecen sobrados.

—Como dispongáis, señor —dijo resignado.

—Páter, como Medina tiene otras cosas que hacer, ¿le importaría a su paternidad hacerse cargo de que nuestros huéspedes queden aposentados como es debido?

—Con mucho gusto, excelencia.

Camarena estaba asombrado. No acababa de creerse lo que veía: la generosidad de don Gonzalo, la energía con que tomaba las disposiciones... Emanaba autoridad. Era algo innato a su persona. No le extrañaba lo que se contaba de él y que sus soldados se deshicieran en alabanzas. A un general como aquel lo seguirían hasta las mismísimas puertas del averno si necesario fuere.

—Excelencia —a Camarena le temblaba la voz—, sepa vuesa merced que la suma de cincuenta ducados me parece excesiva. Yo estoy pagado con la soldada del rey. Es cierto que a veces nos obsequian con alguna cantidad, sobre todo cuando llevamos buenas noticias y las entregamos por los días cercanos a la Natividad de Nuestro Señor; entonces los correos recibimos algunos aguinaldos. ¡Pero cincuenta ducados…!

Don Gonzalo lo miró con expresión risueña y un punto de malicia en los ojos.

—Con las economías que su alteza acostumbra y la tacañería de sus contadores, me temo que no tendrás ni para vino. La mitad de esos cincuenta ducados son por tu trabajo y la otra mitad por las noticias que me has traído, que bien lo merecen.

—Gracias, excelencia, muchas gracias. La fama de vuestra generosidad es mucha, pero ahora sé que quienes la pregonan no os hacen justicia.

—¿Por qué dices eso?

—Porque se quedan cortos, excelencia. Muy cortos. Cincuenta ducados es más del doble de lo que puedo embolsarme en un año de mucho trabajo.

—Mi general, creo que yo no debería… —protestó Mendoza.

—Retiraos de una vez. Tengo cosas más importantes que escuchar vuestras protestas y ya mismo doña María estará diciendo que es la hora de la cena. ¡Vamos, marchaos de una vez!

Mientras el capellán los conducía hacia su aposento portando dos pequeños candiles, Camarena no dejaba de pensar en que los diez ducados ofrecidos por Almazán, a condición de llevar a cabo una hazaña poco menos que imposible, quedaban como un ofrecimiento ridículo y cicatero comparado con la generosidad de don Gonzalo de Córdoba. Camarena, repuesto de la sorpresa, le comentó al capitán, sin poder contener la emoción:

—¡Don Gonzalo es un príncipe! ¡Cuanto más sé de su vida, más injusta me parece la ingratitud del monarca con él! ¡Qué demonios hacen hombres como él en lugares como este!

—Te equivocas cuando dices hombres —le replicó el capitán—. Hay que andar muchas leguas para encontrar a otro como él.

10

Burgos

El Gran Capitán no se había equivocado al señalar que el rey reclamaría la corona de Navarra al saber que Gastón de Foix había muerto. Don Fernando invocaría los derechos de su esposa por encima incluso de considerarse rey de Navarra como sucesor de su padre Juan II, que había despojado de sus derechos a su hijo Carlos, habido de un primer matrimonio con Blanca de Navarra. La situación era muy complicada porque los navarros estaban divididos en dos bandos irreconciliables. Unos eran los beamonteses y otros los agramonteses.

En los días anteriores a la salida de Burgos del capitán Mendoza y Camarena con las cartas para don Gonzalo de Córdoba, varios correos habían partido de la corte y al día siguiente lo hicieron algunos más. En los círculos más próximos al poder había una agitación extraordinaria. Los rumores se sucedían y lo que unos decían entraba en contradicción con lo que se había afirmado como algo seguro pocas horas antes.

La corte era un hervidero.

Se hablaba de Navarra, tanto de acuerdos para ocupar sin muchos problemas ese reino, como de que sería necesaria una invasión en toda regla. Igualmente corrían comentarios acerca de que se abandonaría la Liga que se tenía con el papa y Venecia, a la que se había dado el nombre de Santa porque, oficialmente, se había organizado para luchar contra los turcos, pero en realidad había sido una coalición para enfrentarse a los franceses que habían entrado en el Milanesado. Un territorio sobre el que siempre habían mostrado sus pretensiones al considerarse herederos de los derechos de los Visconti, la vieja familia ducal, sustituida por los Sforza al morir el último miembro de la familia sin descendencia.

Al día siguiente de la partida del capitán Mendoza y Camarena, el secretario Almazán, después de despedir a uno de esos correos, encaminó sus pasos hacia la capilla. No era hombre dado a rezos y devociones y se limitaba a cumplir estrictamente los preceptos de la Madre Iglesia, pero si deseaba que su proyecto saliera adelante, tenía que jugar bien sus cartas y en aquel momento sólo él poseía datos sobre lo que había de verdad en los rumores que eran la comidilla de la corte. La víspera, don Fernando le había hecho una confidencia que, después de darle muchas vueltas, le había permitido vislumbrar la posibilidad de obtener un alto beneficio. Pero si quería conseguirlo, tenía que hablar sin pérdida de tiempo con el duque de Alba, don Fadrique Álvarez de Toledo. Precisamente para encontrarlo había bajado hasta la capilla.

Lo recibió un fuerte olor a cera e incienso y un murmullo de oraciones que respondían a las invocaciones del capellán real, que celebraba el manifiesto del Santísimo y el rezo del rosario a santa María, al que asistía el rey acompañado de doña Germana, cosa que no ocurría todos los días. Buscó al duque con la mirada y lo localizó en la última fila. El lugar no correspondía a su relevancia, por lo que dedujo que había llegado con retraso. Mojó la punta de sus dedos en agua bendita de la pililla que había junto a la puerta, se santiguó y se acercó hasta el duque discretamente.

Una vez a su lado se incorporó momentáneamente a las plegarias...

—*Ora pro nobis.*
—*Stella matutina.*
—*Ora pro nobis.*
—*Salus infirmorum.*
—*Ora pro nobis.*
—Necesito hablar con vuesa merced... *Ora pro nobis.*

El duque lo miró con gesto altivo. Para don Fadrique, Almazán era un picapleitos que no dejaba de citar parrafadas y sacar papelotes. Era cierto que los reyes se servían de esa clase de gente cada vez con más frecuencia, pero eran unos advenedizos sin antepasados que hubieran prestado servicios a la Corona y sin apenas linaje del que blasonar.

—¿Corre prisa?
—*Consolatrix afflictorum.*
—*Ora pro nobis*... Mucha, excelencia. Necesito hablar con vos lo antes posible.
—Pues aguardad a que concluya el oficio.
—*Auxilium christianorum.*
—Disculpadme, duque, pero tengo mucho trabajo por despachar... Os aguardaré en mi gabinete.

El secretario sabía que con lo que acababa de decir echaba un pulso al duque. No eran los miembros de las grandes familias quienes acudían al despacho de aquellos leguleyos que sólo emborronaban papeles y a los que no se recataban de hacerles patente su desdén. Almazán comprobó con el rabillo del ojo que sus últimas palabras habían tenido en el duque el mismo efecto que si le hubieran propinado un manotazo en pleno rostro. Don Fadrique hizo un esfuerzo por contenerse. Decirle que lo esperaba en su gabinete a alguien como él, primo del rey, era algo que rozaba la afrenta. Pudo haberse negado, pero se contuvo, consciente de que el secretario gozaba de una posición privilegiada. El rey se valía de gentes como Almazán para arrebatarle parcelas de poder a una nobleza que, en los primeros años del reinado, no había dejado de complicarle la vida a él y a la difunta reina Isabel, subiéndoseles a las barbas y enfrentándose a ellos abiertamente. Muchos habían apoyado en la lucha por el trono a doña Juana, la hija del anterior rey, a la que algunos tenían por hija del privado don Beltrán de la Cueva y se referían a ella despectivamente como la Beltraneja.

—*Ora pro nobis...* En ese caso aguardadme allí. Acudiré cuando acaben los oficios.

Almazán suavizó la tensión antes de retirarse.

—Os lo agradezco, excelencia. No os arrepentiréis.

Aprovechó el final de las letanías para abandonar la capilla sin parecer irreverente. Hizo una genuflexión y volvió a santiguarse con agua bendita. Si se daba prisa, podía dejar resuelta otra cuestión de suma importancia para el asunto que se traía entre manos antes de que el duque apareciera por su gabinete. Se dirigió a las cocinas, sostuvo una breve conversación con el repostero mayor y luego marchó rápidamente hacia su despacho.

Antes de entrar había ordenado a uno de los dos ujieres que prestaban servicio permanente en la puerta de su gabinete que llamara a Elías Galindo, el responsable del grupo de escribanos que trabajaban para él, pero Galindo era para Almazán mucho más que eso. Se trataba de su hombre de confianza, a quien encargaba la redacción de los documentos más comprometidos y quien le servía en otros menesteres por los que lo recompensaba debidamente.

Galindo entreabrió la puerta y, al ver que el secretario estaba solo, entró en el gabinete.

—¿Me habéis mandado llamar?

—Tienes que acercarte a la botica de Pablo Salazar.

—¿Con este tiempo? —Galindo miró hacia la ventana, donde la lluvia golpeaba con fuerza.

—Sin detención. Lo que has de traerme no puede dejarse para más tarde. Ponte un capotillo o camina pegado a la pared, apáñatelas como puedas. Como está el día, no creo que deje ya de llover.

Galindo hizo un gesto de resignación.

—¿La botica de Pablo Salazar es la que está al final de la calle Tenebrosa?

—Justo en la trasera de los almacenes de Juan de Ortega, el mercader de lanas.

—Ese boticario…, ese boticario no es muy recomendable.

Almazán lo miró con una sonrisa maliciosa.

—¿Te preocupa ir allí?

—No, señor, pero…

—Sólo tienes que decirle que vas de mi parte. Le entregarás esta carta —Almazán la sacó de un cartapacio y se la dio— y te proporcionará algo que has de traerme. Es muy posible que te haga esperar, pero aguarda el tiempo que sea necesario. Lo importante es que no te vengas sin lo que ha de darte y con esa carta firmada por Salazar.

—¿Puedo saber de qué se trata?

El secretario lo miró muy serio.

—No, Elías, no debes saberlo. Hay cosas…, hay cosas de las que es mejor no estar al tanto. ¿Entendido?

—Entendido, señor.

—Ahora márchate y procura que nadie te vea entrar ni salir de esa botica.

Apenas habían transcurrido un par de minutos desde que Galindo se había marchado cuando unos golpes en la puerta anunciaron la visita que aguardaba. El ujier anunció al duque de Alba, que entró sin esperar a que el secretario diera su venia. Era una forma de hacer valer su preeminencia. Almazán disimuló su contrariedad.

—¡Don Fadrique, pasad, pasad! ¡Cuánto honor! —El secretario se había levantado y se acercaba al duque con actitud solícita—. ¡Tomad asiento, por favor!

Almazán le ofreció el único asiento que había, una incómoda jamuga. Se maldijo internamente porque debía haber estado más previsor. Sin embargo, aquel imprevisto se transformó de inmediato en satisfacción. En la corte esos juegos tenían su lectura y no era cuestión de echarle un pulso a don Fadrique Álvarez de Toledo. Su pretensión era convertir al duque en una fuente de ingresos para el proyecto que acariciaba desde hacía años y que se le había complicado al tener que preparar la dote de una sobrina huérfana a la que le había salido un excelente partido matrimonial. En el último momento lo pensó mejor.

—¡Dispensadme, un momento! Ordenaré que traigan un asiento en el que vuestra excelencia pueda acomodarse de forma adecuada.

—No os molestéis —replicó el duque con cierta displicencia—. ¿Tanto es lo que hemos de hablar?

—No os entretendré mucho, pero lo que quiero deciros es sumamente importante.

—Hablad, os escucho.

Almazán decidió no andarse con rodeos. Le parecía una pérdida de tiempo.

—Su alteza ha decidido ocupar Navarra. Ya sabéis..., le gusta sacar partido de los momentos difíciles.

El duque entrecerró los ojos y se quedó mirándolo fijamente.

—Eso es lo que se rumorea.

—Lo que yo os acabo de decir no es un rumor —afirmó el secretario sin vacilar.

—¿Está vuesa merced seguro?

—No alberguéis la menor duda.

—Muy seguro os veo, Almazán.

—Tengo la confirmación del rey. En este momento sólo dos personas están..., mejor dicho estamos al tanto de su decisión. El duque arrugó la frente y miró la jamuga. Almazán captó el detalle, pero decidió no ofrecerle el asiento otra vez..., al menos, todavía.

—Por lo que sé —don Fadrique se acarició la barba—, hasta ahora doña Germana no ha cedido a su alteza los derechos que su familia tiene sobre Navarra y que han recaído en ella al morir su hermano. ¿Va a cedérselos a su esposo?

—¿Vuestra excelencia tiene prisa?

—No.

Almazán volvió a ofrecer al duque el asiento y ahora don Fadrique se sentó en la jamuga. El secretario tuvo el detalle de arrastrar su sillón hasta colocarse junto a ella para no hacerle el desaire de sentarse tras la mesa. Antes de acomodarse atizó el fuego de la chimenea y le ofreció una bebida.

—¿Queréis una copa de aguardiente? Con este frío es lo que apetece.

—Sí, pero rebajado con agua.

Almazán preparó las bebidas y luego se sentó.

—La pregunta que me habéis hecho tendrá respuesta posiblemente mañana...

—¿Lo de la cesión al rey de los derechos de doña Germana?

—Exacto.

—¿Por qué mañana? Además, os recuerdo que los derechos de la casa de Foix nunca fueron reconocidos por don Fernando. Ordenó que se hiciera constar en algunos tratados.

—Es cierto, señor. Pero los papeles para su alteza son simples minucias. Lo que no era conveniente hace años se ha convertido en la baza más importante que su alteza puede esgrimir ante el rey de Francia. Ahora, hacedme la merced de escuchar; después preguntad cuanto gustéis.

El duque torció el gesto. No estaba acostumbrado a que le dijeran cosas como aquella.

—Hablad, pues.

—Doña Germana, posiblemente —en los labios del secretario se insinuó una sonrisa—, cederá esos derechos esta noche. Esa cesión la utilizará su alteza contra Luis XII, de quien no albergamos dudas de que se considerará titular de los derechos de los Foix, después de la muerte de don Gastón, por ser vasallo suyo. Don Fernando esgrimirá que la heredera legal de esos derechos es la hermana del difunto, es decir, su esposa. Como decía a su excelencia, posiblemente doña Germana cederá a su esposo esos derechos esta noche...

—¿Por qué esta noche?

—Dejadme acabar, don Fadrique, os lo suplico. —El de Alba asintió y dio un largo trago a su aguardiente—. Doña Germana cederá sus derechos sobre Navarra esta noche..., si todo sale como está previsto. Con esa cesión su alteza se sentirá legitimado para invadir dicho reino. Contará con el apoyo de los beamonteses, lo que le permitirá controlar desde el primer momento Pamplona y la mayor parte de los pasos pirenaicos, muy importantes para neutralizar a los franceses. Pero será necesario contar con un ejército para hacer frente a los agramonteses, que poseen plazas tan importantes como Tafalla y Tudela, y casi toda la parte meridional del reino. Controlando a los agramonteses, la incorporación de Navarra será cosa hecha.

El duque de Alba se recostó en la jamuga. Era consciente de su relevante papel en la corte, pero no gozaba de tanta cercanía al rey como Almazán. Una prueba evidente era que el secretario poseía una información que él, don Fadrique Álvarez de Toledo y Enríquez de Quiñones, duque de Alba, marqués de Coria, conde de Salvatierra de Tormes y de Piedrahíta, señor de Valdecorneja y primo hermano del rey, al ser las madres de ambos hermanas, no poseía.

—Os olvidáis de Francia. Vos mismo habéis dicho que su rey reclamará Navarra con el argumento de que Gastón de Foix era su vasallo. Además, el tratado de Blois lo obliga a defender ese reino en caso de que nosotros lo ataquemos.

Almazán agitó la mano como si espantara una mosca molesta.

—¡Bah! Tratados…, tratados. La mayoría de las veces sólo sirven para violarlos. El francés no moverá un dedo. A lo sumo, enviará algunas lanzas que no irán más allá de una pantomima.

—¿Por qué?

El secretario estaba, poco a poco, llevando a don Fadrique al terreno que más le convenía. Lo hacía con mucha habilidad. El duque no se daba cuenta.

—Porque el rey Luis puede tener problemas en Guyena y también en Bretaña. Su alteza ha cerrado un acuerdo con su yerno inglés. Enrique VIII está dispuesto a cruzar el canal de la Mancha y atacar a los franceses. También los lansquenetes del emperador están preparados para atacar las comarcas del norte de Francia y, lo que es más grave, tiene que sostener la guerra en Italia.

—Sois hombre de seguridades. Francia siempre ha supuesto un obstáculo cada vez que se ha planteado la cuestión de Navarra. Por una u otra razón, ha sido un problema.

—En esta ocasión no lo será.

—Muy convencido os veo. Os apostaría una buena suma a que Francia no se quedará con los brazos cruzados.

Almazán decidió que no tenía mucho sentido seguir porfiando sobre la posible intervención francesa en Navarra. Ese no era el asunto que a él le preocupaba, y lo que no iba a hacer era mostrarle sus cartas al duque para acabar de convencerlo de que las posibilidades de que Francia interviniera eran más que remotas. Había llegado la hora de sacar su principal arma.

—Voy a revelaros algo que indica hasta dónde llega mi confianza en vos. —Don Fadrique arqueó, incrédulo, las cejas—. Días atrás, partió un mensajero con una carta de su alteza, ¿sabe vuestra excelencia adónde se dirigía?

—¡Cómo voy a saberlo! —protestó don Fadrique con cierto pesar.

—Su destino era Loja.

El duque entrecerró otra vez los ojos, como si aquello le ayudara a comprender mejor.

—¿El rey ha escrito al alcaide de Loja? —Como le ocurría al rey, al duque de Alba le costaba trabajo referirse a don Gonzalo de Córdoba como el Gran Capitán.

—Así es, don Fadrique.

—¿Sabéis qué dice esa carta?

—Lo sé porque yo la redacté... por mandato de su alteza, claro está.

Alba apuró el aguardiente. Tenía la garganta seca.

—Ese ejército..., ese ejército con el que se va a invadir Navarra ¿va a ser mandado por don Gonzalo de Córdoba?

Almazán, en lugar de responderle, le ofreció llenar de nuevo su copa. Don Fadrique aceptó balbuceando unas palabras de agradecimiento y el secretario se tomó su tiempo para aguar el destilado, sabiendo que cada segundo que pasara corría a favor de sus planes.

—La carta que ese correo lleva nada tiene que ver con el ejército que tendrá como misión apoderarse de Navarra. Si bien nada puede descartarse. Los vientos que marcan el rumbo de la política son tan cambiantes...

Don Fadrique no había prestado atención a las últimas palabras del secretario, impresionado como estaba con la noticia de que el rey había escrito a don Gonzalo de Córdoba.

—Entonces, ¿para qué le ha escrito?

—En las cartas para don Gonzalo de Córdoba se le indica que deberá marchar a Italia.

—¡No puedo creerlo! ¿Don Gonzalo de Córdoba de nuevo en Italia? ¡No puedo creerlo! —repitió el duque.

—Pues creedlo porque es cierto. Su alteza ha tenido que ceder ante... ciertas presiones. Son muchos los que sostienen que el único que puede frenar el avance de los franceses es don Gonzalo de Córdoba. Lo veréis aparecer por Burgos muy pronto para recibir instrucciones del rey.

—¿Qué hay de la campaña de Navarra?

Por fin, don Fadrique había hecho la pregunta que Almazán tenía prevista desde antes de citarlo en la capilla.

—Su alteza no quiere que se demore. Baraja varios nombres para mandar ese ejército.

El secretario se equivocó si esperaba que sus palabras causaran el efecto que él deseaba. La falta de una respuesta inmediata hizo que dudara de lo que estaba pasando por la cabeza del duque. Desde los lejanos años en que se acordaron las capitulaciones de Granada, Almazán había participado en casi todas las negociaciones importantes —tratados de paz, acuerdos matrimoniales, convenios territoriales…—. Eran tantas que había perdido la cuenta. Si al principio fue como ayudante de Juan de Coloma, después fue asumiendo cada vez mayor protagonismo. Ese recorrido le había dado una experiencia de la que muy pocos podían presumir y le había permitido conocer con profundidad los recovecos del alma humana. Pero con don Fadrique algo estaba fallando.

—¿Esta vuesa merced seguro de la invasión de Navarra?

La pregunta del duque le hizo ver que lo importante para don Fadrique en aquel momento era la decisión real de entrar en Navarra. No había respondido como él esperaba y se tomó su tiempo antes de continuar.

—Estoy seguro de todo lo que os he dicho, salvo de que la reina ceda sus derechos al trono de Navarra esta noche. Por eso dije «posiblemente». Puedo aseguraros que si eso ocurre esta misma noche, mañana vuestra excelencia puede ser llamado por el rey y haceros el encargo de que os pongáis al frente de ese ejército.

El duque se quedó en silencio, ahora sí rumiaba lo que el secretario acababa de decirle. Almazán volvió a respetar su mutismo. Sabía que era lo más adecuado en momentos como aquel. Don Fadrique podía ser un buen general, un hombre competente en el campo de batalla, pero no era de inteligencia sutil o tal vez daba por sentado que el mando de ese ejército le sería confiado. Tendría que planteárselo de forma mucho más directa.

—Navarra siempre ha estado en la... órbita de Aragón —apuntó don Fadrique planteando una duda—. El padre de nuestro monarca fue rey consorte de ese reino por su matrimonio con doña Blanca de Navarra y a la muerte de esta se proclamó rey. Si es una cuestión ligada a los intereses de Aragón, poco tenemos que decir aquí en Castilla.

—Tenéis razón respecto a que Navarra está ligada a la órbita de Aragón, pero don Fernando ha concebido su conquista como una empresa castellana. Por eso quiere que su esposa le ceda los derechos. Los enfrentamientos con los franceses siempre han sido cosa de los aragoneses. Las relaciones entre Castilla y Francia no han sido malas. Esa es otra de las bazas que el rey quiere jugar. Una empresa castellana levantará menos ampollas entre los franceses.

—Quizá no ande vuesa merced equivocado. Si la conquista de Navarra es una empresa castellana...

—El ejército que la invadirá será castellano, lo que no excluye la presencia de aragoneses. Pensad que Nápoles siempre ha sido considerado un asunto del reino de Aragón y las últimas campañas las dirigió don Gonzalo de Córdoba, que contaba en sus filas con más extremeños, andaluces y gallegos que aragoneses y... siendo castellano podría ser vuestra excelencia quien lo mandara, aunque he de decirle que hay varios candidatos más.

—¿Varios candidatos? —preguntó el duque inquieto.
—Sí, varios.

Alba pareció darse cuenta ahora de que el secretario siempre había adjudicado el mando del ejército como una posibilidad. Formuló la pregunta de manera tan directa como poco elegante.

—¿Qué precio tendría que pagar para que la posibilidad de que el rey me encargase el mando de ese ejército se hiciera realidad?

Almazán no podía pedirle el dinero que necesitaba diciendo que era para la dote de su sobrina. Habría sido una bajeza. Se puso en pie y se acercó al mismo mapa que había observado cuando recibió en su despacho a Mendoza y a Camarena. Señaló con su índice un punto cercano al río Ebro.

—Aquí está Maella y en su término municipal se encuentra el monasterio de Santa María de la Trapa. Me gustaría...

En aquel momento sonaron unos golpecitos en la puerta. El secretario no disimuló su contrariedad por la interrupción, pero autorizó a quien llamaba a entrar.

—¡Adelante!

Era Galindo, que regresaba de la botica. A Almazán le extrañó que lo hiciera tan pronto, pero le preguntó con mucha naturalidad:

—¿Ha ocurrido algo?

Galindo se dio cuenta de que había llegado en un mal momento. Pero era hombre bien adiestrado para situaciones como aquella y respondió como el secretario esperaba.

—Vuestro encargo está hecho, señor.

—Muy bien, aguarda a que termine de hablar con su excelencia. He de encomendarte otro asunto.

—Como vuesa merced mande. Estaré fuera.

—Os decía, excelencia, que en el término de Maella se alza el monasterio de Santa María de la Trapa y mi mayor ilusión, antes de morir, es hacer realidad un proyecto en el que he puesto todo mi empeño. Deseo fundar una villa en torno a este monasterio. Un lugar al que denominar Villanueva de Almazán. Quisiera asentar allí una serie de familias que den vida a ese nuevo burgo, pero mis recursos son limitados...

—¿Cuánto? —lo interrumpió el duque.

—Tres cuentos[*] de maravedíes impulsarían definitivamente ese proyecto.

—Dos, dos cuentos... —Se quedó un momento dubitativo y señaló—: Dos cuentos siempre que el mando de ese ejército se haga realidad en mi persona.

Quien ahora pareció dudar fue el secretario. No le gustaba que el duque rebajara su petición. Pero sabía que con una personalidad tan recia como la de don Fadrique no era conveniente regatear. Aceptó sin mostrar recelos, aunque sin renunciar a recibir el cuento que ahora quedaba atrás. Se guardaba un as en la manga que utilizaría en el momento más conveniente.

—Vuestra excelencia puede estar seguro de que así será. Seréis vos quien reciba ese encargo del rey.

El duque abandonó el gabinete con una duda. ¿Por qué el zorro de Almazán decía que «posiblemente» aquella noche doña Germana cedería sus derechos sobre Navarra a su esposo? Don Fadrique no se molestó en dirigir una mirada a Elías Galindo, que aguardaba a que el secretario lo llamase. Mientras bajaba la escalera, recordó que el secretario se había referido a ciertas presiones para que el rey se viera poco menos que obligado a aceptar que don Gonzalo de Córdoba marchara nuevamente a Italia al frente de un ejército.

---

[*] Un cuento era la expresión de la época para referirse a un millón.

Apenas el duque se hubo perdido por el pasillo, el secretario apareció en la puerta e hizo entrar a Galindo.

—Pasa. ¿Te ha dado Salazar la medicina?

El escribano sacó de sus ropas una cajita de madera y se la entregó.

—Supongo que esto es lo que vuesa merced estaba esperando.

Almazán abrió la caja y sobre el forro de terciopelo encontró una pequeña ampolla de cristal muy fino. Estaba casi llena de un polvo de color verdoso.

—Espero que sea tan efectivo como afirma.

—También me ha dado esto. —Le entregó una carta, cuyo contenido estaba asegurado por un lacre sellado—. Me ha dicho que la leáis con atención. Contiene las instrucciones para el uso de... ese remedio.

—¿Te ha dicho algo más?

—Que seáis muy cuidadoso a la hora de administrarlo.

—¿Y la carta que te di? ¿La ha firmado?

Galindo buscó en sus bolsillos.

—Aquí la tengo, tomad.

—¿Algo más?

—Sólo eso, señor.

—Bien, Galindo, muy bien. ¿Te ha visto alguien?

—No, señor. Aquel no es un lugar muy transitado. La fama de ese Pablo Salazar...

—Está bien. Has hecho un buen trabajo. —Almazán se acercó a una gaveta, sacó varias monedas de una bolsa y se las entregó—. Toma, te los has ganado.

—¡Cinco ducados! —exclamó Galindo, alegre y sorprendido al mismo tiempo.

—No olvides que también pago tu discreción y... tu silencio. Ahora puedes retirarte.

El escribano hizo una inclinación que era casi una reverencia. Estaba a punto de abandonar el gabinete cuando lo detuvo la voz del secretario.

—¡Ah! Se me olvidaba. Necesito que bajes a las cocinas y le digas al repostero mayor que he de verlo con urgencia. Haz tú ese encargo, no mandes a ninguno de los ujieres.

11

Almazán guardó la carta firmada por Salazar en la gaveta bajo llave. Era su salvoconducto si algo salía mal. Después, leyó el pliego con las instrucciones para el uso adecuado del polvillo que contenía la ampolla y, por último, como el día era tan gris y la lluvia persistente, se acercó a la ventana para aprovechar la poca claridad que entraba por ella para ver mejor la ampolla. La giró suavemente y el polvillo se deslizó por las paredes de cristal. Se preguntó cómo una sabandija tan pequeña era posible que tuviera los efectos que le había asegurado Pablo Salazar. No es que albergara dudas.

Salazar era el boticario más capacitado de Burgos, aunque un asunto de cama con la mujer de un colega lo llevó a la cárcel cuando ella apareció muerta, después de que la torturaran salvajemente. Luego pudo demostrar que, aunque mantenía relaciones con ella, no tuvo nada que ver con su muerte. Pero el escándalo y su paso por la cárcel habían manchado su nombre. Eso le había perjudicado mucho. La gente ya no acudía a su botica a por polvo de cuerno de unicornio, ni a por sus famosas infusiones que serenaban el espíritu y calmaban los nervios, convenientemente aplicadas con lavativas. Salazar malvivía en aquel callejón oscuro, pero nadie poseía sus conocimientos.

Había acudido a él porque al rey le sentaban cada vez peor los atracones de criadillas de toro que se daba como remedio para potenciar su decadente virilidad y poder satisfacer los apetitos de doña Germana. Salazar le había asegurado que aquel polvillo era mucho más eficaz que los testículos de toro y no daría a su alteza problemas digestivos.

Observó una vez más la ampolla y dejó escapar un suspiro. No podía quejarse de cómo marchaban las cosas. Todo, salvo la cicatería de don Fadrique, que había rebajado en un cuento la suma que necesitaba, salía como lo había proyectado. Tenía para la dote de su sobrina, que había de estar a la altura del matrimonio que iba a contraer. Pero necesitaría más dinero porque su proyecto de levantar esa villa que llevaría su nombre y quedaría fijado para la posteridad era costoso. El plan diseñado era muy ambicioso, pero esperaba obtener del duque incluso mucho más del cuento que le había regateado.

Unos golpes en la puerta lo sobresaltaron e instintivamente ocultó la ampolla entre los pliegues de sus vestiduras.

—¿Quién es?

—Soy Sebastián, el repostero mayor.

Se había ensimismado tanto que se había olvidado del último encargo que le hizo a Galindo cuando se marchaba.

—Pasad, pasad.

—Me han dejado el recado de que vuesa merced desea verme.

—Así es, Sebastián, así es. —El secretario le mostró

la ampolla que había ocultado momentos antes—. Esto es lo que estábamos esperando.

El repostero se quedó mirando fijamente la ampolla que el secretario sostenía en la palma de su mano.

—¿Lo que me dijo vuesa merced es ese polvillo?

—Ese polvillo, en efecto.

El repostero mayor, el principal responsable del gobierno de las cocinas, hizo un gesto de duda.

—Esperemos que dé mejor resultado que las criadillas.

—El rey no debe seguir tomando esos guisos de testículos de toro. Van a acabar con él.

—Eso dicen los médicos después del disgusto de la última indigestión. Pero su alteza se empeña. Para él es una... necesidad —añadió maliciosamente—. La severa dieta que los médicos le impusieron hace seis días ha decidido darla hoy por concluida.

—¿Qué queréis decir con eso?

—Que, después de que nosotros habláramos en las cocinas, ha llegado la orden de su alteza de que quiere criadillas. Hoy será el plato principal de su almuerzo.

—¡No puede ser! ¡Hay que acabar con esos guisos! ¡Van a costarle la vida!

—Pienso lo mismo que vuesa merced. Las consecuencias del último atracón fueron muy graves —corroboró el repostero mayor—. Pero alguien ha convencido a su alteza de que hay una relación proporcional entre la cantidad de criadillas que ingiere y el vigor que adquiere su... verga.

—Vamos, Sebastián, cuidad esa lengua —le reprendió con suavidad el secretario.

—¿Es que su alteza no tiene una verga como cualquier hijo de vecino? ¿Acaso todo esto no es para que pueda dar satisfacción a la reina?

—¡Tened la lengua! ¡Estáis hablando del rey!

El repostero farfulló unas palabras mostrando su disconformidad.

—Eliminad el guiso del almuerzo. Inventad una excusa.

—Eso resulta muy fácil de decir. Pero si el rey no encuentra los testículos en su plato...

—Dejadlo de mi cuenta. Pero preparad la comida que estuviera prevista. Vamos a aplicar este remedio. —Abrió la mano y volvió a mostrar la ampolla—. Lo que hemos de tener es mucho tino para que las cantidades sean las adecuadas.

—¿Me permite vuesa merced?

—Tened mucho cuidado. Si se os cae...

El repostero mayor examinó el polvillo con curiosidad.

—¿Quién lo ha confeccionado?

—Pablo Salazar.

—Ese Salazar ¿es el de la calle Tenebrosa?

—Sí, el mejor boticario de Burgos.

—Si lo dice vuesa merced...

—No es posible encontrar otro con sus conocimientos en muchas leguas a la redonda —remarcó el secretario.

—¿No será peligroso? Bueno..., vuesa merced ya me entiende.

—No os entiendo, Sebastián. ¿Qué insinuáis?

—Me hablasteis de este polvillo, pero no me dijisteis que quien lo prepararía sería Pablo Salazar. Vuesa merced sabe tan bien como yo que no goza de muy buena reputación.

—¡Paparruchas, Sebastián, paparruchas! Aquel asunto fue una combinación de celos profesionales y un..., un asunto de faldas.

—Pero dejó maltrecha su fama.

—Cierto, pero eso no le impide ser el mejor. Sabed que Pablo Salazar tiene contraída conmigo una importante deuda de gratitud.

—Sé que os está muy agradecido por haberle ayudado a salir de aquel mal trance.

—Como también hice con vos, Sebastián.

El repostero mayor agachó la cabeza.

—Si vuesa merced sale fiador de ese boticario...

El secretario fue hasta la gaveta y sacó la carta que había guardado hacía poco rato.

—Tomad y leed, pero primero dadme esa ampolla. No vaya a ser que tengamos un disgusto.

Cuando el repostero mayor terminó de leer, devolvió la carta a Almazán.

—Os habéis cubierto bien las espaldas.

—También las vuestras, amigo mío.

—¿Sabe vuesa merced qué es ese polvillo?

—Salazar me ha dicho que el principal ingrediente es un insecto que vive en los tilos y en los fresnos, de cuyas cortezas y hojas se alimenta. Supongo que esa es la razón por la que la cantárida tiene un color verdoso.

—¿Habéis dicho cantárida?

—Por ese nombre se conoce el remedio. Creo que es el mismo que tiene ese insecto. Parece ser que vigoriza la sangre y pone en tensión todos los músculos del cuerpo..., eso incluye al miembro. Lo experimentó mucho cuando estuvo en Italia en tiempo del papa Alejandro VI, que era uno de sus principales clientes.

—¿Salazar estuvo en Roma?

—Durante algunos años se encargó de la farmacopea del papa y fue el responsable de su botica.

—¿Por qué ha acabado en Burgos?

—Otro asunto de cama con una dama de la aristocracia romana.

—Por lo que me dice vuesa merced, es versado en materia de coitos y holganzas.

El secretario colocó cuidadosamente la ampolla en la caja y se la entregó al repostero mayor. También le entregó la carta que le había traído el escribano con el polvo de cantárida, donde estaban las instrucciones.

—Ahí están especificadas las cantidades. Como veréis, recomienda no excederse y no utilizarlo a diario, sino espaciadamente. Salazar dice que lo más adecuado es no pasar de dos o tres veces a la semana. Sólo dos adarmes en la comida que parezca más a propósito, teniendo en cuenta que los efectos de la cantárida son mucho más rápidos que los de los testículos de toro. Suele hacer efecto pasada sólo una hora después de haberla ingerido.

—Entonces lo más conveniente será administrárselo en la cena de esta noche.

—Por supuesto.

El aspecto que ofrecía don Fernando era el de un hombre avejentado. Estaba sentado, tenía aire cansino y su vientre era abultado. Vestía un amplio ropón forrado de piel porque su cuerpo notaba con mucha intensidad el frío que no acababa de irse y que en tierras de Burgos podía ser muy duro, incluso en aquella época del año. Su mirada, sin embargo, seguía siendo penetrante y no había perdido el brillo de sus pupilas.

Tenía la cabeza cubierta con un bonete, también forrado de piel, por el que asomaban unas guedejas blancas. Ni el ropón ni el bonete debían bastarle porque en ambos extremos del salón donde se encontraba ardían gruesos troncos de encina y el fuego crepitaba alegre en las dos chimeneas.

El mes anterior había cumplido los sesenta y los años no habían pasado en balde. Desde edad muy temprana su vida había estado en constante agitación y el tiempo transcurrido desde la muerte de la reina Isabel había estado plagado de problemas, dificultades y de tensiones tanto políticas como familiares. Había sostenido un pulso, muy fuerte, con los nobles castellanos, algunos de los cuales querían volver a las andadas que protagonizaron durante el reinado de su cuñado, Enrique IV. Vivió momentos muy tirantes con su yerno, Felipe de Habsburgo, con quien había tenido continuos desencuentros hasta que el flamenco murió en extrañas circunstancias. Uno de los rumores que circuló con insistencia fue que la causa de su fallecimiento había sido un veneno. Las tensiones con su hija Juana no fueron menores. La retenía encerrada en Tordesillas porque, según decían, estaba ida; aunque muchos otros afirmaban que estaba cuerda y que era la ambición del padre la causa por la que la tenían sometida a una ignominia como aquella... Tanta brega se había cobrado su parte de salud. Había que añadir los trabajos continuados que le habían deparado la complejidad política y las guerras. Pero, posiblemente, lo que más le había carcomido la salud era su propio carácter. Don Fernando era receloso por naturaleza. Muy dado a la sospecha y la suspicacia.

Doña Germana, sentada al extremo de la mesa, parecía su hija. La reina, que apenas tenía veinticuatro años, lucía una espléndida melena dorada. Tenía la cara alargada rematada en una graciosa barbilla, las cejas muy perfiladas, la boca carnosa y sensual. Sus ojos eran grandes y vivarachos. Su mayor deseo, después de perder un hijo, que había nacido en Valladolid, era engendrar un nuevo vástago que la convertiría, si fallecía el rey, en reina madre y, durante su minoría de edad, en la regente del reino de Aragón. Nadie más acompañaba a la pareja real en la mesa. Sólo estaban presentes, además de los dos gentilhombres, las damas de compañía de la reina, el repostero real, el copero mayor y el maestresala; este último, además de probar un bocado de cada uno de los platos que se ponían en la mesa, era el encargado de dar a los criados las instrucciones convenientes para que el servicio de la real pareja fuera el adecuado.

El rey comía con apetito porque a mediodía le habían mantenido la dieta, pese a que había ordenado que le preparasen un guiso de criadillas de toro. Su secretario le había explicado lo ocurrido en las cocinas para que sus deseos no se hubieran cumplido. Pero lo que había hecho que la cólera del rey no explotara fue que había tenido noticia de un remedio mucho más eficaz que aquellos guisos y menos dañino para su salud.

La cena estaba más de mediada cuando don Fernando, que se había mostrado silencioso y un tanto mustio hasta ese momento a causa de la hidropesía que le inflamaba una pierna, notó cómo algo se removía en su interior y en pocos segundos se sintió más animado y en mejor disposición. Pidió que le sirvieran otro poco de vino e invitó a su esposa a beber.

—Tomad otra copa, Germana. Os aseguro que este vino hace buena sangre y... vigoriza. —Se removió en su sillón un tanto inquieto, se miró la entrepierna y con los ojos chispeantes repitió—: ¡Vigoriza! ¡Ya lo creo que vigoriza! ¡Hacedme la merced de probarlo!

La reina aceptó y dedicó a su esposo una sonrisa voluptuosa. Con su copa llena casi hasta el borde, brindó por su cónyuge y sólo se mojó los labios. Luego llamó a una de sus damas, que se acercó presurosa, y le comentó algo al oído. Cuando doña Germana terminó de hablarle, se dirigió a otra dama y también le susurró algo. Las dos abandonaron rápidamente el comedor entre risitas.

El rey dio cuenta de los postres a toda prisa, se levantó sin ayuda y, gentilmente, ofreció el brazo a su esposa. La pareja real salió de la estancia susurrándose ternezas y haciéndose arrumacos. El repostero mayor, rebosante de satisfacción, los vio perderse por la puerta, escoltados a unos pasos de distancia por la tercera de las damas de compañía de la reina y los gentilhombres de servicio.

Sebastián abandonó rápidamente el comedor y se perdió por la escalera en dirección al gabinete del secretario Almazán.

Don Fernando y doña Germana, a diferencia de otras noches que departían con las damas y los caballeros que estaban de jornada a su servicio, marcharon directamente al aposento de la reina y se encerraron sin mayor ceremonia. Poco después, salían de la alcoba regia las dos damas de compañía que se habían adelantado. Intercambiaban miradas de complicidad y no dejaban de cuchichear.

Pasados algunos minutos, cuando sólo quedaban los centinelas que montaban guardia junto a la puerta, aparecieron por la antecámara el secretario y el repostero mayor. Almazán se acercó a los centinelas y los saludó con afabilidad.

—Buenas noches nos dé Dios. ¿Todo tranquilo?

—Buenas noches, señor. Todo tranquilo. —Al otro lado de la puerta se oyeron unas risas y, tras unos segundos de silencio, unos gemidos ahogados—. Al menos a este lado de la puerta, señor.

Almazán, simulando no haber oído ni risas ni gemidos, preguntó con segundas intenciones:

—¿A qué te refieres?

—Señor, si prestáis un poco de atención, sabréis que al otro lado de esta puerta se está librando… toda una batalla.

—Entiendo, entiendo.

El secretario y el repostero mayor intercambiaron una mirada significativa y sonrieron satisfechos. Era noche de miradas cómplices en palacio.

12

Pese a que el día había amanecido con el cielo despejado, la mañana en Burgos era fría, el sol no calentaría hasta que levantase la neblina que parecía salir del cauce del Arlanzón y se extendía por la ciudad como un suave manto. El secretario había llegado a su gabinete tan temprano que quienes le vieron caminar por los pasillos bien entrada la noche anterior estarían dispuestos a apostar que la había pasado allí.

Almazán había madrugado porque quería dejar hecho el trabajo que se le amontonaba sobre la mesa para cuando le anunciaran que su alteza deseaba despachar con él. Sabía que dispondría de varias horas porque los excesos de una noche de amor, en las condiciones en que se encontraba el rey, le obligarían a un largo reposo. Más aún cuando le informaron, nada más llegar, de que don Fernando no había abandonado la alcoba de su esposa en toda la noche y aún continuaba en la cama con doña Germana.

Estaba enfrascado revisando unos papeles, haciendo un esfuerzo para prestarles la atención debida, cuando unos golpes en la puerta lo interrumpieron.

—¡Adelante!

Uno de los ujieres asomó la cabeza.

—Tenéis visita, señor.

Al secretario le extrañó, no tenía prevista ninguna y era demasiado temprano. Estaban dando las nueve, según anunciaban las campanas de la catedral, que tocaban solemnes a aquella hora todas las mañanas.

—¡No estoy para visitas! ¡Tengo mucho trabajo!

—Es el duque, don Fadrique de Toledo —aclaró el ujier.

Al secretario lo alarmó aquella visita. No resultaba lógica.

Si para un personaje tan altivo como don Fadrique Álvarez de Toledo, que consideraba al secretario un advenedizo, acudir a su despacho era casi una humillación, más extraño aún era hacerlo sin anunciarse y tan de mañana. Almazán sólo podía explicar su presencia en relación con su nombramiento para dirigir el ejército de Navarra, pero era poco probable. Tenía que tratarse de otra cosa. Un temor nubló su mente. Tal vez el duque quería retractarse de su ofrecimiento de la víspera. Dos cuentos de maravedíes eran mucho dinero, aunque mandar un ejército, que contaba con pronunciamientos tan favorables para hacerse con la victoria, no era cosa que se debiera desdeñar y don Fadrique era consciente de la influencia que el secretario ejercía sobre el rey.

Se levantó rápidamente y ordenó al ujier que lo hiciera pasar.

Recibió al duque con calculada afabilidad y palabras muy escogidas. En la corte había que actuar con mucho tacto y era sumamente importante controlar los gestos. Tan malo era excederse como quedarse corto.

—Buenos días, don Fadrique, ¡cuánto me honra vuestra excelencia con esta inesperada visita!

El duque no se anduvo por las ramas.

—He venido tan de mañana porque vuesa merced me dejó ayer intrigado.

—¿Con el anuncio de su posible nombramiento para dirigir el ejército de Navarra? —aventuró el secretario.

—No, no fue eso, Almazán. Lo que me intrigó fue que me dijerais que posiblemente sería esta noche cuando la reina cedería sus derechos sobre esos territorios a su esposo.

Las palabras del duque le quitaron un enorme peso de encima. Por un momento temió que la dote de su sobrina peligrara. Ofreció al duque la misma jamuga de la víspera, pero Alba la rechazó, indicando que sólo deseaba aquella aclaración.

Otra vez el secretario se mostró cauto. Que el rey aún no lo hubiera llamado podía interpretarse como un buen indicio y lo que había escuchado tras la puerta de la alcoba de la reina era alentador. Conocía las debilidades carnales de doña Germana y las habilidades de don Fernando con las damas en los momentos de intimidad, según el propio rey le había revelado en alguna ocasión. Pero no tenía confirmación de que todo se hubiera logrado.

—Por lo que sé, su alteza haría anoche esa petición a su esposa.

Don Fadrique torció el gesto.

—¿En qué os basáis?

—Sólo os dije que la cesión de derechos era… posible. —Había puesto énfasis en la última palabra, pero se percató de que el duque no había quedado satisfecho con la respuesta.

—Deduzco que… ¿sólo estabais especulando?

Almazán recordó las risas y los ahogados gemidos que traspasaban las puertas de la alcoba de doña Germana y eso lo animó a dar un paso más para que don Fadrique no saliera del gabinete con la duda.

—¿Vuestra excelencia conoce mi interés por la astrología?

—No, no lo sabía. ¿Vuesa merced también...?

En la corte era conocido que el duque se sentía atraído, como muchos otros nobles, por las artes adivinatorias. Almazán había sido muy habilidoso.

—Consulto con frecuencia a Basurto. La última visita que le hice fue hace sólo unos días.

—¡También yo! —exclamó sorprendido don Fadrique—. ¿Qué os ha dicho el astrólogo?

—Dejadme recordar sus palabras. —Almazán se acarició el mentón como si intentara rememorar palabra por palabra, lo que no era sino la representación más acabada de una farsa—. Lo que dijo exactamente fue que «cuando la luna en creciente entra en la casa sexta, la de Alhanna, será la fecha apropiada para que se materialice vuestra consulta».

—¿Qué consulta fue esa?

—Deseaba conocer si los derechos que han recaído en doña Germana a causa de la muerte de su hermano serían cedidos a su esposo. Como su excelencia sabe, anoche la luna entraba en la sexta casa. Esa es la razón por la que me permití señalaros la posibilidad de la cesión de los derechos de doña Germana.

—He de admitir que esa es una poderosa razón. Basurto, como supongo que sabe vuesa merced, es hombre discreto y muy perito en estos saberes que algunos emplean con mucha ligereza. —Don Fadrique había quedado satisfecho, sobre todo porque la posibilidad a la que había aludido el secretario estuviera relacionada con una predicción de Basurto—. Imagino que es muy temprano para que hayáis despachado con el rey.

—En efecto, excelencia, todavía es muy temprano.

—Estaré en el castillo toda la mañana. No dejéis de informarme en cuanto tengáis noticias de nuestro asunto.

Al secretario le satisfizo que el duque se refiriera con aquellas palabras al acuerdo que habían cerrado la víspera. Todo parecía desarrollarse de la forma más conveniente para sus planes.

Era pasado el mediodía y hacía tanto frío como en los anteriores días. El sol todavía no había podido levantar la niebla que envolvía a la ciudad cuando Almazán recibió aviso de que el rey quería verlo. El secretario dejó lo que estaba haciendo, se aderezó las vestiduras y abandonó a toda prisa el gabinete. Cuando se acercaba a la antecámara, donde varios cortesanos formaban corrillos y cuchicheaban sobre lo que era la noticia de la mañana, aminoró el paso para mostrar cierto aire de solemnidad. A sus oídos llegaron algunos comentarios acerca de que su alteza había pasado toda la noche en la alcoba de doña Germana y habían disfrutado de los placeres del amor.

Entró en la sala donde despachaba con don Fernando y le sorprendió agradablemente comprobar que doña Germana acompañaba al monarca. Ambos estaban sentados a un lado de la mesa, que rebosaba de papeles con asuntos que requerían la atención del soberano. La reina tenía la expresión risueña y al rey se le veía algo fatigado, pero rebosante de satisfacción. El secretario hizo una profunda reverencia.

—¿Me habéis llamado, señor?

—Acercaos, Almazán, y prestad atención a lo que la reina tiene que deciros.

—Alteza... —Hizo una cortesana reverencia a doña Germana.

En muy pocas palabras, la reina le indicó que entregaba y hacía donación a su esposo, con toda legitimidad y sin restricción alguna, de sus derechos a la corona de Navarra. Que la donación que otorgaba era para don Fernando y para sus descendientes, poniendo como única salvedad la que podía derivarse de que Dios, con su infinita misericordia, le otorgase descendencia.

—Redactaré el documento de acuerdo con vuestros deseos.

—Escribidlo tal y como la reina ha señalado y añadid que es mi deseo aceptar la donación que me hace mi amada esposa en dichos términos, de acuerdo con las leyes del reino, y presentádnoslo para la firma hoy mismo.

Almazán, que, además de un puntilloso letrado, era un viejo zorro, quiso dejar constancia ante doña Germana de algo que ya estaba comentado entre el rey y él.

—Alteza, ¿puedo hacer una observación? —Don Fernando asintió—. Vuestra alteza se ha referido a que el documento sea redactado de acuerdo con las leyes del reino. ¿A qué reino se refiere?

—Al de Castilla, Almazán, al de Castilla. Haremos público que es voluntad de mi esposa, por razones muy poderosas, que Navarra no se incorpore a la Corona de Aragón.

—Todo se hará según la voluntad expresada. Hoy mismo el borrador del documento será presentado a vuestras altezas para su aprobación y redacción definitiva. ¿Me requiere vuestra alteza para alguna otra cosa?

—Nada más, Almazán, podéis retiraros.

Al salir de la audiencia los comentarios en los corrillos de la antecámara cesaron. Todas las miradas se dirigieron al secretario, que mantuvo durante unos segundos la expectación.

—Su alteza se encuentra muy bien. Está de un humor excelente.

Almazán buscó con la mirada a don Fadrique y le dedicó una sonrisa de complicidad que el duque le devolvió.

Aquella misma tarde el secretario presentaba el borrador, que fue aprobado por el rey con pequeños retoques sin importancia. El documento quedó redactado y fue firmado por doña Germana con mucha solemnidad en un acto íntimo al que no acudió ningún cortesano. Después de la firma y una vez que la reina se hubo retirado, don Fernando se encerró con Almazán durante más de una hora. Al cabo de ella fue requerida la presencia del duque de Alba.

—Tomad asiento, primo —le indicó el rey después de darle a besar la mano—. Hemos acordado que os hagáis cargo de una importante misión.

El duque miró al secretario. No sabía si don Fernando había utilizado el «hemos» de forma protocolaria o para referirse a que Almazán había tenido algo que ver en aquella decisión.

—Vuestra alteza sabe que puede disponer de mi persona.

—He decidido ejercer, sin pérdida de tiempo, los derechos sobre Navarra que me han sido cedidos por mi esposa.

—Acertada decisión, alteza. ¿Qué deseáis de mí?

—No os impacientéis, primo. Antes es mi voluntad dejar muy claro que esos derechos me han llegado por cesión de mi esposa. Podría invocar los que me asisten por ser hijo del rey Juan II, quien fue titular de ese reino a la muerte de su primera esposa y en su testamento me legó dicho derecho. Pero como mi deseo es no levantar viejas rencillas, que en nada favorecerían la acción de nuestro ejército, es mi voluntad que se esgriman como derechos sobre esas tierras los que me ha otorgado la reina, mi esposa. Será una empresa acometida por la Corona de Castilla. Las consultas efectuadas —miró al secretario— coinciden en apuntar que esa es la mejor opción.

—También se puede añadir, si vuestra alteza me permite señalarlo, que, al aceptar el legado que os hace doña Germana, rechazáis cualquiera otro que el rey de Francia pueda esgrimir como señor de Gastón de Foix para considerarse con derechos sobre Navarra.

—Ese es un buen argumento, Almazán. Debemos hacerlo público cuando anunciemos la campaña que vamos a poner en marcha.

—Así se hará, alteza.

Don Fadrique comprobó en aquel momento dónde se encontraba el fundamento del enorme ascendiente que tenía sobre el rey aquel leguleyo al que despreciaba.

—Lo que quiero comunicaros, primo, es que he decidido encomendaros a vos el mando del ejército que ocupará Navarra.

—Es un honor, mi señor. —Don Fadrique hizo una respetuosa inclinación de cabeza.

—Estáis autorizado a levantar hasta un total de quince mil peones y dos mil quinientos jinetes. A esa cifra podréis añadir hasta un millar y medio de lanzas. Para reunir los peones podréis contar con los que procedan de Aragón. El arzobispo de Zaragoza aportará un contingente que estará entre dos mil y tres mil hombres. Deberéis haceros también con todos los cañones posibles. Para ello contaréis con la totalidad de la artillería que guardamos en Medina del Campo.

Don Fadrique había ido echando cuentas conforme

el rey iba desgranando las cifras de hombres que compondrían el ejército. Pensó que no sería fácil reunirlos. Durante los años anteriores una epidemia había provocado una notable mortandad, a lo que se añadía la atracción, cada vez mayor, que ejercían sobre los hombres jóvenes las noticias de ingentes riquezas y otros tesoros que iban llegando de las Indias, cuyo camino había quedado expedito desde que veinte años atrás Cristóbal Colón hubiera cruzado por vez primera el océano Atlántico.

—Alteza, es para mí un gran honor la encomienda que me hacéis —repitió don Fadrique.

—Almazán os dará los detalles concretos del asunto que acabo de confiaros. Ahora podéis retiraros. El día ha sido muy intenso y me siento cansado, aunque he de reconocer que me noto con un vigor para mí desconocido desde hacía tiempo.

—Esa es una excelente noticia, mi señor —dijo Almazán.

—Lo más llamativo es que no he tenido que atracarme de testículos de toro. Ha bastado con esa especia con que se aderezan mi comida.

—Lo celebro, señor.

Después de hacer las protocolarias reverencias, ambos abandonaron la sala y se dirigieron al despacho del secretario. Para don Fadrique Álvarez de Toledo empezaba a ser una costumbre a la que cada vez ponía menos reparos. Almazán le había indicado la conveniencia de comentar algunos detalles.

—Tomad asiento, excelencia. —Lo invitó nada más entrar en su gabinete.

En esta ocasión el secretario había tomado sus precauciones y había ordenado colocar un par de sillones junto a la ventana, separados por una mesita donde había unos pastelitos rellenos de cabello de ángel, bizcochos, almendrados y trozos de fruta confitada, una jarra con agua, una jarrilla con vino y un búcaro con aguardiente. Por la ventana entraban los últimos rayos de sol que, algo después de mediodía, había logrado desparpajar la niebla. Eso había hecho que la tarde resultara más apacible.

El duque tomó asiento observando todo lo que había dispuesto sobre la mesa. Luego miró al secretario.

—Habéis hecho un buen trabajo.

Almazán llevaba demasiados años en la corte para saber que las palabras de don Fadrique tenían un doble sentido. Aludía al encargo que el rey acababa de encomendarle, pero también a que ocupar el reino de Navarra fuera una misión ligada a la Corona de Castilla.

—Para que las cosas salgan como se desea es necesario cuidar todos los detalles. ¿Qué le apetece a vuestra excelencia? ¿Vino? ¿Licor? ¿Un cordial, tal vez?

—Un poco de aguardiente rebajado con agua y uno de esos pastelillos.

Almazán sirvió aguardiente en dos copitas y las llenó con agua hasta el borde. Ofreció una al duque y brindaron por el éxito de la empresa que estaba en ciernes.

La satisfacción era patente en el secretario, pero no ocultaba el cansancio que se manifestaba en las grandes ojeras que rodeaban sus ojos, lo apagado de su mirada y la caída de sus hombros. La jornada, desde que había llegado muy temprano al gabinete, había sido laboriosa y no había estado exenta de tensión. Lo que más deseaba era terminar aquel encuentro cuanto antes para retirarse a descansar y tener un rato de holganza.

Ambos mantuvieron una conversación relajada y revisaron algunos aspectos de la operación militar para anexionar Navarra.

—Supongo que vuestra excelencia estará satisfecho con el curso que han tomado los acontecimientos.

—Mucho, Almazán. Me alegra comprobar que vuestros vaticinios de ayer se han cumplido punto por punto.

—También yo me alegro. Si a vuestra excelencia le parece bien, le facilitaré por escrito los detalles a los que se ha referido el rey. ¿Estáis de acuerdo?

—Desde luego.

—Entonces, si os parece, demos esta reunión por concluida. Os aseguro que el día ha sido agotador.

—Antes de marcharme, ¿le importaría a vuesa merced responder a una pregunta sobre una cuestión de la que ayer me habló y que me ha dejado intrigado?

—Preguntad.

—Cuando dijisteis que su alteza ha confiado el mando de un ejército que saldrá para Italia a don Gonzalo de Córdoba, os mostré mi asombro. ¿Lo recordáis?

—Así es, excelencia. Recuerdo que repetisteis por dos veces «¡No puedo creerlo!».

—Exacto, y vuesa merced, como explicación a esa decisión del rey, me dijo que don Fernando había recibido fuertes presiones. Me extrañó mucho, el rey no es persona que admita presiones.

Almazán, que la víspera había valorado como poco sutil la inteligencia del duque, pensó que se había precipitado. Don Fadrique era capaz de llegar a mayores profundidades de las que había imaginado la víspera.

—Excelencia, habéis de saber que para conseguir el éxito en Navarra, además de controlar el que podríamos denominar frente francés, es necesario moverse con diplomacia en otros ámbitos. Os aseguro que no son menos importantes para lograr que nuestro proyecto llegue a buen puerto.

—¿A qué os referís?

—A la Santa Sede. El papa hace meses mostró su malestar porque fuera el virrey de Nápoles, don Ramón de Cardona, quien mandara las tropas de la Liga Santa. Vos sabéis tan bien como yo que Julio II es un rendido admirador de don Gonzalo de Córdoba.

—Incluso le ofreció ser el gonfaloniero de los ejércitos pontificios —apostilló el duque.

—Las presiones a las que aludí ayer son del papado y de los venecianos. Han llegado de Italia casi al mismo tiempo que la noticia de lo ocurrido en Rávena. Tanto el sumo pontífice como la Serenísima República exigen la presencia del Gran Capitán en Italia. Os diré más, aunque... reservadamente.

—Contad con mi discreción.

—Nuestro embajador en Roma nos ha informado de que el enfado del papa era tal que allí se daba por seguro que la Liga se rompería y que Julio II buscaría un acuerdo con los franceses si don Gonzalo de Córdoba no era el general del ejército.

—¿El rey ha cedido a esas presiones?

—En realidad, la amenaza de romper la Liga y acercarse a los franceses no la ha planteado el papa. Ha sido información de nuestro embajador. Su alteza ha actuado con la astucia que le es propia. Si la Liga se rompía y los franceses quedaban con las manos libres, las consecuencias para nuestro proyecto en Navarra habrían sido funestas. El nombramiento de don Gonzalo, como puede comprender vuestra excelencia, era una necesidad política en las presentes circunstancias. Han salido correos para Roma y Venecia con copias de las cartas que su alteza envió a Loja para calmar las agitadas aguas de la política italiana. Al mismo tiempo se ha escrito a nuestro embajador ante la

Santa Sede para que solicite al papa una bula que bendiga nuestra actuación en Navarra. Como podéis comprobar, su alteza no da puntada sin hilo.

—¿El rey ha considerado necesaria una bula? ¡Esto no es una cruzada!

—He sido yo quien se lo ha insinuado. El objetivo de esa bula es neutralizar al rey de Francia. Pretendemos que el papa lo amenace con la excomunión si trata de interferir en nuestros planes. No será fácil, pero tenemos en nuestras manos un arma muy poderosa para presionar. El papa teme que los franceses se le suban a las barbas. El recuerdo de su paso por Roma y los aprietos en que pusieron a la Santa Sede mientras controlaron el puerto de Ostia están todavía muy frescos. La petición papal de que don Gonzalo de Córdoba regrese a Italia la hemos utilizado para que repercuta en el principal negocio en que estamos empeñados, que es Navarra. Nosotros damos satisfacción al papa con esa decisión y su santidad deberá actuar en consecuencia con la petición que le presentará nuestro embajador en Roma.

El duque dejó el pastelito, después de mordisquearlo, sobre la mesa y dio un trago a su copa.

—Si las pérdidas que hemos tenido en Rávena son tan graves como se dice, don Gonzalo de Córdoba tendrá necesidad de levantar un ejército.

—Exacto. En las cartas que se le han enviado se le dan instrucciones al respecto.

—¿Cuántos hombres?

—Doce mil infantes y dos mil jinetes. También se le mandan cartas de creencia para las autoridades de los puertos de la costa del reino de Granada. Deben aprestar una flota de sesenta galeras y carracas para que embarquen los hombres, además de algunas fustas y barcazas que ayuden al transporte de la impedimenta y los caballos.

—¿Me estáis diciendo que el Gran Capitán va a levantar doce mil hombres? —El duque parecía enojado.

—Doce mil, no. Son catorce mil. Vuestra excelencia no ha contado los dos mil jinetes. ¿Os preocupa eso?

El duque dio otro trago a su aguardiente antes de responder.

—Comprenderéis que me incomode.

Ahora fue Almazán quien dilató su comentario cogiendo uno de los almendrados. En su cabeza empezaba a abrirse paso una nueva idea que podía reportarle no sólo el cuento de maravedíes que don Fadrique le había regateado, sino una suma más elevada.

—Creo conocer la causa de vuestra incomodidad y tengo prevista una estrategia que sin duda será de gran alivio.

El duque lo interrogó con la mirada.

—No es momento de explicárosla. Como he dicho a vuestra excelencia, estoy muy cansado.

—No saldré por esa puerta hasta que no me digáis en qué consiste esa estrategia.

—Está bien. Pero sólo en sus perfiles más importantes.

El duque asintió y Almazán se limitó a darle unas pinceladas de la idea que estaba tomando cuerpo en su mente. Se vio obligado a improvisar sobre la marcha, pero cuando Almazán hubo terminado don Fadrique lo miraba estupefacto. Aquel hombre tenía remedios para las situaciones más complicadas.

—Como comprenderéis, sacar adelante ese proyecto no resulta fácil. Será necesario comprar algunas voluntades y controlar ciertos resortes de poder. Eso…, eso…

—Eso cuesta dinero, ¿verdad?

—Observo con satisfacción que sois buen entendedor y que a vuestra excelencia le bastan pocas palabras.

—¿El cuento de maravedíes que completa la suma que me apuntaba ayer vuesa merced?

—Algo más, excelencia, algo más.

—Esa es una cifra muy en razón.

—Tendréis que duplicarla. Los gastos, como he dicho a vuestra excelencia, pueden ser importantes.

El duque aceptó la propuesta sin rechistar.

Cuando el secretario cerró la puerta de su gabinete, después de despedirlo, sabía que tendría que usar toda su astucia para que las cosas salieran de acuerdo con sus planes. La única ventaja de que disponía era que no tenía dudas acerca de contar con el beneplácito del rey.

13

Alcazaba de Loja

Cuando el capellán los hubo dejado en la alcoba donde iban a dormir, el criado que los había acompañado durante la espera para ser recibidos por el Gran Capitán les llevó sus pequeños equipajes. Como la luz era muy pobre, encendió, valiéndose del candilillo que el capellán les había proporcionado, los dos grandes velones que había en las esquinas y se retiró.

—¡Esto es un lío, capitán! —exclamó Camarena, apenas se cerró la puerta.

—¿A qué te refieres?

—¡A qué va a ser! ¡A la cena! ¡Yo…, yo jamás he estado en…! —Camarena negaba con la cabeza—. Creo que lo mejor será que me excuse diciendo que me siento indispuesto. ¡No puedo ir! ¡Es ridículo! Por muy contento que don Gonzalo de Córdoba esté con las noticias que le he traído… ¡No es normal!

—En lo último que has dicho he de darte la razón. No es normal que un duque se comporte de esta forma. Pero a mí no me sorprende. Conozco a don Gonzalo. Cuando estábamos en campaña lo compartía todo con sus hombres. Comía el mismo guiso y pasaba las mismas fatigas. Él es así. Mide a los hombres por lo que valen. Así que olvídate de toda esa sarta de cosas que has dicho. No puedes hacerle el feo de no acudir a la cena.

—¡No sé cómo he de comportarme!

—Haz lo que veas que hago yo. Además, vas a cenar con don Gonzalo de Córdoba. ¡Podrás decir que has cenado con el Gran Capitán!

—¡Señor..., señor! —Unió sus manos como si estuviera implorando al cielo.

La alcoba distaba mucho de la austeridad propia de las fortalezas militares. Sin ser lujosa, tenía muy poco que ver con los dormitorios de las posadas donde habían pernoctado los días anteriores. Había jofainas con agua para asearse y un arca con ropa que, tal vez, les permitiría comparecer vestidos con decencia en el comedor, sin desentonar demasiado. Las camas tenían dosel y mullidos colchones, y las sábanas estaban lavadas y perfumadas.

Ni el capitán ni Camarena llevaban trajes para un acontecimiento tan inesperado como la cena a la que habían sido invitados. Fisgonearon las prendas de vestir que había en el arca y encontraron camisas, calzas y jubones. Parecían hechas a medida del capitán, pero a Camarena no le estaban bien. Los jubones le quedaban estrechos. Se hallaban con las probanzas cuando unos golpecitos llamaron su atención. Camarena se acercó a la puerta y preguntó con voz queda:

—¿Quién llama?

—Soy Gómez de Medina, el mayordomo de don Gonzalo. ¿Puedo pasar?

—¡Entrad, Medina! —le gritó el capitán sosteniendo en sus manos un jubón recamado de pequeñas perlas cuya blancura resaltaba sobre el negro de la seda.

—Os traigo los ducados que don Gonzalo ha ordenado que se os entreguen. Con el precio de la seda cayendo continuamente, no sé adónde vamos a llegar con tanto dispendio —farfulló el mayordomo con el semblante avinagrado, propio de los administradores cuando realizaban algún desembolso—. En esta bolsa están los cien ducados. —Se la entregó a Camarena y se marchó rápidamente.

El correo desató el cordoncillo de la bolsa y la vació sobre su cama. Su rostro cobró una expresión casi beatífica al oír el tintineo de las monedas, que estuvo manoseando con un deleite morboso antes de distribuirlas en dos montones.

—¡Si no lo hubiera visto, jamás lo habría creído! —Camarena parecía haberse olvidado de la preocupación que para él suponía tener que ir a cenar.

—Me alegra que hayas podido comprobar que no exageraba cuando te hablaba de su generosidad. No sabría decirte las veces que en Nápoles repartió entre los soldados el botín que le correspondía tras una batalla o cuando nos apoderábamos de una plaza. Quizá fue por eso por lo que reaccionó tan airadamente cuando los contadores reales, que ajustaban las cuentas de sus años de gobierno como virrey en Nápoles, también quisieron tomarle razón del dinero utilizado durante sus campañas militares. Lo que más le irritó fue que el ajuste de cuentas contaba con el beneplácito de su alteza. Pero la reacción de don Gonzalo fue espléndida.

—He oído algún rumor sobre ese asunto. ¿Fue vuesa merced testigo?

—Sí, me encontraba presente. Ocurrió en Nápoles, en el verano de 1507. Todavía estaba yo bajo sus órdenes.

Camarena tomó los ducados que correspondían al capitán, los introdujo en la bolsa y se la entregó.

—¿Dónde guardarás los tuyos?

—No os preocupéis, tengo una hermosa faltriquera. ¿Os importaría contarme lo que ocurrió con las cuentas en Nápoles? Se rumorean tantas cosas…

—Será un placer —respondió el capitán guardando los ducados en su alforja—. En mi opinión el principal culpable de aquello fue un italiano…, un sujeto llamado Juan Bautista Spinelli, un tipo detestable. Trató de medrar dejando caer en los oídos del rey un comentario malsano.

—¿Qué le dijo?

—Lo importante no es lo que le dijo, sino que era Spinelli quien lo decía.

Camarena alzó sus pobladas cejas.

—¿Por qué le dais tanta importancia a ese Spinelli?

—Spinelli era un hombre que gozaba de la confianza de don Gonzalo, quien lo había enviado a España con la misión de solicitar al rey recursos para organizar y mantener la administración del reino de Nápoles. En lugar de cumplir con su cometido, esparció por la corte el rumor de que el Gran Capitán aspiraba a coronarse rey de Nápoles o casar a su hija con el heredero del monarca napolitano al que habían desposeído de su corona. Ese malnacido dejaba caer semejante calumnia, consciente de que era lo que su alteza, cuyos recelos hacia don Gonzalo eran notorios, deseaba oír. Aquella calumnia le valió convertirse en contador real y viajar con el séquito que acompañó a don Fernando a Nápoles.

—¿Don Gonzalo conoció esa traición?

—Sí, pero le prestó menos atención de la que debía. Nunca se ha rebajado a participar en las intrigas que alimentan la corte. Sin embargo, cuando vio a Spinelli en Nápoles y este, muy pagado del favor real, le hizo un desaire al no responder a su saludo, don Gonzalo lo abofeteó en público.

—¿Abofeteó en público a un contador real?

—Abofeteó a un desvergonzado.

—¿Qué hizo Spinelli?

—Marcharse a toda prisa sangrando por la boca y avergonzado de la bofetada que le había propinado don Gonzalo. Acudió al rey pidiendo justicia. Pero don Fernando sabía que el Gran Capitán allí era intocable y, astutamente, decidió que Spinelli formara parte de los contadores que habían de tomar cuenta de los dineros que el Gran Capitán había administrado en el ejercicio de sus funciones de virrey. Spinelli, con el beneplácito del rey, incluyó también los dineros gastados en las campañas contra los franceses. Todo aquello fue un grave error de don Fernando, que pretendía humillarlo, no sólo por pedirle cuentas sino por nombrar a Spinelli para hacerlo. Se vio en una situación muy incómoda. Durante semanas, mientras se preparaba la comparecencia ante los contadores, fue la comidilla de la corte y de todo Nápoles. En aquel trance don Gonzalo mostró la grandeza de su temple.

—Contad, por favor.

El capitán asintió con una sonrisa en los labios.

—Parece que lo estoy viendo llegar al gran salón del Castel Nuovo, que era donde se había instalado el rey. La estancia era grande, pero había tanta gente que no cabía un alfiler. Nadie quería perderse un momento como aquel. Los cortesanos para presenciar su humillación al rendir cuentas ante Spinelli. Muchos otros para mostrarle su apoyo en aquel trance. Había tanta expectación que allí se habían dado cita cerca de dos centenares de personas. Dada mi insignificancia me quedé de pie, con la espalda pegada a la pared junto a una celosía. No te puedes imaginar la sorpresa que me llevé cuando comprobé que tras ella se encontraba el rey.

—¿Tampoco don Fernando se lo quiso perder?

—Ni don Fernando ni doña Germana. Con casi media hora de retraso sobre la hora fijada un ujier anunció la presencia del Gran Capitán. Entró en el salón desafiante, sin inmutarse por la numerosa concurrencia que allí había. Su presencia había impuesto un silencio momentáneo que luego dio paso a toda clase de cuchicheos y murmullos. Don Gonzalo se había vestido como si acudiera a la más solemne de las ceremonias y con mucha templanza se despojó del rico ropón de tafetán forrado de piel de marta y se lo entregó al criado que lo acompañaba, dejando ver el riquísimo jubón primorosamente bordado y recamado de pedrería con las mangas acuchilladas de vivos colores. Luego se quitó el bonete de terciopelo morado, adornado con una pluma blanca sujetada por un zafiro del que pendía una perla. En sus bonetes siempre había un zafiro y una perla.

—¿Por qué? —preguntó Camarena.

—Según decía el propio don Gonzalo, el zafiro le ayudaba a superar las dificultades y la perla la llevaba porque era un símbolo de lealtad.

—¿Qué ocurrió?

—Miró un momento a los tres contadores sentados tras una larga mesa que ocupaba el testero del fondo y que estaba atestada de cartapacios. Antes de acercarse a ellos paseó la mirada lentamente por los presentes. Parecía que observaba un campo de batalla y estaba calibrando la fuerza del enemigo. Se dio cuenta de que junto a tanto cortesano se encontraban algunos de sus capitanes. Allí se hallaban los dos Pedros, Pedro Navarro y Pedro de Paz, el gigantesco García de Paredes, también Medina y Acuña, a los que has conocido antes. Estaba mosén Mudarra, capitán de la caballería, y Peralta. Caminó muy erguido en medio de los murmullos, ignorando los comentarios. Se detuvo a cinco pasos de la mesa donde se acomodaban los contadores y los miró uno a uno. Ninguno pudo sostenerle la mirada.

—Debió de ser un momento...

—No lo puedes imaginar. No soy capaz de recoger todos los detalles. Pero trataré de contártelo lo más fielmente que me sea posible. Se dirigió a los contadores y les dijo:

»—Cuando gusten vuesas mercedes, estoy a su disposición. Pregunten cuanto quieran.

»—¿No toma su excelencia asiento? —le preguntó el que presidía la mesa señalando un bufetillo con tapete negro que habían dispuesto ante la mesa que ellos ocupaban.

»—No es necesario, las cuentas están tan claras que no tardaré mucho en dar a vuesas mercedes la satisfacción que me piden.

»—Observo que su excelencia no trae papeles.

»La voz de Spinelli sonaba atiplada.

»—¿Papeles? Vuesas mercedes lo que quieren son respuestas a sus preguntas y para eso no me hacen falta papeles.

»En el salón se elevó un murmullo de comentarios, que se habían apagado por completo cuando había comenzado la conversación entre don Gonzalo y los contadores. El que presidía la mesa abrió un cartapacio y leyó:

»—Su excelencia recibió dieciocho cuentos trescientos cuarenta y dos mil seiscientos doce maravedíes para los gastos de las diferentes campañas libradas en este reino contra los franceses. ¿Estáis de acuerdo?

»—Si vuesa merced lo dice…

»Se oyó una carcajada. Era García de Paredes. El contador que presidía la mesa, con semblante adusto, pidió silencio y clavó su mirada en el Gran Capitán, que parecía imperturbable.

»—¡No lo digo yo! ¡Está consignado en las diferentes libranzas que por diversos conductos se os hicieron llegar!

»El contador señalaba reiteradamente con su dedo índice el cartapacio donde estaba el papel que contenía la suma que había leído.

—¿Qué hizo don Gonzalo?

—Responderle con mucha tranquilidad.

»—Sabed, señor, que no he cuestionado vuestras cifras. Me he limitado a señalar que si esas son las cifras que tiene consignadas en esos papelotes vuesa merced, yo las doy por buenas.

»—No se trata, señor mío, de que las deis por buenas, sino que hagáis el descargo que corresponde a la suma que he señalado y que equivale…

»Se le veía nervioso revolver los papeles.

»—… equivale a cuarenta y ocho mil ciento treinta y siete ducados, seis reales y treinta maravedíes.

»En la estancia se había impuesto un silencio absoluto. Lo que era un acto administrativo se había convertido en algo de más trascendencia. Muchos cortesanos, enemigos declarados de Gonzalo, que estaban allí para ver cómo lograba salir del trance y explicaba el empleo de los dineros que había recibido, contenían la respiración. Eran muchos los rumores que circulaban acerca de que el Gran Capitán, dadivoso por naturaleza, había despilfarrado el dinero de la Corona. Sus capitanes estábamos allí para mostrarle nuestro apoyo, sabedores de que no había ajustado una sola cuenta. Sin embargo, todos mis compañeros parecían estar tranquilos, el único que tenía los nervios a flor de piel era yo, que no dejaba de mirar los gruesos cartapacios de papeles que reposaban sobre la mesa ni de aguzar el oído por si el rey, desde el otro lado de la celosía, hacía algún comentario. Lo que pasó a continuación hizo que el silencio que reinaba en la sala permitiera oír el crujido del cuero de los asientos y la respiración de la gente. Si una mosca hubiera volado, su aleteo se habría también oído.

—¿Qué pasó?

—Don Gonzalo sorprendió a todos los presentes sacando de su jubón un cuadernillo que abrió con parsimonia y lo leyó con voz grave y solemne:

»—Vayan anotando vuesas mercedes las cantidades que voy a darles para que me las tomen como descargo: doscientos mil setecientos treinta y seis ducados y nueve reales gastados en limosnas entregadas a frailes y sacerdotes, a otros religiosos, a monjas y a pobres de solemnidad para que elevasen oraciones a Dios Nuestro Señor y a todos los santos y santas de la corte celestial rogándoles nos diesen la victoria. Anoten vuesas mercedes otra suma igual a la anterior y entregada a sacerdotes, frailes y monjas para que diesen las gracias por habernos concedido tan grandes éxitos en el campo de batalla.

»Ítem más, anoten una partida de setecientos mil cuatrocientos noventa y cuatro ducados en pagar a los espías, los cuales nos traían los designios de los enemigos de su alteza, lo que nos permitió ganar muchas batallas.

»Ítem más, añadan vuesas mercedes una partida de diez mil ducados gastados en la compra de guantes perfumados que fue necesario repartir entre las tropas para soportar el hedor de los cadáveres de los enemigos de su alteza en el campo de batalla...

»En ese momento el capitán García de Paredes se puso en pie y gritó a voz en cuello para corroborar que era cierto lo que don Gonzalo de Córdoba acababa de decir. Jamás se me olvidarán las palabras que salieron de la boca de aquel gigantón por muchos años que viva.

—¿Qué dijo?

—«La peste de los que cayeron en Ceriñola podía olerse a más de una legua».

»Algunos de los presentes en la sala aplaudieron y un coro de comentarios se apoderó del lugar. Pude observar que el rey se removía incómodo en su sillón e hizo un comentario a la reina que no pude oír, pero sí que ella le decía que había sido un error muy grave pedirle cuentas a un hombre que tan buenos servicios le había prestado. Don Fernando protestó por lo bajo.

—Resultaba evidente que don Gonzalo estaba tomándose a chanza su comparecencia.

—No sólo a chanza, Camarena. Lo que estaba haciendo era mucho más que eso. Estaba recriminando a los contadores reales e incluso al propio rey que se le demandaran las cuentas de las campañas militares, en las que, yo lo sé bien, el dinero llegaba con cuentagotas. Pero sus explicaciones no habían hecho más que comenzar. Las carcajadas de García de Paredes volvieron a resonar en la sala cuando don Gonzalo señaló:

»—Anotad también ciento setenta mil ducados en componer campanas, rotas de tanto repicar por las victorias de las tropas que bajo mis órdenes lucharon, regando con su sangre los campos de batalla de este reino.

—Era una bofetada sin mano.

—Cierto, pero lo más importante de todo fue cuando alzó la mirada del cuadernillo que sostenía en sus manos y de nuevo la paseó desafiante por las filas de cortesanos.

Algunos agacharon la cabeza. Los comentarios se habían apagado otra vez y los murmullos habían desaparecido. En medio de un silencio que tenía mucho de solemne dijo:

»—Por último, anotad también: cien millones de ducados a cuenta de la paciencia por escuchar a los representantes del rey que le piden cuentas a quien le ha regalado un reino.

—¿Qué ocurrió?

—En medio de un silencio sepulcral, don Gonzalo se acercó a la mesa tras la que estaban sentados los contadores y les dejó el cuadernillo con aquellas anotaciones. Se dio la vuelta y abandonó la sala con la frente alta. Sus capitanes salieron de entre la muchedumbre de cortesanos, que no daban crédito a lo que acababan de presenciar, y lo acompañaron en su salida.

—¿Vos no lo acompañasteis?

—Estaba paralizado. Me costaba trabajo creer que había ocurrido lo que acababa de presenciar. Inmóvil, con la espalda pegada a la pared, noté cómo el sudor brotaba de todos los poros de mi cuerpo. Pude ver que su alteza, que tenía fama de guardar sus sentimientos, no podía ocultar la irritación que le había producido lo que el Gran Capitán acababa de hacer. Doña Germana le murmuró algo al oído y se levantó apesadumbrado del sillón desde el que había asistido a la rendición de cuentas.

—Supongo que eso explica su caída en desgracia y que, una vez en Castilla, el rey lo alejara de la corte.

—Te equivocas, Camarena. Lo que ocurrió aquella tarde en el gran salón del Castel Nuovo de Nápoles sólo era un episodio más del desencuentro de su alteza con don Gonzalo. El rey nunca lo había tenido en gran estima.

—Entonces, ¿por qué lo nombró jefe del ejército de Nápoles y le confirió el gobierno de aquel virreinato?

—No fue don Fernando, sino la reina Isabel. Ella fue su valedora y su más firme apoyo. El rey siempre se mostró receloso de las grandes dotes militares de don Gonzalo y de los comentarios que circulaban por la corte donde, tú lo sabes bien, la intriga, el enredo y la maledicencia son la moneda más corriente. Mi tío, que por aquellas fechas estaba en la corte al servicio de doña Isabel, me contó el ambiente que se respiraba cuando don Gonzalo se encerró en Barletta, siguiendo una estrategia que dio lugar a toda clase de comentarios malignos entre quienes nunca han dirigido un ejército. A los cortesanos, la mayoría de los cuales no ha visto un campo de batalla en su vida, les pareció suicida que buscara refugio en aquella plaza fuerte. Sólo la reina mantuvo su confianza en don Gonzalo.

—¿Querría vuesa merced, aunque sea abusar, contarme qué es eso de que don Gonzalo se encerró en Barletta? —Camarena se había olvidado por completo de sus pesares.

—Hace de eso...

En ese momento unos suaves golpes sonaron en la puerta. El capitán y Camarena se miraron. Otra vez fue el correo quien se acercó hasta la puerta y preguntó:

—¿Quién anda ahí?

—Soy Leoncio, señor, el criado que antes os ha traído las alforjas. Su excelencia os espera para la cena.

Camarena abrió la puerta.

—¿Ocurre algo?

—Hace rato que dieron el toque de oración —respondió el criado—. Don Gonzalo, doña María y su hija aguardan en el comedor con los invitados, que ya han llegado, para compartir la cena con vuesas mercedes. Por lo que veo, no se han vestido para cenar.

Camarena se puso pálido. La duquesa..., su hija..., otros invitados.

—Sólo irá don Luis. Yo me siento mal. Muy mal. Tengo retortijones. Aguarda un momento.

Camarena cerró la puerta y dijo al capitán:

—No voy. Con toda esa gente y sin ropa que ponerme. Me quedo aquí y esta noche ayunaré por mis muchos pecados.

—¡Busca algo y póntelo! ¡Aprisa!

—Con esas damas… No puedo. Nada me está bien y no puedo presentarme de esta guisa. —Extendió los brazos.

Mendoza se quedó un momento mirándolo fijamente. Camarena tenía razón en eso.

—¡Eres un redomado bellaco!

—¿Por qué lo decís?

—Porque me has pedido que te cuente la historia de las cuentas para que pasara el tiempo y no hubiera remedio para tu indumentaria.

—Bueno…, también quería conocer qué había de cierto en esos rumores sobre las cuentas.

—Está bien.

Mendoza se aseó como buenamente pudo, a toda prisa. Se enfundó una camisa de fina batista, adornada con encajes de Flandes, se ajustó unas calzas y se puso el jubón de seda negra bordado con hilos de perlas.

Antes de abandonar la alcoba miró a Camarena.

—Nunca podrás decir que has compartido mesa con el Gran Capitán.

—Pero sí que me invitó, que he dormido en su casa y que me hizo un regalo de cincuenta ducados. ¿Os parece poco?

Leoncio, que había aguardado pacientemente en la puerta, preguntó por Camarena.

—¿El mensajero no viene?

—Se siente mal. Tiene retortijones.

—Lo que está es cagado de miedo..., y lo entiendo. No es el primero.

—Explícate.

—Por el camino, señor. Os están aguardando.

—Vamos, pero explícate —insistió el capitán.

—Don Gonzalo invita a su mesa a gente que no está acostumbrada a comer con grandes señores. Lo hace con músicos, con poetas y hasta, en alguna ocasión, lo ha hecho con cómicos de la legua. La mayoría se cagan las patas abajo y presentan excusas para no pasar por el trance.

—La verdad es que lo de don Gonzalo no es normal.

—¡Y tanto que no lo es! He servido a cuatro alcaides..., cinco con su excelencia. ¡He visto cada cosa!

Al entrar en el comedor Mendoza notó cómo se le alteraba el pulso. Los otros comensales aguardaban de pie, conversando y con copas en la mano.

14

El comedor relucía como un ascua, gracias a la enorme lámpara que colgaba del techo y a los velones situados estratégicamente para no dejar zonas de sombra. Sobre la mesa ardían numerosas velas en macizos candelabros de plata. Era una estancia amplia y lujosa que daba a otro de los patios de la alcazaba, por donde entraba el aroma de las celindas, que empezaban a florecer, el clima en el sur es más templado que en Burgos. El suelo estaba cubierto por finas alfombras moriscas y sobre las paredes pendían riquísimos tapices con escenas de la mitología clásica. El centro lo ocupaba una gran mesa ataviada con manteles de hilo, sobre la que estaban dispuestas una exquisita cristalería y una rica vajilla de las que las grandes familias sacaban en contadas ocasiones. Sin duda, las cartas recibidas habían predispuesto el ánimo de don Gonzalo a la celebración.

En un estrado unos músicos tocaban suaves melodías.

A un viajero que viera a lo lejos la poderosa alcazaba que coronaba la eminencia más alta del quebrado terreno, donde se asentaba la que en otro tiempo había sido Medina Lawsa, le resultaría imposible imaginar aquel lujo. El aspecto rudo, propio de una construcción militar, de la alcazaba no permitía imaginar los aires palaciegos que se respiraban, al menos en algunas de sus estancias.

El capitán Mendoza había oído comentarios acerca de que hasta aquel apartado lugar acudían para conocerle y presentarle sus respetos, y también hacían acto de presencia muchos artistas atraídos por la generosidad de sus dádivas. Según decían, aquellas visitas servían a don Gonzalo para matar sus ocios conversando con los viajeros.

En aquella actitud del Gran Capitán habían influido las formas de vida imperantes en Italia, donde se dispensaba una consideración a los artistas que iba mucho más allá de la condición de un artesano que realizaba un trabajo más o menos refinado, que era como se los veía en Castilla. En las cortes de los príncipes italianos y entre los miembros de la curia cardenalicia se sentía verdadera admiración, casi devoción, por sus obras. Se los alababa por su trabajo e incluso se los distinguía con honores. Había una especie de competición entre las grandes familias romanas por atraerse a los artistas más relevantes, incluso los concejos municipales pugnaban por hacerse con sus servicios.

La presencia de la duquesa doña María, perteneciente a la familia de los Manrique, de su hija, doña Elvira, y la del propio don Gonzalo de Córdoba explicaban sobradamente el aire palaciego que se respiraba en aquellas estancias de la antigua alcazaba musulmana. El Gran Capitán había conocido el exuberante lujo de los palacios napolitanos y las elegantes formas que presidían la vida de las familias aristocráticas. El don Gonzalo que había vuelto de Italia nada tenía que ver con el joven que había nacido hacía más de medio siglo en otra fortaleza militar, parecida a aquella, sólo que situada en el lado cristiano de la frontera que separaba entonces a la Corona de Castilla del Reino de Granada. La rudeza había presidido las formas de gran parte de su vida, las propias de un lugar de frontera. Esa crianza había hecho de Gonzalo de Córdoba un guerrero, y jamás dejaría de serlo, lo que los musulmanes llamaban un almogávar. Era algo que llevaba en la sangre. Pero Nápoles había abierto nuevas perspectivas en su vida, en la que los placeres que esta ofrecía se gozaban de manera muy diferente a los usos imperantes en Castilla. Algo de ese espíritu empezaba a calar en las adustas tierras peninsulares y algunas modas italianas estaban abriéndose paso dando lugar a un tiempo nuevo. La personalidad de quien era ahora alcaide en Loja era muy distinta a la de otros militares. Los capitanes españoles, con raras excepciones, usaban unos modos de proceder más broncos y su talante era menos refinado.

Esas nuevas vivencias de las que don Gonzalo se había empapado en Italia, sin duda, habían influido en el ambiente que se respiraba en aquella fortaleza y que daba a algunas estancias un aire propio de los palacios italianos. Lo poco que el capitán Mendoza había visto de la alcazaba de Loja le recordaba, por un lado, la austeridad castellana y, por otro, ciertos modos de vida italianos. Le daba la impresión de que don Gonzalo había instalado en Loja una pequeña corte que le permitiera dulcificar la amargura que significaba aquel destino, a la vez que combatía la melancolía del recuerdo de un tiempo en que brilló como un verdadero astro.

Además de doña María y doña Elvira, estaban el capellán, el doctor, los capitanes Acuña y Gómez de Medina, otras dos damas y tres caballeros.

—¡Mendoza! —exclamó don Gonzalo al verlo—. ¡Pardiez, que os habéis hecho de rogar! ¡Acercaos, quiero presentaros a mi familia y los amigos que nos acompañan! Pero… ¿dónde está Camarena?

—Está indispuesto, señor. Se ha quedado en la alcoba.

—¡Vaya! Será conveniente que el doctor…

—No es necesario, señor. Sólo es un trastorno en el estómago.

—Bien, pero si necesita asistencia…

—Lo tendré en cuenta, señor.

Don Gonzalo lo tomó por el brazo y lo acercó adonde estaba su esposa.

Doña María Manrique tenía un porte señorial. Había contraído matrimonio con don Gonzalo cuando este era un capitán de lanzas que luchaba contra los granadinos. Mendoza le había oído contar al propio don Gonzalo que su matrimonio levantó algunas murmuraciones entre los cortesanos, al ser la novia dama de mucha prosapia y él un segundón de la rama principal de los Fernández de Córdoba, cuyo mayorazgo ostentaba su hermano don Alonso de Aguilar. El aspecto de doña María le recordó al de las grandes damas de la aristocracia romana. Cuando don Gonzalo se la presentó, ella le dedicó una sonrisa, al tiempo que le ofrecía su mano. Mendoza la saludó inclinando la cabeza y acercándose la mano a los labios, pero sin llegar a rozarla.

—Mi esposo me ha hablado de vos en términos muy elogiosos, don Luis.

—Favor que me hace, mi señora. Es un honor conoceros, como también lo fue servir a las órdenes de vuestro esposo. Ahora espero gozar otra vez de ese honor.

—¿Por qué lo decís?

El capitán miró a don Gonzalo, temiendo haber cometido alguna imprudencia.

—El capitán Mendoza no ha dudado en ponerse a mis órdenes para la campaña de Italia. Como han hecho Acuña y Medina. Para eso tendrán primero que levantar banderas. Espero que complete la plantilla de una compañía de soldados. Eso es algo, querida, que a veces resulta muy complicado.

—No lo será, mi señor, cuando los hombres sepan que es vuestra excelencia quien mandará ese ejército.

—Os veo muy animado, Acuña.

—¿No es para estarlo, señor?

—Esta es nuestra hija, doña Elvira. —Doña María señaló a la joven que estaba a su lado.

—Señora... —Mendoza se inclinó tomando la mano que doña Elvira le ofrecía.

Tenía los cabellos dorados, recogidos en unas trenzas adornadas con minúsculas perlas, a la moda de las damas italianas.

—Sobrino, os presento al capitán don Luis de Mendoza. Fue mi portaestandarte en Nápoles. —El Gran Capitán se dirigía a uno de los caballeros—. Mendoza, os presento a don Pedro de Aguilar.

Don Pedro estaba avejentado. No parecía sobrino de don Gonzalo, sino su hermano mayor. Tenía el rostro curtido y el cabello negro y lacio le caía por las mejillas.

Se saludaron, mirándose a la cara.

—Es un placer, capitán.

—También lo es para mí, don Pedro.

Mendoza observó que sus ojos estaban velados por un fondo de tristeza. Recordó los comentarios de Camarena acerca de que el rey lo había tratado con extrema dureza. Sólo tenía vagas referencias de una historia de la que se había hablado mucho, pero que había ocurrido cuando se hallaba en Italia. Sabía que don Pedro era marqués de Priego y señor de importantes villas en el reino de Córdoba, y que ostentaba el mayorazgo del linaje familiar al que pertenecía el Gran Capitán, los Fernández de Córdoba.

Don Gonzalo presentó luego a las otras damas y a los caballeros. Eran dos matrimonios. El capitán saludó a las damas de forma galante, besando sus manos. Le llamó la atención que también vestían según los elegantes patrones de la moda italiana.

Mendoza comprendió la resistencia de Camarena. El correo era listo, muy listo. Estaba habituado a los mesones y las posadas, cuando no a las formas de las infames ventas camineras, frecuentadas por arrieros, trajinantes o buhoneros. Cuando llegaba a lugares más palatinos recalaba en las cocinas y era atendido por mozos y criados. Lo inaudito era que un gran señor como don Gonzalo de Córdoba lo invitara a su mesa y compartiera mantel con su familia.

El servicio que los atendía, pasando bandejas con bebidas y delicados bocados, mientras permanecieron en pie, desapareció cuando doña María los invitó a tomar asiento, disponiendo el lugar que cada uno había de ocupar en la mesa. Al capitán lo sentó entre dos damas; una de ellas le había sido presentada como doña Sol de Ximénez. Era de rostro agradable y cutis muy blanco, como correspondía a una dama de alcurnia, los ojos negros y muy vivaces. Tenía el cabello cobrizo, que entre el vulgo ignorante era reputado de maligno dando pábulo a ciertas leyendas. Durante la cena se reveló como mujer de conversación grata y muy leída; también, según explicó doña Elvira, era una reputada cocinera. Era esposa de don Francisco Sánchez de Madrid, sobrino de Ramírez de Madrid, quien había sido jefe de la artillería real durante la guerra de Granada. Era el trujimán de don Gonzalo, que seguía recibiendo correspondencia de Italia y de Francia. Al otro lado estaba doña Elvira, a la que se habían adjudicado toda clase de compromisos matrimoniales. El último con un gran amigo de su padre, el condestable don Bernardino de Velasco, pero la muerte había frustrado aquel enlace que la habría convertido en esposa de un anciano. El capitán, viéndola tan joven y agraciada, supuso que habría respirado aliviada. Doña Elvira tenía el porte señorial heredado de su madre, así como el color trigueño de su cabellera. En su mirada había mucho de su padre.

El capitán sostuvo una animada conversación con las dos damas, hablándoles de las últimas novedades de la corte y también de la obra de un joven poeta, llamado Juan Boscán y que doña Sol conocía. Después hubo comentarios para una obra que se había hecho muy famosa y que circulaba tanto en copias manuscritas como impresas, cuyo autor, fallecido hacía años, era Jorge Manrique.

—¿Sabe vuesa merced que era pariente de mi madre?

—No lo sabía, doña Elvira, no.

—Escribió sus *Coplas* al morir su padre, el maestre Rodrigo Manrique de Lara.

—Era maestre de Santiago —puntualizó doña Sol—. ¿Sabéis que el rey prometió ese maestrazgo a don Gonzalo?

—¡Doña Sol, no es noche para hablar de eso! —la reprendió doña Elvira con afabilidad.

—He dicho la verdad. Si se hacen promesas, es para cumplirlas.

—Es cierto, pero hablemos de otra cosa. ¿Cómo viste la reina? —preguntó al capitán.

—Lo lamento, doña Elvira, pero no puedo satisfacer vuestros deseos.

—¿Es cierto que sus damas han impuesto en la corte la moda francesa?

Era evidente que doña Elvira no deseaba que se volviera al maestrazgo de Santiago.

—Lo siento, pero no...

Doña María debió de percatarse de la situación porque aprovechó que acababan de servir el plato principal, un pastel de berenjenas con lomos de bacalao, acompañado de pequeñas cebollas confitadas, después de haber dado buena cuenta de los principios a base de bandejas con escabeches de pescados y pastelitos de hojaldre rellenos de una crema suave y sabrosa hecha con cangrejos de río, y una sopa de ajoblanco, para dirigirse a todos.

—Sírvanse vuesas mercedes con generosidad —les recomendó—. No esperen un segundo plato. Es viernes, día de abstinencia.

—No me lo parece, mi señora. La comida es exquisita y este vino... —El capitán alzó la copa.

—Nos lo traen de Montilla.

—Es néctar de dioses.

—Bebedlo con moderación, es muy potente. Tengo entendido que vuesa merced ha contraído matrimonio hace muy poco. Hacednos la merced de hablarnos de vuestra esposa.

—Se llama Maria Zanetti, es veneciana, aunque yo la conocí en Roma...

El capitán agradeció la intervención de la duquesa, que había puesto fin a la conversación de las modas, materia en la que era lego. De vez en cuando se acordaba de Camarena, pensando en lo que habría disfrutado con aquellas delicias de mantel, aunque tenía cada vez más claro que el correo había hecho lo mejor quedándose en la alcoba, a pesar de estar sometido al ayuno o a roer un mendrugo de pan y algún resto de la comida con que los había obsequiado la esposa del odrero.

Las conversaciones en torno a la mesa trataban los asuntos más variados. Doña María comentaba el trabajo de algunos artistas que se habían asentado en Granada y les dedicaba grandes elogios. Se refirió incluso a la rivalidad que se había generado entre algunos de ellos.

Estaban dando cuenta de los postres, unos pastelillos de almendra y leche helada aromatizada con azúcar y canela, cuando don Pedro de Aguilar, que se había mantenido en silencio durante la cena y no había dejado de beber, le hizo una pregunta a Mendoza, que se hallaba sentado frente a él.

—Don Luis, ¿qué hay de verdad en los rumores que nos llegan acerca de los..., los problemas que tiene su alteza para cumplir con el débito conyugal? —El exceso de vino afectaba a su lengua—. ¿Es cierto que los médicos le recetan ciertos remedios? Por aquí se cantan coplillas y chanzonetas haciendo burla de todo eso.

El capitán se vio en un trance mucho más difícil que por el que había pasado con las preguntas de doña Sol y doña Elvira. La intervención de don Pedro había impuesto un silencio absoluto en torno a la mesa.

Lo que planteaba estaba al cabo de la calle y, efectivamente, eran objeto de toda clase de chanzas los problemas de don Fernando para satisfacer a doña Germana en el lecho. En los mesones y tabernas se entonaban coplas subidas de tono, alusivas a la sexualidad del monarca o las licenciosas costumbres que otra vez anidaban en la corte. La Inquisición no se mostraba celosa en cuestiones como esas, que no atañían a la ortodoxia de la religión.

Mendoza miró a doña María solicitando su aquiescencia. La duquesa se mostraba tan seria que el capitán pensó que iba a responder con una negativa, pero hizo un ligero asentimiento de cabeza. Sabía que el sobrino de su esposo había buscado la provocación y que dejarlo sin respuesta, bebido como estaba, habría resultado peor. Confió en la mesura del capitán para escoger bien las palabras. El capitán ganó tiempo dando un sorbo al vino de su copa y se limpió después los labios con la servilleta. Ese retraso también sirvió para hacer más intenso el deseo de oír su respuesta. Con el rabillo del ojo pudo comprobar que doña Sol estaba expectante.

—Como es de todos sabido, la edad de su alteza dobla sobradamente la de la reina, que es una dama joven y... digamos..., digamos que el tiempo no pasa en balde.

—¿Qué es eso... de que el tiempo no pasa en balde? ¿Os..., os importaría... ser más explícito? —A don Pedro le resultaba complicado expresarse.

El capitán carraspeó, dubitativo. Miró a don Gonzalo y pudo darse cuenta de la dureza con que escrutaba a su sobrino, pero apretaba los labios. Mendoza comprendió que debía responder algo.

—Quiero decir que con los años mengua nuestro vigor. Por eso algunos galenos procuran a su alteza algún remedio para fortalecerlo.

—Si no..., no os he entendido mal, es cierto... que..., que el aragonés necesita ayuda para cumplir con sus obligaciones maritales.

El vino estaba haciendo que don Pedro, además de no coordinar bien sus palabras, respirara por la herida. Era habitual entre algunos nobles de alcurnia con muchos menos motivos que él. No eran pocas las familias más encumbradas que rechazaban el autoritarismo regio y suspiraban por los tiempos en que su poder los había llevado a quitar y poner reyes, según su antojo. Don Fernando había tenido una muestra del rechazo de la nobleza castellana cuando se vio obligado en Villafáfila a abandonar la regencia de Castilla y retirarse a su reino de Aragón a comienzos del verano de 1506, poco antes de emprender el viaje a Nápoles.

Mendoza miró de nuevo a don Gonzalo, pero el Gran Capitán permanecía mudo. Ignoraría que don Pedro se había referido al rey como «el aragonés» y trataría de rebajar la tensión. Estaba claro que los anfitriones preferían no violentar a don Pedro, antes que poner punto final a sus preguntas.

—Les diré algo que no es muy conocido.

Intencionadamente, volvió a tomar su copa con parsimonia para dejar transcurrir unos segundos y concitar mayor expectación.

—¡Por la santísima Virgen de la Caridad, don Luis! ¡Que nos tenéis tan en ascuas que estamos a punto de quemarnos!

—Ahora mismo os aparto del fuego, doña Sol. El rey trata de fortalecer su vigor con ciertos platos que tienen fama de afrodisíacos.

—¿A qué clase de platos os referís? —preguntó el capellán.

Albornoz buscaba que la conversación tomara otro derrotero y don Gonzalo aprovechó la oportunidad de intervenir que aquella pregunta le daba.

—Páter, mostraos más mesurado, por el amor de Dios.

—¿Por qué, excelencia?

—Cualquiera sospecharía que, dada vuestra edad, es vuestra paternidad el más interesado en conocer cómo su alteza logra mantener su vigor. ¿Acaso vuestra paternidad requiere de subterfugios o es sólo curiosidad lo que le lleva a preguntar?

El capellán había conseguido su objetivo y respondió con desparpajo.

—Mi interés por ese vigorizante sólo tiene el propósito de ayudarme en el ejercicio de mi ministerio. Por experiencia... en el confesionario, sé que a veces la coyunda se hace de formas reprobables.

La socarronería del capellán hizo que los presentes rieran a carcajadas, rebajando la tensión.

—Se trata de un guiso de testículos de toro.

—¿Habéis dicho testículos de toro? —Doña Sol, que era experta en pucheros y cazuelas, parecía horrorizada.

—Así es, doña Sol. Son un poderoso vigorizador..., según se dice.

—¿Come el rey testículos de toro? —inquirió doña Sol con cara de asco.

Al capitán le sorprendía que las damas no se mostraran escandalizadas. Al contrario, manifestaban interés. En Italia era habitual que las mujeres participaran en aquellas conversaciones, pero no lo había visto en la austera Castilla.

—Todas las noches, doña Sol.

—¡Santísima Virgen de la Caridad!

Don Pedro volvió a la carga con la lengua cada vez más trapajosa.

—Lo de los..., los testículos del rey es... —Se quedó callado un momento—. ¡Los testículos del rey! ¡Eso..., eso sí que es bueno! —exclamó con los ojos medio cerrados y palmeando sobre la mesa—. ¡Los testículos del rey! —repitió soltando una carcajada.

Aquello colmó la paciencia de don Gonzalo.

—Tened vuestra lengua, sobrino. ¡Estáis hablando del rey!

Don Pedro iba a decir algo, pero farfulló unas palabras que ya resultaron ininteligibles y se desplomó sobre la mesa sin conocimiento.

Una mirada de doña María bastó para que los sirvientes se afanaran en retirarlo rápidamente y llevárselo a sus aposentos. Don Gonzalo miró a Acuña y este aludió a las noticias que la víspera habían llegado acerca de la muerte en Sevilla de Amerigo Vespucci.

—¿Es quien había escrito aquella obra tan polémica? —preguntó Sánchez de Madrid, el esposo de doña Sol.

—Ese mismo.

—Creo recordar que la obra se titulaba *Mundus Novus*. Decía en ella que las tierras descubiertas al otro lado del Atlántico no eran las Indias, sino un nuevo continente.

—¡Bah! Eso son tonterías, don Francisco.

—Dispensad, páter, pero está claro que Colón no llegó a las Indias. Esa es una tierra nueva. Hay noticias de que han descubierto más allá otro océano.

Rápidamente hubo opiniones encontradas que rebajaron la tensión del momento vivido. Doña María aprovechó para ordenar que retiraran los platos y trajeran unos cordiales.

Al poco rato don Gonzalo se puso en pie y ordenó que nadie se levantara.

—Mendoza, acompañadme un momento a mi gabinete, quiero comentar algunas cosas con vos en privado. Sólo serán unos minutos, enseguida volvemos.

Se encaminaron hacia su gabinete. Un criado abría paso alumbrándoles con un candelabro. No cruzaron palabra en el trayecto y Mendoza no se atrevió a comentar lo ocurrido con don Pedro. Don Gonzalo parecía muy contrariado, incluso pensó si no lo había sacado del comedor para reprenderle por lo que había dicho. Quizá el comentario sobre los testículos de toro no había sido muy acertado, aunque en la corte era tema habitual de las conversaciones.

15

Una vez en el gabinete, el criado prendió el velón y dos candilillos con la habilidad propia de quien está acostumbrado a ese menester.

—¿Necesita su excelencia alguna otra cosa?

—Muchas gracias, Simón. Puedes retirarte.

Cerró la puerta al salir y don Gonzalo, con un gesto, invitó al capitán a tomar asiento al tiempo que él se sentaba tras su mesa de trabajo, donde podían verse varios libros abiertos, un pliego con algunas anotaciones y un par de planos que no resultaba fácil identificar.

El gabinete era una estancia más bien pequeña, acogedora y amueblada con sencillez. En una estantería, atestada de libros protegidos por una malla de alambre trenzado, podían contemplarse algunos objetos curiosos como menudas figurillas de barro, un astrolabio, un cristal de aumento... En las paredes colgaba un mapa con las tierras ribereñas del Mediterráneo, en sus esquinas se apreciaban figuras de soplones cabezudos que representaban los diferentes vientos.

—No debéis tener en cuenta la actitud de mi sobrino.

Después de todo lo ocurrido, sigue desasosegado, pese al tiempo transcurrido. Prefiero que queden entre la familia y los amigos sucesos como del que habéis sido testigo. Por eso está conmigo largas temporadas. Es cierto que el rey le ha devuelto gran parte de las mercedes de las que le privó por un enojoso asunto. Pero mi sobrino no ha olvidado aquella humillación. Os diré que, pese a la imagen que ha dado durante la cena, es hombre de gran valía. Tuvo como preceptor a Pedro Mártir de Anglería. Sabe latín, lee a los clásicos y su biblioteca tiene más de trescientos volúmenes.

—Perded cuidado, señor. Desconozco lo que aconteció para que su alteza lo castigara de forma tan severa como tengo entendido.

—Fue un suceso desafortunado. Mi sobrino actuó indebidamente y don Fernando... El rey aprovechó lo ocurrido para dar en él un escarmiento a todos los que no asumían que los viejos tiempos, cuando ciertos linajes llegaban a enfrentarse a la Corona, habían terminado para siempre.

El capitán sentía curiosidad por conocer qué había pasado después de que Camarena le dijera que era mejor no hablar de ciertas cosas. Allí en la intimidad de su gabinete creyó que era un buen momento para enterarse de los hechos.

—¿Os importaría contarme qué sucedió para que el rey actuara con tanta severidad?

—¿No estáis demasiado cansado después del viaje que os ha traído hasta este apartado lugar del reino?

—Señor, quienes tuvimos el honor de estar con vos en las riberas del Garellano tenemos desde entonces un concepto muy particular de lo que es cansancio.

El Gran Capitán se quedó mirándolo fijamente a los

ojos y Mendoza se dio cuenta de que, con sus palabras, había traído a la mente de don Gonzalo el esfuerzo de aquellos miles de hombres que soportaron penalidades sin cuento para cumplir a rajatabla el plan con que venció a un ejército que los superaba en número con creces. Apareció su mirada de águila y su voz sonó rotunda como una caja de guerra llamando a las armas.

—Hace cuatro años, pocos meses después de mi regreso de Nápoles, llegaron a la corte noticias un tanto confusas. Se referían a que en Córdoba se había producido un incidente sin importancia: un altercado en un mercado. Un vecino, acusado de promoverlo, fue detenido y, cuando era llevado a la cárcel real, unos hombres del obispo se enfrentaron a los guardias que lo conducían y lo liberaron. El rey envió a Córdoba a un juez para que hiciera las indagaciones oportunas y administrase justicia…

—Pero vuestro sobrino…, quiero decir, el señor marqués, no tenía nada que ver con aquello.

—Hasta ese momento, Mendoza, hasta ese momento. Cuando el juez llegó a Córdoba mostró una provisión real donde se ordenaba que los miembros de las principales familias salieran de la ciudad para que él pudiera realizar su trabajo sin interferencias. La real provisión afectaba a mi sobrino que, como mayorazgo de mi familia y como rama principal de los Fernández de Córdoba, tenía muchos deudos en la ciudad y ejercía una notable influencia sobre el cabildo municipal, donde varios Fernández de Córdoba poseen plaza de caballeros veinticuatro.

—Pero esa no es razón para obligar a nadie a salir de una ciudad.

—No lo es —ratificó don Gonzalo—. Pero el rey lo dispuso así.

El capitán sospechó si don Fernando no habría dado

esa provisión porque se trataba del sobrino del Gran Capitán, e incluir a miembros de otras familias habría sido una tapadera.

—Entonces, ¿por qué tomó el rey aquella decisión?

Don Gonzalo se encogió de hombros.

—Supongo que el rey deseaba hacer patente su autoridad. Mi sobrino y otros nobles, entre los que se contaban el duque de Medina Sidonia y el conde de Cabra, habían apoyado a su yerno cuando le reclamó la corona y lo obligó a abandonar Castilla. Ahí radica, posiblemente, la razón por la que un incidente menor que, en otras circunstancias no habría tenido importancia, tomó vuelo y tuvo consecuencias tan graves.

—¿Qué ocurrió?

—Que cuando el juez conminó a don Pedro a salir de Córdoba, este se negó y lo que fue más grave: lo apresó junto a los alguaciles que le ayudaban en su cometido y los mandó a todos presos al castillo de Montilla.

—¿Por qué hizo don Pedro una cosa como esa?

—Según mi sobrino para defender la honra de Córdoba y de su Iglesia, al haber sido deudos del obispo quienes liberaron al preso cuando lo conducían a la cárcel. En realidad... —don Gonzalo dejó escapar un suspiro—, en realidad, lo hizo porque añoraba los viejos tiempos en que los nobles desafiaban la autoridad del rey y hasta se atrevían a imponerle sus condiciones. Muchos como él trataron de volver a las banderías cuando murió la reina, sin darse cuenta de que los tiempos han cambiado mucho en los últimos años. La autoridad del rey se ha impuesto sobre las grandes familias y los altos cargos de la Iglesia. El tiempo de los Pacheco, de los Mendoza, de los Carrillo..., también de los Fernández de Córdoba, ha pasado en lo que se refiere a disputar el poder al rey. Hoy los ejércitos ya no se forman con las mesnadas de esas familias o de esos obispos. Levantar tropas es potestad exclusiva de la Corona y sólo puede hacerse en nombre del rey. Las cartas que habéis traído hasta Loja son una prueba de lo que estoy diciendo.

El capitán quedó admirado con lo que don Gonzalo acababa de decirle. Había oído comentarios de que las cosas habían cambiado, que se estaba asistiendo al nacimiento de un nuevo tiempo que nada tenía que ver con el que quedaba atrás. Apuntaban a la pérdida del poder militar y del protagonismo de la nobleza. Pero nadie había hecho una reflexión tan ponderada de las nuevas formas de gobierno. Don Gonzalo, más allá de ser el mejor estratega de su época, era un fino analista de la nueva situación política.

—Don Pedro no es tan mayor como para que estén en su memoria los tiempos del rey don Enrique.

—Nació cuando esas banderías tocaban a su término. Recuerdo que cuando regresé de la batalla de La Albuera, que fue mi bautismo militar, era un niño muy despierto. Deseaba que yo le explicase con pelos y señales cómo había discurrido aquella jornada. Tenía entonces nueve años, edad para darse cuenta de las cosas. También oía relatar a su padre, don Alonso de Aguilar, episodios en los que nuestra familia se enfrentó al rey don Enrique. Mi hermano se alzó contra los reyes e hizo público su rechazo a la Corona. Se hizo fuerte en Córdoba, adonde tuvo que venir doña Isabel para someterlo. Todo eso lo oyó contar, y las cosas que se aprenden en la niñez no se olvidan jamás.

—¿Os importaría aclararme qué ocurrió cuando vuestro sobrino envió presos al juez y a los alguaciles a Montilla?

Don Gonzalo asintió con un movimiento de cabeza.

—Según él mismo me contó, lo hizo por la actitud

arrogante del juez. No debió hacerlo y se dio cuenta, demasiado tarde, de que había obrado impulsivamente. Entonces ordenó poner en libertad a los presos, pero les prohibió entrar en Córdoba. Según me confesó, fue para que en Córdoba nadie pensara que daba marcha atrás en su decisión... Ya sabéis lo que nos importa el orgullo a los españoles. Su actuación enfureció al rey, aunque hay quien sostiene que toda esta historia se desarrolló según un plan minuciosamente diseñado.

—¿Queréis decir que los hechos estaban planificados por don Fernando?

—He dicho «hay quien sostiene». No puedo asegurarlo. Os diré, sin embargo, que mandar a Córdoba un juez que firmara una provisión para expulsar de la ciudad a importantes caballeros, que el juez hiciera gala de la arrogancia con que actuó, que el rey decidiera venir a Córdoba al frente de un ejército a todas luces excesivo...

—Perdonadme, pero ¿habéis dicho que el rey marchó sobre Córdoba al frente de un ejército?

—Como os he comentado, hay quien sostiene que todo respondía a un plan preconcebido. Traté de mediar entre el rey y mi sobrino. Recomendé a don Pedro que solicitara el perdón real. Al principio se resistió, pero logré convencerlo de que lo mejor era ponerse a los pies de don Fernando. Acudió a Toledo, donde estaba por entonces la corte, pero don Fernando, pese a que implorar perdón suponía una humillación terrible para mi sobrino, se mostró inflexible. Lo castigó con una multa que significaba su ruina, lo desterró del reino de Córdoba y le privó de sus títulos.

—Pero... me habéis dicho que marchó sobre Córdoba con un ejército. ¿Por qué lo hizo? Vuestro sobrino había pedido perdón.

—Eso no bastó al rey. Fue hasta Córdoba al frente de casi siete mil hombres, como si marchara a la conquista de un reino. Se presentó allí en los primeros días de septiembre y permaneció durante dos meses. El rey administró justicia de forma muy rigurosa. Se aplicaron penas de muerte, hubo mutilaciones, azotamientos públicos y destierros; se derribaron casas y se incautaron bienes. Quienes habían tenido algo que ver con aquel episodio pagaron un precio muy alto. Fue un escarmiento. Desde entonces mi sobrino está muy afectado. A pesar de que ha recuperado algo de lo que fue desposeído, se encuentra desasistido. Eso explica su actitud durante la cena, pero no la justifica.

—Según tengo entendido también ordenó el rey que se arrasara el castillo de Montilla.

El capitán se arrepintió inmediatamente de haber hecho aquel comentario. Un destello de tristeza asomó a los ojos de don Gonzalo. Había traído a su memoria el recuerdo de algo que debía de resultarle muy doloroso. Las palabras del Gran Capitán corroboraron la impresión de Mendoza.

—La casa donde nací fue arrasada hasta los cimientos. En una carta supliqué a su alteza que no lo hiciera, pero no sirvió de nada.

—Lamento mucho haberos traído esos recuerdos.

Don Gonzalo se levantó y se acercó a la ventana por la que se colaba el aroma de la primavera, que hacía semanas había despertado en Andalucía, y también la pálida luz de una luna que, aunque decreciendo, brillaba en un cielo despejado. El capitán también se puso en pie. El respeto hacia su persona le impedía permanecer sentado. Tenía la impresión de que había otra causa, más profunda, que explicaba por qué el rey había actuado con tanta desmesura. Pero no se atrevía a plantearla. Si deseaba confirmar sus sospechas, tendría que preguntarle a Camarena. El correo poseía mucha información. Veía mucho, oía mucho y también callaba mucho.

Don Gonzalo dejó escapar un suspiro y se volvió hacia el capitán.

—No lo lamentéis. La mayor parte de las veces hablar de las cosas que nos laceran el ánimo supone un bálsamo para suavizar el dolor. Pero, bueno —el tono de su voz cambió radicalmente—, no os he hecho venir para que tratemos de mis cuitas, sino para que me comentéis el ambiente que se respira en la corte. ¿Qué efecto ha causado la derrota de Rávena? También me gustaría saber si se habla de la ocupación de Navarra.

—Mi conocimiento es muy limitado. Casi todo lo que sé ya os lo dije antes. Quizá no os haya proporcionado algún detalle.

—Me interesa mucho conocer esos detalles. En ocasiones, son más importantes que lo principal de las noticias. Aquí llegan como si fueran un valiosísimo elixir del que para obtener unas gotas se necesitan ímprobos esfuerzos. Ponedme al día de lo que se cuece en la corte, que es como una caldera que hierve continuamente.

—La noticia de la derrota de Rávena ha causado un profundo efecto. Nadie la esperaba. Tras vuestras victorias, en la corte se pensaba que los franceses…, como suele decirse, eran pan comido.

—Supongo que quienes opinan eso sólo conocen de oídas lo que la guerra es en realidad. Son magníficos estrategas en los salones y mueven masas de hombres como si fueran pastores que llevan sus rebaños de un sitio para otro.

—Así es, señor. Quienes son más incisivos jamás han pisado un campo de batalla. También se dice que los franceses tuvieron más bajas que nosotros. —Recordó las palabras de Almazán diciéndole que Rávena conducía a Navarra—. Asimismo corre el rumor de que la muerte de Gastón de Foix ha abierto una posibilidad en Navarra. Se ha pasado de hablar de Rávena a hablar de ese reino. El ambiente que se respira en Burgos es que Navarra es el principal objetivo de la política del rey. Como vos apuntasteis, la muerte de Gastón de Foix…

—Un momento…, un momento. ¿Queréis repetir eso que acabáis de decir?

—¿Lo relativo a la muerte de Gastón de Foix?

—No, no… Lo del principal objetivo de la política del rey.

—Se lo he oído decir al secretario del rey, a don Miguel Pérez de Almazán. Lo dijo como si en la carta que os han entregado el rey os encomendara el ejército que invadirá Navarra.

—Observo que os referís a la invasión de Navarra como cosa segura.

—El secretario me comentó algunas cosas cuando me pidió escoltar al correo y, por lo que pude deducir, don Fernando reclamará ese reino como un territorio que pertenece a su mujer.

—Don Fernando no tratará de apoderarse de Navarra porque su mujer tenga unos derechos sobre el reino. Ese será el pretexto para hacerlo; buscará la forma de que sea en su nombre y no en el de su esposa.

—Señor, no soy capaz de ir tan…, tan lejos. También se rumorea en Burgos que muchos navarros son partidarios de que el reino sea anexionado a Castilla siempre que se respeten sus fueros.

—También hay una facción proclive a ligarse a Francia.

—Son partidarios del rey Luis.

—Comentadme algo sobre ello.

—Sólo son rumores de taberna, señor.

—¿Qué dicen, Mendoza?

—Que el rey de Francia se considera con derecho a Navarra porque los condes de Foix son sus vasallos.

Don Gonzalo se quedó un momento en silencio, reflexionando sobre lo que acababa de oír.

—Deduzco por todo lo que me estáis diciendo que don Fernando está dispuesto a enfrentarse a los franceses en el Pirineo y en Italia.

—Eso parece.

—Pues eso es algo muy complicado. Francia nos ha superado siempre en hombres. Ese reino está muy poblado. Da la sensación de que los ejércitos brotan allí como las flores en primavera. Aquí nos cuesta la misma vida alistar unos cuantos miles de hombres y ahora más con la gente que se embarca hacia las tierras que se están descubriendo al otro lado del Atlántico, donde, según dicen, abunda tanto el oro como aquí las aceitunas.

—Y también que las mujeres se ofrecen desnudas, sin hacer ninguna clase de remilgos, a la holganza.

—Todo eso hará mucho más difícil que los hombres se alisten. No sé si podremos completar los cupos de las compañías que corresponden a los miles de hombres que el rey ha señalado. Además, no tengo claro que vayamos a sostener la guerra contra el francés en dos frentes a la vez. Eso va contra toda lógica.

—Sin embargo, señor, puedo aseguraros que lo que os he dicho respecto del reino de Navarra no es una elucubración. Con respecto a Italia..., la carta que vuestra excelencia ha recibido no necesita de explicación. Por si os sirve de algo, os diré que son muchos en Burgos, cuando se ha conocido lo de Rávena, los que se han acordado de vos.

—¡A buenas horas! La carta de su alteza me ha llegado por mano de Almazán, conozco su letra y también... sus hechuras. ¿Os ha hecho algún comentario?

—Me dio la orden de custodiar al mensajero y cerciorarme de que la carta os fuera entregada en persona.

Don Gonzalo miró al capitán a los ojos, fijamente.

—Menguada escolta la que puede proporcionar un solo hombre, aunque se trate de un capitán. Decidme, ¿vuestra misión se limita a dar escolta a ese correo?

Por un momento, Mendoza dudó si debía de responder a la pregunta. Lo que nunca haría sería mentir al hombre que tenía delante, y la pregunta era muy directa. Almazán le había encomendado vigilar la reacción de don Gonzalo al recibir la carta, pero no recordaba que le hubiera impuesto el secreto a sus observaciones.

—He de informar de vuestra reacción al conocer el contenido de la carta. En realidad lo de la escolta no pasa de ser un subterfugio, como habéis adivinado.

—¡Ese leguleyo no cambiará jamás! Siempre intrigando y siempre buscándole los tres pies al gato. —Don Gonzalo estaba irritado—. Informadle de lo que habéis visto y oído. No os dejéis nada atrás porque nada hay que ocultar.

—¿Cuándo nos entregaréis vuestra respuesta, señor?

—¿Tenéis mucha prisa?

—No, señor, quien tiene prisa es el secretario. Quiere que estemos de regreso en Burgos lo antes posible.

—He de meditar cada una de las palabras que emplearé en la respuesta al rey. Van a analizar al detalle todo lo que escriba y se harán toda clase de interpretaciones. No deseo dar munición a mis enemigos. Descansaréis aquí uno o dos días. Las cartas de movilización ya las está redactando el amanuense, mañana los correos saldrán para sus destinos. Sólo queda indicar a los capitanes cuáles son las plazas de armas.

—¿Habéis tomado ya esa decisión?

—Sí, será Antequera la plaza de armas a la que deberá dirigirse la infantería. Sólo necesitará dos jornadas para estar en Málaga. La caballería la concentraremos en Córdoba, donde estableceré mi cuartel general. Quiero dejarlo todo resuelto antes de marchar para Burgos.

—¿Pensáis ir a Burgos?

—Tengo el deber de ir a la corte y postrarme a los pies de su alteza para recibir las órdenes personalmente. Partiré lo antes posible.

—Si puedo seros de utilidad en estos días, mandadme lo que sea conveniente.

Don Gonzalo puso su mano sobre el hombro del capitán.

—Lo sé, mi buen Mendoza, lo sé. Ahora regresemos al comedor. Dije que sólo sería un momento.

El propio don Gonzalo prendió un candelabro para iluminar el regreso al comedor, pero antes de abandonar el gabinete formuló al capitán una última pregunta.

—¿Volveríais a empuñar mi estandarte si os requiriera para ello?

—Sin la menor duda, señor.

16

La alcazaba de Loja, como otras del reino de Granada, seguía un patrón de construcción que a un castellano siempre llamaba la atención. Su aspecto exterior era el de una fortaleza concebida para defenderse de un ataque enemigo: muros gruesos, confeccionados con mucho ladrillo y escasa piedra, a diferencia de los castillos de Castilla donde la piedra era utilizada con mayor abundancia; torres cuadradas con los ángulos reforzados y provistas de matacanes; puertas acodadas para imposibilitar una entrada en masa; fosos, rastrillos... Todo lo necesario para defenderse con facilidad o resistir un asedio. Sin embargo, su interior era palaciego. Esa era la gran diferencia entre las fortalezas cristianas y las alcazabas musulmanas.

En la de Loja podían encontrarse luminosas estancias, amplios salones, patios ajardinados regados con el agua de un enorme aljibe que la recibía de la lluvia y había sido construido para esa finalidad. Algunas salas tenían las paredes alicatadas en su parte inferior con azulejos que formaban complicadas figuras geométricas y la parte superior recubierta de estucos labrados con minuciosidad y pintados con colores suaves; los alarifes habían utilizado las estilizadas formas de la escritura cúfica como elemento decorativo. Unas veces eran aleyas del Corán y, otras, poemas de afamados vates, como Ibn al Jatib. Siempre eran un deleite para los sentidos. Los techos de algunas estancias, como el del comedor donde habían cenado, los componían artesonados confeccionados con maderas labradas con mucho detalle y ensambladas con extraordinaria maestría para crear una geometría llena de simbolismos. Esa riqueza, visible en las salas palaciegas, contrastaba con el resto de la fortaleza: el patio de armas, las caballerizas, las dependencias reservadas a la pequeña guarnición que custodiaba la alcazaba… Allí quedaba patente su carácter de edificio militar.

Aquel destino era poca cosa para un personaje como don Gonzalo de Córdoba, que había estado al frente de ejércitos de miles de hombres, mandado flotas con docenas de carracas, galeras y fustas, vivido largos asedios y conocido entradas triunfales en ciudades como Nápoles o la mismísima Roma, donde el sumo pontífice lo había distinguido con la máxima condecoración papal, la Rosa de Oro, o le había pedido que se convirtiera en el gonfaloniero de sus ejércitos. Un honor que se disputaban las grandes familias romanas como los Colonna, los Borghese o los Orsini a los cuales el Gran Capitán había tratado de igual a igual.

Al capitán Mendoza no le extrañaba que la gente con la que había hablado en diferentes lugares tuviera mala opinión de un rey que lo había humillado, aprovechando que su sobrino y cabeza de su linaje era personaje inquieto, según había tenido ocasión de comprobar durante la cena.

Muy de mañana lo despertaron unos gritos, grandes

risotadas y el piafar de caballos que se colaban por la ventana entornada de su alcoba por la que también penetraba la tenue claridad del amanecer. Miró a Camarena, que roncaba a placer y no daba muestras de haber penado mucho con el ayuno de la noche anterior. Abandonó la cama y de puntillas se acercó a la ventana que daba al patio de armas, cuya vista tapaba en parte un enorme laurel, sus ramas casi podían tocarse con la mano. Abrió el postigo y oyó retazos de conversaciones. Los autores del alboroto eran cerca de una docena de hombres, correos dispuestos para partir que aguardaban alguna instrucción. Hablaban a gritos, soltaban carcajadas, se pasaban un búcaro con aguardiente y comían algo que les servían un par de mozas, muy garridas, a las que hacían arrumacos y decían requiebros un tanto lascivos. Ellas les respondían con mucho descaro.

El capitán echó de menos a su esposa. Recordó la suavidad de su piel y sus caricias, que ella aplicaba con maestría: ligeras primero, poco a poco ganaban en intensidad, excitándolo hasta llevarlo a desbordar su pasión. Las mujeres italianas eran menos púdicas que las españolas, quienes, al menos en público, se mostraban mucho más recatadas. Quizá porque los clérigos castellanos señalaban en sus sermones que la coyunda en el matrimonio sólo debía tener por finalidad la procreación, y condenaban ciertas prácticas a las que él y su esposa se dedicaban con el mayor deleite. Maria, que se extrañaba mucho al oírles decir aquellas cosas, no les hacía el menor caso, algo con lo que el capitán estaba encantado. Su esposa afirmaba que muchos eclesiásticos tenían sus barraganas y eran tan lujuriosos como en su Venecia natal o en Roma, donde los escándalos del papa Alejandro VI fueron sólo una muestra de la vida licenciosa del clero.

Embelesado con el recuerdo de su esposa, casi no se percató de que el alboroto había cesado: los hombres habían enmudecido y las mozas habían desaparecido. Ahora formaban un corro en cuyo centro estaba don Gonzalo de Córdoba dando instrucciones. Lo acompañaban el amanuense, el capitán Medina y el capellán Albornoz. Pudo oír algo de lo que les decía.

—¿Quién va a Málaga? —preguntó don Gonzalo.

Un hombre alzó la mano.

—Yo, excelencia.

—Toma, has de entregar al corregidor esta otra carta, además de la que ya te han dado. ¿Alguna duda? —Las respuestas fueron movimientos negativos de cabeza—. En ese caso, partid sin pérdida de tiempo. —Miró a Medina—. ¿Conoce cada uno su destino?

—Sí, excelencia.

—Si todo está dicho, encomendaos cada uno al santo de vuestra devoción y volad a vuestros destinos.

Mendoza vio cómo los hombres hincaban una rodilla en tierra y el capellán les impartía su bendición.

—Que Jesucristo Nuestro Señor guíe vuestros pasos.

Después, don Gonzalo estrechó la mano de cada uno de aquellos hombres que iban a llevar cartas a muchos de sus antiguos capitanes por si tenían a bien acudir a su llamada. Montaron en sus caballos y cuando el último jinete se perdió por la puerta de la alcazaba el sol ya despuntaba y entraba por el valle del Genil entre las fragosidades montañosas que lo encajonaban. El capitán se santiguó y dio gracias a Dios por haberle permitido ser testigo de excepción de un momento como aquel en que se ponía en marcha la tercera de las campañas que el Gran Capitán iba a emprender en tierras de Italia.

Observó cómo el capellán y don Gonzalo se dirigieron hacia la capilla que estaba en un extremo del patio. Lo indicaba la hornacina que daba cobijo a la imagen de un santo y la espadaña de la que colgaba una campana. Se vistió a toda prisa, poniéndose los calzones y el mismo jubón que había lucido la víspera, y abandonó la alcoba. A Camarena el hambre no parecía afectarle. Continuaba sumido en un profundo sueño.

Presidía la capilla un pequeño retablo con una imagen de Santiago Matamoros. El capitán sabía que don Gonzalo era devoto del santo y que incluso había acudido en peregrinación a Compostela poco después de regresar de Nápoles. Lo recibió el cabildo catedralicio y el obispo puso a su disposición todos los medios necesarios para que mejorase su salud, pues al llegar a la ciudad del apóstol sufrió un ataque muy fuerte de cuartanas. Aquellas calenturas lo mortificaban periódicamente desde que enfermó en los pantanos de la zona del Garellano. El capitán conocía aquella historia porque también él, acompañado de su esposa, había peregrinado a Compostela nada más llegar a Castilla. Allí, en la catedral compostelana, se lo contó un sacristán al que le había comentado que había luchado en Italia bajo las banderas del Gran Capitán. El sacristán también le mostró una lámpara que don Gonzalo ofreció como donativo y que lucía ante la imagen de Santiago. Era de plata maciza y pesaría no menos de tres arrobas.

El capellán celebraba una misa a la que asistía solamente el Gran Capitán —Medina había desaparecido—. Estaba arrodillado sobre uno de los dos reclinatorios que constituían el único mobiliario del templo, además de un sencillo confesionario. Tomó agua bendita de la pililla y se postró en el suelo para seguir la misa, que estaba más que mediada y que Albornoz despachó en pocos minutos.

Don Gonzalo se sorprendió de verlo allí.

—¿Puede saberse por qué habéis madrugado tanto? Hacía a vuesa merced en los brazos de Morfeo después de un viaje tan largo.

—Me ha despertado la salida de los correos. Parecían muy animados antes de partir. El rey no podrá quejarse. Sus órdenes son cumplidas con una diligencia poco común.

Don Gonzalo se quedó mirándolo y dejó escapar un suspiro.

—Estoy seguro de que en la corte más de uno pensará, maliciosamente, que en tanta diligencia se oculta alguna maquinación y lo susurrará al oído de su alteza.

—Nadie en la corte tiene por qué saber de vuestra diligencia.

Con una sonrisa en los labios le preguntó:

—¿Qué edad tenéis?

—He cumplido los veintinueve, señor.

—Aunque seáis ya un hombre hecho y derecho, tenéis poca edad para comprender ciertas cosas. —Mendoza arrugó la frente—. ¿Creéis que no me están vigilando?

—¡Señor!

—Cuando lleguéis a Burgos, algún cortesano de esos que jamás se han visto en un campo de batalla tendrá cumplida información de lo que aquí está pasando.

—Disculpadme, excelencia, pero no estoy de acuerdo. ¿Qué sentido tiene entonces la misión que me ha encomendado el secretario?

—Almazán tiene espías en la alcazaba, no lo dudéis. Pero no llegan a todos los rincones. Si el rey quiere conocer mi reacción al saber que me manda de nuevo a Italia, es porque no se fía de mí. Cuando viajó a Nápoles hace casi seis años lo hizo porque albergaba temores de que me proclamase rey de Nápoles. ¡Habían difundido tantos infundios! ¡Le habían dicho tantas mentiras! Lo que más me dolió no fue que hubiera quien se dedicaba a esparcirlas, sino que él les diera crédito. Es extremadamente desconfiado. Esa es la causa por la que estáis aquí. Pero... esos son los bueyes que tenemos y con ellos hemos de arar el campo. En Burgos especularán con que haya señalado Antequera como plaza de armas o con que he decidido que la caballería se concentre en Córdoba. Como lo hicieron cuando me encerré en Barletta, buscando ganar tiempo y las mejores condiciones para librar la batalla con el enemigo. Pensaron que lo hacía para darle todas las ventajas a los franceses y poder así explicar mi derrota, que daban por segura. Me presionaron para que presentara batalla, pero resistí hasta que tuve un mínimo de hombres para hacerlo con posibilidades de éxito.

—Aquel fue un tiempo inolvidable, señor.

—Pero también lleno de tensiones. Difícil, muy difícil.

—Pues cuando salisteis de Barletta fue para hacerle morder el polvo al duque de Nemours en los campos de Ceriñola.

—No me refiero a esas dificultades, Mendoza. Esas se resuelven enfrentándose a pecho descubierto con el enemigo. Sino a las batallas que han de librarse contra quienes no dan la cara. Es mucho más difícil luchar contra las insidias de quienes, envidiosos, no son capaces de digerir el éxito ajeno. Además de enfrentarme con los franceses en aquel tiempo que llamáis inolvidable, tuve que bregar con las intrigas de la corte y con ciertas maniobras políticas que suponían una amenaza no menos grave que la caballería francesa. Muchos cortesanos, la mayoría de los cuales jamás han empuñado una espada y sólo tienen noticia de lo que es una batalla a través de los papeles de los cronistas, afirmaban que protegerme tras los muros de

Barletta era un error. Algunos se atrevían a decir que era un acto de deshonor e incluso de cobardía. Llegaron a pedir mi relevo. ¡Menos mal que contaba con un gran apoyo! ¡La reina! Me refiero, claro está, a doña Isabel. A todos aquellos envidiosos les respondía siempre de la misma forma: «Don Gonzalo de Córdoba sabe lo que hace, pronto llegarán buenas noticias». ¡Murió sin que pudiera volver a verla!

El Gran Capitán puso su mano sobre el hombro de Mendoza.

—Supongo que no habéis desayunado.

—No, señor.

—Entonces, ¿tenéis que hacer algo mejor que acompañarme? Os advierto que desayuno en un comedorcillo que hay junto a la cocina.

—Es un honor compartir la mesa con vos, donde sea.

—Entonces, venid.

Mientras cruzaban el patio Mendoza recordaba la estrategia que don Gonzalo había desplegado en aquella campaña librada hacía ya diez años. Nunca podría olvidarla porque fue su bautismo de fuego. Iba con los refuerzos que le llegaron a Barletta, donde don Gonzalo se había encerrado con el grueso de sus tropas. Era lo único que podía hacer ante un ejército francés que quintuplicaba sus efectivos. Tenía que aguardar la llegada de refuerzos para enfrentarse en campo abierto. Se había aislado en aquella plaza fuerte a principios del verano de 1502 y los franceses llegaron ante sus muros a finales de agosto. Resistió encerrado hasta tener un número de hombres suficiente para poder plantarles cara. Recibió algunos refuerzos en octubre, cuando arribaron unos mil hombres al mando de Alonso de Benavides, entre los que se encontraba él. Al mes siguiente, llegó otro contingente a las órdenes de Portocarrero y, poco después, dos mil lansquenetes alemanes enviados por el emperador Maximiliano de Habsburgo, que era consuegro de los Reyes Católicos. Cuando atracó en el puerto la flota de Lezcano, un corsario vizcaíno, con otros dos mil hombres, el Gran Capitán supo que podía medirse con los franceses. Abandonó Barletta el 27 de abril de 1503, después de nueve meses de encierro. Los franceses habían abandonado el sitio porque ni con su centenar de bocas de fuego podían hacer un daño considerable a una fortaleza que recibía avituallamiento por mar. Buscó al enemigo y al día siguiente se enfrentó a él en las onduladas lomas de Ceriñola, donde les infligió la más severa derrota que los franceses habían sufrido en muchos años.

Hasta la mesa donde se sentaron, a la que se incorporó el capellán a los pocos minutos, llegaba un estimulante olor a pan recién hecho. Los atendieron las mismas mozas que estaban con los correos en el patio, pero ante la presencia de don Gonzalo se mostraban muy comedidas. Saludaron con mucho respeto y cubrieron la mesa con un mantel sobre el que fueron disponiendo un cesto rebosante de gruesas rebanadas del pan recién horneado, una jarra llena de leche, varios cuencos con manteca, chicharrones, dátiles, miel…, una bandeja con trozos de queso, una jarrilla con vino y una alcuza con aceite, y por último unos tazones y unas escudillas.

Don Gonzalo permanecía en silencio, parecía ausente. El capitán seguía con sus recuerdos de aquel tiempo grandioso en el que hasta quienes eran simples mortales como él se convirtieron en gigantes sólo por el hecho de estar a las órdenes de don Gonzalo. El capitán consideraba un atrevimiento violar su silencio, pero no estaba dispuesto a desaprovechar la oportunidad de escuchar de sus labios cómo se recibió en la corte la noticia de que había salido de Barletta y de la gran victoria que había conseguido.

—¿Puedo preguntaros algo, señor?

—Desde luego.

—¿Cómo reaccionó la corte ante lo ocurrido en los campos de Ceriñola?

Don Gonzalo miró al capellán, que se estaba sirviendo un tazón de leche humeante.

—Su paternidad puede responderos a eso mucho mejor que yo. El páter se hallaba allí.

El capellán dio un sorbo a la leche y soltó una maldición. Se había quemado la lengua.

—¡Fue una jornada gloriosa, don Luis! Vuesa merced no puede imaginarse lo que fue aquello. —El clérigo untaba con manteca una rebanada de pan—. La reina ordenó reunir a la corte en el salón del trono y mandó a uno de los secretarios leer las cartas donde se contaba lo que había ocurrido. El entusiasmo se adueñaba de unos y había quien contraía el rostro. Cuando el secretario concluyó, se produjo tal algarabía que es difícil encontrar las palabras para describirla. Pero os diré que sucedió algo que no os resultará extraño, porque es algo muy habitual entre nosotros...

—¿Qué fue?

—¡Todo el mundo opinaba!

—¿Qué decían los que habían criticado la estrategia de don Gonzalo?

—Ni los más envidiosos podían negar la evidencia. Pero todos se arrogaban algo, aunque fuera una pizca, del éxito.

—La derrota está siempre en orfandad —comentó don Gonzalo—, mientras que la victoria tiene numerosos padres.

—¡Aquella jornada, que llenó de gloria un reinado, tuvo un protagonista! ¡Quienes tuvimos el honor de participar en ella lo sabemos muy bien! —exclamó el capitán lleno de orgullo.

—¿Estaba vuesa merced allí?

—Estaba. Había llegado a Barletta con los refuerzos de don Alonso de Benavides. ¿Su excelencia ha contado al páter lo de la explosión del carro de la pólvora?

—Mi señor el duque suele ser muy reservado para sus cosas. Cuesta arrancarle las historias más trabajo que a algunas penitentes ciertos detalles de sus pecados.

—Páter, perdéis memoria. Os lo he relatado en más de una ocasión.

—No lo recuerdo.

Antes de que don Gonzalo hablara, Mendoza revivió el momento en que había transformado en un anuncio de victoria lo que para cualquier otro general habría sido un desastre irreparable: el instante en el que en los campos de Ceriñola se produjo la explosión del carro de la pólvora que abastecía a la artillería y su resplandor iluminó el campo de batalla en el atardecer de aquel inolvidable 28 de abril de 1503.

—Nos habíamos quedado sin artillería al explotar el carro en el que teníamos la pólvora. Todavía no sé qué pudo ocurrir. Los hombres dudaban. Me di cuenta de la gravedad del momento porque la batalla no había hecho más que empezar. En medio de las explosiones, que empezaban a aterrorizar a nuestros soldados, y de los resplandores que de pronto llenaron de luz aquel atardecer, salté sobre mi caballo y recorrí las filas de nuestra infantería gritando que ahora habría luz suficiente para rematar la faena y acabar con los franceses. Los hombres, enardecidos, comenzaron a gritar como leones y a saltar de los parapetos. En media hora habíamos arrollado al enemigo al grito de «¡Santiago! ¡Santiago!».

—Habéis sido muy parco en palabras, señor. —Mendoza miró al capellán—. Su paternidad no puede imaginar lo que ocurrió aquella tarde, a la luz del resplandor que nos proporcionaron aquellas terribles explosiones.

—No, capitán, no puedo imaginármelo si no me hacéis la merced de narrarlo. ¡Ya veis cómo cuenta las cosas su excelencia!

Don Gonzalo parecía haberse desentendido de la conversación. Había cogido una gruesa rebanada de pan y la rociaba generosamente con aceite. El capitán explicaba al capellán lo que vivió en aquella célebre jornada.

—Su excelencia no se limitó a recorrer, montado a caballo, las filas de nuestros hombres. Desenvainó su espada y se lanzó sobre los franceses al grito de «¡Santiago! ¡Santiago!». Al verlo, el capitán Navarro, tan tiznado por la explosión de la pólvora que parecía un demonio, agarró una pica y sin pensárselo se precipitó tras él. Los hombres todavía dudaban. Fue entonces cuando el capitán García de Paredes se encaró con sus soldados. «¿Vais a permitir que los franceses degüellen a nuestro general? ¿Lo vamos a dejar solo? ¡Vamos a por ellos!». No se lo pensaron dos veces. Lanzando votos a Santiago y saltando por encima de los parapetos que, erizados de estacas afiladas, habíamos construido a toda prisa aquella misma tarde para frenar a la caballería pesada de los franceses, acometieron al enemigo. Entonces se produjo lo nunca visto.

—¿Qué ocurrió?

—Nuestra infantería había abandonado el resguardo de las trincheras y seguía en masa a sus jefes. Aquello era una locura. Imagínese vuestra paternidad a nuestra infantería, armada con arcabuces o con picas y los más con sus cinquedeas y otras espadas cortas, haciendo frente a la que muchos consideraban la mejor caballería del mundo.

—Mendoza dio un sorbo a su cuenco de leche—. El terreno era ondulado y estaba plantado de viñedos. Don Gonzalo había previsto dejar acercarse a la caballería francesa hasta nuestros parapetos y, una vez allí, el propio terreno les impediría maniobrar con sus caballos. Nuestra infantería los atacaría en ese momento porque ellos no podrían moverse con facilidad entre las viñas de aquel campo. La explosión de nuestra pólvora al comienzo, que pudo haber marcado el destino de la batalla en nuestra contra, fue lo que don Gonzalo utilizó, como os he relatado, para mantener la estrategia.

—¡Admirable! —El capellán daba ahora cuenta de su rebanada untada con manteca.

—El destrozo que los franceses sufrieron no es para contarlo. Por muchos años que viva, siempre recordaré el terrible espectáculo de los caballos del enemigo ensartados en las estacas y el relinchar lastimero de los pobres animales. Siempre recordaré a la flor y nata de la caballería francesa inmovilizada en el suelo por el peso de sus armaduras. Para nada le valió al enemigo la llegada de sus infantes, casi todos ellos gascones, ni la de los piqueros suizos que avanzaban detrás de su caballería. Sólo les sirvió para completar el desastre porque don Gonzalo lo había previsto.

—¿Qué había previsto? —preguntó Albornoz con la boca llena.

—Que el duque de Nemours enviaría su infantería protegida por sus caballeros, que lanzarían la primera carga. Era imposible ver nada a pocos pasos. La explosión de nuestra pólvora, además de iluminar el campo de batalla, había extendido una humareda que no permitía ver. En algunos sitios el humo era tan denso que había dificultades para respirar. Los viñedos impidieron a los suizos mantener la formación cerrada con la que acostumbran a entrar en combate y, al deshacerse sus cuadros, perdieron su efectividad. No vayáis a pensar que resultó fácil. Esos piqueros suizos son una fuerza de choque temible.

—¿Es cierto que sus picas son tan largas que algunas alcanzan las seis varas de longitud? —preguntó el páter sin dejar de dar cuenta de su rebanada con manteca.

—Tienen esa longitud y hasta más. Las confeccionan con varas de los fresnos que crecen abundantes en su país y las refuerzan con unas láminas de hierro.

—Disculpadme por la interrupción. Proseguid, por favor, ¿qué sucedió entonces?

Don Gonzalo, cuya mente había regresado a la cocina, estaba ahora atento a sus palabras.

—Bueno... Su excelencia ordenó a nuestra caballería, que aguardaba en los flancos al mando de mosén Hoces, que se lanzara al ataque, al tiempo que nos ordenaba replegarnos hacia los parapetos. Los franceses creyeron que reculábamos, pero en realidad estaban quedándose rodeados por todas partes. Con su caballería vencida, era como si los hubieran metido en una jaula. Aquella maniobra decidió definitivamente el curso de la batalla.

—Una maniobra envolvente —añadió don Gonzalo—. Muy arriesgada cuando se está en inferioridad numérica. Pero yo sabía que en aquel sitio podía dar resultado. Se lo dio a Aníbal cuando venció a los romanos en la batalla de Cannas.

—¿También ha estudiado su excelencia esas batallas?

—Aproveché los largos meses de encierro en Barletta para estudiar las tácticas empleadas por el general cartaginés en aquellas mismas tierras. Decidí que su estrategia en

Cannas podría utilizarse si librábamos la batalla en el sitio adecuado.

—¿Queréis explicarnos eso?

—La batalla tenía que darse en un lugar donde su caballería tuviera dificultades para maniobrar. Sabía que los franceses iniciarían la lucha lanzando a su poderosa caballería contra nuestros infantes. Con los informes que nos facilitaban nuestros espías sobre la forma y disposición del terreno elegí Ceriñola, por eso nos empeñamos en librar la batalla aunque la tarde avanzaba. Teníamos que luchar allí. Aquellos viñedos se adaptaban a nuestras necesidades.

—Pero la carga de la caballería francesa sobre nuestra infantería pudo haberse convertido en una carnicería para los nuestros.

—¿Para qué cree vuestra paternidad que cavamos a toda prisa trincheras e hicimos parapetos? La clave estaba en que sus jinetes no podían maniobrar allí.

—A los franceses no se les olvidará Ceriñola fácilmente —añadió Mendoza.

—A otros, sin embargo, se les olvidó hace ya mucho tiempo —replicó el capellán.

—Señor, antes os habéis referido, además de a las intrigas de la corte, a ciertas... maniobras políticas. ¿A qué os referíais exactamente? —le preguntó Mendoza.

—Por entonces los desencuentros de su alteza con su yerno, el esposo de doña Juana, que ya era la heredera de las coronas de Castilla y de Aragón, al haber muerto el príncipe don Juan y la princesa doña Isabel, sus dos hermanos mayores...

—¿Felipe de Habsburgo? —inquirió el capitán.

—Sí, su excelencia se refiere a ese presuntuoso que alardeaba de rey —respondió el capellán, que ya había dado cuenta de su rebanada y untaba con manteca otra—. No era tonto, no. Sabía que la salud de doña Isabel estaba muy quebrantada y que su esposa se convertiría en reina de Castilla muy pronto.

—El flamenco —prosiguió don Gonzalo— estaba ansioso por jugar a la alta política. Mantenía unas relaciones excelentes con el rey Luis de Francia, al contrario que con su suegro. No se entendían. Don Fernando no se fiaba de él y temió que negociara con el francés. Por eso su alteza me escribió una carta indicándome que no atendiera otras órdenes que las suyas. No se equivocó. Por aquellos días me llegó un correo para que me pusiera de acuerdo con los franceses. Don Felipe había firmado por su cuenta la paz con el rey Luis. Aquello era una locura. La carta de ese tratado con el enemigo me llegó por mano de un francés, un tal Jean Edin. El pacto se había firmado en Lyon y, según don Felipe, se había hecho con pleno conocimiento de don Fernando.

—¿Qué se acordaba en ese pacto?

—Que Nápoles formaría parte de la herencia que recibirían don Carlos, el primogénito de doña Juana, y una hija del rey de Francia, para quienes habían concertado ya matrimonio. Mientras tanto, la administración del reino sería compartida. Una verdadera locura —reiteró don Gonzalo—. Todos los esfuerzos que habíamos hecho para expulsar a los franceses de Nápoles quedaban en nada. Don Felipe los suprimía de un plumazo.

—¡Menos mal que el rey os había escrito poco antes! —exclamó el capellán.

—Me decía don Fernando que su yerno había estado en España y regresaba a Flandes por tierra, y eso lo obligaba a cruzar Francia. También me indicaba que su yerno había insistido en la necesidad de firmar una paz honrosa con los franceses. Su alteza le había permitido explorar el terreno, pero de forma muy limitada, y don Fernando me ponía sobre aviso de lo que podía ocurrir, al tenerlo el francés en su territorio. Me advertía de que si recibía algún escrito de don Felipe, no le hiciera el menor caso sin que mediara mandato suyo. Los franceses tuvieron noticia de lo firmado en Lyon y me instaron a darle cumplimiento, pero me negué señalando que yo sólo recibía órdenes de mi rey. Las maniobras oscuras y la acción política ocultando la verdad, cuando se meten por medio de lo que ha de resolverse en el campo de batalla, suelen provocar numerosos disgustos. Eso es algo que siempre me ha enojado mucho.

En aquel momento hizo acto de presencia Camarena. Parecía conocer el lugar y también a una de las mozas que estaban atendiendo a los comensales. Mendoza supo entonces que la víspera no había ayunado.

17

Don Gonzalo se retiró a su gabinete con el propósito de redactar la carta de respuesta al rey, rogando a sus huéspedes que permanecieran en la mesa y tomaran lo que les apeteciera. También el capellán se ausentó y, poco después, lo hizo el capitán para dejarle el campo libre a Camarena, quien, efectivamente, la víspera no se había sometido a la dureza del ayuno. Había buscado las cocinas y allí la moza a la que ahora hacía requiebros y le respondía con zalemas lo había atendido a cuerpo de rey.

Mendoza, tras visitar las cuadras para interesarse por los caballos, departió un buen rato con el jefe de la guardia, quien lo invitó a pasear por el adarve de la alcazaba. Una de las torres llamó su atención. Era ochavada y de aspecto más recio que las demás, a semejanza del gran torreón que en los castillos cristianos llaman del homenaje. Subieron a ella por una estrecha escalera de caracol y Mendoza disfrutó de una espléndida visión de Loja. Las abombadas cúpulas, las delgadas torres que habían sido alminares de mezquitas y los terrados le daban un perfil inconfundible de ciudad musulmana. Era lógico. Loja había sido una importante plaza del reino nazarí. Conquistada dos décadas atrás por los cristianos, la mayoría de sus habitantes eran moriscos, que era como se llamaba a los antiguos musulmanes que hacía diez años habían sido obligados a recibir las aguas del bautismo si deseaban permanecer en los reinos de los Reyes Católicos. Se sabía que la mayor parte sólo eran cristianos de nombre y que habían aceptado el bautismo para evitar la expulsión.

En la corte había dos bandos con posiciones encontradas. Unos eran partidarios de expulsarlos sin contemplaciones al otro lado del estrecho de Gibraltar; temían que colaborasen con los turcos si estos se presentaban ante las costas de España. Otros se mostraban más tolerantes, alabando su frugalidad y laboriosidad. Los consideraban peritos en el manejo del agua para el cultivo de las tierras y expertos artesanos en ciertas labores como la del trabajo de la seda.

El capitán fijó la vista en el cauce del Genil.

—¿Tiene el cauce fuerza suficiente para mover tanta maquinaria? —Señaló las aceñas y los batanes que se alzaban en la ribera del río.

—Las aceñas, además de sacar agua, le dan impulso a la que pasa por las palas de los batanes, que con muy poca agua pueden girar. También se impulsa con las represas que retienen el agua para que fluya por un canalillo al que le han dado mucha pendiente. Así, el agua golpea las palas de la rueda con fuerza y esta puede girar. Todavía estarán algunas semanas funcionando, aprovechando que el cauce del Genil viene subido por el deshielo de la nieve de todas esas sierras. En verano se pararán por falta de agua en el cauce.

Mendoza comprobó que las cumbres de las imponentes sierras que se divisaban por el este estaban todavía, pese a que ya era mayo, cubiertas de nieve. El capitán había oído hablar de los batanes, parecidos a las aceñas, pero en las ruedas en lugar de recipientes había unas palas que golpeaban una y otra vez las mantas que se ubicaban sobre una especie de artesa construida de madera, al igual que la rueda. Con ello conseguían darle cuerpo a los paños de lana.

—Si hay varios batanes, debe de haber mucha lana.

—Hay muchos rebaños de ovejas en todas esas sierras y también en los pastos del llano. A las ovejas era más fácil ocultarlas si se producía una aceifa desde el otro lado de la frontera cuando esto era tierra de moros. Por la misma causa se cultivaban verduras y hortalizas en las riberas del Genil, porque se criaban en pocos meses y, si en ese tiempo no sufrían ninguna incursión, podían recoger la cosecha.

—Cuando esto era tierra de moros y había una frontera, la vida no debía de ser fácil.

—En ninguno de los dos lados de la frontera. Los moros también hacían incursiones en territorio cristiano. Aliatar, el suegro de Boabdil, fue alcaide de Loja. Decía que Lucena, villa cristiana cercana a la frontera, era su huerta particular. Todos esos frutales que vuesa merced puede ver —el jefe de la guardia extendió el brazo señalando una zona del valle del Genil— son nuevos. Lo mismo que aquellas viñas y la mayor parte de los olivares que hay por todos estos contornos. Una de las prácticas que tanto cristianos como moros realizaban cuando esto era tierra de frontera consistía en talar los árboles del otro. Lo que también explica que aquí, en Loja, haya poca seda.

—¿Por qué? Tengo entendido que los hilos de seda los hacen unos gusanos, ¿también en las aceifas mataban a esos bichillos? —ironizó el capitán.

—No, pero se talaban las moreras, como los olivos o las cepas de vid. Si no hay moreras, no hay gusanos, y sin gusanos no hay seda.

Dejaron el adarve y el jefe de la guardia se marchó para cumplir con sus tareas. Como Mendoza no podía contar con Camarena, que seguía coqueteando con la moza, que no hacía ascos a las carantoñas y achuchones, decidió buscar al capellán para pedirle consejo acerca de una idea que había tenido cuando estaba en el adarve. Tal vez Albornoz, que parecía hombre de mundo, podría ayudarle.

Preguntó a un criado dónde podría encontrarlo.

—Si no ha bajado a la ciudad, estará leyendo.

—¿Dónde?

—Venid, os llevaré adonde suele instalarse. —Lo condujo hasta un aposento, junto a la torre ochavada—. Aquí acostumbra a recogerse para leer. Yo me marcho, no quiero que me vea. No le gusta que lo molesten cuando está aquí.

Mendoza le dio las gracias y el criado se fue rápidamente antes de que llamara a la puerta. El capitán golpeó con fuerza y el clérigo respondió de inmediato:

—¡Adelante!

—Disculpe vuestra paternidad. —Mendoza asomó la cabeza—. Si molesto, vuelvo más tarde.

—Pase vuesa merced, pase.

Mendoza entró en el aposento sabiendo que importunaba al capellán. Estaba acomodado junto a la ventana, engolfado en la lectura del libro que sostenía en sus manos. Sin duda, buscaba en aquel lugar apartado de la alcazaba la tranquilidad que no encontraba en otro sitio. Albornoz se quitó las antiparras y le preguntó antes de cerrar el libro:

—¿Cómo ha dado conmigo?
—Un criado me ha acompañado hasta la puerta.
—¿Qué ha hecho que vuesa merced venga hasta este apartado rincón?
—Pediros un favor, páter.

Le señaló una silla para que se sentase, pero el capitán rechazó su ofrecimiento.

—Quiero llevar un regalo a mi esposa y he pensado en comprar una pieza de seda. Tengo entendido que no se teje mucha seda en Loja, pero supongo que no será difícil encontrar algún mercader que tenga algo que merezca la pena.

—En los últimos años se han instalado un par de maestros sederos que, además de taller, disponen de tienda abierta. El administrador de don Gonzalo, que en su señorío de Órgiva posee grandes extensiones de moreras con cuyas hojas se alimentan los gusanos que elaboran los capullos de la seda, tiene relación con uno de ellos. ¿Quiere vuesa merced visitarlo?

—Si no os supone mucha molestia…
—En absoluto, amigo mío. Iremos al mercado. En Loja se celebra siempre los sábados para descubrir a los judíos ocultos.

—¿Cómo es eso?
—Si son comerciantes o mercaderes y no acuden, se delatan. Ya sabe que el sábado para los judíos… Si el maestro sedero no está allí o no encontramos una pieza de factura exquisita, nos llegaremos a su taller. Le diremos que sois un oficial a las órdenes de don Gonzalo para que os tenga en consideración y os trate como a un amigo.

Al poco bajaban las empinadas cuestas que llevaban hasta la antigua medina y el capellán hacía comentarios para ilustrar al capitán. Justo al llegar a la zona donde las pronunciadas cuestas perdían pendiente se toparon con la parroquia.

—Era la mezquita mayor de los musulmanes. Ahora está bajo la advocación de Nuestra Señora de la Encarnación. —Enfilaron un pasadizo cubierto que los llevó a una plazoleta muy llana donde estaban las casas del cabildo—. Allí, fray Hernando de Talavera, el que fue confesor de la reina, fundó un convento de monjas, pero con su muerte todo se han vuelto dificultades para que el convento alce el vuelo.

A Mendoza le llamaron la atención unas casas que estaban excavadas en la roca.

—Esas casas… ¿son cuevas?

—Exacto. Son las cuevas de Santa Catalina. Se extienden muchas varas en el interior de este cerro que se prolonga hasta un arrabal que queda fuera de la muralla. Aunque a vuesa merced le parezcan viviendas primitivas os diré que son muy cómodas. En verano se mantienen frescas y en invierno sus paredes conservan el calor. En esta calle, que como podéis ver es recta y larga, y más ancha que las demás, es donde prueban los caballos.

—No os comprendo.

—Aquí se hacen carreras de caballos a lo largo de la calle, de un extremo a otro, y se puede comprobar la calidad de los animales.

Al final de la calle se abría una plaza más amplia de forma alargada. Era la plaza del mercado, al que acudía gente de toda la comarca. Estaba todo lleno de tenderetes y la concurrencia era muy numerosa. La mayoría de la gente vestía a la morisca, con ropas de colores muy vivos y llamativos. Las mujeres se cubrían la cabeza con un manto, ocultaban su rostro con un velo y lucían unos zaragüelles muy amplios y una especie de jubones sin mangas, muy decorados con alamares y pasamanería. Los hombres vestían chilabas y albornoces; los que no tenían capucha se tapaban la cabeza con un turbante. Eran contados los que se ataviaban al modo habitual en Castilla.

Se percató de que, en medio del bullicio, la gente se apartaba para cederles el paso.

—¡Mirad, páter, allí! —El capitán le señaló un puesto donde estaban expuestas numerosas piezas de seda.

—¡Por el amor de Dios, disimule vuesa merced! Con los moriscos hay que mostrarse muy cauto a la hora de hacer negocio. Hay que regatear el precio y jamás debéis revelar interés por lo que vayáis a comprar. Es conveniente actuar con displicencia, como si su compra no os fuera necesaria. Entonces será el vendedor quien lleve la peor parte.

—Pero... si uno ha visto lo que desea...

—Debéis ocultarlo y hacer una oferta que no irá más allá de la mitad de lo que os pidan, incluso una tercera o cuarta parte. Hágame caso vuesa merced. Es la costumbre de estas gentes que siguen empeñadas en sus formas de vida. Fijaos en cómo visten y poned el oído. Todos hablan en algarabía, aunque muchos conocen nuestra lengua y podrían hablarla sin problemas.

—Pero han sido bautizados. Ahora son cristianos.

—El bautismo no supone el abandono de sus costumbres, a las que se aferran con fuerza. Además, están bautizados, pero la mayoría continúan rindiendo culto a Alá en secreto y sólo comen carne de cerdo cuando se encuentran en situaciones extremas. Otra cosa muy diferente es el beber vino. Aunque el Corán les prohíbe beberlo, son muy aficionados a él. Si habéis observado, hay muchas vides plantadas por todos estos pagos y los cristianos viejos somos muy pocos. La mayor parte de los vecinos de Loja son moriscos. ¿Para qué se iban a plantar tantas vides si no se bebiera vino?

—Está bien. —Mendoza hizo un gesto de resignación—. Haremos las cosas como vuestra paternidad dice.

—Entonces olvidaos de ese mercader. No es de fiar y, como supongo que queréis llevar a vuestra esposa una pieza de calidad, iremos a casa del sedero que os he dicho. No lo veo por aquí.

Dos hombres se acercaron al capellán y le comentaron algo. El capitán se entretuvo mirando el mercado, que en nada tenía que envidiar al de muchas ciudades importantes de Castilla. Allí podían encontrarse diferentes tipos de paños y de objetos de alfarería, de cuero, de madera, de metal, todos ellos finamente trabajados. Las verduras eran mucho más variadas que las que se encontraban en Burgos. Había tenderetes de ropa y de abalorios de toda clase.

—Acaban de decirme que los de la Santa Hermandad le han echado mano a una banda de malhechores que asaltaba a los viajeros y robaba por la comarca sur del reino de Córdoba. Gente muy peligrosa, ha sido una escabechina.

—¿Es la banda de un tal Jurado?

El capellán alzó las cejas.

—¿Cómo lo sabéis?

—Nos lo habían comentado en la posta de Bujalance, y eso nos obligó a dar un rodeo por Alcalá la Real.

—Pues ya les han cantado el gorigori. Vamos al taller del sedero, aunque sin prisas.

El páter quería hacerse ver. Respondía, muy ceremonioso, a los saludos y hasta hubo quien le besó la mano; también quien le volvía la espalda. Conversó con algunos en algarabía, que sonaba gutural, aguda y daba la impresión de que se hablaba a gran velocidad. Dejaron atrás el mercado por una puerta que el capellán dijo que se llamaba de Jaufín y se metieron por callejas tan estrechas que el sol sólo penetraba en ellas cuando estaba en lo más alto. Se podía saltar de una terraza a la de enfrente, apenas alargando la zancada; la separación que había entre las paredes de las casas era de poco más de una vara. El trazado era laberíntico. Sólo una persona que conociera bien la medina sería capaz de encontrar su camino. Las casas estaban enjalbegadas de blanco con las puertas pintadas de un azul intenso y en muchas podían verse unos llamadores de bronce con forma de mano.

—Esos llamadores representan la *jamsa* —comentó el capellán.

—¿Cómo habéis dicho?

—*Jamsa*... es cinco en árabe. Pero con la expresión la *jamsa* se denomina a la mano de Dios, que también se conoce como la mano de Fátima.

—¿Qué tiene que ver eso con una aldaba?

—Para los moros esa mano es un amuleto que protege la casa y preserva a sus moradores del mal de ojo. Vamos por ese callejón, cortaremos un buen trecho. Tenemos que ir más allá de las murallas. El taller está extramuros, junto a un batán en la orilla del río. Además de la seda trabajan la lana y confeccionan mantas, chilabas, zaragüelles...

Salieron de la medina por la misma puerta por donde Mendoza y Camarena habían entrado la víspera. El guardia saludó con respeto al capellán. Caminaron por una zona donde estaba configurándose un arrabal en el que las construcciones tenían un aspecto más cristiano, empezando por la anchura de las calles, que era mucho mayor que intramuros. Allí podían cruzarse sin ningún problema dos carretas de bueyes.

—Loja tuvo que ser una plaza fuerte muy importante para los sultanes granadinos —comentó el capitán.

—Lo era. Los últimos años que estuvo en poder de los moros tuvo como alcaide al suegro de Boabdil, el último de los sultanes de Granada. Se llamaba Ibrahim Alí Atar, a quien los cristianos conocían como Aliatar. Su hija Morayma fue la esposa principal de Boabdil. —La víspera, mientras aguardaban a ser recibidos por don Gonzalo, había oído por primera vez el nombre de Aliatar, al que también se había referido el jefe de la guardia—. Aliatar murió en la pasada del Martín González, un arroyo que corre cerca de Lucena donde se libró una batalla muy importante. Boabdil había lanzado una aceifa sobre las poblaciones cristianas de esa zona de la frontera y atacó Lucena, pero fracasó, fue hecho prisionero.

—¿Qué pasó en esa batalla?

—Que en ella se dieron cita todas las ramas de la familia de don Gonzalo. Su hermano don Alonso acudió en ayuda del Alcaide de los Donceles, otro Fernández de Córdoba, que era el señor de Lucena, la plaza que Boabdil y Aliatar trataban de ocupar, y también se presentó don Diego Fernández de Córdoba, que era conde de Cabra y tío de don Gonzalo. Asimismo prestaron apoyo otros señores, pero el peso de aquel combate recayó sobre los Fernández de Córdoba. Entre todos vencieron a Boabdil y lo hicieron prisionero. Allí fue donde lo conoció don Gonzalo, que estuvo con él cuando lo condujeron al castillo de Porcuna, donde mantenían largas conversaciones y se forjó una amistad que luego fue muy útil, en Loja primero y en Granada después.

—¿Cuándo se apoderaron los cristianos de Loja?

—El 28 de mayo de 1486. El propio Boabdil la entregó a doña Isabel y don Fernando. Se han escrito muchas patrañas sobre la forma en que Loja pasó a manos cristianas.

—¿Patrañas?

—Algunos cronistas han faltado a la verdad. ¿Sabíais que don Gonzalo tuvo un papel muy importante en la conquista de Loja?

—No, sólo tenía noticia de que fue uno de los emisarios de los reyes para negociar las capitulaciones de Granada y que su actuación fue decisiva en la conquista de Íllora.

—Loja también pasó a nuestras manos mediante capitulación. Pese a sus fuertes murallas se entregó tras un brevísimo asedio. Fue don Gonzalo quien parlamentó con Boabdil para cerrar las condiciones de la entrega. Algunos cronistas lo han ignorado. Pero él fue clave en todo aquello. Conocía a Boabdil y el sultán se fiaba de su palabra.

—¿Por qué no resistieron los musulmanes? Como dice vuestra paternidad, las murallas de Loja son recias y si había tropas en el interior y estaban bien pertrechadas...

—Las tropas con que contaba Boabdil no eran suficientes. Un tío suyo, que le disputaba el trono, no le envió los refuerzos que necesitaba. Supongo que vuesa merced sabe que las relaciones entre los miembros de la familia real granadina eran pésimas. Cuando Boabdil se enteró de que uno de los capitanes del ejército sitiador era don Gonzalo de Córdoba, le envió un emisario. Don Gonzalo estaba en la parte de la muralla más cercana a la alcazaba. Una torre que los moros llamaban Benjebit.

—¿Cómo habéis dicho?

—Benjebit, torre de Benjebit. Don Gonzalo informó al rey de que Boabdil pedía parlamentar y el monarca lo autorizó a emprender negociaciones. Se vio con el sultán en la alcazaba y las conversaciones culminaron en pocas horas. Fue don Gonzalo quien acompañó a Boabdil a presencia de don Fernando para formalizar la entrega de la plaza. Se respetó la vida y la hacienda de sus vecinos y se permitió la salida de la guarnición y del propio Boabdil. La caída de Loja, junto a las de Íllora y Moclín, dejó la vega de Granada a merced de las incursiones de nuestras tropas.

—¿Por qué ha dicho vuestra paternidad que Boabdil se fiaba de la palabra de don Gonzalo?

—Porque durante el tiempo que compartieron en Porcuna pudo comprobar que era un caballero. Esa amistad tuvo otros episodios.

—¿Cuáles?

—Don Gonzalo prestó al sultán una ayuda muy importante para que pudiera hacerse con el trono de Granada que, como os he dicho antes, había ocupado un tío suyo al morir el padre de Boabdil, el viejo sultán Muley Hacén. En realidad, Boabdil, tras la caída de Loja, se encontraba en una situación muy difícil porque ese tío suyo, al que las crónicas cristianas llaman el Zagal, no sólo no le envió la ayuda que necesitaba, sino que se había instalado en la Alhambra y ejercía como sultán.

—¿Qué sucedió?

—Boabdil contaba con muchos partidarios en el Albaicín, el barrio más popular de Granada, pero carecía de armas y dinero para enfrentarse a su tío. Fue don Gonzalo, que poco después de la conquista de Loja había sido nombrado alcaide de Íllora, quien le facilitó los medios que necesitaba. Llegó incluso a entrar en Granada para ayudar a su amigo... Por fin hemos llegado. Aquella es la casa del maestro sedero. —Señaló una que estaba en la ribera del río, junto a uno de los batanes que habían llamado la atención del capitán cuando contemplaba el paisaje desde el adarve—. Espero que el paseo no haya sido en balde y compréis, a buen precio, la mejor seda que se pueda encontrar en Loja.

A Mendoza las cosas que le estaba narrando el capellán le resultaban tan interesantes que no estaba dispuesto a que la historia quedase interrumpida.

—Aguardad un momento. ¿Por qué no acabáis de contarme esa historia antes de entrar? Aseguro a vuestra paternidad que ha conseguido despertar mi interés.

—Está bien, no sabéis cuánto me satisface. Como os decía, don Gonzalo, al que también acompañaba el alcaide de Moclín…, creo recordar que se llamaba Martín de Alarcón, se introdujo en Granada con un grupo de hombres escogidos, entre los que había varias docenas de espingarderos. También le llevaron armas, dineros y pólvora. Entró varias veces con los espingarderos, que instruían a los partidarios de Boabdil en el manejo de esas armas. Su tío tuvo que abandonar Granada pocas semanas después porque el rey don Fernando había atacado por la comarca de la Ajarquía y asediaba Vélez Málaga. Boabdil aprovechó para hacerse con la Alhambra y el control de Granada. Don Gonzalo me ha contado que logró en aquellas fechas, era septiembre de 1486, establecer una red de espías en el Albaicín, que, cuando se puso sitio a la ciudad, le permitieron tener una información puntual de cómo estaba la situación en Granada.

Lo último que había dicho el capellán le recordó a Mendoza unos comentarios que oyó en Nápoles sobre la relación entre don Gonzalo y Boabdil. Unos comentarios donde el buen nombre de don Gonzalo quedaba en entredicho.

—Nunca imaginé que su relación con el último sultán nazarí había sido tan estrecha. Ahora me explico por qué era él quien acompañaba al secretario Hernando de Zafra.

—¿Acompañaba a Zafra, dice vuesa merced? Más bien fue Zafra quien acompañó a don Gonzalo. Aunque es cierto que el peso de las negociaciones lo llevó el secretario y fue quien redactó el documento de las capitulaciones. Eso era trabajo para un leguleyo como él, pero en quien Boabdil confiaba era en don Gonzalo. Cuando los reyes exigieron como rehén al príncipe Ahmed, Boabdil puso como condición que su hijo había de quedar bajo la custodia de don Gonzalo.

Antes de entrar en la casa del sedero las campanas de la parroquia repicaron anunciando que era mediodía. La hora del ángelus. El capellán recitó la pequeña oración dedicada al Verbo. Mientras rezaba, el capitán se hizo el propósito de no abandonar Loja sin que el capellán le diera información sobre aquellos espinosos comentarios que había oído en Nápoles.

18

El capitán no supo lo que el capellán dijo al maestro sedero en un aparte que hizo con él, pero este se mostró no sólo solícito, sino que le ofreció dos magníficas piezas de seda por un precio casi ridículo. Maria podría lucir en Burgos tan espléndida como sólo había visto en las grandes ocasiones a las aristócratas napolitanas o a las damas romanas de la más elevada alcurnia. Bastó con veinte ducados de los cincuenta que le había proporcionado la generosidad del Gran Capitán para hacerse con dos piezas que, a buen seguro, valían más del doble. El maestro sedero le ofreció enviarlas a la alcazaba con uno de sus aprendices, pero Mendoza prefirió llevárselas. No abultaban y su peso no resultaba excesivo.

Abandonaron la casa del comerciante y ante ellos tenían la perspectiva de una buena caminata. No tanto por la distancia como por lo empinado del terreno. Todo lo que habían descendido desde la alcazaba hasta la ribera del Genil tenían ahora que subirlo. El sol calentando con fuerza y la pendiente del arrabal hasta la misma puerta de la muralla hicieron que el capellán comenzara a sudar.

El páter resoplaba con fuerza y no dejaba de pasarse por la frente un pañuelo con el que se empapaba el sudor. Mendoza comprendió que, en aquellas circunstancias, no era adecuado entablar una conversación. Las estrechas callejuelas que se abrían al amparo de la muralla significaron un alivio para el clérigo, que se libró del sol que lo había castigado. Llegaron a la plaza donde se celebraba el mercado en el que todavía se alzaban algunos tenderetes, aunque la concurrencia era ya una mínima parte de la que habían visto cuando iban a casa del sedero. Mendoza se fijó en la puerta de un mesoncillo que había en una esquina y que antes, dada la aglomeración de gente, no había percibido. Podía proporcionarles un descanso y la oportunidad de retomar la charla.

—¿Le apetece a vuestra paternidad una jarrilla de vino?

El capellán no se hizo de rogar.

—¡Desde luego que sí! Me sobra alguna arroba y con este calor... —Se pasó una vez más el pañizuelo por el cuello y se encaminaron hacia el mesón.

Los recibió un desagradable olor a col y a alquitrán del que se utilizaba para embrear los barriles y las botas. El lugar estaba concurrido y las conversaciones giraban en torno a la detención y ajusticiamiento de la partida de Jurado. Algunos celebraban la noticia. Muchos eran tenderos que iban de un lugar a otro aprovechando los días de mercado, siempre en los caminos, expuestos al ataque de los bandidos. Había motivos para festejarlo porque aquella era una excelente noticia y al mismo tiempo se refrescaban el gaznate.

El capitán observó que, efectivamente, como le había comentado el capellán, muchos de ellos eran moriscos, con sus chilabas y turbantes, y su parla gutural. Ninguno le hacía ascos a las jarrillas de vino, al contrario, bebían con tanta o más fruición que los cristianos viejos.

El mesonero se acercó hasta ellos y, después de saludar al capellán, le preguntó solícito:

—¿Qué tomará vuestra paternidad?

—Una jarrilla de ese mal vino que nos despachas. Si tuviera que consagrar con él, hasta el mismísimo Cristo protestaría.

—¡Qué cosas dice su paternidad!

—¡Sobre tu vino, la verdad! Lo otro es una..., una barbaridad. ¡Olvídala! ¡Como si no lo hubiera dicho!

—¿Otra jarrilla para vuesa merced? —preguntó a Mendoza.

—Sí, otra para mí.

Les llevó las jarrillas acompañadas de un cuenco con aceitunas aliñadas. Dieron los primeros tragos y el capitán comprobó que el capellán no había exagerado. El vino era peleón y estaba algo repuntado, pero era lo que menos le importaba.

—¿Sería imprudente formular a vuestra paternidad una pregunta sobre ciertos rumores que oí estando en Italia acerca de esa relación entre Boabdil y don Gonzalo?

El capellán, antes de responder, dio otro largo trago a su vino. No parecía incomodarle lo malo que era. Chasqueó la lengua y se llevó una aceituna a la boca. Después de escupir el hueso miró al capitán.

—La imprudencia estaría en la respuesta que yo diera a vuesa merced. Preguntad. Si puedo contestaros...

—En Italia oí decir que don Gonzalo había faltado a su palabra. Me refiero a que faltó a su palabra respecto a Boabdil.

Parecía que al capellán lo habían sacudido.

—¡¿Cómo dice vuesa merced!?

El capellán había enrojecido y su semblante expresaba mucho disgusto.

—Bueno..., oí decir que había empeñado su palabra con Boabdil, garantizándole ciertas cuestiones para salvar las últimas dificultades de las capitulaciones. Vuestra paternidad sabe que no..., que se ha sido muy poco escrupuloso en el cumplimiento de las capitulaciones.

El capellán se pasó el dorso de la mano por la boca.

—¡Decir que don Gonzalo faltó a su palabra es una vil calumnia! —Albornoz había explotado lleno de cólera e indignación.

—Sosegaos, páter. Sólo es una pregunta.

—¡Preguntarlo ya es una infamia!

Había gritado tan alto que algunos de los que estaban cerca de ellos sintieron curiosidad por ver lo que ocurría.

—Lamento haberos ofendido.

—Disculpadme vos por mi reacción. ¿Quién ha sido el miserable que ha dicho tal cosa?

—Eso no tiene importancia, páter. Lo que me gustaría saber es qué sucedió para que alguien pudiera hacer un comentario como ese.

El capellán apuró el vino de su jarra y se la mostró al mesonero poniéndola boca abajo.

—Las calumnias no necesitan de hechos, hijo. Sólo requieren una mala lengua para difundirlas. Las mentiras se asientan en la envidia y la mentira... —Se hallaba tan ofuscado que se llevó la jarrilla a los labios sin darse cuenta de que estaba vacía—. Lo único que hay de verdad en ese comentario de vuesa merced es que las capitulaciones no se han cumplido. No hay que andarse con melindres y zarandajas diciendo que se ha sido poco escrupuloso. ¡No se han cumplido! Lo mejor es llamar a las cosas por su nombre. Pero de ahí a culpar a don Gonzalo de su incumplimiento...

—¿Por qué no se han cumplido? —Mendoza trataba de que el capellán se sosegase con alguna explicación.

—Porque era imposible cumplirlas. Eran excesivamente generosas.

—¿Le importaría a vuestra paternidad explicarse?

—No me importa. ¡Ya lo creo que no me importa! ¡No me importa en absoluto! Pero antes necesito otra jarra de vino. Ese comentario me ha secado más la garganta que si hubiera subido corriendo a la alcazaba.

El mesonero ya se acercaba con la nueva jarrilla. El capellán le dio un sorbo y lo paladeó.

—¡Este vino está mucho mejor! Ese truhan... Como me ha visto tan enojado, se lo ha pensado bien. —Le dio otro tiento y respiró hondo para tratar de serenarse—. Se quería evitar a toda costa llegar al asalto. En Granada había muchos fanáticos, venidos de toda la morería, dispuestos a morir matando. En la ciudad se habían refugiado todos los que no habían querido rendirse. Granada era como un barril de pólvora al que sólo le faltaba la mecha encendida para estallar. El propio sultán tenía que mantener las conversaciones en secreto. Las reuniones en la Alhambra se llevaban con la mayor cautela. Las instrucciones de los reyes fueron no alargarlas. ¿Sabéis que la entrada estaba prevista para el día de la Epifanía de Nuestro Señor y fue necesario adelantarla?

—No, no lo sabía.

—El propio Boabdil, temeroso de que la capitulación se descubriera y se produjera un motín, pidió que nuestras tropas se hicieran inmediatamente cargo de la Alhambra. Así se hizo el 2 de enero, cuatro días antes de la fecha prevista. A los granadinos los sorprendió que se abrieran las puertas de la ciudad y entrara un fuerte contingente de soldados, mandados por el conde de Tendilla, que se encargó de la Alhambra. Aquel mismo día Boabdil hizo entrega simbólica de las llaves y se marchó a su señorío de la Alpujarra.

—¿Los granadinos no se amotinaron?

—No, la sorpresa fue tan grande que apenas reaccionaron. Hubo algunas protestas, pero poca cosa. Los ánimos se apaciguaron cuando se hicieron públicas las capitulaciones. Mantenían su religión, sus propiedades, sus costumbres, su lengua…, todo. Lo único que cambiaba era su rey. Años después doña Isabel y don Fernando volvieron a Granada y les sorprendió lo que vieron. No había iglesias en las que repicaran las campanas, sino alminares desde los que los imanes llamaban a la oración. Ni en las calles, ni en los zocos se hablaba nuestra lengua. Apenas había cristianos en la ciudad, fuera de la guarnición que estaba en la Alhambra y de algunos funcionarios encargados de la administración. No sé de qué se extrañaban los reyes. Eso era lo que habían firmado en las capitulaciones. Granada seguía siendo una ciudad musulmana y los turcos estaban avanzando por el Mediterráneo. Si esa era la situación en Granada, en otros lugares, en pueblos, aldeas y alquerías, era aún peor. En la mayoría de las poblaciones el único cristiano era el párroco, al que los moros no hacían el menor caso.

—Tengo entendido que el arzobispo de Granada, que era fray Hernando de Talavera, estaba llevando a cabo un programa de evangelización.

—Fray Hernando era un santo varón. Pensaba que los moros se convertirían fácilmente. Incluso ordenó que se imprimiera un catecismo en árabe, pero no sirvió para nada. Los reyes pusieron el asunto en manos de Cisneros, en su condición de arzobispo de Toledo y primado de España. Su actuación fue más enérgica. Ya sabéis que los moriscos fueron obligados a bautizarse, pero eso no fue culpa de don Gonzalo.

—Dijeron que el hijo de Boabdil, que don Gonzalo tenía como rehén, no fue devuelto a su padre.

—¡Lo del príncipe Ahmed fue cosa del rey! ¡Don Gonzalo se vio entre la espada y la pared! El rey no se portó con la caballerosidad que era de esperar. Boabdil le había entregado Granada bajo unas condiciones que no se cumplieron. Pero tampoco en lo referente al propio sultán fueron cumplidas. —Dio otro trago a su jarrilla y apuró el vino—. ¡Mesonero, tráeme otra jarrilla! ¡Pero que sea como este —alzó la jarrilla mostrándosela—, no como el primero que trajiste!

—¿El rey Fernando incumplió sus compromisos con Boabdil?

El capellán aguardó a que el mesonero, que había acudido presto a su llamada, se retirase. Luego, antes de responder, dio un tiento al vino con tanta ansiedad que una parte se le derramó por las comisuras de la boca, que se limpió otra vez con el dorso de la mano.

—Los incumplió en casi todos sus términos. Aunque he de confesar a vuesa merced que eso es algo que me importa bastante poco. Lo que me fastidia es que su falta de escrúpulos haya afectado a la honorabilidad de don Gonzalo. No lo digo porque esté a su servicio, sino porque el rey maneja a las personas como si fueran muñecos. Obtiene de ellas lo que más conviene a sus intereses y luego se olvida del esfuerzo que ha supuesto servirle. No tiene en cuenta sus sentimientos y, si para conseguir sus propósitos ha de incumplir su palabra, no se para en minucias. Es lo que considera política de altos vuelos. —Volvió a refrescarse la garganta, ahora con más mesura—. Ha contraído matrimonio con esa francesa que ahora le calienta la cama a la vejez porque así convenía a sus proyectos. Se equivocan los que creen que lo hace por tener a su disposición un par de buenas tetas. —El vino había desatado la lengua del capellán—. Para eso no habría necesitado casarse. Con ese matrimonio se revolvía contra la nobleza castellana que había apostado por su yerno. Dicen que cuando cruzó la raya de Aragón, al marcharse de Castilla, echaba pestes contra todos. Le importó bastante poco poner en riesgo la unión de las coronas de Castilla y Aragón, de la que se han derivado no pocos beneficios.

—¿A qué os referís?

—A que vuesa merced, que según tengo entendido es de Salamanca, estuviera sirviendo en Nápoles, que siempre ha sido cosa de la Corona de Aragón. Lo mismo que ocurría con la mayor parte de los capitanes que luchaban bajo las banderas de don Gonzalo, y si me apura vuesa merced le diré que también es el caso del propio don Gonzalo, que es natural del reino de Córdoba.

—Deduzco de esas palabras que vuestra paternidad no tiene muy buen concepto del rey.

El capellán dio otro trago al vino y se aseguró de que nadie más lo oyera.

—Su alteza siempre ha jugado las partidas con varias barajas y, según fuera la mano, utilizaba los naipes que más le convenían. Dígame vuesa merced, ¿tiene alguna lógica que mantenga apartado en este lugar al más brillante militar con que cuenta, como si fuera un apestado? ¿Tiene lógica que lo enviara a Loja para desempeñar el mismo cargo que la difunta doña Isabel le encomendó ejercer en Íllora hace más de veinticinco años?

—No es muy lógico, no.

—¿Se merece don Gonzalo ese pago después de servirle como le sirvió en la guerra que nos llevó a acabar con el poder de los moros en estas tierras, de haber conquistado para él un reino como el de Nápoles o después de tantos y tan buenos servicios como le ha prestado?

—La verdad es que don Fernando se ha dejado influir por algunos cortesanos para quienes don Gonzalo no es...

—¡La verdad es que don Fernando es un cabrón! —lo dijo en voz baja, pero dando tal golpe sobre la mesa con la jarrilla que derramó buena parte del vino.

—Reportaos, páter. Por bastante menos de lo que acabáis de decir he visto perder la vida a algunos hombres.

El capellán lo miró a los ojos.

—Espero que esto sea una conversación entre vuesa merced y yo.

—Perded cuidado. Soy de vuestra misma opinión en lo que respecta al mal pago que su alteza ha dado a don Gonzalo. Pero no es conveniente poner ciertos calificativos al rey.

—En fin, mejor será que nos vayamos.

Mendoza pidió la cuenta, pero el capellán no consintió en que pagara.

—Fui yo quien dijo de entrar aquí.

—Pero yo quien se ha bebido casi todo el vino.

Salieron del mesón y se encaminaron hacia la alcazaba. El capitán había encontrado la explicación que buscaba y, aunque el capellán era hombre vehemente, le había dejado claro que una vez más era la envidia la que dictaba las calumnias que trataban de manchar la imagen de don Gonzalo. También que el rey no era santo de su devoción. El capellán había venido a corroborar a Mendoza algo que había observado en la mayor parte de los comentarios sobre el rey que llegaban a sus oídos en aquel viaje y que, posiblemente por haber pasado muchos años en Italia y sólo moverse en los círculos cortesanos, no había escuchado hasta entonces.

Don Fernando gozaba del reconocimiento de su habilidad para los negocios públicos y su capacidad para dirigir los asuntos de Estado, pero era poco estimado por sus cualidades personales. Mendoza pensó que quizá la política tenía ese coste y que la forma de ejercerla el rey no le gustaba un pelo. Andar en el ambiente de la corte, que era la actividad que su tío el cardenal deseaba para él, le convencía cada vez menos. Cada hora que pasaba se sentía más contento con su decisión de levantar una bandera y ponerse a las órdenes del Gran Capitán para su nueva aventura en Italia. Quizá su esposa no entendería esa decisión, pero no estaba dispuesto a cambiarla.

19

Una vez en la alcazaba, Mendoza preguntó a Leoncio por Camarena. Este le respondió con una pícara sonrisa.

—Me parece que está en el paraíso.

El capitán no necesitó mayores explicaciones. Después de almorzar con el capellán y Gómez de Medina, quien le informó de que don Gonzalo llevaba todo el día encerrado en su gabinete, se retiró a su aposento y se tendió en la cama buscando la forma de explicarle a su esposa su decisión de enrolarse en el ejército que el Gran Capitán iba a levantar. A Maria no le haría ni pizca de gracia que abandonase la vida relativamente tranquila de que disfrutaban, con él dedicado a administrar la hacienda de su tío, para aventurarse al albur de una campaña en Italia, con los franceses crecidos después de lo ocurrido en Rávena.

Camarena apareció a media tarde por la alcoba irradiando felicidad, poco después de que al capitán le dieran la noticia de que la carta de don Gonzalo respondiendo al rey la tendrían antes de cenar.

—¿Puede saberse dónde te has metido?

—He estado en los brazos de Claudina.

—¿Así se llama la moza?

—Así la bautizaron... en Nápoles.

—¿Es napolitana?

—De pura cepa. Vino a España con la duquesa cuando regresó de Nápoles. ¡Una real hembra, capitán! ¡Tiene unas tetas! —Camarena se llevó las manos abiertas al pecho sin tocarlo.

—¡Pues vete despidiendo porque mañana partimos para Burgos!

—¿Quién os lo ha dicho?

—El capitán Gómez de Medina nos entregará la carta esta noche.

—Tendré que aprovechar el tiempo que me queda.

—Tú sabrás. Mañana nos daremos un buen tute. ¿Sabes que la partida de la que nos advirtieron en Bujalance, la de Jurado y sus compinches, ha caído en manos de la Santa Hermandad?

—No, ¿cómo lo sabéis?

—Esta mañana se lo han dicho al capellán en el mercado y luego nos lo han confirmado en un mesón adonde entramos a bebernos unas jarrillas de vino.

—Un peligro menos por los caminos.

—¿Podemos regresar por Montilla y pasar por Córdoba? Ya no tenemos tanta prisa.

—Ni falta que hace. Llegaremos a Burgos cuando podamos. Supongo que no os importa que pase la noche fuera... con Claudina.

—Siempre que estés aquí al amanecer...

—Perded cuidado.

—¡Eres un redomado bellaco! Pero vete tranquilo.

—Os debo un favor, capitán.

Camarena desapareció y Mendoza no volvió a verlo

hasta la mañana siguiente en el comedor que había junto a la cocina. Apareció con Claudina y apenas probó bocado. Se despidieron haciéndose los últimos arrumacos y dándose algunos achuchones. Ella derramó alguna lágrima. Antes de partir entraron un momento en la capilla y rezaron unas oraciones. Camarena pidiendo perdón por sus pecados y el capitán solicitando ayuda para el viaje y lucidez para plantearle a su esposa la decisión que había tomado. Cuando salieron al patio, los caballos estaban listos. Camarena le preguntó antes de montar:

—¿Tiene vuesa merced la carta?

—Aquí está.

La guardó en su estuche y salieron de la alcazaba en silencio poco después de que apuntara el alba. Bajaron las pinas cuestas hasta llegar a la parroquia de la Encarnación reteniendo los caballos para evitar un accidente. Cruzaron la puerta de Antequera y dejaron atrás las murallas y a algunos hortelanos que se dirigían ya a las huertas que regaba el Genil. Salvaron el río por el mismo pontón que habían cruzado en sentido inverso dos días antes.

El capitán se veía sobre su caballo en mejor disposición que Camarena, que no disimulaba su pesadumbre. Tener que abandonar las dulces mieles compartidas con aquella moza le había supuesto un disgusto que no se molestaba en ocultar.

Dejaron atrás Loja y durante las primeras leguas, por un terreno bastante quebrado, cabalgaron al paso. El capitán dio tiempo a Camarena para que se desentumeciera después de una noche que imaginaba llena de pasión y fogosidad.

Al cabo de dos horas, con el sol ya calentando, el capitán comenzó a hacer algunos comentarios acerca de sus vivencias en Loja para ver si Camarena se animaba porque lo veía alicaído y sin muchas ganas de conversación. Ni siquiera respondía a las pullas que le lanzó sobre la fugacidad de ciertos placeres que, según el capitán, obnubilaban muchas veces los sentidos. Por tratar de alentarlo le explicó algo de lo que había hablado con don Gonzalo la noche que se encerraron en su gabinete.

—Anteanoche estuve charlando un buen rato con don Gonzalo...

—Me han dicho que se encerró vuesa merced con él y estuvieron tanto tiempo allí que alguno de los comensales pensó que estaban trazando el plan de batalla.

—Hablamos de muchas cosas. Entre las que me dijo está que piensa ir a la corte.

—¿Don Gonzalo va a viajar a Burgos?

—En cuanto arregle un par de asuntos. Quiere ponerse a los pies del rey.

—¡Va a ser un escándalo! ¡Os aseguro que a más de uno le va a dar un patatús!

Camarena pareció animarse.

—En esa conversación también me contó lo que había ocurrido para que don Pedro de Aguilar cayera en desgracia. Me dio una detallada explicación de los lamentables sucesos que habían desembocado en aquella situación, pero no me atreví a hacerle una pregunta que quizá tú puedas responderme.

Camarena tiró de la brida de su montura para refrenar aún más el paso.

—Ese es un asunto muy delicado. Si lo que vuesa merced me pregunta no supone faltar al secreto de mi oficio, os daré satisfacción, pero si tengo que violar alguna de las normas a que estoy obligado a cumplir, os juro por Dios que os quedaréis con las ganas de saber. Como ya os dije, actué de correo en algunas de las decisiones que se tomaron con motivo de aquellos acontecimientos. Con esa advertencia, podéis preguntarme lo que gustéis.

—Por lo que don Gonzalo me contó, la reacción de su alteza fue desproporcionada. Tengo la impresión de que se generó una tormenta en un vaso de agua. Altercados como el que ocurrió en Córdoba son frecuentes, aunque no lo es tanto que se expulse a un representante real de una ciudad. Pero, a pesar de todo, la respuesta de don Fernando, teniendo en cuenta que el marqués de Priego se presentó en la corte a pedir perdón por lo sucedido, me parece desmedida. Estoy convencido de que debía de estar movida por otra razón. ¿No te parece?

—¿Esa es vuestra pregunta?

—No, mi pregunta es si conoces alguna causa que permita explicar por qué el rey reaccionó de esa manera. ¿Por qué llegó a presentarse en Córdoba al frente de un ejército tan numeroso que parecía marchar sobre una ciudad enemiga?

Camarena cabalgó un trecho en silencio antes de preguntar:

—¿Qué contó don Gonzalo de Córdoba a vuesa merced?

El capitán hizo un resumen de lo que el Gran Capitán le había narrado y Camarena volvió a su mutismo. Ahora se prolongó un rato más largo hasta que por fin habló:

—Supongo que no falto a mis obligaciones si respondo a la cuestión que me habéis planteado. Lo que voy a deciros nada tiene que ver con las cartas que por aquellos días entregué. En mi opinión, la dureza del rey sólo puede explicarse por lo que pasó cuando don Gonzalo de Córdoba regresó a la corte una vez finalizado su virreinato en Nápoles.

—¿Qué ocurrió?

—En la corte, que por aquellas fechas también estaba en Burgos, había un ambiente muy tenso. El Gran Capitán contaba con importantes amigos, como el condestable de Castilla, don Bernardino de Velasco, y don Fadrique Álvarez de Toledo, duque de Alba, aunque después su relación con don Fadrique, no sabría deciros por qué razón, se enturbió mucho. No se ahorraban comentarios acerca del incumplimiento de la palabra que el rey le había dado a don Gonzalo de otorgarle el maestrazgo de la Orden de Santiago.

—Estando en Nápoles don Fernando prometió ese maestrazgo a don Gonzalo. Yo soy testigo. Como también lo soy de que el papa había dado la bula necesaria para que el rey se lo otorgase.

—No necesitáis decírmelo. Yo llevé a la corte esa bula del papa que había llegado desde Roma al puerto de Valencia, adonde se me ordenó ir a recogerla.

—¿Por qué el rey entonces no cumplió su promesa?

—Vuesa merced me pregunta por algo a lo que sólo su alteza puede responder. Puedo darle mi opinión, que no deja de ser la de un trotamundos que lleva recados de un lado para otro.

—Me interesa mucho tu opinión, Camarena.

—Creo que el rey desde hace muchos años trata de embridar a la nobleza, si se me permite la expresión. Así que difícilmente querría entregar un maestrazgo como el de Santiago. Tiene grandes propiedades que le proporcionan rentas considerables, además de que le pertenece un buen puñado de villas y ciudades, lo que añade un número elevado de vasallos.

—Sin embargo, se lo prometió a don Gonzalo —insistió el capitán.

—Sin duda, ya os he dicho lo de la bula del papa. Para mí que esa promesa del rey fue para sacarlo de Nápoles. Luego, una vez en Castilla, se olvidó de ella. Incluso le fue haciendo desaires cada vez mayores.

—¿A qué os referís?

—A detalles que para los nobles tienen mucha importancia. Por ejemplo, don Gonzalo gozaba del privilegio de llevar la brida del caballo de doña Germana. Un día, sin mayores explicaciones, la brida fue entregada al duque de Alba.

—Yo creo que eso de tirar de la brida —comentó el capitán—, aun siendo un alto honor, lo hizo el rey para demostrar su autoridad y señalarle a don Gonzalo que su papel era tirar de la cabalgadura de la reina. Cuando el rey viajó a Nápoles no paró de hacer demostraciones de que era a él a quien pertenecía aquel reino. Hizo lo de las cuentas no tanto para pedir un ajuste de los dineros, sino para afrentarlo. Puedo aseguraros que los dineros que se enviaron a don Gonzalo para sostener los gastos de aquellas campañas fueron escasos. En más de una ocasión tuvo que imponer su autoridad porque nuestros soldados protestaban por la falta de pagas. Pero aquella petición de cuentas, como ya te conté, no salió como don Fernando esperaba. En realidad las lanzas se volvieron cañas. Por si aquello no fue suficiente, durante su estancia en Nápoles, don Fernando hubo de soportar algunas situaciones, de las que yo fui testigo, que fueron verdaderas humillaciones. Eso es algo que a un rey le cuesta mucho tolerar.

—Contádmelas, por favor.

—Primero tendrás que terminar de explicarme la razón por la que piensas que el rey trató con dureza tan extrema a don Pedro de Aguilar.

—Como iba diciendo a vuesa merced, los desaires hacia don Gonzalo empezaron a menudear creando una atmósfera de tensión creciente. Esa era la situación que se vivía en la corte cuando llegó a ella don Pedro, bastante antes de que se desencadenaran los acontecimientos que condujeron al derribo del castillo de Montilla. Su entrada en Burgos fue digna de un rey. No he de deciros que, tratándose de un Fernández de Córdoba, la suntuosidad de su cortejo llamó la atención por el lujo y el boato. Don Pedro, que era cabeza de su linaje, aunque don Gonzalo fuera su miembro de mayor relevancia, se encontró en la corte con un ambiente que distaba mucho del que esperaba. Consideró que se atacaba a la dignidad de los Fernández de Córdoba. Por lo que tengo entendido, llegó a ver la bula del papa, lo que hizo crecer su enfado. Regresó a Córdoba muy enojado con el rey y sin disimularlo. El resto ya os lo podéis imaginar.

—Don Fernando entonces aprovechó la primera oportunidad para dar un golpe a los Fernández de Córdoba.

—Os diré algo más. Don Gonzalo se comportó en ese lance como un caballero. Después de lo ocurrido en Córdoba, urgió a su sobrino a que pidiese perdón al rey y casi lo obligó a que acudiera a Toledo a postrarse a sus pies. Sé que el Gran Capitán mantuvo conversaciones con Cisneros, el arzobispo de Toledo, para que ejerciera su influencia y aplacase el enojo del rey. Pero ya sabéis cómo actuó su alteza.

Cabalgaron en silencio un buen rato hasta que llegaron a un cruce de caminos y Camarena sacó sus mapas, los estudió un momento e indicó a Mendoza:

—Ese camino es el que lleva a Alcalá la Real; nosotros tomaremos este, que es el que nos lleva a Montilla.

La razón principal por la que Mendoza quería pasar por Montilla era consecuencia de su admiración por don

Gonzalo. Deseaba conocer detalles y aspectos de su vida y le parecía muy importante visitar los lugares donde residió. Posiblemente no tendría ocasión de volver a hacerlo.

—Haremos noche en Montilla —propuso el capitán.

—Veremos lo que queda del castillo donde nació.

—Me parece bien.

—Os advierto que apenas se mantienen los cimientos.

—El valor de los lugares también está en los hechos que acaecieron en ellos. A veces las piedras nos hablan con más claridad que las personas.

—Estas son piedras caídas, capitán.

—¿Estás seguro de eso?

—La verdad… —Camarena movió la cabeza con aire dubitativo—. La verdad, señor, es que no estoy muy seguro.

El capitán, quizá por haber pasado buena parte de su vida en Italia, donde el valor de las ruinas que habían dejado los romanos de la época del Imperio levantaba un entusiasmo que en Castilla no se tenía con las viejas construcciones, había experimentado en alguna ocasión la fuerza de las viejas ruinas imperiales. Había tenido la impresión de que las piedras le hablaban de la grandeza de los hombres de otro tiempo. Quería ver el lugar donde había nacido don Gonzalo, aunque estuviera convertido en un erial.

Se adentraron por un camino escabroso que discurría entre montañas por las que el Genil se abría paso con dificultad. La que tendrían los caballos para salvar la poderosa cadena de montañas que se alzaba ante ellos. Camarena se detuvo y sacó otra vez los mapas de su zurrón y los consultó.

—No he venido jamás por aquí, pero si estos mapas no tienen demasiados errores, al otro lado de esas sierras están las campiñas donde se encuentra Montilla. Recuerdo que era tierra de lomas que, poco a poco, va descendiendo hasta el valle del Guadalquivir.

—¿Qué distancia habrá?

—Si hemos hecho unas cuatro leguas, nos deben de quedar otras doce o trece. Si no tenemos ningún percance, podremos estar allí al atardecer. El camino, hasta que pasemos Rute, es difícil. Supongo que en algún tramo será poco más que una senda para cabras.

Acometieron el paso de aquellas sierras. El camino era de herradura y siempre empinado, hacia arriba o hacia abajo, y en ocasiones tan empinado que los obligaba a marchar a un paso cansino, apropiado para la conversación. Camarena, que, conforme avanzaba el día, parecía recuperar su estado de ánimo natural, aprovechó para que el capitán le contara los sucesos de Nápoles que, según decía, habían supuesto serias humillaciones para el monarca.

—Los napolitanos…, también las napolitanas —añadió el capitán con un tono pícaro—, estaban prendados del Gran Capitán. Don Gonzalo, además de haber expulsado a los franceses, cosa que la mayoría de la gente le agradecía, era un guerrero en el sentido que los italianos dan a esa palabra.

—¿Qué sentido es ese?

—Quiero decir que no era un *condottiero*…

—¿Cómo ha dicho vuesa merced?

—*Condottiero* es el nombre que los italianos utilizan para referirse a un mercenario. A un soldado a sueldo que cambia de bando de una campaña a otra, defendiendo la causa de quien mejor le paga. El Gran Capitán no era un mercenario. Era un guerrero al servicio de un rey y de una causa… Además era magnánimo con el vencido, defendía a los desfavorecidos y siempre se mostraba protector de los más débiles. Era…, era también, a los ojos de los napolitanos, un príncipe generoso con quienes le servían. Si hubieras visto el recibimiento que le tenían dispuesto en Nápoles después de aplastar el ejército del duque de Nemours...

—Contádmelo.

—Los dejó boquiabiertos cuando se negó a tal despliegue de lujo. Ordenó que no se levantaran arcos triunfales y mandó retirar las banderas y los estandartes que engalanaban el recorrido. Dispuso que todo ese dinero se entregara a las viudas, a los huérfanos y a los necesitados. Ese gesto conmovió a la gente, que se echó a la calle. Hombres y mujeres lo vitoreaban a lo largo del trayecto, aclamándolo como a un héroe de la Antigüedad. Las mujeres, vestidas con sus mejores galas, agitaban pañuelos de colores a su paso y le decían lindezas que a sus maridos no parecían importarles. Los napolitanos lanzaban al aire sus bonetes y sombreros. Lo recibían como a un libertador que había arrojado a los opresores del reino. Sin embargo, cuando don Fernando entró en Nápoles el recibimiento fue mucho más frío. No conmovió a la gente. Ni la impresionante flota de galeras que arribó al puerto con velas desplegadas en una formación espectacular, con la galera real empavesada con lujo y llena de banderolas y gallardetes. La gente aclamaba más a don Gonzalo que al rey, lo que aumentó su recelo.

—Eso explica la actitud de don Fernando cuando regresaron a Castilla.

—Sucedieron más cosas. Recuerdo que aquel mismo día, don Gonzalo había previsto que tras don Fernando, montando un caballo, y doña Germana una hacanea, se dispusiera un palio que llevarían los principales títulos de la nobleza napolitana. Sorprendido, vio que varios eran angevinos...

—¿Cómo habéis dicho?

—Angevinos, viene del duque de Anjou. Es el nombre que se les da en Nápoles a los partidarios de Francia. Ellos estaban sujetando los varales del palio. Don Gonzalo los obligó a soltarlos y se los entregó a nobles que habían combatido a nuestro lado.

—¿Eso fue algo que no gustó a nuestro rey? —preguntó Camarena extrañado.

—No le agradó el altercado. Alguno de sus cortesanos había maniobrado para que aquellos individuos ocuparan un lugar tan preeminente y era una prueba de que estaban por enturbiar las relaciones; don Fernando había cerrado un acuerdo con el rey de Francia, con motivo de su boda con doña Germana, que contemplaba, entre otras cosas, que a los nobles que lucharon contra nosotros se les devolvieran todas las propiedades que don Gonzalo les había confiscado y repartido entre nuestros partidarios. Y no sólo eso, que era un gravísimo problema, sino que don Fernando, en virtud de dicho acuerdo, permitió que a los angevinos se les otorgasen ciertos privilegios en la corte. Don Gonzalo no lo podía sufrir y tuvo alguna disputa.

—¿Discutió con el rey?

—Muy respetuosamente y en más de una ocasión. Hasta el punto de que fue del dominio público. Un día se difundió por Nápoles la noticia de que el rey lo había encarcelado en el Castel Nuovo. El rumor se extendió por el puerto donde estaban fondeadas las galeras de un patrón vizcaíno, llamado Lezcano, que había peleado a las órdenes de don Gonzalo. Desembarcó al frente de sus tripulaciones y se dirigieron de forma tumultuaria al palacio, concentrándose ante su puerta. Allí profirieron gritos contra el rey y lo amenazaron con asaltar el palacio si no liberaba al Gran Capitán.

—¿Qué pasó?

—La situación se puso muy fea y don Fernando se vio obligado a pedir al Gran Capitán, que ni siquiera se hallaba en el palacio, que acudiese para sosegar los ánimos.

—El rey debió de llevar muy mal una cosa así.

—Muy mal, Camarena. Otro día en que yo estaba de servicio y escoltaba a don Gonzalo, quien acompañaba al rey en un paseo por el mercado principal de Nápoles, ocurrió un suceso muy revelador del ambiente que se respiraba en la ciudad y que me hizo pasar un mal trago.

—¡Pardiez, vuestra forma de contar las cosas me tiene sobre ascuas!

—Se nos acercó un barbero, persona muy respetada por su competencia en el oficio y su honradez. Se dirigió a don Gonzalo, ignorando al rey, y le dijo que sus dos hijas eran lo más preciado que tenía en esta vida. Yo no podía imaginarme a qué venía aquello. Sacó entonces una afilada navaja de las que usaba en su trabajo, lo que provocó gran revuelo. Yo tiraba ya de mi acero y los hombres que me acompañaban hacían lo propio, pero el barbero se la llevó a su propia garganta haciendo ademán de degollarse al tiempo que decía: «Gran Capitán, si para ser vos rey fuera necesario, cortaría la cabeza a mis propias hijas».

—Para el rey debió de ser insufrible.

—No te lo puedes imaginar. El gentío que allí había comenzó a aplaudir las palabras del barbero y a dar gritos a favor de don Gonzalo. Estas cosas las aprovechaban algunos cortesanos para susurrar a don Fernando que el deseo de don Gonzalo era proclamarse rey. Todo ello hizo que el rey aumentara sus recelos.

—¿Hubo más sucesos de esa clase?

—Vaya si los hubo. Otro día, estando en el Castel Nuovo, don Fernando recibió a uno de los gremios más influyentes de la ciudad, el de los pescadores. La acogida que les dispensó el monarca fue demasiado fría y uno de aquellos hombres, dirigiéndose a don Gonzalo, que estaba presente, le soltó: «Mejor fuerais vos rey».

—No me extraña que su alteza recelara del Gran Capitán, aunque ciertos rumores que circulan por la corte sitúan el origen de la desconfianza del rey en una fecha mucho más temprana —puntualizó el correo.

—¿A qué te refieres?

—Hay quien dice que los recelos de don Fernando tienen que ver con la estima que la reina doña Isabel profesaba a don Gonzalo. Incluso dicen que..., bueno, dicen cosas muy graves.

Mendoza detuvo su caballo en seco, obligando a Camarena a refrenar el suyo.

—¿Qué dicen?

—Que hubo amores entre ellos. —Espoleó su montura y reanudó la marcha.

—¡Eso son hablillas de cortesanos desocupados! Don Gonzalo es un caballero de los pies a la cabeza. Si oyera algún comentario tan deshonroso, el malnacido que lo dijera tendría que vérselas conmigo. A don Gonzalo si algo se le puede achacar es ser dadivoso en exceso. Nunca ha tenido tino para los gastos. Sus bienes están a disposición de sus amigos y de quienes lo sirven. Tienes una prueba de ello: regresas a Burgos con los bolsillos llenos.

El último comentario de Camarena había puesto de tan malhumor al capitán que, cuando el correo le pidió que le explicase lo que hizo en Barletta, le respondió que lo haría en otro momento.

—¡Ahora no tengo ganas de hablar!

La conversación había hecho que, casi sin darse cuenta, avanzaran un buen trecho. En aquellos parajes montañosos podían verse a lo lejos algunas aldehuelas. Habían llegado a Iznájar, una localidad que había sido plaza de frontera cuando los nazaríes estaban en Granada. El camino pasaba al pie de una enorme peña sobre la que se asentaba la población, un verdadero nido de águilas. Por allí vadearon el Genil, contratando los servicios de un barquero. Este les dijo que, una vez cruzado el río, entraban en tierras del reino de Córdoba.

Recorrieron otras tres leguas hasta llegar a una fuente, un lugar ameno y frondoso, a menos de una legua de Rute. Allí almorzaron con lo que Claudina había provisto en las alforjas de Camarena, que aprovechó el descanso para consultar una vez más sus mapas. Los guardaba en un canuto de latón como el más preciado de sus tesoros.

—A partir de un arroyo que se llama Anzur, el terreno es mucho menos quebrado.

—¿Tendremos que usar otra barca?

—Creo que no. Apenas es un riachuelo. Lo podremos cruzar a caballo. Desde aquí a Montilla nos quedan unas nueve leguas, quizá diez. Pero el camino será mucho mejor, sobre todo a partir de Lucena, donde tomaremos una vieja calzada de la época romana que conducía desde la costa de Málaga hasta Córdoba. Si no hay problemas, estaremos en Montilla a la caída de la tarde.

—¿Podríamos forzar un poco la marcha para llegar algo antes?

—Entonces no nos entretengamos. —Guardó los mapas—. Los caballos todavía están enteros.

Avivaron el paso y apenas cruzaron palabra, algún comentario de Camarena indicando que, desde que pisaban las tierras del reino de Córdoba, estaban en los dominios de las diferentes ramas de los Fernández de Córdoba.

—Según tengo entendido, las relaciones entre las distintas familias de ese linaje han sido conflictivas. En tiempo no muy lejano hubo riñas entre la familia de don Gonzalo y la del conde de Cabra. En Córdoba se vivieron muchos enfrentamientos entre la facción del hermano mayor de don Gonzalo, don Alonso de Aguilar, y los seguidores del conde de Cabra, que era tío de don Gonzalo. Un día de estos os contaré una historia que los tiene como protagonistas, relacionada con un inquisidor que hubo en Córdoba hace algunos años. Un sujeto tan riguroso que la ciudad llegó a amotinarse.

—¿Qué ocurrió?

—Si os lo cuento ahora, llegaremos a Montilla de noche.

20

Cabalgaron sin descanso por caminos que discurrían entre olivares y viñedos, que disputaban el terreno a las tierras de pan sembrar. El paisaje estaba cambiando ante la desaparición del peligro que había supuesto la frontera y durante mucho tiempo había condicionado las formas de vida de las gentes que habitaban la zona. La incorporación del reino de Granada a la Corona de Castilla había traído una tranquilidad que antes no existía. Pese a ser domingo, se veía mucha gente trabajando en los campos, pendiente de la cosecha de trigo que ya empezaba a granar y las espigas a perder el color verde. Dejar atrás las fragosidades de las sierras y avanzar por las tierras mucho más llanas donde se sucedían los campos de cultivo les permitió acelerar el paso para satisfacer el deseo del capitán de llegar a Montilla lo antes posible.

El sol todavía estaba alto cuando divisaron la población a lo lejos. Era alargada y estrecha, una línea blanca sobre el horizonte. En una puerta de la muralla, que llamaban de Córdoba, les dieron unas indicaciones y cruzaron la población hasta el pie de un otero donde se había alzado el castillo en el que nació el Gran Capitán. Subieron una pendiente, en modo alguno comparable a la que llevaba hasta la alcazaba de Loja, y se encontraron con un lugar desolado donde podían verse los restos de una fortaleza. Ahora habían brotado abrojos, jaramagos y otras plantas agrestes. Una higuera silvestre trepaba por los restos de un muro. Al cruzar las semiderruidas jambas de lo que fue la entrada principal, una bandada de vencejos alzó el vuelo, molestos con su presencia. En lo que fue patio de armas había unos arrieros que cargaban sus jumentos con piedras sin que nadie los estorbase.

—Buenas tardes nos dé Dios. —Mendoza y Camarena saludaron a la vez.

Los arrieros se limitaron a mirarlos con el ceño fruncido. Sin decir nada respondieron con un gesto de cabeza, antes de continuar con su tarea de llenar los serones de piedras. Sin descabalgar, ambos paseaban la vista por aquel montón de escombros donde se adivinaban los cimientos de las poderosas torres que habían configurado el castillo que ahora era cantera, nido de bichos y sabandijas y lugar donde crecía la maleza asilvestrada.

Mendoza recordó la melancolía que asomó a los ojos de don Gonzalo cuando le contó la historia que había conducido a aquella ruina. Pensó que, efectivamente, los edificios eran algo más que piedras, argamasa y maderas. Eran las vidas de las gentes que allí habían morado, con sus penas y sus gozos.

Echó pie a tierra y, mientras su caballo daba cuenta de algunos hierbajos, se acercó a lo que quedaba de un muro al que los últimos rayos de sol daban una tonalidad dorada. Palpó las piedras como si estas pudieran decirle algo y las notó cálidas. Camarena, que también había desmontado, se aproximó hasta él. Permanecieron en un silencio roto por los vencejos, que seguían revoloteando por las ruinas, y el ruido de las piedras que cargaban los arrieros.

—En Montilla se dijo que la fortaleza se defendió cuando la derribaban —comentó Camarena.

—Supongo que te refieres al lienzo de muralla que aplastó a un montón de hombres.

—Casi un centenar. —La voz había sonado a su espalda.

El arriero se había acercado con mucho sigilo, ayudado por el ruido de los vencejos que emitían ahora unos agudos chillidos como si protestaran contra los intrusos que violaban el lugar donde habían anidado.

—Eso tengo entendido. —Camarena parecía molesto por su presencia.

—¿Desde cuándo utilizáis esto como cantera? —preguntó el capitán.

—Nadie guarda el sitio y se están construyendo muchas casas nuevas, se necesitan materiales y estos están muy a mano.

—¿Por qué se construyen tantas casas nuevas?

—Porque vienen forasteros a puñados. ¿Es vuesa merced deudo de los Aguilar?

—No, pero hace algunos años luché a las órdenes de don Gonzalo de Córdoba.

—Entonces… —El hombre se rascó el colodrillo—. ¿Vuesa merced ha venido porque don Gonzalo nació en este lugar? Quiero decir… —se rascó de nuevo la coronilla— que nació en la fortaleza cuando este pedregal era el castillo de los señores.

—Esa es la razón por la que he venido.

El hombre se limpió el sudor de la frente con el dorso de la mano.

—Por aquí se dice que el rey se la tenía jurada y lo ha apartado a Loja.

—¿Qué quieres decir con eso de que «el rey se la tenía jurada»?

—Los Aguilar eran gente muy poderosa y don Fernando tenía que hacerles inclinar la cerviz. Fue por un quítame allá esas pajas por lo que se organizó la de Dios es Cristo, y como le profesaba mala voluntad a don Gonzalo...

—¿Por qué dices eso?

—Porque el rey temía que le disputara el poder. Muchos príncipes y hasta el mismísimo papa de Roma estaban a favor de don Gonzalo. Apartándolo en Loja el rey le ha dado mal pago después de todo lo que hizo por él. Dicen también... Bueno, mejor me callo.

—¿Qué dicen también?

—Señor, en boca cerrada no entran moscas.

—¿Abren veinte maravedíes esa boca?

El arriero vio la oportunidad de sacar algo.

—Un real.

Mendoza buscó la moneda y se la dio.

—También se dice que el rey se la tenía jurada porque se entendía con la reina... mejor que con él.

No quiso insistir en lo que aquel ganapán quería decir. Sus palabras podían interpretarse de diversas formas. Lo que le parecía evidente era que el arriero también tenía mal concepto de don Fernando. Recordó la conversación en casa del odrero y lo que les comentó el anciano que había viajado a las Indias.

—¿Vive alguien que conociera de cerca a don Gonzalo de Córdoba?

—Sí, Leonor Rodríguez estaba muy próxima a la familia de los señores. No sabría decir a vuesa merced qué hacía en el castillo, pero se la tenía en mucha consideración. A pesar de lo vieja que está, tiene mucho temperamento y conserva bien la cabeza. ¿Os gustaría conocerla?

—¿Podrías llevarme hasta ella?

—Desde luego... —Por tercera vez el arriero se rascó la cabeza—. ¿Me socorrería vuesa merced con algún otro dinerillo? No creáis que esto de las piedras es negocio de excesiva cuenta: mucho trabajo y poco beneficio. Son los albañiles quienes se quedan con la ganancia.

Era un bribón redomado. Después de recibirlos con el ceño fruncido, sólo se había acercado a ellos buscando la forma de sacar algo.

—¿Otro real? —Mendoza pensó que quizá mereciera la pena.

—Será suficiente.

El capitán le lanzó la moneda y el arriero la cazó al vuelo. El malandrín la mordió para comprobar su calidad y asintió complacido.

—¡Ya está bien por hoy! —gritó a los otros arrieros—. Mañana será otro día. Llevad las cargas a la casa de Matías el sombrerero. —Miró al capitán—. Cuando gustéis.

Los condujo hasta una casita de aspecto humilde, pero limpia y cuidada, en una callejuela estrecha, muy cerca de la iglesia parroquial, que estaba bajo la advocación del señor Santiago, cuya imagen de caballero matamoros lucía en un relieve sobre la entrada principal.

—Esta es su casa. Aquí vive Leonor.

Camarena propuso al capitán:

—Puedo buscar alojamiento mientras conversáis con esa mujer. ¿Dónde podríamos hospedarnos? —preguntó al arriero.

—Aquí cerca queda una posada. No os cobrarán mucho y las camas son blandas, el vino bueno y la comida no está mal. Si queréis, os acompaño.

—¿Por dónde se va? —preguntó el capitán.

—Está en la calle principal. La más ancha de las que dan a la plaza que hemos visto al venir. La llaman la Corredera. No tiene pérdida.

—Aguardad un momento. Si esa Leonor no está...

Llamó a la puerta y una voz cascada y malhumorada respondió desde el otro lado:

—¿Quién llama tan a deshoras?

—¿Leonor Rodríguez?

—¿Quién llama? —insistió la voz.

—Mi nombre no os dirá nada. Soy el capitán Mendoza y he servido en Nápoles a las órdenes de don Gonzalo de Córdoba. Ayer estuve con él, en Loja.

La mención al Gran Capitán hizo que la puerta se abriera al instante. Leonor era una anciana que no tenía mal aspecto. El pelo, completamente blanco, lo llevaba recogido en un moño y las arrugas de su cara le daban un aire de dignidad. Se alumbraba con una gruesa vela de sebo en una palmatoria que alzó para ver mejor. Sus ojos, negros como carbones, indicaban mucha más vida de la que podía presumirse por su avanzada edad. Miró a Mendoza tratando de calibrar la clase de persona que llamaba a su puerta y decía conocer a don Gonzalo. El capitán se mantuvo imperturbable y la dejó que lo escudriñara a su gusto. La anciana le preguntó, como si deseara asegurarse de que no había oído mal:

—¿Viene vuesa merced de Loja?

—Hemos salido esta mañana. Llevamos cartas de don Gonzalo para el rey.

Leonor torció el gesto y el capitán se dio cuenta de lo inoportuno de su comentario. Por un momento temió que le diera con la puerta en las narices. Si don Fernando no gozaba de muchas simpatías, a Leonor, que había estado al servicio de los Fernández de Córdoba, le provocaba rechazo.

—¿Don Gonzalo escribe al rey? —preguntó.

—Responde a unas cartas de su alteza. —Miró a Camarena y añadió—: Este es el correo que se las ha llevado.

La anciana alzó un poco más la palmatoria para alumbrarse mejor.

—¿Me estáis diciendo que el rey le ha escrito primero?

—Así es. Hemos ido a Loja para llevar a don Gonzalo cartas del rey.

Miró al arriero con suspicacia.

—A ti te conozco.

—Soy Simón Corrales, el hijo del Jacinto.

—Jacinto Corrales..., ya me recuerdo. Lo mató una mula de una coz en la barriga, ¿me equivoco?

—No os equivocáis.

—¿Tú eres quien ha traído a esta gente?

—Habían subido a ver las ruinas del castillo y los he acompañado hasta aquí.

—¿Tú eres de los que están llevándose las piedras?

—Bueno... —el arriero dudó—, desescombramos aquello.

—¡Serás truhan!

—Hay que ganarse la vida. No creáis que no se suda cargando piedras...

Leonor perdió el interés por el arriero y volvió a mirar al capitán.

—Putas tiene que estar pasándolas el rey para escribirle. Pero como no tiene vergüenza... ¿Qué tripa se le ha roto que necesita a don Gonzalo para arreglársela?

—¡Estáis hablando del rey! —protestó Mendoza.

—¡Menudo bribón! ¡Le faltó tiempo para buscarse una que le calentara la cama a los pocos meses de muerta doña Isabel! ¡Ella sí era nuestra reina, como lo es doña Juana, a la que tiene encerrada diciendo que está loca! ¡Otra mentira de ese aragonés tacaño e hipócrita! Miente como mentía su yerno, que arderá en las calderas de Pedro Botero.

—Reportaos..., por favor, Leonor —el capitán la llamó por su nombre.

—¿No iréis a decirme que ese flamenco no estará ardiendo en los infiernos? Era tan malo como su suegro. Desde que se murió la reina..., todo anda manga por hombro.

El arriero no había exagerado. Leonor, además de tener temperamento, era una deslenguada.

Mendoza no le replicó, no quería que continuara despotricando. Era evidente que por aquellas latitudes don Fernando no gozaba de simpatías.

—Me gustaría hablar de don Gonzalo con vos.

—¿Para ir luego con el cuento al rey?

—No, ya os he dicho que peleé a sus órdenes en Italia y me gustaría saber algo sobre sus años aquí, en Montilla.

Leonor asomó la cabeza para asegurarse de que en la calle sólo estaban ellos. Al capitán le llamó la atención que lo hiciera en ese momento, cuando no se había retraído en decir lo que pensaba sobre el rey y su yerno.

—Sólo entrará vuesa merced. Esos pueden marcharse por donde han venido. A ese Simón lo conozco. Es una buena pieza. No me extraña que sea de los que están llevándose todo lo que pillan del castillo.

—Aquello es una ruina —se defendió el arriero.

—Una ruina que estáis dejando limpia. No os lo echo

en cara. La culpa la tiene quien la tiene. Ese —miró a Camarena— tampoco entra. Tiene cara de rufián.

—¡Un respeto! —protestó el correo—. ¿Os he dicho lo que me parece a mí vuestra cara?

El capitán decidió cortar lo que podía dar al traste con su propósito.

—Sólo entraré yo.

—Bien, pero con una condición.

—¿Cuál?

—Vuesa merced me dará noticias suyas, ¿de acuerdo?

El capitán aceptó y dijo a Camarena que lo aguardara en la posada a la que se había referido Simón. El correo tomó por las bridas a los dos caballos y se marchó mientras Leonor permitía la entrada del capitán en su casa. Por dentro lucía mejor dispuesta de lo que hacía pensar la modestia de su fachada. Lo condujo hasta una salita y le ofreció una jarrilla de vino.

—Es bueno…, de unos pagos que llaman de Jarata.

El capitán la aceptó y ella se sirvió otra. Luego le señaló un asiento.

—Sentaos ahí y contadme. Hace tanto que no tengo nuevas suyas… Desde que destruyeron el castillo y don Pedro se marchó apenas he tenido alguna noticia. Sé lo que todo el mundo, que está en Loja. Decidme, ¿cómo se encuentra?

Mendoza le explicó algunas cosas. Pequeños detalles, como lo acomodada que estaba su casa, el lujoso palacio que tenía en Granada, según le había comentado el capellán Albornoz. Alabó su generosidad y ponderó la energía que era capaz de desplegar. Por último, hizo referencia a que el rey lo requería para que se pusiera al frente de un nuevo ejército que marcharía a Italia. Le pareció advertir que fruncía el ceño cuando le dijo esto último.

—Mal andarán las cosas para que eche mano de él —comentó dando un tiento a su jarrilla.

El comentario revelaba mucha perspicacia.

—Si Dios lo quiere, volverá a ser aclamado como el Gran Capitán.

Observó que a Leonor le brillaron los ojos.

—Ojalá sea así, porque si dependiera de la voluntad del rey...

Leonor, después de dar cuenta de su vino, empezó a contarle algunos detalles de la vida en el castillo. También le dijo que en varias ocasiones le había pedido que se fuera con él, que en su casa siempre habría un lugar para ella. Pero que nunca había querido salir de Montilla. Leonor hablaba con una soltura que parecía estar viviendo lo que había ocurrido hacía ya más de medio siglo.

—El día en que nació...

—¿Cuál era vuestro trabajo en el castillo?

—Doña Aldonza, el ama de llaves, me había contratado pocos días antes como ama de cría. Yo acababa de dar a luz, pero mi hija murió al nacer y era fama que las mujeres de mi familia teníamos muy buena leche. Como doña Elvira estaba ya a punto de parir...

—¿Vos criasteis a don Gonzalo?

—Con estas tetas que no son ni sombra de lo que fueron. —Leonor se palpó los pechos y dibujó un sonrisa pícara.

—Me lo imagino.

—¡Qué va a imaginarse vuesa merced! —exclamó orgullosa—. Don Gonzalo mamaba como un lechoncillo. Nunca tenía bastante. Pero a lo que íbamos... El día que nació todo eran pasos presurosos, murmullos de oraciones y comentarios apagados en la antecámara de doña Elvira. Doña Aldonza, quien lo disponía todo en asuntos domésticos, me ordenó acompañar al preceptor, don Diego de Cárcamo, que se llevaba a los niños de paseo. Una se llamaba Leonor y el otro Alonso, y los había subido en la carreta con la que se iba al mercado. Bajamos al pueblo y cuando llegamos a la plaza tuvimos que detenernos porque unos arrumbadores cargaban unos toneles de vino. Parece que estoy viendo las caras de los pequeños. Cuando salían del castillo disfrutaban mucho y lo miraban todo con los ojos muy abiertos. Cargados los toneles, el preceptor nos llevó a la parroquia, aquí al lado. Cuando llegamos, las campanas tocaban el ángelus. Nos pusimos de rodillas y rezamos. Recuerdo que los niños estaban más atentos a las campanas que al rezo. Volteaban con tanta fuerza que parecía que el campanario iba a venirse abajo porque estaba muy dañado después de la última entrada de los moros.

—¿Los moros se habían presentado en Montilla?

—Antes de la guerra los moros aparecían por aquí de vez en cuando. Recuerdo que en aquella ocasión el señor don Pedro el viejo, el abuelo de los pequeños, que se llamaba como su padre, estaba ausente. Alguien avisó a los moros y aprovecharon para atacar. Yo no lo creo, pero hay quien dice que el aviso se lo dio el conde de Cabra.

—¿Su pariente? —Recordó que Camarena le había comentado que don Alonso, el hermano mayor de don Gonzalo, y el conde de Cabra habían tenido riñas muy serias.

—Se llevaban fatal, como los perros y los gatos. ¿Sabe vuesa merced que tuvo a don Gonzalo preso en su castillo de Cabra?

—No, no lo sabía.

—Cerca de dos años lo tuvo preso y durante algunos meses metido en una jaula, como si fuera un bicho. Lo liberó porque se lo ordenó la reina. —El capitán dudó de que aquella historia fuera cierta, pero se cuidó mucho de hacer un comentario. Leonor era como el capellán Albornoz, una fuente de información sorprendente—. Como decía a vuesa merced, en aquella entrada los moros arramblaron con todo lo que pillaron y se llevaron presos a dos docenas de desgraciados a los que no dio tiempo a refugiarse en el castillo ni tampoco a huir. Y aunque rescataron a casi todos, pagando sus buenos maravedíes, dos doncellas no volvieron jamás. Eran mozas guapas y...

Mendoza temió que Leonor se enredara en viejos recuerdos, como observaba que les ocurría a las personas de edad, y se olvidara de lo que él quería saber.

—¡Es un vino magnífico! ¿Qué sucedió cuando las campanas dejaron de sonar?

—Que un cañonazo hizo temblar los muros de la iglesia. Recuerdo que dos sacerdotes aparecieron por la puerta de la sacristía corriendo, buscando la salida. Entonces sonó otro más y se quedaron paralizados. El preceptor les dijo que doña Elvira había dado a luz un varón. Por eso eran dos los cañonazos. Se trataba de un aviso para el señor, que con algunos de sus hombres se había marchado muy de mañana a unas dehesas porque le habían llegado quejas de que algunos vecinos roturaban tierras en perjuicio de los propios del concejo. Un disparo anunciaba el nacimiento de una hembra y dos el de un varón. Los clérigos se llevaban las manos a la cabeza ante la ocurrencia de don Pedro.

—Pero era un método ingenioso.

—Don Gonzalo acababa de llegar al mundo.

—¿Recordáis qué día era?

—El día y la hora. Faltaba un cuarto para las doce del 1 de septiembre de 1453.

—Vuestra memoria es excelente.

—Fue poco antes de rezar el ángelus y tardaron algo desde que nació hasta que dispararon los cañones. La fecha nunca la olvidaré porque cuando regresamos al castillo doña Aldonza me encomendó algo que me horrorizó.

—¿Qué fue?

—Algo muy especial. Protesté. Yo había sido contratada como ama de cría y no como recadera. Me amenazó con unos azotes y con ponerme de patitas en la calle. Me aguanté. Mi marido había muerto poco antes de que yo malpariera y no tenía donde caerme muerta. Entrar al servicio de los señores era recibir la llamada de la fortuna. Pero el encargo de doña Aldonza me produjo tal pavor que no lo olvidaré mientras viva.

—¿Qué os encargó? —insistió el capitán.

—Que le llevara un mensaje a un personaje que vivía apartado y del que nadie quería saber nada en Montilla.

21

Burgos

Don Miguel Pérez de Almazán se recolocó el tabardo forrado de piel con el que combatía el frío y la humedad. La lluvia, que caía sin parar desde la víspera, y lo severo de la temperatura lo habían puesto de un humor de perros. Las fuertes rachas de viento hacían que el agua, que golpeaba con fuerza en los emplomados cristales de la ventana de su gabinete, escurriera por ellos disminuyendo la mortecina luz de la desapacible mañana.

La inesperada llamada del rey había colmado su malhumor. Llevaba toda la mañana tratando de redactar la cédula real con los beneficios para quien se enrolara en el ejército que había de levantarse con vistas a invadir Navarra, pero no disponía de los datos para hacerlo con los términos adecuados y no quería dejar en otras manos aquel texto. Hasta no estar concluida no podía entregársela a los amanuenses para que sacaran las copias necesarias, que eran muchas. Su deseo, después de las noticias que había recibido la víspera, era que la formación de ese ejército comenzara lo antes posible, pero primero había que resolver varios asuntos y algunos no estaban en sus manos.

Salió del gabinete con aire sombrío, cabizbajo, sumido en oscuros pensamientos, sin prestar atención a quienes respetuosamente lo saludaban. Cuando llegó ante el aposento de don Fernando, compuso una expresión afable antes de llamar a la puerta. El rey lo recibió de espaldas, vuelto hacia la chimenea. También él tenía el frío metido en los huesos y lo combatía con las palmas de las manos extendidas ante el fuego.

—Buenos días, alteza, ¿me habéis mandado llamar?

—Sí, Almazán —le respondió sin girarse—. ¿Hemos tenido alguna noticia de Francia?

—Aún es pronto, señor.

—Tampoco las hay del alcaide de Loja.

—No, señor. En el mejor de los casos el correo podría regresar dentro de tres días. Eso con mucha suerte. Pero si esta lluvia está cayendo por otros sitios, los caminos estarán embarrados y tardará algo más. Respecto al alcaide de Loja, perded cuidado, alteza, don Gonzalo de Córdoba ha empezado a movilizar el ejército.

El rey se volvió bruscamente.

—¿Cómo lo sabéis?

El secretario sacó del bolsillo de su ropón un papelillo arrugado, el mismo que le habían entregado la víspera, y, sosteniéndolo con la punta de los dedos, se lo mostró al rey.

—¿Qué demonios es eso? —El rey no disimulaba su irritación.

—La prueba de que don Gonzalo de Córdoba está ya actuando —respondió Almazán sin alterarse, aunque sabía que debía haber informado inmediatamente al rey de aquella noticia.

—¡Explicaos!

—Hace meses que di cumplimiento a vuestras órdenes, alteza.

Don Fernando enarcó las cejas.

—¿Qué órdenes fueron esas?

—Mantener vigilado al alcaide de Loja.

—¿Ese papel ha venido de Loja?

—Lo recibí ayer por la noche, después de que vuestra alteza se retirara con la reina. Llegó con una paloma mensajera, señor. Un palomero, hombre de toda confianza, nos proveyó de los animales necesarios para tener noticias rápidas que envían los dos hombres que introduje en la guarnición de la alcazaba. No pueden entrar en... interioridades, pero tenemos información de quién entra y sale y de muchas de las cosas que allí ocurren.

—¿Qué dice ese papel?

—Que don Gonzalo recibió vuestras cartas hace tres días y que no perdió un instante. Al día siguiente salieron correos con destino a diversos lugares en los que pide a muchos de sus antiguos capitanes que se pongan en movimiento. Ha señalado como plazas de armas Antequera para la infantería y Córdoba para la caballería.

El semblante del monarca se había ensombrecido y su mirada era hosca.

—¿Queréis decir que ha empezado a levantar el ejército?

—Parece que tiene prisa por volver a Italia.

—Es posible que esté tramando algo.

El secretario sabía que aquel comentario estaba fuera de lugar. Las noticias que tenía señalaban que don Gonzalo de Córdoba hacía una vida tranquila. Montaba a caballo para mantenerse en forma, viajaba con frecuencia a Granada, donde pasaba temporadas en su palacio, sin descuidar sus obligaciones de alcaide. Recibía a muchos artistas en la reducida corte que había montado en Loja y que tenía el aire de las de los pequeños príncipes italianos. También, de vez en cuando, se dejaba caer por allí algún capitán de los que habían peleado a sus órdenes. Sin embargo, guardó silencio. Convenía a sus intereses mantener vivos los recelos del rey sobre el Gran Capitán, pese a llevar una vida retirada de las intrigas y los manejos de poder.

—No sé..., no sé si he hecho bien cediendo a las presiones del papa y de los venecianos. Encargarle el mando de un ejército en Italia... —Almazán no abrió la boca ante el comentario del rey, quien, tras un largo silencio, le preguntó—: ¿El duque de Alba ha comenzado con los suyos?

—Espera que su alteza dé el visto bueno a la cédula con las mercedes que se darán a quienes se alisten. En ello estaba trabajando cuando me habéis llamado.

Don Fernando dio un fuerte puñetazo en el frontis de la chimenea.

—¡Gonzalo de Córdoba no ha necesitado esperar a mercedes de ninguna clase! —Se sentó en su sillón y añadió—: ¡Esa es la diferencia entre él y los demás! ¡Eso es lo que lo hace especial, Almazán!

—Es cierto que tiene una gran capacidad para disponer y que despliega una energía poco corriente, señor —admitió el secretario de mala gana—. Espero terminar en un par de días el borrador de vuestra cédula y, si vuestra alteza lo considera oportuno, inmediatamente empezarán a elaborarse las copias. Pero para hacer pública vuestra orden aún tendremos que esperar algo más.

—¿Esperar? ¿Por qué?

—Señor, recordad que queremos contar, para atar todos los cabos, con una bula papal. Si en Roma todo va deprisa, tardaremos... —el secretario echó cuentas— al menos dos semanas en tener noticias. Posiblemente transcurra otra semana más antes de que la tengamos en nuestro poder.

Don Fernando se levantó, se acercó de nuevo a la chimenea, donde el fuego crepitaba alegremente, y durante un rato dio la espalda al secretario. Luego se giró con una sonrisa en los labios.

—La bula no es problema.

—Perdonad, alteza, pero no os entiendo.

—Nosotros haremos público su contenido cuando nos interese, aunque no la tengamos en nuestro poder.

—¡Alteza! —El secretario no había podido contener la exclamación—. Disculpadme, pero...

—Almazán, no pretendáis darme lecciones en cuestión de bulas. Eso dejádmelo a mí. Digamos que tengo... cierta experiencia. —La sonrisa de don Fernando lucía ahora con un punto de malicia—. Hace ya más de cuarenta años, supongo que vos lo recordáis, Rodrigo Borja, que entonces era cardenal, elaboró una que sirvió para solventar los problemas de parentesco que impedían mi matrimonio con doña Isabel. El tiempo apremiaba... como ahora. El papa la firmó tres años después, dándole validez eclesiástica al matrimonio. Su santidad, por la cuenta que le trae, no tardará en esta ocasión otros tres años. Simplemente, nos adelantaremos a hacer público lo que tendremos en nuestro poder en pocas semanas. La situación en que nos encontramos lo requiere.

—Señor, ¿no lo consideráis un riesgo innecesario?

—No, Almazán. Meteos en la cabeza que el negocio de Navarra es prioritario. Ha de resolverse lo antes posible. Haremos pública la indulgencia plenaria para quienes participen en la conquista y también que serán excomulgados quienes ayuden al rey de Francia. No demoréis la redacción de esa cédula y que se difunda de inmediato.

Levantar ese ejército llevará un tiempo y eso es precisamente de lo que no disponemos.

—Como vuestra alteza disponga. ¿Ordenáis alguna cosa más?

—Nada más, podéis retiraros.

El secretario hizo una reverencia y salió del aposento. El rey miraba de nuevo el fuego de la chimenea, que parecía atraer toda su atención.

Almazán, con las nuevas instrucciones, continuó con la redacción de la cédula, incluyendo los beneficios espirituales, concedidos por el sumo pontífice, de los que disfrutarían quienes empuñaran las armas a las órdenes del duque de Alba y amenazaba con pena de excomunión a quienes ayudasen al rey de Francia. Después de lo que el rey le había dicho, todo resultó más fácil. Luego urgió a Galindo para que se sacara una copia en limpio y poder mostrársela a don Fernando. Aguardaba a que se la trajesen viendo caer la lluvia por la ventana y pensando en la villa a la que pensaba dar su nombre cuando unos golpes en la puerta lo volvieron a la realidad.

—¡Adelante!

Era Galindo, pero no traía la cédula en su mano. El secretario ni le dio tiempo a cerrar la puerta.

—¿Dónde está la cédula?

—Están sacando la copia, señor.

—¿Entonces…?

—El correo de Francia que aguardabais acaba de llegar. Espera fuera. ¿Le digo que entre?

A Almazán se le iluminaron los ojos. La llegada de ese correo era mucho mejor que la copia de la cédula.

—¡Hazle pasar, inmediatamente!

Galindo se asomó a la galería e hizo una señal.

El hombre que entró tenía las ropas manchadas de

barro y su tabardo aún goteaba, así como el bonete que sostenía en sus manos.

Almazán le dedicó una sonrisa impostada.

—Pareces exhausto.

—Han sido muchas leguas, señor, y la lluvia de los dos últimos días ha convertido los caminos en un infierno. Hay barro por todas partes. —Se abrió de brazos, mostrando la evidencia de lo que decía—. Si los cielos no se hubieran abierto como lo han hecho, quizá habría podido llegar ayer.

Almazán no se molestó en hacer un comentario sobre el esfuerzo realizado.

—¿Dónde están las cartas?

—Aquí las tiene vuesa merced.

El correo las sacó de un canuto metálico y se las entregó.

—¿Alguna cosa que deba conocer, al margen de lo que aquí ponga?

—Sí, señor. Los franceses están contentos. Han recuperado mucho ánimo con la victoria de Rávena, pero algunos de los comentarios que he podido oír en la corte ponen en evidencia que no las tienen todas consigo.

—¿Qué dicen esos comentarios?

—Están preocupados con la posibilidad de que el Gran Capitán vuelva a Italia. Allí se dice que el papa y los venecianos han presionado a nuestro rey para que se ponga al frente del ejército de la Liga Santa. No sé qué habrá de cierto en esos rumores, pero allí lo dan como cosa hecha.

Almazán se acarició el mentón con aire caviloso y un destello de astucia brilló en sus ojos.

—Las noticias vuelan. ¿Algo más?

—Nada más, señor.

—Está bien. Te has ganado un buen descanso. Pero antes pasa por la contaduría y que te paguen. Galindo, acompáñalo.

Se acercó a la ventana y leyó la carta. Lo que el agente que había colocado en la corte de Francia decía era lo mismo que ya le había referido el correo. Eso significaba que podía dar por buena la averiguación. Permaneció inmóvil con la mirada perdida, valorando el partido que podía sacar a la información que acababa de recibir. Lo que sabía ahora abría perspectivas insospechadas. Aquella posibilidad alejó de su ánimo el malhumor que lo embargaba. Lo que estaba barruntando sería del agrado del rey, pero, sobre todo, podía servir a sus planes. No debía precipitarse, pero tampoco era conveniente dejarlo demasiado tiempo. Miró el lacre de la carta que venía de la cancillería francesa y estaba dirigida al rey. No podía romper aquel lacre que garantizaba su contenido. Las órdenes de su alteza eran taxativas: nadie podía abrir su correspondencia. Salió a la antecámara y ordenó a uno de los ujieres que avisara de nuevo a Galindo.

22

Galindo pidió excusas por el retraso.

—Estaba en la contaduría, acompañando al correo, como vuesa merced me ordenó.

—¿Está listo el borrador de la cédula? La necesito sin más demora.

—Posiblemente esté terminada, pero no he podido pasar por la escribanía. He estado...

—Ya lo sé, ya lo sé. No me lo repitas. Vete y no aparezcas por aquí sin traérmela. Pero antes pásate por la cancillería y dile a Barrientos que venga. ¡Rápido!

—Sí, señor.

Apenas salió a la antecámara, Galindo soltó una maldición.

—¡Por todos los demonios! ¡No sé qué pasa hoy! ¡Se habrá creído que es posible estar en varios sitios a la vez!

Barrientos apareció por el gabinete a los pocos minutos. No era el mejor de los intérpretes que tenían en la cancillería, pero se prestaba a los manejos de Almazán. Le gustaba el vino y era visitante asiduo de la mancebía. El dinero que el secretario le proporcionaba por hacerle ciertos trabajos le permitía esos desahogos.

—¿Ha mandado llamarme vuesa merced?

—Sí, tendrás que traducir una carta que acabamos de recibir de la corte de Francia.

—¿La que tenéis en las manos?

—Exacto. Pero necesito que hagas algo más. Escúchame con atención.

El secretario le hizo una serie de advertencias que el intérprete oyó en silencio asintiendo con ligeros movimientos de cabeza. Cuando Almazán concluyó, quiso asegurarse de que sus instrucciones habían quedado claras.

—¿Has comprendido lo que deseo? ¿Alguna duda, mi buen Barrientos?

—Ninguna, señor.

—Entonces ya sabes lo que tienes que hacer. Ahora márchate y estate pendiente de mi llamada.

—Sí, señor.

El intérprete se hizo el remolón, como si esperara alguna otra cosa. El secretario se dio cuenta y pareció recordar.

—¡Qué cabeza la mía, Barrientos! ¡Qué cabeza! ¿Me dijiste que eran veinte reales?

—Sí, señor. Esa es la suma que me exige el médico.

—Aguarda un momento.

Sacó de un cajón de su mesa una bolsa repleta de monedas, contó seis reales de a ocho y se los entregó.

—¡Señor, esto es más del doble! Son…, son cuarenta y ocho reales.

—Ya tienes cobrado el favor que acabo de pedirte. ¿Estamos de acuerdo?

—Desde luego, señor.

Barrientos no disimulaba su alegría cuando abandonó el gabinete. Podría pagarle al médico que lo había librado de unas molestas purgaciones y tendría dinero para algo más. El secretario dejó transcurrir un tiempo prudencial. El plan que acababa de poner en marcha era arriesgado, pero los beneficios podían ser elevados. El rey solía tener en cuenta consideraciones muy complejas a la hora de tomar decisiones y eso hacía que fueran imprevisibles. Actuaba como los buenos jugadores de ajedrez: antes de mover una pieza calibraba todas las posibilidades que alcanzaba a vislumbrar, además de los movimientos del contrario. Eso significaba que su decisión final estaría en función del contenido de la carta que tenía en sus manos y, si lo que el correo le había dicho era correcto y los franceses estaban preocupados con la posibilidad de que don Gonzalo de Córdoba regresase a Italia, habría algún indicio en la carta. En caso contrario...

Abandonó el gabinete convencido de que si manejaba la situación con astucia las posibilidades de sacar adelante su proyecto eran muy altas. Don Fadrique vería colmadas sus expectativas militares y él vería sus arcas llenas de maravedíes. Antes de encaminarse de nuevo hacia el aposento del rey indicó a un ujier que avisara a Barrientos para que acudiese a la antecámara real. Mientras caminaba, comprobó que la lluvia golpeaba con fuerza en las cristaleras, por las que entraba una luz gris y triste. Llegó a la antecámara y farfulló unas palabras ininteligibles a modo de respuesta al saludo de los cortesanos que allí aguardaban. Almazán era de los pocos que entraban en los aposentos del rey sin necesidad de autorizaciones, incluso cuando su alteza no requería su presencia. Unos suaves golpes bastaron para que el rey respondiera.

—¡Entrad!

Don Fernando permanecía frente a la chimenea. Ahora estaba sentado con un pie sobre un escabel y las piernas cubiertas por una manta. Se le veía gastado por la edad y decrépito. El secretario pensó que el empleo de la cantárida podía estar pasándole factura, aunque Salazar afirmaba que sólo afectaría a la potencia de su vigor sexual. Pero darle satisfacción a su esposa le estaba costando la vida. Su salud no soportaría mucho tiempo aquellos excesos.

—Alteza, ha llegado el correo de Francia por el que me habíais preguntado hace un rato. —Almazán le mostró la carta, como si fuera un trofeo, y después se la entregó.

Don Fernando, antes de abrirla, se aseguró de que el lacre estaba intacto. Sólo entonces lo rompió, deshizo los dobleces y miró el texto. Leyó algunas frases sueltas, pero su escaso dominio del francés le impedía conocer lo que allí se decía.

—¿Habéis avisado al trujimán?

—Le he mandado recado antes de venir. Si no está aguardando ya en la puerta, llegará de un momento a otro.

—Mirad si ha llegado y, si está ahí, que pase.

Mientras Almazán hacía pasar a Barrientos, que ya aguardaba a ser llamado, el rey había retirado la pierna del escabel y se había desprendido de la manta que cubría sus piernas. Sólo ante el secretario y algún cortesano más se permitía mostrar una imagen de debilidad.

—Alteza. —El trujimán hincó una rodilla en el suelo.

—Álzate, álzate —le indicó el rey con un gesto de impaciencia—. Léeme esta carta. Hazlo despacio y, sobre todo, procura no cometer errores.

Barrientos se caló unas antiparras e hizo una lectura previa para sí mismo. Siempre lo hacía así para hacerse con el contenido del texto y poder traducirlo sin titubeos en voz alta. En esta ocasión tenía, además, otra razón para cumplir con aquella costumbre.

El rey y su secretario oyeron sus palabras con atención. Sin interrumpirle en ningún momento. Cuando terminó, don Fernando le preguntó:

—¿Eso es todo?

—Sí, alteza.

—Entonces, léela de nuevo. Ahora hazlo mucho más despacio. Necesito empaparme bien de lo que dicen los franceses.

El rey siguió la nueva lectura atentamente con la mirada fija en la chimenea, donde las llamas adoptaban formas caprichosas. Su rostro era inescrutable. Cuando Barrientos concluyó la segunda lectura, don Fernando le ordenó que sacara una copia en castellano y se la trajesen inmediatamente.

—¿Ordena su alteza alguna otra cosa?

—Nada, puedes retirarte.

El trujimán hizo una rápida inclinación y antes de abandonar el aposento miró al secretario, que asintió con un movimiento de cabeza casi imperceptible. Una vez a solas, el rey preguntó a Almazán:

—¿Qué os parece?

—Que las noticias no podrían ser mejores, alteza.

—Es verdad, pero no me fío del francés. En Italia las cosas le son favorables y sus aspiraciones a Navarra no son nuevas. Consideran ese reino como... una prolongación de sus territorios a este lado de los Pirineos. Me da la impresión de que nos ofrecen demasiado a cambio de muy poco. ¿No os parece que aquí hay gato encerrado?

—Señor, si lo meditáis con sosiego, no es tan poco lo que quieren. Es verdad que en Italia han conseguido una importante victoria. Pero saben que las tornas pueden cambiar, sobre todo si se ven obligados a abrir un nuevo frente en Navarra. Eso es algo que les crearía muchos problemas. No piense vuestra alteza que saldrían tan mal parados. Es cuestión de meditar la opción que nos ofrecen.

—Está bien.

—Si vuestra alteza no me necesita para otro menester, voy a encargarme de que tengáis inmediatamente el texto en castellano. Tal vez leyéndolo con sosiego podáis reflexionar con más tranquilidad.

—Id, Almazán, id.

El secretario se dirigió directamente a la cancillería. Allí se encontró con Barrientos, que ya estaba haciendo la traducción. Se acercó hasta su pupitre y susurró en su oído unos comentarios.

—Cuando tengas la traducción, ven primero a mi gabinete. ¿Entendido?

—Sí, señor.

23

Leonor Rodríguez llenó las jarrillas de nuevo. Pese a su edad, no le hacía ascos al vino y parecía que el recuerdo de aquel día en que Gonzalo de Córdoba había venido al mundo le hubiera secado la garganta. Después de dar un trago se quedó durante unos instantes con la mirada perdida. El capitán tuvo que sacarla de su ensimismamiento con una pregunta.

—¿Qué os encargaron para que os asustarais de ese modo?

—Doña Aldonza me ordenó que fuera a ver a Ahmed.

Mendoza arrugó la frente.

—¿Un moro?

—Sí, un moro. Yo no lo conocía, pero sabía quién era y también que la gente se refería a él con temor. Por un momento pensé que doña Aldonza, con tanto ajetreo, se había confundido.

—¿Quién era Ahmed?

—Un estrellero..., adivino moro.

Mendoza había oído decir que los musulmanes eran peritos en la interpretación de los astros y de toda clase de artes adivinatorias, pero le extrañó que un moro ejerciera de astrólogo en tierra de cristianos.

—¿Vivía un estrellero moro en Montilla?

—Vivía por lo que os contaré después y también porque a algunas personas les interesaba conocer... ciertas cosas que sólo esa gente es capaz de adivinar. Tengo entendido, aunque no podría jurarlo sobre los Evangelios, que todavía se practica aquí la adivinación, se siguen elaborando horóscopos y otras cosas de esa clase, pero se hacen a escondidas, de tapadillo. El Santo Oficio no se anda con bromas, sobre todo si se trata de individuos que antes fueron judíos o moros.

—¿Fuisteis a que el astrólogo os confeccionara el horóscopo de don Gonzalo?

—Su horóscopo y su carta astral. No sé de esas cosas, pero, según cuentan, la carta astral es bastante más importante que el horóscopo. Hay mucha gente que no le da ningún crédito a esas prácticas que la Iglesia condena, pero... —Leonor tuvo un momento de duda—, pero os aseguro que hay algo de verdad en ellas.

—En Italia, donde he permanecido algunos años, los astrólogos son personas muy consideradas. La astrología es una práctica bastante extendida. La gente que está interesada en conocer cosas sobre su futuro les hace frecuentes consultas. Los mercaderes los visitan cuando tienen que iniciar un viaje o hacer un negocio. También lo hacen muchos príncipes e incluso cardenales, y hasta el mismísimo papa Alejandro VI disponía de su astrólogo particular.

Mendoza sabía que don Gonzalo sentía atracción por determinados aspectos del conocimiento esotérico y que daba crédito a ciertas creencias que otros tenían por supersticiones. El Gran Capitán sostenía que el viernes, contra la opinión de que se trataba de un día nefasto, era el más idóneo para tomar las grandes decisiones y había buscado que fuera un viernes cuando se libraran sus más importantes batallas.

—Pero en el caso de Ahmed no se trataba sólo de que era capaz de consultar lo que está escrito en las estrellas —señaló Leonor—. Lo que a mí me producía mucho miedo era que, según se decía, el estrellero podía echar el mal de ojo, hacer conjuros y otras hechicerías peligrosas. ¿Vuesa merced tiene prisa?

—Ninguna. Me interesa mucho lo que decís.

—Entonces os contaré con detenimiento lo que sucedió aquel día. Salí del castillo justo en el momento en que llegaba don Pedro, quien apenas desmontó del caballo se vio rodeado de una turba de criados y servidores que querían ser los primeros en darle los parabienes. Era por la tarde y yo tenía que caminar más de una legua, después de salir por la puerta de Córdoba, para llegar hasta la fuente de la Higuera, un paraje solitario donde vivía Ahmed. Debía darme prisa si no quería que al regresar las puertas de la población estuvieran cerradas y no pudiera entrar. Sólo pensar que podía quedarme al raso toda la noche me aterrorizaba. Caminé deprisa y llegué al sitio con el sol todavía alto. Encontré una choza medio oculta por los álamos que crecían junto a la fuente. Golpeé con fuerza la puerta, pero la voz que me respondió sonó a mi espalda. Había aparecido tan de repente que tuve la sensación de que surgía de la nada.

—Sería porque estabais muy asustada.

—Es posible —admitió Leonor—, pero creí percibir que de súbito había aparecido junto al brocal de un pozo. El hombre que tenía ante mí era muy moreno, lucía una barba gris y puntiaguda, perfectamente recortada, los ojos grandes, también negros, y el rostro alargado, surcado por considerables arrugas.

—¿Qué hicisteis?

—Le pregunté si era Ahmed, el estrellero, aunque yo estaba segura de que era él. Se quedó mirándome fijamente y me dijo algo que me puso muy nerviosa. Dijo que me confundía, que su nombre era Antón..., Antón Almedina.

—¿Os habíais equivocado?

—Eso pensé. Sentí ganas de salir corriendo y marcharme, pero me acordé de la amenaza de doña Aldonza. Pensaría que era una excusa y mandaría azotarme antes de ponerme de patitas en la calle. Estaba desconcertada. Aquella era la fuente de la Higuera y aquel individuo tenía aspecto de moro, pero decía que no era Ahmed. No sabía qué hacer. La fortuna me había sonreído después de enviudar y perder a mi hija y no podía permitirme perder el trabajo en el castillo.

—¿Qué hicisteis?

—Insistí en que quería ver a Ahmed y entonces me preguntó para qué deseaba verlo. Le dije quién me había enviado y todo cambió. Dejó sobre el brocal del pozo un manojo de hierbas que llevaba en la mano, se acarició la barba y me preguntó qué quería doña Aldonza. Dudé si responderle porque el ama de llaves me había advertido hasta tres veces que actuara con mucha discreción. Estaba agobiada y, en lugar de responderle, volví a inquirirle si era Ahmed el estrellero. Me respondió que algo sabía de los astros y entonces me preguntó si mi presencia allí tenía algo que ver con los cañonazos de aquella mañana. Le dije que se habían disparado para anunciar al señor don Pedro, que se encontraba en el campo, que la señora doña Elvira había parido un niño. La sonrisa que se dibujó en sus labios me asustó más de lo que ya estaba.

—Disculpadme, pero ¿con quién estabais hablando?

—Era Ahmed, pero yo no sabía que se llamaba Antón Almedina desde que se había bautizado y que por eso vivía en Montilla. La gente se refería a él como Ahmed, aunque hubiera tomado nombre cristiano. Más tarde me dijeron que sólo lo era en apariencia. También oí decir que no era musulmán, sino judío, y que en otro tiempo había desempeñado un papel importante en la corte de Granada donde ejercía como médico y astrólogo real. Pero las cosas le vinieron mal dadas y tuvo que huir a toda prisa para salvar el pellejo. Había llegado a Montilla hacía más de veinte años y salvó, según supe después, la vida del único hijo de don Lucas de Villamayor cuando, rendidos los médicos y barberos, el único remedio para su enfermedad eran rezos y oraciones. Desde entonces, don Lucas le había permitido instalarse en la fuente de la Higuera, que era de su propiedad, y allí había levantado la choza y labraba un huertecillo, aprovechando el agua de un pozo que alimentaba la fuente.

—¿Qué sucedió?

—Me dijo que su nombre era Antón Almedina, pero que mucha gente lo conocía como Ahmed, y volvió a preguntarme la razón por la que doña Aldonza me había enviado. Entonces le entregué el pliego que el ama de llaves me había confiado. Lo leyó con mucho detenimiento y luego, sin decir palabra, entró en la choza sin prestarme atención. Aguardé allí porque doña Aldonza me había dicho que debía esperar a que me diera un papel. Pasado un buen rato me asomé a la choza. Me dijo que entrara y me señaló un taburete. Dentro de la choza todo era desorden y en el ambiente flotaba un olor espeso a causa de los manojos de hierbas que colgaban por todas partes del techo y de las paredes.

—¿Qué hacía?

—Consultaba papeles y libros. Pasado un rato, cogió un grueso libro que había sobre una balda y se puso a leerlo. Yo lo miraba furtivamente y comprobaba que no levantaba la cabeza. Sólo una vez dejó de leer aquel libro para mirar el papel que le había entregado. Los minutos pasaban y empecé a impacientarme, temiendo encontrarme con la puerta de entrada cerrada. Eso me dio fuerzas y me atreví a preguntarle si le quedaba mucho. Con una mirada fría, me dijo que lo que le pedían requería su tiempo. Pasado un rato me preguntó el nombre de los hermanos del recién nacido y qué nombre iban a ponerle al pequeño. Le dije que su hermano mayor se llamaba Alonso y tenía una hermana llamada Leonor, y que había oído decir que al recién nacido iban a llamarlo Gonzalo. Entonces el astrólogo mojó el cálamo en el tintero y, valiéndose de unas reglas y otros instrumentos que no sabría deciros qué eran, se puso a componer en un papel unas figuras extrañas. Después escribió algo y, antes de plegarlo, lo espolvoreó con un poco de arena. Me lo dio, indicándome que se lo entregara a doña Aldonza en mano, pero nunca llegó a su poder.

—¿Por qué? ¿Qué pasó?

—Que cuando llegué al castillo, ya de noche, a doña Aldonza le había dado un patatús y murió sin tener tiempo de confesarse, según me dijeron.

—¿Qué ocurrió con la carta astral?

—No sabía qué hacer con ella. Ahmed o Antón Almedina, o como quiera que se llamase el estrellero, me había dicho que se la diera en mano a doña Aldonza. Pensé en entregársela a doña Elvira de Herrera. Pero era muy religiosa y, hasta donde yo sabía, rechazaba esas... hechicerías. El encargo de confeccionar aquel papel había sido cosa de su ama de llaves. Pasé unos días inquieta, todo eran dudas y titubeos.

—¿Qué hicisteis?

—Volví a la fuente de la Higuera con el propósito de devolvérselo a Ahmed o, al menos, que me dijera qué hacía con la carta, pero me encontré con que la cabaña había sufrido un incendio. Sólo quedaban unos rescoldos todavía humeantes. Ahmed no estaba, esta vez su voz no sonó a mi espalda. Estuve a punto de arrojar allí el papel para que ardiera, pero no sé por qué no lo hice y me marché a toda prisa.

—¿Volvisteis a verlo?

—Nunca más. Desapareció de Montilla y jamás volvió a saberse de él.

—¿Qué pasó con la carta astral de don Gonzalo?

Leonor, en lugar de responderme, dio un trago al contenido de su jarrilla. Luego se quedó mirándome fijamente.

—¿Cómo sé que vuesa merced es quien dice ser?

—¿Qué queréis decir?

—Que vos sois ese capitán… ¿Mendoza?

—Luis de Mendoza.

—¿Cómo sé que sois ese don Luis de Mendoza y que habéis peleado al lado de don Gonzalo?

—¿No os basta con mi palabra de caballero?

—No. He visto a muchos caballeros faltar a su palabra. También a algunos que no han respetado un juramento, que es algo mucho más sagrado.

Con el paso de los años Leonor se había vuelto desconfiada. La vida le había dado más de un escarmiento.

—Entonces, si no os fiais de mi palabra y tampoco de un juramento, no tengo posibilidad de demostraros que soy el capitán Mendoza ni que he luchado a las órdenes de don Gonzalo de Córdoba y que vengo de Loja de entregarle unas cartas del rey.

—Os equivocáis. Vuesa merced tiene una forma de probarlo.

—Decidme. Estoy dispuesto a lo que sea para ganarme vuestro crédito.

—Me habéis dicho que lleváis una carta de respuesta. Mostrádmela.

—¿Sabéis leer?

Leonor permaneció callada unos segundos antes de responder a la pregunta.

—Sí, aprendí con don Diego de Cárcamo al mismo tiempo que enseñaba a don Gonzalo. Mostradme esa carta.

El capitán no podía. La tenía Camarena. Mendoza sabía que su respuesta sonaría a excusa burda y que la anciana no aceptaría lo que iba a proponerle.

—No la llevo encima. La tiene el hombre que me acompaña…, en realidad soy yo quien lo acompaña. Él es el correo. Mañana podría…

—Entonces…, si vuesa merced desea ver esa carta astral, vuelva mañana por aquí.

Leonor se levantó y, sin darle tiempo a replicar, cogió la palmatoria con la vela que los alumbraba y se encaminó directamente hacia la puerta de la calle. La invitación a marcharse no podía ser más evidente. Leonor posiblemente había sido una joven temerosa, pero el paso de los años había templado su ánimo y no se andaba con miramientos ni contemplaciones. El capitán se puso en pie sin saber muy bien qué hacer, si decirle que al día siguiente pasaría por allí o que el correo y él no podían perder un día de camino. Después de alzar la tranca que aseguraba la puerta, la anciana hizo un comentario que disipó sus dudas.

—Creo recordar que en ese papel hay una referencia a algo que puede estar relacionado con esas cartas que le ha mandado el rey.

Mendoza preguntó sorprendido:

—¿Qué queréis decir?

—Que hay una alusión a la posibilidad de que don Gonzalo vuelva a Italia, aunque..., aunque había también un párrafo que... Bueno, y ciertas cosas que... —La anciana no dijo más.

—¿Qué...? —la animó el capitán.

—No lo recuerdo muy bien. Hace mucho tiempo que no la he mirado. En fin, si mañana me mostráis la carta que le ha escrito al rey, tendrá vuesa merced oportunidad de comprobarlo.

La calle apareció oscura y solitaria. La luna, que ya menguaba, la iluminó un instante en que asomó entre unos nubarrones. El capitán echó a andar, pero apenas había dado unos pasos cuando Leonor, antes de cerrar la puerta, le dijo:

—Por si le interesa, sepa vuesa merced que me levanto con las primeras luces del día.

24

Localizó la posada con más facilidad de la que hacía previsible la oscuridad de la noche y, a diferencia de Camarena, que mostraba un apetito insaciable, Mendoza comió frugalmente. Mientras el correo daba cuenta de un plato bien colmado de chorizo, morcilla y torreznos, al capitán le habían servido una escudilla de alcachofas sabrosísimas, recomendadas por la moza que los atendía y que estaban guisadas de una forma diferente a como podía haberlas comido en cualquier otra parte. Acompañaba las viandas un vino excelente, que no era fácil encontrar en posadas y mesones.

Durante la cena comentó algunas de las confidencias que le había hecho Leonor y el correo se interesó mucho por la historia de Ahmed. Mendoza trataba de escoger las palabras para plantear a Camarena que necesitaba la carta de don Gonzalo al rey, dada la discreción de que hacía gala en todo lo referente a su trabajo, y también que al día siguiente retrasarían su salida. Camarena se había revelado un excelente compañero de viaje, pero no sabía cómo podía reaccionar.

El capitán tenía a su favor que los dineros que Almazán le había ofrecido por hacer el viaje en un plazo imposible habían volado, pero esa pérdida estaba compensada sobradamente con los cincuenta ducados que le había regalado el Gran Capitán. De todos modos un retraso en el viaje no era visto con buenos ojos por los correos. Mantenían el puesto cuando cumplían con su trabajo. Esperó a que diera cuenta de su pitanza. Sabía por experiencia que una propuesta solía ser mejor acogida después de comer.

—Tengo que pedirte un favor.

—Vuesa merced dirá. —Camarena se pasaba la mano por la barriga de forma placentera y con una expresión somnolienta dibujada en su rostro.

—¿Te importaría retrasar mañana la partida? Sólo será por unas horas.

—¿Por qué?

—Esa Leonor me ha dicho que me mostraría la carta astral de don Gonzalo de Córdoba si le demostraba que soy el capitán Luis de Mendoza.

Camarena pareció espabilarse.

—¡Qué es eso de demostrar que sois el capitán Mendoza! ¿No se fía esa bruja de vuestra palabra?

—Así es. No se fía. Ha debido de llevarse algunos chascos a lo largo de su vida.

El correo se quedó pensativo un instante.

—¿Cómo pensáis demostrarle que vuesa merced es quien dice ser?

—Me ha pedido que le enseñe la carta que don Gonzalo ha escrito al rey. Eso sería la confirmación de que venimos de Loja y sería una prueba suficiente para ella.

Camarena se puso tenso.

—Lo siento, pero eso que me pedís no es posible. ¡Es una carta para su alteza!

Camarena había alzado la voz llamando la atención de alguna gente.

—¡Baja la voz! ¡Nadie tiene que saber de qué hablamos! —le advirtió el capitán.

—Lo lamento, pero lo que me pide vuesa merced no puede ser —insistió el correo bajando la voz.

—No creo que sea tan grave.

—¡Cómo que no! ¿Vuesa merced se ha vuelto loco?

—¡Cómo te atreves! Sólo te estoy pidiendo mostrarle una carta para que vea que es cierto que venimos de Loja y que hemos estado con don Gonzalo de Córdoba. ¡No creo que vaya a pasarle nada a la carta por mostrársela!

—¡Puede costarnos la vida! ¡No me explico cómo se le ocurre a vuesa merced una cosa como esa!

El capitán no comprendía la actitud de Camarena. Podía negarse, pero no responderle de aquel modo.

—No veo tanto peligro.

—Perdonadme por lo que voy a deciros, pero no imaginé que pudierais ser tan insensato. ¡Estáis hablando de una carta para el rey!

Mendoza no podía creerse que Camarena se pusiera de aquella forma. Había comprobado que era muy discreto en lo tocante a su trabajo, pero aquella respuesta a su petición…

—Pardiez, que no te entiendo. ¿Qué mal hay en ello?

—¡La correspondencia es inviolable! —Camarena se contuvo para no dar un puñetazo en la mesa.

En ese instante el capitán se dio cuenta de que estaban hablando de cosas distintas.

—¿Piensas que estoy pidiéndote abrir esa carta? Romper los sellos y leer su contenido. ¿Es eso lo que piensas?

—¿No es lo que vuesa merced me ha pedido? ¿Acaso no me ha dicho que quiere mostrarle la carta a esa vieja?

—¡Santo Dios! Ni se me habría pasado por el magín. ¿Cómo voy a pedirte que le enseñemos el contenido de la carta? ¡Habría que romper los lacres! Lo que te pido es mostrar la carta para el rey de don Gonzalo de Córdoba.

La luz pareció hacerse en la mente de Camarena.

—¿Sólo mostrársela?

—¡Sólo mostrársela, Camarena, sin abrirla! Esa es la prueba que me ha pedido. No es tan grave. Me ha dicho que madruga mucho y había pensado que quizá… sólo tendríamos que retrasar nuestra marcha un par de horas. ¡Me gustaría mucho conocer qué dice esa carta astral!

—¿Ha dicho vuesa merced que la confeccionó ese estrellero moro?

—Sí, fue Ahmed quien la hizo el mismo día del nacimiento de don Gonzalo.

—Si sólo es eso… Pero yo iré con vuesa merced a mostrarle la carta. Luego me la llevaré. Las cartas del rey son un asunto muy… delicado. ¿Estáis de acuerdo?

Camarena y él habían salido de la posada en ayunas. Apenas había amanecido cuando el capitán llamaba a la puerta de Leonor. No le extrañó que la anciana abriera de inmediato, como si hubiera estado esperando al otro lado de la puerta. Puso mala cara al ver a Camarena.

—Vuesa merced ha madrugado y también ese. ¿Puede saberse a santo de qué ha venido con vos?

—Como os dije, es el correo que lleva la carta de la que hablamos anoche.

—Bien…, ¿dónde está esa carta?

Camarena hizo un esfuerzo para mostrarse afable. No sólo se la enseñó sino que le permitió tenerla en sus manos. Leonor la sostenía entre sus dedos con la misma devoción que si se tratara de una reliquia; pasó su mano huesuda varias veces por el papel y, después de mirarla y remirarla, se la devolvió.

—Está bien. Pero sólo hablaré con vuesa merced.

El correo guardó la carta y se despidió.

—Os aguardo en la posada. No os entretengáis demasiado.

—Desayuna y ve preparando los caballos. No tardaré.

Se acomodaron en la salita y Leonor le señaló el mismo asiento de la vez anterior.

—Por lo que acabo de oír, supongo que vuesa merced está en ayunas.

—Supone bien. La cena de anoche fue frugal.

—¿Qué comió?

—Alcachofas.

—Nadie las hace como las montillanas. Pero ¿sólo eso? —El capitán asintió—. Aguardad un momento.

Sin darle tiempo a abrir la boca la anciana desapareció, regresando poco después con un cuenco con leche, una gruesa rebanada de pan y una alcuza con aceite.

—Ahí tenéis. Aplacad el hambre.

—¿Y vos?

—Yo acababa de desayunar cuando vuesa merced ha llamado a la puerta. El pan es de ayer, pero la leche es muy fresca, de hace poco rato. Es lo primero que hago todas las mañanas: ordeñar a la Pintona.

Por lo que podía ver, Leonor tenía un pasar aceptable. Regó la rebanada con generosidad y se la zampó en pocos bocados, ayudado por la leche. Cuando terminó, le dio las gracias y fue directo al asunto que lo había llevado allí tan de mañana.

—Ahora espero que me mostréis la carta astral. Como

habéis comprobado, la carta está dirigida a su alteza y lleva el sello de don Gonzalo.

—He comprobado el sello, pero no lo identifico. Sobre si está dirigida al rey, lo ignoro. No sé leer.

El capitán apretó los labios.

—Pero anoche…, anoche me dijisteis…

—Anoche mentí a vuesa merced. Tenía que asegurarme de que veníais de Loja y que habíais estado con él. Ahora no tengo dudas. No habríais aparecido con una carta que no era suya, pensando que yo sabía leer. Sé que esos pliegos han estado en sus manos. Aguardad un momento.

A Mendoza lo admiró su desparpajo y su inteligencia natural. Leonor regresó con una carpetilla de cuero, deshizo el lazo de seda que la cerraba y sacó dos pliegos de papel. Le mostró el primero, donde podían verse una serie de cuerpos celestes unidos por líneas que formaban figuras caprichosas. También podían contemplarse varios signos del zodíaco; uno, que representaba una mujer, destacaba sobre los demás. Era el signo de Virgo. Aquellos dibujos le aclararon muy poco. Sostuvo la mirada fija en el papel, como si estuviera interpretándolo, si bien para él no era más que un galimatías. Lo hacía por no parecer descortés. Cuando alzó la mirada, Leonor le alargó el segundo papel. Era un texto explicativo de lo que aquel jeroglífico señalaba.

—Ahmed atinó en sus pronósticos —comentó la anciana—. Anunció su grandeza y hasta dice que sería el conquistador de un reino. Hace muchos años pensé que aludía a la guerra contra los moros de Granada. Pero luego vino lo de Italia. También dice, como podrá comprobar vuesa merced, que sus méritos serán reconocidos por príncipes y reyes, y hasta por el mismísimo papa.

—Le dispensó una acogida en Roma sólo reservada a los más importantes príncipes —añadió Mendoza un tanto impresionado. A Leonor le habían leído el texto tantas veces que tenía memorizado su contenido.

Mendoza comprobó que un poco más abajo había una alusión a su entrada triunfal en Roma. Eso hizo que la duda lo asaltara. Escamado, miró a Leonor, sospechando que aquel papel podía ser una burda manipulación. Podían haberlo confeccionado después de que don Gonzalo llevara a cabo sus proezas y ser presentado como el vaticinio de un adivino. El interés que despertaba la adivinación en mucha gente había hecho que abundaran los falsarios y embaucadores. Era práctica habitual entre quienes se dedicaban a esa clase de negocios utilizar un lenguaje oscuro y críptico, que fuera susceptible de ser interpretado de formas diversas.

La anciana pareció adivinarle el pensamiento.

—¿Dudáis de ese papel?

El capitán farfulló una excusa.

—Es que…, es que hay tanta exactitud que… Bueno, hay mucho embaucador.

—¿A quién piensa vuesa merced que yo quiero engañar? Tengo esos papeles en mi poder desde hace más de medio siglo. Doña Aldonza me hizo aquel encargo y luego…, luego pasó lo que pasó. Pocas personas los han visto en todos estos años. ¿Qué gano yo mostrándoos estos papeles? No dudéis de que Ahmed adivinó lo que iba a ocurrir. Esto no es un fraude.

El capitán se dio cuenta de que la sensibilidad de la anciana era mucho mayor de lo que podía imaginar.

—Tenéis razón. Disculpadme, aunque nada he dicho que os pueda ofender.

—A veces no es necesario hablar, señor capitán. Tengo ya bastantes años a mis espaldas y la vida enseña muchas cosas. Basta con la expresión de un rostro para saber...

—En Roma, como os dije anoche, está de moda la llamada astrología judiciaria. Muchos la consideran una superstición abominable y la Iglesia la rechaza, aunque no la haya condenado oficialmente. Posiblemente, porque muchos clérigos son aficionados a esta clase de adivinanzas y hay algunos que la practican. Los adivinos son legión y a ellos acude una caterva de clientes buscando conocer qué les depara el futuro. La mayoría de esos sujetos sólo pretenden el dinero de sus clientes, a los que embaucan con mucha palabrería.

—Tengo entendido que los antiguos ya estudiaban las estrellas.

—Es cierto. Entre mucho charlatán e impostor hay quien dominaba el arte de la astrología y es experto en consultar los astros y sus posiciones en el cielo para determinar su influencia en la vida de las personas.

—No dude vuesa merced que aquel moro o judío, o lo que quiera que fuera, era buen estrellero. Esos papeles los compuso ante mí aquella tarde de septiembre de 1453.

La anciana tenía razón al decir que ella no ganaba nada con mostrarle aquellos pliegos. Por el papel parecía haber pasado el tiempo y el color de la tinta se veía desvaído por algunas partes. Era verdad que podía hacerse una falsificación con cierto esmero, pero no había motivo para que Leonor hubiera falsificado aquella carta astral. Mendoza continuó leyendo. Ahmed afirmaba que la estrella de don Gonzalo brillaría rutilante en el firmamento sin especificar fechas.

—Mire vuesa merced lo que dice más adelante, al final, en las... —Leonor dudó un momento como si le costara trabajo recordar—, en las líneas a las que me referí.

El capitán se saltó algunos párrafos y lo que leyó lo dejó paralizado. Se hacía referencia a unas cartas de un poderoso monarca enviadas *a un lugar apartado donde morará por causa de maledicencias y envidias provocadas por el fulgor de su estrella.*

—¡Santo cielo! Aquí está recogido lo de las cartas y... también su situación. —Lo que leyó poco más abajo le hizo exclamar de asombro—: ¡Santa Madre de Dios! Aquí..., aquí dice que en esas cartas se le ordenará «hacerse a la vela para reparar ciertos entuertos que su ausencia provocaba». ¡No especifica más, pero tampoco hace falta!

Ahmed, resultaba evidente, sabía leer el futuro en los astros. Eran muy pocos los que conocían la existencia de aquellas cartas y menos aún su contenido. Si le quedaba alguna duda sobre la autenticidad de la carta astral, se había desvanecido. Aquel pliego, admirablemente redactado, era un compendio de la vida de don Gonzalo de Córdoba.

—Leed lo que está escrito al final —insistió Leonor, que parecía obsesionada con ese párrafo—. ¿Os importaría leerlo en voz alta?

Mendoza leyó el último párrafo y notó cómo se le alteraba el pulso.

—*La empresa, que alegrará su corazón, le traerá pesadumbre. Los cuervos podrían ser de nuevo fuente de grandes sinsabores.*

—¿Os dicen algo esas palabras? ¿Se refieren a las cartas que le habéis llevado?

El capitán no sabía qué decir. Aquellas últimas líneas lo habían dejado perplejo y abrumado. La envidia y la difamación habían causado mucho daño a don Gonzalo.

—Ese Ahmed era un astrólogo muy cualificado. Supo leer en los astros lo que sería la vida de don Gonzalo.

Incluso fue capaz de predecir que Roma se rendiría a sus pies...

—¡Bah! No me refería a eso. —La anciana lo interrumpió sin miramientos y sus palabras sonaron despectivas—. Pregunto a vuesa merced por ese párrafo final. ¿Guarda relación con las cartas que le habéis llevado?

—No sabría deciros. Ahmed no da fechas. ¿No os parece?

—No, Ahmed utiliza el nombre de cuervos para referirse a ese hatajo de bergantes que merodea alrededor del trono para conseguir mucha ganancia con poco esfuerzo y asegura que actuarán de nuevo. —De repente cambió el tono de su voz—. ¿Por qué creéis que os he permitido ver esos papeles? ¿Pensáis que fue por llamaros...? ¿Cómo me dijisteis que os llamabais?

—Luis de Mendoza, capitán Luis de Mendoza.

—¿Pensáis que por llamaros don Luis de Mendoza y ser capitán os he mostrado la carta astral de don Gonzalo? Ni mucho menos. Ha sido porque me dijisteis que veníais de Loja de entregarle unas cartas del rey y que ahora le lleváis su respuesta. Porque eso es lo que se dice en ese papel. Lo que quiero es que vuesa merced le advierta que se cuide mucho. Porque vuesa merced es persona decente. Basta con miraros a los ojos, aunque a veces las apariencias engañan. Me he llevado cada chasco...

—Si esas palabras se leen con detenimiento, revelan que los «grandes sinsabores» no es algo que sucederá inexorablemente. Es una posibilidad. Ahmed dejó escrito que *Los cuervos podrían ser de nuevo fuente de grandes sinsabores.* No lo afirma, sólo es una posibilidad.

—Dios oiga a vuesa merced.

—Puedo aseguraros que don Gonzalo está entusiasmado con el encargo del rey. Es cierto que en la corte muchos no le tienen aprecio, pero nadie puede quitarle su capacidad como militar. Por eso es el Gran Capitán.

—¿Verá vuesa merced a don Gonzalo?

—Creo que muy pronto. Irá a Burgos a postrarse a los pies del rey.

Leonor, entonces, lo sorprendió con otra pregunta:

—¿Tenéis prisa?

El capitán pensó que Camarena estaría ya impaciente. Había transcurrido tiempo más que sobrado para despachar el desayuno y preparar las cabalgaduras.

—Tengo que ponerme en camino. El correo está esperándome para partir. Pero... ¿por qué me lo preguntáis?

—Porque necesitaría un favor de vuesa merced.

—Decid.

—¿Podríais escribirme una carta? Os aseguro que no será larga.

—¿Una carta? ¿Para quién?

—Para don Gonzalo. No querría morir sin decirle... Bueno, ¿os importaría?

El capitán no podía negarse. Lo que Leonor le estaba pidiendo se parecía mucho a una última voluntad. No tenía importancia retrasar la salida un poco más.

—¿Tenéis recado de escribir?

La pregunta hizo que a Leonor se le iluminaran los ojos.

—Puede facilitármelo don Cosme, el párroco. Vive en esta misma calle, tres casas más arriba. Mientras vuelvo, distráigase vuesa merced mirando los papeles.

Salió a toda prisa y el capitán se entretuvo observando la disposición de los cuerpos celestes y las figuras que aparecían dibujadas en la carta mientras Leonor volvía. Regresó con un cuerno de tinta, dos plumas de ganso y un pliego de papel. Mendoza se acomodó en la mesa y escribió al dictado lo que la anciana le fue diciendo. Leonor se despedía de don Gonzalo y le rogaba que se cuidase mucho. Luego le dijo que copiara el párrafo que se refería a la empresa en la que se hallaba enfrascado tal y como estaba consignado en la carta astral: *La empresa, que alegrará su corazón, le traerá pesadumbre. Los cuervos podrían ser de nuevo fuente de grandes sinsabores.* También le dijo que le mandaba la carta astral que Ahmed confeccionó el día de su nacimiento.

—¿Me haréis la merced de entregársela con la carta?

—Lo haré con gusto, pero, decidme, ¿por qué no le disteis esta carta a don Gonzalo?

—Hubo un tiempo en que tuve dudas sobre si había algo de verdad en lo que ahí se dice y más tarde, cuando los hechos se confirmaban, no tuve oportunidad de hacerlo.

Leonor besó el pliego con unción. Ella misma lo dobló y guardó en la carpeta de cuero junto a los papeles de los que había sido fiel guardiana tantos años, antes de entregársela a Mendoza. Se despidió haciendo un esfuerzo por contener las lágrimas que habían aparecido en sus ojos.

El capitán se llevó una imagen de ella muy diferente a la de la mujer que había conocido la víspera cuando se mostró distante y dura.

25

El encuentro con Leonor se había prolongado más de lo esperado y, cuando Mendoza apareció por la posada, Camarena estaba impaciente.

—Los caballos están listos desde hace más de una hora y el desayuno ni os digo el tiempo que hace que lo tengo en los talones. ¿La espera ha merecido la pena? ¿Os ha mostrado la carta astral? —preguntó mirando la carpetilla de cuero que el capitán tenía en la mano.

—No sólo me la ha mostrado. La llevo aquí.

—Enseñádmela, por favor. Anoche picó vuesa merced mi curiosidad.

—¿Ya se te ha olvidado la espera?

Mendoza le mostró el jeroglífico que era el dibujo de los astros y que Camarena observó entusiasmado, aunque sin comprender nada.

—En este otro pliego está la explicación.

—¿Qué dice?

—Partamos ahora. Tiempo tendremos a lo largo del viaje para que te lo comente.

Salieron de Montilla y rápidamente tomaron el camino que llevaba hasta Córdoba. La ciudad quedaba a menos de ocho leguas. Eso significaba que llegarían mucho antes de la puesta de sol, pero pernoctarían en ella.

Durante el camino el capitán fue comentando lo que se decía en la carta y la precisión de los vaticinios. Le explicó que la llevaba porque el deseo de Leonor era que se la entregara a don Gonzalo cuando llegara a Burgos. Camarena quedó impresionado con las referencias que aparecían en los últimos párrafos y los problemas que podían venirle de la empresa que el rey le acababa de encomendar.

Almorzaron de las viandas que portaban en las alforjas, el resto de lo que le había preparado Claudina, por la que Camarena dejó escapar más de un suspiro.

—¿Qué te parece si avivamos el paso?

—¿Por qué? Tenemos tiempo de sobra para llegar a Córdoba.

—Me gustaría ver su catedral. Me han dicho que es la antigua mezquita musulmana.

—Es un templo impresionante. Cuando lo vi por primera vez me quedé pasmado. Tiene tal cantidad de columnas que se te pierde la vista. Merece la pena apresurarnos para que vuesa merced pueda ver esa maravilla. Se topa uno con ella nada más cruzar el puente sobre el Guadalquivir y la posada adonde iremos se encuentra cerca. En una plaza que llaman del Potro.

—Entonces, no se hable más.

El día era apacible. Las tierras parecían feraces, la brisa movía los sembrados que llenaban el paisaje dando la impresión de que cabalgaban en medio de un mar verde, salvo en los barbechos donde se veían rebaños de ovejas pastando. Era un terreno ondulado que descendía suavemente hacia el curso del Guadalquivir y quedaba cerrado en el extremo norte por una línea oscura.

—Aquello que se ve al fondo es Sierra Morena.

El sol estaba muy alto todavía cuando avistaron la ciudad desde una eminencia del terreno que ya descendía hacia el valle en una pendiente más pronunciada. Córdoba se ofrecía a los ojos de los viajeros como una gran mancha blanca con el Guadalquivir bordeándola, salvo por una pequeña zona que quedaba en la ribera sur, unida al resto de la ciudad por un puente.

—Mirad allí. —Camarena señalaba una zona ocre junto al río, frente al puente, que rompía la blancura—. Mirad aquel edificio con muchas cubiertas a dos aguas. ¿Lo veis?

—Sí.

—Aquello es la catedral.

—Parece enorme.

—Lo es. Tiene un patio porticado, casi tan grande como la parte cubierta.

El capitán y Camarena descendieron por la cuesta, que se convertía en un llano a poco más de media legua de las murallas de la ciudad. Pasaron junto a una torre que quedaba a este lado del puente y cruzaron el Guadalquivir, cuyas aguas bajaban majestuosas. Su anchura superaba las cuatrocientas varas y en medio del cauce podían verse algunos islotes donde se alzaban molinos que aprovechaban la fuerza del agua para mover sus palas y ruedas.

—En la colación adonde vamos hay numerosos mesones y posadas. Si no encontramos sitio en uno, lo tendremos en otro. Ahí —Camarena señaló los restos de unos muros con arquerías pegados a la ribera del río— hubo en otro tiempo un molino con una rueda enorme. Lo llamaban el molino de la Albolafia. La rueda la desmontaron porque hacía tal ruido que no permitía descansar a la reina Isabel, que estaba enferma en el Alcázar, que es aquel edificio.

El correo señaló una fortaleza que se alzaba a su izquierda, frente a la mezquita que ya tenían delante de ellos, a pocos pasos de la puerta que controlaba el acceso desde el puente.

Camarena preguntó a un cobrador del portazgo por el camino más corto para llegar a la plaza del Potro.

—Queda cerca. A la derecha, siguiendo la ribera del río llegarán a la puerta de la Pescadería. Pregunten allí.

—Gracias.

Las vías eran estrechas y la afluencia de gente tan grande que optaron por descabalgar. Con los caballos de las bridas recorrieron calles llenas de tiendas y talleres hasta llegar a la puerta de la Pescadería, donde el concurso de personas era todavía mayor. Muchos se apelotonaban ante los bandos que aparecían fijados en un tablón clavado a la pared.

—¿Dónde queda la plazuela del Potro, amigo? —preguntó Camarena a un tendero que vigilaba su negocio desde la puerta.

—¿Ve vuesa merced dónde está la picota? La plaza que se abre a la izquierda es la del Potro. Si los señores buscan donde alojarse…, allí hay varios mesones y también en toda esta calle.

Camarena agradeció la información y se fueron directamente hacia el Potro. Enfrente, un cartel señalaba la mancebía. Si la tarde no se complicaba, el correo pensó que quizá diera una vuelta.

El Potro era un lugar de forma irregular, más largo que ancho, y estaba bien empedrado. En un lateral se alzaba un hospital y en el otro había tres mesones. También allí la concurrencia era extraordinaria. Había numerosos corrillos de hombres conversando.

—Me parece que vamos a tener que buscar hospedaje en otro sitio. ¿No ve vuesa merced cómo está esto? ¡Parece que aquí se haya dado cita medio reino!

—Cierto, ¿qué hará aquí tanta gente?

—En aquel mesón es donde me he alojado otras veces. No es mal sitio, pero me temo…

—¿Te refieres a aquel? —Mendoza señaló un portalón pintado de añil.

—Sí, a ese.

Llegaron a la entrada donde colgaba un tablón en el que podía leerse el nombre del establecimiento: *Las Dos Puertas*, aunque sólo tenía una, que daba a un portalillo. Un individuo, con pinta de bravucón y que mostraba un aire de superioridad, les cerró el paso.

—Vuesas mercedes se han confundido de sitio —les soltó mirando a los caballos y atusándose los mostachos.

—¿Confundido? —respondió Camarena—. ¿No es esta la posada de Las Dos Puertas?

—Lo es —replicó con arrogancia.

—Entonces no estamos confundidos. Haceos a un lado y dejadnos vía libre.

El capitán, un paso más atrás, se limitaba a ser testigo sin abrir la boca. Ya había visto que el valentón tenía una espada ropera con taza labrada y gavilanes muy adornados que colgaba de un ancho tahalí.

—Digo que vuesas mercedes están confundidos —repitió en voz más alta sin moverse una pulgada.

—Y yo os digo que os hagáis a un lado. —Camarena se había llevado la mano a la empuñadura de su cinquedea.

La situación se estaba tensando demasiado y el capitán decidió intervenir.

—¿Por qué dices —lo tuteó con intención— que estamos confundidos?

—Porque la compañía que se está alistando es de infantería. —Volvió a mirar los caballos—. La caballería se está formando en otro sitio.

—¿Cómo has dicho? ¿Quieres repetirlo?

El bravo miró al capitán de soslayo y le respondió con desgana.

—Que la compañía que aquí se está levantando es de infantes. ¡Nos vamos a Italia!

Incrédulos, intercambiaron una mirada.

—¿Quién la está alistando?

—El capitán Peralta.

—¿Está en la posada?

—Apuntando a la gente, ¿acaso lo conoce vuesa merced?

—¡Por todos los diablos! ¡Toma, Camarena, sostén la brida!

Mendoza, ante la mirada sorprendida del sujeto, entró en el patio donde había otros tantos corrillos. Vio una bandera colgando del piso de arriba justo encima de donde había un bufetillo y un escribano que anotaba la filiación de los hombres, que después de un somero examen firmaban su compromiso y pasaban a otra mesilla donde recibían los dineros del enganche y la primera paga.

—¡Capitán Peralta! —gritó Mendoza lo suficientemente alto como para que su voz se elevara por encima de los murmullos y comentarios. Por un momento se hizo un silencio en el patio y todas las miradas se concentraron en él.

Peralta frunció el ceño, molesto por el grito. Pero, al reconocer a su autor, exclamó:

—¡Don Luis de Mendoza! ¡Por todos los diablos! ¿Qué hace vuesa merced en Córdoba? ¡Yo os hacía en Italia!

Santiago Peralta y Luis de Mendoza se fundieron en un abrazo en medio de la curiosidad de los presentes.

—¡Qué alegría, Peralta!

—También yo me alegro de veros. ¿Qué buenos vientos han traído a vuesa merced por aquí?

—Vengo de Loja y voy camino de la corte. El rey está en Burgos.

A Peralta pareció importarle un bledo la corte y el rey.

—¿Dice vuesa merced que viene de Loja? ¿Habéis estado con don Gonzalo?

—Llevo cartas suyas para el rey.

—¿Desde cuándo os dedicáis a ese menester?

—En realidad, no... Doy escolta al correo.

Peralta se acarició el mentón. No entendía nada. Pero no preguntó más.

—¿Quiere decir que estáis al tanto de todo esto? —Extendió su brazo mostrando el aspecto del patio.

—Llevé a don Gonzalo... Bueno, escolté al correo que le entregó las cartas del rey. Lo que no me explico es que estéis ya levantando la compañía. Sólo hace tres días que don Gonzalo recibió la orden de formar un ejército para marchar a Italia nuevamente.

—Recibí carta suya ayer por la noche y esta mañana he alzado la bandera. ¡Ha sido increíble! Ha bastado hacer sonar la caja por algunas calles para que la gente haya acudido como las moscas a la miel. ¡Mirad, mirad! —Volvió a señalar el patio—. ¡El nombre del Gran Capitán es como..., como un talismán! Si la compañía no queda completa hoy, lo estará mañana. ¡Ese ejército va a estar levantado en cuestión de una o dos semanas! Ahora, contadme. ¿Qué es eso de dar escolta a correos del rey? Venid, vamos a tomar unas jarras de vino, pero antes aguardad un momento.

—Aprovecharé para ver si nos dan alojamiento aquí o tenemos que buscar otro sitio donde pasar la noche. El correo espera con los caballos en la calle. Quien habéis puesto a vigilar la puerta no nos dejaba entrar, pensando que estábamos confundidos y que éramos de caballería.

Consiguieron alojamiento, gracias a la intervención de Peralta. El capitán tenía influencia sobre el posadero. Camarena se encargó de acomodar los caballos y del aposento. El alférez de la compañía se hizo cargo del alistamiento y los dos capitanes se sentaron a una mesa que estaba junto a unos pellejos de vino y unas barricas, en una sala junto a la cocina, que era uno de los pocos lugares tranquilos de la posada.

Mendoza contó a su compañero su regreso de Italia y su llegada a la corte.

—Estoy en Burgos, administrando la hacienda de un tío mío, que es miembro de la curia romana. Pero sólo será por pocos días.

—¿Y eso?

—También yo levantaré una compañía. Se lo he dicho a don Gonzalo y cuento con su autorización.

—¿Cómo está?

—Ilusionado. Cuando leyó la carta, pareció rejuvenecer. Le faltó tiempo para tomar las primeras disposiciones. En Loja están con él Acuña y Gómez de Medina, que sigue encargándose de las cosas de intendencia.

—¡Qué mala pasada le jugó el rey mandándolo allí! Supongo que lo de Rávena ha sido lo suficientemente grave como para que don Fernando haya tenido que acudir a él.

—Las noticias que han llegado a Burgos, al menos hasta que yo partí hacia Loja, decían que el descalabro había sido de consideración y que en gran parte se debió a que quien mandaba nuestro ejército no estuvo acertado. Navarro logró que el desastre no fuera mayor, pero le costó ser hecho prisionero.

—¿Navarro está preso de los franceses?

—Esas son las noticias.

—¡Que Dios los asista!

Ambos soltaron una carcajada.

—Decidme, Peralta, ¿hay noticias de que se estén levantando otras compañías?

—Sí, aquí está mosén Mudarra. Vive de lo que le rentan un par de capellanías, pero no tiene vocación de clérigo, lo suyo es la milicia. Se está encargando de la caballería. Tengo información de que también hay mucha gente alistándose.

—¿Sabéis que viaja don Gonzalo a Burgos?

—¿Cuándo?

—Me dijo que partiría pronto. Pero no concretó la fecha. Antes de ponerse en camino quería dejar arreglados unos asuntos.

—Me gustaría ver el encuentro con el rey. Daría media paga de esta campaña. ¿Cuándo continuáis viaje?

—Saldremos mañana. El correo y yo queremos estar en la corte lo antes posible.

—¿Os gustaría ver al mosén? Puedo enviarle recado para cenar juntos esta noche. Conozco un sitio donde no se come mal y podremos hablar con cierta tranquilidad.

—Mandadle aviso. Había pensado ver la catedral que, según dicen, es obra extraordinaria.

—¡Puesto que es trabajo de moros! Todo un acierto que esa mezquita no la derribaran, aunque algunos piensan que habría sido lo mejor. No os marchéis de Córdoba sin verla, pero podéis ir mañana. Queda cerca de este mesón y abre sus puertas desde muy temprano. ¿Mando aviso a Mudarra?

—No se hable más.

—Entonces esta noche cenaremos con el mosén. ¡Ese clérigo dejará lo que tenga que hacer para acompañaros!

26

El lugar elegido por Peralta era discreto y no quedaba lejos de Las Dos Puertas. Se trataba de un mesón al final de la calle de los Deanes, un sitio propicio a las confidencias.

Mendoza llegó cuando ya estaban allí los otros dos capitanes. Camarena lo había acompañado hasta la misma puerta del mesón para después dirigirse a la mancebía dispuesto a echar un rato con alguna moza de buen ver.

El encuentro con el mosén fue efusivo.

Por el clérigo soldado no parecían pasar los años, su aspecto era excelente. Bajo de estatura, era enjuto de carnes y conservaba su cabello negro, que siempre llevaba muy corto. Lo mismo peleaba dirigiendo una unidad de caballos que al frente de una compañía de infantería y, si se terciaba, disfrutaba mucho echándole una mano a Navarro preparando los artefactos de pólvora con los que derribaba lienzos de muralla o fuertes torres cuando un asedio se alargaba demasiado. Mendoza siempre se había preguntado cómo un cuerpo tan menudo podía albergar un espíritu tan grande.

El mesonero los condujo a una mesa en un rincón apartado y antes de retirarse les sugirió:

—¿Una jarrilla de vino? Todos asintieron.

—Sentémonos —propuso Peralta—, el mesonero nos cobrará lo mismo que si seguimos en pie.

Los tres se acomodaron en torno a la mesa.

—¡Compruebo que por vuestra paternidad no pasan los años! ¿Será el vino de consagrar?

—¡Qué diantres, Mendoza! Yo no consagro. ¡No puedo decir misa! Sólo he recibido las órdenes menores, imprescindibles para poder cobrar las rentas de las capellanías. Son otros quienes se encargan de decir las misas.

—No me he referido a la sangre de Nuestro Señor Jesucristo, sino al vino de consagrar.

—¡Tate, tate! —El mosén miró a su alrededor y observó que nadie había oído las palabras de Mendoza—. No bromee vuesa merced con esas cosas. Los de la Inquisición tienen oídos por todas partes y esta ciudad ha vivido algunos episodios...

—¿Qué episodios? —preguntó Mendoza con curiosidad.

—Mejor dejar ese asunto —intervino Peralta.

—Sí, mejor. Las heridas todavía están frescas —corroboró el mosén.

Mendoza recordó que Camarena, aludiendo a los enfrentamientos vividos por los linajes de los Fernández de Córdoba, había mencionado que la ciudad se amotinó a causa de los rigores de un inquisidor. Se preguntó si estarían refiriéndose al mismo asunto. Se quedó con ganas de saber de qué se trataba. Pero consideró prudente no insistir..., al menos por el momento.

—Cuando Peralta me envió una nota diciéndome que estabais aquí no podía darle crédito. —El mosén había cambiado de conversación—. Os hacía en Italia. ¿No andabais tras una veneciana…? ¿Cómo se llamaba?

—Maria, se llama Maria y es mi esposa.

—¡Así que os habéis casado!

—Hace pocos meses, justo antes de venirme de Roma. Vivimos en Burgos administrando los bienes de mi tío, el cardenal. Estoy de paso por Córdoba prestando servicio al rey.

—Hombre casado…, burro domado —ironizó el mosén—. Eso explica que vuesa merced haya optado por vivir en Burgos. La vida es más…, más tranquila que ordenando asaltos, cavando fosos y oyendo el tronar de las culebrinas y las bombardas.

—Yo no haría votos por esa tranquilidad a la que alude vuestra paternidad. He atravesado casi todo el reino, de punta a punta, en menos de una semana.

—¿Qué clase de servicio es ese que os tiene a tan mal traer? —preguntó Mudarra.

—Escolto a un correo.

El mosén puso cara de asombro.

—¿Bromeáis?

—En absoluto.

—Doy fe de que he conocido al correo —aseguró Peralta.

—¡Extraña misión! ¡Un capitán guardándole las espaldas a un correveidile!

—¿No os ha dicho Peralta que ese… correveidile, como lo llamáis, llevaba a don Gonzalo las cartas que han levantado este revuelo en que vuesas mercedes están ya metidos hasta las trancas?

—No. Ni en la nota que me envió para venir, ni tampoco me lo ha dicho mientras os esperábamos. Le interesaba más saber cómo iba la formación de la compañía de caballos.

—¿Cómo va?

—¡Es algo increíble, Mendoza! Ni las moscas acuden a la miel tan deprisa como se está enrolando la gente. Cuando la noticia se extienda… Antes de firmar preguntan para asegurarse de que es el Gran Capitán quien estará al frente. Una vez que se les dice que sí, que el ejército lo mandará don Gonzalo de Córdoba, no lo dudan. Muchos ni siquiera se interesan por cuánto será la paga.

—Ya os dije esta tarde que el nombre de don Gonzalo es como un talismán —le recordó Peralta.

—A este paso los doce mil hombres estarán completos…

—¿Ha dicho vuesa merced doce mil hombres?

—Sólo de infantería. A ellos hay que añadir otros dos mil de caballería.

Se hizo un breve silencio en torno a la mesa que los tres aprovecharon para darle un tiento al vino.

—Es mucha gente —comentó Mudarra limpiándose la boca con el dorso de la mano—. ¿Tan pocos han quedado después de lo de Rávena?

—Las noticias llegadas a la corte es que la escabechina fue grande y que también los franceses se llevaron lo suyo.

Peralta frunció el ceño. La cifra le pareció excesiva.

—Enrolar tantos hombres no es empresa fácil y más todavía con la cantidad de gente que se embarca para ir a las Indias. Serán precisas sesenta compañías sólo de infantería.

—Tampoco lo será disponer todos los barcos necesarios para transportar a tanta gente —apuntó Mudarra.

—Sesenta entre galeras y carracas —señaló Mendoza—. A las que habrá que añadir numerosos faluchos y barcazas con los que transportar caballos, armas, bastimentos, cañones, pólvora… Don Gonzalo ya ha mandado correos a Málaga para que las autoridades presten los barcos.

—¿Zarparemos de Málaga?

—Ese es el puerto señalado, mosén. Supongo que en las cartas que os ha enviado don Gonzalo señala la plaza de armas.

—A mí, Córdoba —dijo Mudarra—, así que si tenemos que ir a Málaga no me moveré de aquí.

—Yo tengo que ir a Antequera —señaló Peralta.

—Don Gonzalo vendrá a Córdoba. Será aquí donde reciba a los hombres de armas que también se sumen a la campaña. Pero antes irá a la corte a ponerse a los pies del rey. Allí se habla mucho de invadir Navarra.

—Eso no es una novedad. Navarra ha estado siempre presente en los planes de don Fernando.

—Parece que ahora la cosa va muy en serio. Al menos ese es el rumor que corre en la corte. Hay quien dice que el rey levantará otro ejército para llevar a cabo esa campaña.

—Eso significaría abrir otro frente —terció Peralta—. Si don Fernando está dispuesto a hacerse con ese reino, los franceses no le van a la zaga y entre los navarros cuentan con numerosos partidarios. No se estarán quietos.

—Estoy de acuerdo. Pero me parece mucha guerra —sentenció Mudarra.

En ese momento se acercó el mesonero y dejó sobre la mesa una escudilla con aceitunas.

—¿Van a comer vuesas mercedes?

—¿Qué hierve en el puchero? —preguntó Peralta.

—Estofado de rabo de toro. Está para chuparse los dedos.

Mendoza no pudo evitar una sonrisa.

—¿Qué os hace gracia? —le preguntó el mosén, y el mesonero lo miró con suspicacia.

—Que todo en el toro es aprovechable.

—¿Lo dice vuesa merced por alguna razón?

—Porque es cierto. —Las palabras de Mendoza sonaron a excusa.

—Tráenos tres escudillas —ordenó Peralta al mesonero sin esperar a que los otros aceptaran su propuesta.

—No se arrepentirán vuesas mercedes. Nadie guisa ese estofado como yo. Ya lo veréis.

Cuando el mesonero se hubo alejado unos pasos, Mudarra se dirigió a Mendoza.

—Si estáis prestando servicio al rey, quiere decir que no vendréis con nosotros a Italia.

—El mosén se equivoca. Iré a Italia al frente de mi propia compañía. Me he puesto a las órdenes de don Gonzalo. Cuando llegue a la corte, veré cómo arreglo lo de la administración de la hacienda de mi tío. Espero que no haya problemas.

—¡Bravo, Mendoza! ¡Así me gusta! —El mosén le dio una palmada en la espalda—. ¡Eso se merece un brindis! Lo vuestro no son las contabilidades, las rentas y zarandajas de esa clase. Lo mismo que lo mío no son los latines, los rezos y las misas. Aunque ¿saben vuesas mercedes que don Gonzalo estuvo a punto de hacerse fraile?

—¡No! —Mendoza pensó que el mosén, quien tenía fama de cuchufletero, estaba de chanza.

—Es cierto. Quiso profesar en un monasterio de jerónimos que hay a poco más de una legua de Córdoba. En un lugar llamado Valparaíso.

—¿No bromeáis?

—En esta ocasión el mosén habla muy en serio —señaló Peralta, que también debía de conocer la historia.

—Don Gonzalo creyó sentir la llamada de Dios y se plantó en el monasterio solicitando hablar con el prior, que era fray Antonio de Hinojosa. Pidió el hábito de los jerónimos, pero el prior le dijo que se fuera de allí, que para cosas más importantes que cantar maitines o escardar cebollinos en la huerta lo tenía Dios reservado.

Mendoza se acordó de la carta astral.

—¿Era el prior adivino?

—No, simplemente un hombre versado en asuntos relativos a la condición humana. Supo ver en el joven que tenía delante... al Gran Capitán. Tengo entendido que su familia, no sé si su padre o su hermano don Alonso, estuvieron muy relacionados con ese monasterio donde los frailes guardan importantes sumas de dinero a personas que allí lo depositan.

—¿Se han metido los frailes a banqueros?

—No seáis malpensado, Mendoza. Los jerónimos de Valparaíso llevan una vida ejemplar.

—Es cierto —confirmó Peralta—. Ese monasterio ha servido de refugio a algunas personas que acudieron en busca de auxilio en los momentos de zozobra vividos en la ciudad. Allí encontró asilo el mismísimo obispo cuando huía, perseguido por su sobrino don Alonso de Aguilar, el hermano mayor de don Gonzalo, quien estaba dispuesto a ajustarle las cuentas.

—¡Qué familia! —El mosén parecía divertido.

—He oído contar historias acerca de las reyertas que mantenían en estas calles los partidarios de don Alonso de Aguilar y los de su tío, el conde de Cabra —indicó Peralta—. Había algunas controladas por los partidarios de uno y, si los parciales del otro se arriesgaban a pasar por allí, podía costarles la misma vida. La rivalidad entre ambos estaba más allá de toda razón y se vivieron episodios memorables.

—¡Contad, Peralta, contad! —lo animó Mudarra.

—Lo que sé sólo es de oídas, aunque por boca de alguno de sus protagonistas. La historia se remonta a los años anteriores al nacimiento de don Gonzalo. El conde de Cabra, don Diego Fernández de Córdoba, llegó a atacar al padre de don Gonzalo, don Pedro de Aguilar, cuando, recién casado, se dirigía a Montilla con su esposa doña Elvira de Herrera.

—¿Por qué los atacó?

—Litigios y enfrentamientos por el dominio de ciertas tierras.

—¡Muy propio de parientes! —se chanceó el mosén.

—Muy propio —admitió Peralta—. Muerto don Pedro, las peleas las continuó su hijo don Alonso. El asunto derivó incluso en un reto, en un duelo en Granada...

—Algo he oído de ese duelo —señaló el mosén—. ¿De qué fecha estáis hablando, Peralta?

—Si quien me contó la historia no andaba equivocado, fue allá por la primavera de 1470. Por entonces don Gonzalo era un doncel de poco más de quince años.

—Pero..., pero ¿en Granada? El sultán... —Ahora el sorprendido era Mendoza.

—El sultán era Muley Hacén, el padre de Boabdil. Los granadinos y los castellanos eran enemigos, pero también eran vecinos. La frontera era lugar de conflictos, pero tenía sus ventajas.

—¿Qué ocurrió para que se retaran?

—La historia arranca de un hecho acaecido muy cerca de donde estamos. En las casas de don Alonso de Aguilar. El conde de Cabra había venido a Córdoba a unos asuntos de su cabildo municipal. Su pariente lo invitó a su casa, pero era una trampa. Lo prendió y lo obligó a renunciar a las tierras del litigio. Cuando el conde se vio libre, no reconoció la renuncia, acusó a su pariente de felón y lo retó a un duelo.

—¡Aquel era otro mundo! —exclamó Mendoza después de dar un trago a su vino.

—Cierto —corroboró el mosén—. Han pasado poco más de cuarenta años, pero ya nada es igual. Por aquel tiempo yo era un joven que huía de los latines como de la peste, pese al empeño de mi padre, y algo oí contar de ese duelo porque fue muy escandaloso.

—Hoy las cosas son de otra manera —convino Mendoza—. El mundo no es el mismo.

—Nosotros lo hemos agrandado con esas tierras que atraen a tantos y que se extienden al otro lado del océano —apostilló Mudarra—. Ya no hay moros con los que pelearnos a este lado del estrecho de Gibraltar, ni judíos que nos presten dineros y a los que persigamos para no tener que pagárselos. Se vive de una forma muy diferente.

—¿Qué pasó con el duelo? —preguntó Mendoza.

Peralta iba a proseguir con la historia, pero calló ante la llegada del mesonero y de un mozo con las escudillas llenas de un humeante estofado y un cuenco con rebanadas de pan.

—Ya me dirán vuesas mercedes si este estofado no está para chuparse los dedos. ¿Otras jarrillas de vino?

Peralta miró a sus compañeros y ambos asintieron.

—Sí, otras tres jarrillas.

—Volando, Pedro —ordenó al mozo—. Tres jarras de vino para los caballeros.

El mesonero aguardó a que el mozo trajera el vino y aprovechó para hacer un comentario a algo que antes había dicho Mendoza.

—Supongo que cuando vuesa merced dijo antes que en el toro todo es aprovechable, sería porque el rey, según cuentan, se está atracando de testículos. ¿Es cierto? Vuesa merced estará bien informado. El capitán —miró a Peralta— me ha dicho que estáis en la corte.

—Sólo sé que corre el rumor por Burgos.

—¡Será porque se dice que de lo que se come se cría y a su alteza le hará buena falta con su nuevo matrimonio! —se chanceó el mosén atacando la escudilla de estofado, y añadió—: ¡No has exagerado, mesonero! ¡Está bueno!

El mozo llegó con las jarrillas y el mesonero se retiró. Mendoza aprovechó para invitar a Peralta a terminar la historia del duelo.

—El asunto se complicó porque el rey, por entonces era don Enrique, se negó a que se celebrara. Entonces don Diego recurrió al sultán de Granada. Muley Hacén aceptó gustoso y ordenó levantar un palenque ante una de las puertas de la Alhambra.

—¿Quién resultó vencedor?

—No hubo duelo y se dictaminó como vencedor al conde porque don Alonso no compareció. Don Diego estuvo, según cuentan, haciendo alardes en el palenque toda la mañana, yendo de un lado para otro montado en su caballo y gritando insultos e improperios contra don Alonso. El sultán lo declaró vencedor.

—¡Qué historia!

—Aquello dio que hablar. Muchos censuraron al hermano de don Gonzalo, considerando que, al no comparecer, había actuado con cobardía —apuntó el mosén.

—Unos años más tarde —prosiguió Peralta—, cuando don Gonzalo era un mozo de unos veinte años, don Alonso lo nombró alcaide de Santaella, una de las villas de su señorío, que está a cuatro o cinco leguas de Montilla. El conde de Cabra dio un golpe de mano y apresó a don

Gonzalo, llevándoselo a su castillo de Cabra, donde lo mantuvo encerrado dos años.

—¿Estuvo dos años preso? —se sorprendió Mendoza. —Quien me contó la historia dice que lo tuvo enjaulado.

—¿Habláis en serio?

—Cuento lo que me contaron.

—No se sorprenda vuesa merced. —Los vivaces ojillos del mosén brillaban maliciosos—. Peralta está refiriéndose a relaciones de parientes y, cuando hay en juego intereses…, no hay primos, tíos o sobrinos, ni siquiera hermanos. He vivido algunas experiencias en ese terreno y las riñas suelen ser muy frecuentes. Luego…, cuando uno muere, muchas misas, muchos rezos y mucha monserga, pero cuando hay dineros de por medio…

Aprovecharon el final de la historia para acabar de dar cuenta del guiso y apurar las jarrillas de vino. El mesonero, que a Mendoza le había parecido un tanto entrometido, no había exagerado con el guiso. Lo que seguía rondándole en la cabeza era el comentario de Mudarra sobre los episodios con la Inquisición vividos en la ciudad y que Peralta había dicho que las heridas estaban todavía frescas. Decidió que era momento de preguntarles abiertamente. No quería marcharse sin saber qué había sucedido.

—¿Qué ha ocurrido en Córdoba con la Inquisición?

La pregunta cogió por sorpresa al mosén y a Peralta. Ambos cruzaron una mirada que dejó a Mendoza más intrigado de lo que ya estaba.

27

Barrientos abandonó el gabinete con una sonrisa taimada. Al trujimán siempre le había gustado jugar con el significado de las palabras cuyo traslado al castellano podía hacerse con doble sentido. Disfrutaba dejando abierta la posibilidad a… interpretaciones. Sabía que era un juego peligroso, pero sólo arriesgaba lo justo y hasta ahora había salido bien parado y el secretario se mostraba generoso, como atestiguaban los dos ducados que acababan de ir a su bolsillo y que se sumaban a los reales que ya le había entregado.

Almazán, una vez que el trujimán hubo salido, estaba de nuevo plantado ante la ventana viendo cómo la lluvia, que había perdido fuerza, resbalaba por los cristales. Sabía que la apuesta era comprometida, pero si quería que don Fadrique aflojara todo el dinero que necesitaba había que arriesgar. Miró el papel que Barrientos acababa de entregarle cuando Galindo apareció en el gabinete.

—El texto de la cédula, señor. En el momento en que su alteza la firme, podemos comenzar a sacar las copias.

—¿La has revisado?

—Por supuesto.

—Está bien, dámela y aguarda instrucciones.

Galindo se marchó y el secretario se encaminó por tercera vez en aquella jornada hacia el aposento real. En la antecámara permanecían los habituales corrillos. Había cortesanos capaces de pasar todo el día allí a la espera de alguna noticia. Entre ellos se contaban algunas dignidades eclesiásticas. Los murmullos y los comentarios amainaron al verlo llegar.

—¡Almazán, Almazán! —lo llamó el duque de Béjar.

—Buenos días, don Álvaro. —El secretario remarcó mucho el saludo para ponerlo en evidencia.

—¿Es cierto que ha llegado un correo de Francia? —preguntó altivo el duque.

—Su excelencia está bien informado. En efecto, ha llegado el correo de Francia que aguardábamos desde hace algunos días. —Le mostró el pliego que llevaba en la mano.

—¿Qué noticias ha traído?

El secretario lo miró y dejó que transcurrieran unos segundos, buscando atraer la atención de los presentes para que el escarnio fuera mayor. A Almazán le importaba muy poco que el de Béjar fuera cuñado de don Fadrique Álvarez de Toledo, quien estaba casado con su hermana, Isabel de Zúñiga. Una mujer bellísima, a la que se rumoreaba que su esposo no tenía la debida consideración.

—¿Espera vuestra excelencia conocerlas antes que su alteza?

En la antecámara se oyeron algunas risitas, acompañadas de los murmullos, que eran el principal alimento de muchos cortesanos.

Don Álvaro de Zúñiga encajó mal el golpe. Iba a decir algo, pero don Fadrique se adelantó. Alba era consciente del poder del secretario y su cuñado no tenía una posición consolidada en la corte. Había sido uno de los cabecillas, junto a los duques de Medina Sidonia y Nájera, el conde de Benavente y el marqués de Villena, de lo que el rey consideró una conjura al alentar al marido de doña Juana a hacerse con el poder y obligar a don Fernando a abandonar la regencia del reino y retirarse a Aragón. El rey toleraba su presencia en la corte, donde no se dejaba ver todo lo que deseaba. En sus circunstancias, ganarse el rechazo del secretario era lo peor que podía ocurrirle a don Álvaro.

Almazán entró en los aposentos reales y la antecámara se llenó de comentarios que quedaron interrumpidos cuando, pocos minutos más tarde, salió de su visita al monarca con aire satisfecho. Buscó entre los corrillos al duque de Alba, pero don Fadrique y su cuñado habían desaparecido. Se marchó sin decir palabra y, cuando llegó a su gabinete, ordenó a uno de los ujieres que avisase a Galindo. Mientras llegaba, garabateó a toda prisa unas líneas que concluyó justo cuando, tras unos suaves golpecitos, su hombre de confianza asomó la cabeza.

—¿Me habéis llamado, señor?

—Pasa, Galindo. Necesito que localices a don Fadrique...

—¿El duque de Alba?

—Sí, tienes que entregarle esta nota. Hace poco estaba en la antecámara, pero cuando he salido de despachar con su alteza ya no se encontraba allí. Posiblemente se haya marchado y esté con el duque de Béjar. Toma. —Le tendió la nota garabateada a toda prisa—. Si tienes que buscarlo por todo Burgos, hazlo, pero no vuelvas hasta que hayas dado con él y le entregues esa carta.

—¿Esperáis respuesta?

—Sólo que te dé confirmación acerca de lo que va escrito ahí. ¡Ah! Llévate también la cédula. Ya está firmada por el rey. Quiero cien copias. Han de estar listas para mañana cuando venga.

En Burgos amaneció un día radiante, el viento de la noche se había llevado las nubes y la lluvia. La atmósfera estaba limpia y el sol calentaría conforme avanzara la mañana. El rey, después de su paso por la capilla, se había encerrado con doña Germana, lo que era un regalo añadido para Almazán porque don Fernando no lo llamaría. Aguardaba la hora de reunirse con don Fadrique. La víspera, Galindo había podido localizarlo y el duque le había confirmado que lo recibiría a la hora que le proponía en la carta que le había enviado. El secretario prefería ir a verlo a su casa como una deferencia hacia su persona. Sabía que tenía todas las bazas para sacar adelante su plan, sobre todo, cuando Galindo le dijo que después de leer el papel se había puesto nervioso y hasta le preguntó si había ocurrido algo de lo que Galindo tuviera noticia.

El secretario, zorro viejo en las intrigas palatinas, no deseaba tentar a la suerte más allá de lo imprescindible y, aunque su posición en la corte era sólida, no debía olvidar que don Fadrique formaba parte de la familia del rey y la sensatez indicaba que visitarlo en su casa revelaba un detalle de consideración.

La casa donde vivía el duque de Alba en Burgos estaba en la calle de Santa Águeda: un caserón enorme para dar cabida a una numerosa servidumbre que superaba el medio centenar de personas. Era medianera con una antigua iglesia donde se veneraba un Cristo al que los burgaleses tenían mucha devoción.

Almazán aguardó a que llegara la hora de la cita revisando algunos papeles, aunque no les prestaba la atención debida. Su cabeza estaba en la reunión que iba a tener con el duque. Poco antes de la hora Galindo apareció con un fajo de cédulas en las que se hacía el llamamiento para que quienes lo desearan se incorporaran al ejército que iba a formarse para invadir Navarra. Las mercedes que se hacían eran de consideración y a ello se unían los importantes beneficios espirituales que su santidad el papa había concedido mediante una bula a quienes participaran en la campaña, al tiempo que amenazaba con penas que incluían la excomunión a quienes se opusieran.

—Aquí tenéis las copias de la cédula, señor. Un ciento, como habíais ordenado, los escribanos han trabajado sin descanso. —Galindo las dejó sobre la mesa—. En el momento que vuesa merced las firme, por mandato del rey, podrán ser distribuidas.

—No hasta que regrese de ver a don Fadrique. Cada cosa a su debido tiempo.

—Como vuesa merced dijo que hoy...

—¿Es que nunca vas a aprender? Una cosa es que estés preparado y otra muy diferente entrar en acción.

Despidió a Galindo y se puso en pie con cierta dificultad. El dolor de huesos que padecía desde hacía algunos años era cada vez más molesto y se intensificaba con la lluvia. Compuso sus ropas y se disponía a salir del gabinete, pero un ujier le indicó que el palomero deseaba verlo.

—¿Lo hago pasar, señor?

—Sí, que pase. Que pase inmediatamente.

El palomero era un hombrecillo de aspecto ruin, pero su mirada era viva y penetrante, denotaba inteligencia. Vivía al pie del castillo, dedicado a sus palomas y a cuidar un huertecillo donde cultivaba hortalizas y criaba un par de cerdos que mataba por San Martín. Tenía palomas distribuidas en diferentes lugares del reino, adonde las enviaba valiéndose de arrieros y trajinantes que pasaban por Burgos, para que los agentes de Almazán las echaran a volar con los mensajes que recogía en su palomar. El secretario le tenía ordenado que cuando llegasen noticias se las llevara sin pérdida de tiempo.

—¿Ha llegado algo?

—Sí, señor, de Loja. La paloma es de las pocas capaces de volar de noche. Ha llegado hace poco rato, agotada —le comentó, entregándole un diminuto cartucho de cuero.

El secretario lo despidió sin mostrarle el menor agradecimiento. Una vez solo extrajo con unas pinzas el pequeño rollo de papel, lo desenrolló con mucho cuidado y utilizó una lupa para leerlo. No sólo porque de un tiempo a esta parte su vista había menguado mucho sino porque aquellos mensajes, atados a la pata de las palomas, estaban escritos con una caligrafía minúscula. Lo que leyó hizo que soltara una exclamación de júbilo. La información le permitía abordar la conversación con don Fadrique desde una posición incluso mejor que la que tenía. La noticia había llegado en el momento justo. Miró el montón de copias que Galindo acababa de dejarle y recordó lo que le había dicho acerca de que siempre hay que estar preparado. Se guardó el papelillo en un bolsillo de su gabán y abandonó el gabinete.

Dio instrucciones a los porteadores de la silla de manos que utilizaba en lugar de una tartana cuando los huesos le dolían demasiado para subir o bajar del castillo —las pendientes eran demasiado empinadas para sus años y achaques— para que lo dejaran en uno de los laterales de la catedral, junto a la puerta del Sarmental. La mañana era espléndida. Después de los días de lluvia el sol lucía para contento de los burgaleses, las calles estaban animadas y los comercios concurridos. Almazán bordeó la catedral y en la plaza de Santa María, además de los numerosos clérigos que siempre pululaban por la zona, se encontró con los tenderetes de los recoveros, hortelanos y regatones que a diario vendían los huevos que compraban por las granjas y heredades de los contornos y las frutas y verduras criadas en las huertas de la ribera del Arlanzón. También acudían vendedores de miel, queso, leche, volatería procedente de la caza y vendedores de telas, lo que había provocado más de una protesta del gremio de pañeros, que veía en ello una competencia desleal; hasta buhoneros que se hallaban de paso por la ciudad buscaban hacer negocio. Dejó atrás la bulliciosa plaza y se adentró por la calle de Santa Águeda, donde estaba la morada de don Fadrique.

A la casona se accedía por un portón coronado por un arco de medio punto de piedra lisa en que era visible el paso del tiempo. Pertenecía a un mercader de lanas que se la había arrendado porque el carácter itinerante de la corte hacía que quienes por obligación o por deseo estaban cerca del rey no adquiriesen las viviendas y prefirieran arrendarlas. Don Fadrique había ordenado que los blasones de su casa lucieran en la fachada, esculpidos en relieve en una piedra que había pegado a la pared.

Un criado acudió a su llamada y debía de tener instrucciones porque, de inmediato, lo condujo a un saloncito ricamente adornado. El interior de la vivienda, con los suelos cubiertos por alfombras, y tapices y pinturas colgando de las paredes, contrastaba con la austeridad que ofrecía al exterior. En el saloncito, además de dos sillones de aspecto frailuno, podía verse, junto a dos grandes velones de latón, un bargueño primorosamente trabajado. El lugar de honor lo ocupaba un retrato de doña Isabel de Zúñiga. La esposa de don Fadrique había sido retratada con un traje de terciopelo granate con las mangas acuchilladas con seda blanca y un cuello rizado de delicado encaje. Estaba muy enjoyada y con un abanico en la mano. Almazán se hallaba embelesado en la contemplación de la bellísima dama cuando oyó al duque aproximarse.

—Excelencia… —lo saludó con una inclinación que era poco menos que una reverencia.

—Buenos días nos dé Dios, Almazán. Tomad asiento. —El duque le señaló uno de los sillones, al tiempo que él se acomodaba en el otro—. Vuesa merced me tiene intrigado desde que ayer ese escribano me entregó vuestro mensaje. ¿Qué es lo que debo saber?

A don Fadrique, ya se lo había dicho Galindo, recibir aquella nota lo había puesto nervioso, pero lo había satisfecho mucho que el secretario hubiera propuesto su casa como lugar de la cita. Las veces que acudió a su gabinete, lo había hecho a regañadientes, obligado por la necesidad. Tampoco le había gustado la actitud desdeñosa que Almazán mostró la víspera en la antecámara del rey con don Álvaro de Zúñiga, pese a que su cuñado no había estado muy acertado. Ya tendría ocasión de ajustarle las cuentas a aquella sanguijuela.

—Lo que quería deciros cuando ayer escribí la nota que Galindo os entregó es diferente a lo que ahora voy a comentaros. —Con aquellas palabras Almazán pretendía mostrarse ante el duque como persona sincera y con la que compartía intereses—. Hay ocasiones en que las cosas cambian en la corte con la misma facilidad que la dirección de las veletas.

El duque torció el gesto temiendo que en las últimas horas una intriga cortesana de las que se fraguaban a diario hubiera alterado el rumbo de los acontecimientos y dado al traste con su nombramiento para dirigir el ejército de Navarra.

—¿A qué os referís? —preguntó amoscado.

—A algo que acabo de conocer. En este momento soy la única persona de la corte que posee esa información, lo que, como comprenderéis, me proporciona cierta ventaja.

—¿Qué información es esa?

—Una que nos obliga a movernos con cautela, pero, sobre todo, nos impone actuar con rapidez.

A don Fadrique le gustó que Almazán utilizara el «nos» para referirse a las acciones que habían de emprenderse. Eso significaba que estaban en el mismo barco y el del secretario era el más sólido que, en aquellos momentos, podía encontrarse en la corte.

—Me tiene vuesa merced sobre ascuas. Hablad de una vez.

—Acabo de recibir noticias de Loja referentes a don Gonzalo de Córdoba...

—¿Qué dicen?

—Antes de hablar de eso, he de exponer el asunto que me llevó a escribiros ayer concertando esta cita. Prestadme vuestra atención porque hay mucho en juego en lo que a su excelencia se refiere sobre el mando del ejército de Navarra, y en lo que se refiere a mi persona esos cuentos de maravedíes... Bueno, ya sabe su excelencia a qué me refiero...

—¡Por todos los santos, Almazán, hablad de una vez y no le deis más vueltas, que me recuerda vuesa merced a una peonza!

—Ayer, cuando en la antecámara..., cuando vuestro cuñado actuó con un desdén que en nada ayuda a mejorar su situación en la corte —Almazán tampoco se había olvidado de la actitud del cuñado de don Fadrique—, entregué a su alteza una carta que acababa de llegar de Francia. Esa carta nos ha abierto unas perspectivas...

28

El duque de Alba había escuchado al secretario sin interrumpirlo una sola vez. Para él, como para muchos otros miembros de la alta nobleza, Almazán era un advenedizo, un don nadie que había acaparado con el paso de los años parcelas de poder cada vez mayores. Tanto doña Isabel como don Fernando habían decidido, después de las banderías organizadas por los grandes señores de Castilla durante el reinado de don Enrique, hacerse con los servicios de hidalgüelos y gentes de medio pelo para limitar el poder del que los grandes linajes habían gozado hasta hacía muy poco tiempo. Eran escribanos, secretarios, gente de letras que salían de Salamanca y más recientemente de Alcalá de Henares. Sabían mucho de leyes, pero nada del manejo de las armas.

Almazán era un ejemplo revelador de la nueva situación. Descendiente de conversos, en sus antecedentes familiares abundaban los escribanos y los médicos. En diversos asuntos, siempre de despacho, había mostrado competencia, pero, sobre todo, en los más de treinta años que llevaba en la corte había puesto de manifiesto una astucia poco común. Don Fadrique tenía noticia de ello, pero lo que acababa de contarle lo confirmaba con creces. Desde su puesto de secretario de su alteza manejaba mucha más información que cualquier otro cortesano. Posiblemente, más que el propio rey, y eso daba una solidez extraordinaria a su posición.

—¿Lo que acabáis de contarme significa que el rey de Francia estaría dispuesto a negociar?

—Yo no lo expresaría de una forma tan clara. Estas cuestiones suelen ser complejas. Digamos que existe la posibilidad de entablar una negociación y esos asuntos se sabe cómo empiezan, pero nunca cómo terminan. En todo caso, vuestra excelencia debe saber que si se llegase a ello, la negociación se llevaría a cabo en las condiciones que os he dicho.

El duque trataba de traducir lo que había detrás de la palabrería del secretario, que sólo se refería a posibilidades.

—¿Qué piensa su alteza?

—No lo sé, pidió una traducción de la carta que los franceses nos han enviado, pero todavía no se ha pronunciado. Las noticias que he recibido de Loja referentes a don Gonzalo de Córdoba, cuyo contenido el monarca no conoce aún, lo obligarán a decidirse en muy pocos días.

—¿Qué noticias son esas? Habéis aludido a ellas, pero no me las habéis comentado.

Almazán había conseguido su propósito: revelarle al duque la noticia que había llegado con la paloma mensajera, haciéndole saber que ni siquiera el rey tenía conocimiento de ello. Estaba siguiendo los consejos de su amigo Salazar, el boticario. Darle a las medicinas una apariencia que ayude a salvar su detestable sabor.

Almazán sacó el papelillo que le había entregado el palomero.

—¿Puede vuestra excelencia leer una letra minúscula?
—Depende.

El secretario le entregó el rollo de papel que casi se perdía entre los dedos de su mano. El duque lo desenrolló con cuidado, pero el texto se le resistió. No fue capaz de leerlo.

—Aguardad un momento.

Salió del saloncito y Almazán se pasó el rato contemplando nuevamente el cuadro. Doña Isabel de Zúñiga, la esposa del duque, que ya no era una jovencita, seguía siendo una mujer bellísima. En sus facciones, blancas como el nácar y enmarcadas en un pelo negro que cubría parte de sus mejillas, destacaban unos ojos de mirada melancólica. Sus finos labios, perfectamente recortados, denotaban energía y su largo cuello, cubierto por la batista y el encaje de la camisa, le daba la esbeltez que era propia a una gran dama. A su regreso don Fadrique traía unas antiparras en la mano.

—Según se dice ahí —devolvió el papelillo a Almazán—, don Gonzalo de Córdoba se ha puesto ya en camino. ¿Cuándo puede llegar a Burgos?

—La distancia que ha de recorrer está en torno a las ciento treinta leguas. Eso significa una semana como mínimo, aunque un correo puede, si no tiene problemas, cubrir esa distancia en menos tiempo. Lo más probable es que tarde entre ocho y diez días.

—Ese es entonces el tiempo de que disponemos.

—En verdad, disponemos de mucho más tiempo, pero lo mejor sería tenerlo todo resuelto con anterioridad.

—Así pues, hay que dar los primeros pasos sin pérdida de tiempo, aunque no todo depende de nosotros.

—Es cierto. Pero hay muchas cosas que podemos hacer, como os he explicado. ¿Estáis de acuerdo con mi propuesta?

—Desde luego.

—Entonces no se hable más. A partir de este momento hay que actuar y lo haremos con decisión.

A la hora en que Almazán abandonaba la casa del duque de Alba, don Gonzalo de Córdoba cruzaba el puente sobre el Genil que permitía acceder a la ribera derecha del río y dejar atrás Loja. El Gran Capitán iniciaba su viaje a la corte y lo acompañaba un cortejo propio de un príncipe. Había decidido que entraría en Burgos sin ocultar que acudía a la llamada del rey. Era titular de varios ducados, había sido virrey y era el más victorioso de sus generales. A los capitanes Tristán de Acuña y Pedro Gómez de Medina, que iba en funciones de mayordomo, se había sumado el capellán Albornoz, el doctor Quesada y dos docenas de hombres que se encargarían de lo necesario para hacer el viaje lo más agradable posible. Prestaban servicio dos escuadras de infantería y media docena de soldados de caballería. Eso retrasaría su marcha, pero don Gonzalo no podía presentarse en la corte de cualquier manera. Era duque, aunque ejerciera de alcaide de una pequeña localidad, y tenía que responder a los requerimientos a que le obligaba la condición ducal. Tenía muy claro que lo prioritario en aquellas circunstancias no era hacer el camino en pocas jornadas, sino presentarse en Burgos como correspondía a su rango.

Uno de los cocineros, profundo conocedor de la comarca, le había explicado al capitán Medina que, aunque no era el mejor, podían ganar algunas leguas si tomaban el camino de Zagra hasta Algarinejo y luego, por las aldeas de Las Navas y Fuente Grande, buscaban la salida hacia Alcaudete. Desde allí podían dirigirse a Martos y a

Jaén y, una vez en el Santo Reino, ganar la meseta por el puerto del Muradal. La otra opción era tomar desde Alcaudete el camino de Baena y por Montoro cruzar Sierra Morena para salir al valle de la Alcudia. Don Gonzalo no se había decidido aún.

Era media tarde cuando llegaron a Algarinejo y don Gonzalo, aunque podían haber alcanzado alguna de las aldeas que estaban algo más adelante, decidió hacer noche allí. Había una posada y, por muy mala que fuera, descansarían mejor que montando tiendas. El posadero los recibió como si se tratara de un milagro. Un grupo tan numeroso y de calidad jamás había aparecido por su casa. Pero cuando su alegría se desbordó fue al saber que se trataba del mismísimo Gran Capitán. La noticia se extendió por la aldea tan deprisa que una hora más tarde casi todos los vecinos se habían concentrado ante la posada. Debió de ser el capitán Medina o quizá el capellán quien difundió la nueva de que don Gonzalo se encaminaba a la corte porque el rey le había encomendado organizar un ejército para volver a Italia. Varios de los mozos que acudieron a la posada querían conocer la forma de enrolarse en dicho ejército.

Aquella noche, mientras tomaban unas jarrillas de vino aguardando que les sirvieran la cena —el mesonero había sacrificado tres cabritos y los preparaba con hierbas aromáticas—, el capellán, que junto a los capitanes y el doctor Quesada compartía mesa con don Gonzalo, comentó el entusiasmo de aquellos mozos.

—Don Gonzalo, esto va a ser fácil. ¡Fijaos en el entusiasmo de estas gentes al enterarse de quién sois!

—A estas alturas, vuestra paternidad debería saber que el exceso de optimismo es un grave pecado.

—Pero, señor…, ¿no se ha fijado su excelencia en la gente? ¡Es fervor lo que os profesan!

—Esos entusiasmos son como el borboteo del agua cuando hierve, páter.

El capellán miró a los demás buscando una explicación a las palabras de don Gonzalo, pero no la encontró.

—¿Qué queréis decir con eso?

—Que apenas la retiramos del fuego deja de hervir.

—No estoy de acuerdo. Tengo el convencimiento de que lo que ocurre en este villorrio es una muestra de lo que va a pasar en muchos otros lugares cuando se sepa que marcháis de nuevo a Italia. ¿Habéis decidido el camino que seguiremos cuando lleguemos a Alcaudete?

—¿A santo de qué viene esa pregunta en este momento?

—A que si tomamos el camino de Jaén… —El capellán pareció reparar en algo y no concluyó su explicación—. ¿Ha enviado vuestra excelencia carta a algún capitán en esa ciudad?

—A Iranzo. Sé que está en Jaén.

—En ese caso…, si vuestra excelencia decide ese camino, podrá ver si tengo razón o habré de pedir que vuesas mercedes me impongan una penitencia por pecar de optimismo.

—No es mala idea imponer penitencias a un clérigo —comentó el médico soltando una carcajada.

—Aunque el páter esté en lo cierto —señaló don Gonzalo—, levantar un ejército de tantos miles de hombres es una tarea muy complicada.

El capellán no estaba dispuesto a dar su brazo a torcer.

—No digo que sea un empeño fácil. Más bien me parece que es muy dificultoso, pero no en el caso de vuestra excelencia.

—¿Le importaría explicarse a vuestra paternidad? —intervino Acuña.

—Don Tristán, ¿no tiene vuesa merced ojos en la cara? A don Gonzalo le han bastado unos días para poner en marcha lo que otros necesitarían semanas, tal vez meses. No lo digo por adularlo. ¡Pardiez, que todos hemos sido testigos! En unas cuantas horas ha dado respuesta al rey, le ha enviado cartas a muchos de sus antiguos capitanes —el capellán iba extendiendo un dedo al añadir cada dato—, ha señalado plazas de armas y ha dado aviso a las autoridades de Málaga con el fin de que apresten los barcos precisos para llevar a los hombres a Italia. Otros necesitarían meses para hacerlo.

—Todo eso es cierto —admitió don Gonzalo—. Pero esa es la parte fácil de este negocio. Ahora queda lo difícil. Un hombre no marcha a la guerra tan tranquilamente. Están las familias, los asuntos que llenan su vida a diario. La gente necesita estímulos para enrolarse en una compañía...

—Aunque su excelencia no lo quiera reconocer, todos sabemos que el estímulo existe en este caso. Un estímulo muy grande y tiene un nombre: Gran Capitán.

—No es para tanto, páter. La gente se olvida fácilmente de las cosas y los años no pasan en balde. Lo de Nápoles queda ya muy atrás.

—Don Gonzalo tiene razón —afirmó Acuña.

—No hay peor ciego que el que no quiere ver. Pero ¿no han visto vuesas mercedes lo que se ha formado en este lugarcillo al conocerse su presencia? Si pasamos por Jaén donde Iranzo está levantando una compañía...

—Es complicado mover a tantos hombres y disponer de la intendencia adecuada. Todo eso acarrea grandes dificultades. Añada vuestra paternidad los recursos que serán necesarios para ponerlo en marcha.

La llegada del mesonero con unos cuencos de queso en aceite y el cabrito asado y troceado interrumpió la conversación. Su presencia fue acogida con exclamaciones de entusiasmo y peticiones de más vino. El capellán iba a coger la primera tajada cuando lo interrumpió la voz del Gran Capitán.

—Primero, bendecid la mesa, páter.

La carcajada fue general y el capellán despachó la bendición con una breve oración.

Comieron y bebieron con ganas. Todos, salvo don Gonzalo, que apenas probó bocado. Estaba melancólico. A Tristán de Acuña no le extrañaba. Había vivido muchos acontecimientos a su lado y sabía que en vísperas de los momentos importantes de su vida solía mostrarse taciturno. Volver a verse, cara a cara, con don Fernando, después de todo lo acaecido, le resultaba complicado. El capitán lo sabía. El propio don Gonzalo se lo había comentado por la mañana antes de abandonar la alcazaba.

29

Córdoba

Santiago Peralta y mosén Mudarra se aseguraron de que sus palabras no las escuchara nadie más. Los comentarios acerca del Santo Oficio podían acarrear graves consecuencias.

Fue Peralta quien le explicó a Mendoza que en Córdoba, desde que la Inquisición comenzó su actividad, se había instalado un importante tribunal del Santo Oficio. La judería de la ciudad era de las principales del reino y se extendía por una buena parte de la vieja medina cordobesa. Las familias judías eran muy numerosas y contaban con varias sinagogas. La principal estaba muy cerca de donde ellos se encontraban. Habían sido muchos los judíos que con anterioridad al bando de 1492 se bautizaron y no fueron pocos los que aceptaron las aguas bautismales para evitar la expulsión. Hasta hacía pocos años los inquisidores de Córdoba habían tenido bajo su jurisdicción, además de aquel reino, todo el de Granada, al ser incorporado a la Corona de Castilla. Eso había hecho que sus cargos fueran muy codiciados.

—Han surgido numerosos cristianos nuevos y los inquisidores tienen la sospecha de que en el fondo siguen siendo judíos y practican en secreto la ley de Moisés.

—Pero eso ocurre en otras ciudades. Abundan los falsos conversos.

—Es cierto, Mendoza —remarcó el mosén—, pero a Córdoba llegó un inquisidor llamado Rodríguez de Lucero muy riguroso y severo. Tanto que la gente acabó amotinándose.

—¿Hubo un motín contra la Inquisición? —preguntó Mendoza.

—Contra la Inquisición no, sino contra ese inquisidor —rectificó Peralta—. Lucero era una mala bestia, le llamaban el Tenebroso —afirmó con rotundidad, pero bajando mucho la voz.

—¿Qué pasó?

—Llegó a Córdoba hace once..., doce..., quizá trece años —Mudarra dudaba—, eso es lo de menos; lo importante es que desde su llegada mostró un celo rigurosísimo. A comienzos de 1501, esa fecha la recuerdo bien porque yo estaba en Córdoba por entonces, antes de marcharme el verano de aquel año para ponerme a las órdenes de don Gonzalo, asistí a un auto de fe en el que fueron quemadas numerosas personas por simples sospechas. No era el primero y en la ciudad había mal ambiente. El marqués de Priego, sobrino de don Gonzalo, y el conde de Cabra escribieron a la reina protestando por lo que estaba sucediendo en la ciudad.

—¿Qué hizo la reina?

—Trasladó la protesta al inquisidor general, que era de la misma cuerda que Lucero, y no pasó nada. Ratificó a Lucero en su cargo dándole alas para tomar nuevas iniciativas.

—Pero si las protestas estaban fundamentadas...

—Nada, Mendoza, no ocurrió nada —insistió Peralta—. Lucero siguió haciendo de las suyas. Doña Isabel se hallaba ya muy enferma y agobiada con los problemas familiares. Habían muerto dos de sus hijos y preparaba la jura de doña Juana como heredera, y lo que más le preocupaba era el protagonismo que adquiría el marido de la princesa.

—Doña Isabel estaba muy alarmada con el comportamiento de su hija. Doña Juana se resistía a confesarse e incluso a ir a ceremonias religiosas —aseguró el mosén.

—Pero... las protestas del marqués y del conde irían acompañadas de argumentos importantes —insistió Mendoza.

—En las cartas, según tengo entendido, se afirmaba que el inquisidor condenaba a mucha gente sin pruebas y que buena parte de ellas eran falsas. Pero no se hizo nada y Lucero continuó cometiendo toda clase de fechorías. Se producían detenciones nocturnas por denuncias que sólo estaban fundadas en levísimos indicios y la cárcel de la Inquisición se hallaba a rebosar. Muchos detenidos murieron como consecuencia de los malos tratos que se les dispensaban antes de que se celebraran los juicios. Vuesa merced puede hacerse una idea del ambiente que se respiraba en Córdoba. Es cierto que el inquisidor tenía sus partidarios, pero cada vez eran más los que mostraban su rechazo a su actuación. Hasta que estalló un motín.

—El Tenebroso —prosiguió Mudarra— hizo gala de un rigor que iba más allá de lo que vuesa merced pueda imaginar. Deseaba aparecer como un ministro muy celoso y un guardián extremoso de la fe. Su objetivo era hacer méritos para conseguir mayores dignidades y acreditarse ante el inquisidor general. ¡Menudo cabrón! —El mosén había elevado la voz y Peralta le pidió que se moderase.

—¿Cómo se produjo el motín?

—Por lo que me han contado —respondió Peralta—, Lucero abría procesos por cuestiones que el Santo Oficio había solventado hasta entonces con pequeñas amonestaciones. A finales del año 1504, pocos días después de que yo hubiera regresado a Córdoba, tras la firma de la paz con los franceses...

—Perdonadme, Peralta, ¿vuesa merced estaba en Córdoba cuando ocurrió ese motín?

—Estaba y participé. Soy vecino de la colación de Santa Marina y allí fue donde comenzó el alboroto que dio lugar al motín. Eran las vísperas de la Natividad de Nuestro Señor. Aquel año Lucero decidió celebrarla con un nuevo auto de fe. Los días anteriores se hicieron pregones y anuncios. El número de penitenciados era muy grande y también el de condenados a la hoguera. El gentío que se concentró en el lugar era enorme. Pero, a diferencia de lo que suele ser habitual, la gente no acudió a divertirse y a insultar a los penitenciados.

—¿Dónde fue ese auto de fe? —preguntó Mudarra.

—Muy cerca de donde estamos. En el Campo de los Mártires, frente al Alcázar de los Reyes, que era donde el tribunal del Santo Oficio había instalado su sede. Los condenados a la hoguera eran más de cien.

—¿Más de cien? —preguntó Mendoza con incredulidad.

—Ciento siete para ser exactos. Recuerdo que cuando se leían las condenas la gente silbaba y gritaba. Muchas familias tenían algún deudo entre los condenados. El auto transcurrió en medio de grandes protestas. Lucero era consciente del malestar que había en la ciudad y había tomado sus precauciones multiplicando la vigilancia. En el Campo de los Mártires había una nutrida tropa traída de Sevilla y también estaban allí todos sus parciales fuertemente armados. Cuando avanzada la tarde los condenados fueron conducidos al brasero, muchos pedían a gritos la presencia de un escribano para hacer una declaración donde constara que eran buenos cristianos. Daban grandes voces diciendo que no eran herejes y que se les mandaba a la hoguera injustamente. Fue terrible. Pero la cosa no pasó a mayores. Apenas hubo gente presenciando la muerte de los condenados, que fueron conducidos, fuertemente escoltados, al otro lado de la muralla de la ciudad. En una zona que llaman el Marrubial, fueron quemados muchos honrados vecinos cuyo cristianismo no tenía mancha. También se derribaron algunas casas...

—¿Por qué?

—Porque Lucero, en sus desvaríos, afirmaba que eran sinagogas, antros donde se practicaban rituales heréticos. ¡Una locura, Mendoza! ¡Una verdadera locura! La celebración de la Navidad aquel año fue la más triste que se recuerda en Córdoba. Los deudos y amigos de los penitenciados vistieron de luto porque la gente ya no se recataba en mostrar en público su pesar por las muertes dictadas por el inquisidor. No hubo muchos aguinaldos y se vieron pocos niños recorriendo las casas de los vecinos con panderos, zambombas y caramillos para cantarles villancicos.

—Yo no estaba aquí —añadió el mosén—. Pero me han dicho que la tensión en la ciudad era tal que Lucero no podía salir a la calle sin ir escoltado.

—Es cierto. En las semanas siguientes apedrearon su casa varias veces. Una mañana aparecieron las puertas de su vivienda untadas con excrementos. Lo que lo sacó de quicio fue que una noche unos encapuchados ahorcaron un gato en los barrotes de la ventana de su residencia. Los maullidos del animal despertaron a todo el vecindario.

Eso hizo que Lucero no se sintiera seguro en su casa y se marchara a vivir a la sede del tribunal, tras los muros del Alcázar, pero no atenuó su rigor. Siguió dictando severas condenas, derribando casas y cometiendo toda clase de tropelías.

—Según tengo entendido, el asunto llegó a tratarse incluso en el cabildo municipal —comentó Mudarra.

—En el cabildo, algunos veinticuatros...

—Disculpad, ¿habéis dicho «veinticuatros»?

—Sí, veinticuatros. Es como se denomina en algunas ciudades de los reinos de Andalucía a los regidores de sus cabildos municipales. Algunos veinticuatros, que representaban a los linajes más importantes de la ciudad, protestaron en el cabildo y también lo hicieron otros miembros de la nobleza local y, encabezados otra vez por el marqués de Priego y el conde de Cabra, elevaron una nueva queja. Como sus anteriores demandas al rey y al inquisidor general no habían surtido efecto, las dirigieron al papa. El asunto era tan feo que en Roma no le dieron carpetazo, aunque tampoco se implicaron. El papa se lavó las manos. Desde la Santa Sede se escribieron cartas al rey y al inquisidor general dejando en sus manos la solución del asunto.

—¿Qué hicieron?

—Mostrarle otra vez su apoyo a Lucero. Por Córdoba circuló el rumor de que don Fernando escribió al papa diciéndole que no hiciera mucho caso a las protestas de los cordobeses.

—¿Don Fernando hizo eso? —preguntó Mudarra muy sorprendido. El mosén no poseía ese dato.

—No puedo asegurarlo, pero eso era lo que se decía. Los rumores apuntaban a que se trataba de una venganza de su alteza.

—¿Qué queréis decir? No os entiendo.

—Amigo mío, en esta ciudad hay quien hila muy fino y discurre con mucha sutileza. Esas hablillas aludían a que, al ser el marqués de Priego y el conde de Cabra quienes encabezaban la carta de protesta enviada a Roma, el rey se lo tomó muy a mal. No olvidéis que el conde y el marqués, aunque mal avenidos, son Fernández de Córdoba.

—¿Quiere decir vuesa merced que, si el marqués y el conde no la hubieran firmado, el rey habría actuado de otra manera?

—Como os digo, todo eso es hilar muy fino. Por aquellas fechas don Fernando estaba muy enojado con la nobleza. ¿Recuerda vuesa merced las exigencias de su yerno? —Mendoza asintió con un movimiento de cabeza—. Entre don Felipe y muchos de los miembros de la más alta nobleza lo estaban desplazando del poder en Castilla. Entre esos nobles se encontraban el marqués y el conde.

—Efectivamente es hilar fino, pero conociendo a su alteza quienes sostenían eso no iban muy desencaminados —comentó Mudarra.

—¿Cómo acabó el asunto?

—Después de ese auto de fe, que tuvo más de matanza que de otra cosa, los ánimos se excitaron cada vez más. Todo eran rumores sobre los acuerdos del cabildo municipal, las cartas al papa o las del cabildo de canónigos que se habían dirigido al inquisidor general denunciando la conducta de Lucero. En noviembre de 1506 los acontecimientos se precipitaron. Córdoba era como un enorme barril de pólvora al que únicamente había que prenderle la mecha. El día de Todos los Santos había amanecido gris, propio del otoño, pero sin el frío que suele acompañar a ese tiempo. Corrió el rumor de que aquella noche iban a practicarse detenciones. Efectivamente, hubo una docena de arrestos y al día siguiente en la ciudad no se hablaba de otra cosa. A la salida de las muchas misas que se celebraban ese día por ser el de los Fieles Difuntos, se formaban corrillos de gente que comentaba lo ocurrido. Fue como una olla puesta al fuego que en los días posteriores acabó por hervir. La chispa saltó el día 9. Habían detenido a un hombre y su esposa recorría las calles de la colación de Santa Marina gritando desconsolada. Su marido era un reputado maestro platero, miembro destacado de la cofradía de San Eloy. Persona sin tacha, cumplidor de sus obligaciones espirituales. En la puerta de la parroquia de la colación había alguna gente que acababa de asistir a misa. Unas mujeres increparon a los hombres llamándolos bujarrones por consentir que se cometieran tales atropellos y se quedaran cruzados de brazos. En ese momento apareció un grupo de unas diez o doce personas, la mayoría de ellas mujeres, que daban gritos contra Lucero. Alguna gente se asomó a la puerta de su casa, otros a la de su tienda o taller. Otros pocos se sumaron a la protesta y los que estaban a la puerta de la iglesia también. Llegaron entonces varios criados del marqués de Priego, cuyas casas se hallaban cerca, con lo que el grupo era ya muy numeroso. Se oyeron gritos que pedían ir a la sede del Santo Oficio. En mi opinión, en ese momento la protesta se convirtió en un motín.

—¿Por qué?

—Para que vuesa merced se haga una idea debéis saber que la colación de Santa Marina se encuentra en el extremo opuesto de donde está el tribunal de la Inquisición —puntualizó Mudarra.

—El hecho de tener que atravesar Córdoba de una punta a otra hizo que en el recorrido se les fuera sumando gran cantidad de gente. Muchos eran oficiales y aprendices de los talleres. La protesta crecía y los gritos se multiplicaban. Los más exaltados pedían la cabeza de Lucero. Cuando el gentío llegó a las puertas de la sede de la Inquisición, era ya una muchedumbre encolerizada. Muchos empuñaban palos, barras de hierro, tijeras y otros instrumentos. Los gritos contra Lucero arreciaron y los celadores del tribunal tuvieron el tiempo justo para cerrar las puertas, pero un grupo logró colarse por un portillo que no les dio tiempo a atrancar. Estos abrieron desde dentro y la gente entró en masa. Buscaron a Lucero por todas partes, pero no lo encontraron. El inquisidor, advertido de que su vida corría peligro, había huido, disfrazado y montado en una mula, por una puertecilla que da a la ribera del Guadalquivir. Logró cruzar el puente y dicen que no paró hasta llegar a Sevilla. Las turbas saquearon el Alcázar, abrieron las puertas de las cárceles inquisitoriales y liberaron a todos los presos. Había más de cuatrocientos detenidos.

—¿Ahí quedó todo?

—Aquello tuvo sus repercusiones. A fray Diego de Deza, que era arzobispo de Sevilla e inquisidor general, lo destituyeron de este último cargo. A los pocos meses del motín nombraron inquisidor general a Cisneros, quien ordenó abrir una investigación de lo ocurrido aquí. Lucero salió bien librado. No fue repuesto en su cargo de inquisidor, pero lo nombraron canónigo de la catedral de Sevilla. Allí vivió algunos años a la sombra del arzobispo, que había sido su principal protector.

—En Córdoba los últimos años han sido muy complicados. La ciudad y sus vecinos han vivido momentos difíciles —señaló Mudarra—. Poco después de lo que os ha contado Peralta, ocurrió lo de la detención del representante que había enviado el rey para hacer unas pesquisas sobre un asunto de un preso que liberaron unos hombres del obispo. El marqués de Priego se tomó a mal todo aquello y... Supongo que de eso estáis enterado.

—Sí, el propio don Gonzalo, que tiene acogido a su sobrino en Loja, me lo contó, incluida la destrucción del castillo de su familia, donde él nació. Es algo que sigue provocándole tristeza. Su alteza no se ha mostrado muy generoso con él.

—Bueno..., si vuesa merced quiere llamarlo así... Don Fernando ha sido muy ingrato y ahora, cuando las cosas en Italia se han puesto feas, vuelve a acudir en su busca.

Era tarde. Peralta y el mosén tenían asuntos que organizar todavía y Mendoza debía ponerse en camino al día siguiente. Decidieron dar por concluida la cena. Mudarra se despidió al salir y Peralta, que había corrido con el pago, acompañó al capitán hasta su posada. En la alcoba Camarena roncaba a pierna suelta.

Al día siguiente salieron muy de mañana sin visitar la antigua mezquita. Mendoza se consoló pensando que regresaría a Córdoba en un plazo muy breve y entonces no dejaría de ver aquella obra a la que todos dedicaban grandes elogios. Salieron de la ciudad por una puerta llamada de Colodro, en la parte norte de la muralla.

30

El Gran Capitán y su séquito llegaron a Jaén con el sol todavía alto. A media legua de la ciudad había salido a recibirlo don Alonso de Contreras, alcaide del castillo de Santa Catalina, que desde lejos lucía su imponente torre del homenaje. La fortaleza se asentaba sobre un risco. Desde allí se dominaba la ciudad, abrigada al pie de unos elevados farallones montañosos, y miraba hacia las feraces tierras extendidas del valle del Guadalquivir.

Un hombre de la escolta de don Gonzalo se había adelantado para dar aviso de su llegada. El recibimiento que le dispensaron fue extraordinario. Los soldados de la guarnición, los sirvientes, los criados..., todos se agolpaban en el patio de armas para ver a don Gonzalo de Córdoba. Los cuchicheos que llenaban el lugar se apagaron al verlo aparecer sobre su montura. El Gran Capitán era una leyenda viva y su reclusión en Loja no había hecho sino acrecentarla. Todos querían verlo y, si era posible, tocarlo.

Saludó a la gente alzando la mano sin desmontar del caballo, también departió un buen rato con los soldados. Antes de pasar a los aposentos que el alcaide había dispuesto para alojarlo, sostuvo con él una larga conversación. Luego se lavó y cambió de indumentaria para asistir a la cena que se serviría en su honor. Estaba concluyendo cuando sonaron unos golpecitos en la puerta.

—¿Quién llama?

—Excelencia, dos caballeros que preguntan por vos.

—Un momento.

Don Gonzalo acabó de abotonarse el jubón y se ajustó el cinturón antes de abrir la puerta. Al criado lo acompañaban dos hombres de mediana estatura y edad. Ambos vestían jubones de un color llamativo, aunque a uno de ellos, al llevar un coleto de piel, sólo se le veían las mangas; sostenían en sus manos guantes con grandes vueltas y sombreros emplumados.

—¡Iranzo! —exclamó el Gran Capitán.

—¡Mi general! —respondió irguiéndose.

Don Gonzalo lo estrechó entre sus brazos y le palmeó la espalda.

—Señor, permitidme que os presente al capitán Hernando de Alarcón. Está en la ciudad y, cuando supo que venía a ver a vuestra excelencia, ha querido acompañarme. Su mayor deseo era conoceros y poder saludaros.

El Gran Capitán le ofreció su mano, que Alarcón estrechó casi con devoción.

—¿Cómo habéis sabido de mi llegada? Pensé enviaros recado. ¿Habéis recibido la carta sobre el nuevo ejército?

—¡Vaya pregunta!

Don Gonzalo lo miró sin disimular su confusión.

—¿Por qué decís eso?

—Porque en la ciudad no se habla de otra cosa, señor. ¡Todas las conversaciones giran en torno a vos!

Don Gonzalo los invitó a pasar a su aposento y allí supo que la plantilla de la compañía de Iranzo se hallaba ya completa. Tenía alférez, sargento, cabo furriel, capellán y por supuesto tambor. Estaban alistados treinta arcabuceros y cerca de un centenar de piqueros.

—Casi la mitad son veteranos de otras campañas —indicó Iranzo—. He dispuesto que a partir de mañana se inicien los ejercicios. Los veteranos se encargarán de la instrucción de los bisoños. Cuando marchemos para Antequera algo habrán aprendido. Por cierto, ¿hay fecha para la concentración?

—Aún no puedo precisar ese extremo. Estoy en Jaén porque voy camino de la corte...

—¿A Burgos?

—En efecto, a Burgos. Allí concretaré muchas cosas. Pero dad por seguro que embarcaremos a finales de julio o a primeros de agosto.

—Debe vuestra excelencia saber que mucha gente se ha quedado con las ganas de alistarse. ¡Ha sido algo extraordinario! Bastó con que se difundiera la noticia de que ese ejército estará a vuestras órdenes para que se... Bueno, la presencia de Alarcón está relacionada con esa circunstancia.

—Explicaos, Iranzo.

—La demanda es tal que don Hernando se compromete a levantar otra compañía. Hay mucha gente de los lugares y villas de alrededor que han llegado con sus hatillos dispuestos a alistarse. Han venido algunos desde Arjona con un cabo, muy capaz, llamado Eslava, que no tienen acomodo. También han llegado desde Mengíbar seis hombres con el sargento Sierra, pero tampoco han podido alistarse, así como gente de la sierra de Jabalcuz con Corral al frente.

—¿Está Corral en Jaén?

—Sí, señor, pero no he podido alistarlo.

—Hay que hacerlo. Hombres de su temple son muy necesarios. Tampoco podemos prescindir de Sierra.

—También ha llegado Maeso.

—¿Maeso? ¿El artillero de Úbeda?

—El mismo. Tiene que venir gente de Linares, de Baeza... Esta mañana ha habido alguna reyerta cuando el furriel dijo que las planillas estaban cerradas. ¡Jamás se ha visto cosa igual!

Unos golpes, rotundos y nerviosos, sonaron de nuevo en la puerta del aposento.

—¿Quién va? —preguntó don Gonzalo, incómodo por la interrupción.

Era el alcaide. Parecía muy alterado.

—Lamento interrumpiros, pero... la situación... La situación requiere de vuestra presencia. Creo que deberíais acompañarme.

—¿Por qué? ¿Adónde?

—Al patio, señor. Hay casi..., casi un tumulto.

—¡¿De qué demonios me habla vuesa merced!? ¿Qué diantres está pasando?

—No lo sé, pero son cerca de medio centenar..., y si no son más es porque he dado orden de cerrar las puertas. Me temo que al otro lado de los muros hay mucha más gente.

—¿Qué es lo que quieren?

—Veros, excelencia. Quizá el capitán —el alcaide miró a Iranzo— podrá informaros mejor que yo.

—Supongo que vuesa merced habla de los hombres que no han podido alistarse.

—No lo sé. Gritan que han de ver a don Gonzalo. Bueno, a quien quieren ver es al Gran Capitán. Os están aclamando. Sólo el grosor de estas paredes hace que sus gritos no lleguen hasta aquí.

A don Gonzalo aquello le parecía increíble. Su encierro en Loja, sólo roto por sus frecuentes viajes a Granada, lo mantenía aislado del mundo. Lo llenaba de un legítimo orgullo lo que Iranzo acababa de contarle: que viejos soldados hubieran acudido tan aprisa y que la gente...

Miró a Iranzo a los ojos.

—¿Todo esto no habrá sido dispuesto por vos?

—No ha sido necesario tomar disposición alguna. Cuando los hombres han tenido noticia de que vuestra excelencia estaba en el alcázar... Bueno, no lo han dudado.

—Así que vuesa merced lo sabía.

—Digamos que lo intuía.

En aquel momento un criado, con el rostro desencajado, apareció en la puerta.

—¿Qué ocurre ahora, Lucas? —le preguntó el alcaide.

—Dispensadme —el hombre no sabía si dirigirse al alcaide o a don Gonzalo—, pero al otro lado de los muros hay un gentío y no para de llegar gente. Se han alzado los pontones y echado los rastrillos. El sargento Diéguez me ha ordenado que os avisara.

—Vamos al patio, don Alonso. Respecto a vos —indicó a Iranzo—, os diré que deberíais ser más comedido.

—Como guste vuestra excelencia.

La noche caía rápidamente, algunos se habían provisto de antorchas y otras luminarias. Al ver aparecer a don Gonzalo, algunos veteranos que habían estado en Italia luchando bajo sus banderas comenzaron a gritar de la misma forma que sus soldados lo hicieron en Atella.

—¡Gran Capitán! ¡Gran Capitán! ¡Gran Capitán!

Muchos desenfundaron sus dagas y las entrechocaban haciendo el ruido propio de los soldados cuando aclamaban a sus generales en el campo de batalla. Don Gonzalo permaneció inmóvil observando el entusiasmo desbordado de aquel puñado de hombres que en muy pocas semanas iban a estar a sus órdenes. Volvía a gustar las mieles de la gloria que se había forjado en los años de la guerra de Granada y lo habían convertido en una leyenda en los campos de batalla de Nápoles.

Iranzo susurró al oído de Alarcón:

—Si el rey viera esto…, reventaría de envidia.

El clamor se extendió al otro lado de los muros de la fortaleza. Una muchedumbre enfervorizada también coreaba su nombre:

—¡Gran Capitán! ¡Gran Capitán! ¡Gran Capitán!

Don Gonzalo dijo algo al oído del alcaide que debió de sorprenderlo.

—¿Está seguro vuestra excelencia de que eso es lo más conveniente?

—Para vuestra tranquilidad, sabed que asumo las consecuencias si las hubiera.

—¡Abrid la puerta! ¡Alzad el rastrillo! ¡Echad el pontón! —ordenó el alcaide.

La muchedumbre penetró en el patio de armas como un río desbordado. Había mujeres, mozalbetes y rapaces, que acompasaron sus gritos con los de quienes ya estaban allí. Aclamaron al Gran Capitán durante un buen rato. La escena, a la luz de las antorchas y los faroles que los centinelas ya habían encendido, impresionaba. Don Gonzalo improvisó unas palabras:

—Quiero agradecer a todos la acogida que me dispensáis. Muy especialmente a quienes habéis decidido alistaros bajo las banderas de nuestro rey. Nos necesita para poner orden en las cosas de Italia. Sé que muchos de vosotros habéis venido desde lugares cercanos a la ciudad con esa pretensión y que os habéis encontrado con que la compañía del capitán Iranzo estaba ya completa, pero puedo aseguraros que todo el que desee servir a su alteza podrá hacerlo. Hemos de levantar un gran ejército para luchar contra los franceses en Italia, pero también nos veremos las caras con ellos en Navarra. Así pues, serán necesarias muchas tropas. Por lo pronto —el Gran Capitán miró un momento a don Hernando de Alarcón—, mañana se abrirá el enganche de una nueva compañía que mandará el capitán Alarcón. Quienes deseen alistarse podrán hacerlo.

—¿Para luchar en Navarra? —La voz había salido de entre el gentío.

—En Navarra o en Italia... ¡Qué más da! —respondió don Gonzalo—. En ambos casos servimos al rey.

—¡No es lo mismo!

—¡Lo es! —gritó Iranzo buscando entre la muchedumbre al que gritaba.

—¡No, no lo es! —replicó la voz protegida por la multitud—. ¡El ejército de Italia lo mandará el Gran Capitán! ¿Estoy en lo cierto o acaso se nos ha mentido para que nos enrolemos sin más?

Un murmullo brotó de la muchedumbre y se oyeron algunas voces de protesta. Lo que había comenzado como una aclamación al Gran Capitán podía derivar en un trance comprometido. El cariz que estaba tomando aquello no agradaba a don Gonzalo. Entre los concentrados podía encontrarse algún espía del rey.

—¡El ejército que embarcará para dirigirse a Italia estará bajo mi mando! —gritó el Gran Capitán con voz potente.

Los comentarios se apagaron y en el silencio se oyó una voz estentórea:

—¡Entonces marcharemos a Italia! ¡Gran Capitán sólo hay uno!

Fue como un aldabonazo en la conciencia de la gente, que comenzó a gritar de nuevo:

—¡Gran Capitán! ¡Gran Capitán! ¡Gran Capitán!

Al apagarse los últimos gritos, don Gonzalo, deseoso de que aquel episodio concluyera lo antes posible, afirmó que la compañía que iba a levantar el capitán Alarcón también marcharía a Italia. Luego pidió a los congregados que se retiraran a sus casas. Lo hicieron entre vítores y aclamaciones.

Apenas despuntaba el amanecer cuando al capellán Albornoz —se había pavoneado durante la cena de no haber errado en su pronóstico—, que veía desde la ventana de su aposento cómo una claridad incipiente rompía las sombras de la noche, lo alertó el aleteo de una paloma desconcertada y una sombra que se deslizaba sigilosamente hasta desaparecer por una puertecilla después de comprobar que, tras el titubeo inicial de la paloma, esta fijaba el rumbo y partía veloz en dirección norte. El clérigo no era un experto, pero sabía lo suficiente para interpretar que los titubeos del animal eran porque estaba orientándose. Era lo que hacían las palomas mensajeras. Alguien enviaba un mensaje y recordó que, durante la cena, don Gonzalo había comentado su desazón por la interpretación que podía dársele en la corte a lo ocurrido en el patio.

Abandonó el aposento y fue a la capilla para decir misa antes de partir. A la puerta encontró a don Gonzalo, que charlaba con el doctor y el capitán Medina, gente de confianza.

—Señor, hace poco una paloma mensajera ha salido del castillo. Después de un titubeo inicial, tomaba dirección norte.

—¿Estáis seguro?

—Completamente, señor.

—¿Vio vuestra paternidad al que la echaba a volar?

—Sí, pero no pude identificarlo. Se escabulló rápidamente por una puerta.

Don Gonzalo arrugó la frente y quedó pensativo unos segundos, luego indicó a Medina:

—Trazad las jornadas que nos quedan hasta Burgos de forma que no volvamos a parar en ningún lugar importante.

—Muy bien, señor.

—Además, viajaremos con la mayor discreción. Dormiremos en posadas y, si no se encuentran, montaremos las tiendas, ¿entendido?

—Sí, señor.

—Partimos en una hora.

—¿Queréis que me encargue de revisar los equipajes? Puedo hacerlo de forma discreta. Por algo soy vuestro mayordomo.

—¿Por qué lo decís?

—Porque si quien envía los mensajes marcha con nosotros es posible que lleve alguna paloma más consigo. Si es así, lo descubriremos y sabremos, por fin, quién está detrás de los mensajes que todo este tiempo han llegado a la corte.

Don Gonzalo miró al capitán y se marchó sin abrir la boca. Medina ya sabía lo que tenía que hacer.

31

Mendoza y Camarena cabalgaron casi en silencio. El capitán se había limitado a contestarle con pocas palabras ante sus intentos de iniciar alguna conversación. El correo optó por respetar su mutismo e hicieron un buen número de leguas sumidos cada cual en sus propios pensamientos. Las escasas frases que cruzaron se debieron a que por el camino se encontraron con varios grupos de hombres que con sus morrales al hombro, donde llevaban sus hatillos, se dirigían a Córdoba para alistarse como soldados. La voz de que el Gran Capitán marchaba de nuevo a Italia se había extendido como una mancha de aceite. Ni Mendoza ni Camarena habrían dado crédito a aquello de no estar viéndolo con sus propios ojos. Era algo insólito, como también lo era el entusiasmo de aquellos hombres por servir a las órdenes de don Gonzalo de Córdoba.

Acometieron las primeras cuestas de Sierra Morena apenas cruzaron el Guadalquivir a su paso por Montoro, antes del mediodía. Mientras el correo se refocilaba reviviendo las habilidades amatorias de la prostituta con la que había holgado en la mancebía, al capitán le preocupaba el recuerdo del último párrafo de la carta astral de don Gonzalo. *La empresa, que alegrará su corazón, le traerá pesadumbre. Los cuervos podrían ser de nuevo fuente de grandes sinsabores.* Aquellas palabras no habían abandonado su mente un solo instante, sólo habían quedado desplazadas por la sorpresa de encontrarse con Santiago Peralta y el que ya estuviera levantando su compañía. Después, la cena con él y con mosén Mudarra y la enjundiosa charla de las historias sobre el inquisidor lo habían distraído durante un rato, pero el significado de aquellas palabras, aunque sólo estuvieran escritas como una posibilidad, lo llenaba de inquietud.

—¿Os ocurre algo? —le preguntó Camarena, al verlo tan taciturno—. Vuesa merced apenas ha dicho media docena de frases en todo el día. Si peco de indiscreto, decídmelo y no volveré a abrir la boca, pero os veo muy apesadumbrado y con el ánimo turbado. ¿Ocurrió anoche algún incidente?

Mendoza estuvo a punto de hacerle algún comentario que diera respuesta a la pregunta, sin desvelarle la causa de su preocupación, pero Camarena había sido un buen compañero de viaje y no se lo merecía.

—No es nada que deba inquietarte. Sólo ciertos comentarios del ama de cría acerca del Gran Capitán que me han desasosegado.

El correo, que era hombre de experiencia, se percató de que era una respuesta discreta y que no debía insistir. Continuaron cabalgando en silencio y apenas hicieron algunos comentarios mientras daban un descanso a los caballos y ellos almorzaban. La tarde estaba avanzada cuando se acercaban a la venta de Cardeña, de infausto recuerdo. Camarena dijo al capitán:

—Aunque en un par de horas el sol se habrá puesto,

no me gustaría pasar la noche en ese sitio. El ventero es un malandrín y mi último deseo sería echar en su bolsa un puñado de maravedíes. Si a vuesa merced le parece, podríamos dar un descanso a los caballos que están algo castigados con la dura jornada y, después, hacer dos o tres leguas más.

—¿Hasta dónde?

—No lo sé. Habrá algún refugio donde pasar la noche.

—Estoy de acuerdo en lo de que el ventero es un bellaco redomado, pero ¿encontraremos un sitio? Cuando veníamos para Loja no se veía un alma por estos parajes.

—Hay refugios de pastores. Sus chozas no serán peores que ese lugar y no dudéis que la compañía será mejor. Esa venta es la cueva de un bandido que atraca a los viajeros sin necesidad de echarse al monte y tener que vérselas con los cuadrilleros de la Santa Hermandad.

—Está bien, sea como dices.

El ventero, al verlos, los recibió con gesto adusto. Los había reconocido al instante. Temió que fueran a reclamarle el caballo, sabedor de que se aprovechó del aprieto en que se encontraban.

—No pongas esa cara —le espetó Camarena—. Que no voy a reclamarte el caballo. Sólo queremos descansar un rato, que los animales abreven y les des un pienso. ¿Cuánto vas a cobrarnos?

—La tarifa del pienso. Cuatro maravedíes por cabeza.

—Está bien —aceptó el correo—, pero no vayas a sisarle el grano.

El ventero farfulló algo difícil de entender y ordenó a uno de los mozos que llevara los animales a la cuadra.

Estuvieron el tiempo justo para que los caballos dieran cuenta del pienso que Camarena se encargó de vigilar para evitar un nuevo engaño. Cuando se habían alejado de la venta, le comentó al capitán:

—No me preocupa que necesitemos un día más para llegar a Burgos. Llegaríamos dentro de un plazo razonable, que es lo que se nos puede exigir. Corrimos demasiado a la ida pensando que podía hacerme con los ducados que el secretario me había prometido. ¡Era una quimera! Ahora nos van a dar lo mismo tanto si ganamos una jornada como si no. Con los cincuenta ducados de don Gonzalo…

—No te quejarás.

—¿Quejarme, dice vuesa merced? ¡Ese regalo, para mí, supone una fortuna! Don Gonzalo no sólo es el Gran Capitán por sus méritos en el campo de batalla. ¡Es un señor de los pies a la cabeza! No puedo decir lo mismo de todos.

—Pues a mí no me da igual un día más que menos. Estoy deseando llegar a Burgos.

El correo lo miró con picardía.

—¿Me equivoco si pienso que vuestras prisas se deben a que vuesa merced echa de menos a su esposa?

—Desde luego que la echo de menos. Pero no es sólo por lo que estás pensando. También porque he tomado decisiones importantes y he de hablarlo con ella.

—¿Seguís pensando en dejar la administración de la hacienda de vuestro tío y marcharos a Italia para luchar al lado de don Gonzalo?

—Ambas cosas me atraen: volver a Italia y sobre todo combatir a sus órdenes.

—Pero la guerra es una mala cosa. Sólo trae muertes y desdichas.

—Es verdad, pero cuando se ha desatado, lo mejor es acabarla cuanto antes y eso puede conseguirlo don Gonzalo. Los franceses estarán espantados si saben que otra vez tendrán que enfrentarse a él. No me gusta la guerra, es la peor de las maldiciones, pero si hay que luchar, te aseguro que lo mejor es hacerlo a sus órdenes. Combatir bajo su mando es un honor. Por cierto, ya estoy informado de las andanzas de ese inquisidor sobre el que te mostrabas tan remiso a hablarme.

—¿Le contaron anoche en la cena a vuesa merced sus fechorías?

—El capitán Peralta y un mosén que se dedica a experimentar con pólvora y mandará una de las compañías de caballería del ejército de don Gonzalo.

—En ese caso, os diré que me alegro. Hay cosas de las que lo más conveniente es no hablar. El Santo Oficio tiene oídos por todas partes y lo mejor es... Bueno, vuesa merced ya me entiende. He visto arder a personas por poco más de quítame allá esas pajas. —Camarena prefirió cambiar de conversación—. ¿Ha dicho que ese mosén está levantando una compañía de caballos?

—Se llama Mudarra. Es catalán, pero vive en Córdoba y ya ha peleado a las órdenes de don Gonzalo. Me dijo que tiene prácticamente cubiertos los efectivos de la compañía. Esa es otra de las razones de mis prisas por llegar a Burgos. Tengo que levantar una compañía y como me descuide...

—Si en todas partes está ocurriendo lo mismo que en Córdoba, el ejército estará formado en pocas semanas.

Ya anochecía cuando avistaron unas cabañas de pastores que casi se confundían con el paisaje. Más visibles eran los apriscos, pese a que se reducían a unas albardillas hechas con hiladas irregulares de piedras sin ninguna clase de argamasa.

Aquella gente vivía completamente aislada porque el camino que solían seguir los viajeros cruzaba las sierras por el puerto del Muradal. Por allí pasaba poca gente y lo hacía con prisa para abandonar lo antes posible aquellos descampados. Su vida era muy dura y satisfacían sus necesidades de forma muy rudimentaria. A cambio de darles cobijo sólo les pidieron que les contaran algunas cosas de las que ocurrían en el reino. Quitaron las monturas a los caballos y los dejaron en un cobertizo con un poco de paja. El capitán preguntó a Camarena:

—¿Crees que esta gente es de fiar?

—Yo diría que sí. Parecen buenas personas, pero debemos estar atentos a cualquier detalle. Los caballos, las monturas o las alforjas deben parecerles tesoros valiosísimos. Esperemos que no despierten en ellos malos deseos.

Cenaron trozos de chivo aderezado con hierbas, sentados en el suelo, alrededor de un fuego. El capitán y Camarena contaron algunas historias a las tres familias que allí vivían. En total cerca de veinte personas, incluidos dos niños que apenas sabían andar. Entre unas cosas y otras se acostaron cerca de la media noche en unas pieles de oveja tendidas en el suelo de un chozo con olor a chotuno y oyendo de vez en cuando el balido de las ovejas que se apretujaban en el aprisco que había a pocos pasos.

Apenas hubo amanecido abandonaron la compañía de los pastores, que se habían mostrado mucho más hospitalarios que el ventero de Cardeña, pese a lo limitado de sus posibilidades.

Cabalgaron en dirección a Brazatortas, que quedaba a algunas leguas. Ninguno de los dos podía imaginar cuando amaneció lo que se les vino encima poco antes de mediodía. Lo primero que oyeron fue un extraño ruido que crecía en intensidad, sin que pudieran determinar su procedencia. Era como un zumbido que llenaba el aire. Luego comprobaron cómo en unos segundos la intensidad del sol disminuía al tiempo que una nube negra y ruidosa aparecía por la cresta de una loma que tenían enfrente. Poco a poco, la nube se fue extendiendo, apoderándose del cielo y aumentando el ruido. Camarena se dio cuenta del extraño fenómeno y gritó preocupado:

—¡Langosta! ¡Eso es una plaga de langosta!

El zumbido infundía miedo. Aquella masa oscura avanzaba amenazadoramente hacia donde ellos se encontraban, apenas dejaba pasar la luz del sol y producía un sonido cada vez más estridente.

El capitán había detenido su caballo y miraba asombrado.

Avanzaban desordenadamente, pero sin fisuras. Jamás había visto una plaga de langosta, pero había oído hablar de ellas a los campesinos que, horrorizados, las consideraban una manifestación del maligno. Una maldición bíblica que causaba la devastación de los cultivos.

—Impresiona, Camarena, impresiona. ¿Corremos peligro?

—No, porque sólo comen hierba, pero nos molestarán mucho. A nosotros y a nuestras cabalgaduras.

—¿Podemos hacer algo?

—Encender un fuego. Eso evitará que se acerquen adonde estamos.

—No nos dará tiempo. Las tenemos encima.

—Tardarán algunos minutos en llegar. Puede que a vuesa merced no se lo parezca, pero se encuentran al menos a una milla.

—¿No corremos el riesgo de que se detengan?

—No lo creo. Aquí hay poco donde comer. Unas cuantas encinas. Es posible que algunas se detengan, pero la gran mayoría seguirá su camino buscando a qué hincarle el diente.

Descabalgaron y a toda prisa juntaron algunos leños que encontraron, hierbas secas y hojarasca de encina. Le prendieron fuego haciendo una candela. Allí permanecieron alimentando el fuego, sosegando a los caballos y viendo pasar una nube de langostas. Algunas de ellas se quedaban en las encinas dando cuenta de todo lo que podían devorar. Cuando reanudaron la marcha, había transcurrido más de una hora. En el camino podían verse algunas manchas de bichos que se mantenían retrasados del grueso de la plaga.

Al llegar a Brazatortas se toparon con una procesión que encabezaba el párroco del lugar acompañado por dos acólitos. Uno portando una cruz de cuyos brazos colgaban unas sartas de langostas y otro un acetre lleno de agua bendita. Tras el clérigo iba la mayor parte de los aldeanos en actitud devota. Cuando el sacerdote llegó ante una mancha de langostas se detuvo, empapó el hisopo en agua bendita y la roció al tiempo que les mostraba un pequeño crucifijo que llevaba en la otra mano y decía con grandes voces:

—¡Oh malditas langostas que estáis en los términos de este lugar! Yo os conjuro en el nombre de Dios y os ordeno que no comáis en adelante, ni dañéis en lo más mínimo las mieses, siembras, árboles, viñas o hierbas de este término. También os conjuro a que salgáis inmediatamente de este susodicho término y si lo contrario hiciereis, que Jesucristo os golpee por su santo ángel y rompa vuestros labios, quijadas y huesos y los triture y desmorone. —Acto seguido pisó algunos de los bichejos, que crujieron bajo la suela de sus zapatos, y prosiguió con aquella especie de ensalmo—: A todas vosotras y a todos los malditos demonios, vuestros jefes, yo os maldigo en el nombre de Jesucristo, Nuestro Dios y Señor, de manera que donde quiera que os encontréis seáis malditas. En el nombre del Padre y del Hijo y del Espíritu Santo.

—Amén —respondieron los vecinos, muchos de los cuales se habían hincado de rodillas.

Dos días más tarde, con el sol todavía alto, entraban en Toledo. Después del episodio de las langostas no padecieron más molestia que soportar la tormenta que los sorprendió a dos leguas de Toledo. El temporal había descargado con tanta furia que tuvieron incluso dificultades para cruzar el puente de Alcántara porque la crecida del Tajo lo había anegado. Pero las nubes habían pasado rápido y dejado un día despejado. Estaban tan empapados que decidieron hacer noche en la ciudad y poder así secar sus ropas.

Se alojaron en la misma posada que a la ida, en el arrabal que se extendía junto a la muralla y muy cerca de la iglesia de Santiago.

Ajustaron un precio menos abusivo que el que les cobró el posadero la vez anterior cuando se aprovechó de las circunstancias. Se acomodaron junto a la chimenea para secar sus ropas y calentar algo su cuerpo con unos tazones de caldo. Al poco rato, cuando empezaban a entrar en calor, Mariquilla, la moza con quien Camarena se había acostado a la ida, apareció por allí. Se hizo la remolona hasta que el correo se percató de su presencia. También Mendoza reparó en ella.

—Te advierto que no estoy dispuesto a darme una vuelta por el patio como la otra vez —lo amenazó al ver que a Camarena se le iban los ojos tras la moza, que se contoneaba al alejarse llevando unas jarrillas de vino para unos clientes que había en una mesa algo alejada.

—Pero no le importará a vuesa merced aguardar al calorcillo de esta chimenea. Os prometo que será rápido.

Mendoza dio un sorbo a su caldo y aparentó sopesar la propuesta del correo. Camarena compuso una expresión suplicante.

—Sólo mientras se me seca la ropa.

Tardaron muy poco en ajustarse y Camarena, que estaba encendido, dio cuenta a toda prisa de su tazón de caldo y se perdió escalera arriba buscando entre las haldas palpar a la moza. No fue tan rápido como había prometido, pero antes de la cena se hallaba de nuevo junto a la chimenea con cara de venir del mismísimo paraíso.

Mientras Mendoza aguardaba junto al fuego a que el correo y Mariquilla se dieran un buen revolcón, se le acercó el posadero.

—Tengo entendido que vuesa merced es capitán, ¿es cierto?

—¿Por qué me lo preguntas?

—Porque la gente anda revuelta desde ayer cuando sonaron cajas.

—¿A qué te refieres?

—Están levantando dos compañías de peones. Parece que el Gran Capitán vuelve a Italia, ¿sabe vuesa merced algo de eso?

—Que es cierto. El rey le ha encargado ponerse al frente de un ejército para luchar contra los franceses.

—Pues la gente anda como loca. Jamás en mi vida he visto una cosa igual. Se están alistando como si fueran a una fiesta.

Mientras tanto don Gonzalo y su séquito habían cruzado el puerto del Muradal y habían mantenido el anonimato a lo largo de dos jornadas pasando por aldeas y villas menores. En la hospedería donde se acomodaron, el Gran Capitán marchó directamente a su aposento. Un tullido de un brazo, que hacía de recadero y ejecutaba otros menesteres menores en la posada, además de escribir poemas con no mal estilo, se quedó mirándolo fijamente al verlo pasar acompañado por Acuña y un criado que llevaba su equipaje. Se acercó al capellán y le preguntó:

—Dispense vuestra paternidad, ¿podría decirme quién es ese que ha entrado sin detenerse?

El capellán lo miró. Era más bien alto, enjuto de carnes, tenía el pelo negro, la mirada muy viva y gastaba perilla. No reparó, sin embargo, en que de su cinto colgaba una daga de las que los soldados llamaban «misericordias», al utilizarlas para rematar a los heridos y evitarles el sufrimiento de una agonía más larga. Un punto malhumorado, el capellán le espetó:

—Eso no es algo que te interese.

El tullido se llevó la mano a la empuñadura de su daga y habló muy serio.

—Páter, no sé por qué os enfadáis. Preguntar no es ofender. Sólo deseo saber si quien ha entrado sin detenerse es..., es quien me ha parecido que es.

El capellán se quedó mirándolo y se dirigió a él empleando ahora un tono muy diferente.

—¿Habéis sido soldado?

—Sí, páter, y os diré algo más. Tuve el honor de estar en Ceriñola con don Gonzalo de Córdoba y fui de los que cruzaron el Garellano en medio de aquella terrible ventisca que nos permitió sorprender a los franceses.

—¿Eso es un recuerdo de entonces? —le preguntó mirando al brazo.

—Una bala de espingarda cuando ya los franceses

corrían que se las pelaban. Me dejó este brazo más seco que una pasa. Lo único que deseaba saber es si ese caballero es el Gran Capitán.

El capellán lo miró a la cara y el hombre le sostuvo la mirada. Supo que no podía mentirle. Si había estado en Ceriñola y en el Garellano...

—¿Cómo se llama vuesa merced?

—Santiago Luengo, pero todos me conocen como Mazantini, que era el apellido de mi madre.

—¿Italiana?

—No, de Lucena.

—¿Juráis guardarme el secreto, Mazantini?

El soldado, todavía joven, arqueó las cejas.

—¿Por qué me pide eso vuestra paternidad?

—¿Juráis por la salvación de vuestra alma lo que os he pedido? —insistió el capellán.

El tullido hizo una cruz con los dedos y la besó.

—Lo juro.

—Por la salvación de mi alma —exigió el capellán.

—Por la salvación de mi alma —repitió volviendo a besar la cruz que formaban sus dedos.

—Es el Gran Capitán. Don Gonzalo viaja a la corte para hablar con el rey. Pero no desea que se sepa.

—Entonces..., ¿es verdad el rumor que corre?

—¿Qué rumor es ese?

—Lo que se dice es que de nuevo goza del favor del rey y que vuelve a Italia a ajustarles las cuentas a los franceses.

—Es cierto. Pero habéis jurado guardar silencio.

El soldado se dio media vuelta y debía de importarle poco la salvación de su alma. Apenas había transcurrido una hora cuando se había concentrado cerca de un centenar de vecinos que pedían a gritos ver al Gran Capitán.

Sólo después de aclamarlo como a un héroe y de que don Gonzalo les dirigiera unas breves palabras se retiraron los que allí se habían congregado. El capellán se cuidó mucho de decir que había sido él quien había desvelado su presencia. A don Gonzalo empezaban a inquietarle aquellas aclamaciones. Conocía las suspicacias de don Fernando y ya había padecido sus consecuencias. Temía que le llegasen noticias deformadas de aquellos hechos, sobre todo después de saber que entre los hombres que lo acompañaban había al menos uno que informaba a la corte de todo cuanto ocurría, ya que las discretas pesquisas realizadas por Medina para tratar de descubrirlo no habían dado fruto. La búsqueda en los equipajes de los hombres no proporcionó resultado, no se encontraron palomas mensajeras como la que el capellán había visto revolotear en el patio del castillo de Santa Catalina. Posiblemente era la última en poder del agente de Almazán que se escondía entre sus hombres.

32

Burgos

Don Gonzalo no andaba descaminado al sentirse inquieto. La paloma mensajera que partió dos días atrás de Jaén había llegado aquella mañana a Burgos. Almazán estaba ya informado de que su paso por los lugares que jalonaban el camino que lo conducía hasta la corte se estaba convirtiendo en un recorrido triunfal donde se le aclamaba como a un héroe. El secretario sólo esperaba, para informar de forma conveniente a don Fernando, a que este lo llamara para revisar algunos asuntos rutinarios y, sobre todo, comentar la carta que se había recibido de la cancillería francesa, traducida por Barrientos siguiendo sus precisas indicaciones.

A lo largo de la mañana no había podido despachar con su alteza porque don Fernando había acompañado a su esposa a la visita que había hecho con sus damas al monasterio de las Huelgas. La dosis de cantárida que el maestresala le suministraba en la cena tres veces por semana seguía obrando maravillas. Su alteza estaba encantado de haber sustituido las criadillas de toro por aquellos polvos que tenían efectos extraordinarios sobre el vigor varonil.

Las noticias que le facilitaron cuando a primera hora había llegado al castillo eran que la real pareja había vivido otra noche de pasión. Eso explicaba que el monarca hubiera decidido olvidarse de todo y acompañar a su esposa, que deseaba hacer entrega de una limosna para que la comunidad de monjas cistercienses la tuviera presente en sus plegarias y se hiciera realidad cierta intención que tenía.

Había sido informado de que, tras el regreso de la visita al monasterio, los reyes habían vuelto a encerrarse en la alcoba de doña Germana y corrían comentarios maliciosos de que su alteza estaba respondiendo adecuadamente a la pasión de su esposa. Se ratificaba en que Salazar, pese a los rumores que habían echado por tierra su buen nombre, era el mejor boticario que podía encontrarse en muchas leguas a la redonda de Burgos y que habría que afinar mucho para encontrar otro tan capacitado como él en todo el reino. Los efectos de la cantárida eran portentosos y parecía que su ingesta continuada hacía que el vigor no fuese algo transitorio.

La tarde ya declinaba y empezaba a impacientarse. Tomó la lente de aumento que había sobre la mesa y leyó una vez más el papelillo que el palomero le había entregado por la mañana. Lo había hecho tantas veces que se lo sabía de memoria. Al ver asomar la cabeza de Galindo, después de los suaves golpes que había dado en la puerta según la cadencia que siempre repetía, Almazán lo interrogó con la mirada. No era la visita que esperaba.

—Correo de Francia, señor —dijo mostrándole una carta que agitaba en su mano.

El secretario arrugó la frente. No aguardaba noticias de Francia, después de la carta recibida.

—¿Quién escribe y a quién?

—El canciller del rey y —miró el membrete— es para vos.

—Dámela.

El secretario se olvidó de sus cuitas por la tardanza de la llamada real y abrió la carta sin muchas contemplaciones, si bien antes se aseguró de que iba dirigida a él. Hizo una lectura superficial y miró a Galindo.

—¡No te quedes ahí como un pasmarote! ¡Avisa a Barrientos! ¡Que venga inmediatamente!

El trujimán apareció al cabo de unos minutos.

—¿Me habéis llamado? —preguntó desde la puerta.

—¿Te ocurre algo? —Almazán observó que tenía el rostro abotagado.

—Una mala noche, señor.

—Deberías tomarte un descanso. Las putas van a ser tu perdición.

Barrientos se encogió de hombros.

—Necesito que me leas esta carta. Hazlo despacio y sin cometer errores.

Barrientos tomó el pliego e hizo para sí una lectura previa a la traducción. Luego fue leyéndola con entonación y, conforme avanzaba, a Almazán se le revelaban importantes matices e incluso párrafos cuyo contenido se le había escapado a la deficiente lectura que él había hecho en un primer momento. El semblante se le transformaba. Pensó que la diosa Fortuna había estado de su parte al haber permitido que los hechos a lo largo de la jornada transcurrieran de tal forma que habían dado lugar a que el rey no lo llamara. Había sido providencial para sus planes. Cuando concluyó la lectura, el secretario pidió que la repitiera. Deseaba empaparse de su contenido y retener en su mente los pormenores que el canciller galo le explicaba en la carta.

Mientras el trujimán realizaba la segunda lectura, no dejó de tomar notas apresuradas en un pliego. Luego entregó unas monedas a Barrientos.

—Muchas gracias, señor.

Antes de que se fuera le hizo una advertencia.

—No se te ocurra irte de la lengua. ¿Me has entendido?

—Sí, señor.

—No te marches sin recibir órdenes mías. ¡Hoy el vino y las putas habrán de esperar!

—Esperaré todo lo que sea necesario —respondió el trujimán haciendo una inclinación de cabeza.

Poco después la larga espera tocó a su fin. Le llevaron el aviso de que don Fernando estaba aguardándolo.

Encontró al rey tras su mesa, las manos sobre el pecho con los dedos entrelazados y una expresión risueña en el rostro. Era la imagen de un hombre satisfecho.

—¿Ha disfrutado su alteza con este día de solaz?

—Almazán, os costará trabajo creerlo, pero estoy como..., como rejuvenecido. Esa es la palabra adecuada: rejuvenecido. No lo creeréis, pero tengo el vigor de un joven de veinte años. ¡Increíble, Almazán, increíble! —Lo miró muy serio y añadió—: Esa sustancia es milagrosa. ¿Cómo se llama?

—Cantárida, alteza. Se extrae, según tengo entendido, de unos insectos verdosos.

—Es más eficiente que los testículos de toro, que además no resultaban agradables. ¿Será peligroso?

—No lo creo, señor. ¿Habéis notado algo?

—¡Que puedo entrar en la reina sin problema alguno! Haceos con provisión suficiente. La..., la..., ¿cómo habéis dicho?

—Cantárida, alteza.

—La cantárida es algo que no debe faltar nunca.

Obra milagros. Os lo aseguro. ¿Vos no necesitáis de tales... ayudas?

—Alteza, yo ya... Mi esposa no es tan joven como doña Germana.

—Allá vos, Almazán. Bien, veamos qué tenemos. ¿Hay algo que deba saber, algo de lo que tenéis que informarme?

—Alteza, leed este papelillo si no os importuna.

—Leédmelo vos.

—Como gustéis.

Almazán se caló las antiparras y leyó el breve mensaje.

—*El alcaide continúa viaje hacia la corte. Por donde pasa lo aclaman grandes muchedumbres.*

El rey permaneció en silencio un momento. La satisfacción había desaparecido de su rostro.

—¿Cuándo llegará a Burgos?

—No lo sé, alteza. La noticia que tenemos es que viene hacia aquí. Un correo, sin detenerse, puede hacer el camino en unos siete u ocho días, forzando mucho... —Recordó el plazo que había puesto a Camarena, a todas luces imposible.

—¿No tenemos noticias del correo que le llevó mis cartas?

—Aún no ha regresado, alteza. Lo esperamos de un día para otro. Sabemos que hace ya cinco días que don Gonzalo de Córdoba las recibió y que se mostró muy animoso. Como ya sabe vuestra alteza, enseguida envió emisarios a algunos de los capitanes que habían servido a sus órdenes en pasadas campañas. —Almazán se acarició el mentón y añadió con malicia—: Todo apunta a que quiere levantar un ejército donde la fidelidad a vuestra alteza pase por su persona.

—¿Qué queréis decir?

—En estos momentos no estoy muy seguro de que entregar a don Gonzalo de Córdoba el mando de ese ejército haya sido una decisión adecuada.

—¡Cómo podéis decir eso, Almazán! Vos sabéis mejor que nadie que el papa y los venecianos reclaman su presencia en Italia. Lo consideran una..., una especie de garantía para poner freno a las ambiciones del rey Luis.

—Precisamente por lo que acaba de decir vuestra alteza es por lo que tengo dudas acerca de que darle el mando de ese ejército haya sido lo más conveniente.

—¡Hablad claro, Almazán!

—Es cierto que don Gonzalo es un gran estratega. No albergo dudas de que se trata de vuestro mejor general. Cuenta sus batallas por victorias, pero precisamente por eso es un peligro que, hallándose en Loja, estaba desactivado. Pero al frente de doce mil hombres...

—Catorce mil, Almazán, catorce mil. No os olvidéis de la caballería. A eso añadid los hombres de armas que quieran sumarse a ese contingente.

—Al frente de un ejército así es un caudillo, un jefe al que los soldados le tienen verdadera devoción. Os acabo de leer lo que está ocurriendo por allí por donde pasa. Lo aclaman como a un héroe.

—No tengo otra salida, Almazán. Si no lo envío a Italia, la Liga contra el francés saltará en pedazos. ¿¡Qué otra alternativa tenemos!?

El rey se había levantado con dificultad y paseaba de un extremo a otro de la estancia disimulando en lo posible la cojera, con las manos a la espalda y la mirada fija en el suelo.

—Hay otra alternativa, señor.

El rey no pareció escuchar aquellas palabras. Se había

acercado a un mapa donde podía verse la parte occidental del Mediterráneo y los países ribereños, lo que incluía la península italiana, el sur de Francia, toda la península ibérica y las costas de la morería. Llevó su dedo índice hasta Navarra y comentó en voz alta:

—Necesitamos al francés entretenido en Italia y a ser posible vencido. ¡Eso es lo que nos deja las manos libres para actuar en Navarra! Lo de la bula Luis se lo pasará, si le conviene, por la entrepierna. Aunque siempre nos servirá con los navarros, que son fieles devotos de Roma. No olvidéis, Almazán, que ahora todo gira en torno a Navarra. ¡Lo que hagamos en Italia está supeditado a Navarra!

—Coincido con vuestra alteza. Pero insisto en que hay otra alternativa para la situación en Italia.

Tampoco ahora pareció que el rey oyera las palabras de su secretario.

—Navarra es la operación que hemos de culminar con éxito. Pero si queremos llevar a buen puerto nuestro empeño, hemos de tener guardada la puerta trasera y eso incluye al papa. Necesito que condene y excomulgue a todo aquel que se oponga a nuestra intervención en ese reino. La bula es un arma imprescindible para lograr la incorporación de Navarra a la Corona de Castilla. Por ello he tenido que dar gusto a ese *condottiero* que ciñe la tiara papal nombrando a don Gonzalo jefe de nuestros ejércitos en Italia. Vuesa merced sabe mejor que nadie cuál era el tono en que el sumo pontífice se expresaba en sus cartas. ¿Creéis que para mí ha supuesto un plato de gusto escribir al alcaide de Loja ordenándole que se ponga al frente del ejército? Jamás podré olvidar la forma que tuvo de rendir cuentas de su virreinato. ¡Tasó en un millón de ducados el precio del reino que decía haberme regalado! —La ira brillaba en las pupilas del monarca—. ¡Regalado, Almazán! ¡Dijo que me había regalado Nápoles! ¡Como si el reino fuera suyo y se dignase obsequiarme con él!

—Sé que enviarlo de nuevo a Italia al frente de vuestras tropas no ha sido lo más satisfactorio para vuestra alteza.

—¡Desde luego que no! ¡Podéis jurarlo por los Santos Evangelios!

Don Fernando se había sentado de nuevo, tenía el rostro contraído y las manos crispadas sobre la mesa.

—Vuestra alteza tiene toda la razón cuando afirma que es necesario no disgustar al sumo pontífice y también está en lo cierto cuando señala que la bula que le hemos solicitado para que quede excomulgado todo aquel que se interponga en la conquista de Navarra es un instrumento ante el que el rey de Francia puede no ceder, pero insisto, alteza, en que tenemos otra alternativa.

El rey reparó en lo que su secretario acababa de decir. Se quedó mirándolo fijamente, como si quisiera leerle el pensamiento.

—Hablad.

Almazán expuso su plan y don Fernando lo escuchó atentamente. No lo interrumpió una sola vez. Cuando el secretario hubo terminado, el rey permaneció largo rato en silencio. Necesitaba digerir lo que el secretario había dibujado con precisión extraordinaria. Se levantó de nuevo y, cojeando de forma mucho más visible que cuando se levantó la vez anterior, se acercó nuevamente al mapa y lo miró con detenimiento.

—Todo lo que vuesa merced ha dicho tiene sentido, pero algunos de vuestros planteamientos... Luis de Francia no permanecerá quieto tan fácilmente. Ese francés del diablo no permanecerá de brazos cruzados, y si el papa firma la bula, cosa que me temo no hará hasta que don Gonzalo no ponga el pie en Italia, dirá que su intervención es anterior a su promulgación. Por otro lado, insisto en que no esté vuesa merced tan convencido de que la amenaza de excomunión lo detenga. No sería la primera vez que un rey de Francia asume ese riesgo.

—Tampoco es la primera vez que se... —Almazán titubeó un instante antes de pronunciar aquella palabra— falsea una bula del papa.

Si temía que la ira del rey hiciera nuevamente acto de presencia, se equivocó. Don Fernando pareció olvidarse de la razón por la que se había acercado al mapa y volvió a sentarse asintiendo con la cabeza a lo que Almazán acababa de decir.

—La palabra falsear es..., digamos, muy dura. Al fin y al cabo la bula a la que os referís existía y sólo hicimos un uso de ella...

—¿Indebido?

—Eso es, indebido es la palabra. Su santidad lo remedió después. Ahora podría ocurrir lo mismo, aunque tenemos un grave problema.

—¿A qué se refiere su alteza?

—El primado es Cisneros y ese fraile es demasiado riguroso en teologías y en sus costumbres. Estos asuntos eran más fáciles de tratar con arzobispos como Carrillo. Tenían otras hechuras. Pero Cisneros...

—Ese..., ese documento no tiene por qué pasar por las manos del arzobispo de Toledo. Podría conseguirse con otro arzobispo.

—¿En quién estáis pensando?

—En el de Zaragoza. Don Alonso ha manifestado su intención de intervenir en Navarra. Es persona que goza de vuestra absoluta confianza.

—Tenéis razón, Almazán. Haced lo que sea necesario en ese terreno. Podéis retiraros.

—Hay otro aspecto de esta cuestión que su alteza debería conocer. Quizá sirva para que vuestras dudas queden definitivamente despejadas.

—¿De qué me habláis?

El secretario sacó la carta que le había traducido Barrientos instantes antes de ser llamado por el rey.

—¿Qué es eso?

—Una carta del canciller de Francia.

—¿Una carta? ¿Cuándo ha llegado?

—La he recibido justo antes de que me ordenarais venir.

Don Fernando apretó los labios.

—¿Por qué no me habéis hablado de ella?

—Os pido disculpas, alteza, pero no me ha sido posible decíroslo antes.

El rey clavó su mirada en la carta que el secretario tenía en la mano.

—Los sellos están rotos. ¿Qué significa eso?

—El canciller se ha dirigido a mí, alteza.

—¿A vos?

—Tomad, hacedme la merced de leerla.

El rey, después de examinar el membrete y comprobar que efectivamente estaba dirigida a Miguel Pérez de Almazán, la miró sin detenerse a leerla.

—Supongo que ya os la han traducido.

—Así es, alteza.

—¿Qué dice?

Almazán sacó el pliego donde había anotado lo más importante de lo que Barrientos iba traduciendo y se lo mostró al rey. Ahora don Fernando prestó mucha más atención al texto. Cuando se lo devolvió al secretario, exclamó con una sonrisa que señalaba la satisfacción que sentía:

—¡Vuesa merced es un redomado bellaco! Lo que os propone el canciller explica vuestra seguridad.

—Alteza..., sólo pretendo serviros de la mejor manera que me es posible.

El rey no hizo caso a las últimas palabras del secretario.

—Para mí supondría un gran alivio si pudieseis culminar con bien ese asunto. Pero quiero pensarlo. No me fío de los franceses. Marchaos, necesito meditar sobre esa cuestión.

—Como ordene vuestra alteza. Pero no os olvidéis de que el alcaide de Loja ha puesto en marcha el levantamiento de las tropas.

33

Tres días después de salir de Toledo, Mendoza y Camarena entraban en Burgos por la puerta de San Juan. Dejaron atrás el hospital de San Lesmes y pasaron por las calles de un barrio humilde en el que se asentaban las viviendas de los artesanos, principalmente tejedores. Era media tarde y la actividad no cesaba en los talleres, donde remataban algunos trabajos.

Mendoza habría deseado marchar directamente a su casa y ver a su esposa, pero su misión no había concluido y se encaminaron al castillo. El secretario estaría todavía en su gabinete y debía acompañar a Camarena hasta allí. Era la norma de los correos para dejar constancia de su llegada, incluso cuando lo hacían mucho más tarde.

A los caballos, tras una dura jornada en la que habían forzado el paso para llegar a la ciudad, les costó trabajo superar las inclinadas rampas que conducían hasta la fortaleza. Los centinelas de las puertas los saludaron. Camarena era muy popular y en el cuerpo de guardia los soldados, al ver al capitán Mendoza, recogieron a toda prisa los naipes con que entretenían sus ocios. No pertenecía a la guardia, pero no dejaba de ser un oficial.

Alguien debió avisar a Almazán porque Camarena conversaba con algunos soldados cuando apareció Galindo y, tras un breve saludo, les indicó que el secretario estaba aguardando.

—¿Sin sacudirnos el polvo?

—Don Miguel espera… y está impaciente. —Miró a Mendoza—. También a vuesa merced.

Almazán los recibió con frialdad y el semblante avinagrado. Mendoza pensó que era su respuesta por haber empleado mucho más tiempo del que había fijado para el viaje.

—Casi dos semanas. Has tardado casi dos semanas —le soltó a Camarena, que sostenía su bonete en las manos y la mirada fija en el suelo, en actitud humilde—. ¡Despídete de la mejora ofrecida! ¿Crees que los asuntos de su alteza pueden estar en manos tan poco eficaces?

Mendoza, que había conocido su discreción y su esfuerzo por hacer el trabajo lo mejor que le había sido posible, decidió no permanecer callado. No tenía por qué guardarle el aire a Almazán, y menos desde que había decidido no buscar acomodo en la corte y enrolarse en el ejército de Italia. No se mordió la lengua.

—Loja no está a la vuelta de la esquina, señor. En tantas leguas de camino, a las dificultades propias del viaje se añaden problemas con los que no se cuenta.

—No me he dirigido a vos, capitán.

—Pero yo sí he respondido a vuesa merced. Es muy fácil poner plazos imposibles de cumplir, sobre todo, si se hace desde una mesa.

—¿Os han dicho, señor capitán —Almazán remarcó mucho las dos últimas palabras—, que hacéis gala de mucha insolencia?

—Disculpad —Almazán dibujó una sonrisa pensando que con muy poco había doblegado la respuesta de Mendoza—, pero sabed que no es insolencia llamar a las cosas por su nombre.

—¡Recuerde vuesa merced que está a mi servicio!

—Os equivocáis, yo no estoy a vuestro servicio. He prestado un servicio a su alteza. Es muy diferente. He empleado dos semanas, amén de haber soportado las inclemencias del tiempo, las malas posadas y las infames ventas, incluso galopado en ocasiones a matacaballo sólo por servirlo.

Almazán no estaba acostumbrado a una respuesta como aquella. Lo miró de forma aviesa.

—¿Olvida vuesa merced con quién está hablando? ¡Soy el secretario de su alteza!

—¡No lo he olvidado en ningún momento, señor! Tampoco vos debéis olvidar que soy uno de sus capitanes —replicó Mendoza.

Camarena asistía, atónito y en silencio, a la disputa.

—Mendoza, vuesa merced puede dar por seguro que jamás prestará servicio en la corte.

El capitán no respondió a la amenaza y el secretario requirió a Camarena la carta.

—La respuesta de don Gonzalo de Córdoba.

El correo le entregó la carta sin decir palabra. Almazán no necesitaba leerla, porque sabía mucho más de lo que allí estaba escrito. El secretario posó su vista sobre el membrete y soltó una imprecación.

—¡Condenada letra! ¡Ni que fuera un escribano de los que cobran a tanto el pliego! ¡Retírate! —lo despidió con cajas destempladas.

Camarena abandonó el gabinete en silencio y cabizbajo. Apenas se cerró la puerta, con gesto airado, Almazán se sentó en su labrado sillón sin ofrecer asiento a Mendoza. Era una forma de demostrar que era él quien mandaba. La información que el capitán Mendoza podía proporcionarle había perdido una buena parte de su valor, después de lo que el rey le había encomendado. Por otro lado, el hecho de que don Gonzalo de Córdoba hubiera decidido acudir a la corte restaba interés a la información que podía facilitarle.

—¿Qué tiene vuesa merced que decirme?

—Poca cosa. Don Gonzalo leyó las cartas atentamente. Eran dos…

—¿Estabais presente?

—Estaba —se limitó a responder, molesto por la interrupción.

—¿Quién lo acompañaba?

—Su capellán y su médico, y los capitanes don Tristán de Acuña y don Pedro Gómez de Medina.

El capitán permaneció en silencio y el secretario tuvo que pedirle que prosiguiera.

—Continuad.

—Es poco más lo que tengo que deciros. Don Gonzalo de Córdoba, después de leerlas, me preguntó detalles sobre lo ocurrido en Rávena. Lamentó nuestra derrota e inmediatamente tomó las primeras disposiciones.

—¿A qué disposiciones se refiere vuesa merced?

—A las que le vi tomar cuando estuve a sus órdenes. Don Gonzalo no es persona que se ande con melindres ni pierda el tiempo en zarandajas…

—No me hagáis perder el tiempo a mí con cuestioncillas de ese tenor. Habladme del ambiente que hay en la alcazaba de Loja. ¿Qué aire se respira?

—Don Gonzalo vive con sencillez, pero con el refinamiento que corresponde a una persona que es varias veces duque. Por lo que he visto, puedo deciros que cumple puntualmente con sus obligaciones de alcaide, aunque el cargo le queda demasiado chico.

—¿Qué quiere decir vuesa merced con eso? ¡Don Gonzalo de Córdoba cumple con el encargo que se le ha hecho!

—Cierto, señor, y a mi entender, como acabo de deciros, lo cumple a satisfacción. Pero eso no significa que la encomienda de su alteza sea la más adecuada para un hombre como él.

—¿Estáis cuestionando una disposición del rey?

—En absoluto, señor. Simplemente, cumplo con la misión que me encomendasteis. Recordad que me ordenasteis ver, oír y observar. Debía daros cuenta de todas las impresiones que recibiera. Me dijisteis que os informara del ambiente que se respiraba y de cuál era la reacción de don Gonzalo de Córdoba al conocer las órdenes del rey.

—Está bien. Proseguid —concedió Almazán malhumorado.

—A Loja acuden músicos, escritores y artistas varios atraídos por la munificencia de don Gonzalo, quien los retribuye con la generosidad que es proverbial en su persona. En la alcazaba lo acompañan los miembros de su familia...

—¿Qué miembros de su familia?

—Su esposa y su hija. También su sobrino, don Pedro de Aguilar.

—¿Está don Pedro en Loja?

—Así es.

—¿Sabe vuesa merced que cometió un lamentable desacato agraviando a un representante del rey?

—Lo sé, señor, y también que su alteza tomó disposiciones muy rigurosas, incluida la destrucción del castillo donde había nacido don Gonzalo.

Almazán pasó por alto el comentario del capitán.

—¿Habló vuesa merced con don Pedro?

Mendoza había temido aquella pregunta. Desde que salió de Loja no había dejado de dar vueltas a la información que había de facilitar al secretario. No le mentiría. Eso era algo que no se lo permitía su propia dignidad ni su honor. Pero guardaría silencio sobre ciertas cosas si no era interpelado.

—Hablé durante la cena con que don Gonzalo nos obsequió la noche que llegamos.

—¿Queréis decir que os sentó a su mesa?

—Así es. En la cena nos acompañaron doña María Manrique, su hija doña Elvira y varios amigos.

Almazán se quedó un momento en suspenso. Calibraba aquella información que tuvo la virtud de hacer que no volviera a acordarse del sobrino del Gran Capitán.

—Me habéis dicho que estabais presente cuando don Gonzalo leyó las cartas de su alteza. Decidme, ¿cuál fue su reacción?

—Leyó las cartas en el orden inverso. Como ya os he dicho, se interesó por lo ocurrido en Rávena y, al saber que el general francés era Gastón de Foix y que había muerto, señaló las consecuencias que esa muerte podían tener para el reino de Navarra al estar casado nuestro rey con su hermana. Luego…

—Un momento, Mendoza. Repetidme eso último…, lo de Navarra.

—Don Gonzalo de Córdoba opinó que era la oportunidad de invadir Navarra. Eso hizo pensar a los presentes que su alteza lo requería para ponerse al frente de un ejército cuyo objetivo fuera la ocupación de dicho reino. Don Gonzalo aclaró que las órdenes del rey eran que levantase un ejército para marchar a Italia.

—En realidad, el rey le hacía una…, digamos, petición.

—Cierto, señor, pero don Gonzalo dijo que las peticiones del rey son órdenes.

—¿Qué más dijo?

—Poco más. El Gran Capitán es hombre de pocas palabras. Inmediatamente tomó las primeras disposiciones.

—¿A qué disposiciones os referís?

—Ordenó que se escribieran cartas a algunos de sus capitanes. Al día siguiente, muy de mañana, varios correos partieron para llevarles la noticia y puedo adelantar a vuesa merced que en esas cartas daba instrucciones para que comenzaran a organizarse las compañías a las que había señalado plaza de armas.

—¿Dónde?

—La infantería en Antequera y la caballería en Córdoba.

—Por lo que contáis, don Gonzalo se ha dado buena prisa. ¡No ha perdido ni un instante! —El secretario parecía mostrar cierta contrariedad que no escapó a Mendoza.

—El servicio de su alteza no debe sufrir demora, señor. Don Gonzalo está dispuesto a marchar a Italia este mismo verano y puedo aseguraros que, con la diligencia que siempre pone en el servicio del rey nuestro señor, lo conseguirá. Esas compañías están ya levantándose.

—¿Cómo habéis dicho?

—Esas compañías están ya levantándose. Más aún, algunas están ya completas.

—¡No es posible!

El secretario disimulaba, pero estaba descompuesto. La información que Mendoza le estaba proporcionando significaba mucho más de lo que el capitán, que se mostraba devoto del alcaide de Loja, podía pensar. Su mente maquinaba sobre la información que recibía. Si había escrito a los capitanes, era porque mantenía contactos con ellos y, si ya estaban levantando las unidades, era porque tenía prisa, mucha prisa, por marchar a Italia. Esas tropas iban a concentrarse, en lugares ya determinados, muy pronto. Unió aquella información a lo que sabía por los mensajes llegados con las palomas. Su viaje a la corte de Burgos se estaba convirtiendo en una marcha triunfal.

Mendoza se percató de su zozobra.

—Parece que vuesa merced no está muy... contento con lo que estoy contándole. Es como si le incomodara la rapidez con que el Gran Capitán toma sus decisiones.

—Va demasiado deprisa. Debería haber aguardado a estar en Burgos para iniciar su... —Almazán se dio cuenta demasiado tarde de que había cometido un desliz y trató de que Mendoza no reparara en lo que acababa de decir—. La verdad es que me sorprende tanta energía. Ya no es un jovenzuelo. Supongo que serán muchas sus ganas de volver a Italia. ¿No os parece?

—No creo que sea cuestión de ganas, señor. Pienso que cuanto antes estemos plantándoles cara a los franceses en Italia...

El secretario explotó sin poder contenerse.

—¡Vuestra obligación no es pensar, capitán, sino cumplir las órdenes que se os dan!

—¿Me pide vuesa merced que no piense? —El tono irónico empleado por Mendoza fue un aguijonazo para Almazán—. Sabed que para cumplir vuestras instrucciones acerca de ver, oír y observar...

—¿Cómo sabéis que esas compañías están levantándose? —preguntó el secretario aparentando ignorar el comentario de Mendoza.

—A nuestro regreso de Loja pasamos por Córdoba y

en la posada donde nos alojamos estaba ya levantándose una de esas compañías. Luego en el camino nos hemos cruzado con hombres que acudían a enrolarse bajo las banderas de don Gonzalo.

—Querrá decir vuesa merced las banderas del rey.

—Son las mismas, señor. ¿Pensáis acaso que son distintas? Ese mismo entusiasmo lo he podido comprobar en Toledo. Antes de salir de la ciudad, tuvimos noticia de que se estaban formando dos compañías y que los problemas de los capitanes, según nos dijeron, eran de exceso de hombres. Todo el mundo habla de don Gonzalo con mucho respeto.

—¡Es increíble!

—¿Por qué decís eso? ¡Don Gonzalo de Córdoba es… un estratega excepcional!

—Mi incredulidad se refiere a la respuesta de la gente. ¡Es increíble que los hombres se alisten con ese entusiasmo!

—He de confesaros que también a mí me causó sorpresa ver a los hombres acudiendo en masa a alistarse. En Córdoba, hacían cola. Lo mismo está ocurriendo con la caballería. Os diré más, el capitán don Santiago de Peralta tenía problemas porque el furriel tenía ya las planas llenas y seguían llegando hombres, algunos se habían desplazado de los pueblos comarcanos. El nombre del Gran Capitán es…, bueno, despierta entusiasmo, y tened por seguro que será cuestión de días que las plantillas de sus unidades estén completas. Si los barcos que han de zarpar del puerto de Málaga están listos, se harán a la mar este verano.

Sin darse cuenta Mendoza estaba proporcionando al secretario una información de extraordinario valor. Aunque suponía un serio contratiempo para sus planes disponer de aquellos datos, le iban a resultar de mucha utilidad. Las informaciones que había recibido en los dos mensajes que el palomero envió eran sólo un pálido reflejo de lo que realmente ocurría. Estaba claro que el Gran Capitán, aunque ninguno de los datos que tenía en su poder le permitía deducir tal cosa, era un peligro mucho más grave de lo que había imaginado. Había bastado que se prendiera una pequeña mecha para que su personalidad se convirtiera en una luminaria que hacía palidecer todo lo que había a su alrededor. Don Fernando tenía que ser informado lo antes posible de la verdadera situación en que estaban las cosas.

—Parecéis muy gozoso con el desarrollo de los acontecimientos que me contáis.

—Es para estarlo, ¿no lo cree así vuesa merced?

—Desde luego, desde luego —masculló Almazán, cuya actitud desdecía sus propias palabras—. ¿Hay algo más que yo deba saber?

El capitán estuvo tentado de decirle que los comentarios acerca del rey que había escuchado en boca de gentes muy diversas y en lugares muy diferentes no eran muy favorables, pero consideró que era mejor guardar silencio.

—Quiero que vuesa merced sepa que no tendrá que mover los hilos necesarios para que yo no pueda prestar servicios en la corte.

—¿Qué insinuáis?

—Simplemente estoy dando satisfacción a vuesa merced, que antes me ha amenazado con quedar excluido de por vida en el servicio de la corte, como tengo solicitado.

—Podéis darlo por seguro.

—He cumplido con el encargo que se me hizo. Vuesa merced conoce pormenores de lo que deseaba saber y yo no deseo volver a encontrarme nuevamente en un trance como el que vuesa merced me ha encomendado. Serviré a su alteza, pero lejos de aquí.

Almazán alzó las cejas.

—¿Qué queréis decir?

—Que serviré al rey combatiendo a las órdenes del Gran Capitán.

El secretario se encogió de hombros como si se sacudiera una responsabilidad.

—Si ese es el deseo de vuesa merced..., líbreme Dios de ser yo quien trate de disuadiros. Pasad mañana por contaduría para que se os abone vuestro salario.

—No lo haré, señor. Ese dinero es un... regalo a las arcas del rey.

En los labios de Almazán se dibujó una sonrisilla que el capitán no supo cómo interpretar.

Al salir del gabinete Mendoza se encontró con que Galindo aguardaba a que concluyese su visita al secretario. Mientras se alejaba, oyó cómo Almazán le decía al escribano al entrar:

—¿Puede saberse qué haces a estas horas escuchando tras las puertas?

—¡Señor...!

—No me vengas con melindres, Galindo, no te estoy recriminando. Si no escucharas detrás de las puertas, estarías perdiendo el tiempo; en un lugar como este poseer información vale mucho más que el oro. ¿Qué quieres?

—Señor, ha venido un criado de don Fadrique Álvarez de Toledo. Ha traído una carta para vuesa merced. Parece ser que el señor duque está encontrándose con problemas muy serios para poner en marcha el asunto... de Navarra. Me lo ha dicho el criado que traía el recado.

Almazán se quedó un momento en suspenso. El duque estaba ya levantando algunas compañías del ejército que había de invadir Navarra en las semanas siguientes.

—Venga esa carta —exigió Almazán, calándose las antiparras y acercándose al hachón de cera.

El secretario leyó la misiva del duque y no pudo evitar una ligera contracción de su rostro. Galindo pensó que sus enemigos no exageraban cuando afirmaban que el peso de los años le estaba pasando factura. Sólo unos años atrás su rostro habría permanecido inescrutable.

—¡Maldita sea! —explotó el secretario cuando acabó de leer el papel—. ¡Ese alcaide de Loja, a quien el diablo debería llevarse, no para de crear problemas!

—¿Se refiere vuesa merced a don Gonzalo de Córdoba?

—¡A quién si no!

—¿Qué ha hecho ahora, señor?

—¡Refrena la lengua, Galindo! Si quieres prosperar en este negocio, no puedes mostrar tanta curiosidad. Es mucho más rentable oír y observar que hablar y preguntar. Nunca te arrepientas de tus silencios y guárdate de tus palabras. No olvides que la mejor palabra es la que no se pronuncia. ¡Siéntate ahí —el secretario señaló su propio sillón—, quiero que escribas una carta a don Fadrique que has de llevarle personalmente! El asunto es mucho más grave de lo que puedas imaginar.

Estaba anocheciendo cuando Mendoza recogió sus alforjas; se disponía a salir del castillo. Ardía en deseos de llegar a su casa y encontrarse con Maria. Pero lo detuvo una voz familiar.

—Capitán, aguardad un momento, por favor.

—¡Camarena! ¿Todavía andas por aquí?

—Nadie me espera y no quería marcharme sin despedirme de vuesa merced y sin deciros que ha sido un honor cabalgar a vuestro lado.

—También lo ha sido para mí.

—No quiero entreteneros, a vos os espera vuestra esposa, pero sabed que vivo en el callejón del Lobo, junto al monasterio de la Merced. Sólo tenéis que preguntar por Camarena. Si me necesitáis para algo...

—Gracias, muchas gracias.

Bajaron juntos las pendientes que conducían al casco urbano, con sus hatillos al hombro, como si fueran dos camaradas que regresaban de una campaña. Se despidieron con un abrazo.

Mendoza marchó rápidamente al encuentro con su esposa. A Maria le dio un vuelco el corazón cuando oyó cómo golpeaban en la puerta. Era muy tarde para recibir una visita. Clavó la aguja con que bordaba en el bastidor y corrió hacia la puerta, adelantándose a Basilio, que ya acudía a abrir.

—Señora, dejad que abra yo. A estas horas...

Maria no le hizo caso.

—¿Quién es? —preguntó antes de levantar la aldaba.

—Soy yo, Maria.

—¡Luis!

El corazón no le había jugado una mala pasada. Maria era una mujer enamorada. Abrió la puerta, el capitán dejó el hatillo en el suelo y se fundieron en un abrazo.

La cena, aunque el capitán tenía hambre, fue breve ante su deseo de subir a la alcoba. Se habían echado tanto de menos... Se desnudaron el uno al otro, entre susurros de amor, besos y caricias, dispuestos a recuperar el tiempo perdido. Cuando sus cuerpos desnudos cayeron en la cama entrelazados comenzó una noche de pasión.

34

La entrada del Gran Capitán en Burgos, ocho días más tarde de que lo hicieran Mendoza y Camarena —su comitiva viajaba mucho más despacio que la rapidez con que podía desplazarse un correo—, fue triunfal. Don Gonzalo y su séquito vestían galas de celebración —jubones recamados de pedrería, calzas acuchilladas, medias de seda, bonetes emplumados, salvo el de don Gonzalo, que estaba adornado, como siempre, con un zafiro y una perla, zapatos de fino cuero, las armas bruñidas— y montaban corceles enjaezados a la morisca. Llegaron por el camino de Lerma y salvaron el Arlanzón por el puente de Santa María, que desembocaba directamente en la monumental puerta del mismo nombre. Allí se agolpaba una muchedumbre que aclamaba al héroe de Nápoles y gritaba su nombre con entusiasmo.

Don Gonzalo marchaba flanqueado por Tristán de Acuña y Pedro Gómez de Medina, justo detrás iban el capellán Albornoz y el doctor Quesada. Tras ellos, con sus armas relucientes, sus cascos empenachados y sus coletos lustrados, formaban los soldados de su escolta y, por último, los criados, con sus libreas luciendo los colores de la casa de su señor, al cuidado de los carros donde iban los equipajes y todos los elementos de la intendencia. A ese séquito lo seguían cerca de dos centenares de hombres que se les habían ido sumando por el camino y a los que había resultado imposible alejar. Acampaban junto al séquito y algunos habían hecho hasta tres y cuatro jornadas formando parte de aquella comitiva que no había dejado de crecer con el paso de los días. Estaban dispuestos a enrolarse en su ejército. Nadie sabía cómo había ocurrido, pero a todos los lugares por donde pasaban ya había llegado la noticia de que don Gonzalo de Córdoba marchaba a la corte para recibir directamente del rey los detalles sobre el ejército que se estaba levantando y que conduciría de nuevo a Italia. La noticia había enfervorizado a mucha gente y allí se hallaba la prueba.

Al propio don Gonzalo lo había embargado la emoción en algunos de los momentos vividos aquellos días, cuando los lugareños tenían conocimiento de que era el Gran Capitán. Aquellos hombres que ahora lo seguían habían dejado sus hogares, alguno incluso tenía mujer e hijos. Unos eran jóvenes que habían oído hablar de sus hazañas en Italia, pero la mayoría eran viejos soldados que habían luchado a sus órdenes y se encontraban todavía en condiciones de volver a empuñar las armas. Se acercaban a él, lo saludaban con devoción y se ponían a sus órdenes. Aunque en un primer momento se había resistido, hubo de rendirse a la evidencia: aquellos hombres lo dejaban todo para combatir de nuevo a su lado. Había estado convencido de que los años de alcaide en Loja habían pesado como una losa en la memoria de quienes habían conocido la importancia de sus hechos, pero estaba equivocado. Sus hazañas no habían sido olvidadas por los viejos soldados, al contrario, ellos se habían encargado de difundirlas. Eran los mismos que habían conocido su generosidad, la que le había llevado en más de una ocasión a renunciar al botín que le correspondía para que fuera mayor la parte de ellos; quienes habían compartido con él la gloria de las victorias pero también el frío, la lluvia, el calor impenitente de las tierras napolitanas y la escasez, que en alguna ocasión había sido hambre, porque no tenían qué llevarse a la boca. Un hambre que don Gonzalo había conocido a la par que sus hombres. Eran los mismos que lo habían aclamado en el campo de batalla como Gran Capitán. Esos hombres eran la mayor parte de quienes formaban aquella larga hilera que lo acompañaba hasta Burgos.

Al encarar el Arco de Santa María, don Gonzalo recordó la pesadumbre con que salió de la ciudad a la que ahora volvía. Nunca imaginó que podría regresar de la manera en que lo hacía. Los cuatro años transcurridos no habían apagado los fulgores de sus victorias. Pero estaba impresionado y seguía intrigándole el que la noticia se hubiera difundido de forma que una muchedumbre se apiñaba en las riberas del río cercanas al puente. Respondía a las aclamaciones con pequeños gestos y saludaba con la mano.

—¡Esto es increíble, señor! —exclamó Tristán de Acuña sin poder contener la emoción—. Que algunas docenas de veteranos o que esos jóvenes que desean alcanzar la gloria a vuestras órdenes os hayan seguido me parecía algo extraordinario, pero este recibimiento... ¡Esto es increíble! ¡Mirad, mirad cómo os aclaman!

—Habrá quien esté rechinando los dientes —añadió Medina.

Don Gonzalo asintió con ligeros movimientos de cabeza. Aquel entusiasmo podía perjudicarle ante el rey. Años atrás, conforme el distanciamiento del monarca se hacía mayor, supo que ciertas manifestaciones de fervor hacia su persona habían dado alas a los infundios que algunos cortesanos habían esparcido y que dañaron definitivamente su relación con don Fernando, que nunca había sido fácil debido a las suspicacias de su alteza. Recordó que uno de los pocos amigos cuya fidelidad se mantuvo aun en el trance más difícil, don Bernardino de Velasco, condestable de Castilla, le dijo que la cena que el rey Luis de Francia había ofrecido en Niza a don Fernando cuando regresaba de Nápoles le había perjudicado mucho. El monarca galo se había comportado en aquella ocasión con don Gonzalo de tal forma que parecía que el rey era él en lugar de don Fernando. Los agasajos del francés fueron tan excesivos que los celos del soberano estuvieron a punto de explotar. Sentó a don Gonzalo en la misma mesa que compartían ambos monarcas y lo alabó de tal manera que algunos cortesanos hicieron uso de tan extraña situación para perjudicar al Gran Capitán. Hasta hubo quien pensó que el rey de Francia actuó de ese modo para perder al gran general que había derrotado reiteradamente a sus tropas hasta expulsarlas de Nápoles.

En el Arco de Santa María le dio la bienvenida el concejo municipal, que celebraba sus cabildos en los altos del edificio que albergaba la puerta. En la plazuela que se abría ante la catedral el gentío era enorme. Tenderos y artesanos habían cerrado sus locales, y los oficiales y aprendices se habían echado a la calle.

Amparados entre la muchedumbre, bajo los soportales de las casas que se alzaban frente a la fachada principal de la catedral, había un grupo de individuos que utilizaban sus capas para embozarse. Uno de ellos tenía una gran envergadura. Todos iban armados con espadas roperas y misericordias. Su actitud desentonaba en medio de aquella multitud enfervorizada: ni aplaudían ni aclamaban. Se limitaban a observar lo que ocurría a su alrededor, ponían el oído a los comentarios de la gente y no perdían de vista la comitiva que, gracias a los denodados esfuerzos de los hombres de la escolta de don Gonzalo, poco a poco se abría paso entre el gentío.

El Gran Capitán, al llegar ante la puerta de la catedral desmontó, y, seguido por el capellán y el doctor, entró en el templo, que estaba prácticamente vacío. Se postró ante la capilla de santa Ana, a la que don Gonzalo tenía particular devoción. Mientras oraba, Acuña y Medina habían dispuesto a los hombres de su escolta para impedir que la gente irrumpiera en el interior de Santa María. Un clérigo se acercó al capellán y le preguntó:

—¿El caballero que ora ante santa Ana es a quien aclaman con tanto entusiasmo?

—Es don Gonzalo de Córdoba, pero quizá lo pueda identificar vuestra paternidad mejor si os digo que se le conoce también como el Gran Capitán.

—¡El Gran Capitán! ¡No lo sabía! ¡Ahora encuentro explicación a esa muchedumbre! ¿Ha vuelto al favor de su alteza? Yo ando un tanto despistado, encerrado en el archivo... Pero... habrá que avisar al deán. Lo he visto antes en la sacristía.

El clérigo se marchó a toda prisa.

Don Gonzalo, ajeno a lo que ocurría a su alrededor, oraba arrodillado, con la cabeza inclinada y los dedos entrelazados; cuando el deán, acompañado por el archivero y varios clérigos, llegó a donde estaban el capellán y el doctor, se oyó un ruido estridente.

—Es el papamoscas —les indicó el deán.

—¿Cómo habéis dicho?

—Papamoscas. Así es como se conoce al muñeco que hace sonar la campana de aquel reloj. —El deán señaló la bóveda de la capilla de al lado.

Don Gonzalo se levantó y el deán se acercó a saludarlo, deshaciéndose en cumplidos hacia su persona y manifestándole su contento porque estuviera de nuevo en Burgos. Salió a la plaza acompañado por la dignidad eclesiástica y el gentío, al verlo, volvió a vitorearle. Los cuatro embozados permanecían bajo los soportales, pendientes de todo lo que se decía y todo lo que ocurría.

El Gran Capitán montó en su corcel y reemprendió la marcha. Con grandes dificultades sus hombres iban abriéndole paso hacia las empinadas rampas que conducían al castillo donde el rey lo aguardaba. En medio de la turbamulta, nadie reparó en que el grupo de embozados se marchó con sigilo por una calleja que estaba desierta. Era gente acostumbrada a moverse con facilidad. Escabullirse por la calleja los obligaba a dar un rodeo para evitar a la muchedumbre y también para burlar la vigilancia que había en el camino que llevaba al castillo. Los cuatro gatearon por la ladera sin ser vistos, con una habilidad que parecía imposible, sobre todo en el gigantón. Ocultándose entre la maleza se apostaron junto a un recodo del sendero por donde necesariamente había de pasar la comitiva. Habían logrado su propósito gracias a la lentitud con que avanzaba el séquito de don Gonzalo, que sólo pudo saludar desde lejos al capitán Mendoza y a Maria, que también se habían sumado a la muchedumbre que lo recibía en Burgos. Los separaban varias filas de personas. Don Gonzalo dijo algo a Acuña, que miró hacia donde estaba Mendoza, y lo saludó llevándose la mano al bonete; luego dijo algo a uno de los soldados que, con gran esfuerzo, logró llegar hasta donde se encontraban el capitán y su esposa.

—Señor, el capitán Acuña me dice que os comunique que su excelencia se hospeda en la casa del condestable de Castilla y que desea veros y conocer a vuestra esposa. Su excelencia os espera mañana a las cinco.

—Decidle que es todo un honor y que allí estaremos.

El Gran Capitán y su séquito consiguieron por fin llegar hasta la barrera donde se apostaban los guardias que controlaban la subida al castillo e impedían el paso a la gente. Al cruzarla, don Gonzalo y los suyos sintieron el alivio que suponía dejar atrás la muchedumbre que lo había aclamado desde que apareció por el puente de Santa María.

Don Gonzalo comentó otra vez algo a Acuña y este hizo señas a uno de los hombres de la escolta para que lo siguiera. Espolearon sus caballos y se adelantaron en dirección al castillo. Los hombres que aguardaban ocultos entre la maleza hicieron un amago al oír el resonar de los cascos de los caballos, pero al comprobar que sólo se trataba de dos hombres miraron al gigantón, que les indicó por señas que permanecieran agazapados. Apenas habían transcurrido unos minutos cuando oyeron que otro grupo de jinetes se acercaba. El paso era mucho más lento y al doblar el recodo vieron aparecer a don Gonzalo flanqueado ahora por Medina y el capellán.

Estaban a pocos pasos cuando el grandullón saltó con una agilidad impropia de su corpulencia y se plantó en medio del camino cerrándoles el paso. También los otros tres salieron de su escondite y se situaron tras él. La presencia inesperada de aquellos hombres hizo que el caballo del capellán se sobresaltase y Albornoz tuviera dificultades para controlarlo. En cuestión de segundos la agitación se había apoderado de los integrantes de la escolta. Medina había tirado de su acero y los soldados más próximos se adelantaron con las espadas desenvainadas para proteger a don Gonzalo. La presencia de aquel gigante, con los brazos cruzados sobre el pecho, era una amenaza, aunque resultaba extraña su inmovilidad.

—¡Voto a Dios! ¿No me reconoce vuesa merced? —gritó dirigiéndose a Medina, que lo amenazaba con la espada.

—¿Diego? —lo interrogó el capitán con aire dubitativo.

—¡Diego García de Paredes! —exclamó el Gran Capitán.

—¡A vuestras órdenes, señor!

El gigante se quitó el bonete e hizo un amago de reverencia.

—¡Cómo es posible! ¿No estabais en Trujillo?

—Decís bien, señor, estaba en Trujillo. Pero he llegado a Burgos… digamos que un poco antes de que lo hicierais vos.

Los soldados miraron a Medina, que les indicó deponer las armas. También él enfundó su acero. Don Gonzalo desmontó y se fundió en un abrazo con el gigante ante la mirada expectante de los presentes.

—¡Grandullón! —Le palmeó la espalda—. ¿Cómo es posible que estéis aquí?

—Porque al tener noticia de que volvemos a Italia, decidí dejar a mi alférez el trabajo de levantar la compañía, que es cosa hecha. —García de Paredes miró a Medina, que también se había acercado después de descabalgar—. Si hubierais visto cómo acudían los hombres al saber que iban a combatir a las órdenes de don Gonzalo… —Volvió a dirigirse al Gran Capitán—. ¡Sólo en Trujillo podrían levantarse dos compañías! ¡Más incluso! Me he encontrado por el camino gente de aldeas y lugarejos perdidos que acudían a alistarse. ¡Las noticias vuelan con rapidez!

—No es sólo en vuestra tierra, señor capitán —intervino el capellán, que ya había logrado controlar su caballo y había descabalgado—. Eso que dice vuesa merced ocurre por todas partes.

—Por una vez el páter dice la verdad —rezongó Medina, y soltó una carcajada al ver la cara que ponía el capellán—. Desde que salimos de Loja hemos... —No encontraba la palabra—. ¡Bueno, hemos vivido cosas que ponen los vellos de punta!

—¿A qué habéis venido a la corte?

—A deciros que con vos voy hasta las puertas del infierno si menester fuera. ¡Qué digo hasta las puertas..., iría hasta el mismísimo infierno! ¡Eso también explica por qué he venido a la corte!

—¿Qué quiere decir vuesa merced con «eso también»? —preguntó al capellán.

—¡Páter —dio una palmada al clérigo que le hizo tambalearse—, por si don Gonzalo decide que visitemos a Belcebú! ¡La corte es como el infierno! ¡Aquí se juntan tantos demonios como allí!

El capellán se santiguó y se alejó unos pasos mascullando palabras ininteligibles y don Gonzalo se quedó mirándolo. Conocía demasiado bien a aquel gigantón que le había salvado la vida en dos ocasiones.

—¿Habéis venido sólo a eso?

García de Paredes se encogió de hombros.

—A decir verdad, también hemos venido —señaló a sus tres acompañantes— a crear un poco de ambiente.

—¿Ha sido vuesa merced...?

—Bueno..., tampoco ha resultado complicado. ¡La gente os admira y os quiere, y sabe que el rey se ha portado mal con vos!

—Contened la lengua, don Diego.

El Gran Capitán le dedicó una sonrisa. Los años no lo habían cambiado. Era el mismo que, al enterarse de que algunos cortesanos murmuraban de don Gonzalo, apareció por la capilla donde oraban el rey y la reina, acompañados de un coro de cortesanos, y arrojó su guante tildando de bribón, bellaco y malnacido a todo aquel que hablara mal de quien había conquistado un reino para su rey. Dijo que si alguno se sentía aludido que recogiera el guante. Como nadie lo hizo, les gritó, sin importarle la presencia de sus altezas, que le sacaría el hígado y lo echaría de comer a los cerdos si en su presencia alguien pronunciaba el nombre de don Gonzalo con desdén.

Un soldado se hizo cargo de las riendas del caballo del Gran Capitán, que subió a pie hasta el castillo charlando con su viejo compañero de armas, que no se recataba de decir a voces lo que opinaba.

—Lo de Rávena ha tenido que ser muy gordo, ¿no os parece?

—La derrota ha sido seria, ¿por qué lo decís?

—Porque sólo una catástrofe de mucha magnitud puede forzar al rey a llamaros, después de haberos mandado a un pueblo perdido entre sierras a ejercer de alcaide. ¡Si la reina no hubiera fallecido, jamás lo habría consentido! Os tiene mala voluntad. ¡Vuesa merced alcaide de Loja!

—¡Tened la lengua, don Diego!

—Tengo demasiados años a las espaldas para callarme lo que pienso. ¿Acaso cree vuesa merced que me he vuelto cortesano? ¡Pardiez que no! Habladme del plan que tenéis previsto para concentrar a la gente y llevarla hasta Italia. Así, os escucho y no digo inconveniencias.

35

El mismo día en que don Gonzalo había partido de Loja, envió un correo a la corte con cartas para el rey en las que explicaba su llegada para ponerse a sus pies. El rey había ordenado que se hiciera un recibimiento formal, lo que desconcertó a muchos cortesanos. La actividad en el castillo había sido incesante para darle al salón del trono un aire palaciego y disponerlo convenientemente para la ocasión. El castillo burgalés no dejaba de ser una fortaleza y en sus estancias presidía la austeridad. Sólo la presencia de la corte disimulaba la áspera sobriedad con el uso de tapices, de alfombras y pinturas.

El salón estaba lleno de damas y caballeros. Allí se había congregado la corte, deseosa de ver de cerca a quien, pese a los años de extrañamiento, seguía siendo el Gran Capitán. Muchos de ellos tenían ya noticia del recibimiento que los burgaleses le habían dispensado y los comentarios giraban en torno a dicha bienvenida, que a don Fernando había puesto mohíno. Los cuchicheos aumentaron cuando el chambelán real abrió las puertas y, después de solicitar la autorización del rey, anunció la presencia de don Gonzalo.

—Su excelencia el duque de Sessa, don Gonzalo Fernández de Córdoba y Herrera, duque de Terranova y Santángelo, señor de Órgiva, alcaide de Loja.

En medio de un llamativo silencio, el chambelán se hizo a un lado y don Gonzalo quedó a la vista de todos. Se destocó del bonete y, con mucho aplomo, paseó lentamente la mirada por los presentes antes de cruzar la puerta, abierta de par en par. Lo acompañaban el capellán y los capitanes Acuña y Gómez de Medina, además de García de Paredes, a quien don Gonzalo había insistido para que estuviera junto a él. Se tomó tanto tiempo que el chambelán, nervioso, lo invitó con un gesto a avanzar. Lo hizo con mucha tranquilidad. Se notaba, pese a su alejamiento de la corte, que estaba habituado a momentos como aquel.

La corte de Castilla, aunque había incorporado algunos de los refinados elementos del ceremonial cortesano italiano, distaba mucho de las delicadas formas que presidían las recepciones de cualquier príncipe, aunque únicamente gobernara sobre un pequeño territorio. Los italianos eran maestros en cuestiones de protocolo y el Gran Capitán había sido repetidamente agasajado por ellos.

Avanzó hacia el sitial donde, sentados en tronos, aguardaban don Fernando y doña Germana. Las damas, principalmente, hacían a su paso una inclinación y a alguna de ellas don Gonzalo le dedicó un leve gesto con la cabeza, pero no devolvió una sola sonrisa. Se detuvo a pocos pasos del sitial cubierto por un dosel ricamente labrado en el que podían verse las armas de Castilla bordadas con hilo de oro sobre seda carmesí. Por un momento, apenas una fracción de segundo, su mirada se cruzó con la del rey. Se midieron como si fueran contrincantes que habían de librar un duelo. Llevaban cuatro años sin verse. A don Gonzalo, el rey le pareció avejentado y con el rostro surcado por arrugas demasiado profundas; empezaban a ser patentes los excesos a los que se entregaba en su vida marital con una esposa a la que casi triplicaba la edad.

El Gran Capitán inclinó la cabeza e hincó la rodilla en tierra. Sus acompañantes lo imitaron al instante. El rey dejó que transcurrieran los segundos. El silencio en el salón era total. Resultaba evidente que don Fernando, después del recibimiento tributado a don Gonzalo por el pueblo de Burgos, deseaba hacer patente que era su señor. La situación empezaba a resultar incómoda cuando don Fernando le ordenó con voz apagada:

—¡Alzaos, alcaide!

El rey acababa de zaherirlo llamándolo por el más insignificante de los títulos que le correspondían. Don Gonzalo se irguió lentamente y ahora, a diferencia de la vez anterior, sostuvo la mirada al rey, quien, con dificultad, se puso en pie y abrió los brazos requiriéndolo para que se acercase. Se fundieron en un abrazo que tenía más de protocolario que de amistoso. Sólo los más cercanos pudieron oír al rey:

—Bienvenido.

—A vuestro servicio, alteza.

El Gran Capitán cumplimentó a doña Germana, que no había dejado de mirarlo con curiosidad. La reina sabía que era poco más joven que su esposo, pero parecía tener muchos menos años; le dedicó una amplia sonrisa al ofrecerle su mano para que la besara.

En el salón del trono, la solemnidad del recibimiento no había impedido que quedara patente la frialdad de los gestos, aunque el abrazo del rey supuso un alivio que rebajó la tensión del ambiente. Pero fue doña Germana quien, al preguntarle por su esposa, rompió las formalidades. Inmediatamente se formaron corrillos donde se comentaba lo ocurrido allí y en la ciudad; algunos, verdaderos peritos en asuntos banales, sacaban ya información de los gestos y ademanes. Don Gonzalo presentó a los hombres que le acompañaban. El rey reconoció inmediatamente a García de Paredes, que llamaba la atención por su corpulencia y por lo inadecuado de su indumentaria. Ahora el ambiente era más relajado y en los rostros de muchos cortesanos había desaparecido la tensión. Los murmullos llenaban el salón, como antes de que don Gonzalo hiciera acto de presencia, a lo que colaboró la aparición de algunos criados con bandejas de bebidas y de pastelitos que ofrecían a los congregados.

García de Paredes tomó a Acuña por el brazo y le susurró al oído:

—A pesar de los sahumerios —se refería a los grandes pebeteros donde se quemaba incienso cuyo olor llenaba el salón—, aquí huele que apesta.

—Teneos, don Diego. Hay sitios donde no resulta conveniente ser tan sincero. Además, estamos en presencia del rey.

—Su alteza no es de los que menos apestan.

—¡Chitón, don Diego!

—¿Habéis visto lo envejecido que está? —García de Paredes miró con descaro hacia donde se hallaba su alteza—. Es poco mayor que don Gonzalo y parece su padre.

—En eso he de daros la razón —concedió Acuña—, ha envejecido mucho en los últimos tiempos.

—La francesa debe de darle más trabajo del que puede soportar.

—Don Diego, ahórrese vuesa merced esa clase de comentarios. Vais a crearnos más problemas de los que ya tenemos.

García de Paredes frunció el ceño y puso una mano, que parecía la garra de un oso, en el hombro de Acuña, al que sacaba cabeza y media.

—¿A qué diablos os referís?

—A nada en particular. —Acuña se había arrepentido de hacer aquel comentario. El extremeño no se caracterizaba por contener sus impulsos—. Tened la lengua de una vez.

—Eso ni hablar, mi señor capitán. Si habéis levantado la liebre, hay que cazarla. Así que desembuchad.

Acuña supo que no cejaría en su empeño. Tiró del gigante hasta un sitio donde nadie pudiera oír lo que iba a decir y le comentó:

—¿Se ha fijado vuesa merced en la forma en que el rey ha mirado a don Gonzalo?

—Con cara de pocos amigos, pero eso no es una novedad. Le tiene malquerencia desde los tiempos de la reina Isabel.

—Pues ese es el problema. El rey no lo aprecia y don Gonzalo ha venido a la corte para dar cumplimiento a un trámite que consideraba imprescindible. Si por él hubiera sido, habría levantado el ejército y se habría marchado a Italia, sin poner un pie en la corte.

—Pues podía haberse ahorrado el viaje.

—Era su deseo. Pero habría cometido un grave error.

—¿Qué error?

—Su rápida marcha a Italia se habría interpretado aquí de forma muy negativa. Lo que don Gonzalo desea… Bueno, no creo que este sea el sitio para hablar de esas cosas. Aquí hasta las paredes tienen oídos. Si os parece, luego hablaremos. ¿Dónde se aloja vuesa merced?

—En un mesón que hay a la espalda de la catedral. Se llama Los Tres Robles. No es mal lugar. Las camas no tienen chinches ni piojos. La pierna de cordero asada con tomillo y romero es... —se llevó la punta de los dedos hechos una piña a la boca—, es una bendición y las morcillas una delicia. —Guiñó un ojo y añadió—: Y la mesonera tiene unas formas... Supongo que don Gonzalo se alojará aquí.

—No, en casa del condestable.

—¿El rey no le da hospedaje?

—Don Gonzalo no estaba seguro y no deseaba recibir un desaire. El mismo correo que trajo al rey la noticia de su venida llevaba cartas para la familia del condestable, solicitándole alojamiento. Los hijos de don Bernardino, que ha muerto hace pocas semanas, le respondieron que su morada seguía siendo suya para lo que hubiera menester.

—¿Todos los que lo acompañáis os hospedaréis allí?

—No, sólo don Gonzalo, el capellán y el médico. Vuesa merced lo conoce bien. No quiere ser una carga demasiado pesada. La escolta y los criados se acomodarán en dos posadas que Medina —el capitán estaba discutiendo algo con el capellán— ha previsto. Nosotros tendremos que buscarnos acomodo. Veremos dónde pasamos la noche. Supongo que estaremos poco tiempo. Si don Gonzalo ha venido a la corte, ha sido por lo que acabo de comentaros.

—Si no tienen vuesas mercedes alojamiento, podríais acomodaros en Los Tres Robles. Como os he dicho, no es mal sitio...

El chambelán, con voz potente, pidió silencio. Las conversaciones se interrumpieron, los criados pararon en su deambular y, tras un siseo, cada vez más apagado, don Fernando carraspeó para aclararse la voz y que los presentes oyeran sus palabras.

—Don Gonzalo de Córdoba, sabed que vuestra presencia en la corte nos llena de alegría.

El Gran Capitán respondió con una ligera inclinación de cabeza.

—Acudir a la llamada de vuestra alteza es, además de una obligación, un honor.

El rey bajó del estrado y tomó a don Gonzalo por el brazo, en un gesto de familiaridad, y juntos saludaron a varios de los nobles presentes. Algunas damas miraban con descaro a don Gonzalo. Corrían tantas historias sobre su persona... Después de los saludos, el rey hizo un breve aparte con él.

—Decidme, ¿habéis puesto en marcha el levantamiento del ejército?

—Así es, alteza. Tengo noticias de que algunos de los capitanes a quienes he hecho un llamamiento han comenzado la formación de sus compañías. La respuesta, según tengo entendido, está siendo muy favorable. Algunas compañías tienen ya las plantillas completas.

—¿Tan pronto? —El rey aparentaba sorpresa.

El Gran Capitán se cuidó mucho de comentar los episodios vividos en el camino. Incluso rebajó la euforia que podía deducirse de sus anteriores palabras.

—Como he dicho a vuestra alteza, el levantamiento de las tropas está en marcha. He señalado como plaza de armas de la infantería la ciudad de Antequera; está a nueve leguas de Málaga que, como vuestra alteza ordenaba, será el puerto de embarque. La caballería la concentraremos en Córdoba.

—Me satisface vuestra diligencia, alcaide —se limitó a responder el rey.

Se acercaron a un grupo de damas que deseaban saludar o ser presentadas a quien aquel día era el centro de todas las miradas. El rey actuó con mucha galantería, sin dejar de pensar que don Gonzalo mantenía intacto ese atractivo personal que lo hacía tan peligroso. Recordó la carta de la cancillería francesa que le había mostrado el secretario y cualquier duda acerca de cómo manejar aquel asunto quedó despejada. La decisión estaba tomada. Lo único que quedaba pendiente era marcar los tiempos. Algo en lo que don Fernando siempre había puesto especial cuidado y, por lo general, había manejado con suma habilidad.

Mientras don Gonzalo daba satisfacción a la curiosidad de las damas, que formaban corrillo a su alrededor, don Fernando indicó al mayordomo que se acercara y le susurró unas palabras al oído. Quería obsequiar a don Gonzalo con una comida y guardar las apariencias. No sería menos que sus súbditos. Antes de retirarse, acompañado por la reina, se dirigió de nuevo a don Gonzalo:

—Está noche cenaréis con nosotros.

—Será para mí todo un honor, alteza.

El Gran Capitán dispuso del tiempo justo para acudir a la casa del condestable, presentar sus condolencias y sus respetos a la familia de su difunto amigo, y mudarse de ropa. Vestía un ajustado jubón de seda negra, primorosamente bordado y adornado con hilos de diminutas perlas y pequeños rubíes, con las magas acuchilladas que dejaban ver el blanco forro también de seda. Las calzas de lienzo carmesí, abullonadas con forro de vistosos colores, a la moda italiana, y medias de seda del mismo color. A la cena asistieron, además de los reyes, el duque de Alba y su esposa, la bellísima Isabel de Zúñiga, el secretario Almazán y su mujer, junto a otra media docena de cortesanos. A don Gonzalo lo acompañaba una sobrina del condestable, doña Constanza de Velasco; nadie del séquito de don

Gonzalo había sido invitado; ninguno de sus integrantes tenía alcurnia para estar presente en un acto tan reducido.

Acuña y Gómez de Medina, que habían conseguido acomodo en Los Tres Robles, cenarían aquella noche con García de Paredes y recordarían los viejos tiempos llenos de marchas, contramarchas, asedios, olor a pólvora, a sudor, a sangre y a muerte. También los buenos momentos compartidos en las largas noches del invierno alrededor de las hogueras con las que se alumbraban y combatían el frío.

El comedor estaba alfombrado y sobre los sillones con las armas de Aragón y Foix labradas en el respaldo se habían dispuesto mullidos cojines de terciopelo; los manteles que cubrían la larga mesa eran de hilo festoneado con encajes. Macizos candelabros de plata realzaban la iluminación. El mayordomo había dispuesto de una vajilla que sólo se utilizaba en las grandes ocasiones. Don Fernando y doña Germana ocuparon los extremos de la mesa y don Gonzalo, como invitado de honor, se sentó a la derecha de la reina, frente a él don Fadrique Álvarez de Toledo. Después de unos sustanciosos principios, degustados entre conversaciones intrascendentes acerca de la lluvia y el frío que habían imperado en Burgos hasta hacía muy poco, sobre la reciente visita de doña Germana al monasterio de las clarisas y comentarios sobre algunas recientes partidas de caza, don Gonzalo testimonió a doña Germana su pesar por la muerte de Gastón de Foix.

—He de manifestar a vuestra alteza mi pesar y el de la duquesa, mi esposa, por la muerte de vuestro hermano.

—Sois muy amable, don Gonzalo, y os lo agradezco. Mostrad también mi agradecimiento a doña María. Me consuela saber que murió con mucha honra y honor.

—Sin duda que así fue. Aunque esa honra la ganara a costa nuestra.

—Sabed, señor alcaide, que no es este el mejor momento para recordar duelos.

Don Fadrique había elevado la voz y el tratamiento utilizado para dirigirse a don Gonzalo, así como el tono empleado, denotaban mucha insolencia. Su comentario atrajo la atención de la mesa. Se hizo un silencio incómodo, sólo roto por el tintineo de algún cubierto sobre el plato. Doña Isabel de Zúñiga, que había enrojecido como la grana, agachó la cabeza avergonzada. Las palabras de su esposo eran tan inadecuadas que, además de suponer una ofensa para don Gonzalo, resultaban una desconsideración hacia la reina. El Gran Capitán, impertérrito, se limpió los labios y dio un sorbo a su vino.

—No me lo parece así. —Obvió todo tratamiento—. Ignoro si tendré otra ocasión para poder dar ese testimonio a la reina, mi señora. A buen seguro permaneceré en la corte pocos días, su alteza —miró al rey— me ha encomendado una misión que requiere toda mi atención y dedicación. Además, vuesa merced haría bien en no inmiscuirse en conversaciones que en nada le conciernen.

Las palabras del Gran Capitán acentuaron la tensión en torno a la mesa. Al rey, sin embargo, no parecía molestarle lo ocurrido. Observaba con el codo en el brazo del sillón y el puño sobre la barbilla. Almazán mantenía la vista fija en el plato, pensando en la forma de sacar el mayor beneficio de aquella circunstancia.

—Se nota que sois un segundón y que no habéis recibido la educación que ha de guardarse en una situación como en la que os encontráis, compartiendo mesa con sus altezas y quienes ostentan la representación de los mayores linajes del reino.

Don Gonzalo miró fijamente a don Fadrique y en su boca se insinuó una sonrisa.

—¿Cómo se explica entonces que un segundón como yo esté sentado a la derecha de nuestra reina, en un asiento que precede al que ocupáis vos?

—¡Cómo os atrevéis!

—¡Cómo os atrevéis vos!

La tensión crecía, pero, en presencia del rey, nadie osaba abrir la boca. Don Fernando parecía disfrutar con el enfrentamiento. Con gestos, el maestresala había indicado a los criados que dejasen de servir la mesa.

—¡Soy duque de Alba! —alzó la voz don Fadrique.

Don Gonzalo había soportado demasiados desaires y desplantes en la corte. Podía asumir aquel como uno más, pero no estaba dispuesto a permitir que se le insultara de aquella forma y decidió responder a Alba como merecía su insolencia. Sin alzar la voz, sus palabras sonaron rotundas.

—Yo lo soy de Sessa, de Santángelo y de Terranova. Os diré que eso, aunque vos no podéis apreciarlo en su verdadera medida, carece de importancia, don Fadrique.

—¿Qué queréis decir con eso, alcaide?

Era el rey quien había formulado la pregunta.

—El título de que presume don Fadrique fue ganado por alguno de sus antepasados que mereció esa dignidad. Él sólo lo ha recibido en herencia y tendrá que demostrar ser digno de él. Yo, señor, como soy sólo un segundón dentro de mi linaje familiar —miró al duque—, he tenido que ganar cada uno de esos títulos con mi espada... al servicio de vuestra alteza.

Don Fadrique iba a replicar, pero doña Germana se adelantó y propuso un brindis que sirvió para poner punto final a la disputa.

—Esta noche celebramos la presencia de don Gonzalo en la corte. También nos acompaña don Fadrique. Ambos dirigirán nuestros ejércitos en empresas muy importantes para nuestros reinos. Pidamos que la victoria los acompañe. —La reina alzó su copa—. ¡Por la victoria de nuestras armas! ¡Por don Gonzalo! ¡Por don Fadrique!

Los presentes corearon el brindis y alzaron sus copas.

El mayordomo indicó a los criados que reanudaran el servicio y en el comedor, para alivio de casi todos los presentes, volvió a oírse el tintineo de los cubiertos y poco a poco los comentarios llenaron el ambiente.

El duque de Alba, herido en su orgullo, apenas abrió la boca durante el resto de la cena. Almazán, por el contrario, parecía muy complacido. Para sus intereses las cosas no podían haber rodado mejor. Don Gonzalo había hecho alarde de sus méritos. Se había referido a sus títulos de Italia, sin mencionar que era señor de Órgiva, un pequeño detalle que podía darle suculentos dividendos.

Una vez que los reyes se retiraron y los demás comensales se despedían con cortesana disposición, el secretario se acercó a don Fadrique y le hizo unos comentarios que al duque debieron de parecerle acertados porque asintió con una sonrisa en los labios.

36

La cena en Los Tres Robles transcurría por cauces muy diferentes a los de la residencia real. También se prolongaba mucho más al estar los tres veteranos capitanes recordando viejas historias relativas a momentos especiales que habían compartido cuando luchaban bajo las banderas del rey a las órdenes del Gran Capitán.

—¿Se acuerda vuesa merced de la defensa del puente sobre el Garellano aquel día de Nochebuena? —preguntó Acuña a García de Paredes.

—¡Cómo voy a olvidarme con el frío que hacía!

—¡Vuesa merced es increíble! ¡Recordar aquel momento a causa del frío!

—¡Qué queréis que recuerde, señor capitán, si se me iban a helar hasta los cojones!

Acuña soltó una carcajada y vació el vino de su jarrilla.

—Lo decía porque fui de los que acudieron en vuestra ayuda cuando sólo hacíais frente a una veintena de enemigos.

—Más de una docena yacían sobre la nieve. Los habría despachado a todos.

—No lo creo —replicó Acuña alzando la jarrilla para que le sirvieran más vino.

—¿Lo duda vuesa merced?

—¡Con los cojones hechos unos carámbanos no es fácil acometer al enemigo!

García de Paredes dio una palmada en la espalda de su amigo que habría derribado a otro hombre menos fuerte que Acuña.

—Recuerdo aquellos días. Fueron terribles —comentó Medina—. Don Gonzalo me encargó comprar todas las varas de lienzo blanco que se encontraran en los pueblos de la zona. Era una pesadilla ir por los sitios en busca de aquella tela sin tener idea de para qué iba a servir.

—¿Cuándo lo supisteis? —le preguntó el gigante.

—Cuando me mandó que contratara a los sastres para hacer los capotes. Me dijo que los reuniera en el lugar donde iban a confeccionarlos y que pusiera centinelas para que nadie saliera de allí. Los pobres hombres estuvieron encerrados seis días. Cuatro trabajando sin descanso y dos más para que el secreto fuera absoluto hasta que don Gonzalo puso en marcha la operación. Allí comían, allí dormían y allí hacían sus necesidades. Confeccionaron mil ochocientos capotes blancos para equipar a los hombres que, en medio de aquella copiosa nevada, cruzaron sin ser vistos hasta más allá de las líneas enemigas. Cuando los franceses se dieron cuenta de que estaban cogidos entre dos fuegos, no pararon de correr hasta La Gaeta. ¿Lo recuerdan vuesas mercedes?

Acuña y García de Paredes asintieron y el primero se excusó.

—Tengo que ir a orinar. ¡Tanto vino...!

Un mozo le indicó que el mejor sitio para aliviarse era el patio trasero del mesón. Se trataba de un corral solitario y sumido en la oscuridad. En el ambiente flotaba un penetrante olor a meados y a estiércol.

Acuña volvió a la mesa y se encontró con que Albornoz estaba allí. Le bastó mirar las caras de sus compañeros para saber que la presencia del capellán al filo de la medianoche era porque algo serio había ocurrido.

—¿Qué hace vuestra paternidad en la calle tan a deshoras?

—Sentaos —le indicó Medina—. El páter está aquí porque, al parecer, ha sucedido algo grave, pero no ha soltado prenda. Os estábamos esperando.

—¿Qué ha ocurrido? —preguntó Acuña sentándose.

El mozo se acercó con la jarrilla de vino que habían pedido para que el capellán se refrescara. Estaba sofocado, pues había venido desde la casa del condestable a toda prisa. Dio un buen trago al vino y se limpió la boca con el dorso de la mano. No fue necesario preguntarle otra vez.

—Su excelencia y el duque de Alba han protagonizado un penoso incidente en presencia del rey.

—¿Cuándo?

—Ha sido durante la cena con la que el rey obsequiaba a don Gonzalo.

El capellán contó lo que había acaecido.

—¿Os lo ha contado don Gonzalo?

—No, ya saben vuesas mercedes lo discreto que es su excelencia. Quien lo ha explicado ha sido doña Constanza de Velasco, una sobrina del condestable que lo ha acompañado a la cena. La dama dice que se han vivido momentos muy tensos.

—No le veo la importancia que vuestra paternidad da al suceso —comentó García de Paredes—. Tengo entendido que don Fadrique ha recibido el encargo de dirigir el ejército que va a marchar sobre Navarra y, según el rumor que corre por Burgos estos días, no hay mucho interés en ponerse a sus órdenes, pese a que es un soldado competente.

—Supongo que se habrá debido a una cuestión de celos. El recibimiento de don Gonzalo ha sido triunfal —señaló Acuña.

El capellán dio otro trago.

—Es muy posible que haya algo de verdad en vuestras palabras. Pero ¿creen vuesas mercedes que he venido hasta aquí a estas horas, perdiendo el resuello, por una simple rivalidad?

—Entonces, contad qué más hay.

—Doña Constanza, cuando se despedía, oyó dos frases sueltas de una breve conversación que el secretario Almazán y el duque mantuvieron, después de que los reyes se hubieran retirado. La gravedad está en lo que oyó y también en lo que... no pudo escuchar.

—¡Hablad de una vez, páter! —exigió el gigantón.

—No es mucho lo que doña Constanza oyó, pero don Fadrique y el secretario se traen algo entre manos relacionado con el levantamiento de los ejércitos. El secretario dijo al duque que había estado soberbio y una de las frases que la dama recuerda es «... no se preocupe vuestra excelencia, lo de Italia va por muy buen camino...».

—Podría referirse al éxito en la formación de nuestro ejército —lo interrumpió García de Paredes, que exclamó con júbilo—: ¡La formación de las compañías no podría ir mejor!

—No sea vuesa merced tan vehemente y dejadme concluir. El secretario añadió a lo anterior: «Sólo espero las órdenes de su alteza».

—¿Lo que oyó fue «no se preocupe vuestra excelencia, lo de Italia va por muy buen camino» y «Sólo espero las órdenes de su alteza»? —preguntó Acuña.

—En efecto.

—Vuestra paternidad ha dicho que doña Constanza de Velasco oyó dos frases. ¿Cuál es la otra?

—«Menuda sorpresa va a llevarse el alcaide de Loja…». No me pregunten vuesas mercedes por la sorpresa porque no la sé.

—¿Don Gonzalo está al tanto de esto? —inquirió Medina.

—No sabe que he venido a contárselo a vuesas mercedes, pero doña Constanza se lo ha dicho nada más llegar a la casa. No quiso hacer mención de ello mientras se desplazaban en el carruaje que los ha traído del castillo. Aquí se está tramando algo. Quesada piensa que lo ocurrido entre don Gonzalo y don Fadrique no ha sido fruto de la casualidad…

—¿A qué se refiere el matasanos? —preguntó García de Paredes.

—A que todo estaba preparado. La pretensión era la de hacer saltar a don Gonzalo para luego poder acusarlo de… No sé exactamente de qué, pero cuando se producen esas situaciones, suelen decirse cosas de las que luego nos arrepentimos. Don Fadrique fue quien inició la polémica al acusar a don Gonzalo de ser un segundón.

—¿Qué piensa don Gonzalo?

—Cree que todo es debido a celos. Lo que ya he comentado sobre los problemas para levantar el ejército que está teniendo el duque de Alba. Le ha sorprendido la reacción de don Fadrique, con quien no había mantenido mala relación, aunque como tantos otros cuando cayó en desgracia no movió un dedo. Don Gonzalo también está muy preocupado con el recibimiento que le han tributado. Sabe que para el rey ha supuesto un mal trago y está deseando partir de Burgos. Sólo piensa en tener listos los preparativos para embarcar. Espera a que el rey lo reciba para marcharse a toda prisa. Mientras tanto dará satisfacción a algunas peticiones que han llegado a casa del condestable.

—¿Peticiones? ¿Qué clase de peticiones?

—Ahora resulta que todos quieren hablar con él, saludarlo, que les cuente cosas de sus campañas.

—Tenemos que averiguar qué están tramando. Quizá no sea algo grave, pero no podemos fiarnos. Ese Almazán nunca ha tenido en estima a don Gonzalo. Fue de los que más insidias dejaron caer en los oídos de don Fernando cuando el rey terminó por mandarlo a Loja —comentó Medina—. Tiene espías en la alcazaba que le informan de qué hace o deja de hacer. Incluso…, bueno, contadlo vos. —Miró al capellán.

—¿Qué he de contar?

—Lo de las palomas.

—¡Ah, sí! Alguien, no hemos podido descubrir quién pero es uno de los que ha venido con nosotros desde Loja, ha enviado palomas mensajeras, sospechamos que a Burgos. Aunque tampoco podemos afirmarlo.

—No se fían de don Gonzalo; también incluyo al rey —afirmó García de Paredes.

—Con lo que esa dama ha oído, es imposible saber lo que esa gente se trae entre manos, aunque todo apunta a que afecta a don Gonzalo —señaló Acuña—. Lo de «Menuda sorpresa va a llevarse el alcaide de Loja» no deja dudas.

—Tal vez yo pueda conseguir alguna información. No es seguro… —García de Paredes se pellizcó la barbilla—, pero es posible.

—¿Qué se le ha ocurrido a vuesa merced?

—Nada…, sólo es una posibilidad. Conozco a alguien

que quizá pueda facilitarnos información. Mañana veremos qué se puede hacer.

—¿No vais a decirnos nada?

—No. Hasta que no hable con esa persona será mejor que no adelante nada a vuesas mercedes.

El capellán se encogió de hombros.

—En fin…, me marcho. No es bueno andar solo por las calles y menos a estas horas. —Albornoz apuró el vino de su jarrilla antes de levantarse—. ¡Ojalá vuesas mercedes puedan enterarse de algo!

37

A Almazán no le sorprendió la llamada de su alteza. En realidad, estaba aguardándola. Desde la víspera, cuando le dijo al duque de Alba que la disputa favorecería sus planes y que esperaba poder darle noticias excelentes en breve, no había parado de buscar la forma de sacar el mejor partido a lo ocurrido. El rey tenía que tomar alguna decisión después del enfrentamiento vivido.

—Enseguida estaré con su alteza —respondió al ujier que le había comunicado el deseo del rey de verlo inmediatamente.

Cinco minutos más tarde se hallaba en el gabinete de don Fernando. El aspecto del monarca denotaba que había descansado poco durante la noche. Pensó que la cantárida de Salazar, que tan buenos resultados estaba dando, podía terminar por convertirse en un problema. No había dudas de que el rey había recuperado su vigor, pero no era un jovencito y ciertos esfuerzos terminarían ocasionando perjuicios si seguía empeñado en dar satisfacción a la fogosidad de la reina y su voluntad de darle un heredero a la Corona de Aragón. Su alteza estaba con una pierna estirada y el pie reposando sobre un cojín de terciopelo y se tapaba con una gruesa manta de lana. Las arrugas de su rostro parecían más pronunciadas.

—¿Cómo se encuentra vuestra alteza esta mañana?

—Mal, Almazán, mal, aunque he de deciros que ese polvillo...

—Cantárida, señor.

—La cantárida hace milagros. Es un vigorizante extraordinario y me proporciona unos bríos sorprendentes. Pero los años pesan como si fueran de plomo y doña Germana... Bueno, no os he llamado para hablar de esas cosas, sino para comentar con vos lo ocurrido anoche. ¿Qué os pareció la disputa? La reina afirma que don Fadrique no estuvo muy afortunado al hacer aquellos comentarios y provocó la reacción del alcaide de Loja.

—No sabría deciros, señor. Como bien sabe vuestra alteza estaba en el otro extremo de la mesa. Pero sí observé que el alcaide de Loja, cuando se refirió a sus títulos, alardeó de haberlos ganado con su espada.

Don Fernando torció el gesto.

—Proseguid.

—No sé, alteza. Pero presumir de esa forma de sus hechos me pareció una manifestación de arrogancia. Era..., era..., ¿cómo os diría? Una especie de recordatorio de que él fue quien logró que Nápoles forme parte de los territorios de vuestra corona. Esa arrogancia puede explicar en parte sus prisas por marchar a Italia... —Las palabras de Almazán destilaban el veneno en las dosis justas que necesitaban los oídos de don Fernando—. Es posible que don Fadrique no estuviera muy acertado con lo que dijo, pero es la actitud de don Gonzalo de Córdoba la que despierta desconfianza. ¿No le parece a vuestra alteza? A eso habría que añadir el hecho de que todas las noticias coinciden en que ha sido aclamado como a un héroe en su recorrido desde Loja hasta llegar aquí. Acerca del recibimiento que se le ha tributado en Burgos, no tengo que añadir nada a lo que vos conocéis tan bien como yo. Don Gonzalo Fernández de Córdoba puede convertirse en un problema.

Las últimas palabras del secretario sonaron como una sentencia inapelable. Había preparado cuidadosamente su disertación. Debía ser breve, pero contundente. Sin olvidar ninguno de los argumentos que podía extraer de las palabras que el Gran Capitán había pronunciado durante la cena. Sabía que podían caer en un terreno previamente abonado por los recelos del rey.

Don Fernando, que había escuchado en silencio y con aire caviloso las palabras de su secretario, le preguntó:

—¿Habéis preparado ya una respuesta al canciller de Francia?

Almazán, que había esperado esa pregunta desde que compareció, disimuló y aparentó sorprenderse.

—¡No, señor! Vuestra alteza me dijo al conocer la propuesta de los franceses que necesitaba meditar la respuesta. Aguardo vuestras órdenes. Si habéis tomado una decisión, la carta a la cancillería francesa puede prepararse en poco rato y el correo partir hoy mismo.

En realidad la carta estaba redactada. Fue lo primero que hizo al llegar por la mañana a su gabinete: encargar a Barrientos que con la mayor discreción tuviera listo ese trabajo, por si su alteza se lo pedía con urgencia.

—Está bien, Almazán. Aunque esa carta del canciller puede ser una trampa para enemistarnos con el papa y los venecianos, es mucho lo que en este momento hay en juego. Luis no es persona de la que se pueda uno fiar, pero tengo la impresión de que se encuentra entre la espada y la pared. Espero no equivocarme al tomar esta decisión.

—Mi impresión es que vuestra alteza acierta. No disponemos de tiempo. Don Fadrique, según mis noticias, está teniendo más problemas de los previstos para levantar el ejército con que invadirá Navarra y el alcaide de Loja está…, está lanzado. Lo que sabemos es que sus compañías se están completando a una velocidad que resulta increíble y eso… supone un peligro.

El rey frunció el ceño.

—Don Gonzalo, sin embargo…, parece ser que no ha buscado el protagonismo.

—He ahí una muestra del posible peligro. Si aquí lo aclaman de esa forma…, imaginaos lo que puede ocurrir cuando esté en Italia.

Don Fernando asentía con la cabeza. Para el secretario era más elocuente que una orden.

—Para que todo esto pueda ejecutarse don Gonzalo debe permanecer en Burgos al menos un par de semanas. Enviadle una carta diciéndole que lo recibiré dentro de cuatro…, no, mejor de cinco días.

—Esa es una excelente idea, señor.

Almazán pidió la venia para retirarse y el rey se la concedió con un movimiento de la mano. Cuando salió a la antecámara, daba la partida por ganada. Antes de encerrarse en su gabinete, ordenó al ujier que buscara a Barrientos.

Minutos antes de que las campanas tocaran anunciando el ángelus, un correo partía de Burgos con una respuesta para el canciller de Francia. Un instante después el secretario abandonaba el gabinete sin hacer caso de las visitas que esperaban ser recibidas. No podía perder un minuto porque ya iba con mucho retraso, al haber pedido su alteza que se modificaran unos párrafos en el texto que Barrientos había elaborado. Eso le había hecho perder un tiempo precioso y ahora buscaba retrasarse lo menos posible.

Bajó la escalera que conducía al patio con paso presuroso sin atender las peticiones y agitando las manos como si espantara moscas que revoloteaban a su alrededor.

—¡Después! ¡Después! Ahora no puedo detenerme. ¡Tengo mucha prisa!

Al salir al patio comprobó con satisfacción que lo aguardaba la tartana que utilizaba para bajar del castillo a la ciudad cuando los dolores no lo obligaban a ir en silla de manos. La mula estaba enganchada y el mozo en el pescante.

—¡Vámonos, deprisa!

—¿Adónde, señor?

—¡Sal del castillo! Ya te indicaré.

—Muy bien, señor.

Almazán oyó inquieto el alegre repique de las campanas que sonaban en las torres y espadañas de las iglesias de Burgos, recordando que el Ángel del Señor anunció a María que concebiría por obra y gracia del Espíritu Santo. Cruzaron la barrera donde los centinelas guardaban los accesos a las rampas que conducían al castillo y sólo entonces el secretario indicó al mozo que se dirigiera a la iglesia de San Román. Estaban llegando al templo cuando Almazán le ordenó:

—¡Cuélate por aquella calle!

—¿Hacia Santa Águeda?

—Eso es. Te detienes tres casas más allá.

Apenas la tartana se hubo detenido en la puerta de la casa del duque de Alba, aparecieron unos criados que le ayudaron a bajar del carro. El contador del duque lo esperaba en el zaguán.

—Soy Teodomiro de la Huerta, don Miguel, el contador de su excelencia. Está aguardándoos desde hace un buen rato.

—El servicio del rey es imprevisible. Me ha llamado cuando me disponía a venir.

—Tened la bondad de acompañarme.

El contador lo condujo a una estancia donde esperaba don Fadrique.

—Llevo aguardando cerca…, cerca de una hora, Almazán —le espetó al verlo aparecer.

—¡No sabe vuestra excelencia cuánto lo lamento! Pero el rey me requirió en el último momento y…

—Dejaos de excusas. Espero que vuestra visita responda a lo que me decíais en la nota.

—Vuestra espera ha merecido la pena. Sin duda, don Fadrique.

—Teodomiro, cierra la puerta y que nadie nos moleste. No te vayas demasiado lejos. Es posible que te necesite después.

—Lo de anoche salió a pedir de boca. Vuestra provocación surtió el efecto que deseábamos. Su alteza está muy enfadado, sobre todo, después de que hayamos comentado que don Gonzalo se vanagloria de lo que ha conseguido. Poco menos de que el rey le debe el reino de Nápoles.

—Esa es una buena noticia, pero en vuestra nota me indicabais algo más.

—Así es.

La conversación que mantuvieron el duque y el secretario no se prolongó demasiado. Veinte minutos después Almazán abandonaba la casa y el propio don Fadrique lo acompañaba a la puerta y lo despedía con muestras de complacencia. Luego se encerró con el contador y echaron cuentas.

—Para esta suma, vuestra excelencia necesitará firmar un pagaré. No disponemos de ese efectivo.

—¿Qué cantidad habría que solicitar?

—La mitad de lo que me habéis dicho. Quizá… apurando mucho, podría bastarnos con unos tres mil ducados.

—Prepara los papeles y que sean cuatro mil. Podemos encontrarnos con gastos inesperados.

—Es cierto, señor, pero esa cantidad no saldrá gratis. Cuanto más pidamos, mayores serán los réditos.

—No será por mucho tiempo. Solicita cuatro mil ducados. ¿Habrá problema?

—No lo creo, señor.

—¿Cuánto tiempo necesitarás para que disponga del dinero?

—Puede que un día, señor. A lo sumo dos. Siempre que las garantías que ofrezcamos parezcan las adecuadas.

—Podemos ofrecer algunas joyas de la duquesa.

—Esa es una buena opción. Si vuestra excelencia me dice cuáles son puedo preparar una relación.

Don Fadrique se quedó pensativo. Parecía estar haciendo cálculos.

—Prepara los papeles y aguarda. No creo que tarde mucho.

El duque se encaminó a los aposentos de su esposa. Tenía un valioso collar que había formado parte de su dote y podía cubrir la garantía más exigente. Era una joya extraordinaria. No se supo lo que ocurrió en la alcoba, pero la discusión entre el duque y su esposa fue acalorada. Tanto que sus gritos se oyeron por toda la casa. También se escuchó la rotura de algún objeto de cristal, y casi media hora después don Fadrique salía del aposento dando un sonoro portazo y llevando un cofre entre sus manos.

Malgarida, la vieja aya de doña Isabel de Zúñiga, que estaba en la calle atendiendo la llamada de un viejo conocido cuando se produjo la disputa, entró en el aposento de su señora al ser informada del suceso. La encontró echada sobre el lecho, con el peinado deshecho y la ropa desordenada. Se acercó con el dolor mostrándose en su rostro. Doña Isabel era su niña, había estado a su lado desde que cumplió los cinco años y la quería como si fuera la hija que Dios no le había concedido. Desde que la duquesa de Sevilla, que era título propio de doña Isabel, era una jovencita, se había convertido en su confidente y amiga y, desde hacía algunos años, en su paño de lágrimas.

—Tomad, señora, bebed un poco de agua. Os hará bien.

La duquesa se había abrazado a ella y roto a sollozar. Las lágrimas que corrían por las mejillas de doña Isabel revelaban el dolor que sentía su alma. Hacía tiempo que su esposo se había olvidado de las galanterías de otro tiempo, se mostraba grosero y rudo, la humillaba, incluso había llegado a alzarle la mano sin llegar a pegarle. Su confesor le aconsejó resignación y prometió hablar con don Fadrique. Había aceptado el consejo con sumisión y el padre Benítez había cumplido su compromiso; al menos su esposo no había vuelto a alzarle la mano, aunque habían menudeado los desplantes y hasta la había insultado en varias ocasiones, faltándole al respeto debido incluso delante de los criados.

—¿Qué ha pasado, mi señora? —le preguntó dándole un pañuelo.

—El duque se ha mostrado muy violento.

—¿Os ha pegado?

—No, pero hemos forcejeado. Me he resistido a entregarle las joyas que había recibido de mi madre. Mi negativa lo ha enloquecido. —Dio un sorbo al agua y la notó salada porque era una mezcla de lágrimas—. No sé qué le ocurre a mi esposo.

—¿Entre las joyas está el collar?

—Sí, en realidad era lo único que quería.

—¿Para qué deseaba una joya de tanto valor?

—Pretende ofrecerla como garantía de cierta suma de ducados.

—Será por lo de Navarra.

La duquesa, que se limpiaba las lágrimas con el pañuelo, se quedó mirándola.

—¿Tú crees?

—Hace un rato me han dicho que hay problemas con la recluta de hombres.

La duquesa recordó el incidente que protagonizó su marido la víspera.

—Anoche, durante la cena se produjo una penosa situación en presencia del rey y de la reina.

—¿Qué ocurrió?

—Mi esposo se encaró con don Gonzalo de Córdoba. Tuvieron palabras muy gruesas.

—Es posible que el recibimiento dispensado por la gente al Gran Capitán lo haya puesto celoso. Según tengo entendido, los hombres acuden a alistarse en el ejército de don Gonzalo de Córdoba como si fueran de verbena. Levantar dos ejércitos a la vez no es cosa fácil. Castilla siempre ha andado corta de gente. Me da la impresión de que parte de las dificultades de vuestro esposo están relacionadas con eso.

—¿Cómo sabes tú todo eso de las dificultades?

—Porque me lo ha contado un paisano con quien me he encontrado en la plaza de la catedral esta mañana.

—¿Alguien de Plasencia?

—Lo de paisano es por extremeño, señora. Es de Trujillo. Se trata de un capitán que ha peleado en otras campañas a las órdenes del Gran Capitán. Se llama García de Paredes. Es un gigante que saca la cabeza a hombres de mucha envergadura.

—¿Qué hace en Burgos?

La conversación parecía haber animado a la duquesa, hasta el punto de mostrarse interesada por un asunto como aquel.

—Ha venido..., bueno, no sé muy bien a qué ha venido. Supongo que para ponerse a sus órdenes. Él es quien me ha contado que la gente acude a alistarse como si fueran de fiesta. En su pueblo han levantado la compañía en un abrir y cerrar de ojos. ¿Os importuno si os pregunto por lo que sucedió en la cena de anoche? ¿Por qué se encaró el duque con el Gran Capitán?

—Todo comenzó cuando don Fadrique echó en cara al Gran Capitán el ser un segundón. Casi lo trató de advenedizo.

—¡Santo Dios!

—Don Gonzalo le replicó con una retahíla de títulos, señalando que los había ganado por sus propios actos y que no los heredaba por los méritos contraídos de otros. Mi esposo estaba a punto de estallar, pero la reina cortó el incidente con mucha habilidad.

—Don Fadrique y don Gonzalo son dos gallos de pelea y el rey los ha metido en el mismo corral y tal vez vuestro esposo esperaba que su alteza lo enviara a Italia.

—No, Malgarida. Lo de Navarra es muy importante, quizá más que lo de Italia. No sé qué le ocurre a mi marido, pero de un tiempo a esta parte está como loco.

El aya se remetió un mechón de pelo blanco que había escapado de su cofia y se recolocó las tocas.

—¿Sólo se ha llevado el collar?

Doña Isabel asintió. En sus labios se dibujó un mohín y rompió a llorar de nuevo. Malgarida necesitó un buen rato hasta que logró calmarla.

—Ese collar fue un regalo del rey Enrique a mi familia. Es la joya más preciada que tengo. Quizá la haya perdido para siempre.

—Permitidme que lo diga, señora, pero vuestro esposo ha actuado como un miserable.

—No sé a qué manos irá a parar.

—¿Queréis que me entere?

—Claro que sí, pero ¿cómo vas a lograrlo?

—Eso dejadlo de mi cuenta.

Malgarida le acarició la mano y trató de animarla con palabras de consuelo, que decía sin pensar porque su mente estaba en otra parte. Se juró a sí misma que no cejaría hasta conocer todos los entresijos de aquella situación.

La monotonía de sus susurros tuvo la virtud de dormir a su señora. La cubrió con una manta para evitar que se enfriara y salió de puntillas de la alcoba para no despertarla.

38

Teodomiro de la Huerta visitó aquella misma tarde a Simón de Orduña, un mercader dedicado a la exportación de lanas y, desde hacía algunos años, a importar paños de Flandes. Era uno de los hombres más ricos de Burgos. Poseía unos amplios almacenes en Santander desde cuyo puerto salían y entraban los barcos cargados con las partidas de género que eran objeto de su actividad comercial.

El contador de don Fadrique mostró al mercader el collar y le solicitó un préstamo de cuatro mil ducados. La suma era muy elevada, pero el comerciante lo sopesaba y estaba impresionado. Por sus manos habían pasado joyas muy importantes, pero nada que se pareciera a aquel collar. No tenía la menor idea de lo que podía valer una pieza de tanta calidad.

—Como verá vuesa merced es una joya digna de una reina.

—Lo es. Si no fuera porque su dueño es don Fadrique, tendría sospechas… ¡Hay tanto falsificador! No obstante, creo que lo mejor será que la tase un experto. Es la única forma de que podamos conocer su valor. ¿Qué os parece si visitamos a Nicolás de Aranda? Es el joyero más cualificado de la ciudad. Su tasación será ajustada.

Visitaron el taller que estaba junto a la puerta de Santa María. Nicolás de Aranda era un perito en joyas y gemas, un experto tasador de origen converso, que acumulaba la sabiduría de varias generaciones de plateros y orífices.

Al igual que le había ocurrido a Orduña, el joyero no disimuló su asombro ante el collar. Una pieza como aquella no se veía todos los días y no escatimó alabanzas.

—¡Es una maravilla! ¡Estas piedras son de las más limpias y rutilantes que jamás he visto! —exclamó concentrando su atención en la joya. La examinaba con una lente de aumento que un artilugio mantenía sobre uno de sus ojos—. ¡Los esmaltes relucen con un brillo poco común, el oro es finísimo y está trabajado por un verdadero artista! —Se quitó la lente de aumento del ojo y miró a sus visitantes—. ¡Este collar vale una fortuna!

—¿Cuánto es una fortuna, maestro? —preguntó Orduña.

—Para hacer una tasación ajustada habría que contar las piedras y medirlas...

—No pretenderéis desmontarlo...

—No, Teodomiro, perded cuidado. Aunque eso sería lo más correcto para que la tasación fuera más exacta. Habrá que pesarlo y realizar un examen más detenido. ¿Vuesas mercedes tienen prisa?

—No —respondió el mercader—, pero ¿cuánto tardaríais en hacer el peritaje?

—Calculo que media hora, quizá un poco más.

Orduña miró al contador, que asintió.

—Poneos a trabajar.

Después de examinarlo con todo detenimiento, de contar las piedras preciosas, cuyo número y tamaño fue consignando minuciosamente, desmontó unos engarces y pesó las tres piezas en que se podía separar, siendo cada una de ellas una joya por sí sola. El contador y el mercader lo observaban con curiosidad, sin perder detalle. Después el joyero sacó de una caja de madera con su interior forrado de terciopelo una balanza de precisión.

—Es capaz de pesar un adarme —comentó con orgullo, mientras la equilibraba.

Pesó las piezas hasta tres veces cada una y anotó los resultados.

—Observo que sois muy minucioso —señaló el contador.

—En este trabajo hay que serlo. El oro y las piedras son muy valiosas; un error, incluso pequeño, puede suponer una pérdida considerable. —Mientras hablaba hacía una serie de cálculos que repasó con cuidado—. El valor del collar está en torno a los cinco mil ducados, más bien algo más.

—Eso son… —el mercader calculó mentalmente— un cuento y ochocientos setenta y cinco mil maravedíes.

—Podría incluso valer dos cuentos de maravedíes —añadió el joyero.

El contador, al oír la cifra, suspiró aliviado. Sabía que Orduña estaba impresionado con la belleza de la joya y dispuesto a satisfacer los cuatro mil ducados que le había solicitado si el joyero señalaba que el valor del collar estaba por encima de esa cifra.

—Necesitaríamos que hicierais una descripción del collar. Vos sois un experto y lo llevaréis a cabo con todo esmero —indicó el contador

—¿La necesitáis por escrito?

—Desde luego.

Nicolás de Aranda se sentó en un bufetillo y tomó el recado de escribir.

—Lo mejor será que vaya diciendo lo que escribo por si vuesas mercedes desean hacer alguna precisión, ¿no les parece?

—Esa es una excelente idea.

El joyero cogió los papeles donde había hecho sus anotaciones y comenzó a escribir.

—Un collar de oro que pesa —miró la notilla— nueve marcos, tres onzas y cuatro ochavas. Tiene siete esmeraldas, tres de ellas grandes y cuatro medianas. Lleva engarzado un rubí morado...

—Podríais añadir que, según se dice, ese rubí perteneció al rey Salomón...

El joyero, asombrado, miró a Teodomiro.

—¿Os parece que ese detalle es necesario? —objetó Orduña.

—Si vuesa merced no lo desea, no se pone. No añade nada a la descripción, pero es un detalle de interés.

El comerciante se dio cuenta de que se había equivocado al plantear la duda. Si la joya quedaba en su poder —algo que no se sabía—, esa referencia la hacía más valiosa.

—Anotadlo, anotadlo —corrigió rápidamente.

—... un rubí morado que, se dice, perteneció al rey Salomón, al que acompañan nueve rubíes medianos y un diamante —el joyero observó el collar— de forma ochavada. También lleva engastadas doce perlas gruesas y —otra vez miró el papelillo con las anotaciones— ciento cuarenta y tres perlas menores.

—Podéis añadir que el collar perteneció al rey don Enrique IV. ¿Os parece bien esa precisión? —Teodomiro miró a Orduña.

—Por supuesto.

Se despidieron del joyero con palabras de agradecimiento. Cada uno de ellos le entregó un ducado por la tasación y volvieron a casa del mercader.

—Bien, amigo mío. —Orduña miraba casi con arrobo el collar—. Después de la tasación, no hay duda de que puede garantizar la suma que vuestro señor quiere.

—Así es. Pero no olvidéis que sólo queda en prenda. Su excelencia pagará el interés habitual del tres y medio por ciento por período de un año, que podrá ser renovable por otro más. Si se os abonara la cantidad antes de que pase el año, los réditos serán a proporción del tiempo transcurrido. Me firmaréis un recibo haciendo constar que el collar queda en vuestro poder, exclusivamente, como garantía del préstamo. ¿Estáis de acuerdo?

—Desde luego.

—Entonces, que uno de vuestros escribientes redacte el contrato en el que copiará la descripción del collar para que en el momento de la devolución no haya malos entendidos.

Orduña llamó a un escribiente que redactó los términos del préstamo en las condiciones en que había sido pactado y añadió que quedaba en poder de Simón de Orduña el collar cuya descripción copió.

El contador comprobó el texto.

—¿Sois conforme?

—A plena satisfacción.

—Entonces tened el dinero dispuesto para mañana. ¿Os viene bien acudir a las diez a casa de don Fadrique?

—Allí estaré con el dinero.

—Allí se os entregará el collar. —Teodomiro ya lo había guardado en la caja—. También estará presente un escribano público que dará fe del contrato.

El contador abandonó la casa de Simón de Orduña rebosante de satisfacción. No podía llevar mejores noticias a su señor. Al entrar se encontró con el aya de la duquesa, que parecía estar aguardándole.

—¡Malgarida!

—Tengo que hablar con vos.

—He de ver a su excelencia.

—Tengo que hablar con vos y no quiero dejarlo para más tarde. Si lo del duque no corre demasiada prisa…

—¿Tanto os urge?

—Más de lo que vuesa merced pueda pensar.

Aquellas palabras le produjeron inquietud.

—En ese caso, decidme, ¿qué queréis?

—¿Aquí? —Malgarida se mostró irónica—. ¿Os parece un sitio adecuado para una conversación?

El contador no tenía buena relación con aquella vieja, a la que consideraba una arpía. Malgarida sabía demasiadas cosas. Algunas, que lo afectaban directamente, jamás debían llegar a oídos del duque. Esa era razón suficiente para no enfadarla. Nunca lo había amenazado, pero le había advertido en alguna ocasión que con ella era mejor no andarse con pamplinas.

—Vayamos a mi escritorio. Allí estaremos más cómodos.

El contador le cedió el paso. Su lugar de trabajo estaba atestado de cartapacios, cuadernos de cuentas y rimeros de papeles. Apenas hubo cerrado la puerta, Malgarida le espetó:

—¿Adónde habéis llevado el collar?

—¿Qué collar? —El contador se puso a la defensiva.

—Os he dicho que conmigo no os andéis con paparruchas. Me refiero al que os ha entregado don Fadrique. ¿Adónde ha ido a parar y por qué razón?

El contador supo que no podía escabullirse. Respondió con desgana, pero sin faltar a la verdad.

—Ha servido como garantía de un préstamo que Simón de Orduña ha hecho al duque. Nuestro amo necesita una elevada suma.

—¿Para qué?

—Eso es algo que no os importa.

—Pero importa a la duquesa, mi señora. Ese collar es suyo. Ella lo recibió de su familia.

—Es un asunto... delicado.

El contador no podía desvelar lo que sabía sobre aquella cuestión. Era materia reservada y el duque le había exigido la máxima discreción. Lo que se preguntaba era cómo Malgarida había llegado tan lejos. Ahora tenía que ser cauto porque de lo contrario podía pagarlo muy caro.

—¿Está relacionado con el ejército que ha de mandar don Fadrique?

El contador vio el cielo abierto. La propia Malgarida le había facilitado una salida.

—Efectivamente, levantar un ejército supone afrontar gastos muy elevados y se necesita dinero en efectivo. El duque recuperará el collar. No os quepa duda.

—Más os vale que así sea. De manera que echad bien las cuentas. ¿He hablado claro?

Acuña y Medina, que habían estado con don Gonzalo, entraron en Los Tres Robles. García de Paredes y sus compañeros discutían en torno a una mesa. Los hombres del gigantón, cuando vieron a los capitanes acercarse, se retiraron discretamente dejándoles el sitio.

—¡Vino, mesonero! —pidió Acuña.

—¡Vino y algo a lo que hincar el diente! —reclamó García de Paredes—. ¡Estamos desmayados!

El mesonero se acercó con tres jarrillas de vino.

—Si vuesas mercedes tienen un poco de paciencia, puedo traerles unas migas con torreznos que resucitarían a un muerto. ¿Qué me decís?

—Muy bien, pero traed algo para matar el hambre mientras llegan las migas.

—¿Algo de queso y un poco de morcilla?

—Eso no estaría mal.

—Enseguida, señores.

—Don Gonzalo está que trina —señaló Medina.

—¿Por lo que nos contó el páter?

—No; el rey no lo recibirá hasta dentro de cinco días.

—¡Qué coño tendrá que hacer! —exclamó García de Paredes.

Por un momento quedaron en silencio y el mesonero llegó con el queso y la morcilla.

Estaban dando buena cuenta de ello cuando Medina preguntó al extremeño:

—¿Hay algo de... «la posibilidad» a la que se refirió vuesa merced anoche?

—Estoy esperando noticias. Seguramente no las tendré hasta mañana o tal vez pasado mañana. Ya veremos.

—¿Ha hablado vuesa merced con alguien?

—Esta mañana.

—¿Es secreto o se puede contar?

García de Paredes les explicó lo que había hecho.

—¿Piensa vuesa merced que podría enterarse de algo?

—Es posible.

—Me da en la nariz que todo esto forma parte de un mismo tinglado —comentó Acuña.

—Tal vez la sorpresa que iba a recibir don Gonzalo

de la que hablaba el secretario fuera que don Fernando lo pone a la cola de sus audiencias... para humillarlo.

Justo cuando el mesonero traía una fuente rebosante de migas, recibieron una visita que para García de Paredes fue toda una revelación.

—¡Por todos los santos de la corte celestial! ¿Es vuesa merced o se trata de una aparición? ¡Mendoza!

Hubo abrazos y, tras sentarse y pedir vino para él, García de Paredes supo que había regresado a España, administraba la hacienda de un tío suyo y se había casado. También que era quien había escoltado al correo que llevó a Loja las órdenes para don Gonzalo. Acuña le contó lo que la víspera había ocurrido durante la cena y la disputa que había mantenido don Fadrique.

—Todo apunta a que está conchabado con el secretario del rey en algún asunto turbio.

Mendoza no pudo evitar acordarse de lo que la carta astral que iba a entregarle aquella tarde a don Gonzalo decía en sus párrafos finales cuando aludía a «los cuervos» como una posible «fuente de sinsabores».

—Fue el secretario Almazán quien me encomendó esa tarea.

—Es un bellaco. ¿Quién ha visto que a un capitán se encomiende escoltar a un correo? ¡Por sus venas corre sangre de judío! ¿Estáis a su servicio?

—No, fue un encargo que me hizo porque yo había servido a las órdenes de don Gonzalo. Me marcho a Italia con él, aunque antes tendré que levantar mi propia compañía.

—¡Dadlo por hecho, Mendoza! —El gigantón le palmeó la espalda—. En Extremadura las plantillas están cubiertas y sobra gente. Acuden en masa. No tendréis problemas cuando invoquéis el nombre de don Gonzalo. ¡Jamás había visto una cosa igual!

—Pues aquí el duque de Alba, a quien el rey ha encargado el ejército de Navarra, tiene serias dificultades para alistar a los hombres que necesita. Corre el rumor de que levantar dos ejércitos, que en total suman cerca de treinta mil hombres, no resultará fácil.

—El tiempo acaba poniendo a cada cual en su sitio —sentenció García de Paredes—. Gente hay mucha y en disposición de enrolarse en el ejército, pero no son tontos. Todas las cajas de guerra suenan, pero no lo hacen de la misma forma. Eso depende de quién las toca. Los hombres se están alistando bajo las banderas de don Gonzalo.

—No tiene vuesa merced que decírmelo. Fui testigo en Córdoba de cómo la gente acudía en masa. Estuve con Peralta y con mosén Mudarra. Pasé por allí cuando volvía de Loja. Tenían las compañías formadas y les sobraba gente.

—Forma una compañía de caballos —comentó Acuña.

—El mosén será de mucha utilidad. Después de Pedro Navarro, el mosén era quien más sabía de cavar minas y experimentar con pólvora —apostilló García de Paredes.

—¿Tienen vuesas mercedes algún compromiso mañana por la noche? —preguntó Mendoza.

—No... —Acuña miró a sus compañeros—. ¿Por qué lo preguntáis?

—Sería un placer invitaros a cenar en mi casa. Así conoceréis a mi esposa.

—Estaremos encantados —respondió el gigante en nombre de todos.

Antes de que Mendoza abandonara Los Tres Robles, un soldado se acercó a Medina y le susurró algo al oído. Era uno de la escolta que los acompañaba desde Loja.

—Disculpen vuesas mercedes —se excusó levantándose.

Se apartó con el soldado unos pasos y sostuvieron

una breve conversación. Cuando Medina regresó a la mesa, García de Paredes le preguntó:

—¿Ocurre algo?

—Poca cosa, el que se dedicaba a enviar recados con palomas flota en las aguas del Arlanzón.

—¿Lo han eliminado?

—Lo han descubierto y en una bronca organizada en una partida de naipes...

—¿Quién era? —preguntó Acuña.

—Un tal Moreno. Entró hace meses al servicio de su excelencia, recomendado por no recuerdo quién.

—Entonces, ¿asunto concluido?

—Concluido —aseveró Medina, y añadió—: De todo esto chitón.

39

Don Gonzalo recibió a Mendoza en una salita que estaba decorada con austeridad y en la que sus anfitriones habían dispuesto unas bebidas y unas bandejas con golosinas.

—¿Donde está vuestra esposa? —le preguntó al ver que Maria no lo acompañaba.

—Está indispuesta, señor. Su mayor deseo habría sido acompañarme y conoceros, pero se ha levantado con mareos y unos vómitos que no han dejado de mortificarla durante el día.

—¿Embarazada?

—No lo sé, señor.

—Esa será la razón.

—Esperemos que así sea.

El Gran Capitán comentó que llevaba un día muy complicado.

—La audiencia con el rey se retrasará varios días y después me han dado noticia de que varios de los soldados que me han acompañado están enfermos. He ordenado a Quesada que acuda a atenderlos. Ha regresado hace poco y achaca sus males a un guiso de habas en malas condiciones. Hay días que se presentan negros.

—Pero vuestra excelencia estará satisfecho con el recibimiento de los burgaleses. ¡Fue grandioso!

—Satisfecho y preocupado, mi buen Mendoza. Estas manifestaciones tienen también su parte negativa. A vuesa merced no necesito explicárselo. Supongo que vuestro viaje de regreso fue bueno.

—Sí, señor. Estuve en Montilla.

Don Gonzalo, que había cogido un dulce de almendra, no se lo llevó a la boca.

—¿Qué hicisteis allí?

—Visitar las ruinas de la que fue vuestra casa. Después de lo que me habíais contado sobre lo sucedido a vuestro sobrino...

—Supongo que todo será presa del abandono.

Mendoza era consciente de que aquello suponía para don Gonzalo revivir una historia muy penosa. Sin embargo, era la ocasión para cumplir lo que le había prometido a Leonor Rodríguez.

—La maleza crece entre los restos de las murallas. Pero no sólo visité esas ruinas. Tuve ocasión de hablar con alguien que os conoce muy bien.

—¿Con quién?

—Con Leonor Rodríguez.

—¡¿Con mi ama!?

—Así es, señor. Hablé con vuestra ama de cría.

—Nunca ha querido salir de Montilla. Varias veces le pedí que formara parte de mi casa.

—Me lo comentó, y también me habló de cómo era la vida en vuestra casa cuando erais un niño. Tiene una memoria prodigiosa.

—¡Era muy lista!

—Sigue siéndolo. Me dio una carta para vos.

Mendoza sacó de una carpetilla, en la que don Gonzalo no había reparado hasta entonces, la misiva del ama.

—¿Quién ha escrito la carta? —preguntó antes de empezar a leer.

—Fui yo, señor.

Don Gonzalo la leyó con emoción contenida. Leonor estaba despidiéndose, le decía que todos los días rezaba por él y le revelaba la existencia de la carta astral que el capitán don Luis de Mendoza le entregaría y le explicaría lo ocurrido con ella.

—¿Qué es eso de una carta astral?

—El horóscopo que os confeccionó un estrellero que vivía en Montilla por la fecha en que vos nacisteis.

Don Gonzalo frunció el ceño.

Mendoza le contó la historia que había oído de labios de Leonor con todos los detalles y la razón que el ama de cría le había dado para no entregársela antes.

—No le otorgaba mucho crédito hasta que comprobé que los hechos recogidos en estos papeles se han venido cumpliendo.

—¿Vos conocéis lo que está escrito ahí?

—Sí, señor. Leonor me pidió que se la leyera, aunque a lo largo de los años debieron de leerle estos pliegos muchas veces porque conocía su contenido de memoria.

—¿Esa carta también se refiere a los tiempos que corren?

—Sí, señor. Hay alguna alusión a este tiempo, aunque los astrólogos, como bien sabéis, suelen hacer sus predicciones de forma un tanto oscura. Pero por lo que respecta a las de vuestro pasado está claro que ese Ahmed no era un charlatán. Conocía el lenguaje de los astros.

—Hay mucho charlatán que se dedica a hacer pronósticos sin estar capacitado para ello.

—Os aseguro que no es el caso.

—¿Queréis darme esa carta?

Don Gonzalo la leyó sin prisas. Debió de hacerlo varias veces porque los minutos pasaban sin que levantara la vista del papel. Mendoza habría dado un buen puñado de ducados por saber lo que en aquellos momentos estaba pasando por la cabeza del Gran Capitán.

—Es... extraordinario. ¿Estáis seguro de que este horóscopo fue confeccionado cuando nací?

Mendoza titubeó un momento. Eran las mismas dudas que él había tenido cuando en casa de Leonor Rodríguez leía aquellos párrafos, que podían ser una biografía de don Gonzalo, aunque expresada en los términos propios de astrólogos, augures y adivinadores.

—Señor, lo que dice al final vuestra ama de cría no podía saberlo cuando pasé por Montilla. Esa es otra de las razones por las que no he insistido a mi esposa para que viniera. Si hablábamos de esto...

—Entonces..., ¿lo de los mareos y los vómitos?

—Es cierto, señor. Pero no creo que esté embarazada.

Don Gonzalo miró de nuevo el papel.

—Aquí dice que *el rey lo destinará a un lugar apartado donde morará por causa de maledicencias y envidias provocadas por el fulgor de su estrella.* ¡Santo Dios! Se está refiriendo a Loja.

—¿No lo habíais leído aún, señor?

—No.

—Creía que ya...

—Apenas he pasado de la mitad. Estoy tan... confuso... Mejor dicho, estoy tan asombrado con lo que está escrito en este papel que leo y releo un mismo párrafo varias veces. —Don Gonzalo fijó de nuevo la vista en la carta, pero un instante después volvió a alzarla—. También anuncia la nueva campaña de Italia... Dice..., dice que *Recibirá órdenes de hacerse a la vela para reparar ciertos entuertos que su ausencia provocaba.* ¡Es increíble!

—Entiendo que lo que está ahí escrito os cause tanta admiración. Lo que se dice afecta a vuestra propia vida. A mí me provocó una gran impresión.

Don Gonzalo volvió a la lectura y Mendoza contuvo la respiración.

—Esto..., esto es... ¿Recordáis lo que dice al final?

—Sí, excelencia.

Don Gonzalo leyó con voz grave:

—*La empresa, que alegrará su corazón, le provocará pesadumbre. Los cuervos podrían ser de nuevo fuente de grandes sinsabores.* No hay duda de que se refiere al presente. ¿Quién más ha leído esto, Mendoza?

—Nadie más, señor. Al menos desde que Leonor Rodríguez me lo confió para que os lo entregara.

El Gran Capitán fijó de nuevo la vista en el papel.

—Dice que esta empresa me provocará pesadumbre...

—Pero la frase es muy oscura. Me he permitido leerla varias veces. Señala a los cuervos como posible fuente de sinsabores.

—Este..., este Ahmed se ha referido también a ellos unos párrafos más arriba. Los culpa de que el rey me confiara la alcaidía de Loja. No hay duda de que alude a quienes en la corte maquinan contra mí. ¿Sabéis que anoche tuve una disputa con el duque de Alba?

—Sí, señor.

—¿Cómo os habéis enterado?

—A mediodía he estado en Los Tres Robles conversando con Acuña, Medina y García de Paredes...

—¿Cómo es posible que ellos estén al tanto?

Mendoza lamentó el comentario, pero ya no tenía remedio. Se limitó a encogerse de hombros, aunque sabía que el capellán era quien les había facilitado la información.

—Este páter...

Don Gonzalo concentró su atención en el otro pliego donde estaban dibujados los astros en la posición que ocupaban el día de su nacimiento. Examinó detenidamente aquellos dibujos hasta que comentó:

—Habéis dicho que, además de vos, nadie más ha leído esta carta.

—Sí, señor, al menos desde que me la confió vuestra ama de cría.

—Guardad silencio sobre ello. No es conveniente que ciertas cosas se divulguen.

40

Simón de Orduña llegó puntual a la hora fijada. Había acudido a casa de don Fadrique Álvarez de Toledo en un carruaje cerrado del que bajaron dos hombres antes de que él lo hiciera. Miraron a ambos lados de la calle y efectuaron una indicación para que un tercer viajero bajase del carruaje. Portaba dos grandes talegos de cuero. Por último, descendió el mercader.

Fue Teodomiro de la Huerta quien los condujo hasta un despacho donde aguardaba un escribano público que ya tenía redactada una escritura de préstamo y, sin pérdida de tiempo, la leyó ante Orduña y el contador, que mostraron su conformidad con lo redactado. Después el individuo que había llevado los talegos fue contando los ducados, bajo la atenta mirada de Teodomiro, colocándolos en montoncitos de cincuenta hasta completar los cuatro mil que habían sido concertados. Concluida la operación, las monedas fueron devueltas a los talegos.

—Si todo es conforme, sólo necesitamos la presencia de su excelencia para que rubrique la escritura —indicó el escribano.

El contador agitó una campanilla y al punto, por una puerta disimulada mediante un trampantojo, apareció un sujeto que debía de estar aguardando la llamada.

—Avisa a su excelencia.

Poco después don Fadrique Álvarez de Toledo entró por la misma puerta. Saludó a los presentes, cruzó una mirada con su contador, que asintió con la cabeza, y preguntó al escribano dónde tenía que firmar. Resuelta la formalidad, se marchó tan rápidamente como había llegado. Teodomiro entregó la caja con el collar, tras mostrárselo al escribano y a Orduña, y dio por concluida la operación. El mercader abandonó el lugar, con cara de satisfacción, minutos antes de que otro carruaje, la tartana de Almazán, se detuviera a la entrada. Lo acompañaba Galindo.

Entraron rápidamente y otra vez el contador se convirtió en su introductor. En esta ocasión don Fadrique estaba esperando al secretario en el mismo aposento donde había tenido lugar la formalización del préstamo. La presencia de Almazán no pasó inadvertida al aya de la duquesa, que había estado toda la mañana pendiente de la entrada y salida de visitas. Observó desde la galería alta que daba al patio cómo el secretario del rey era llevado a presencia del duque. Malgarida necesitó muy poco para atar algunos cabos y recolocándose las tocas corrió escaleras abajo hasta la puerta que había junto al despacho del duque, la misma por la que don Fadrique había entrado para formalizar el préstamo con Simón de Orduña. Disimulados en una pintura mural había dos pequeños orificios que permitían ver sin ser visto. Tuvo que detenerse un momento y serenarse porque, si se pegaba a la puertecilla, su respiración era tan agitada que podía delatar su presencia.

Desde aquel privilegiado observatorio pudo asistir al encuentro del duque y el secretario, y enterarse de lo que don Miguel Pérez de Almazán hacía allí y de cuál era el destino del dinero que el duque había recibido por el collar de su esposa. También se enteró de algo más, aunque no hablaban de forma explícita y lo hacían en voz tan baja que apenas podía oír palabras sueltas. Aguardó allí a que el sujeto que acompañaba al secretario, con la ayuda de Teodomiro, terminara de contar ducados. Entonces don Fadrique y Almazán se despidieron. Tuvo que abandonar su escondite precipitadamente porque el duque indicó al contador que los acompañase a la puerta y eso significaba que podía utilizar aquella puertecilla para abandonar el despacho.

Malgarida subió a su alcoba, se recogió otra vez las tocas y, echándose un manto sobre los hombros, salió a toda prisa de la casa y se encaminó a Los Tres Robles, adonde llegó jadeando. A su edad no estaba para aquellos trotes. Preguntó al primer mozo que encontró por don Diego García de Paredes.

—¿El gigante?

A Malgarida le pareció un deslenguado. Referirse así a don Diego... Pero no disponía de tiempo para discusiones.

—Sí, el gigante. ¿Está aquí?

El mozo le hizo un gesto dejando claro que la información tenía su precio.

—Si quieres ganarte lo que me pides con la boca cerrada, además de avisarle tendrás que traerme un poco de agua.

—¡Agua la que san Pedro nos va a echar encima, señora! ¡Menuda tormenta se está preparando!

—¡Anda, bribón! Tráeme un poco de agua, ¿no ves que me estoy asfixiando? Rápido, trae el agua y dale aviso a don Diego.

El mozo no se movió hasta que le puso la moneda en

la palma de la mano. Sólo entonces le llevó el agua y le preguntó:

—¿Quién le digo que quiere verlo?
—Malgarida..., la de Plasencia.
—¿La de dónde?
—La de Plasencia, zopenco. ¡Vamos, date prisa!

El joven, haciendo gala de la desvergüenza propia de los mozalbetes de su condición, la miró un momento y antes de marcharse, a toda prisa, le soltó:

—Muy ajada os veo para tanto mozo.
—¡Hideputa! ¡Malnacido! —Malgarida lo amenazó agitando el puño al tiempo.

Riéndose, el joven se perdió por una puerta que daba a un patinillo donde estaban los capitanes y el capellán, quien les explicaba que don Gonzalo apenas disponía de tiempo.

—Todos quieren presentarle sus respetos y agasajarlo. Esta tarde, un grupo de damas de mucha alcurnia lo han invitado a merendar.

El mozo se dirigió a García de Paredes, interrumpiendo al capellán.

—Preguntan por vuesa merced.
—¿Quién?
—Una dama, con mucho genio. Se llama Malgarida.

García de Paredes se levantó al punto y, dirigiéndose a la concurrencia, les dijo:

—Es una grata visita.

El mozalbete sonrió, pensando maliciosamente.

El aya daba pequeños sorbos al agua cuando apareció García de Paredes. El mozo se había escabullido.

—¡Doña Malgarida! ¡Qué alegría!

Se inclinó, besándole la mano que le ofrecía.

—¿Hay un sitio discreto donde poder hablar?

García de Paredes se encogió de hombros.

—Esto es un mesón, amiga mía.

Malgarida buscó sitio con la mirada.

—Aunque sea…, vamos a la mesa de aquel rincón. Parece un lugar tranquilo.

Tomaron asiento y el capitán comprobó que el cuenco de Malgarida estaba vacío.

—¿Queréis beber algo? Se os ve acalorada. ¿Una infusión de verbena? ¿Un agua de canela?

—Otro poco de agua.

Don Diego buscó con la mirada, pero no encontró al mozo. Tomó el cuenco, se acercó a la cantarera y él mismo lo llenó hasta el borde. En aquel momento un relámpago iluminó el lugar y un instante después se oyó un largo trueno y el sonido del agua que ya caía con fuerza.

—Muchas gracias, don Diego.

—¡Vaya tormenta!

—Temí que me sorprendiera mientras venía hacia aquí.

—¿Habéis averiguado algo?

—¡Por el amor de Dios, don Diego! ¡Bajad la voz!

—Disculpadme.

Los relámpagos iluminaban fugazmente el mesón. La tormenta descargaba toda su intensidad y no paraba de tronar. La lluvia caía por los aleros con tanta furia que parecía una fuente lanzando los chorros.

—Lo que voy a deciros es muy grave. El secretario del rey ha estado de visita en casa del duque. Se ha marchado con unos talegos llenos de dineros…

—¿Con unos talegos de dineros?

—Miles de ducados, don Diego. Los que esta mañana ha llevado a don Fadrique un mercader de los que hacen fortuna con el comercio de las lanas y paños. Creo que se llama Orduña. Apenas se marchó, apareció el secretario.

—¿Para qué le ha llevado ese Orduña el dinero al duque?

—Para pagarle al secretario un favor y, como don Fadrique anda corto de fondos…, ha tenido que empeñar un collar de la duquesa, mi señora. He venido a toda prisa porque teníais razón al sospechar que estaban conchabados. El secretario está moviendo hilos para perjudicar a don Gonzalo de Córdoba. Es hombre de mucha influencia en el ánimo del rey.

—¡Es un hideputa!

—Teneos, don Diego, no alcéis la voz.

—Tuve ocasión de conocerlo en Nápoles. Acompañaba a don Fernando cuando visitó aquel reino. No sería la primera vez que Almazán tratara de hacerle alguna mala pasada a don Gonzalo. La corte…, la corte es lo más parecido a un nido de víboras. Es mucha la gente que pulula en torno a los reyes cuyo deseo es medrar sin muchos trabajos. Se valen del esfuerzo ajeno para conseguir honores y dineros.

—Quizá tengáis una idea de lo que es la corte, pero la realidad no os la podéis imaginar, don Diego. Vuesa merced es un soldado y vive alejado de este mundo. Sois de los que se juegan el pellejo por el engrandecimiento del rey y del reino. Pero la gente que se arrima a la corte… Esa gente es harina de otro costal. Ya me entiende vuesa merced.

—¿Qué es lo que trama?

—No lo sé, pero afecta a don Gonzalo de Córdoba y tiene que ver con la recluta de las tropas que el duque va a mandar. Almazán ha dicho al duque que no se preocupe por ese asunto. Parece que don Fadrique tiene problemas para reunir los hombres que ha de llevar a Navarra y el secretario culpa de ello a don Gonzalo. No sabría deciros por qué, pero lo culpa a él.

—¡Es una sabandija! No sé qué trampa habrá urdido, pero hace años convencieron al rey de que el Gran Capitán pretendía coronarse rey de Nápoles. ¡Atajo de calumniadores! Lo peor fue que don Fernando, quien nunca ha tenido simpatías a don Gonzalo, acabó creyéndoselo. ¡Fue esa caterva de desalmados la que logró que el rey lo mandara a Loja!

—Sosegaos, don Diego. Esa vehemencia no os llevará a ningún sitio.

—Tenéis razón —respondió García de Paredes acariciándose el mentón y guardando silencio durante unos segundos—. Es probable que quiera poner una parte de las tropas que se alistan con don Gonzalo a las órdenes de don Fadrique. ¡Tiene que ser eso! El muy cabrón se aprovecha de su influencia.

—Don Fadrique está tan obsesionado con el mando del ejército de Navarra que no repara en nada. Ha dado un sofoco muy grande a mi señora, la duquesa, con lo del collar que os he comentado.

—Es lógico que esté inquieto, Malgarida. La ocupación de Navarra es el principal objetivo del rey. Don Fadrique es un militar competente, pero no comparable a don Gonzalo, que vuelve a mandar nuestras tropas en Italia, y no quiere que lo de Navarra pueda estropearse. Eso lo ha puesto a los pies de Almazán, a quien el diablo confunda.

—Tengo que marcharme, don Diego. Mi presencia en un sitio como este… no es lo más conveniente.

—No sé cómo podré pagaros vuestra ayuda, amiga mía.

—Debe bastaros con saber que no he olvidado la que prestasteis a mi padre cuando se vio en apuros. ¿Lo recuerda vuesa merced?

—¡Bah! No fue para tanto. Además…, han pasado muchos años.

—No lo he olvidado, ni lo olvidaré mientras viva. Si no hubiera sido por vuesa merced, después de que aquellos bribones lo acusaran de falsificar moneda, mi padre habría pagado con su vida y su honor habría quedado mancillado para siempre. Cuando muchos que se decían amigos de la familia no querían saber nada, vuesa merced los desenmascaró y el nombre de mi padre quedó limpio. Ahora permitidme un consejo: salid de Burgos cuanto antes mejor.

—Ese es un buen consejo. Tan bueno como el que mi padre, que gloria de Dios haya, me dio en el lecho de muerte. Me dijo que si buscaba honra y fama me hiciera soldado, pero si lo que buscaba eran dineros no se me ocurriera engancharme al ejército. Tenía razón. Por honrado me tengo y eso es tan cierto como que guardo pocas monedas en la bolsa. Quizá vos también lleváis razón al decirme eso, pero no os haré caso. No pienso irme de Burgos con el rabo entre las piernas.

—Sabía que esa iba a ser vuestra respuesta, pero no podía dejar de decíroslo.

Malgarida se recogió el mechón de cabello que siempre escapaba de su toca, se puso en pie y ofreció su mano a don Diego. Abandonó Los Tres Robles aprovechando que la tormenta ya tronaba a lo lejos y había pasado de Burgos.

41

El Gran Capitán vestía un jubón blanco bordado con hilo de oro, calzas blancas con los forros del mismo color, al igual que sus escarpines. También era blanco su bonete, adornado como siempre con un zafiro y una perla. Su aspecto era principesco.

La estancia donde lo recibieron estaba alfombrada y amueblada con suntuosidad. En un testero lucía un gran espejo veneciano sobre un elegante mueble tallado con primor en palo santo. Dos pinturas, lujosamente enmarcadas, representaban escenas de la mitología clásica. Pesados candelabros de plata labrada alumbraban el salón. También las damas allí congregadas ofrecían una imagen que señalaba cómo los tiempos de mayor austeridad en el vestir y en el adorno, en vida de la reina Isabel, habían quedado atrás. Saludó a doña Juana Enríquez de Velasco, marquesa de Villena y señora de la casa, y después lo hizo con las otras damas: doña Isabel de Zúñiga, duquesa de Alba; doña Ana López de Mendoza, hija del duque del Infantado; doña Catalina Álvarez de Toledo, condesa de Alba de Liste, y la condesa de Monterrey, doña Francisca de Ulloa. Dedicó a cada una frases muy cortesanas al tiempo que las obsequiaba con unas pulseras de plata adornadas con cuentas de azabache.

—Decidnos, ¿dónde las habéis conseguido? —le preguntó la anfitriona observando cómo lucía en su muñeca—. ¡Son bellísimas!

—Celebro que sean de vuestro agrado. Las ha confeccionado un joyero morisco que tiene su taller en Granada. Las piedras las adquirí hace años en Santiago de Compostela, cuando peregriné a la tumba del apóstol.

—¿Las piedras son de azabache? —preguntó la hija del duque del Infantado.

Don Gonzalo la miró a los ojos. Eran preciosos. La joven se sonrojó pero le sostuvo la mirada. No lo conocía, sólo había oído hablar de sus campañas y del mal pago que el rey le había dado después de haberle prestado tan importantes servicios.

—Así es, mi señora. ¿Sabéis que el azabache es una piedra mágica?

Aquel comentario despertó la curiosidad de las damas, que formaban corro a su alrededor.

—¿Qué queréis decir con que es una piedra mágica? —preguntó la anfitriona.

—Que protege contra el mal.

—Es un amuleto muy poderoso contra el mal de ojo —añadió la condesa de Monterrey—. Bueno..., al menos eso es lo que sostienen algunos.

—Entre ellos el morisco que las labró. Tienen un relieve en una de las piedras.

Rápidamente las damas buscaron en sus pulseras.

—¿Es una mano? —aventuró una de ellas.

—Exacto, una mano cerrada en forma de puño —corroboró don Gonzalo.

—¡Es una higa! —precisó doña Francisca de Ulloa—. En mi tierra se cuelga al cuello de los recién nacidos para protegerlos del mal de ojo.

—¡Vuesa merced nos ha hecho un regalo extraordinario! No sólo es bello, sino que nos protege del mal. Por ello, nuestro agradecimiento ha de ser doble. —Doña Ana aún estaba ruborizada.

—Yo diría que triple, al acceder a merendar con nosotras.

—Señora mía, soy yo quien ha de estar agradecido por vuestra invitación.

Se acomodaron en un estrado donde don Gonzalo ocupó el sitio de honor. La marquesa de Villena hizo una indicación a la doncella que había junto a la puerta y aparecieron varios criados con bandejas de pastelillos, hojaldres rellenos con cabello de ángel, canutillos de canela, rosquillos de mazapán, almendrados y otras golosinas. También sirvieron jarras con leche merengada, aloja, agua con canela y limonada.

—Ha dicho vuesa merced que peregrinó a Santiago, ¿cuándo fue eso?

—Poco después de mi regreso de Nápoles. Peregriné para dar gracias al señor Santiago por su protección. En Compostela me aquejaron unas calenturas que me vienen de vez en cuando. El arzobispo puso a mi servicio sus médicos y criados.

—¿Por esa razón disteis de limosna la gran lámpara de plata que hay junto al altar del apóstol? —preguntó doña Francisca de Ulloa.

—Esa limosna tenía previsto darla.

—¿Desde cuándo os aquejan esas fiebres? ¿Son tercianas? —preguntó doña Ana.

—Fue en los pantanos que hay en el curso bajo del río

Garellano. Es una comarca insalubre. Hay muchos mosquitos. Desde entonces aparecen de cuando en cuando.

—¿Cómo es Nápoles, don Gonzalo? Contadnos, ¿cómo es la vida en esa ciudad que vos conquistasteis para nuestro rey?

—Nápoles es una ciudad luminosa. Muy grande...

—¿Más que Burgos?

—Mucho más, doña Ana. Los napolitanos dicen que tiene más de cien mil almas. Aunque yo creo que exageran. Posee magníficos palacios y dos grandes fortalezas protegen su puerto. Sus iglesias son suntuosas y las napolitanas bellísimas... Pero no tanto como vuesas mercedes. Por todas partes hay restos de la época de los griegos y los romanos. ¿Saben vuesas mercedes que muy cerca se libró la batalla de Cannas donde lucharon los romanos y los cartagineses mandados por Aníbal, quien perdió un ojo en las zonas pantanosas a que me he referido antes?

—¿Cómo es Roma?

—Muy diferente de Nápoles. No tiene puerto, el de Ostia está a cuatro o cinco leguas. La cruza el Tíber, sobre el que hay construidos un buen número de puentes. Tiene grandes y lujosos palacios, unos pertenecen a los cardenales del Sacro Colegio y otros a grandes familias, como los Orsini, los Colonna o los Borghese. Cuando muere el papa, Roma queda en manos de la plebe, que aprovecha para cometer toda clase de desmanes. Llegan muchos peregrinos para rezar ante la tumba de san Pedro y obtener indulgencias, y muchos otros en busca de prebendas que sólo el pontífice puede otorgar. Gran parte de ella la ocupan las ruinas del tiempo de los césares. Aquella ciudad debió de ser algo inmenso.

—¿Cómo son las damas romanas? He oído decir que son muy elegantes.

—Elegantes y cultas. Leen en latín, algunas pintan y participan en veladas literarias recitando poemas y comentando textos de escritores antiguos con mucho tino.

Don Gonzalo respondió a la curiosidad de las reunidas, que parecía insaciable. Doña Isabel de Zúñiga, que se había limitado a oír sus explicaciones, cambió el tono de la conversación al preguntar a don Gonzalo por el motivo de su presencia en la corte.

—Vuelvo a Italia. Las últimas noticias señalan que allí las cosas no marchan todo lo bien que debieran. En Rávena hemos sufrido una grave derrota.

—¿No os parece arriesgado que el rey haya decidido invadir Navarra?

Don Gonzalo apuró la aloja y dejó el vaso sobre una mesita que tenía a su lado. La víspera la duquesa había sido testigo del enfrentamiento con su esposo.

—Don Fernando ha mostrado siempre gran habilidad en los negocios de Estado. Tendrá poderosas razones para haberlo dispuesto así. Ha sido un acierto que vuestro esposo sea quien dirija esas tropas.

La anfitriona, que había estado al tanto de la disputa de don Gonzalo y don Fadrique, decidió cambiar de tema y lo invitó a que les contara cómo le impusieron ese nombre con el que ahora todo el mundo se refería a él.

Fue muy escueto en su explicación haciendo honor a quienes pregonaban que no le gustaba hablar de sus hazañas y sus triunfos. Se quitó importancia y comentó que los soldados suelen tener en alta estima a sus jefes cuando comparten con ellos las penalidades que la vida militar lleva consigo. Doña Ana lo miraba con arrobo.

Departieron sobre algunas cuestiones menores hasta que don Gonzalo entendió que había dado cumplida satisfacción a las damas y se despidió.

Al salir, la duquesa de Alba se le acercó y le dijo en voz queda:

—Tened mucho cuidado, don Gonzalo. Hay muchos que no os quieren bien. No lo digo por don Fadrique, pese a las diferencias que mantiene con vos. Al fin y al cabo, sirve a su alteza como lo hacéis vos, con la espada.

—Os agradezco la advertencia, doña Isabel. Presentad mis respetos al duque, vuestro esposo.

La casa de Mendoza estaba a la espalda de la iglesia de San Lorenzo el Viejo, no quedaba lejos de Los Tres Robles. En pocos minutos llegaron Acuña, Medina y García de Paredes, a quienes se había sumado el capellán. Todos vestían sus mejores ropas, querían causar buena impresión a la esposa de su amigo. El capellán había sido comisionado para llevar una bandeja de pastelillos dulces y salados, y García de Paredes un barrilillo pequeño de un licor que en su tierra elaboraban con bellotas.

Basilio les abrió la puerta y los condujo hasta una salita donde poco después aparecieron el capitán y su esposa. Maria estaba espléndida con un vestido que podía haber lucido una reina. Era de tafetán carmesí, ajustado al talle y la falda acampanada; las mangas estaban acuchilladas y dejaban ver los forros de seda blanca. El pelo lo llevaba recogido con una redecilla de perlas, a la moda italiana. Lucía en su cuello una gargantilla de esmeraldas a juego con los zarcillos, regalo del tío de Mendoza, cuyo verde era casi tan intenso como el de sus iris.

—Esta es mi esposa, Maria Zanetti. —La bella veneciana les dedicó una sonrisa—. Querida, estos son mis viejos camaradas. Compañeros de armas en Italia. Son los capitanes —los fue señalando al tiempo que los presentaba— don Diego García de Paredes, don Tristán de Acuña y don Pedro Gómez de Medina. —Los tres, que se habían desembarazado de las capas, hicieron corteses inclinaciones y besaron la mano que Maria les ofrecía—. Este es el capellán Albornoz, quien me llevó al taller donde adquirí las piezas de seda que traje de Loja.

—Es un placer recibiros en mi casa y conoceros, aunque mi esposo me habla tanto de vuesas mercedes y de vuestra paternidad que es como si os conociera. Sé mucho más de la vida de vuesas mercedes de lo que puedan imaginar.

—Señora, el placer es nuestro —respondió el capellán en nombre de todos— y nos sentimos muy honrados con vuestra invitación. Aceptad el obsequio de estos pastelillos.

—También hemos traído este licor de mi tierra —añadió García de Paredes rompiendo la formalidad—. Lo hacen macerando bellotas en aguardiente. Es un poco fuerte, pero está delicioso.

La esposa de Basilio se hizo cargo de los obsequios y Maria los invitó a pasar al comedor. El capellán y Acuña se sentaron a los lados de Maria, mientras Medina y García de Paredes flanqueaban a Mendoza. El recuerdo de algunos momentos vividos en Italia, que permitieron a Maria hacer algunos comentarios sobre su tierra, fue la conversación que acompañó a unos principios de escabeches y embutidos, acompañados de los pastelillos salados con que habían obsequiado a Maria. Luego Basilio y su esposa se esmeraron en servirles una sopa de cangrejo y picatostes que concitaron la alabanza unánime de los comensales. Para rematar dieron cuenta de unos pichones tiernísimos en salsa de almendras que hicieron las delicias de García de Paredes. Los postres acompañados por el licor eran golosinas a base de miel, almendra, yema de huevo y azúcar, y dieron paso a los comentarios del extremeño, que explicó lo que le había contado Malgarida aquella mañana y que Mendoza desconocía.

—Esa amiga vuestra, ¿no os ha podido decir lo que Almazán y el duque se traen entre manos?

—No, sólo escuchaba palabras sueltas y alguna frase, pero uniendo todos los cabos que tenemos la cosa está clara. Sin la menor duda —sentenció García de Paredes.

—¿Le importaría a vuesa merced decirme qué está claro?

—Que lo que han tramado esos dos es desviar hacia el ejército de Navarra algunas de las tropas que se están alistando en el de don Gonzalo. Todo encaja como un guante de tafilete hecho a medida por el mejor artesano. Las compañías del ejército que marcha a Italia se están llenando a toda prisa. No es algo que ocurra en un lugar concreto por el buen nombre de un determinado capitán. Es un fenómeno que se produce en todas partes. En Córdoba, en Jaén, en las Extremaduras... Quienes pretendieron enterrar al Gran Capitán lo han convertido en una leyenda en vida, algo que en estos reinos resulta increíble. Lo aclaman como a los grandes héroes. Por el contrario, don Fadrique tiene problemas para reclutar a sus tropas...

—A pesar de la cédula que el rey ha firmado concediendo grandes mercedes a los hombres que se alisten en el ejército de Navarra. Para don Fernando la ocupación de Navarra es prioritaria. Le da más importancia que a Italia —ratificó el capellán.

—Ni con esas mercedes. Almazán, que es una sabandija, ha visto en todo esto una oportunidad. Sospecho que ha realizado alguna promesa a don Fadrique para llevar a buen puerto la formación de sus unidades y a cambio le ha pedido dinero.

—¿Eso creéis?

—Malgarida es persona de la que me fío con los ojos cerrados. Como también tengo absoluta certeza de que vuesas mercedes guardarán secreto de esta conversación. Ella ha visto cómo don Fadrique recibía un préstamo por una elevada suma, empeñando una joya valiosísima de su esposa. Estoy convencido de que lo que el páter nos contó sobre la sorpresa que iba a llevarse don Gonzalo y de la que hablaron, terminada la cena con el rey, se refería a eso.

—¿Están vuesas mercedes seguros de que el rey da más importancia a Navarra que a Italia? —preguntó Maria un tanto sorprendida.

—Mi señora, vuestra tierra es hermosísima —le respondió el capellán—, pero Navarra forma parte de nuestra historia más cercana.

—Pero es, según tengo entendido, un territorio pequeño.

—Mucho más pequeño, sin ciudades como Roma, Nápoles o vuestra hermosa Venecia…, pero para quienes somos españoles tiene un valor muy especial.

Maria asintió, aunque por su expresión resultaba evidente que estaba muy lejos de quedar convencida.

—Lo de incorporar tropas que se alistan en un ejército para que luego las envíen a combatir en otra parte puede ser una fuente de conflictos muy serios. Los hombres podrían amotinarse —comentó Mendoza.

—Podría vivirse una situación muy complicada.

—Debemos estar alerta y observar todo lo que ocurre a nuestro alrededor —indicó Acuña.

—Lo que debemos es marcharnos cuanto antes mejor de aquí. Esto es como una cloaca que apesta más cuanto más se remueve —intervino García de Paredes.

—Además de eso, mi opinión es que deberíamos informar de todo esto a don Gonzalo. Quizá él...

La propuesta del capellán dio lugar a una fuerte discusión. García de Paredes era partidario de mantenerlo al margen, al igual que Acuña. El primero se expresaba con vehemencia, aunque la presencia de Maria hizo que se cuidara mucho de soltar algunas de sus expresiones habituales. Acuña lo hacía, fiel a su carácter, de forma templada. Medina estaba de acuerdo con la propuesta de Albornoz y Mendoza escuchaba en silencio.

—Don Gonzalo podría hacer algo —planteó Medina—. No quiero pensar en los problemas que habría si una parte de los hombres se tuvieran que marchar al ejército de don Fadrique, aunque les doblasen la soldada.

—Vuesa merced siempre pensando en los dineros —le recriminó García de Paredes.

—No olvide vuesa merced que los dineros son el nervio de la guerra.

—El verdadero problema es que podríamos enfrentarnos a un motín. No sería la primera vez —señaló Acuña.

—Exacto, la gente está entusiasmada, pero porque combatirá a las órdenes de don Gonzalo. Si el rey le hubiera encomendado el ejército de Navarra, los problemas estarían en la recluta de tropas para Italia.

—Todo eso que dicen vuesas mercedes es cierto —concedió el capellán—. El asunto es de la suficiente gravedad como para que don Gonzalo esté informado.

Mendoza recordó el párrafo de la carta astral donde se aludía a lo que Ahmed denominaba «cuervos». Todo aquello revelaba que, una vez más, sus predicciones eran correctas. No podía revelar la existencia de la carta astral.

Don Gonzalo le había pedido que guardara silencio. Le vino a la mente la frase que decía: *Los cuervos podrían ser de nuevo fuente de grandes sinsabores.* Lo había escrito como una posibilidad. Tal vez don Gonzalo pudiera deshacerla.

—Mi opinión es que debe estar al tanto de que algo se trama.

—¡Está al tanto! —exclamó el gigante apurando el licor de su vaso—. ¡El duque de Alba descubrió el pastel cuando se le quiso subir a las barbas! Y luego… esos cuchicheos que se traía con Almazán…

—No lo digo por eso, sino por la información que vuesa merced posee.

—En ese caso —terció el capellán—, no se hable más. Somos tres contra dos.

42

Don Gonzalo, a quien el capellán había informado de lo que el secretario se traía entre manos, no pareció darle importancia. Había seguido con las visitas. Estuvo en el monasterio de las Huelgas, donde dejó una generosa limosna. Visitó el ayuntamiento, donde fue cumplimentado por los regidores municipales y fue agasajado por los miembros del Consulado, que agrupaba a los poderosos comerciantes de lanas que habían convertido la ciudad en el principal centro de contratación de un producto tan importante en la economía del reino. Los de la Mesta, la reputada asociación de ganaderos del reino, cuyos representantes estaban en Burgos para celebrar una de sus dos reuniones anuales, no quisieron ser menos y también lo habían invitado. Tendría que ser después de la audiencia real.

El mismo día en que por la tarde iba a ser recibido por el rey, visitó al cabildo eclesiástico ya que el obispo, fray Pascual de Ampudia, se encontraba en Roma, adonde había sido convocado por el papa. Llegó a la catedral escoltado por el capellán y el doctor Quesada, que estrenaba una magnífica hopalanda que los mercaderes de lanas le habían regalado. Fue recibido en la puerta del Sarmental por una comisión de canónigos formada por el deán, el magistral y el penitenciario, a quienes acompañaba un enjambre de cargos menores adscritos al cabildo de canónigos. Con solemnidad propia de una procesión, don Gonzalo fue conducido hasta la biblioteca capitular, donde aguardaba el cabildo catedralicio.

Fue saludando, uno por uno, a los canónigos de forma muy ceremoniosa y luego don Gonzalo respondió con palabras de agradecimiento al breve parlamento de bienvenida del deán. Después, el ambiente se distendió y se formaron los inevitables corrillos donde se comentaban los más variados asuntos. El centro de atención del más numeroso era don Gonzalo, quien recibía toda clase de parabienes por haber vuelto al favor del rey. La charla era muy animada cuando el penitencial, un orondo canónigo que había formado parte de la comisión que lo había recibido, le preguntó:

—¿Respondería vuestra excelencia a una pregunta que me intriga desde que oí un comentario sobre… cierta acción de vuestra excelencia estando en Italia?

—Si puedo daros respuesta, no quepa duda a su ilustrísima de que satisfaré vuestra curiosidad.

—¿Son consejas de comadre o es cierto que llorasteis ante el cadáver del duque de Nemours? —En los labios del eclesiástico se había insinuado una sonrisa maliciosa.

Don Gonzalo rememoró el momento. Estaban cenando cuando un capitán francés, de los que habían sido hechos prisioneros aquella tarde en los campos de Ceriñola y a los que había invitado a cenar, reparó en uno de los mozos que servían la cena. Vestía una lujosa prenda poco acorde con su condición. Preguntado, confesó habérsela quitado al cadáver de un caballero al que había matado en la batalla. El francés dijo que era parte de la indumentaria de *monsieur* Louis d'Armagnac. Así supieron que el general francés había muerto en el combate, algo que no se había comprobado al no haber sido encontrado su cadáver. La cena se suspendió y, dirigidos por el mozo, fueron en plena noche hasta el lugar donde estaba el cadáver del duque de Nemours. Lo hallaron completamente desnudo y alguien pudorosamente había colocado una teja para ocultar sus vergüenzas. Uno de los franceses tapó su desnudez con su propio manto.

—No lloré y quizá debí hacerlo. Pero el campo de batalla endurece el corazón. Gracias al Altísimo, vuestra ilustrísima no ha tenido esa dura experiencia, ni la de los momentos previos o posteriores a una batalla. Mucho más duros que los del fragor del combate. Diré algo más a vuestra paternidad: el duque de Nemours era demasiado joven para la tarea que su rey le había echado sobre los hombros. Acababa de cumplir veintidós años y aquella era su primera acción militar, que también fue la última.

—Quien habló de vuestras lágrimas puso a Dios por testigo —insistió el canónigo.

—Ilustrísima, no tengo yo la posibilidad de picar tan alto. Así que creed lo que más os convenga.

Las últimas palabras de don Gonzalo fueron acogidas con algunas muestras de alborozo.

—Contadnos, si os place —lo instó otro de los canónigos—, vuestra participación en las conversaciones para la entrega de Granada. También sobre ese asunto se oyen comentarios muy dispares.

Antes de que don Gonzalo abriera la boca, otro capitular le formuló una pregunta más directa.

—¿Es cierto que vuestra amistad con Boabdil influyó mucho para que las capitulaciones llegasen a buen término?

—El sultán y yo nos conocimos casi al comienzo de aquella guerra. Fue a orillas de un arroyo que se llama Martín González, muy cerca de la villa de Lucena, donde se libró una cruenta batalla, cuya victoria plugo a Dios que se decantase de nuestro lado. Boabdil, que por entonces disputaba el trono a su padre, el sultán Muley Hacén, quedó preso. Esa circunstancia nos permitió conocernos. Luego, nos volvimos a ver en el asedio a Loja, plaza que había estado gobernada por su suegro, el gran Aliatar, que había perecido en Lucena. Negociamos la entrega de Loja, que se ocupó sin apenas derramamiento de sangre. Años después, cuando las luchas por el poder en Granada lo enfrentaron con su tío, Muhamad ben Said...

—¿El Zagal?

—El mismo. Era hombre de mucho valor que nos puso en graves aprietos. Boabdil acudió a mí para pedir ayuda.

—¿Ayudasteis al moro? —preguntó, escandalizado, otro de los canónigos.

—Ayudé al amigo.

—¿Cómo le ayudó vuestra excelencia?

—Proporcionándole armas y medios para equipar a sus partidarios, que eran casi todos los vecinos de los barrios populares de Granada, principalmente del Albaicín. Observo que sus ilustrísimas parecen escandalizadas. —Don Gonzalo paseó la mirada por el corrillo—. Añadiré para vuestra tranquilidad que cumplía las órdenes de nuestro rey.

—Quizá sólo sea un rumor, pero he oído decir que durante la negociación de las capitulaciones don Hernando de Zafra y vos entrabais en Granada disfrazados. ¿Es cierto?

—Lo es. Aquellas negociaciones se prolongaron por

espacio de muchas semanas durante el otoño de 1491. Las reuniones tenían lugar en la Alhambra. Utilizábamos para entrar en Granada una poterna en la parte norte de la muralla, medio oculta por unas enredaderas. La dejaban abierta y pasada la medianoche el secretario Zafra y yo penetrábamos en la ciudad disfrazados con unas chilabas.

—¿No era peligroso?

—Y tanto…, las negociaciones se llevaban en secreto. Muchos granadinos no querían oír hablar de negociaciones con los cristianos. Estaban dispuestos a resistir porque algunos alfaquíes les decían que el Gran Turco acudiría en su ayuda. Boabdil nos había advertido que si nos descubrían estábamos perdidos. Una noche, cuando las conversaciones estaban muy avanzadas, no acompañé a Zafra porque la reina me había encomendado una misión. Cantó el gallo y el secretario no había regresado. Temimos que le hubiera ocurrido una desgracia. Fui a la Alhambra y encontré que Zafra estaba cerrando los últimos detalles de las capitulaciones. Había prisa porque por Granada empezaban a circular rumores inquietantes. Regresamos casi amaneciendo.

—Tengo entendido que Granada sigue siendo una ciudad musulmana —planteó otro de los canónigos.

—Creo que estamos molestando a vuestra excelencia con tanta pregunta —comentó el deán—. Don Gonzalo pensará que lo hemos invitado no para mostrarle el reconocimiento de este cabildo, sino para someterlo a un duro interrogatorio.

—Contestaré a esa pregunta, si vuestra ilustrísima lo ve conveniente.

—Don Gonzalo, estamos encantados con vuestras explicaciones. Si he atajado nuevas preguntas, ha sido para que no se os incomode más. Mirad —el deán señaló cómo el corro había ido en aumento—, todo el capítulo está pendiente de vos. Responded si os place.

—Granada es hoy una ciudad cristiana. En los alminares de sus antiguas mezquitas repican ahora las campanas y ya no se oye la voz de los almuédanos llamando a la oración. El único culto y las únicas liturgias que se celebran son las prescritas por la Santa Madre Iglesia. Pero sus vecinos visten chilabas, albornoces y zaragüelles; cubren sus cabezas con turbantes y las mujeres ocultan sus rostros tras el velo, como siempre lo han hecho sus antepasadas. Conservan sus costumbres y tradiciones y la lengua que se oye hablar en los mercados que, en realidad, son zocos, es el árabe. Su alcaicería, donde se vende la seda y otros productos de mucho valor, está configurada por estrechas callejas donde los comerciantes muestran sus mercancías. Se ven alfombras, babuchas, pequeños muebles de taracea, piezas de marfil, joyas y otras mil labores que son propias de los artesanos musulmanes.

—¿Es cierto que en secreto siguen practicando la ley de Mahoma?

—Si practican en secreto, ¿cómo quiere su ilustrísima que yo lo sepa? —Hubo alguna sonrisa pícara—. Han sido bautizados en masa y necesitan mucha evangelización. El Santo Oficio, consciente de esa situación, se muestra tolerante con ellos.

Fue la última respuesta y la visita continuó durante un buen rato en el que abundaron los parabienes para don Gonzalo y los deseos de que reverdecieran las grandes victorias que había obtenido en las campañas anteriores. Abandonó la sala capitular en medio de muestras de reconocimiento.

***

Si don Gonzalo esperaba que la audiencia privada del rey fuera un acto discreto, estaba equivocado. La antecámara real se hallaba llena de gente. Estaban muchos de los grandes linajes, salvo el duque de Alba. Almazán departía con algunos de ellos, entre los que se encontraba el marqués de Villena, que acababa de hacer un comentario mordaz acerca del papel de los conversos, dirigido directamente al secretario, que lo ignoró. Pero el marqués pretendía provocarlo; algo había debido de rumorearse sobre sus manejos con el duque de Alba y decidió incomodarlo con las dificultades que don Fadrique Álvarez de Toledo estaba encontrando para levantar el número de hombres que había de mandar.

—Pese a ciertas ayudas, Alba no logra movilizar más que a las acémilas. Ni las moscas se alistan.

—¿Vos conseguiríais algo más que moscas? —ironizó el secretario.

—No soy yo quien tiene esa encomienda del rey.

—Desde luego que no. Después de las intrigas protagonizadas por vuestro padre, su alteza no depositaría su confianza en vos. Ya sabéis que… de tal palo tal astilla.

—¡Cómo os atrevéis! Su alteza me encomendó la capitanía general de la frontera de Granada. Lo serví fielmente.

—Seguís en el purgatorio, Pacheco. No os resultará fácil salir de él porque no se olvidan vuestros contubernios con los portugueses cuando erais un paladín de la Beltraneja —replicó Almazán sabiendo que el recuerdo del bando con el que se había alineado el marqués a comienzos del reinado lo había dejado marcado.

—Sois un lenguaraz. Pero no me rebajaré a manchar mi espada con quien sólo ha oído el rugir de los cañones cuando disparan salvas festivas.

—Casi como vos... —Iba a añadir algo, pero el silencio que se había hecho en la antecámara le indicó que algo pasaba.

Así era, don Gonzalo de Córdoba acababa de llegar. Lo acompañaban sus cuatro capitanes. Todos ellos vestidos con elegante austeridad. Con un gesto displicente hacia el marqués, el secretario abandonó el grupo para acudir al encuentro de don Gonzalo.

Don Juan Pacheco farfulló cuando Almazán ya no podía oírlo:

—¡Maldito leguleyo! ¡No sé adónde pararemos si las plumas y los papeles tienen más peso que el acero de nuestras espadas!

—¡Excelencia, sed bienvenido!

Don Gonzalo se mostró seco. Le resultaba imposible adoptar otra actitud con Almazán.

—Cuando su alteza tenga a bien recibirme...

El secretario le mostró el camino con la mano y lo acompañó hasta la puerta donde los guardias saludaron con un movimiento de sus alabardas. Unos suaves golpes encontraron respuesta inmediata.

—¡Pasad!

Don Fernando permanecía en pie ante la chimenea que chisporroteaba encendida. Al rey no se le calentaban los huesos fácilmente. Don Gonzalo se acercó hasta donde estaba e hincó una rodilla en el suelo.

—Alteza...

—¡Alzad, alcaide!

Por un instante se hizo un silencio incómodo que el secretario alivió con un comentario que tenía un punto de malicia.

—Don Gonzalo no descansa un momento, señor. Su presencia en la corte, tras una ausencia tan prolongada, ha despertado el deseo de muchas personas. Sobre todo... de algunas damas.

—También del cabildo de canónigos y de los mercaderes del Consulado —lo corrigió don Gonzalo, no por alardear sino para evitar malos entendidos.

—Decidme, ¿cómo está doña María? Nos habría gustado mucho a la reina y a mí haber podido saludarla.

—Señor, este no es un viaje para damas. Hemos cabalgado sin perder jornada. La situación en Italia, según se me ha informado, no permite muchos entretenimientos. En mi opinión, lo más conveniente es, una vez recibidas las órdenes de vuestra alteza, ponernos en marcha sin pérdida de tiempo.

—Alabo vuestra diligencia, alcaide, pero a veces las prisas son tan poco recomendables como las tardanzas.

—Las instrucciones de vuestra alteza señalaban que debíamos actuar con diligencia. Creo que era la palabra que empleabais.

Don Fernando no deseaba seguir con aquella conversación. Lo que había acordado con el secretario era que don Gonzalo se quedara algunos días más en Burgos para dar tiempo a cerrar su estrategia. Por eso Almazán había aludido a los compromisos sociales que habían llenado la vida del Gran Capitán aquellos días.

—Tengo entendido que los representantes de la Mesta también desean que vuesa merced les haga una visita.

—Así es, alteza.

—Quiero que acudáis a ese encuentro. La Mesta es una organización sumamente importante para nuestros intereses. La lana de sus ovejas es una de las principales rentas del reino. También me gustaría que accedierais a reuniros con los caballeros del hábito de Santiago —don Gonzalo se sorprendió de aquella petición— y que visitarais a la comunidad de franciscanos, de la que mi esposa la reina difunta era tan devota que confió a ellos la custodia de su testamento.

—Cumpliré vuestro encargo con sumo placer, alteza. Aunque mi presencia en Córdoba no debe demorarse. Según las últimas noticias, en Málaga están aprestando las galeras y carracas que han de conducirnos a Italia.

—¿Por qué ha dicho vuesa merced que no debe demorarse vuestra presencia en Córdoba?

—Porque la he designado como plaza de armas. Allí se reunirá la caballería y la infantería en Antequera.

—¿No podíais haber elegido otro lugar? —preguntó el rey, incómodo.

—Señor, Córdoba es tan buen lugar como cualquier otro.

—No tengo buenos recuerdos...

—Señor, soy natural de ese reino... Tengo casa propia en esa ciudad.

—¿Tenéis fecha para embarcar?

—Aún no, alteza. Pero lo antes posible.

—Eso llenará de satisfacción al papa y a los venecianos.

Don Gonzalo estuvo a punto de preguntar a don Fernando si a él no le alegraba. Pero se mordió la lengua. Resultaba evidente que el rey lo había llamado por presiones de los otros miembros de la Liga Santa.

—¿Tenéis datos concretos de lo acontecido en Rávena?

—No tengo pormenores, señor.

El rey le explicó con detalle las informaciones que habían llegado a Burgos. Confirmó lo que Mendoza le había dicho. Don Fernando se acercó al mapa y lo observó con detenimiento.

—En esa coyuntura, vuestra tarea no será fácil. Decidme, alcaide, ¿habéis pensado el puerto adonde os dirigiréis?

—En las actuales circunstancias, mi opinión es que el lugar más adecuado será Nápoles. Ni los genoveses ni los florentinos son de fiar y buscar un puerto en el Adriático, controlado por los venecianos, sería perder demasiados días.

—Si desembarcáis en Nápoles, tendríais que cruzar gran parte de Italia —objetó el rey.

—Es cierto, señor, pero podremos avanzar rápidamente porque lo haremos por nuestro propio territorio o por el de nuestros aliados. —Don Gonzalo se acercó donde estaba el rey y desplazó su dedo por el mapa desde Nápoles hasta Rávena.

—Compruebo que lo tenéis todo muy calculado.

—Me honra vuestra alteza.

—Está bien. Aguardad a recibir mis órdenes. Os las haré llegar por escrito en unos días. Aprovechad para hacer las visitas que os quedan y satisfacer a quienes disfrutan de vuestra persona. Ahora, podéis retiraros.

Lo que acababa de oír suponía que no podía establecer un plan de viaje para dirigirse a Córdoba. Don Gonzalo abandonó el despacho, disimulando su malestar, con una inclinación de cabeza, al comprobar que el rey no le ofrecía su mano.

43

Desde la tarde en que el rey lo recibiera habían transcurrido cuatro días. Según su costumbre, don Gonzalo no había perdido el tiempo. Había acudido a la reunión con los integrantes del consejo de la Mesta, que tenía el título de «honrado». La Mesta gozaba de la protección real, como don Fernando le había dejado claro, y de grandes privilegios en todo lo referente al uso de caminos y abrevaderos que necesitaban cuando desplazaban sus ovejas por las cañadas reales en busca de los mejores pastos en las diferentes estaciones del año. Su presidente y los alcaldes de cuadrilla, así como numerosos jueces mayores de los que integraban el poderoso organismo, lo agasajaron cumplidamente y le obsequiaron con un hermoso vellocino de un carnero merino, pero, sobre todo, le prometieron el envío de mil cabezas de ganado para abastecer al ejército, que pondrían en el puerto de Málaga o en el lugar que don Gonzalo señalase como más a propósito, a expensas de la propia Mesta.

Menos cómodo se sentía la mañana en que había de acudir a la reunión con los caballeros del hábito de Santiago, pese a que don Gonzalo, desde hacía muchos años, disfrutaba de una encomienda de la orden. Su alteza le había prometido su maestrazgo cuando dejó el virreinato de Nápoles y, aunque el papa había firmado la bula de concesión, don Fernando nunca cumplió su promesa. Un maestre de Santiago podía disponer no sólo de grandes extensiones territoriales, también de rentas enormes a las que don Fernando no estaba dispuesto a renunciar. Aquel encuentro, al que el propio rey le había pedido que asistiera, le suponía revivir penosos recuerdos.

La mañana era espléndida y don Gonzalo acudió a las casas del conde de Benavente, acompañado por Mendoza y García de Paredes, que no estarían presentes en la reunión. Los caballeros eran muy puntillosos en materia de protocolos y formalidades. Ninguno de los dos capitanes tenía el hábito de la orden.

—Lo ha hecho para mortificaros, señor —sostenía el gigante.

—Soy miembro de esa orden, don Diego.

—Si el rey hubiera cumplido la palabra dada, vos seríais el maestre.

Don Gonzalo asintió en silencio.

—Los molinos no se mueven con las aguas cuando ya han pasado.

—Tengo la impresión —señaló Mendoza— de que este encuentro tiene un tufillo que no es agradable.

—¿Qué queréis decir?

—Es…, no sé, señor. Fue el rey quien os manifestó su deseo de celebrar esta reunión. Dadas las circunstancias…

—¡Ha sido para humillaros! —insistió con rotundidad García de Paredes.

—No seáis tan vehemente… que os conozco.

—¡Es la verdad, señor! Igual que cuando se dirige a vos como alcaide. Eso es obra de ese secretario que se ha ganado la voluntad del rey con sus manejos. No se me olvida que fue uno de los que organizaron todo aquel lío de las cuentas, ¿lo habéis olvidado?

—No, mi buen don Diego. Esas cosas no se olvidan. Pero tampoco vivo alimentándome con su recuerdo. ¿No os parece que es mejor recordar otras cosas? Por ejemplo, la jornada que vivimos en los campos de Ceriñola o cómo logramos la victoria a orillas del Garellano.

—Tenéis razón, señor. Pero no está de más saber con quién nos jugamos los cuartos. No me extrañaría que la sorpresa a la que ese sujeto se refería os la llevarais esta mañana.

—Señor —intervino Mendoza—, comparto lo que don Diego acaba de decir. Almazán no sólo no os tiene fe, sino que su actitud es más propia de un enemigo. Sé por qué lo digo y vos también.

El Gran Capitán recordó la charla que mantuvo con Mendoza en su despacho, a solas, cuando le reveló que estaba allí con la misión de espiarlo.

Don Gonzalo no deseaba que la conversación continuara por aquel camino y la cortó preguntando a Mendoza:

—¿Cómo lleváis el alistamiento de vuestra compañía?

—Aún no he hecho sonar la caja. Espero no tener los mismos problemas que don Fadrique —añadió con ironía.

—¡Esa compañía está ya formada! —exclamó García de Paredes.

Don Gonzalo se quedó mirando al extremeño, después de comprobar la cara de sorpresa de Mendoza.

—¿Qué queréis decir?

—Que ya están alistados, señor.

—¿Cómo es eso? Mendoza acaba de decir que no ha iniciado la formación de su compañía.

—La compañía está formada, siempre y cuando Mendoza no tenga inconveniente en que sus soldados sean extremeños.

—¿Tantos hombres se han alistado?

—Ni os lo podéis imaginar.

—Para mí será un honor, don Diego —señaló Mendoza.

En la boca del Gran Capitán apuntó una sonrisa.

—Vuesas mercedes deberían tener más seso, pero veo que hay cosas que no tienen arreglo.

Llegaron a su destino, donde dos caballeros de Santiago, luciendo en el pecho la venera de su orden, aguardaban a don Gonzalo y lo acompañaron al interior. Mendoza y García de Paredes decidieron esperar por los alrededores a que concluyera el encuentro.

—Mendoza, estoy escamado con tanta visita y tanta monserga.

—¿Por qué lo decís?

—Porque no es normal. Verdad es que don Gonzalo ejerce un atractivo muy grande, pero toda esta gente queriendo departir con él... Tal vez sean figuraciones mías, pero estando ese sujeto de por medio...

—¿Almazán?

—Sí, ese secretario a quien el diablo confunda. No me fío, Mendoza, no me fío. ¡A qué coño viene esta reunión!

—Quizá tenga razón vuesa merced. No es normal que, estando las cosas tan complicadas en Italia, su alteza retenga aquí a don Gonzalo tantos días. No sé qué clase de instrucciones tiene que darle. En las cartas que el rey le envió a Loja se especificaba el número de hombres, cuántos de infantería, cuántos de caballería, el puerto de embarque, incluidas órdenes para que se aparejasen los barcos. La impresión era que todo había de hacerse con prontitud. Don Gonzalo no perdió un instante. Pero ahora..., ahora es como si quisieran que todo se retrasara.

—Por eso estoy escamado. Ese dinero que el duque de Alba entregó al secretario me provoca recelo... Malgarida me habló de miles de ducados.

—Están tramando algo.

—Estoy convencido de no equivocarme..., quieren llevarse tropas nuestras para el ejército de Navarra. Ese dinero puede ser para comprar voluntades.

Hicieron toda clase de cábalas que resultaron inútiles. Poco después de una hora don Gonzalo abandonaba la casa del conde de Benavente.

—¿Cómo ha ido vuestra visita? —le preguntó García de Paredes.

—Una pérdida de tiempo, don Diego. Si bien..., si bien puede que hubiera una intención oculta.

—¿Qué queréis decir, señor?

—Os lo contaré por el camino. Vámonos para la casa.

Don Gonzalo les fue comentando algunos pormenores de la reunión.

—... después hemos charlado sin mucha formalidad. En esas conversaciones ha salido dos veces la promesa del maestrazgo de la orden que su alteza me hizo. En ambos casos se han mostrado respetuosos con el rey, pero he creído percibir que se me incitaba a que dijera algo más. En fin..., no sé si todo será fruto de mi imaginación después de lo ocurrido con el duque de Alba. Esperemos recibir pronto esas instrucciones que el rey desea mandarme por escrito y podamos marcharnos. Lo que me contó el capellán de los dineros que entregó el duque de Alba al secretario me da muy mala espina.

Era la primera vez que don Gonzalo hacía un comentario de ese tenor. Hasta entonces le había quitado importancia a aquel asunto.

—Todavía peor es la impresión que tengo con que el rey quiera daros instrucciones y os haga esperar tantos días. Posiblemente el ejército esté ya dispuesto. Si todo discurre como en los primeros días, muy pronto los hombres estarán camino de Antequera. ¿No os resulta extraño, señor?

—Mucho, mi buen don Diego. Sus cartas eran muy claras respecto a la formación del ejército. —Miró a Mendoza y le comentó—: Es posible que... los «cuervos» hayan desplegado una estrategia.

—¿Qué «cuervos» son esos, señor? —preguntó García de Paredes—. ¿A qué os referís?

El Gran Capitán miró a Mendoza a los ojos.

—Compruebo que la discreción sigue siendo una de vuestras cualidades, Mendoza.

—¡Por todos los diablos!, ¿de qué habla vuesa merced?

—Eso de los «cuervos» está recogido en un horóscopo que me hizo un astrólogo.

—Disculpadme, señor, pero yo no creo en esas cosas. ¡Son cuentos para sacarle el dinero a los incautos! ¡Hay mucho vividor!

Estaban ya en la puerta de las casas del condestable.

—Hemos llegado. Hasta pasado mañana no iré al convento de los franciscanos. El guardián no puede recibirme antes. Me acompañará el capellán. Vuesas mercedes están libres de servicio. Pero ténganlo todo dispuesto para la marcha... Hablando de marcha, ¿vos no deberíais poneros en camino hacia Extremadura?

—Perdonadme, pero, tal y como está el patio, no me muevo de aquí hasta que no hayáis salido de Burgos.

—Como quiera vuesa merced. Luego tendréis que ir mucho más deprisa.

Don Gonzalo les agradeció su disposición y se perdió en el interior de la casa.

Una vez solos, Mendoza comentó a don Diego:

—Esa carta no es ninguna tontería.

—¡Bah! ¡Paparruchas!

—Os equivocáis. Ese horóscopo es de una precisión que causa asombro.

—Será una falsificación. En los astros no está escrito lo que ha de pasarnos.

—Eso mismo pensaba yo hasta que leí los papeles que entregué a don Gonzalo. Me los dio una anciana que fue su ama de cría y que vive en Montilla. Se llama Leonor Rodríguez y la conocí a mi regreso de Loja. Es imposible que se trate de una falsificación. —Mendoza le explicó que a don Gonzalo le habían hecho una carta astral al nacer y que pronosticaba con mucha precisión numerosos aspectos que se fueron haciendo realidad a lo largo de su vida. También la alusión al momento presente—. La mujer no podía saber lo que ha ocurrido en estas últimas semanas.

—Supongo que don Gonzalo le ha dado crédito. Es muy dado a creer en esas cosas. Siempre lleva el mismo adorno en el bonete y ha buscado los viernes para librar las batallas. Dice que es su día de suerte. En Ceriñola forzó la situación para pelear en viernes cuando faltaba poco para anochecer.

Marcharon en silencio un trecho hasta que García de Paredes preguntó:

—¿Recordáis lo que dice la carta cuando se refiere a eso de los «cuervos»?

Mendoza lo miró divertido.

—Pero... si vuesa meced no cree en horóscopos y vaticinios.

—Dejaos de monsergas. ¿Lo recordáis?

—*La empresa, que alegrará su corazón, le traerá pesadumbres. Los cuervos podrían ser de nuevo fuente de grandes sinsabores.*

—¿Por qué dice «de nuevo»?

—Porque el astrólogo ya se había referido a ellos con motivo de la caída en desgracia de don Gonzalo. Llama «cuervos» a todos esos que andan buscando la manera de medrar sin mucho trabajo.

—¿Sabéis quién hizo ese horóscopo?

—Un moro... Bueno, en realidad no lo sé. Al parecer se trataba de un sujeto muy extraño que llegó a Montilla y sanó al hijo de alguien con dinero. Según me dijo el ama de cría, se llamaba Ahmed, pero luego me explicó que no sabía muy bien si era moro o judío y también que el astrólogo le dijo llamarse Antón Almedina. Un día desapareció sin más.

—¿Tiene vuesa merced certeza de que esas palabras se referían a lo que está pasando ahora?

—Sí.

—¡Hizo bien en llamarlos «cuervos»! ¡Esa gentuza está tramando algo!

—Pero... ¿vuesa merced no sostiene que todo eso no son más que paparruchas?

44

La visita al convento de los franciscanos resultó mucho más agradable de lo que don Gonzalo había imaginado. El guardián del convento, un anciano llamado fray Lorenzo del Espíritu Santo, era un hombre sencillo y en el monasterio imperaba la austeridad que debía presidir la vida monástica conforme a la regla, aunque esta no se aplicaba en muchos otros. Allí regían las estrictas normas de vida que Cisneros, también franciscano, había impuesto a los cenobios de su orden y pretendía extender al resto de los eclesiásticos del reino, desde su posición de cardenal primado, como arzobispo de Toledo.

La tarea de Cisneros era titánica dada la licenciosa vida de que hacían gala muchos clérigos. Eran legión los que vivían amancebados con sus barraganas, muchas capellanías estaban en manos de gentes que sólo habían recibido las órdenes menores para gozar de las rentas de las propiedades con que se las dotaba y que no pagaban impuestos por tratarse de beneficios eclesiásticos. Eran muchos los que habían puesto sus propiedades a salvo de los cobradores de las rentas reales, amparándose en estas instituciones. Abundaban los capellanes que no cumplían con sus obligaciones espirituales, de las que se encargaban unos sustitutos por un estipendio mientras ellos gozaban de las rentas.

Fray Lorenzo había querido hablar con don Gonzalo porque había sido persona muy próxima a doña Isabel y había oído hablar a la reina muchas veces del Gran Capitán.

—La reina se refería a vuestra excelencia con verdadera devoción, don Gonzalo.

—Su alteza me hacía mucha merced al dispensarme su consideración y estima.

—Nos visitaba siempre que estaba en Burgos. Por eso cuando he sabido que habíais venido he querido conoceros. Cuando estuvisteis en esta ciudad a vuestro regreso de Nápoles, yo andaba realizando ciertos trabajos que me había encomendado el cardenal Cisneros por tierras de Zamora. Tengo curiosidad por conocer qué hay de verdad en un rumor que he oído en más de una ocasión. ¿Es cierto que vuestra excelencia estuvo a punto de profesar como fraile jerónimo o se trata de una de las muchas historias que se cuentan de vos?

—Lo es, paternidad. Era muy joven y acudí al monasterio de Valparaíso, que está a una legua de Córdoba. Quise entrar de novicio, pero el prior no vio en mí las condiciones necesarias para ser un buen fraile.

—Hombre sabio, sin duda, ese prior. Dios os tenía reservado para otra clase de empresas que han dado mucho lustre al reino. Tengo entendido que su alteza os ha puesto de nuevo al frente de un ejército que marcha a Italia.

—Es cierto.

—Entonces, tomad. —El viejo fraile sacó una cajita del bolsillo de su hábito y se la entregó.

—¿Qué es esto?

—Un trozo del hábito de un hermano de la orden. Un franciscano que conocí siendo novicio y me pareció un hombre extraordinario.

—¿Una reliquia?

—No puede ser considerada como tal. No está canonizado, ni siquiera beatificado. Pero es mucha la gente que peregrina a su tumba con gran devoción. La propia doña Isabel fue a visitarla, atraída por la fama de sus virtudes. Puedo aseguraros que se trataba de un hombre muy piadoso. Se dice que era capaz de estar al mismo tiempo en lugares diferentes. También se cuenta de él algún lance de hombre valeroso. Si vais a luchar contra los franceses…

Había transcurrido una semana desde la visita de don Gonzalo al convento franciscano y las instrucciones del rey no llegaban. Estaban casi a mediados de junio y don Gonzalo continuaba en Burgos. Los rumores que circulaban por posadas, mesones y tabernas se prestaban a toda clase de especulaciones. La recluta de hombres para el ejército de Navarra no alcanzaba el ritmo necesario. Se decía que don Fadrique había hecho alzar banderas en sus dominios y en los de su esposa, pero tampoco había obtenido resultados alentadores. Las compañías no se completaban y todo marchaba con una lentitud desesperante. Por otro lado, decían que lo irritaba sobremanera el que acudiera gente a la casa del condestable para ponerse a las órdenes de don Gonzalo de Córdoba, pese a que el rey había ordenado que el ejército de Italia se reclutase en la jurisdicción de la Chancillería de Granada, lo que posiblemente afectaba a algunos de los hombres que estaban enrolados a las órdenes de García de Paredes. El curso del Tajo, que marcaba la línea divisoria entre las dos chancillerías, partía por la mitad las tierras del norte de Extremadura. El rey, no obstante, se reservaba la última decisión si era necesario hacer excepciones. Ese añadido escamó aún más a García de Paredes, que mataba la tarde en Los Tres Robles junto al capellán y Acuña; Medina estaba con don Gonzalo echando cuentas sobre ciertas partidas de dinero que era necesario tener dispuestas para cuando llegaran a Córdoba. El gigante daba por hecho que la reserva nada tenía que ver con el prurito del rey de dejar claro que, en el último extremo, era su voluntad la que imperaba; estaba convencido de que su finalidad era llevarse hombres alistados bajo las banderas de don Gonzalo al ejército de Navarra.

—¡Está clarísimo! Esa puntualización viene a confirmar lo que sospechamos.

—Posiblemente, pero quizá sea también una forma de poner un poco de orden. Movilizar dos ejércitos es un asunto complicado.

—Don Tristán, aquí la gente se ha decantado por uno de esos ejércitos —replicó García de Paredes—. La cuestión está en que don Fadrique, pese a las mercedes que se otorgan a quienes se alisten en su tropa, tiene problemas muy serios.

—¿Conocen vuesas mercedes el último rumor? —preguntó el capellán.

—¿Qué rumor, páter?

—Que la bula hecha pública es más falsa que Judas. Está pedida, pero no hay aún noticia de Roma. Al parecer, don Fernando llevaba tiempo detrás de ella porque lo de hacerse con Navarra no es cosa de ahora. La muerte de Gastón de Foix le ha venido como anillo al dedo para desligar ese asunto de Aragón, pero el papa, según una confidencia muy secreta que he recibido, sólo aceptó publicar la bula si don Gonzalo volvía a Italia para ponerse al frente de las tropas de la Liga Santa.

—Entonces, ¿lo que don Fernando ha hecho ha sido adelantarse?

—Así es, amigo mío. Quien está en el ajo es el arzobispo de Zaragoza. El rey sabe que el arzobispo de Toledo...

—Vamos, que fray Cisneros no se presta a estas engañifas.

—Se dice también que don Alonso de Aragón aportará tres mil lanzas al ejército de don Fadrique.

—¡El hijo ayuda al padre! —García de Paredes había alzado la voz—. Lo mismo que hizo en Nápoles cuando sustituyó a don Gonzalo en el cargo de virrey.

—Tened la lengua, don Diego.

—¿Acaso no es cierto lo que he dicho? Todo el mundo sabe que el arzobispo es hijo del rey. No es tan extraño que el hijo socorra al padre y le preste ayuditas cuando las cosas están complicadas —ironizó el extremeño.

Para evitar que la vehemencia del gigantón derivase en algún problema, Acuña dio un giro a la conversación.

—Cada día que pasa don Gonzalo está más preocupado. Estamos cruzados de brazos y perdiendo un tiempo precioso, teniendo mucho trabajo por delante. Se están concentrando hombres y nada hay resuelto de intendencia. Además, si se retrasan los preparativos para el embarque... y nos plantamos en otoño, las tormentas pueden impedir que nos hagamos a la mar. Mañana hará tres semanas que llegamos a Burgos.

—¡Esa es otra! ¿Puede saberse a qué diablos está esperando el rey para dar esas... instrucciones? Esto se está pasando de la raya. —Era evidente que García de Paredes no estaba por el sosiego—. ¡Aquí hay gato encerrado!

—¿Qué hora será?

—Han debido de dar las cuatro. ¿Tiene vuestra paternidad algo que hacer?

—No, pero me escama que Mendoza no haya llegado todavía y estos días de atrás a esta hora ya estaba aquí.

El capellán se extrañaba con razón. Mendoza había salido de su casa para acudir a Los Tres Robles cuando un rapaz, que estaba al acecho, se le acercó y le preguntó:

—¿Sois el capitán Mendoza?

—Ese es mi nombre, pero… ¿quién eres tú?

El mozalbete no respondió a su pregunta.

—Bartolomé Camarena quiere hablar con vuesa merced. Estará esperándole hasta que anochezca en el mesón de La Garza Real, junto a la puerta de los Judíos.

No dijo más y salió corriendo, perdiéndose por la esquina.

Mendoza se encaminó hacia La Garza Real. El mesón estaba en una calleja que llamaban del Prestamista, en la vieja judería. Allí aguardaba el correo. Sentado a una mesa ante una jarrilla de vino. Al verlo entrar se levantó y se fundieron en un abrazo. Una vez acomodados y servido el vino que el capitán había pedido, Camarena hizo un comentario que, conociendo al correo, no dejó de sorprenderle.

—Vuesa merced conoce mi discreción… —Camarena parecía que precisaba excusarse de lo que iba a decir a continuación.

—No necesitas poner la mano sobre los Evangelios. Si se me pidiera, presentaría testimonio de ello.

—Esa es la razón por la que os he citado en este lugar, alejado de miradas indiscretas. Antes de explicaros por qué os he llamado quiero que vuesa merced sepa que es la primera vez que actúo de esta forma. —Mendoza lo miró sin comprender a cuento de qué venían aquellas palabras—.

Sin embargo, lo que ha llegado a mi conocimiento debéis saberlo porque se trata de unos manejos que afectan a don Gonzalo de Córdoba.

—¿Qué sabes?

—En la corte se están viviendo días de muchos nervios. Vuesa merced me dirá que es normal preparándose la guerra en Navarra y con lo que está ocurriendo en Italia, desde donde siguen llegando noticias que, según se comenta, son poco halagüeñas, aunque fuera de un círculo muy reducido nada se sabe con seguridad. Pero la razón de los nervios no está originada por esas cuestiones.

—Entonces...

—Almazán lleva dos días preguntando a cada instante si ha llegado un correo que espera con mucho interés. Eso no es una novedad. Se pone nervioso cuando aguarda noticias importantes. Pero lo he relacionado con algo que me ocurrió hace unos días.

—¡Pardiez que no entiendo qué me quieres decir!

—Baje la voz vuesa merced. ¡Por el amor de Dios! Si el secretario se enterase de que estamos hablando de esto, podemos darnos por muertos.

—Explícate.

—Algo muy gordo se está cociendo. Algo que quizá dejaría a su alteza las manos libres para ocupar Navarra y parece que puede afectar a don Gonzalo de Córdoba.

—¿Quieres decir que los franceses se cruzarían de brazos?

—Eso parece.

Mendoza se quedó pensativo. Lo que Camarena le estaba diciendo carecía de sentido. La experiencia le decía que los franceses jamás cedían si no era porque se les entregaba algo o porque fueran derrotados y no les quedara otra opción.

—¿A cambio de qué no intervendrían en Navarra?

—Quien me ha facilitado la información podrá responderos, si vais a verlo. A mí no ha querido contarme más. Dice que os conoce. Me he acordado de lo que vuesa merced me dijo que ponía en la carta astral de don Gonzalo.

Mendoza frunció el ceño, desconcertado. Tenía confianza en Camarena, pero todo aquello era tan extraño... Si ese individuo al que se refería el correo le podía dar información y afirmaba que lo conocía...

—¿Por qué no ha acudido a buscarme?

—No lo sé. Cuando me lo dijo, no le creí. Además, suele mentir tanto como habla. Pero cuando he visto que el secretario pregunta continuamente por ese correo y me he enterado de que partió al día siguiente de que don Gonzalo de Córdoba llegara a Burgos y su destino era Francia... he atado cabos.

—¿Quién es ese sujeto que quiere verme?

—Se llama Dimas Jiménez, es amigo mío, pero debo deciros que es un sujeto de cuidado, aunque se refiere a vuesa merced con mucho respeto. Me ha dicho que le gustaría hablar con vos. Era escribano y tuvo problemas por abusar del tamaño de las letras en los documentos que redactaba. Como cobraba por folios, hacía unas letras exageradamente grandes para emborronar cuantos más pliegos mejor.

—No recuerdo... El caso es que me suena ese nombre.

—Dice que os conoce. Le quitaron la licencia de escribano cuando lo acusaron de falsificar unos documentos. Salió bien del juicio porque no pudieron probarle lo de la falsificación. Hay quien dice que era cofrade de la Garduña.

—He oído pronunciar ese nombre, pero ¿qué es la Garduña?

Camarena miró a su alrededor y se aseguró de que nadie los miraba.

—Es muy poco lo que se sabe de ella. Dicen que se trata de una cofradía de malhechores. Cuenta con numerosos miembros y están extendidos por todo el reino. Al parecer tiene su cabeza en la ciudad de Sevilla. Se encargan de cometer todo tipo de fechorías a cambio de dinero, incluso poseen tarifas por robar para otros, llevar a cabo venganzas familiares, ajustar cuentas... He oído decir que hay cornudos que no se atreven a defender su honor y hacen encargos a los de la Garduña. También cobran a los morosos en dinero o en palizas.

Mendoza dudó por un momento. Pero desechó la posibilidad de que Camarena le estuviera tendiendo una trampa. Recordó las confidencias y los ratos compartidos camino de Loja.

Aquellos días, que en un principio estuvieron marcados por silencios prolongados, fueron poco a poco forjando una relación de confianza mutua entre ambos. Los lazos que se habían estrechado entre ellos habían sido lo suficientemente sólidos como para que Camarena lo hubiera citado en aquel mesón para hacerle una propuesta, aunque fuera tan extraña.

—¿Te ha dicho que me conoce?

—Sí.

—No caigo... aunque el nombre de Dimas me resulta familiar. Tú, ¿de qué lo conoces?

—Doy una vuelta, de vez en cuando, por la calle donde vive. Allí hay algunas mozas que..., bueno, vuesa merced ya me entiende. Cuando voy lo visito y comemos, bebemos y charlamos.

—Me has dicho que es un sujeto de cuidado, pero ¿es de fiar?

Camarena se encogió de hombros.

—Os he dicho que hay que andarse con cuidado, pero me dijo algo que tal vez…, tal vez pueda facilitaros información valiosa.

—Está bien, vamos a verlo.

Llegaron al barrio Bajo, junto a la ribera de uno de los arroyuelos en que se dividía el Vena y que cruzaba la ciudad antes de desembocar en el Arlanzón. La zona era poco recomendable y menos aún el callejón por el que se acercaron hasta una casa de aspecto miserable, que se alzaba a pocos pasos de una taberna de la que salía un olor agrio. El capitán había oído decir que en el barrio Bajo se satisfacían las más bajas pasiones y se cometían toda clase de pecados.

—Después de ser expulsado del oficio y gastarse todo lo que tenía en abogados y procuradores, se arruinó. Hoy no tiene donde caerse muerto —comentó Camarena antes de llamar a la puerta, unas tablas endebles y mal ensambladas.

Tuvo que hacerlo otras dos veces hasta que una voz gangosa preguntó, sin abrir:

—¿Quién forma tanto escándalo?

—Soy Bartolomé Camarena, el capitán Mendoza ha venido a verte. ¿Puedes abrirme?

—Aguarda un momento.

La espera se le hizo eterna al capitán. La presencia de ambos había llamado la atención de unas mozas que se asomaron a la calle descorriendo la cortina que ocultaba el interior de la casa de enfrente, cuya puerta permanecía abierta. Era un prostíbulo, según denunciaba el ramo que colgaba sobre el dintel de la puerta. Las putas hicieron visajes para animarlos a acercarse. Camarena comprobó cómo su humanidad crecía, pero la aparición del antiguo escribano le hizo olvidarse de ellas.

Dimas Jiménez ofrecía un aspecto lamentable. La camisa que vestía estaba remendada y se sujetaba los calzones con una cuerdecilla de esparto. En su enjuto rostro resaltaban los pómulos que acentuaban el hundimiento de sus ojos, marcados por unos cercos oscuros. La barba hacía semanas que no había visto la navaja del barbero y las greñas, pese a que se había mojado su abundante cabellera para asentarla sobre el cráneo, debían de ser un nido de liendres y piojos a tenor de las rascaduras con que se aliviaba los picores.

—¡Capitán, cuánto honor! ¡Me alegro mucho de volver a veros!

—¿Nos conocemos?

—Servimos juntos en Nápoles. Nuestras funciones eran distintas, pero estábamos en el mismo bando.

Mendoza lo miraba fijamente. Había algo en aquella cara que despertaba en su mente vagos recuerdos que no lograba situar.

—No recuerdo…

—Descifraba los mensajes de los espías. ¿No os acordáis?

—¡Claro, Dimas! ¡Ahora lo recuerdo!

—Lamento que me encontréis en este estado, pero hace algún tiempo que la fortuna me volvió la espalda. Me acusaron de falsificar documentos…, supongo que Bartolomé os lo habrá contado. Pero no era cierto. Los abogados me sangraron como sanguijuelas, pero me salvaron el cuello. —Dimas miró con desconfianza hacia la calle y vio a las mozas que le hicieron un gesto cargado de obscenidad y él les gritó un insulto antes de invitarlos a pasar—. La casa no está muy presentable, pero…

—No te preocupes, nunca se sabe la vida que nos espera.

Entraron y los recibió un olor a podredumbre. La suciedad lo inundaba todo. Una rata corrió hacia un corral que había en la parte trasera. Los condujo a una salilla de techo bajo con las paredes llenas de manchas cuyo origen era difícil de precisar.

—Siento mucho recibiros así...

—No te preocupes —insistió el capitán—. Camarena me ha dicho que tienes información sobre Navarra...

—Más que sobre Navarra, sobre los franceses. —Dimas se pasó la mano por la boca—. Aguardad un momento.

Regresó con un papel en la mano y se lo entregó a Mendoza, limitándose a decirle:

—Léalo vuesa merced, por favor.

Cuando el capitán levantó la mirada, su semblante era sombrío.

—¿Dónde lo has conseguido?

—Ahí enfrente, donde estaban esas fulanas. Lo perdió el trujimán que trabaja para el secretario Almazán, a quien el diablo confunda. Se llama Barrientos y viene con frecuencia a ese prostíbulo. Está encoñado con Rosaura, una manceba con la que tengo amistad. Le escribo alguna carta y ella me corresponde con... ciertos favorcillos. Lo encontré debajo de la cama, debió de caérsele. Supongo que es el texto de una carta que había de traducir o un borrador... No lo sé, pero ¿habéis reparado a quién va dirigida?

—Al canciller de Francia.

—Nada más y nada menos.

—¿Alguien más sabe que tienes este papel?

—No, sólo este —miró a Camarena— y vos.

—Nadie más debe saberlo. Supongo que eres consciente de lo que te juegas.

Dimas se pasó un dedo por el cuello.

—Sé que dándolo corro un riesgo grande. Pero cuando me enteré de que don Gonzalo marcha otra vez a Italia a hacer la guerra a los franceses, vi lo que ponía en ese papel y supe que era Barrientos quien lo había extraviado..., no lo dudé. Sé que vuesa merced es un hombre de honor y que don Gonzalo no se merece el trato que el rey le da.

—¿Puedo quedarme con este papel? A cambio puedo darte...

—Ni hablar —lo interrumpió Dimas adoptando un aire de dignidad—. Puede vuesa merced quedárselo, pero sepa que, si lo he hecho, ha sido porque el Gran Capitán no merece que le hagan una jugarreta como la que ahí se vislumbra. ¡Almazán es tan canalla como Barrientos y don Fernando un desagradecido!

Era casi de noche cuando abandonaron la casa. Dejaron atrás el barrio Bajo y, antes de despedirse, Mendoza entregó a Camarena unas monedas.

—Dáselas a Dimas la próxima vez que lo veas... O quizá sea mejor que le compres ropa decente y le entregues el resto. Gracias, no sé cómo podré pagarte esto.

—Estoy pagado con vuestra amistad y si todavía es posible evitar esa charranada... Soy de la misma opinión que Dimas, don Gonzalo de Córdoba no se merece eso y lo que me preocupa es lo que pronosticó aquel estrellero en Montilla.

Mendoza lamentó haber dudado de Camarena, aunque sólo hubiera sido por un momento.

45

Mendoza se encaminó directamente a Los Tres Robles sin poder quitarse de la cabeza las últimas líneas de la carta astral que el estrellero había confeccionado. Tenía la prueba de que los «cuervos» iban a ser fuente de grandes sinsabores y que las órdenes de levantar un ejército y marchar a Italia que habían rejuvenecido a don Gonzalo iban a producirle pesadumbre. Necesitaba compartir lo que sabía con los demás y tratar de idear algo, aunque era poco lo que podían hacer. No tenían posibilidad de interferir en los manejos de Almazán. Entró en la posada y los buscó con la mirada, pero la mesa que ocupaban habitualmente estaba vacía.

—Si busca vuesa merced a sus amigos, sepa que se marcharon hace un buen rato. Apareció ese médico que a veces viene por aquí y partieron a toda prisa.

—¿Sabes adónde?

—No, señor.

Mendoza pensó que el rey había enviado instrucciones a don Gonzalo respecto a su estancia en Burgos y eso, con la información que poseía, sólo podía significar que las noticias que Almazán esperaba de Francia habían llegado. Necesitaba confirmarlo y sólo había una persona que podía hacerlo sin levantar sospechas. Mendoza salió de Los Tres Robles haciendo votos por que Camarena no hubiera decidido volver al barrio Bajo y hacerle una visita a una de las mozas que lo tentaban. Se encaminó hacia el convento de la Merced y llegó al callejón del Lobo, pero no sabía qué casa era la del correo. Entró en una taberna.

—Disculpadme, ¿dónde vive Bartolomé Camarena?

El tabernero se secaba las manos con un paño de color indeterminado.

—Su casa es la que hace tres. —Pensó un momento—. No, la que hace cuatro a mano izquierda. Tiene una ventana enrejada sobre la puerta.

Mendoza le dio las gracias y se marchó.

Llamó varias veces, sin respuesta. Si quería saber..., tendría que aguardar. Regresó a la taberna y se dispuso a esperar pacientemente.

—¿No está Bartolo? —le preguntó el tabernero al verlo de nuevo.

—Parece que no. Esperaré un poco. Una jarrilla de vino.

El tabernero, al llevarle el vino, le comentó:

—Hay noches en que no viene a dormir.

—¿Y eso?

—Calienta la cama a una viuda de la calle Curtidores.

Dio cuenta del vino, pensando que la suerte le había vuelto la espalda. Sin embargo, al salir vio al correo aparecer por la esquina del callejón del Lobo.

—¡Camarena!

—¡Coño! —exclamó sorprendido al ver al capitán—. ¿Qué hacéis por aquí?

—Buscarte.

—Hummm..., ¿cómo ha dado vuesa merced con este sitio?

Mendoza se dio cuenta de que el correo tenía los ojos vidriosos. Había bebido más de lo aconsejable.

—Fuiste tú quien me dijo dónde vivías, ¿lo has olvidado?

—Ahora que lo dice vuesa merced... ¿Para qué me buscáis?

—Necesito saber si el correo que espera Almazán ha llegado ya.

—¿Pensáis que...?

—Sólo tengo una sospecha.

—A estas horas no es posible. Pero mañana a primera hora...

—¿Te acordarás?

—He bebido, pero no tanto —respondió ofendido—. Que no me haya acordado de que dije a vuesa merced dónde vivía no significa que esté borracho.

—Está bien, discúlpame. ¿Dónde podemos vernos?

—En La Garza Real, a las nueve. ¿Le hace a vuesa merced?

—Allí estaré.

Se acostó temprano pero se recreó demasiado en la cama con Maria antes de hacer el amor. Ella se durmió plácidamente, a él le costó mucho conciliar el sueño pensando en los manejos de Almazán y las consecuencias que podían derivarse de ello. Rendido, se quedó dormido cerca ya del amanecer y se despertó más tarde de lo habitual.

La mañana era fresca, pero el sol anunciaba un día primaveral. Mendoza caminaba deprisa. Iba con el tiempo justo. Al pasar por delante de la iglesia de San Román las campanas tocaban a misa de nueve. Apretó el paso y al entrar en La Garza Real comprobó que Camarena estaba sentado en el mismo sitio donde aguardaba el día anterior. Daba cuenta de un plato de migas acompañado de un tazón de leche.

—¿Has averiguado algo? —preguntó Mendoza con ansiedad.

—Buenos días, capitán.

—Disculpa..., buenos días. ¿Sabes si llegó el mensajero?

—Llegó. Ayer por la tarde. —Mendoza se dejó caer sobre un taburete. La noticia confirmaba los peores pronósticos—. También he averiguado que Almazán estuvo en los aposentos del rey.

—¿Alguna cosa más?

—No. ¿Quiere vuesa merced desayunar algo? Las migas son de las mejores que pueden comerse en Burgos.

Mendoza negó con la cabeza, a pesar de estar en ayunas no tenía ganas de comer. Permaneció un largo rato en silencio, valorando lo que Camarena acababa de decirle.

—¿Podríamos saber qué noticias ha traído de Francia ese correo?

—Ahora es imposible. Pasados unos días suelen conocerse algunos detalles, pero ahora...

—¿No hay, entonces, ninguna posibilidad?

—Ninguna.

—Ese Barrientos tendrá que traducir la respuesta. ¿Sería posible...?

—Como bien sabe vuesa merced, lo de Dimas ha sido fruto de la casualidad. Pensad también que en el fondo esa correspondencia con los franceses puede ser un juego, una añagaza.

—¿Qué quieres decir?

—Que sólo sean amagos. Es algo que he visto hacer con frecuencia. Poner señuelos, incitar…, dar a entender lo que no es para confundir al enemigo. Dicen que eso también forma parte del complejo arte de la política.

—Es posible, pero me temo que el rey ha retenido en Burgos todo este tiempo a don Gonzalo para hacerle esta jugarreta. Me marcho, pasaré por Los Tres Robles. Posiblemente encuentre allí a Acuña o a García de Paredes.

—¿Nos vamos, entonces? —propuso Camarena, que ya había dado cuenta de su desayuno.

Mendoza se dirigió a Los Tres Robles y Camarena a su trabajo, en cualquier momento podían hacerle un encargo. Al capitán le extrañó ver en la puerta a varios soldados que charlaban animadamente. Al darse cuenta de su presencia guardaron silencio.

—¿Está el capitán Acuña? —preguntó Mendoza al cabo que conocía por haberlo visto en Loja.

—Sí, mi capitán. Está recogiendo sus cosas. Nos marchamos para Córdoba.

—¿Cómo es eso?

—Que nos marchamos para Córdoba. Partimos hoy mismo.

Mendoza entró rápidamente y se encontró a Medina discutiendo con el mesonero. Estaban ajustando las cuentas. García de Paredes decía algo a sus hombres, que ya tenían los hatillos dispuestos.

—¡Pardiez! ¡Si me entretengo un poco más, vuesas mercedes habrían ahuecado el ala sin despedirse! ¿Puede saberse qué demonios ocurre?

—¡Mendoza, amigo mío! Nos marchamos. Ayer don Gonzalo recibió por fin las instrucciones de su alteza.

En ese momento apareció Basilio. Llegaba con la respiración entrecortada.

—¡Menos mal que os encuentro, señor!

—¿Ha sucedido algo?

—Vuestra esposa me ha dicho que os localizara a toda prisa. Tomad.

Le entregó una carta que ya había sido abierta.

—¿Qué es esto?

—La dejaron esta mañana poco después de que vuesa merced saliera de casa. Se la he entregado a la señora cuando ha bajado de sus aposentos y, después de leerla, me ha dicho que tenía que encontraros. Me dijo que estabais en La Garza Real, pero os habíais marchado. Se me ha ocurrido venir porque sabía que quizá...

Mendoza leía el papel y ya no escuchaba las explicaciones de su criado.

—Es del capellán. —Miró a García de Paredes—. Me envía esta nota por orden de don Gonzalo. Me informa de la marcha para Córdoba. ¡Tendré que darme prisa si no quiero quedarme atrás!

—Como os decía, don Gonzalo recibió ayer las instrucciones y decidió que hoy partiríamos. —El gigantón bajó el tono de voz y añadió—: Estaba hasta los mismísimos cojones de estar en Burgos. Yo me voy camino de Trujillo. ¿Vuesa merced viene conmigo para hacerse cargo de su compañía o seré yo quien tenga que llevarle los soldados a Córdoba?

—No sé..., don Gonzalo dispondrá lo más conveniente.

—¡Pues aclárese vuesa merced! ¡En un par de horas estamos andando! Aunque tiene tiempo para decidir, porque hasta Toledo iremos todos juntos.

Maria no había perdido el tiempo. Sabía que su marido se pondría en camino. Por eso cuando Mendoza llegó a su casa tenía la mayor parte de su hatillo preparado: camisas, calzas, unos gregüescos, medias y dos pares de botas. El capitán envolvió en lienzos aceitados dos de sus espadas y una vizcaína, mientras que Basilio se encargaba de darle un último repaso de grasa, antes de lustrarlo, al coleto de repuesto, y su esposa llenaba las alforjas con comida para varios días. Él se encerró en su despacho y dejó escritas cartas con autorizaciones para su esposa en lo relativo a la administración de la hacienda de su tío el cardenal.

Se despidió de Maria mucho más deprisa de lo que habría sido su deseo. Unas frases tiernas con promesas de amor eterno, un abrazo y unos besos apasionados. Ella contuvo las lágrimas hasta que él salió por la puerta, luego subió a la alcoba para verlo perderse por la calle, acompañado por Basilio, camino de la cuadra donde guardaba su caballo. Cuando lo perdió de vista, rompió a llorar. No sabía cuándo volverían a encontrarse... ni siquiera si volvería a verlo.

Una vez colocadas sus alforjas sobre el caballo y atado su hatillo a la parte posterior de su montura, el capitán se despidió de Basilio, encomendándole el cuidado de su esposa. Llegó a Los Tres Robles cuando los demás estaban a punto de partir. Desde allí se dirigieron a la puerta de Santa María, donde aguardarían a don Gonzalo y marcharían juntos hacia Lerma.

Mendoza no dejaba de pensar en lo complicados que eran los asuntos de la corte y en los numerosos tejemanejes que llevaban a cabo quienes estaban en las cercanías del poder. No sabía si la contestación del canciller de Francia daba respuesta a los planteamientos que Almazán le había presentado en la carta cuya copia guardaba en uno de sus bolsillos y que le hacía pensar que a don Gonzalo estaban preparándole un mala pasada. Pensó en cuánta razón tenía Camarena cuando decía que aquello podían ser amagos y señuelos con los que pretendían confundirse unos a otros.

46

Las prisas de don Gonzalo por llegar a Córdoba hicieron posible que en cuatro jornadas —su paso era más lento que el de los correos— llegasen a Toledo. Allí, García de Paredes y sus hombres tomaron el camino de Talavera de la Reina, siguiendo el curso del Tajo, en dirección a Extremadura. El Gran Capitán dio instrucciones a Mendoza para que continuara a su lado. Tomarían la misma ruta que Camarena y él habían utilizado para ir a Loja hasta llegar a Montoro y luego, flanqueando el curso del Guadalquivir, marcharían hasta Córdoba.

Mendoza, a quien el capellán Albornoz se le había pegado como si fuera su propia sombra, no dejaba de pensar en lo que decía la carta astral que Leonor Rodríguez le había entregado. Ahmed había acertado una vez más en su vaticinio. Los «cuervos» no habían cesado en sus intentos de procurar grandes sinsabores a don Gonzalo. La prueba de que eso era así la llevaba en su bolsillo, pero todo apuntaba a que el secretario no había logrado su propósito. Sin embargo, en aquel párrafo final había una afirmación que le producía desasosiego, pese a que sus temores se habían disipado: *La empresa, que alegrará su corazón, le traerá pesadumbre.* Ahmed había escrito aquello con la misma seguridad con que había redactado muchas otras de las cosas que se contenían en la carta y que habían ocurrido a lo largo de la existencia de don Gonzalo. Quizá el estrellero no había vislumbrado con la suficiente claridad los acontecimientos que ahora estaban viviendo.

Necesitaron otros cuatro días para llegar a Córdoba. Entraron por la puerta del Colodro, cerca de una torre albarrana que llamaban de la Malmuerta, y se adentraron por el barrio de Santa Marina hasta que llegaron, a primera hora de la tarde, a las casas del sobrino de don Gonzalo. Los recibió don Pedro, que se había marchado de Loja al tiempo que lo hizo su tío. Allí se acomodaron con don Gonzalo el capellán y el doctor. Uno de los soldados de la escolta, que era cordobés, acompañó a los capitanes a la posada donde Mendoza y Camarena habían dormido la vez anterior.

El mesonero estaba dispuesto a facilitarles alojamiento, pero a Medina, siempre pendiente de los dineros, el precio le parecía abusivo.

—No creo que hombres de la calidad de vuesas mercedes encuentren mucho sitio.

—Si algo no falta por aquí son mesones —le replicó Mendoza, que recordó lo que Camarena le había comentado.

—¡Todos llenos! —exclamó el mesonero—. No deja de llegar gente para engancharse, aunque los alistamientos están cerrados desde hace muchos días. La verdad es que en mi vida he visto una cosa igual. ¿Han venido vuesas mercedes a tocar cajas? —Se quedó mirando fijamente a Mendoza y debió recordar su cara porque sin esperar respuesta le comentó—: A propósito, desde ayer está aquí el correo que os acompañaba cuando hace un mes…

—Te confundes, mesonero —lo interrumpió Mendoza.

—No me confundo. Olvido pocas caras. Vuesa merced es el que estuvo con ese correo. Se llama…, se llama…

—¿Camarena?

—¡Eso es, Camarena! Soy muy malo para los nombres. Si no me equivoco —en sus labios apuntó una sonrisilla picarona—, ahora andará por la mancebía.

—¿Estás seguro?

—Sin duda. Ese Camarena lleva aquí desde ayer.

Mendoza no hizo comentario alguno, pero la presencia de Camarena en Córdoba no era una buena noticia. Medina logró rebajar unos cuantos reales y terminó por ajustar el precio. Una vez acomodados en un aposento que sería sólo para los tres capitanes, Mendoza salió del mesón, prometiendo estar de vuelta para la cena.

Dejó atrás la plaza del Potro y se encontró con la entrada a la mancebía. Aún podía verse el sol cayendo sobre el horizonte. Recordaba vagamente el camino y con un par de preguntas llegó hasta la catedral, la antigua mezquita aljama de la ciudad, consagrada cuando los cristianos recuperaron Córdoba del poder musulmán. Encontró abierta la enorme puerta que daba acceso a un patio en una de cuyas esquinas se alzaba el viejo alminar musulmán, dotado de un cuerpo de campanas. El patio, con aspecto de corral, estaba poblado de naranjos y en una parte podía verse un cementerio con cruces muy modestas. Un sacristán le dijo que allí se hallaban las fosas de los que morían en el hospital de San Sebastián, donde se acogía a los menesterosos.

En la puerta de entrada había media docena de mendigos que buscaban la caridad de los fieles. Dio limosna a dos de ellos y entró en el templo. Lo recibió un fuerte olor a incienso y el murmullo de quienes rezaban. La catedral permanecía sumida en la penumbra, pero no le impidió comprobar que era un lugar inmenso. Muy distinto a las formas de los templos que conocía. La vista se perdía en un mar de columnas que se veían en cualquier parte donde se dirigía la vista. Hasta sus oídos llegó el murmullo apagado de los fieles que rezaban el santo rosario, dirigido desde el púlpito por un clérigo de voz cantarina. Lo hacía con cadencia y rapidez.

Mendoza recordó que en Burgos se cumplían con rigor las instrucciones del primado respecto a los oficios vespertinos. El cardenal Cisneros había ordenado, bajo severas penas, que todos los oficios religiosos habían de estar concluidos antes de la puesta de sol para evitar los inconvenientes que se derivaban de terminar después de anochecido y que las mujeres anduvieran por las calles, so pretexto de sus devociones. Recorrió las naves en silencio, impresionado por la majestuosidad del lugar. Se quedó admirado al ver las capillas revestidas de mosaicos, que le recordaron los que había visto en algunas iglesias de Nápoles, aunque en los que tenía delante no aparecían representaciones de Dios, la Virgen o algún santo. Sólo se veían plantas y composiciones geométricas, si bien de una riqueza extraordinaria. Se detuvo ante una capilla, un tanto deteriorada, donde podía leerse un texto en latín indicando que allí estaban enterrados los reyes Fernando IV y Alfonso XI.

Absorto en la contemplación del lugar, no se percató de que el rosario había concluido y que con unas preces finales los fieles habían abandonado el templo. Un diácono le invitó a salir.

—Es hora de cerrar.

Cuando salió al patio, los mendigos habían desaparecido y estaba anocheciendo.

Volvió sobre sus pasos con la luz del día apagándose.

Las tiendas cerraban sus puertas, también en los talleres echaban el cierre. A la entrada de las casas principales se encendían las linternas y en las hornacinas, que cobijaban imágenes objeto de devoción, alumbraban ya algunas candelillas. Su mayor deseo era localizar a Camarena. Con un poco de suerte lo encontraría en Las Dos Puertas.

No necesitó entrar en el mesón, lo encontró en la plazuela. Estaba aguardándolo.

—¡Capitán!

—¡Camarena!

Se fundieron en un abrazo durante varios segundos. Luego el capitán le preguntó:

—¿Puede saberse qué demonios haces en Córdoba?

—Traigo cartas para don Gonzalo.

—¿Cartas del rey?

—Sí. No sé qué quiere su alteza, pero después de que don Gonzalo abandonara Burgos empezaron a circular rumores...

—¿Qué rumores?

—Que lo de Italia es secundario. Que van a concentrarse todos los esfuerzos en Navarra. Que no puede distraerse un solo maravedí de las arcas reales en otra empresa. También se dice que don Ramón de Cardona ha logrado enderezar las cosas en Italia. Son sólo rumores... Pero me escamó que al día siguiente de vuestra partida Almazán me llamara para decirme que estuviera preparado para salir al día siguiente, que me encargaría de llevar una carta de la mayor importancia. Poco después de amanecer estaba en el castillo y el secretario me entregaba la carta. Me dijo que si ganaba una jornada estaría en Córdoba con antelación suficiente a su llegada. Supongo que don Gonzalo se aloja en las casas de su sobrino. Antes de partir de Burgos me enteré de que se ha hecho pública una bula del papa concediendo grandes beneficios espirituales a quienes participen en la campaña de Navarra y que las soldadas habían sido dobladas.

—Todo esto me da muy mala espina.

—También a mí, capitán. Cuando he vuelto hace poco rato, el mesonero me ha dicho que vuesa merced y otros dos capitanes habíais llegado. Supongo que son don Tristán de Acuña y don Pedro Gómez de Medina.

—Son ellos —corroboró Mendoza.

—El mesonero me dijo también que vos estabais fuera. He preferido veros antes para contaros esto a solas.

—Has hecho bien. Entremos. ¿Has cenado?

—No, señor, vengo de la mancebía. No me he resistido a volver a ver a la moza con la que estuve la otra vez. ¡Es una jaca!

—Cenarás con nosotros, pero no comentes nada de lo que me has dicho.

—Pero… me preguntarán qué hago aquí.

—Di que traes una carta para don Gonzalo. Lo demás déjalo de mi cuenta.

El mesonero dispuso una mesa en un lugar apartado del patio. La temperatura era elevada y resultaba agradable sentarse bajo un emparrado. Acuña aguardó para preguntar a Camarena a que el mesonero les sirviera el vino y les llevara un plato con queso en aceite, una escudilla rebosante de torreznos y otra con unas costillas hechas a la brasa y regadas con una salsa de hierbas aromáticas.

—¿Qué te ha traído hasta Córdoba?

—Cartas del rey para don Gonzalo.

Ni Acuña ni Medina tenían conocimiento de la existencia de la carta astral del Gran Capitán, pero lo que el correo acababa de decir no era una buena noticia. Don Gonzalo había aguardado demasiados días en Burgos las instrucciones del rey que, por lo que sabían, se limitaban a vaguedades que no explicaban la tardanza.

—¿Qué ha podido olvidársele a su alteza, después de tantos días de espera? —preguntó Acuña sin dirigirse a nadie en concreto, pero manifestando su desazón.

Camarena agachó la cabeza y sus preguntas y las de Medina llovieron sobre él. Querían saber cuándo había salido de Burgos, si le habían dado alguna instrucción concreta, por qué se había encaminado a Córdoba y, sobre todo, si tenía algunas instrucciones para hacerle la entrega. El correo miró a Mendoza como si hubiera naufragado y fuera una tabla de salvación.

—Camarena salió de Burgos dos días después que nosotros con la orden de estar en Córdoba cuando nosotros llegáramos —respondió Mendoza—. La carta se la dio Almazán…

—¿Recuerdan vuesas mercedes lo que nos contó el páter que doña Constanza de Velasco había oído decir al secretario la noche de la disputa de don Gonzalo con el duque de Alba? Esas palabras me tuvieron con la mosca detrás de la oreja hasta que salimos de Burgos, pero quizá cobren su verdadero significado con esa carta.

—Recordadnos lo que dijo exactamente, Acuña.

—Dijo: «Menuda sorpresa va a llevarse el alcaide de Loja».

—¿Creéis que la sorpresa está en esa carta?

—No se me ocurre otra cosa. ¿Cuándo se la entregaréis? —preguntó a Camarena.

—Mañana. Hoy me parecía demasiado tarde para acercarme a casa de su sobrino después de confirmar que es allí donde se aloja.

***

Jamás se había visto Camarena tan bien escoltado como aquella mañana. Los tres capitanes lo acompañaron a la casa de don Pedro Fernández de Córdoba. Cuando llegaron había una actividad inusitada. Allí se encontraron con Peralta y mosén Mudarra, que habían tenido conocimiento de la llegada de don Gonzalo. Ya había alguna gente remoloneando por la plazuela que se abría ante la fachada principal y en la puerta se apostaban algunos de los hombres de la comitiva del Gran Capitán.

Tras los saludos, Peralta y Mudarra comentaron que sus hombres hacían ejercicios al otro lado de la muralla del Marrubial, en un descampado grande.

—Hemos venido para ponernos a disposición de don Gonzalo —señaló Mudarra—. Sabemos que en Cabra se ha formado otra compañía y que se podría organizar otra más si da su aprobación...

—¿Ocurre algo? —preguntó Peralta mirándolos—. ¡Ni que vuesas mercedes vinieran de un sepelio!

—¡Toda una plana mayor! —Era la voz del Gran Capitán, que descendía por la escalera, una escalinata de mármol, acompañado por su sobrino. Apenas había bajado unos peldaños cuando reparó que en el grupo estaba Camarena—. ¿Tú..., tú eres el correo que me llevó a Loja...? ¿Qué haces aquí?

—Traigo una carta para vuestra excelencia.

—¿Carta del rey? —preguntó don Gonzalo.

Camarena sacó la carta del estuche donde llevaba el correo y se la entregó con una inclinación de cabeza. Don Gonzalo rasgó los lacres y leyó las escuetas líneas. Su rostro se había contraído. Todos aguardaban en silencio, expectantes.

—Cardona se ha rehecho. En Italia las cosas marchan mucho mejor.

—Tío, decidme, ¿qué significa eso?

—Los franceses quieren llegar a un acuerdo.

—¿Quiere decir vuestra excelencia que…, que…? —El mosén titubeaba.

—No iremos a Italia. Los franceses no entorpecerán nuestra actuación en Navarra si en Italia se negocia un acuerdo. Su alteza ha aceptado.

—Pero…, pero eso no es posible. —Peralta estaba turbado—. Los hombres…, los hombres están alistados. Las compañías, formadas. Sólo esperan las órdenes para concentrarse y partir para Málaga. Sé que en los Puertos, en Jerez, en Sevilla… aguardan sólo las instrucciones.

—No habrá concentración. Las órdenes son de desmovilización. Los dineros que hayáis anticipado se os devolverán. —Miró a Medina—. Si hay que malvender la seda, hacedlo y cerrad el acuerdo para arrendar esas tierras que estaba pendiente. Necesitamos dinero para que no quede un maravedí sin abonar. Acuña, decidle a Albornoz que redacte unas cartas para todos aquellos que han levantado las unidades. Algunos de los hombres que nos acompañan harán de correos. Son buenos jinetes.

Camarena estaba impresionado al verlo impartir órdenes para desmovilizar a sus tropas con la misma celeridad con que había iniciado el levantamiento del ejército. Mendoza lo miraba a los ojos. Tenían un velo de tristeza mayor que el que había visto cuando lo recibió en Loja. Don Fernando acababa de asestarle una puñalada. Era lo peor que podía hacerle.

—Señor, pero el ejército… —protestó Mudarra.

—El ejército se desmoviliza, mosén. Esas son las órdenes de su alteza. No hay más que hablar. Mañana partimos para Loja. En Córdoba ya no hay nada que hacer.

Sus capitanes lo miraban sobrecogidos por la noticia.

—Nunca me gustó ese aragonés. ¡No tiene palabra y la que tiene vale una mierda! —exclamó don Pedro.

—Tened la lengua, sobrino. Estáis hablando del rey.

Don Gonzalo dio media vuelta y volvió a subir por la escalera que había bajado hacía sólo unos minutos.

47

Don Gonzalo permaneció dos días más en Córdoba. Tuvo que usar de su prestigio para que no se produjeran alteraciones porque los soldados que habían reclutado Peralta y Mudarra, a los que se sumaron algunos otros, estuvieron a punto de amotinarse. Se vivió una situación delicada cuando hicieron mofa de la opción que el rey, en la misma carta en que disolvía el ejército que había de marchar a Italia, les daba para que se incorporasen al ejército de Navarra.

Ordenó de forma tajante a Mendoza que regresara a Burgos, negándose a la pretensión del capitán de acompañarlo hasta Loja. Se lo había dicho la víspera de su partida cuando Mendoza le entregó el papel que Barrientos había perdido en el prostíbulo. Después de leerlo, le preguntó:

—¿Cómo lo habéis conseguido?

—Estaba en poder del escribano Dimas Jiménez, ¿os acordáis de él, señor?

—Era el mejor a la hora de poner en limpio los mensajes de los espías. ¿Qué ha sido de él?

—Tuvo algunos problemas después de regresar de Italia.
—¿Está en Burgos?
—Sí, señor.
—¿Cómo es que Dimas lo tenía?

Mendoza le explicó, sin entrar en ciertos detalles, cómo había llegado a sus manos.

Aquel papel venía a confirmar que don Fernando lo había utilizado para sus propósitos y que todo se había organizado para tranquilizar a sus aliados de la Liga Santa.

—Dejadme acompañaros a Loja, señor.
—No, Mendoza, vuesa merced debe regresar a Burgos.
—Señor...
—Capitán, es una orden y las órdenes no se discuten.
—Como vos mandéis, señor.
—Si los mareos y los vómitos de vuestra esposa son anuncio de que está embarazada, mejor que estéis a su lado.

Se despidieron con un abrazo.

El capitán hizo el camino de regreso a Burgos con Camarena, que llevaba la respuesta del Gran Capitán a don Fernando. En dos líneas le decía que acataba sus órdenes y se retiraba a Loja.

A la misma hora que don Gonzalo cruzaba el puente sobre el Guadalquivir, Mendoza y Camarena salían de Córdoba por la puerta del Rincón, tomando el camino que corría paralelo al Guadalquivir. El sol estaba ya alto y empezaba a calentar. Tratarían de llegar a Montoro antes de que el calor fuera demasiado intenso. Descansarían allí y por la tarde harían algunas leguas más, pasadas las horas de más calor.

—El astrólogo no se equivocó —comentó el correo cuando dejaron atrás las últimas casas—, los «cuervos» se han salido con la suya.

—Así es. No era un asunto menor el papel que nos

entregó Dimas. Lo que allí se decía deja muy claro que los manejos entre el secretario de don Fernando y el canciller del rey de Francia han sido claves en todo este asunto. Me temo que don Gonzalo ha resultado víctima de las intrigas políticas. Entiendo que Navarra es lo más importante, pero las cosas podían haberse hecho de otra forma.

—Me ha impresionado su reacción al saber que sus ilusiones se iban al garete.

—Su lealtad al rey está por encima de todo. Lo que me cuesta trabajo comprender es la actitud de su alteza.

—Don Fernando es un político y Almazán está a su servicio. Sabe que las luchas se ganan en el campo de batalla, pero que sirven de poco si no se es habilidoso a la hora de negociar. Su deseo de acabar con el poder de los nobles que se las hicieron pasar muy mal a él y a doña Isabel a comienzos de su reinado puede ser la explicación de su actitud. Sólo hay que ver la cantidad de torres desmochadas que se ven por todas partes. No crea vuesa merced que derribar el castillo de Montilla ha sido la única actuación del rey en ese terreno. Lleva años aprovechando cualquier pretexto para asestar golpes al poder de los nobles.

—Pero en el caso del Gran Capitán no tiene sentido.

—Ahí entra en juego el carácter receloso del rey. Ha temido, desde que en Nápoles don Gonzalo tomara algunas decisiones, que le hiciera sombra. Es lo único que puede explicar su actitud.

—¿Sombra dices? Don Gonzalo jamás moverá un dedo contra su rey.

—No necesitáis jurarlo. Pero si hay quien alimenta sus recelos…

***

Don Gonzalo llegó a Montilla después de mediodía. Rápidamente corrió la noticia de su presencia en la villa. Alguna gente se preguntaba por el motivo de su visita. Hubo quien hizo correr el rumor de que, como había vuelto a la gracia del rey, se iba a reconstruir el castillo. Nadie sabía aún que iba camino de Loja. Se dirigió directamente a casa de Leonor, pero antes de visitarla estuvo unos minutos en la parroquia orando ante la imagen de Santiago.

El encuentro con su vieja ama de cría fue emotivo. Leonor no dejó de mirarlo, llorar y darle gracias a Dios por haberle permitido volver a verlo. Sólo necesitó leer en sus ojos para saber que don Gonzalo pasaba por un mal trance. Supo que Ahmed había acertado una vez más. Sólo le preguntó si un capitán llamado Mendoza, que pasó por allí hacía algunas semanas, le había entregado unos papeles.

—Me pareció que era de fiar.

—Acertaste.

—¿Os quedaréis muchos días?

—Voy de paso. Sólo he venido a verte.

—¿Os acercaréis hasta el castillo? —le preguntó secándose las lágrimas y haciendo un esfuerzo por contener la llantina.

—No sé si quiero ver lo que ha quedado y tampoco alimentar patrañas.

—¿Por qué decís eso?

—Ya ha llegado a mis oídos que he venido para iniciar su reconstrucción.

—Eso no lo consentirá el hijo de mala madre que ordenó derribarlo.

—¡Leonor!

—No me regañéis. Además, tengo razón en lo que acabo de decir.

—No debes hablar así del rey.

—Tampoco él debería hacer algunas de las cosas que hace.

Acuña y el capellán, que eran los únicos que habían entrado en la casa, no disimularon una sonrisa de complicidad. El doctor Quesada atendía a un soldado que se había herido en una mano y Gómez de Medina había partido la víspera para conseguir lo antes posible los dineros que don Gonzalo requería.

Conversaron un buen rato recordando viejos tiempos y pequeñas historias. Para Leonor fue un regalo inesperado.

Don Gonzalo, después de la visita a su ama, decidió subir hasta el altozano donde se había alzado el castillo de su familia. La visión de aquellos muros caídos le resultó particularmente dolorosa. Pero no quiso abandonar Montilla sin contemplar los restos de la fortaleza donde había transcurrido parte de su infancia y de su adolescencia. En cierto modo aquellas ruinas simbolizaban un poco lo que estaba viviendo. Sabía que nunca había gozado del favor del rey. Su valedora había sido la reina. Con don Fernando siempre hubo una distancia que iba mucho más allá de la que separaba a un súbdito de su soberano.

Deambuló entre las piedras que un día conformaron los muros de aquella fortaleza. Sólo quedaban en pie algunas paredes semiderruidas y los cimientos de las poderosas torres que se alzaron en otro tiempo. Abandonó el recinto con los ojos vidriosos y salió de Montilla para dirigirse a Cabra, donde se acogió a la hospitalidad del conde don Diego Fernández de Córdoba y Mendoza, nieto del don Diego que lo había apresado siendo un jovenzuelo.

Los dos cenaron solos, en un pequeño salón que había en la torre del homenaje del castillo. El Gran Capitán informó a su pariente de la decisión del rey.

—Así se evita el sofoco de mandaros a Nápoles.

A don Gonzalo no le apetecía insistir sobre un asunto tan doloroso y cambió de conversación.

—Os supongo enterado de que fui huésped de este castillo en otra ocasión.

—Conozco la historia. El anfitrión fue mi abuelo.

—Me tuvo preso cerca de dos años. Sólo me soltó cuando doña Isabel se lo ordenó.

—Eran otros tiempos.

—Tiempos muy diferentes. Los comportamientos respondían a otros principios.

—Cierto, apenas han transcurrido cuatro décadas y el mundo ha cambiado. Nuestros barcos cruzan el Atlántico. Estamos en Italia, gracias a vos, para no marcharnos. Si no se malogra, el hijo de doña Juana será el rey más poderoso de la tierra. Reinará sobre Castilla y sus dominios al otro lado del mar, posiblemente también Navarra porque, si los franceses no intervienen, lo del duque de Alba va a ser un paseo. Añadidle los territorios de la Corona de Aragón y todo lo que le llegue por vía paterna: Flandes y las tierras de los Habsburgo.

—El mundo se ensancha y nosotros envejecemos. Estoy cansado y mañana quiero ponerme en camino.

—Ya he dado aviso al alcaide de que llegaréis a Iznájar. Disponed de mi casa como si fuera la vuestra.

Don Gonzalo se retiró a sus aposentos. Su deseo era llegar a Loja lo antes posible. Al día siguiente reemprendió la marcha y, tras pernoctar en Iznájar, dos jornadas más tarde entraba en Loja.

***

Cuando Mendoza y Camarena llegaron a Burgos, don Fernando y doña Germana se habían marchado a Logroño. El rey quería estar más cerca de Navarra. Allí conocieron la noticia de que don Fadrique había marchado a Vitoria, donde estaban concentrándose las tropas para la invasión de Navarra.

Don Fadrique, que había logrado reunir unos doce mil hombres, gracias a las pagas dobles y los beneficios espirituales contenidos en la bula, había iniciado su campaña. También había ayudado el rumor de que los franceses no acudirían en defensa de la casa de Albret, lo que ahorraba muchos problemas. Con todo, cerca de un tercio de los hombres que se estaban concentrando en Vitoria habían sido aportados por el arzobispo de Zaragoza y una cifra parecida en número al de las tropas episcopales lo integraban soldados de las compañías reales, a los que se habían sumado cerca de mil infantes procedentes de las guarniciones del norte de África, trasladados por orden del rey en una flotilla de galeras que los había desembarcado en el puerto de Bilbao. La cifra de los alistados apenas superaba los dos mil hombres, casi todos procedentes de las tierras que formaban el señorío del duque de Alba. Completaban su ejército unos mil quinientos jinetes y la artillería constituida por una veintena de piezas de calibres muy diferentes.

Maria, al ver a su esposo entrar por la puerta con el hatillo al hombro, no daba crédito a lo que le mostraban sus ojos.

—¿Qué ha ocurrido? —le preguntó su esposa arrojándose a sus brazos.

—Don Gonzalo de Córdoba no irá a Italia. Su ejército se desbarata.

Basilio, que se había hecho cargo de las alforjas y el hatillo, frunció el ceño y comentó por lo bajo:

—¡Tanto escándalo y al final...!

—¡Qué alegría, Luis! —exclamó su esposa besándolo repetidamente en las mejillas—. Yo..., yo sé que tu deseo es servir al Gran Capitán, pero tenerte aquí es..., ¡es un milagro!

Mendoza miró a su mujer. Le pareció que estaba aún más bella. Instintivamente, ella se había llevado la mano al vientre.

—¿Estás embarazada?

—Cada día que pasa tengo menos dudas. Ahora cuéntame detenidamente lo que ha sucedido.

Mendoza le explicó a su mujer cómo habían llegado hasta Córdoba y su encuentro con Camarena.

—Me extrañó mucho. Me comentó los rumores que han corrido por Burgos estos últimos días. Al día siguiente don Gonzalo recibió la carta. Supo que don Fernando había llegado a un acuerdo con los franceses. Al parecer, en Italia nuestras tropas se han rehecho y han salido victoriosas en varios choques. La presencia del Gran Capitán ya no era tan necesaria.

—¿Cómo reaccionó don Gonzalo?

—Con mucho temple. Los demás nos lo hemos tomado mucho peor. No se merece ese trato. Ha dado las órdenes necesarias para desmovilizar a las tropas y se ha retirado a Loja. Aunque no podía disimular su tristeza, en todo momento se mostró como el gran caballero que es. Quise acompañarlo, pero me ordenó regresar.

Luego Mendoza le contó las sospechas que tenía de que todo aquello era fruto de una serie de intrigas en cuyo centro estaba el secretario Almazán. También le reveló la historia de la carta astral. Don Gonzalo le había pedido que guardara secreto de ello, pero ya no tenía sentido.

—¿Tienes noticias de García de Paredes?

—Supongo que estará enterado y, como ya lo conoces, ¡imagínate lo que habrá salido por su boca!

En Loja don Gonzalo estuvo el tiempo justo para ordenar algunas cosas y descansar del viaje. En los primeros días de agosto se trasladó a su palacio de Granada. Allí conoció las primeras noticias de la campaña de don Fadrique. Sus tropas habían entrado en Pamplona, que había ofrecido escasa resistencia. A lo largo del mes hubo un goteo de información que no siempre podía confirmarse sobre los progresos de la guerra. Ya en el mes de septiembre las nuevas señalaban que el avance del ejército estaba completando sin dificultades la conquista del reino. Se encontraban ocupadas, además de Pamplona, Tudela, Tafalla y Olite. Sólo resistían algunas plazas aisladas y la zona del valle del Roncal.

Entre las noticias que le llegaban de Navarra un día recibió una carta del capitán García de Paredes. Le contaba que había concedido licencia a sus hombres, pese a que le habían dado instrucciones para que con ellos se encaminase a Navarra y se pusiera a las órdenes del duque de Alba. La gran mayoría de sus soldados se negaron y tampoco él se mostró dispuesto a cumplir aquella orden. Sólo una docena escasa de hombres se pusieron en camino hacia la plaza de armas señalada por don Fadrique. Los condujo un cabo porque él se quedó en Trujillo.

Don Gonzalo apenas salía de su casa, sólo lo hacía para asistir a misa. Pasaba la mayor parte del día departiendo con sus amigos o despachando una importante cantidad de correspondencia, alguna le llegaba desde Italia, donde todavía se le esperaba. Aquellas cartas, escritas por viejos conocidos y amigos, hacían más dolorosa la herida que en su corazón había significado la última misiva de don Fernando. Le había dolido de forma especial que el rey no le mencionara en ningún momento que existía la posibilidad de llegar a un acuerdo con Luis XII y que la campaña de Italia pendía de un hilo.

Cada día que pasaba aumentaba su tristeza y en su alma le dolía, mucho más que no haberse puesto nuevamente al frente de un poderoso ejército, el saber que había sido un juguete en manos de su alteza, que lo había utilizado como si fuera un peón en una partida de ajedrez. Si había acudido a él era porque no había tenido otra opción, para evitar que, tras la derrota de Rávena, la coalición con el papa y los venecianos hubiera saltado por los aires. Desde que en Córdoba leyó la carta en la que se le ordenaba disolver el ejército que se había levantado en tan poco tiempo, tenía la sospecha de que lo habían utilizado como a una marioneta. Ahora tenía la certeza, gracias a las cartas que le llegaban de Italia.

Su esposa planificó un viaje a Órgiva, con el pretexto de comprobar cómo marchaba el devanado de la seda, aunque lo que doña María deseaba era procurar una distracción a su esposo. El viaje había que hacerlo antes de que las primeras nevadas del otoño dificultaran los desplazamientos. Eran sólo diez leguas, que podían hacerse en dos jornadas sin forzar la marcha. Pero don Gonzalo se vio afectado por un nuevo ataque de tercianas que lo mantuvo en cama aquejado de fuertes calenturas varias semanas. Cada vez que la enfermedad lanzaba un nuevo envite se sentía más débil y le costaba mucho más recuperarse. Sólo hablaba con su círculo más próximo: el capellán Albornoz, el doctor Quesada y los capitanes Acuña y Medina. Hacía una excepción cuando realizaba, con cierta frecuencia, visitas a las obras del monasterio que los jerónimos estaban levantando en Granada. Sostenía largas conversaciones con los canteros y otros artistas que trabajaban allí.

El tiempo transcurría entre Loja, adonde acudía en cumplimiento de sus obligaciones como alcaide, y Granada. Así pasaban las semanas y los meses. También le llegaban algunas noticias de la corte.

Un día, el mismo en que acababa de regresar de Órgiva, donde había pasado varias semanas, apareció por su casa un mozo. Decía que lo mandaba el capitán Mendoza. Don Gonzalo hizo que lo llevaran a su presencia.

—¿El capitán Mendoza está en Granada?

—Sí, señor. Ha venido a resolver unos asuntos y, por lo que sé, no desea marcharse de Granada sin visitaros.

—¿Cómo sabe que he regresado de Órgiva?

—Don Luis me ha mandado cada día de los que lleva en la ciudad para saber si habíais vuelto. Ha sido muy constante.

—¿Cuánto lleva en Granada?

—Diez días.

—Bien, comunícale que mañana puede venir. Estaré esperándolo después de la misa en los franciscanos. Dile que desayunaremos juntos.

48

No se habían vuelto a encontrar desde que se despidieron en Córdoba. Cuando Mendoza vio a don Gonzalo, tuvo la impresión de que no habían transcurrido tres años, sino una década. Estaba envejecido. Era cierto que el Gran Capitán era ya un sesentón, pero tres años antes ofrecía un aspecto inmejorable. Las fiebres intermitentes que, según le habían dicho, lo aquejaban cada vez con más frecuencia estaban desgastándolo muy deprisa.

Don Gonzalo lo recibió con los brazos abiertos.

—¡Mendoza, amigo mío!

—Señor, ¡cuánto me alegra volver a veros!

Don Gonzalo le preguntó por su esposa.

—Maria está muy bien. Tenemos un hijo que ya corretea. Le hemos puesto Gonzalo.

El Gran Capitán lo miró sin decir nada. Con un gesto lo invitó a acompañarlo hasta el patio donde habían dispuesto, bajo un frondoso árbol, una mesa en la que podían verse viandas para que desayunara una docena de personas. Se sentaron envueltos en el perfume de los alhelíes que llenaban los arriates.

—¿Cómo os encontráis, señor?

—Mal, Mendoza, las fiebres no me dan tregua. Pero no hablemos de eso. Contadme, ¿qué es de vuestra vida?

—Administro la hacienda de mi tío. He llegado a Granada precisamente por cuestiones relacionadas con ese asunto. Tengo que ir a Berja para saber de unas propiedades que están arrendadas a unos moriscos. Esa hacienda es complicada de administrar porque sus bienes no están sólo en Burgos. Posee dos dehesas a orillas del Jarama y unas casas en Madrid. Aquí estoy ajustando nuevos contratos y cobrando rentas atrasadas. Lo de Berja es un negocio bastante enrevesado, al menos en los papeles.

—¿Qué se cuenta por Burgos? ¿Está don Fernando allí?

—Cruzó la raya de Aragón, tengo entendido que está en Calatayud. Ahora de lo que se habla mucho en Burgos es de la muerte del secretario Almazán. Murió hace más de un año.

—¿Por qué?

—Corren rumores de que las circunstancias de su fallecimiento fueron muy extrañas.

—¿Qué se dice?

—Corre la voz de que fue asesinado... por la Garduña.

—¡Eso es una patraña! ¡La gente se refiere a la Garduña como si fuera algo real!

—No sé, señor. Pero es lo que se dice.

—Contádmelo.

—Parece ser que había contraído grandes deudas para hacer frente a los gastos derivados de su deseo de fundar una nueva villa que llevara su nombre.

—¿Eso es cierto?

—Lo de fundar una nueva villa es cierto, lo de las deudas...

—Disculpad la interrupción. Proseguid.

—Se dice que invirtió grandes sumas en ese proyecto y contrajo créditos muy importantes que no había podido pagar. Ahí es donde los rumores sitúan a los cofrades de la Garduña.

—No debe dar vuesa merced crédito a esas hablillas. Almazán daba pie a muchos comentarios. Era ambicioso y se movía como nadie en los entresijos de la corte. Su capacidad para intrigar era extraordinaria. Prestó grandes servicios al rey, con quien era uña y carne. Vuesa merced me dio la prueba de que fue él quien llevó a cabo todas las maquinaciones para cerrar un acuerdo con los franceses que evitara nuestra marcha a Italia. Pero no deis crédito a eso de la Garduña.

—Yo era tan escéptico como vuestra excelencia. Pero algunos sucesos me han hecho, cuando menos, no descartar la existencia de esa hermandad. Lo que se dice por Burgos es que algún acreedor quería su dinero, al cumplirse el plazo. Almazán no pagaba, se le acabó la paciencia y acudió a la Garduña.

—¿Algún detalle del asesinato? Cuando los bulos corren, siempre se los adorna.

—Dicen que murió a causa de un veneno mortal. Otros que con un estilete clavado en el corazón; incluso se ha señalado que recibió una estocada en el cuello y murió ahogado en su propia sangre.

—Eso significa que no se sabe cómo murió. ¿Alguno de los que esparcen esas fábulas vio su cadáver?

—No creo que nadie en Burgos lo viera. Murió en Madrid y su última voluntad fue que lo enterrasen en Zaragoza.

—En resumidas cuentas, Mendoza, pocas noticias fiables. Hasta es posible que Almazán lo hiciera en su cama, aquejado de alguna dolencia o un achaque propio de la edad. En cuanto a lo de la Garduña, supongo que no hay prueba alguna.

—He conocido a un cofrade de esa hermandad. Es Dimas Jiménez.

Don Gonzalo arrugó la frente. No creía en la existencia de la Garduña, aunque era mucha la gente que hablaba de ella. Estaba convencido de que se trataba de un cuento que se había difundido. Era cierto que en Nápoles, en la zona de Calabria, y también en Sicilia había conocido unas hermandades de malhechores que se juramentaban para enfrentarse a los excesos de los barones y también para cometer toda clase de fechorías. Estaban organizados, tenían sus propios jefes y mantenían en secreto todo lo relativo a dicha hermandad. Pero estaba convencido de que la Garduña era una fantasía a la que se le habían ido añadiendo detalles, como que la cabeza se hallaba en Sevilla, donde se estaban concentrando numerosos facinerosos atraídos por las riquezas que llegaban en los barcos que venían de las Indias.

—¿Os dijo él todo esto que se rumorea de la muerte de Almazán?

—Eso es lo que se dice por Burgos. Lo que él me aseguró fue que murió envenenado con un estilete emponzoñado que le clavaron y que su fallecimiento no se debía a las deudas con ciertos prestamistas con los que tenía problemas para devolverles el dinero.

—¿Entonces?

—Según Dimas, quien había dado la orden de matarlo era alguien que picaba mucho más alto.

—¿Os dijo el nombre?

—No, señor.

—Todo eso son patrañas, Mendoza. No hagáis caso a esos bulos. A mis oídos llegan mentiras sobre mí mismo sin pies ni cabeza. No sé de dónde las sacan. Alguna recogía mi propia muerte, quizá porque la verdad es que no me encuentro bien. Estas fiebres me están consumiendo y dentro de poco cumpliré sesenta y dos años. Es curioso que la carta astral que vuesa merced me entregó terminara con el pronóstico de lo que ocurriría hace tres años. Como si mi vida hubiera acabado entonces. En cierto modo, ese astrólogo también pareció adivinar estos últimos años. Nada que mereciera la pena recoger.

—¿Cómo podéis decir eso, señor?

—Porque es la verdad, mi buen Mendoza.

—Se os tiene en gran consideración… Vuestra excelencia conquistó un reino. Eso no se olvida.

—La memoria es frágil, Mendoza, muy frágil. ¿Sabéis que el rey me ha puesto bajo vigilancia?

Mendoza se sorprendió ante una afirmación como aquella.

Era cierto que don Fernando desconfiaba de todo lo que estuviera relacionado con don Gonzalo, pero a esas alturas…

—¿Qué quiere decir vuestra excelencia?

—El rey ha encargado al alcaide de La Peza, un tal Pérez de Barradas, que no me quite ojo de encima.

—¿Por qué?

—Porque teme que me embarque con destino a Italia.

—¿Quiere vuestra excelencia explicarme eso?

—Al parecer, a don Fernando le han ido con el cuento de que dos barcos llegarán al puerto de Málaga para recogerme y llevarme a Italia. No sé para qué. Pero ha dado crédito a ese infundio. Los barcos son franceses. ¡Imagine vuesa merced, los franceses llevándome a Italia! El resultado es que Barradas tiene mi casa vigilada. Un disparate, Mendoza. Decidme, ¿qué sabéis del rey?

—Está muy gastado, señor. Gobernar estos reinos, bien lo sabe vuestra excelencia, no es fácil.

—Cierto, Mendoza, cierto. Nunca lo ha sido.

—Además, sigue, según cuentan, atiborrándose de criadillas de toro. El mayor deseo de doña Germana es engendrar un heredero.

—¿No había sustituido las criadillas por un polvillo...?

—Sí, pero, según tengo entendido, el boticario que lo elaboraba se esfumó de Burgos hace algún tiempo.

En aquel momento apareció doña María Manrique. La duquesa ofrecía mucho mejor aspecto que su esposo. El capitán saludó con deferencia a la dama, que apenas departió unos minutos con ellos y se retiró para dejarlos otra vez solos. La conversación entre ambos se prolongó un buen rato hasta que el capitán se dio cuenta de que don Gonzalo parecía agotado. No había exagerado al decirle que la fiebre no le daba tregua. No habían probado bocado entretenidos con la charla. Se despidió, prometiéndole visitarlo de nuevo cuando regresara de Berja. Mendoza salió a la calle con la convicción de que no volvería a verlo con vida.

EPÍLOGO

Trujillo, reino de Extremadura, día de la fiesta de la Candelaria, en recuerdo de la Purificación de Nuestra Señora del año de 1526

Llevo cuarenta días en que he dedicado pocas horas al sueño y a satisfacer las necesidades propias de la vida. En esos días me he afanado en poner en claro muchas de las cosas importantes de la vida de don Gonzalo Fernández de Córdoba.

Ahora que concluyo estos pliegos donde dejo consignados los aspectos más relevantes de su vida, porque esta historia toca a su fin, reitero lo que dije al escribir las primeras palabras: fui testigo de muchos de los hechos que aquí van relatados. Muchas de las otras que dichas van se las debo al testimonio del capitán don Luis de Mendoza, hombre de honor, quien me las contó en las tardes del invierno que siguieron a la muerte de don Gonzalo, al calor de la lumbre en un pueblecito de Extremadura, cercano al monasterio de Nuestra Señora de Guadalupe.

Sólo me queda referir cómo fueron los últimos días de su vida, según me contó el capitán Mendoza, que estaba en Granada de regreso de Berja, en la parte más oriental de aquel reino. Estuvo por aquellas tierras de la sierra de Gádor más tiempo del que pensaba. Una de las fincas de la hacienda de su tío el cardenal estaba en una situación muy enredada. Sólo pudo aclararlo gracias a la ayuda del escribano público del lugar, Valeriano Sánchez, gran conocedor de la zona, y que se tomó con mucho empeño el asunto. La ayuda del escribano no le libró de permanecer mucho más tiempo del que había previsto. No pudo ponerse en camino para regresar a Granada hasta bien entrado el mes de noviembre.

Me dijo que tuvo mucha suerte porque, a pesar de que los fríos invernales de aquel año de 1515 fueron muy crudos, pudo atravesar el puerto desde el que el viajero que viene de la costa tiene la primera vista de Granada, si bien en medio de una ventisca que dejó más de un metro de nieve y cortó las comunicaciones. A punto estuvo de no poder cruzarlo. Llegó a Granada el 2 de diciembre y antes de entrar en la ciudad supo que algo extraordinario había ocurrido porque el sonido de campanas que doblaban sin cesar se extendía por toda la vega. En la misma puerta de Curtidores le dijeron que se debía a que acababa de morir el Gran Capitán.

Mendoza se fue directamente para su casa. Efectivamente, don Gonzalo había muerto. Presentó sus condolencias a su esposa, doña María, y a su hija, doña Elvira. Pudo ver el catafalco donde habían instalado la capilla ardiente. Don Gonzalo vestía el hábito de caballero de Santiago. Era titular de una encomienda de la orden cuyo maestrazgo el rey le había prometido. Su rostro estaba sereno y parecía mirar, me dijo Mendoza, las banderas, los pendones y estandartes, la mayoría de ellos arrebatados al enemigo, que colgaban del techo de la estancia. Eran mudos testigos de su grandeza. En aquellas insignias, bajo las que tuve el inmenso honor de combatir a sus órdenes, estaba resumida una parte muy importante de su vida. También eran el más fiel testimonio de sus grandes victorias.

El relato de Mendoza indicaba que había pasado el final del verano y la entrada del otoño en Loja para después trasladarse a Granada. Las fiebres lo aquejaban con tal frecuencia que no le daban respiro. Su salud estaba más quebrantada cada día. A finales de noviembre no salía de su casa. No acudía a visitar las obras del monasterio de San Jerónimo ni charlar con su buen amigo el prior, fray Pedro de Alba. Tampoco salía para oír misa. La noche del 30 de noviembre la fiebre era muy alta. El doctor Quesada lo acompañaba en el lecho y observó que don Gonzalo deliraba. Más tarde el médico le contó a Mendoza que era la primera vez que le ocurría. El capellán Albornoz, que también velaba, fue el que le dio detalles de aquel momento. El páter le contó que don Gonzalo, con la vista fija en la pared, dijo: «¿Queréis repetir eso?», como si estuviera hablando con alguien. Después de un silencio, en que parecía escuchar la respuesta a su pregunta, volvió a oírse la voz de don Gonzalo. «¿El de Alba?».

El doctor le preguntó si hablaba con alguien y don Gonzalo le respondió: «Con ese fraile que acaba de irse. Me ha dicho que de aquí a dos días morirá el duque. Le he preguntado si se refiere al de Alba y no me ha contestado». Al parecer el fraile se había referido al duque de Sessa, al propio don Gonzalo. Fue como una premonición.

El capellán le contó que aquella noche, en que doña María no se separó de la cabecera de su lecho, sólo durmió a ratos. Se despertaba y volvía a dormirse. Al amanecer del primer día de diciembre se quedó profundamente dormido y despertó cerca de mediodía. Presentaba mejor aspecto y el médico creyó que la crisis del ataque de calenturas había pasado. Don Gonzalo se aseó, se levantó y ordenó que llamasen al escribano. Había decidido hacer testamento. Nombró albaceas, entre ellos al prior de San Jerónimo, en cuyo monasterio dispuso que descansasen sus restos mortales, y ordenó que se dijeran cincuenta mil misas por el eterno descanso de su alma. También ordenó que lo enterrasen vestido con el hábito de caballero de Santiago, como Mendoza lo vio en el catafalco.

Entregó su alma a Dios el día 2 de diciembre.

Su entierro fue una manifestación de dolor y reconocimiento. Su cuerpo fue depositado en la iglesia de San Francisco hasta que pudiera ser trasladado al monasterio de los Jerónimos.

Don Gonzalo Fernández de Córdoba fue un varón admirable. El más valeroso capitán que jamás hubo en estos reinos, a los que engrandeció con sus hazañas. El más leal de sus caballeros y fiel servidor de sus reyes. La ingratitud que con él se usó ha dado lugar a ciertas hablillas que sólo servirán para acrecentar su gloria. En lo último de su edad fue aún más grande porque supo navegar, cosa dificultosa y rara, en medio de las borrascas que le deparó la vida. Por eso, quienes mejor lo conocían, que eran sus soldados, lo aclamaron como el Gran Capitán.

JOSÉ CALVO POYATO
Cabra, a 23 días del mes de mayo de 2022

NOTA DEL AUTOR

El Gran Capitán es una novela y concede, como tal, un espacio importante a la creatividad literaria. En sus páginas se funden personajes históricos con otros que pertenecen al mundo de la ficción. Resulta obvio señalar que el personaje de mayor relieve histórico, en una novela dedicada a la figura del Gran Capitán, es don Gonzalo Fernández de Córdoba. En el texto nos referimos a él como Gonzalo de Córdoba, que era una de las maneras como lo denominaron sus contemporáneos, ya que en el tiempo que le tocó vivir no estaban establecidos de una forma determinada los apellidos de las personas y se usaban con una gran libertad. Ello explica, por ejemplo, que al hermano mayor de don Gonzalo Fernández de Córdoba se le conociera como Alonso de Aguilar. Utilizaba como apellido el nombre del señorío del que era titular.

El otro gran personaje histórico de la novela es Fernando II de Aragón, el Rey Católico. Aparece aquí ya en plena decadencia, en los últimos años de su reinado, cuando estaba casado con Germana de Foix. Un matrimonio celebrado poco tiempo después de la muerte de la reina de

Castilla, Isabel la Católica. La diferencia de edad entre el monarca y su segunda esposa, hermana de Gastón de Foix, el general francés que pereció en la batalla de Rávena, llevó a don Fernando a utilizar cantárida o ingerir grandes cantidades de testículos de toro —productos reputados de vigorizantes sexuales— para dar cumplimiento al llamado débito conyugal.

Personajes históricos son algunos de los capitanes que aparecen en la novela. Lucharon a las órdenes de Gonzalo Fernández de Córdoba y aparecen con mayor o menor entidad en *El Gran Capitán*. Es el caso de Diego García de Paredes, al que se le conoció en su tiempo como el Sansón de Extremadura. García de Paredes nos dejó escrita una «Crónica» y acerca de su persona se cuentan como ciertas algunas «hazañas», como la de arrancar todas las rejas de una calle para poner a resguardo el honor de una dama. También son personajes históricos Tristán de Acuña, Pedro Gómez de Medina o mosén Mudarra. No lo son ni el capellán Albornoz ni el doctor Quesada; a este respecto indiquemos que alguna fuente señala que en Italia cuidó de la salud de don Gonzalo un famoso médico: León Hebreo, quien fue además un notable filósofo. También es personaje histórico el secretario, Miguel Pérez de Almazán, cuyo perfil aparece en la novela un tanto distorsionado por razones argumentales. Igualmente lo es don Fadrique Álvarez de Toledo, a quien el rey encomendó el ejército que había de ocupar Navarra, empresa que llevó a cabo con éxito. Para dicha campaña el papa Julio II firmó una bula concediendo beneficios espirituales, se denominó *Pastor Ille Caelestis*. Lo de falsificarla anticipadamente es creación novelesca.

Asimismo, personaje histórico es el sobrino del Gran Capitán, don Pedro Fernández de Córdoba, quien fue severamente castigado por el rey como consecuencia de los sucesos referidos en la novela y acaecidos en Córdoba. Don Pedro fue un hombre del renacimiento, que cultivó amistades de eruditos de su tiempo. Poseyó una rica biblioteca y fue discípulo de Pedro Mártir de Anglería.

Son personajes de ficción tanto el capitán Luis de Mendoza —hubo un Mendoza a las órdenes del Gran Capitán en Italia, cuyo nombre era Diego de Mendoza—, como el correo real, Bartolomé Camarena. En cualquier caso he tratado de que respondan a perfiles de hombres de la época. También es fruto de la ficción literaria el ama de don Gonzalo, Leonor Rodríguez, y todo lo relacionado con la carta astral del Gran Capitán. Pero no es fruto de la creatividad el hecho de que don Gonzalo diera crédito a creencias tales como que hay días propicios y nefastos. Estaba convencido de que su día de suerte era el viernes; también se mostraba crédulo ante la astrología, que fue considerada una ciencia respetable en el tiempo en que vivió.

La batalla de Rávena (1512), que constituye un acontecimiento fundamental para dar soporte al desarrollo de la novela, significó un serio descalabro para el ejército de la Liga Santa —integrada por España, Venecia y el papado—, como también lo es que los venecianos y el pontífice reclamaron la presencia en Italia de don Gonzalo a raíz de dicha derrota. Las presiones obligaron al rey a encomendar al Gran Capitán la misión de levantar un ejército de 12 000 infantes y 2000 jinetes para marchar a Italia. Ese ejército, al negociar el rey con los franceses, fue desmovilizado.

Son ciertos los recelos que el monarca tuvo hacia el Gran Capitán. Su alteza llegó a albergar el temor, infundado, de que se proclamase rey de Nápoles. Gonzalo Fernández de Córdoba siempre fue fiel a su rey y jamás prestó oídos a quienes le incitaban a traicionarle. El nombramiento de alcaide de Loja fue un destierro encubierto para alejar a don Gonzalo de la corte, después de haberle prometido solemnemente nombrarlo maestre de la Orden de Santiago, cosa que el rey incumplió. También es cierta la amistad de don Gonzalo con el último monarca nazarí, el sultán Boabdil, al que ayudó, siguiendo instrucciones de los Reyes Católicos, en los momentos de dificultad que vivió en las llamadas guerras civiles de Granada. Don Gonzalo también participó en las conversaciones que concluyeron en la firma de las Capitulaciones de Granada. Las famosas cuentas del Gran Capitán son producto de la leyenda en la forma en que han llegado hasta nosotros. Es cierto que le fueron pedidas cuentas y pudo justificarlas con los grandes gastos habidos en las campañas. Esas cuentas se encuentran en el Archivo General de Simancas. No le gustó que entre los contadores estuviera Giambatista Spinelli, al que, efectivamente, abofeteó.

El Gran Capitán murió debido a las fiebres intermitentes —tercianas y cuartanas llamaban en la época a lo que hoy conocemos como paludismo— que minaron poco a poco su salud desde que lo afectaron por primera vez en las riberas pantanosas del Garellano. El rey Fernando murió al mes siguiente —enero de 1516— en un pueblecito de Cáceres.

AGRADECIMIENTOS

La novela *El Gran Capitán* debe mucho a una serie de personas que con su ayuda hicieron posibles detalles, situaciones o formas que el lector puede encontrar entre sus páginas. Quienes sabemos que escribir es mucho más que redactar y que una obra empieza a tomar forma antes de que la primera línea de caracteres tome cuerpo, somos conscientes de que una conversación, un comentario o una indicación cobran un valor que va, incluso, mucho más allá de la intención de quien la protagonizó.

Quiero agradecer a mi amiga Gloria Lora sus comentarios, sus sugerencias y su generosa ayuda al facilitarme detalles sobre formas de vida del tiempo en que vivió el Gran Capitán sus últimos años. Asimismo he de hacer público mi agradecimiento a mi amigo José Rosúa por los datos sobre Loja y su alcazaba. También al profesor Valeriano Sánchez Ramos toda la información que me facilitó sobre el ambiente de la tierra de Granada. Mostrar igualmente mi reconocimiento a Javier Sánchez por sus correcciones, siempre precisas y atinadas, y por sus charlas entre taza y taza de café.

A Rafael Morales Palacios agradecerle sus consejos y reconocer esa capacidad que tiene para escudriñar más allá de lo que es habitual en los entresijos de las cosas; algo que le permite hallar pequeños y en muchas ocasiones valiosos detalles que tanto aportan a la configuración del paisaje que el lector encuentra en las páginas de una novela.

Manifestar mi gratitud a Juan Sol y a Gloria Abad, que siempre están donde y cuando se los necesita. Con Manolo Ruiz Luque, ese ilustre montillano, paisano de don Gonzalo Fernández de Córdoba, quiero tener un reconocimiento muy especial por su espléndida biblioteca de la que tanto me he beneficiado gracias a su generosidad. En esta ocasión puso en mis manos, sin acotarme tiempo, las *Crónicas del Gran Capitán,* que tan difíciles son de encontrar y que tantas limitaciones nos ponen para su consulta en las bibliotecas que poseen un ejemplar.

Gracias a mis editores de HarperCollins —Luis, María Eugenia, Guillermo y Elena— por confiar en mi obra. También a Ana Rosa y Fernando por su riguroso trabajo.

También deseo manifestar mi gratitud a mi colega y amigo José Luis Corral Lafuente —maestro en tantas cosas que sería prolijo enumerar—, por haber tenido la paciencia, sin disponer de tiempo, de leer el original y hacerme las puntualizaciones precisas. Pero, sobre todo, quiero agradecerle el que me honre con su amistad.

A Cristina mi agradecimiento por su paciencia infinita, por sus comentarios, por su estímulo y por compartir conmigo... la vida. También a Mario y a Alonso, a quienes va dedicado este libro y cuya presencia es un acicate para seguir buscando en la escritura una forma de vida.

No quiero cerrar estas líneas sin un agradecimiento, en la distancia que marcan más de quinientos años, a don Gonzalo Fernández de Córdoba, ese cordobés, nacido segundón, en Montilla, el mismo año en que los turcos se apoderaban de Constantinopla, y que por sus méritos se convirtió en una de las personalidades históricas más importantes de su tiempo. Gracias por haberme permitido iluminar estas páginas con sus hechos y hazañas, y por ser ejemplo de una lealtad que quien más la tenía que haber valorado nunca la entendió.

J. C. P.

BIBLIOGRAFÍA

FERNÁNDEZ ÁLVAREZ, Manuel: *Isabel la Católica*, Espasa, Madrid, 2006.

FERNÁNDEZ DE CÓRDOBA, F., Abad de Rute: *Historia de la Casa de Córdoba*, BRAC, Córdoba, 1954.

GARCÍA DE MORALES, Alonso: *Historia del Gran Capitán Gonzalo Fernández de Córdoba escrita en el siglo XVII*, Revista del Centro de Estudios Históricos de Granada, Granada, 1915.

GIOVIO, Pablo: *Libro y chronica de Gonçalo Hernández de Córdoba, llamado por sobrenombre el Gran Capitán*, 1555.

GRANADOS, Juan: *El Gran Capitán*, Edhasa, Barcelona, 2006.

GÜELL, Carmen: *Jaque a la reina muerta*, La Esfera de los Libros, Madrid, 2010.

LADERO QUESADA, Miguel Ángel: *La España de los Reyes Católicos*, Alianza Editorial, Madrid, 2008.

LOJENDIO, Luis María de: *Gonzalo de Córdoba*, Espasa, Madrid, 1942.

LÓPEZ DE AYALA, I.: *Vida de Gonzalo Fernández de*

Aguilar y Córdoba, llamado el Gran Capitán, Imprenta de Gerónimo y Herederos de Ybarra, Madrid, 1793.

MARTÍN GÓMEZ, Antonio L.: *El Gran Capitán. Las campañas del duque de Terranova y Santángelo*, Almena, Madrid. 2000.

QUINTANILLA RASO, María Concepción: *Nobleza y señoríos en el Reino de Córdoba: la Casa de Aguilar (siglos XIV y XV)*, Monte de Piedad y Caja de Ahorros de Córdoba, Córdoba, 1984.

RODRÍGUEZ VILLA, Antonio: *Crónicas del Gran Capitán*, Librería Bailly-Baillière e Hijos, Madrid, 1908.

RUIZ DOMÉNEC, José Enrique: *El Gran Capitán. Retrato de una época*, Península-Atalaya, Barcelona, 2002.

SÁNCHEZ DE TOCA, José María y MARTÍNEZ LAÍNEZ, Fernando: *El Gran Capitán. Gonzalo Fernández de Córdoba*, EDAF, Madrid, 2008.

SERRANO Y PINEDA, L. Ildefonso: *Correspondencia de los Reyes Católicos con el Gran Capitán durante las campañas de Italia*, Revista de Archivos, Bibliotecas y Museos, Madrid, 1909.

SUÁREZ, Luis: *Fernando el Católico*, Ariel, Barcelona, 2013.

VACA DE OSMA, José Antonio: *El Gran Capitán*, Espasa, Madrid, 1998.

VV. AA.: *El Gran Capitán. De Córdoba a Italia al servicio del rey*, Córdoba, Cajasur, 2003.

www.ingramcontent.com/pod-product-compliance
Lightning Source LLC
LaVergne TN
LVHW091611070526
838199LV00044B/753